Maxime Chattam

Die Masken des Teufels

Thriller

Deutsch
von Eliane Hagedorn
und Bettina Runge

GOLDMANN

Die Originalausgabe erschien 2009
unter dem Titel »La promesse des ténèbres«
bei Éditions Albin Michel, Paris

FSC
Mix
Produktgruppe aus vorbildlich
bewirtschafteten Wäldern und
anderen kontrollierten Herkünften

Zert.-Nr. SGS-COC-001940
www.fsc.org
© 1996 Forest Stewardship Council

Verlagsgruppe Random House FSC-DEU-0100
Das FSC-zertifizierte Papier *München Super* für dieses Buch
liefert Arctic Paper Mochenwangen GmbH.

1. Auflage
Deutsche Erstveröffentlichung Dezember 2010

Umschlaggestaltung: UNO Werbeagentur, München
Umschlagillustration: © plainpicture/mia takahara
Redaktion: Ilse Wagner
KA · Herstellung: Str.
Satz: omnisatz GmbH, Berlin
Druck und Bindung: GGP Media GmbH, Pößneck
Printed in Germany
ISBN: 978-3-442-47337-3

www.goldmann-verlag.de

MAXIME CHATTAM

Die Masken des Teufels

Buch

Brady O'Donnel lebt als freier Journalist in New York und ist immer auf der Suche nach einer heißen Story. Als sein Freund Pierre Lebaron ihn auf die Idee bringt, einen Bericht über die illegale Pornoindustrie zu machen, und ihm sogar den Kontakt zu einer jungen Schauspielerin herstellen kann, ist O'Donnel Feuer und Flamme. Er trifft sich mit der 20-jährigen Rubis und ist fasziniert von ihrer außergewöhnlichen Schönheit. Brady will unbedingt mehr über die junge Frau in Erfahrung bringen, doch dazu wird er keine Gelegenheit mehr haben, denn Rubis erschießt sich vor seinen Augen. Er verständigt anonym die Polizei, verfolgt seine Recherchen aber im Geheimen weiter. Doch je näher er zur Wahrheit vordringt, desto tiefer gerät er in einen Strudel aus Gewalt, Lügen und tabulosem Sex, der bald droht, ihn in sein Verhängnis zu reißen …

Autor

Maxime Chattam wurde 1976 in Montigny-lès-Cormeilles geboren. Er studierte Literaturwissenschaft in Paris. Aufgrund seines Interesses für Thriller durchlief er ein einjähriges Training in Kriminologie und eignete sich Kenntnisse in Gerichtsmedizin und forensischer Psychologie an. Um der Kriminalliteratur verbunden zu bleiben, war er anschließend als Buchhändler tätig, nebenher arbeitete er an seinem ersten Roman. »Das Pentagramm« war auf Anhieb ein solcher Erfolg in Frankreich, dass Maxime Chattam sich mittlerweile ausschließlich dem Schreiben widmen kann. Er lebt in Poissy.

Von Maxime Chattam außerdem bei Goldmann lieferbar:

Das Kairo-Labyrinth (46385) · Die Teufelsformel (46559) · Die Bestie (46714) · Die Gaia-Hypothese (47154)

Die Joshua-Brolin-Thriller:
Das Pentagramm (46706) · In Blut geschrieben (46055) · Der Kuss der schwarzen Witwe (46048)

Dem Volk der Maulwürfe

»Es gibt Dinge,
die der Mensch von sich selbst gar nicht wissen will,
müsste er doch sonst alle Spiegel
aus der Welt verbannen.«

Stein Harden

Da es kein besseres Mittel gibt, die Realität auszublenden und sich in einen Text zu vertiefen – hier die Musik, die mich im Laufe dieser Reise am häufigsten begleitet hat. Möge sie, sofern Sie sich auf das Experiment einlassen, eine ähnliche Magie auf Sie ausüben:

eXistenZ von Howard Shore
Das Schweigen der Lämmer von Howard Shore
The Hours von Philip Glass

ERSTER TEIL

Das Öffnen des Schachts

»… ich jedenfalls habe mit diesen Ergüssen nichts zu tun, ebenso gut könnte es eine andere sein, es müsste nicht einmal eine Hure sein, eine aufblasbare Puppe täte es auch, ein fixierter Bildausschnitt, der Fluchtpunkt eines Mundes, der sich über ihnen öffnet, während sie sich an der Vorstellung aufgeilen, was sie zum Orgasmus bringt …«

Nelly Arcan, *Hure*

1

Das Ende wird abrupt sein.

Gewalttätig.

So stellte sich Brady seine letzten Augenblicke vor. Schon als kleiner Junge war er fest davon überzeugt gewesen, dass er früh und qualvoll sterben würde. Normalerweise verblasst diese Vorstellung mit dem Heranwachsen, bei ihm aber war sie hartnäckig bestehen geblieben.

Bisweilen tauchte sie plötzlich auf, zum Beispiel nach einem Film, wenn der Abspann einsetzte und die ersten weißen Buchstaben über die schwarze Leinwand flimmerten.

Brady gehörte zu jenen sensiblen Cineasten, bei denen das Gesehene einen starken Eindruck hinterließ – die Streifen wirkten direkt auf seine Seele ein. Wie oft war er nach einer Vorstellung euphorisch oder auch völlig erschöpft?

An jenem Tag hatte er erneut zum x-ten Mal *Casablanca* gesehen. Dieses faszinierende Paar, diese unerfüllte Liebe. Der Abschied auf einer Gangway und dieser letzte Satz, der in den Olymp der Schlusseinstellungen gehört, so wie bei *Citizen Kane*. Ein quasi mystisches Gefühl, das erneut in ihm die Gewissheit aufsteigen ließ:

Ich werde jung sterben, und es wird brutal sein.

Wie kam er nur auf so etwas?

Sicher, die melancholische Stimmung eines Filmes hat eine merkwürdige Macht über den Geist. Er hatte oft festgestellt, dass Männer nach einem *James Bond* die Brust aufblähten, dass Filme mit Meg Ryan die Augen der Frauen zum Leuchten brachten und ein ganz besonderes Lächeln auf ihre Lippen zauberten: zwischen Verzweiflung und Resignation. Wohingegen ein guter Woody Allen für gute Laune und lebhafte Diskussionen zwischen Freunden sorgte.

Für ihn war es inzwischen anders geworden. Er hatte keine Zeit mehr, ins Kino zu gehen. Die Ausbreitung der Multiplex-Kinos auf Kosten der kleinen charmanten Filmtheater gleich um die Ecke hatte ihn nach und nach aus den dunklen Kinosälen vertrieben.

Er hatte sich seine Höhle eingerichtet.

Einen Teil seines Lofts in Brooklyn hatte Brady in ein Privatkino verwandelt. Es war ein ehemaliges Lagerhaus mit großen Räumen und hohen Spitzbogenfenstern. Brady mietete die gesamte obere Etage und musste, um seinen Schlupfwinkel zu betreten, das schwere Gitter des Lastenaufzugs hochziehen. Er trat direkt in seinen riesigen Arbeitsraum, in dem jeder Schritt widerhallte und wo er sogar in der Übergangszeit einen Pullover tragen musste, so schwierig war er zu heizen.

In seinen Augen war der Ort ideal, geräumig und funktionell.

Das perfekte Stabsquartier für einen unabhängigen Reporter.

Sein Schreibtisch war der Mittelpunkt: ein langes Brett auf Böcken, wo Karten, Notizen und Bücher herumlagen; ein Zeichentisch; eine Fotoecke; sein Informatikbereich mit Computern, Scannern, Druckern und anderen summenden Geräten und endlose Regale mit allem möglichen Krimskrams. In einer Ecke hatte er sein Freizeitareal eingerichtet, wo er viele Nächte verbrachte: Sessel, Sofa, Einbauküche und schließlich auf ihrem Thron seine elektrische Gitarre. Bei einer derart tollen Akustik drehte Brady den Verstärker auf und spielte stundenlang, wobei die natürlichen Echos die Effekt-Pedale ersetzten.

Ganz am Ende zwischen zwei großen Filmplakaten öffnete sich eine schwarze Tür auf einen fensterlosen Raum, der mit violettem Stoff verkleidet war. Möbliert war er mit einer fleckigen, abgewetzten Sitzreihe, die er bei der Schließung seines Lieblingskinos ergattert hatte. Eine mehr als drei Meter breite weiße Leinwand zog sich über die hintere Wand, und von der Decke hingen rechts und links Lautsprecherboxen. So viel zur Ausstattung, die nichts mit dem so sauberen, aber unterkühlten digitalen Bild gemein hatte. Er war wirklich kein Freund dieser gestochen scharfen Bilder, denen die Magie des Zelluloids fehlte, doch das war der Preis, den er für sein privates Heimkino zahlen musste.

An diesem Donnerstagmittag schaltete er den Beamer aus, der an der Decke summte, und schloss die Tür hinter sich. Die Frische seines Ateliers riss ihn aus seiner Benommenheit. Er legte die DVD zwischen zwei Stapeln mit Enzyklopädien und alten Videokassetten ab und postierte sich vor einem der Fenster.

Der Heizkörper gab ein Gluckern von sich.

Die winterliche Kälte hatte dieses Jahr frühzeitig eingesetzt. Es lag zwar noch kein Schnee, aber er würde sicher nicht mehr lange auf sich warten lassen. Dezember 2000 – trotz der Prophezeiungen der Prediger vom Times Square hatte New York den Millenniumswechsel überlebt, die Jahreszeiten hatten sich jedoch mit einer gewissen Verzögerung eingestellt, sodass der Eindruck entstand, die Welt hätte den Übergang doch nicht ganz unbeschadet gemeistert.

Bradys Gesicht spiegelte sich in der Scheibe.

Von der Skyline Manhattans umgeben, gruben seine Augen zwei schwarze Löcher in das Glas, die an die Krater von Meteoriten erinnerten. Sie zeigten keine Gefühle, alles schien sich anderswo abzuspielen, tief im Innern, im Allerheiligsten einer unterirdischen Welt, deren Oberfläche nichts verriet. Schmaler Mund, umgeben von einem sprießenden Bart, kaum sichtbare Grübchen in den Wangen, lange dunkle Haare. Nach den Kriterien der Magazine vom Big Apple wies Brady nicht das Äußere des attraktiven Mannes auf, doch er strahlte eine betörende, verführerische Selbstsicherheit aus. Brady gehörte zu diesen Menschen, die sich aufrecht halten, deren Schritt nicht nur schüchtern den Boden berührt, sondern ihn erobert, die sich ihren Weg durch die Menge bahnen und denen man eher ausweicht, als sie anzurempeln.

Jetzt, da er über vierzig Jahre alt war, wurde es schnell still ringsumher, wenn er das Wort ergriff, und er hatte mehrmals Freunde sagen hören, er hätte fast etwas Einschüchterndes.

»Du vermittelst das Gefühl, äußerst selbstsicher zu sein!«, erklärte man ihm. »Nicht eingebildet, eher von der Sorte ›supercool-schwer-zu-beeindrucken‹. Man hat das Gefühl, du hast vor nichts Angst.«

Das Gefühl.

In gewisser Hinsicht hatte Brady nichts gegen dieses Bild einzuwenden: Die Jahre hatten ihm eine oberflächliche Sicherheit gegeben. Was er wirklich empfand, versteckte sich hinter einer Fassade, die durch seine Falten noch hermetischer geworden war. Was sich dahinter abspielte, ging nur ihn etwas an. Eine stark ausgeprägte Verletzlichkeit gegenüber »Scheingefühlen«.

Die des Kinos, noch einfacher aber die des Spiels der Menschen, die Spaß daran hatten, einander bloßzustellen, zu belügen und zu manipulieren.

Brady verspürte nicht viel bei den alltäglichen Ereignissen und gehörte nicht zu denen, die »Mein Gott!« ausriefen, sobald ein Kindermord bekannt wurde. Sein Herzschlag beschleunigte sich auch nicht, wenn er auf der Straße von einem Polizeibeamten angehalten wurde, der seine Papiere kontrollieren wollte. Das Ganze stellte für ihn nur eine Informationsgrundlage dar, die zwar von seinem Gehirn registriert wurde, nicht aber den emotionalen Filter passierte. Was ihn wirklich betraf, war anderswo angesiedelt. In der Domäne des Spielerischen. Was ihn berühren konnte, hatte eine gewisse Leichtigkeit.

Seit seinen Studentenjahren betrachtete er die Menschen als

eine wenig entwickelte Spezies, die ein Theaterstück spielte, das strikten und selektiven Regeln unterlag. Die guten Sitten, die politische Korrektheit, die Beziehungsheuchelei, der Pazifismus, die Treue, die Ehe, die Notwendigkeit, Kinder zu zeugen, oder aber die Religionen. Das alles lehnte er komplett ab.

Das hatte ihn zu einem besonderen Schüler gemacht, wenig geschätzt von den meisten, verehrt nur von einer Minderheit. Er sagte ausschließlich das, was er dachte, und gab nie ein Wort von sich, wenn es nicht nützlich war. Er verführte ein Mädchen, wenn es ihm gefiel, ob er gerade gebunden war oder nicht, und behauptete, das Verb »lieben« würde generell im Plural konjugiert. Er war überzeugter Atheist, ein Phlegmatiker, der sich, wenn er es für notwendig hielt, bisweilen auch prügelte. Gewalttätigkeit, so Brady, diene als Ventil für das Leben in der Gesellschaft. Das harmonische Zusammenleben so vieler Egos auf engem Raum sei nur mit einer ordentlichen Dosis Gewalt möglich, die jedem seinen Platz zuwiese. Eine kontrollierte Gewalt, die den Unterworfenen nicht erniedrigte.

Inmitten dieses wüsten Gerangels verspürte Brady eine Faszination für die Komödie. Und so begeisterte er sich für Schauspielkurse, in denen er seine Präsenz geltend machte, über Dilettantismus spottete und die wenigen Talente neidisch verfolgte.

Wenn er Personen begegnete, die mit ihren zwischenmenschlichen Beziehungen spielerisch umgingen, war Brady überwältigt. Das war bei seiner ersten wirklich großen Liebe der Fall gewesen, einer Frau, bei der man unmöglich zu sagen vermochte, ob sie es ernst meinte oder nur Theater spielte. Diese Komplexität fesselte ihn und machte aus ihm für wenige Monate einen treuen Jungen. Bis das Spiel seiner Geliebten verblasste, die Schminke abblätterte, das Echte zutage trat und seine Wachsamkeit nachließ.

Mit den Jahren hatte er sich stark verändert, sich gemäßigt. Als

Erwachsener passte er sich besser an, auch wenn ihm gewisse Reflexe geblieben waren. Er beobachtete sein Leben mit einem belustigten Blick und verleugnete nichts, obwohl er inzwischen verheiratet war, Treue geschworen hatte, und die Heuchelei, die sein Beruf erforderte, praktizierte – oberstes Gebot, wenn man in New York überleben wollte. Dennoch unterschied er weiter zwischen der menschlichen Farce – diesem aus absurden Gesetzen geformten Alltag – und der vergnüglichen Komödie, die der Mensch daraus machte. Er interessierte sich vor allem für Menschen, die eine Rolle annahmen und ihre Persönlichkeit unter mehreren Schichten der Verkleidung verbargen: Charmeure, Schelme, Manipulatoren, bei denen man sich doppelt in Acht nehmen musste, um mithalten zu können. Diese Leute amüsierten ihn, gaben ihm das Gefühl zu leben. Intensiv.

»Eine verflixte Psychoanalyse, die es ins Auge zu fassen gilt«, murmelte er zu seinem Spiegelbild.

Er trat an seinen Schreibtisch und griff nach einer Karte, bedeckt mit getrocknetem Blut: ein Führerschein. Das Foto einer hübschen jungen Frau war darauf noch zu erkennen.

Eine bräunliche Kruste löste sich von dem Plastik und fiel auf die lederne Unterlage.

Er vertiefte sich erneut in das, was er ihretwegen geworden war. Um sich Fragen über sich selbst zu stellen.

Um zu fliehen vor dem, was passiert war.

Hatte er letzten Endes doch ein Gewissen?

Außerstande, sich zu entscheiden, schluckte Brady mühsam.

Zur Polizei gehen?

Er holte tief Luft.

Sie ist tot.

Er schloss die Augen, um diesen Raum, um die Realität zu verlassen, sich in sich selbst zu versenken, in sein Innerstes. Wo es kein beruhigendes Licht gab.

In seine Abgründe.

2

Drei Tage zuvor.

Nach einem Monat der Vorbereitung und zwei Wochen vor Ort in Spanien beendete Brady seine Reportage über die Architektur von Gaudí. *National Geographic* hatte ihm bereits die Exklusivrechte für acht Seiten abgekauft. Als unabhängiger Journalist wählte Brady seine Themen aus und bot sie seinem Kundenstamm an, bevor er sich wirklich an die Arbeit machte. Er verfasste die Texte, lieferte die Fotos und hielt es für undenkbar, nicht alles selbst zu realisieren. Illustrierte das Foto den Text, so war das Projekt gescheitert. Es musste ihn vielmehr sublimieren, ihn nicht nur bereichern, sondern ihm eine größere Tiefe geben. Gewissermaßen eine »Führung« der Worte. Wenn die Sätze aus der Seele kamen, bildeten die Fotos den »Gefühlskörper« des Themas.

Er eröffnete seine Reportage mit einem Satz des Katalanen: »Architektur ist die Modulation des Lichts.« Der Haupteingang des Palau Güell auf der gegenüberliegenden Seite. Die Leuchtkraft der Sonne traf auf die weiße Fassade, und die beiden gewaltigen eisernen Tore, die zwei geöffneten Mäulern glichen, luden den Betrachter ein, das Abenteuer zu wagen.

Brady legte den Laserausdruck auf seinen Schreibtisch und nickte. Seine Arbeit war gelungen. Die Leute von der Redaktion würden zufrieden sein.

Er streckte sich knurrend und wärmte sich einen Kaffee in seiner kleinen Kochnische auf.

Und jetzt?

Diesmal hatte er das Ende der Reportage abgewartet, ehe er sich Gedanken über die nächsten Arbeiten machte. Was würde er jetzt tun? Welches Thema in Angriff nehmen? Gewöhnlich hatte er immer zwei oder drei Projekte im Voraus parat, um sie gleichsam zu zähmen, in seinem Geist reifen zu lassen und die Herangehensweise zu definieren, bevor er sich ihnen voll und ganz widmete.

Diesmal konnte ihn nichts von dem, was in seinem Kopf herumspukte, begeistern. Brady funktionierte ausschließlich nach dem Lustprinzip. Nur wenn ihn das Thema wirklich reizte, stürzte er sich in die Arbeit.

Bevor er sich für Gaudí entschied, hatte er lange gezögert und sich zwei Wochen des Nachdenkens gegönnt. Dieses Phänomen trat in letzter Zeit immer häufiger auf. War es Überdruss, der ihn da überkam?

Nein, diese Gleichgültigkeit kommt daher, dass die Arbeit zu einfach war. Ich habe mich mit Projekten befasst, die nicht originell, nicht außergewöhnlich genug, die ohne Risiko, ohne tatsächliche Würze waren. Das ist die Wahrheit …

Er musste etwas Faszinierenderes auftreiben. Sich selbst überraschen.

Sich Zeit nehmen, um *das* Thema zu finden. Er konnte es sich leisten. Er verdiente gut.

»Welches diesmal?«, fragte er laut. »Die Gangs von New York? Der Waffenhandel im Land? Die neuen Drogen?«

Er schüttelte den Kopf.

Nein … Alles schon gehabt.

Er bemerkte, dass er sich instinktiv gewalttätigen, kriminellen Bereichen näherte. *Ist es das, was ich brauche? Laster und Blut?* Er kicherte innerlich. Nicht verwunderlich bei dem Beruf, den seine Frau Annabel, Cop in Brooklyn, ausübte. Letzten Endes eine Ehekrankheit, die auf ihn und seine Inspiration abfärbte.

Er grübelte eine Viertelstunde, schlürfte dabei seinen Kaffee und stellte seine Tasse auf dem Spülbeckenrand ab.

»Genug für heute; ich strecke die Waffen«, brummte er.

In seine gefütterte abgewetzte Lederjacke eingepackt trat er auf die Straßen von DUMBO.

Eingeklemmt zwischen den Pfeilern der Brooklyn und der Manhattan Bridge lag DUMBO, ein winziges Viertel. Es war ein ehemaliges Industriegebiet aus dem letzten Jahrhundert mit großen Lagerhallen und hohen Handelshäusern, die Künstler gekauft hatten, um sie in Lofts und Galerien zu verwandeln. Finstere Gassen wechselten mit In-Lokalen ab, und hinter den schmucklosen Fassaden verbarg sich sowohl ein Komplex geräumiger Wohnungen wie auch eine dem Rost und Schimmel preisgegebene Ruine. Bei Tag wie bei Nacht konnte DUMBO ebenso gefallen wie abstoßen. Im Schatten der Silhouette dieser Stein- und Stahlriesen ließ der Tumult von Auto- und überirdischem U-Bahn-Verkehr hier niemals nach. Brady hatte aus diesem Lärm eine Trennwand zwischen der »Welt« und seinem Territorium gemacht. DUMBO verlassen und in die sanfte urbane Geräuschkulisse eintauchen war wie aus der Dusche treten und auf ihren warmen und liebkosenden Schleier verzichten.

Brady nutzte den letzten Schimmer des späten Nachmittags und machte sich zu Fuß auf den Weg nach Brooklyn Heights, wo er zusammen mit Annabel lebte. Dort gab es keine umfunktionierten Fabrikhallen, sondern schöne aneinandergereihte Wohnhäuser mit einem spektakulären Blick auf die Südspitze Manhattans, eine lange Promenade oberhalb der Bucht und die Inseln darin.

Die Wohnung war leer, Annabel war noch nicht zu Hause. Gar nicht leicht, sich an ihren ständig wechselnden Einsatzplan zu gewöhnen. Nacht-, Früh- oder Spätdienst – sie akzeptierte alles, wenn es den Ermittlungen diente. Annabel betrieb sowohl ihre Hobbys als auch ihren Beruf mit Leidenschaft. Bei ihr gab es keine halben Sachen.

Sanft legte sich die Schleppe des Tages auf die Kuppel aus Glas über dem Wohnzimmer. Brady machte nicht sofort Licht, sondern genoss diese gespenstische Atmosphäre. Der Raum war mit Gegenständen ausgestattet, die er von seinen Reisen oder den Urlauben mit seiner Frau mitgebracht hatte – Holzskulpturen und Antiquitäten. Das bläuliche Licht hüllte sie in einen sanft wogenden Schimmer und verlieh ihnen so einen Anschein von Leben.

Brady betätigte schließlich den Schalter, und die Strahler vertrieben die Schatten.

Annabel kehrte am frühen Abend zurück, löste das Halfter, legte ihre Waffe auf den kleinen runden Tisch im Flur und ging in die Küche, um ihren Mann zu begrüßen. Der war gerade dabei, Hähnchenbrust mit Zwiebeln und Peperoni zu braten.

Sie war etwa zehn Jahre jünger als er und hatte ihr zu dünnen Zöpfen geflochtenes Haar mit einem Gummiband im Nacken zusammengefasst. Mit ihrer dunklen Hautfarbe und ihrem athletischen Körperbau strahlte sie Selbstsicherheit und Dynamik aus. Sie hatten sich vor acht Jahren kennengelernt, und der rebellische Charakter dieser attraktiven Polizeischülerin hatte ihn bezaubert.

»Beschissener Tag«, knurrte sie, nachdem sie ihn geküsst hatte. »Raubüberfall in einem kleinen Supermarkt mit tödlichem Ausgang. Der Kassierer wurde erschossen, und wir haben nicht die geringste Spur. Ein junger Typ, der sich mit dem Job sein Studium finanziert hat.«

»Grässlich«, kommentierte Brady emotionslos.

»Wie immer.«

Annabel lehnte sich an den Kühlschrank und massierte ihre Schläfen.

»Ich habe Gaudí abgeschlossen«, sagte Brady.

»Super. Ist *National* noch immer interessiert?«

»Der Vertrag ist unterschrieben.«

»Und jetzt, was machst du als Nächstes?«

Brady hob die Pfanne.

»Essen.«

Zu Beginn ihrer Beziehung hatte Brady seine Frau oft konsultiert, um ihre Meinung zu den Themen zu hören, die er gerade vorbereitete. Mit den Jahren hatte er an Sicherheit gewonnen, und Annabels Antworten waren lakonischer geworden, sodass er fortan seine Entscheidungen allein traf. Er hatte keine Lust mehr, ihr gespielt begeistertes »Genial – leg los!« zu hören. Annabel wurde bisweilen stutzig, betonte, dass er sie nicht mehr wirklich an seinen Projekten teilhaben ließ, dass sie weniger miteinander besprachen, doch er begnügte sich mit einem »Ach ja?«. Das ersparte ihm eine überflüssige Diskussion, die zwangsläufig mit Frust und Kränkung enden würde. Das Eheleben hatte ihn eines gelehrt: Die Liebe hatte nur unter der Voraussetzung Bestand, dass man sich seinen geheimen Garten hielt mit einem kleinen Friedhof darin, wo man die Kümmernisse des Alltags begraben konnte, diejenigen, die die Gefühle kaputt zu machen drohten. Anschließend musste man achtgeben, dass der Friedhof nicht die gesamte Atmosphäre vergiftete.

Sie aßen zusammen zu Abend, tauschten Banalitäten über den Tagesablauf aus. Dann schlug Brady vor, einen Videofilm auszuleihen, doch Annabel zog es vor zu lesen. Unter den Bücherstapeln, die sich überall in der Wohnung türmten, suchte sie sich einen Roman aus, um in die Welt der Fiktion abzutauchen.

Sie gingen früh zu Bett, Brady spürte den wohlgeformten, festen Körper seiner Frau an seiner Seite, das Begehren glühte auf, der Brennstoff der Fantasie nährte das Feuer, und er berührte sie. Zunächst unempfänglich, noch zu sehr in ihr Buch vertieft, gab sie sich schließlich hin und wurde nun ihrerseits zur Flamme.

Die Umarmung wurde intensiver, doch sie explodierte nicht, das Versprechen einer knisternden Glut brachte nur ein wogendes Glimmen hervor.

Sie kamen rasch wieder zu Atem, und Annabel verschwand im Badezimmer.

So stand es um Bradys Leben.

Zweiundvierzig Jahre alt, keine Kinder, weil weder er noch sie sich zur Elternschaft berufen fühlten und sie sich von Anfang an mit dem Egoismus der Leidenschaft, die man nur zu zweit teilt, geliebt hatten.

Verheiratet mit einer hübschen Frau, mit der er sich viel ausgetauscht, mit der er viel gesprochen und die er sehr geliebt hatte, kam es ihm jetzt so vor, als besäße ein Paar lediglich ein gewisses Kapital an Worten, das im Laufe der Zeit zusammenschmolz. Annabel und er hatten viele Worte gewechselt, sodass sich die Reserven unbemerkt aufgebraucht hatten, sie hatten nicht mehr viele auf Lager, als Ersatz höchstens die klar definierten Gesten.

So stand es um Bradys Leben mit seiner Frau.

Er musste schnell handeln. Das wusste er auch. Zu oft hatte er die Notwendigkeit hinausgeschoben, sich wieder unter Kontrolle zu bekommen, die Karten auf den Tisch zu legen, einander alles zu sagen, einen heilenden Dialog zu beginnen, damit ein *new deal* entstehen und die Liebe ihre Formbarkeit beweisen konnte. Letzten Endes waren Gefühle und Körper gleich. Sie erschlafften mit der Zeit. In dieser modernen Ära, in der alles repariert, alles verjüngt werden konnte, wie stand es da um die Beziehungen? Ließen auch sie sich reparieren und verjüngen?

Es wäre nur oberflächlich, das wusste Brady.

Um eine Plastik instand zu setzen, injizierte man manchmal einen Fremdkörper. War das der Grund, weshalb die meisten Männer, die er kannte, sich eine Geliebte nahmen, um ihren vierzigsten Geburtstag zu feiern?

Sie injizierten sich einen stärkenden Körper.

Verdammt! Hör dir nur beim Denken zu!

Und ihm wurde klar, dass er seine Grenzen erreicht hatte.

Der Augenblick war gekommen: Er musste kämpfen, wenn er ihre Beziehung retten wollte.

3

Pearl Street im südlichsten Teil von Manhattan.

Eine enge, leicht gebogene Straße, gesäumt von weißen und dunklen Fassaden, wo neogotische und moderne Architektur aufeinandertrafen. Während das Licht des frühen Wintermorgens spärlich durch die dichte Wolkendecke drang, eilten die Menschen über die schmalen Bürgersteige zur Arbeit.

Brady stieß die Tür eines roten Backsteingebäudes auf, ging in den zweiten Stock und betrat einen Loft.

In der Mitte des großen Raums stand eine riesige gelbe Couch, ein Original von Roy Lichtenstein bedeckte einen Teil der Wand gegenüber den Fenstern. Ein Mann betrachtete die Straße, die Nase an die Scheibe gedrückt, die Hände in den Hosentaschen. Untersetzt, die Gesichtszüge unter einem graumelierten Bart verborgen, eine Baskenmütze über die spärlichen Haarbüschel gestülpt, atmete er geräuschvoll mit der Mühe des Fettleibigen.

»Hallo, Pierre«, sagte Brady und trat zu ihm ans Fenster.

»*Bonjour*«, erwiderte der Bärtige auf Französisch.

»Schielst du nach den hübschen Knaben?«

Pierre hatte einen traurigen Blick. Das aufgedunsene Gesicht schwächte den Ausdruck der Gefühle so sehr, dass man nie sagen konnte, ob er unglücklich, zufrieden oder wütend war, bevor seine Augen oder seine Stimme ihn verrieten.

»Ich beobachte, wie sich der Krebs im Organismus ausbreitet«, entgegnete er mit seinem fast singenden Akzent.

Brady musterte seinen Freund. Er wusste, dass er krank, unheilbar krank war. Alle um ihn herum fragten sich bei jedem Besuch, ob es nicht der letzte sei, bevor man ihn, an Schläuchen hängend, in einem Krankenhausbett wiedersehen würde.

»Der Krebs, das sind diese Menschen dort unten«, fuhr er fort. »Nicht alle, noch nicht, aber einige von ihnen. Sie werden sich vermehren, so wie sie es seit Anbeginn der Menschheit tun.«

»Hasst du uns so sehr?«

»Ich konstatiere. Wir erschöpfen sämtliche Ressourcen, wir beuten aus, was wir können, und denken schon an den nächsten Planeten, den wir bevölkern müssen, um zu überleben. Zum Glück ist das Böse in uns, und wir zerstören uns selbst. Man versucht, die Lücken zuzustopfen, doch die Gewalt lässt sich nicht kanalisieren, die Kriege dringen durch alle Risse des Verbands. Durch die Gewalt haben wir uns auf den Gipfel geschwungen, durch sie haben wir uns strukturiert, sie ist das Hauptelement unserer Evolution, unserer Vormachtstellung, und jetzt bilden wir uns ein, dass wir sie beherrschen, sie kontrollieren können. Unsinn. Der Hass, die Aggression sind der Krebs, den wir in uns tragen, und das Paradoxe ist grausam: Ohne diesen Krebs wären wir irgendwann in grauer Vorzeit verschwunden, und doch nagt er an uns, er braucht immer mehr Platz, das ist der Existenzgrund der Gewalt: gären, wachsen, explodieren. Wir vererben diesen Krebs von Generation zu Generation, wir geben ihn an unsere Kinder weiter. Man kann nur hoffen, dass er sich ausbreitet, dass wir uns schnell gegenseitig töten, bevor wir die Erde verlassen, bevor die Epidemie den Kosmos verseucht.«

Brady blieb stumm. Pierre war sein Vertrauter. Eine Begegnung bei einem Abendessen, Lachen, kleine Sätze, die am nächsten Tag noch im Kopf umherschwirren, zwei Persönlichkeiten, die sich finden. Seit fast zehn Jahren trafen sie sich jetzt regelmäßig. Die Direktheit des Franzosen gefiel Brady. Sie erzählten sich viel, unter anderem auch Dinge, die er seiner Frau nicht gestehen konnte. Einige seiner Fantasien, seine Zweifel am Eheleben und seiner monotonen Sexualität. Pierre hatte die Entwicklung von Anfang an mitverfolgt. Seine Homosexualität erleichterte diesen Austausch noch mehr – kein Urteil, dafür bisweilen eine ungewöhnliche, eine neue Sichtweise.

Brady legte ihm eine Hand auf die Schulter.

»Wie steht es mit deiner Krankheit, gibt es Neuigkeiten?«, erkundigte er sich mit sanfter Stimme.

»Ja. Diese Sauerei hat mich wenigstens eines gelehrt: Jeder hat den Krebs, den er verdient. Ich habe immer überall hingepisst, um mein Territorium zu markieren, ich habe auf Teufel komm raus gevögelt, und jetzt wird mich meine Prostata umbringen. Komisch ist, dass mein Vater ein äußerst diskreter Typ war, noch dazu ehrgeizig, doch er hat sich nicht auszudrücken vermocht, hat es nicht gewagt. Er hatte keine kräftige Stimme und war kurzatmig, falls du verstehst, was ich meine. Er ist an Lungenkrebs gestorben. Schöne Ironie, was? Selbst die Nachbarin musste letztes Jahr dran glauben; bei ihr war es die Speiseröhre. Normal für ein Großmaul. Möge Fred Phelps an Darmkrebs krepieren.«

Mehr würde er nicht sagen, Brady kannte ihn. Pierre hatte nicht die geringste Scheu, von seinen sexuellen Eskapaden mit Zufallsbekanntschaften zu erzählen, aber alles, was an seine Sensibilität, seine Gefühle rührte, blieb hinter Schloss und Riegel.

»Sag mal«, meinte Pierre und rückte seine Baskenmütze zurecht, »bist du glücklich?«

»Ich kann mich nicht beklagen.«

»Und Annabel?«

Brady zögerte mehrere Sekunden, bevor er antwortete. Er dachte an die vergangene Nacht, an die Notwendigkeit, etwas zur Rettung der Beziehung zu tun.

»Sie hält dem Druck in ihrem Job stand; also steht alles zum Besten.«

Pierre musterte seinen Besucher.

»Scheint nicht so gut zu laufen zwischen euch.«

»Liest du das jetzt von meiner Stirn ab?«

»Das Schweigen spricht Bände.«

»Du hast recht, es läuft nicht besonders. Ich gerate immer mehr in die Klauen des Alltags, und das tut weh.«

»Ist so'n Männerding, man spürt die Probleme, aber man verdrängt sie, und wenn es an allen Ecken und Enden zu bröckeln beginnt, entgleitet einem das Ganze!«

»Keine Sorge, das kriegen wir schon wieder hin. Ich muss nur Bilanz ziehen und … unsere Beziehung neu definieren.«

»Und was sagt sie dazu?«

»Keine Ahnung, wir haben nicht drüber gesprochen. Um ehrlich zu sein, sie weiß nicht, was ich durchlebe.«

»Dass ich nicht lache! Deine Frau wusste es längst, bevor es dir klar wurde!«

»An Annabel ist ein Junge verlorengegangen, was das betrifft auf jeden Fall. Sie zieht es vor, den Problemen aus dem Weg zu gehen. Ich glaube, sie ahnt, dass etwas zwischen uns nicht stimmt, weiß aber nicht in welchem Ausmaß. Zumindest was mich betrifft. Du weißt, wie das ist: Man sucht die Leidenschaft der Anfangszeiten, das geheime Einverständnis, man macht sich Mut, indem man …«

»Hör auf mit dem Quatsch! Du vögelst seit mehreren Jahren dieselbe Frau! Es langweilt dich. Es ist rein mechanisch, ihr kennt euch auswendig, da gibt's nichts zu entdecken, kein Geheimnis, keine Würze, alles reine Routine und basta! Du weißt wie ich, dass beim Mann die Leidenschaft vom Orgasmus abhängt; kleiner Opa-Höhepunkt: Opa-Beziehung. Ihr solltet euch jeder einen Seitensprung leisten.«

Brady fegte den Vorschlag mit einer Geste beiseite.

»Wir funktionieren nicht so wie du, Pierre.«

»Solltet ihr aber. Der Mensch ist nicht dazu geschaffen, sein ganzes Leben mit demselben Partner zu leben. Was ich da sage, ist rein biologisch, du versuchst, deine wahre Natur zu domestizieren. Fatal! Betrachte es als eine gute Tat für deine Ehe! Tobe dich anderswo aus, und wenn du nach Hause kommst, bist du der entspannteste Typ von der Welt, der sehr viel geeigneter ist, seine Frau glücklich zu machen. So habt ihr eine Chance, zusammen alt zu werden ohne diese schreckliche Manie der treuen Paare, einander zu hassen, als wäre es die Schuld des anderen, wenn das Leben beschissen ist!«

»Danke, das heißt … Annabel und ich gehören zu der eifersüchtigen Sorte Mensch, wenn du verstehst …«

»Na und? Ist doch wunderbar! Man muss ja seinem Mann oder seiner Frau nicht sagen, dass man ihn oder sie betrügt; im Grunde ahnt es jeder längst und verdoppelt Aufmerksamkeit und Einfallsreichtum, um den anderen zu behalten! Und wenn es aus dir jemanden macht, der im Umgang angenehmer ist … Na, ich höre lieber auf, hier den Teufel zu spielen. Und mit der Arbeit, wie läuft es da? An was sitzt du gerade?«

»An nichts, ich habe alles abgeschlossen. Wieso? Hast du eine Idee?«

Als Sohn eines reichen Bankiers hatte es Pierre niemals nötig gehabt zu arbeiten, und so kompensierte er seine Langeweile mit ständigen Dates, Dinnerpartys und Aktivitäten jeder Art. Mit den Jahren hatten ihn sein Naturell und sein Adressbuch zu einer der bekanntesten Persönlichkeiten von New York gemacht. Er wusste alles über jeden und war überall ein willkommener Gast. Er ging im Haus des Bürgermeisters ein und aus, rauchte Havannas mit Milliardären, frequentierte Kunstgalerien und verbrachte mehrere Stunden pro Monat in sozialen Einrichtungen, wo er sich um Obdachlose, Rauschgiftsüchtige und Notleidende kümmerte. Für Brady war er ein außergewöhnlicher Glücksfall. Sobald er nur andeutete, in diesem oder jenem Bereich recherchieren zu wollen, griff Pierre zum Telefon und erhielt Informationen und Termine.

»Porno. Du musst dir die Pornoindustrie vorknöpfen.«

Brady stieß ein gequältes Lachen aus.

»Kein Magazin, für das ich arbeite, wird interessiert sein. Und, seien wir doch mal ehrlich, besonders originell ist das Sujet auch nicht gerade.«

»Du weißt doch. *Sex sells – always*! Das Fernsehen ist zu ängstlich und traut sich nicht, hinter die Kulissen dieses Imperiums zu blicken, aber du könntest es tun und sagen, was nicht gezeigt wird, könntest die Tabus brechen.«

»Was veranlasst dich, mich gerade auf dieses Thema zu lenken. Spielt dein neuester Liebhaber in Sexfilmen mit?«

Pierre drehte sich zu ihm um. Er schien erschöpft, ausgelaugt durch die Krankheit.

»Pornos verdeutlichen all das, was unsere Gesellschaft hartnäckig leugnet, alles, was wir sind und was kein Buch erzählt. Wäre die Geschichte des Menschen ein Haus, so wäre der Porno der Dachboden. Man geht schon nicht gerne in den Keller, um in dem ganzen Mist rumzuwühlen, der sich mit der Zeit dort angesammelt hat. Doch ein Besuch auf dem finsteren Speicher mit all den Spinnweben, auf der Suche nach alten Familiengeheimnissen, nein danke! Meist vergisst man sogar, wo der Zugang ist. Sagen wir, ich habe die Klappe wiedergefunden und sogar die Leiter, um hinaufzuklettern.«

»Dafür habe ich kein Feeling, Pierre. Finstere Themen dieser Art waren nie mein Ding.«

»Willst du mich zum Narren halten? Es gab eine Zeit, da hast du dich auf die Suche nach Massengräbern in Bosnien gemacht!«

»Ich bin den Gerichtsmedizinern gefolgt, die vor Ort waren. Das ist etwas völlig anderes.«

Pierre zuckte mit den Schultern.

»Wie dem auch sei, ich habe diesen Kontakt für dich, wenn du willst. Das Mädchen heißt Rubis. Sie ist bereit auszupacken, und wenn du sie ein bisschen drängst, stellt sie dich sicher den entsprechenden Leuten vor.«

»Wo hast du sie kennengelernt?«

»Auf einer Party. Wir sind uns auf den Toiletten begegnet. Wir haben uns beide die Nase gepudert.«

»Ach, und koksen tut sie auch noch! Vergiss es!«

»Gib acht, was du über die Sniffer sagst. Das betrifft auch mich, falls ich dich dran erinnern darf.«

»In deinem Fall ist Koks ein Therapeutikum.«

»Versuch nicht, dich rauszureden. Gut, ich gebe es zu: Sie ist ein Junkie, ganz schön angetörnt, an diesem Abend jedenfalls. Allerdings findest du in diesem Milieu kaum jemanden, der nicht fixt oder kokst.«

»Danke für den Tipp, doch ich glaube, diesmal passe ich.«

Pierre holte tief Luft und nickte bedächtig.

»Musst du selbst wissen. Na ja, und wenn es mit Anna nicht so gut läuft, solltest du vielleicht nicht gerade jetzt die Nase ins Pornogeschäft stecken. Wer sich damit beschäftigt, muss Nerven wie Drahtseile und den Kopf frei haben.«

Sie tranken Kaffee und plauderten über gemeinsame Freunde. Brady, der wusste, wie wertvoll jede Minute mit seinem Freund war, dehnte seinen Besuch aus. Doch dann kam der Augenblick des Abschieds.

Als sie schon an der Wohnungstür standen, bat ihn Pierre, kurz zu warten, und kam mit einem Flyer zurück, den er ihm reichte.

»Hier, nimm ihn trotzdem. Für den Fall, dass ich heute Nacht krepiere und du es dir doch noch anders überlegst.«

Auf dem Flyer war ein Foto mit einer Telefonnummer und eine Internetadresse. Das Porträt einer jungen, kaum zwanzigjährigen blonden Frau mit auffallend blauen Augen. Das schalkhafte Lächeln gefiel Brady sofort.

Er ließ den Flyer in seiner Tasche verschwinden.

»Pierre, du bist das personifizierte Laster.«

Zurück in seinem Atelier stellte Brady den Pappbecher Latte macchiato auf dem Schreibtisch ab und schaltete seinen Laptop ein. Er checkte seine E-Mails, klickte die verschiedenen Internetforen durch, die er regelmäßig aufsuchte, und informierte sich widerwillig über die letzten Sportergebnisse.

Er drehte sich im Kreis.

Ich habe meine Reportage erst gestern abgeschlossen. Da kann ich mir doch wohl zwei Tage Nichtstun gönnen, oder?

Sogleich wurde ihm die Realität der Situation klar: Was er brauchte, war keine Ruhepause, sondern ein Thema. Er, der gewöhnlich mit mehreren Ideen gleichzeitig schwanger ging. Das war während der Spanienreise zur fixen Idee geworden. Abends in seinem Hotel in Barcelona trank er ein Bier nach dem anderen in der Bar und sah sich Fußballspiele an, um nicht daran denken zu müssen, denn er wusste, dass er nichts auf Lager hatte. Er hatte nichts gesucht.

Die Ideen sind immer ganz von selbst gekommen. Ich muss nicht vorausplanen, das liegt mir nicht. Meine Reportagen entstehen ganz von selbst. Das ist die Wahrheit! Diesmal kommt nichts. Ich bin ausgetrocknet. Leer.

Keine Ideen mehr oder keine Lust? Die Frage quälte ihn. Er surfte im Netz, um sich zu beschäftigen, zu betäuben, um die Zeit totzuschlagen, in der Hoffnung, dass plötzlich irgendeine Idee in seinem Kopf aufblitzte.

Windböen rüttelten an den Fenstern, während seine Finger erwartungsvoll über die Tasten huschten. Selbst im Internet wusste er nicht mehr, was er tun, was er suchen sollte.

Die Internetadresse auf dem Foto von Rubis kam ihm in den Sinn.

Was soll ich damit anfangen? Pierre und seine Marotten …

Trotzdem konnte er die Adresse nicht aus seinen Gedanken verscheuchen. Sie fiel ihm nur noch teilweise ein, und das ärgerte ihn. *Wie lautete sie noch gleich?*

Seufzend stieß er sich mit den Füßen ab, um auf seinem Bürostuhl die drei Meter bis zur Garderobe zu rollen. Er zog das Foto aus der Manteltasche und fand die Internetadresse www.intherubisclub.net.

Eine Sache war für ihn sonnenklar: Er würde keine Reportage über die Hintergründe von Hardcorevideos machen, das interessierte ihn nicht, das war nicht sein Ressort. Die junge Frau aber machte ihn neugierig. Ihre Schönheit war umwerfend, vor allem aber gefiel ihm ihre Ausstrahlung. Ein Hauch von Provokation, die funkelnden Augen und dieses kalkulierte Lächeln. Die Aufnahme war bemerkenswert.

Brady studierte das Gesicht der jungen Frau und legte das Foto beiseite.

Ein Bericht über sie? Wie wird man Pornodarstellerin? Wem würde er die Reportage verkaufen können? Eine Woche Recherche, um in einem Heftchen, gedruckt auf Toilettenpapier, zu landen! Nein, so tief war er nicht gesunken!

Er tippte die Adresse und drückte die ENTER-Taste.

Immerhin wäre er damit zehn Minuten beschäftigt.

Ein roter Vorhang erschien, der sich öffnete, kaum dass der Cursor darübergefahren war. Der Internetsurfer wurde aufgefordert zu bestätigen, dass er volljährig war.

»Das wird interessant.«

Er erledigte die Formalität und landete auf einer schwarzen Seite – ein einziges Video ohne weitere Links. Brady startete es und drehte den Ton lauter.

Was war das? Wahrscheinlich ein Ausschnitt aus dem letzten Film der jungen Schauspielerin und sicher kein Auszug aus ihrem »intimen Internet-Tagebuch«.

Bild- und Tonqualität waren schlecht, die Kamera bewegte sich in den Räumlichkeiten eines baufälligen Hauses, vielleicht einer Fabrikhalle. Miserabel, registrierte der Cineast in ihm, keine Stabilität. Der Autofokus regulierte automatisch die Schärfe, selbst der Schwenk schien unsicher. Eine Frau in grauem Kleid, dicker schwarzer Strumpfhose und Fellstiefeln war jetzt zu sehen. Ihr Mantel lag am Boden. Brady bemerkte, dass ihre Augen verbunden waren und ihre Hände in Eisenringen steckten, die mit Ketten an der Decke befestigt waren.

»Lenny, hör auf mit dem Quatsch; ich finde das jetzt nicht mehr lustig«, befahl die Frau.

Zweifellos Rubis. Die Kamera näherte sich langsam, und Brady erkannte ihre besonderen Gesichtszüge.

»Komm, nimm mir das ab und mach mich los. Beeil dich«, insistierte sie.

Die Schärfe ihres Tons überraschte ihn. Das war hier so weit von den gewöhnlichen Pornofilmen entfernt, dass im Kopf des Reporters sofort die Alarmglocken schrillten.

Der Kameramann hielt einen metallenen Gegenstand ins Bild und verwandelte ihn mit einer geschmeidigen Handbewegung in einen Teleskopschlagstock. Er drehte ihn in der Luft und richtete ihn dann auf den Saum des Kleides, den er langsam anhob.

»Nein! Lass das!«, knurrte Rubis. »Du gehst mir auf die Nerven mit deinen albernen Spielchen. Es reicht jetzt, binde mich los!«

Der Schlagstock hob den Saum weiter an.

Mit einem Hüftschwung wich Rubis aus. Die Ketten an der Decke ließen ihr ein Minimum an Bewegungsfreiheit.

»Stopp!«, rief sie entnervt. »Lass es. Hör auf!«

Zorn schwoll in ihrer Stimme an. Brady wurde immer mulmiger zumute. Einen Augenblick lang wollte er sich schon ausloggen, doch die Neugier hielt ihn davon ab.

Die Hand erschien erneut, diesmal ohne den Schlagstock. Sie wanderte unter den Rock, um mit überraschender Gewalt an der Strumpfhose zu ziehen.

»Verdammt!«, schrie Rubis. »Bist du krank oder wie? Was ist in dich gefahren? Binde mich los, hab ich gesagt!«

Die Strumpfhose hing jetzt zerrissen auf halber Höhe der Schenkel, der Slip eingerollt darin.

»Wie bescheuert du manchmal bist!«

Die Wut machte ihre Stimme schrill. Brady nahm Panik darin wahr. Sehr gut gespielt für eine Filmszene. Zu gut, dachte er.

Es ist trotzdem reine Fiktion. Ich wohne keiner Gewaltszene im Internet bei. Und überhaupt, was hätte das auf der eigenen Homepage zu suchen?

Voyeurismus, das ist alles. Ein Spiel zwischen ihr und ihrem Typen.

Mein Gott, trotzdem, das war gut gespielt!

Rubis schniefte. Ein Schluchzer?

Die Hand kam zurück und zerrte diesmal brutal an ihrem Kleid. Mehrmals und immer fester. Rubis wurde nach hinten gezogen, ihre gefesselten Arme streckten sich. Sie heulte auf, und diesmal war ihre Panik nicht mehr zu überhören.

»Verdammt, was ist in dich gefahren?«, schrie sie mit zitternder Stimme.

Wie besessen machte sich die Hand an dem Kleidungsstück zu schaffen, bei jedem Ruck bäumte sich Rubis auf. Sie stöhnte, wohl mehr aus Angst denn vor Schmerz, und plötzlich zerriss das Rückenteil des Kleides, sodass Rücken und Gesäß entblößt waren.

Die Kamera zoomte zurück in den Weitwinkel. Rubis schluchzte.

»Lenny, es reicht, hör auf!«, bettelte sie in sanfterem Tonfall. »Bitte, hör auf.«

Der Schlagstock kehrte ins Blickfeld zurück.

Die Stimme des Kameramanns ertönte, ganz nah am Mikrofon, und flüsterte honigsüß:

»Ich bin nicht Lenny.«

Brady sah Rubis erstarren. Ihre Schenkel verkrampften sich, und sie richtete sich ruckartig auf.

Die Hand legte sich auf ihr Gesäß und streichelte es. Rubis machte, so weit es die Fesseln zuließen, einen Satz nach vorn, um sich ihr zu entziehen.

Der Stock schnellte hoch und schlug klatschend auf ihre Hinterbacken. Rubis schrie laut auf.

»Nur zu, keine Hemmungen, hier hört dich sowieso weit und breit niemand«, kommentierte der Mann zufrieden.

Die Waffe schob sich zwischen ihre Schenkel und berührte ihr Geschlecht. Rubis schrie auf und suchte vergebens, der Bedrohung zu entkommen. Dann kam der Mann näher, und sein erigierter Penis wurde sichtbar, den er an die junge Frau presste.

Die Kamera wackelte, während der Angreifer selbst die Vergewaltigung filmte.

Brady saß fassungslos da, wie gelähmt beim Anblick dieser barbarischen Gewalttätigkeit.

Nach einer Minute bewegte sich Rubis nicht mehr, ohne freilich das Bewusstsein verloren zu haben, denn ihr Schluchzen drang durchs Mikrofon.

Und der Mann kam mit einem ekelhaften Blöken zum Höhepunkt, wobei er seinen Penis per Zoom noch näher heranholte.

Der Journalist starrte weiter auf den Bildschirm, als dieser schon schwarz war, bereit, den Videofilm von vorn abzuspielen.

Eine Vergewaltigung.

Was hatte das auf Rubis' Website zu suchen? Sie würde so was doch nicht selbst ins Netz stellen!

Vielleicht war es gar nicht ihre Seite.

Sie ist aber auf ihrem eigenen Foto vermerkt.

Sie hatte es Pierre gegeben, das hätte sie bestimmt nicht getan, wenn irgendein Fiesling die ohne ihr Wissen gedruckt hätte!

Brady atmete tief durch. Reine Fiktion ... Und doch waren die Schläge ausgeführt worden! Und ihre Schreie klangen echt ...

Brady konnte sich nicht beruhigen. Alles schien so authentisch … Plötzlich wurde ihm klar, was ihn am meisten irritierte.

Er hatte nicht gegen eine gewisse Erregung anzukämpfen vermocht.

Eine Art Kribbeln hatte sich in seinem Unterleib ausgebreitet und seit Ende des Films nicht verflüchtigt.

Er sprang auf, um direkt aus dem Hahn Wasser zu trinken und sein Gesicht zu erfrischen.

Nichts als verdammte Fiktion …

Man musste schon ganz schön verrückt sein, um so etwas zu machen und zu filmen!

Und noch perverser, um sich so was anzusehen, ist es das? Wie blöd ich manchmal bin!

Er leerte den Browser-Cache, um jede Spur seines Internetverhaltens zu beseitigen. Sobald alle Aufzeichnungen der besuchten Seiten aus dem »Gedächtnis« gelöscht wären, würde er sich wohler fühlen.

Aus wessen? Dem des PCs oder meinem?

»Bill Gates, du wirst erst dann ein wahres Genie sein, wenn du Windows für das menschliche Gehirn gemacht hast«, sagte er laut.

Er vergewisserte sich, dass nichts mehr in seinem Computer war, und ließ sich in seinen Sessel zurücksinken.

»Ein Genie des Bösen«, korrigierte er sich.

Am Abend desselben Tages saß Brady bequem auf dem Sofa und naschte aus den verschiedenen Pappschachteln, die er vom Chinesen um die Ecke geholt hatte. Annabel war schon satt, sie hatte sich in ein bunt gemustertes Plaid gewickelt und wärmte sich die Hände an ihrer Tasse mit dampfendem Tee.

»Ich gönne mir ein paar Tage Verschnaufpause, um mir Gedanken über meine nächste Reportage zu machen«, verkündete Brady. »Könntest du dir freinehmen? Wir könnten ein Chalet in den Catskills mieten? Das würde uns guttun.«

»Jetzt? Nein, das ist unmöglich. Und außerdem fängt bald die Urlaubszeit an. Woodbine bringt mich um, wenn ich mich da verdrücke.«

Brady nickte zum Zeichen, dass er verstand.

»Gibt's was Neues in Sachen Supermarkt-Überfall?«

»Nichts. Das Videoband hat nichts ergeben, und weit und breit ist kein Zeuge in Sicht. Ich warte auf die Laborergebnisse für die Fingerabdrücke. Doch ich mache mir keine Illusionen. Ich stecke in einer Sackgasse.«

Als sie die Tasse zum Mund führte, lösten sich mehrere ihrer Zöpfe und fielen über ihr Gesicht. Brady beobachtete, wie sie die Strähnen hinters Ohr schob.

Sie war eine bildhübsche Frau mit einem göttlichen Körper. Er liebte ihre Art, ihre Offenheit, ihre Entschlossenheit. Warum also ging er bisweilen so auf Distanz? Weil er sie zu gut kannte, ihre Reaktionen, ihre Kommentare vorhersagen konnte? Er musste an Pierre denken, an seine Sichtweise der menschlichen Spezies.

Weil meine Frau kein Neuland mehr ist, weil sie ein erobertes Territorium ist, dessen Ressourcen ich samt und sonders kartografiert habe, und weil mein Reptilienhirn sich bereits seit langem anderen Gefilden zuwendet? Wie grauenhaft ...

Dieser Gedanke gefiel ihm gar nicht, diese Sicht vom Mann als unersättlichem Eroberer.

»Alles in Ordnung?«, fragte Annabel. »Du ziehst so ein komisches Gesicht!«

»Ja, ich dachte an ... Pierre«, log er. »Ich war heute Morgen bei ihm. Es geht ihm nicht besonders gut.«

»Und er will nicht sagen, wie weit seine Krankheit fortgeschritten ist.«

»So ist er eben. Er ist sehr gezeichnet. Ich glaube sogar, er hat abgenommen. Und das will was heißen ...«

»Einfach schrecklich. Ich hoffe, ich werde nicht so enden, nicht nach so einer langen Krankheit, meine ich. Das macht mir am meisten Angst, wenn ich an den Tod denke.«

Brady legte ihr einen Arm um die Schultern und zog sie an sich.

In dieser Nacht hatte er einen verstörenden Alptraum. Er schlief mit einer Frau ohne Gesicht. Und als er langsam zum Orgasmus kam, spürte er, wie Myriaden von Organismen in seinen Unterleib schossen. Er konnte sie fühlen, aber auch hören. Sie lachten ein dämonisches, perverses Lachen.

Ihm wurde klar, dass die Frau sich wehrte, dass sie nicht willig war, doch er machte weiter. Der Drang war zu groß. Der Sex war alles, was zählte. Ein feuchter, geiler Geschlechtsakt. Das war der Schlüssel zum Überleben.

Der Schlüssel zum Gleichgewicht des Mannes.

Seine Lust befriedigen. Immer und immer wieder. Mit oder ohne Anwendung von Gewalt. Und stets mit der gleichen Intensität.

Diese Obsession bestimmte den Mann seit jeher und für alle Zeiten. Das wusste er. Sein Traum wusste es. Er wusste auch, dass die Ursache seiner Laster, seiner Perversionen und sogar seiner Sorgen, was seine eheliche Unzufriedenheit betraf, in der Lustbefriedigung selbst ruhte. Dieser Strahl des Glücks, der sich in einen anderen ergoss …

Ihm dieses Leben übertragen.

Und auch diese Obsession.

Das Böse im Mann, das war sein Samen.

Er wollte ihn überall verströmen, immer und immer wieder.

Brady wachte schweißgebadet auf, sein Penis war fast schmerzhaft hart.

Ein letztes Bild trieb im Kielwasser seines Traums.

Er kam mit unendlicher Lust in dieser Frau zum Orgasmus. Es war Rubis. Und das Bild war das des Films im Internet. Bradys Samen ergoss sich über das Laken.

4

Die Gewissheiten der Nacht sind unerschütterlich.

Nach seinem erotischen Alptraum wusste Brady, dass er Kontakt zu Rubis aufnehmen würde. Er musste sie fragen. Musste Klarheit haben. Während er schlaflos im Bett lag, wurde ihm eines klar: Dass er dieses Video angeschaut und dabei Abscheu, aber zugleich Erregung verspürt hatte, verdammte ihn dazu, der Wahrheit auf den Grund zu gehen. Er wollte verstehen. Sich vergewissern.

Sollte es sich um eine perfekt ausgeführte Erfindung, um nichts weiter als eine Inszenierung handeln, so bliebe sein letztes bisschen Selbstachtung intakt. Was bleiben würde, wären Fantasien.

Brady wartete neun Stunden, bis er zum Telefonhörer griff. Ein Mädchen wie Rubis ging mit Sicherheit spät zu Bett. Möglicherweise würde er sie sogar wecken, aber er hielt es nicht länger aus.

Die Stimme am anderen Ende der Leitung war ein wenig rau, woraus er schloss, dass er sie tatsächlich aus dem Schlaf gerissen hatte.

»Hallo, mein Name ist Brady. Ich bin ein Freund von Pierre. Störe ich Sie?«

»Wer? Pierre? Ach ja, der Dicke …«

Sie schlief nicht. Sie sprach sanft, im Tonfall der Melancholikerin.

»Ich weiß nicht, ob er Ihnen von mir erzählt hat«, fuhr Brady fort. »Ich bin freischaffender Journalist.«

»Ich erinnere mich. Er sagte, Sie seien nicht wie die anderen.«

»Ach, ja? Umso besser ... Ich ... Ich möchte Sie sehen.«

Er hielt den Hörer fest umklammert. Warum hatte er seinen Plan plötzlich geändert? Er konnte sie genauso gut am Telefon befragen!

»Geht es um Pornos?«

»Unter anderem.«

Brady ordnete seine Gedanken und suchte nach überzeugenden Argumenten. Ihm blieb nicht die Zeit, denn Rubis fügte bereits hinzu:

»In welchem Viertel sind Sie gerade?«

»Brooklyn Heights. Ich kann aber auch genauso gut ...«

»Nicht nötig. Treffen wir uns Furman Street/Ecke Montague. Sagen wir um ... elf heute Morgen. Ist das okay für Sie?«

»Perfekt«, erwiderte er.

»Wenn ich komme, dann weil der Dicke, der ehrlich schien, gesagt hat, Sie seien nicht wie die anderen. Bis gleich.«

Sie legte auf.

Der Lärm der Wagen, die über den Brooklyn-Queens Expressway rasten, passte zu der öden Stadtlandschaft, in der Brady auf und ab lief. Eine schmutzige Straße, gesäumt von verrosteten Toren, verfallenen Gebäuden, das Ganze überquert vom Expressway. Dieser Streifen des Ufers, gegenüber der südlichen Spitze Manhattans, hatte von seiner idealen Lage nicht profitiert.

Der Journalist wartete seit fünf Minuten zwischen den Graffiti und den Abfällen, die vom Wind mal in die eine, mal in die andere Richtung getragen wurden, als eine Gestalt in der Ferne auftauchte. Klein, blond, das konnte sie sein.

Als sie fast auf seiner Höhe angelangt war, ging er ein paar Schritte auf sie zu. Rubis hatte die Hände in den Taschen ihrer Daunenjacke vergraben und fixierte ihre Schuhspitzen. Ein paar goldene Strähnen lugten unter ihrer Wollmütze hervor.

»Ich bin Rubis.«

»Brady. Danke, dass Sie gekommen sind.«

Sie war genauso schön wie auf dem Foto. Ihre großen mandelförmigen Augen musterten ihn einen kurzen Moment, bevor sie zum Meer blickten. Sofort fiel Brady auf, dass vor allem eine große Melancholie von ihr ausging. Ihm schien, als sei sie außerstande, zu lächeln oder Freude zu empfinden. War es die Kälte, die ihre Züge erstarren ließ?

»Kommen Sie«, sagte sie und zog ihn zu dem Brachland am Rand der Straße. »Dort hinten sind wir weiter vom Expressway entfernt und können uns besser verstehen.«

Sie folgten einem rissigen asphaltierten Weg und traten auf ein Feld mit hohem gelbem Gras. Brady wartete, bis das Plätschern des Wassers den Verkehrslärm übertönte, und fragte dann:

»Sind Sie New-Yorkerin?«

»Ganz und gar nicht. Ich bin in Ohio aufgewachsen.«

»Was hat Sie hierhergeführt?«

»Das, was alle herführt: der Wunsch, Erfolg im Leben zu haben, Geld zu verdienen, diese Stadt zu sehen.«

Sie antwortete ohne Emotionen, mit monotoner Stimme.

»Warum New York? Sie waren nicht weit von Chicago entfernt oder sogar von Detroit.«

»Glauben Sie wirklich, ein junges Mädchen träumt davon, nach Detroit zu gehen und dort zu jobben? In einer Werkhalle am Fließband zu arbeiten? Nein, entweder hierher oder nirgendwohin.«

»Auf alle Fälle danke ich Ihnen, dass Sie zu diesem Treffen bereit waren. Ich will ehrlich sein: Ich weiß noch nicht, was ich tun werde, vielleicht gibt es nicht einmal einen Artikel. Das alles hat sich sehr schnell entschieden.«

»Sie entscheiden, ich gehorche.«

Ihre unterwürfige Antwort, als wäre er einer ihrer Produzenten, behagte Brady nicht. *Berufskrankheit*, dachte er.

»Warum ich?«, wollte sie wissen.

»Ich höre auf meine Intuitionen.«

»Und was erzählen die Ihnen?«

»Dass Sie ein besonderes Mädchen sind. Dass es eine Geschichte dahinter gibt.«

Rubis stieß die Luft geräuschvoll durch die Nase aus, um sich über sich selbst lustig zu machen.

»Und das nur anhand meines Fotos? Sie sind wirklich begabt!«

Brady wurde klar, dass ihm auch ihre Stimme gefiel, ihre Sanftheit. Was ihn verwirrte, war die Traurigkeit, die von ihr ausging.

»Ich muss Ihnen etwas gestehen«, sagte er. »Ich habe das Video auf Ihrer Website gesehen.«

Sie hielt inne und wandte sich zu ihm um. Ihre Augen musterten ihn lange, die winterlichen Temperaturen machten sie rein wie Eis.

»Hat es Ihnen gefallen?«, fragte sie schließlich.

»Das würde ich nicht behaupten.«

»Aber irgendwie doch, auf gewisse Weise?«

Brady holte tief Luft, richtete sich kerzengerade auf und vernahm dabei ein Knacken in seiner Wirbelsäule.

»Rubis, das war eine Inszenierung, nicht wahr?«

»Wollen Sie es unbedingt wissen?«

»Ich bin … neugierig.«

»Nein, das war keine.«

Mit diesen Worten setzte sie ihren Weg fort und steuerte auf eine große blaue Halle zu, errichtet auf einer Mole, deren Betonpfeiler ein marodes Dach trugen.

Brady wollte beharrlich beim Thema bleiben, doch sie legte ihm den Zeigefinger auf die Lippen, was ihn so sehr verwirrte, dass er schwieg. Noch perplexer aber war er, als sie seine Hand ergriff, um ihn unter das Dach bis ans Ufer zu führen. Das Gelände war übersät mit Schutt und leeren Bierflaschen. Kein Ort, an dem man sich nachts aufhalten sollte.

Rubis ließ sich auf einem Steinblock nieder und forderte Brady auf, es ihr gleichzutun. Ihr Schal verrutschte, sodass ein Teil ihres Halses entblößt wurde. Der Journalist entdeckte ein Hämatom mit abgeschürfter Haut. Rubis rückte den Schal sofort wieder zurecht.

Wurde ihr regelmäßig solche Gewalt angetan? Das Video ließ den Schluss zu.

»Wenn das, was ich gesehen habe, echt ist, warum haben Sie es dann auf Ihre Website gesetzt? Das verstehe ich nicht …«

»Ich bin ein besonderes Mädchen, erinnern Sie sich? Der Sex in all seinen Formen, das bin ich heute. Ohne Tabus, ohne Grenzen. Schauen Sie, ich könnte mich jetzt für einen Blowjob vor Sie hocken, nur um Sie glücklich zu machen. Das würde mich nicht stören, ich bin ein Lustobjekt.«

Brady schluckte und verschränkte die Arme vor der Brust; er fühlte sich plötzlich unbehaglich.

»Na, wie wär's?«, beharrte Rubis.

Brady blieb stumm. Er, der die Maskerade der gesellschaftlich geregelten Beziehungen verabscheute, sah sich jetzt in seinem eigenen Terrain mit seinen eigenen Waffen geschlagen. Sie zwang ihn zu einer Ehrlichkeit gegenüber sich selbst, die ihn aus der Bahn warf.

»Es ist einsam hier«, insistierte sie. »Niemand wird es erfahren. Es ist nur ein wenig ausgetauschtes Glück, mehr nicht. Wen stört es, dass wir uns kaum kennen. Sie kommen in meinem Mund, und anschließend wird es viel leichter sein, sich alles zu erzählen. Keine Barrieren mehr.«

Brady war sich nicht klar darüber, wie er reagieren sollte. Er wusste, dass er es nicht akzeptieren würde, und war doch außerstande, mit einem entschlossenen »Nein« zu antworten.

Zum ersten Mal nahm er den Anflug eines Lächelns bei ihr

wahr. Ein bitterer, ernüchterter Zug um ihre Lippen, der ihm augenblicklich missfiel.

»So erregt man die Aufmerksamkeit eines Mannes«, spottete sie. »So fasziniert man ihn.«

»Sie haben etwas … Verunsicherndes.«

»Nein, ich wecke Schuldgefühle. Das ist etwas ganz anderes. Heute Abend werden Sie an diesen Augenblick zurückdenken und sich fragen: Was wäre passiert, wenn ich spontan ja gesagt hätte? Ich würde bereits vor Ihnen knien, statt mit Ihnen zu reden. Und doch haben Sie Schuldgefühle.«

Brady wurde immer mulmiger zumute, und er zog es vor auszuweichen.

»Rubis ist nicht Ihr wirklicher Name, oder?«

Die junge Frau fixierte ihn mehrere Sekunden. Brady fragte sich, was in ihrem Kopf vorgehen mochte.

Verdammt, ist sie schön!

Sie wühlte in ihren Taschen und hielt ihm ihren Führerschein hin.

Sondra Ann Weaver, las er. *Zweiundzwanzig Jahre.*

Plötzlich ärgerte ihn die Tatsache, dass ein so einzigartiges, so bezauberndes Mädchen in Pornofilmen spielte. Bei der Vorstellung, wie sich diese Typen an ihrem Körper zu schaffen machten, wurde er ganz krank.

»Was hat Sie veranlasst, in Hardcorevideos mitzuwirken?«

Rubis stieß ein trockenes, sarkastisches Lachen aus.

»Sie sind nicht bereit, Ihren Schwanz in meinen Mund zu stecken. Dass ich aber mein Intimleben vor Ihnen ausbreite, das stört Sie nicht.«

Erneut verunsichert durch ihren Tonfall, erwiderte er etwas zu schroff:

»Ich bin hier, um Ihnen Fragen zu stellen, das ist alles. Es ist an Ihnen, zu antworten oder nicht. Sie sind deshalb gekommen, oder?«

»Und Sie, Brady, sagen Sie mir, weshalb Sie wirklich gekommen sind. Um zu sehen, ob es sich lohnt, Ihre Zeit dieser erbärmlichen Pornoschauspielerin zu widmen, oder weil Sie mein Video so sehr berührt hat, dass Sie mich in natura sehen wollten?«

»Nein, nein, es ist nicht, was Sie denken. Ich bin nicht einer von diesen Perversen, die …«

Irgendetwas in ihr löste sich plötzlich, und Tränen schossen ihr in die Augen.

»Ich werde durch die Hölle gehen, Brady. Und was Sie sind oder nicht, interessiert mich nicht.«

»Tut mir leid, ich wollte Sie nicht brüskieren.«

»Die Hölle, das Paradies, glauben Sie an all das?«

Brady schüttelte langsam den Kopf.

»Nein.«

Sie ließ den Blick über die Bucht schweifen und presste die Lippen zusammen, um ihre Schluchzer zu unterdrücken. Als sie sich wieder ihm zuwandte, las Brady das nackte Grauen in diesen beiden blauen Seen, die ihn verschlangen.

»Man hat Dinge mit mir gemacht, die Sie sich niemals vorstellen können«, murmelte sie. »Dinge, von denen man sich nicht erholt.«

»Ich habe dieses Video gesehen, Sondra, und ich kann …«

»Ach, das war gar nichts, eine Lustpartie im Vergleich zu dem, was sie mir sonst antun.«

»Wer sind *sie*?«

»Die Dämonen. Ich habe nie daran geglaubt, bis ich sie gesehen habe. Es gibt tatsächlich Dämonen. Es sind keine Halloween-Gestalten, sondern wahre Kreaturen Satans. Sie ziehen durch die Straßen, ich bin ihnen begegnet.«

Brady wedelte mit dem Führerschein, den er immer noch in der Hand hielt.

»Hören Sie, wollen Sie nicht mit in mein Atelier kommen?

Dort koche ich uns einen Kaffee, und wir unterhalten uns in Ruhe. Einverstanden?«

Sie schüttelte den Kopf.

»Ihr Freund hatte unrecht.«

Sie zog etwas aus der Tasche, und Brady begriff nicht gleich.

Erst als er das metallene Klicken vernahm, schrillten seine Alarmglocken. Seine Muskeln spannten sich an.

»Letzten Endes sind Sie doch wie alle anderen«, rief Rubis.

Und ein gleißender Blitz riss ihr das Gesicht weg.

5

Der Widerhall der Detonation hing noch über der Bucht.

Rubis lag zu seinen Füßen. Sie war in sich zusammengesackt, hintenübergefallen, die Beine sonderbar verdreht.

Etwas Rotes, Schwammiges glitt von dem Führerschein, den Brady noch immer in der Hand hielt, und landete mit einem weichen, schmatzenden Geräusch auf dem Boden. Blut bedeckte das Foto. Diejenige, die ins Objektiv blickte und deren Existenzbeweis er an sich genommen hatte, war nichts anderes mehr als ein gesichtsloses Etwas mit aufgerissenem Schädel.

Brady war wie gelähmt.

Die Kiefer blockiert. Die Bewegung erstarrt.

Sein Gehirn weigerte sich, die ihm übermittelten Informationen zu verarbeiten.

Unmöglich.

Er müsste nur blinzeln, und sie wäre wieder da – melancholisch, bildschön, unversehrt.

Und doch brannte der Pulvergeruch in seiner Nase. Trotz des Windes, trotz der Weigerung.

Er wollte aufstehen, aber seine Beine versagten ihren Dienst, und er kauerte im Staub neben der Leiche. Erst da bemerkte er den Eisengeschmack in seinem Mund. Rubis hatte sich in ihn katapultiert, ihr Blut auf seinem Gaumen, auf seiner Zunge.

Sein Magen krampfte sich zusammen, und er konnte sich gerade noch umdrehen, um sein Frühstück zu erbrechen, bevor er, die Hände vors Gesicht geschlagen, auf die Knie sank.

Er dachte blitzschnell nach, um den Film zurückzuspulen und zu verhindern, was soeben geschehen war. Verzweifelt.

Sie war tot. Tot, wiederholte er.

Er durfte nicht hierbleiben.

Kein Gedanke daran, die Polizei zu benachrichtigen, nur den, die Flucht zu ergreifen. Nicht in all das verwickelt zu werden. Wie sollte er seine Anwesenheit hier – mit ihr – erklären?

Weil ich eine Reportage über Pornos im Sinn hatte? Ein Treffen an einem einsamen Ort mit einem Starlet und niemandem sonst? Ich habe kein Notizheft dabei, kein Diktafon, keine Kamera.

Eine Vorbesprechung. Um das Terrain zu sondieren.

Und wenn sie mich beschuldigen, sie getötet zu haben?

Es war nicht seine Waffe, und seine Fingerabdrücke waren nicht darauf!

Die Sache war Brady nicht geheuer. All das war undurchsichtig, das Vergewaltigungsvideo, alles. Zum Glück hatte er alle Spuren auf seinem Computer gelöscht.

Wirklich alle? War es mit den modernen Mitteln der Informatik nicht möglich, beseitigte Dateien wieder zurückzuholen?

Sie würden ihm unterlassene Hilfeleistung zur Last legen, ihm vorwerfen, den Selbstmord nicht verhindert zu haben. Vielleicht sogar, sie zum Abdrücken ermuntert zu haben.

Man hört bisweilen noch verrücktere Geschichten!

Er hatte seine Entscheidung getroffen.

Die Umgebung ringsherum begann sich zu drehen. Er rappelte sich hoch und achtete darauf, einen Bogen um die Tote zu machen. Er wollte sie nicht mehr sehen, fühlte sich außerstande, sie anzuschauen.

So schnell wie möglich von hier verschwinden.

Bevor ihn jemand entdeckte.

Er blickte hinüber zu den Heights mit der berühmten Promenade und den verschachtelten Häuserfassaden.

Er lebte dort drüben. Er konnte die Fenster seiner Wohnung ausmachen. Er stellte sich den Ausblick von seinem Nest aus vor und erinnerte sich, dass er aus dieser Entfernung weder eine Person, geschweige denn ein Gesicht zu erkennen vermochte. Zum Glück.

Ein heimliches Rendezvous mit einem Mädchen, das ihn faszinierte, und er hatte eingewilligt, sich mit ihr unter seinen eigenen Fenstern zu treffen.

Angesichts dieser Ironie des Schicksals musste er sich beinahe erneut übergeben.

Ich habe mir nichts vorzuwerfen. Habe nichts zu verbergen.

Warum also fliehen?

Ihm wurde klar, dass er floh, so wie er Stunden zuvor jede Spur von seinem Besuch auf Rubis' Website entfernt hatte. Um seine Schuld auszulöschen. Weil er, noch bevor er ihr persönlich begegnet war, tief in seinem Innern gewusst hatte, dass er ein deutliches sexuelles Verlangen nach ihr verspürte.

Er hatte sich, indem er sie traf, wissentlich in eine gefährliche Lage gebracht.

»Und doch haben Sie Schuldgefühle, hatte sie gesagt.

Brady rannte auf die Straße.

Ihm war bewusst, dass er einen monumentalen Fehler beging.

Doch er war nicht bereit, der Wahrheit ins Gesicht zu sehen.

Als er die Montague Street hinauflief, hielt er kurz inne, um seine Kleidung zu inspizieren.

Kleine rote Flecken waren auf seinem Pullover zu sehen. Er knöpfte schnell seine Jacke zu, um sie zu verbergen.

Außerstande, die U-Bahn zu nehmen – allein der Gedanke, von den anderen Fahrgästen betrachtet zu werden, trieb ihm den Schweiß auf die Stirn –, kehrte er über die großen Verkehrsachsen und breiten Bürgersteige, auf denen sich die Menschen drängten, ohne Notiz voneinander zu nehmen, zurück ins DUMBO-Viertel.

Auf halbem Weg sah er ein öffentliches Telefon und wusste, was er zu tun hatte.

Das wenigstens schuldete er Rubis.

Er wählte die Nummer 911, bemühte sich um eine ernste Stimme und informierte die Polizei, er habe eine Frau gesehen, die sich eine Kugel in den Kopf geschossen habe. Nachdem er die Adresse genannt hatte, legte er auf, noch bevor man ihn nach seiner Identität fragen konnte. Am nächstbesten Automaten kaufte er eine Flasche Wasser. Er leerte sie in einem Zug, in der Hoffnung, diesen Eisengeschmack zu vertreiben, den er immer noch auf der Zunge hatte. Den Geschmack von Rubis' Blut.

Schließlich zog er das schwere Gitter vor seinem Loft hoch, entledigte sich seines Pullovers und bearbeitete die Flecken mit einem feuchten Tuch, bis das Rot braun, dann grau wurde. Im Spiegel bemerkte er Punkte auf seiner Stirn. Vereinzelt und zu unauffällig, als dass ein Passant auf der Straße darauf hätte aufmerksam werden können, für ihn selbst aber doch so deutlich, dass er sich über das Waschbecken beugen musste, um Galle aus seinem Körper zu speien.

Was hatte er getan?

Nicht ich habe sie getötet! Das muss ich mir einhämmern. Ich bin nicht verantwortlich!

Trotzdem fühlte er sich schuldig.

Schuldig wegen eines Verlangens, das er nicht zu akzeptieren vermochte.

Aber nicht an ihrem Selbstmord, wiederholte er sich.

Er fand den Führerschein in seiner Tasche. Nicht in der Lage, ihn abzuwaschen, legte er ihn auf seinen Schreibtisch, bevor er sich auf sein Sofa fallen ließ.

Und jetzt?

Zu etwas anderem übergehen. Nicht mehr daran denken, alles, was Rubis betraf, aus seinem Gedächtnis löschen, das müsste er jetzt tun.

Sie hatte ihr Gesicht weggeschossen.

Das könnte er nie vergessen.

Er würde nicht mehr schlafen.

Bei der Vorstellung, Annabel am Abend gegenüberzutreten, drehte sich ihm erneut der Magen um. Er wäre nicht in der Lage, sich zu verstellen. Sie würde es spüren. Sie würde ihm anmerken, dass etwas passiert war.

Und doch dürfte er ihr nichts sagen. Dies ging weit über das hinaus, was sie zu verstehen vermochte. Er hätte die Wahrheit verschleiern und vorgeben können, dass es sich um eine Reportage handelte. Doch er wusste, er war außerstande, seine Frau zu belügen. Annabel war zu stark bei diesem Spiel, als dass er sich in seinem jetzigen Zustand darauf hätte einlassen können.

Er wählte ihre Handynummer und geriet – erleichtert – an die Mailbox.

»Liebes, ich komme heute Abend nicht oder sehr spät heim, ich weiß es noch nicht. Die Leute vom *National Geographic* haben mich um dringende Änderungen gebeten; die können ein Weilchen dauern. Schlimmstenfalls schlafe ich hier. Ich umarme dich.«

Sein Herz überschlug sich. Er legte auf.

Da er nicht würde vergessen können, müsste er seine Gefühle fortan einschließen, eine Mauer zwischen sich und dem Durchlebten errichten und Rubis auf dem Friedhof seines geheimen Gartens begraben.

So tief wie möglich.

6

Der Bagger grub sich in das Erdreich, um das Grab auszuheben.

Ein Elternpaar asiatischer Herkunft stand eng aneinandergeschmiegt da, als wäre der Schmerz ein eiskalter Wind, dem man keinen Zwischenraum lassen durfte. Ihr einziger Sohn war tot, und sie wollten seine letzte Ruhestätte sehen.

Annabel sprach den beiden ihr Beileid aus und entfernte sich, um ihren Teamkollegen Jack Thayer zu begrüßen. Er war um die vierzig, wirkte aber mit seinen vielen tiefen Falten und seinem grauen Haar zehn Jahre älter. Er ließ einen Gedichtband von Russell Edson in seiner Jackentasche verschwinden.

»Lass mich raten«, sagte er. »Du bist nicht vorangekommen.«

»Ich musste es tun, Jack. Ich muss herausfinden, ob er Feinde hatte.«

»Der Junge ist gestorben, weil er zur falschen Zeit am falschen Ort war. Das ist absolut tragisch, doch seine Eltern werden uns nicht helfen können, den Mörder zu fassen.«

»Das war unsere einzige Spur.«

»Nein, das war ein letzter Hoffnungsschimmer. Eine Spur bedingt einen brauchbaren Hinweis, bring jetzt nicht alles durcheinander«, erwiderte er in halb belehrendem, halb ironischem Tonfall. »Ende der Ermittlungen, wir haben alles nur Menschenmögliche getan. Fortan muss uns ein hypothetischer *Deus ex Machina* zu Hilfe eilen, sonst ist dieser Fall am Ende nichts weiter als eine von vielen Aktennummern im Archiv.«

»Du deprimierst mich, Jack.«

»Der Realität ins Gesicht zu sehen ist deprimierend. Komm, ich lade dich auf dem Rückweg irgendwo zum Mittagessen ein.«

Am frühen Nachmittag erreichten die beiden Detectives das 78. Polizeirevier von New York und wurden von dem schwarzen Riesen, der über die Abteilung herrschte, zu sich zitiert.

»Sie beide in mein Büro!«

Zwei weitere Cops in billigen Anzügen warteten dort bereits.

Geräuschvoll ließ Captain Woodbine die Tür hinter Annabel ins Schloss fallen und stellte sich vor sein Team. Er war so groß, dass er den Kopf einziehen musste, um nicht mit dem Kopf an die Lampe zu stoßen, die von der Decke hing.

»Wie weit sind Sie mit dem Mord im Supermarkt?«, fragte er.

»Wir stecken in einer Sackgasse«, gestand Annabel.

»Das habe ich befürchtet. Gut, das 84. Revier ist völlig überlastet – zwei Morde, ein Raubüberfall und eine Karambolage, die nach einem Selbstmordversuch aussieht, all das heute Morgen, die Jungs haben ganz schön zu tun. Sie brauchen unsere Hilfe. Thayer und O'Donnel, ihr kümmert euch um eine Schlägerei mit üblem Ausgang in einem Restaurant an der Gold Street. Lenhart und Collins, für euch habe ich eine nicht identifizierte Leiche, die am Fulton Terminal entdeckt wurde.«

»Unter dem Brooklyn-Queens Expressway?«, erkundigte sich Annabel.

»Genau.«

»Könnten wir diese Sache übernehmen? Ich wohne direkt gegenüber; ich kenne mich in der Ecke aus.«

Woodbine warf Lenhart rasch einen prüfenden Blick zu.

»Wenn du dir einen John Doe aufhalsen willst, überlasse ich ihn dir mit größtem Vergnügen!«, meinte Lenhart.

Woodbine hob eine seiner Pranken, zum Zeichen der Zustimmung.

»Dank eines anonymen Anrufers wurde die Leiche gefunden«, präzisierte er. »Der Typ sagte, er hätte gesehen, wie sich die Person eine Kugel in den Kopf gejagt hat.«

»Woher kam der Anruf?«, wollte Thayer wissen.

»Aus einer öffentlichen Telefonzelle in den Heights. Sie wurde untersucht, aber es macht keinen Sinn, Fingerabdrücke zu nehmen; es sind viel zu viele dort.«

Bevor sie das Büro verließ, drehte sich Annabel noch einmal um und fragte:

»Eine letzte Sache, Captain. Fangen wir mit dem Fall an und übergeben ihn dann dem 84. Revier, oder ist es unserer?«

»Was du anfängst, bringst du auch zu Ende.«

Zwei Polizeiwagen mit Blaulicht parkten unter dem Vordach der Halle.

Die Wolken nahmen eine bleierne Färbung an, so dicht, als stünden sie kurz davor, die ganzen Wasser der Sintflut über die Erde zu ergießen. Aufgewühlt von den Böen des Atlantiks warf die Bucht dasselbe drohende Grau zurück.

Jack und Annabel stellten ihren Wagen ab. Ganz am Ende des Lagers hatten zwei uniformierte Polizeibeamte soeben ein recht großes Areal mit ihrem gelb-schwarzen Absperrband markiert, das im Wind knatterte.

Annabel überließ ihrem Teamkollegen die Begrüßungsformalitäten und hielt den beiden nur ihre Dienstmarke hin.

»Detective Thayer und Detective O'Donnel vom 78. Revier. Wie wir gehört haben, sind Sie überlastet.«

»Das können Sie laut sagen!«, erwiderte der korpulentere der beiden Polizisten, dessen stattlicher Bauch sich über den Hosenbund wölbte. »Das Mädchen liegt dort. Ich muss Sie warnen – kein schöner Anblick!«

Der andere Cop sprang plötzlich mehrmals hoch und fuchtelte mit den Armen in der Luft.

Drei Möwen flogen kreischend auf.

»Diese verdammten Viecher fressen das ganze Gehirn weg!«, rief er entnervt. »Alles nur wegen der Schlachthöfe und der Fleischmärkte in der Stadt. Die Kerle dort lagern die Gerippe im Freien, und die Möwen haben längst die schlechte Gewohnheit angenommen, sich dort zu bedienen.«

Annabel näherte sich der Toten, um sie zu begutachten.

Das Mädchen hatte kein Gesicht mehr. Es war durch den Schuss völlig zerfetzt.

Die Polizistin holte tief Luft, um den Druck loszuwerden, den der Anblick in ihr erzeugte.

Du hast schon Schlimmeres gesehen, also entspann dich.

Und doch traf sie der Anblick einer Leiche jedes Mal mit der gleichen Wucht.

Annabel richtete ihre Aufmerksamkeit auf die Hände. Sie waren intakt.

Mit etwas Glück sind die Fingerabdrücke in unserer Datenbank. Ansonsten dürfte es schwierig werden, ihre Identität herauszufinden.

Thayer beugte sich über den Revolver, den sie noch immer umklammert hielt.

»Es ist selten, dass ein Selbstmörder seine Waffe im Fallen in der Hand behält.«

»Aber es kommt vor«, entgegnete Annabel.

Halt dich an die Fakten, sei pragmatisch, dann wird es schon gehen.

»Es ist eine Smith & Wesson, Kaliber 44«, präzisierte der Cop, der die Möwen verscheucht hatte. »Ein Modell der Serie 629, glaube ich. Ähnelt demjenigen im Emergency Survival Tool Kit gegen Bären, Serie 629ES.«

Thayer bedachte ihn mit einem verwunderten Blick.

»Sind Sie ein Freund von Dirty Harry?«

»Ich mag Feuerwaffen. Ich sammele sie und habe bei meinem Cousin das gleiche Modell gesehen. Er geht oft in den Wäldern von Tennessee auf die Jagd; dort muss man sich vor Bären in Acht nehmen. Wundert mich nicht, dass sie sich mit so einem Ding die Hälfte des Kopfes weggerissen hat!«

»Haben Sie die Leiche berührt?«

»Nein, ich habe nur ihre Taschen nach einem Ausweis durchsucht, hab sonst aber nichts verändert.«

Annabel überlegte, mit welcher Methode man den Bereich am effektivsten absuchen könnte.

»Sagen Sie, gibt's denn keinen Fotografen, keinen Gerichtsmediziner, niemanden?«

»Heute ist einfach die Hölle los«, erwiderte der Korpulente. »Der Captain wusste, dass er niemanden schicken konnte, und hat uns beauftragt zu warten, bis Sie kommen. Das alles über Handy. Sobald ich bei der Zentrale die Ambulanz und den ganzen Kram anfordere, kreuzen gleich die Journalisten auf. Ich lasse Sie Ihren Job machen und befolge Ihre Anweisungen.«

Annabel nickte. Umso besser.

»Hier ist Erbrochenes«, stellte Thayer fest. »Nicht weit von unserer Toten entfernt.«

»Sie könnte panische Angst gehabt haben, bevor sie sich umgebracht hat«, meinte Annabel.

Jack Thayer untersuchte die Leiche der jungen Frau erneut und murmelte vor sich hin, wie er sich die Szene vorstellte:

»Sie kommt hierher, um sich das Leben zu nehmen. Sie ist fest entschlossen und zugleich in Panik. Sie erbricht vor Angst, setzt sich auf den Steinblock dort und drückt ab. Warum nicht? Allerdings schießen sich Frauen für gewöhnlich nicht mitten ins Gesicht, das ist eher Männersache. Frauen zerstören ihr Herz, das sie leiden lässt! Männer zerstören das, was die Wurzel ihres Problems ist: ihr Gehirn und damit ihre Gedanken, ihre Persönlichkeit. Der charakteristische Unterschied zwischen Männern und Frauen.«

Annabel und Jack hatten schon mehrfach darüber gesprochen, dass sich Frauen, die mit einer Feuerwaffe Selbstmord begehen, vorwiegend in die Brust schießen.

»Auf den ersten Blick lässt sich feststellen«, beharrte Thayer, »dass die Kleine sehr auf ihr Äußeres achtete. Sie hat einen perfekten Körper. Warum das Gesicht zerstören, das wahrscheinlich genauso schön war?«

»Weil ihr plötzlich klar wird, dass ihr das überhaupt nichts nützt? Eine totale Ablehnung unserer Gesellschaft der Illusion, des Scheins?«

Thayer verzog den Mund.

»Und wenn es ein vorgetäuschter Selbstmord war?«

Annabel schüttelte energisch den Kopf.

»Ich wusste, dass du in diese Richtung gehen würdest! Nein, Selbstmord!«, entgegnete sie und warf ihre Zöpfe in den Nacken.

»Ich nehme die Wette an. Der Gewinner lädt den anderen ins Theater ein, in ein Stück seiner Wahl.«

»Musical, gilt das auch?«

Thayer deutete auf das Erbrochene und mit der anderen Hand auf die Leiche. Der Abstand betrug mehrere Meter.

»Wenn sie sich anschickt, das zu zerstören, was sie am meisten ausmacht – ihre Gesichtszüge –, warum übergibt sie sich nicht an der Stelle, an der sie sich tötet?«

»Diese Art von Hypothese ist keinen Pfifferling wert, Jack. Sie kann eine Viertelstunde herumgeirrt, ewig lange auf und ab gelaufen und dann erst zur Tat geschritten sein.«

»Der Kopf, Anna! Sie hat sich mitten ins Gesicht geschossen! Nicht in die Schläfe, nicht in den Hinterkopf, sondern mitten ins Gesicht, von unten, wie es scheint. Das weist auf Entschlossenheit hin. Sie steht hinter dem, was sie tut, sie hat so oft daran gedacht, dass sie nicht zögert. Sie hat ihren Revolver angestarrt, um ihrer eigenen Hinrichtung ins Auge zu sehen! Ich glaube nicht, dass sie sich übergeben hat.«

Annabel riss die Augen auf.

»Wer dann?«

»Jemand, der sich dort aufhielt und sein Frühstück erbrochen hat, nachdem er sie erschossen hat. Die Emotionen sind zu heftig, vom Adrenalin ist ihm übel geworden.«

»Es könnte auch ein Zeuge gewesen sein: Er wohnt der Szene bei, hält es nicht aus und entfernt sich, um sich zu übergeben. Jack, ich weiß nicht, ob es Sinn macht, solche voreiligen Schlüsse zu ziehen.«

Er hob die Hand, um einen Augenblick zusätzlicher Aufmerksamkeit einzufordern.

»Ein Zeuge hätte sie von ihrer Tat abhalten können. Ich sehe aber nirgendwo Spuren von einem Kampf. Und jetzt die letzte Frage: Warum hat unser Zeuge uns erst von den Heights aus alarmiert? Wenn er sich nichts vorzuwerfen hat, hätte er die Polizei eher benachrichtigen können. Ich bin sicher, dass es auch in der Umgebung Telefonzellen gibt! Schau dich um, wenn er wirklich hat beobachten können, wie sie sich die Kugel gegeben hat, muss er sich vor Ort aufgehalten haben. Es ist finster hier, er war also ganz nahe. Wir werden Proben von dieser netten Gabe nehmen, und ich garantiere dir schon jetzt, dass es nicht die DNA von unserer Toten ist. Das war Mord, sage ich dir! Das spüre ich.«

Der korpulente Polizeibeamte trat zu ihnen.

»Was tun wir jetzt? Soll ich die Spurensicherung anrufen, damit sie die Proben nehmen können? Dann sind allerdings auch die Schreiberlinge sofort zur Stelle!«

Annabel sah ihren Teamkollegen eindringlich an, bevor sie antwortete:

»Sperren Sie zwei Bereiche ab, denjenigen, den Sie bereits eingegrenzt haben und zu dem nur wir, der Fotograf und der Gerichtsmediziner Zugang haben. Bereiten Sie einen zweiten Bereich am Eingang der Halle vor. Dorthin können die Pressefritzen und die hohen Tiere kommen. Sie werden sich privilegiert fühlen, ohne uns zu stören. Doch vorher kämmen wir den ganzen Sektor peinlich genau durch.«

»Zu viert? Wir werden drei Stunden brauchen!«

»Deshalb machen wir uns sofort an die Arbeit.«

7

Annabel bestand darauf, dass alle Gegenstände, an denen eventuell Spuren von DNA oder Hautpartikel hafteten, aufgesammelt wurden: Bierdosen und -flaschen, Zigarettenkippen, Werbeprospekte oder Sandwichverpackungen, die der Wind nicht davongetragen hatte.

Falls es sich doch um einen Mordfall handelte, wären sie froh über jedes Indiz.

Sie erledigten die Arbeit zu viert mit Plastiksäckchen, die Annabel stets dabeihatte. Der Fotograf erschien als Erster, gefolgt vom Gerichtsmediziner und von der Presse. Drei Fernsehwagen bremsten mit quietschenden Reifen, als dürften sie den Abtransport der Toten unter keinen Umständen versäumen. Da es unmöglich war, die Leiche zu filmen, könnten sie wenigstens eine Großaufnahme von dem schwarzen Leichensack machen.

Der Gerichtsmediziner konnte vor Ort nichts Präzises sagen. Der genaue Todeszeitpunkt war schwer zu bestimmen, da der Wind die Abkühlung der Leiche beschleunigt haben dürfte. Trotzdem schätzte er ihn grob zwischen zehn und zwölf Uhr ein.

In Begleitung der beiden Polizisten, die noch immer anwesend waren, nahm Thayer eine Untersuchung der Nachbarschaft vor. Sie beschränkte sich auf eine kurze Tour durch die Umgebung, um sicherzugehen, dass sich dort, zumindest momentan, nirgendwo ein Obdachloser aufhielt. Annabel erklomm die Anhöhe. Oberhalb der Rampe des Expressway sah sie eine langgestreckte Promenade. Sie kannte sie gut, bewohnte sie doch eines der Häuser an diesem schmalen Grüngürtel. Annabel befragte die Passanten, ob sie etwas gesehen oder gehört hätten.

Der kontinuierliche Verkehrslärm weiter unten errichtete eine Schallmauer, die es unmöglich machte, von hier aus einen Schuss, der mehrere hundert Meter entfernt abgegeben wurde, wahrzunehmen. Sie suchte nach Spaziergängern, vor allem nach älteren Leuten, die regelmäßig hierherkamen, stellte ihnen Fragen, erhielt jedoch keine sachdienlichen Hinweise.

Gegen Ende des Nachmittags traf sie Thayer, um die ersten Berichte abzufassen und Untersuchungen in den Labors in Auftrag zu geben.

Bis zum Abend hatten sie den Papierkram erledigt.

Annabel betrat das Büro ihres Kollegen.

»Was hältst du davon, wenn ich dich zum Essen ins Tanner einlade? Anschließend geht es dann weiter zum Kings County Hospital, zur Autopsie.«

»Fährst du nicht nach Hause?«

»Brady hat mir eine Nachricht hinterlassen; er arbeitet heute bis spät in die Nacht hinein.«

»Dann bin ich dein Mann.«

Sie trafen vor der imposanten braunen Fassade des Kings County Hospital ein, und Annabel parkte den Wagen in gebührendem Abstand vom Haupteingang. Aus Erfahrung wusste sie, dass man ihn meiden musste, fanden sich hier doch allein in der Notaufnahme jährlich an die hunderttausend Patienten ein. Inmitten der schlimmsten Ecken von Brooklyn gelegen, war das Krankenhaus immer voll belegt. Die durch Feuerwaffen Verletzten trafen in so großer Zahl ein, dass die Armee hier eines ihrer wichtigsten medizinischen Ausbildungszentren eingerichtet hatte.

Sie betraten den Komplex durch den Diensteingang und begaben sich ins Untergeschoss, wo sie Dr. Mitchels antrafen, einen vierzigjährigen Farbigen, dessen Bart bereits von weißen Fäden durchzogen war.

»Ich habe schon mit den Voruntersuchungen begonnen«, erklärte er. »Gewicht, Größe, Kleidung. Sie werden nicht enttäuscht sein.«

»Warum?«, wollte Annabel wissen.

»Die Tote hat erhebliche Verletzungen! Kommen Sie und überzeugen Sie sich selbst.«

Der Autopsieraum – weiße Kacheln, Edelstahlmöbel, grelle Operationslampen – roch nach Desinfektionsmitteln, und die Klimaanlage sorgte für eiskalte Temperaturen. Die Leiche des Opfers lag nackt auf dem Untersuchungstisch und wies zahlreiche Wunden auf.

Die Schnitte waren drei bis fünf Zentimeter lang, alle frisch genäht. Zwei im Bauchbereich, einer an der rechten Seite, ein anderer an der linken Brust und ein letzter am rechten Oberschenkel.

»Haben Sie eine Vorstellung, was das sein könnte?«, erkundigte sich Thayer.

»Nein, aber ich wollte unser Opfer erst in Ihrer Gegenwart öffnen«, sagte der Arzt und griff zum Skalpell. »Sie hat auch viele kleine Narben älteren Datums, man erkennt sie nicht gut, sie erinnern aber an Verletzungen mit einer Rasierklinge. Ich habe Fotos und die üblichen Röntgenbilder gemacht, ohne dass mir etwas Besonderes aufgefallen wäre.«

Mit sicherer Hand durchtrennte er die Fäden, die die Ränder des Schnittes an der Hüfte zusammenhielten, und richtete den Strahl einer kleinen Lampe darauf.

Währenddessen ließ Annabel den Blick über die Tote wandern. *Schön* war das passende Wort, sah man einmal von dieser obszönen Blume auf ihrer vorderen Schädeldecke ab. Schlanke, muskulöse Beine, Bauchmuskeln, kaum verborgen durch einen Schleier samtener Haut, hübsche runde Brüste. Sie hatte bestimmt Erfolg in der Männerwelt gehabt. Ihre Schamhaare waren bis auf einen schmalen Streifen perfekt entfernt, ihre Achselhöhlen glatt rasiert, sie hatte sich bis ins kleinste Detail sorgfältig gepflegt. Annabel betrachtete ihren geschwollenen Hals. Ein Hämatom von der Größe einer Faust hob sich deutlich ab, in der Mitte zwei nebeneinanderliegende Blutkrusten.

Wie der Biss eines Vampirs.

»Der Schnitt ist tief«, ließ sich der Gerichtsmediziner vernehmen und riss Annabel damit aus ihren Gedanken. »Mindestens zehn Zentimeter.«

Er hatte sich über den Tisch gebeugt, um das Innere der Wunde in Augenschein zu nehmen.

»Hervorgerufen durch eine Klinge?«, erkundigte sich Annabel.

»Höchstwahrscheinlich, und zwar handelt es sich um einen einzigen Stich, die Klingenspitze deutet nur in eine Richtung. Allerdings wurde der Schnitt anschließend erweitert. Infektion. Ich weiß nicht, wie sie sich das zugefügt haben kann. Sie befand sich in einem üblen Zustand. Dieses Mädchen hätte sich dringend in einem Krankenhaus behandeln lassen müssen.«

Er wiederholte die Prozedur mit allen anderen Schnitten und nahm sich die Zeit, den Körper nachdenklich zu betrachten.

»Ein Problem?«, wollte Annabel wissen.

»Nein, ich sage nur, dass sie Glück gehabt hat, wenn der Ausdruck erlaubt ist, denn es wurde keine Arterie getroffen, nicht einmal am Schenkel. Die Wunden sind tief, aber nicht … gefährlich, jedenfalls nicht unmittelbar. Bei einer oder zweien kann man von günstigem Zufall sprechen, bei fünf Verletzungen ist davon auszugehen, dass besondere Sorgfalt darauf verwendet wurde, ihr Leben nicht zu gefährden.«

»Könnte sie sich die Verletzungen selbst beigebracht haben?«

»Eventuell. In diesem Fall müssen Sie die psychiatrischen Kliniken abklappern! Und vergessen Sie nicht all die feinen Narben, die ich bereits erwähnte. Hier, da und auch noch dort«, fügte er hinzu und deutete auf Oberkörper und Arme.

Annabel fixierte Thayer.

»Wiederholte Selbstverstümmelungen, um sich Mut zu machen«, sagte sie. »Das ist doch eher klassisch und untermauert die Selbstmordthese.«

»Aber warum dann diese Sorgfalt, nicht die lebenswichtigen Organe zu treffen. Das entbehrt jeder Logik!«

»Sie traute sich nicht?«

Thayer schüttelte den Kopf.

Dr. Mitchels fuhr mit der Autopsie fort und öffnete den Bauch. Die Ecchymose am Hals war oberflächlich, auch wenn er den Ursprung nicht zu bestimmen vermochte. Er entdeckte nichts Anormales, bis er sich dem Genitalbereich widmete und die Vagina mit einem gezielten Skalpellschnitt öffnete.

»Zahlreiche Verletzungen«, stellte er fest.

»Vergewaltigungen«, knurrte Annabel.

»Nicht unbedingt, sie können auch von besonders brutalem Verkehr herrühren oder von fehlender Sekretbildung mangels sexueller Erregung oder von einer Missbildung. Wir dürfen uns auf keine Hypothese festlegen.«

»Haben Sie vor der Autopsie Proben entnommen, um eventuelle Spermaspuren zu finden?«

»Ja, sie sind schon in ihren Röhrchen, bereit für die Laboranalyse.«

»Bei der äußeren Untersuchung war nichts zu entdecken?«

»Ich habe nichts feststellen können.«

»Vielleicht, weil sie tot ist?«

»Nein, im Gegenteil. In einer Leiche hält sich Sperma länger, bis zu zwei Wochen, während es sich in der Vagina einer Lebenden aufgrund der Sekrete kaum vierundzwanzig Stunden nachweisen lässt. Allerdings findet man noch bis zu zweiundsiebzig Stunden Spuren von sauren Phosphatasen, so reichlich sind diese im Ejakulat vorhanden. Ich werde mich damit anschließend befassen; Sie bekommen den toxikologischen Bericht, seien Sie unbesorgt.«

Als er sich hinabbeugte, um den Anus zu untersuchen, räusperte sich Mitchels und verzog das Gesicht.

»Die gleichen Verletzungen im Analbereich«, sagte er. »Entweder hatte unser Opfer besonders heftigen Geschlechtsverkehr, oder es wurde unlängst vergewaltigt.«

»Ein Grund, sie in den Selbstmord zu treiben? Was meinst du?«, fragte Annabel, an Thayer gewandt.

Der begnügte sich mit einem Schulterzucken.

Er betrachtete diese geöffnete Frau mit den aufgeklappten, über den Armen hängenden Brüsten und ihre Eingeweide, die im Licht der Operationslampen schimmerten.

»Sie hat sich nicht selbst verstümmelt. Und es ist kein Selbstmord, wenn du meine Meinung hören willst. Ein frei herumlaufender Perverser ist für einen Mord verantwortlich. Den müssen wir dingfest machen. Und zwar schnell.«

8

Donnerstagmittag.

Der Himmel hatte diese metallene Färbung angenommen, wie sie Wintertagen eigen ist, wenn das Licht allmählich nachlässt, bis es am frühen Nachmittag in bleierne Dämmerung übergeht.

Brady hatte nachts kaum ein Auge zugetan und mit dem Gefühl wach gelegen, dass seine mentale Gesundheit gefährdet war. Er war besessen vom kafkaesken Bild von Rubis' Gesicht, das in weniger als einer Sekunde in Hunderte von Fragmenten zerbarst, als hätte der Revolverlauf selbst all dieses Blut und dieses Fleisch ausgespien.

Er schaltete auf Selbstschutz und beschloss, sich mit Emotionen zu umgeben, die er für künstlich erachtete: das Kino. Er flüchtete sich in seinen Vorführraum und spielte *Eine Million Jahre vor unserer Zeit* von Ray Harryhausen, dem Pionier der Spezialeffekte, und *Casablanca.*

Während ihn der erste Film auf die Reise ins Reich der Fantasie schickte, konfrontierte ihn der zweite mit noch stärkeren Zweifeln.

Doch in beiden Fällen kam der Augenblick, da er sich der Realität zu stellen hatte. Und weder die Stunden noch die Fiktion hatten das Grauen, das sich in seinem Gehirn eingenistet hatte, zu lindern vermocht. Er konnte sich weiter vor seiner Leinwand ablenken lassen, immer und immer wieder Zuflucht suchen in der angststillenden Wirkung des Films, doch am Ende blieb die Notwendigkeit, sich mit den wirklichen Gefühlen und Gedanken auseinanderzusetzen. Er erwartete zu viel vom Kino.

Zum x-ten Mal untersuchte Brady den Führerschein von Sondra Ann Weaver.

Mit seinem Fingernagel kratzte er das Blut ab, um das Gesicht sehen zu können.

Ich kann unmöglich zur Polizei gehen. Dazu ist es zu spät. Ich muss sie vergessen. Ihren Ausweis zerstören und damit auch meine Erinnerungen. *Und was Annabel betrifft ... Zu kompliziert.*

War er dazu überhaupt in der Lage? Er hatte sich seit dem Vortag darum bemüht, außerstande zu essen, zu schlafen. Zu leben.

Warum hast du das getan, Rubis?

Und noch dazu vor seinen Augen! Was hatte sie ihm mit der Bemerkung sagen wollen, er sei wie die anderen? Weil er angesichts ihrer Avancen stumm geblieben war? Unfähig, diese rundweg abzulehnen?

In diesem Zögern steckte das Wesen des Mannes. Ein dringliches Bedürfnis nach Lustbefriedigung ...

Wie konnte eine Frau so weit kommen, sich vor einem ihr völlig Fremden eine Kugel in den Kopf zu jagen?

Es gab in Rubis' Leben einen Bruch, der plötzlich alles unterbrochen hatte. Was war das gewesen?

Die Dämonen, es gibt sie tatsächlich. Es sind wahre Kreaturen Satans. Sie ziehen durch die Straßen, ich bin ihnen begegnet, hatte sie zitternd gesagt.

Wer verbarg sich hinter dieser Metapher?

Brady vermochte nicht klar zu denken.

Über ihren Tod hinaus suchte ihn ihr Leben heim. Das, was sie gewesen war. Bis sie sich auf diese Weise umgebracht hatte.

Vor seinen Augen.

Sie hatte ihn zu ihrem letzten Vertrauten erkoren.

Wollte sie sich mit dieser Begegnung eine letzte Chance geben? Hing ihr Überleben von Bradys Worten oder Verhalten ab? Er wollte wissen, in welchem Maße er Mitschuld an ihrem Selbstmord trug.

Sie hatte diesem Treffen nicht zufällig zugestimmt.

Mit einem Journalisten.

Brady schloss die Augen.

Plötzlich wusste er, was er zu tun hatte.

Rubis hatte sich mit ihrem Geständnis selbst verdammt. Phantome existierten nur für die, die sie überlebten. Und sie wählen aus, wen sie heimsuchen werden. Ihr Phantom hatte sich nicht zufällig für Brady entschieden, dessen Leben darin bestand, Licht ins Dunkel zu bringen, die Wahrheit in den letzten Winkeln der Geschichten und Geheimnisse aufzuspüren.

Eine schwere Kette verband sie beide jetzt.

Und wenn er sich ihrer entledigen wollte, so hatte er nur noch eine Chance.

Er musste bis zu ihrem Grab zurückgehen.

Jenem Grab, in dem Sondra Ann Weaver beerdigt worden war.

Und in dem Rubis geboren wurde.

Brady griff nach Rubis' Flyer und hielt ihn über die Flamme seines Feuerzeugs. Das kartonierte Papier zog sich zusammen, Blasen bildeten sich auf dem Gesicht der jungen Frau, und

Brady sah zu, wie es am Grund des Mülleimers verbrannte. Er warf den Führerschein in die Flammen, nachdem er sich alle Informationen darauf eingeprägt hatte.

Kein Beweis mehr, um eine Verbindung zwischen ihr und mir herzustellen.

Als guter Journalist wusste Brady das Profil einer Person zu erstellen, die verschlungenen Wege der amerikanischen Bürokratie waren für ihn kein Geheimnis. Rubis zu verstehen, das bedeutete zunächst einmal, zu enthüllen, welche Stellung sie in der Gesellschaft innegehabt hatte.

Er begann seine Recherchen im Internet. Auf dem Führerschein war nur die Adresse vermerkt, wo sie zu jenem Zeitpunkt gewohnt hatte, als sie die Prüfung abgelegt hatte: eine Stadt in Ohio, was für Brady nicht von Nutzen war.

Immerhin aber verfügte er über den vollständigen Namen von Rubis und über ihre Telefonnummer. Davon ausgehend versuchte er, ihre Adresse zu ermitteln, was jedoch kein Ergebnis brachte. Er ging auf andere Internetseiten, ebenso erfolglos. Sie war nicht im Telefonbuch eingetragen! Der Regionalcode für Manhattan lautete 212. Brady griff zum Hörer und bat, mit dem NYC-DEP verbunden zu werden, der Abteilung für den Umweltschutz von New York, die auch für die Trinkwasserverteilung der Stadt zuständig war. Er wusste, dass die Wassergesellschaften sehr selten um Auskünfte gebeten wurden und deshalb, im Gegensatz zu den äußerst misstrauischen Telefongesellschaften, geneigter waren, Auskünfte zu geben.

»Guten Tag, hier Mark Filter von der Stadtbibliothek Manhattan«, stellte er sich vor. »Ich wende mich mit einer außergewöhnlichen Bitte an Sie. Ich habe hier einen ganzen Stapel Mahngebühren, weil entliehene Bücher nicht zurückgegeben wurden. Allerdings konnten die Mahnungen nicht zugestellt werden, und ich frage mich, ob Sie vielleicht die richtige Adresse dieses Benutzers haben.«

»Nun, ich weiß nicht, ob …«, erwiderte die Frau am Ende der Leitung zögernd.

»Jeder Mensch braucht Trinkwasser, und da dachte ich, dass Sie mir wohl helfen könnten. Sie haben sicher eine Adresse, ich muss diese Person unbedingt ausfindig machen. Es geht um mehrere hundert Dollar. Das kann ich nicht einfach auf sich beruhen lassen, denn wenn die Leute anfangen, Bücher auszuleihen und nicht zurückzubringen, können wir bald schließen!«

»Ja, natürlich …«

Brady spürte das Unbehagen der Frau, er musste sie rasch überreden.

»Sie werden sehen, bei der nächsten Krise wird das Rathaus unser Budget kürzen, wir werden nichts mehr kaufen können, und für unsere Kinder werden die Bibliotheken zu Museen! Nein, wirklich, Benutzer, die ihre Bücher nicht zurückbringen …«

»Ich verstehe«, fiel ihm die Frau ins Wort. »Ich will sehen, was ich tun kann.«

»Vielen Dank, ich hoffe, sie wohnt immer noch in Manhattan! Ihr Name ist Sondra Ann Weaver. Wenn sich schon die Erwachsenen über die Regeln hinwegsetzen, wie sollen es unsere Kinder dann lernen?«

Brady spielte seine Rolle hervorragend, schuf eine Verbindung zu seiner Gesprächspartnerin, die sich die Zeit nahm, ihre Computereinträge auf den Namen Weaver durchzugehen.

»Ich habe zwölf Personen in New York. Moment, warten Sie, zwei in Manhattan und … ja, Sondra A. Haben Sie etwas zu schreiben?«

Brady notierte die Adresse im East Village, bedankte sich herzlich und legte auf.

Erster Punkt: Identität, Adresse und Telefon.

Anschließend tippte er www.publicrecordfinder.com, eine Website, die an die Regierungsdatenbank gekoppelt war und über vollständige Informationen zu amerikanischen Staatsbürgern verfügte, wie Gesetzesverstöße, Urteile in Zivilprozessen, Geburts- und Sterbeurkunden, Militärakten, Hypotheken oder Eheschließungen. Die fragwürdigen Auswirkungen einer Gesellschaft, die peinlich darauf bedacht ist, dass ihre Bürger Zugang zu Informationen haben: eine Unzahl von Details, und jeder Steuerzahler hat das Recht, in den Registern aller Organisationen herumzuschnüffeln, die durch ihre Steuern geschaffen und finanziert wurden. Brady war fest entschlossen, dieses Recht wahrzunehmen.

Er gab den vollständigen Namen von Rubis ein und nahm den schwierigeren Teil in Angriff. Alles war nach Regionen geordnet. Verfügte man über keinen präzisen Ort, so zeigte sich auch nichts. Er fragte nach Ergebnissen im Raum New York. Im Allgemeinen erhielt er nicht viel mehr als eine Zeile oder zwei und vor allem Nummern von Akten, die er in den Archiven der einzelnen Abteilungen konsultieren konnte: Gericht, Rathaus, Büro des Sheriffs ... Diesmal erschien gar nichts unter dem Namen Sondra Ann Weaver. Brady wiederholte den Vorgang im County Seneca in Ohio, was der in ihrem Führerschein angegebenen Adresse entsprach. Sie war allem Anschein nach in der Stadt Tiffin aufgewachsen. Das sagte Brady nichts, er kannte diesen Ort nicht.

Keine Information. Sie war nicht in Tiffin geboren, wahrscheinlich aber in einer Stadt der Region. Die Geburtsurkunde nannte die Stadt, in der ihre Mutter entbunden hatte. In Anbetracht von Rubis' Profil war Brady erstaunt, nichts zu entdecken. War sie direkt ins Pornogeschäft eingestiegen? Ohne den Umweg über die Prostitution? Er fand Tiffin auf einer Karte von Ohio und visierte die Orte im Umkreis an. Cleveland, Colombus, Dayton oder Cincinnati. Er versuchte es in jeder Stadt genauso erfolglos.

Ein vorbildliches Mädchen? Ohne die geringste Vorstrafe?

Vielleicht war sie viel unterwegs, bevor sie nach New York kam?

Er hatte seine Zweifel. Rubis war zweiundzwanzig Jahre alt, das hatte ihr nicht viel Zeit gelassen. Seit wann spielte sie in Hardcorepornos? Brady schob diese Frage beiseite und nahm sich vor, später darauf zurückzukommen.

Er hatte die Grenzen dessen erreicht, was er selbst im Internet unternehmen konnte. Er beschloss, seine Kreditkarte zu zücken, und suchte im Netz nach einer der zahlreichen Internetseiten für *Public Commercial Research.* Es kostete ihn rund vierzig Dollar, hier unter Rubis bürgerlichem Namen zu suchen. Diese Seiten sammeln alle Informationen von jedem Internetsurfer: Jedes Mal, wenn eine Person ihre Adresse, ihre Identität oder auch nur ihre E-Mail-Adresse auf einer Website eingibt, werden diese Informationen festgehalten und über kommerzielle Analysenprogramme ausgetauscht, die anschließend erfasst und von Marketing-Firmen ausgewertet werden.

In weniger als einer halben Stunde stieß Brady mehrmals auf den Namen Sondra Weaver. Er fand dabei die Adresse in Tiffin, aber auch eine andere in Fort Wayne, Bundesstaat Indiana. Er kehrte zu den öffentlichen Daten zurück und konfigurierte eine Suche für den Staat Indiana, dann für die Stadt Fort Wayne.

Diesmal war Sondra Weaver registriert. Eine Verurteilung wegen Erregung öffentlichen Ärgernisses und sexueller Zurschaustellung.

Da kommen wir der Sache schon näher.

Kein einziges Detail war vermerkt, dafür aber die Aktennummer. Brady notierte sie, auch wenn er wusste, dass von einem Anruf beim örtlichen Sheriff nichts zu erwarten war. Er zog auch nicht in Erwägung, nach Indiana zu reisen, um sich Zugang zu den Gerichtsarchiven zu verschaffen.

Er hatte alles über Rubis zusammengetragen, was von seinem Büro aus möglich war. Jetzt wurde es Zeit, die Informationen zu vertiefen.

Brady säuberte den Browser-Cache seines PCs, griff nach seiner Jacke und verließ das Haus. Er schlug zunächst die Richtung Heights ein und nahm dann die U-Bahn nach Manhattan. An der Station Canal Street stieg er aus, lief an drei Häuserblocks entlang bis zum Gericht des County New York – Manhattan. Am Schalter »Verkehrsdelikte« holte er sich ein Auskunftsformular, das er unter Angabe von Geburtsdatum und der am Morgen erhaltenen Anschrift auf den Namen Sondra Ann Weaver ausfüllte. Brady erklärte an Eides statt, dass er sich dieser Informationen weder zu einem kommerziellen noch unredlichen Zweck bedienen würde.

Ohne weitere Fragen zu stellen, überprüfte der Angestellte Bradys Antrag und druckte schließlich mehrere Seiten aus, die er ihm reichte.

Laut diesen Dokumenten hatte Rubis ihren Führerschein seit ihrer Ankunft im Staat New York nicht umschreiben lassen. Sie besaß einen auf ihren Namen zugelassenen Wagen, der aber noch in Tiffin angemeldet war. Demnach nichts Verwertbares. Im letzten Teil wurden alle Verwarnungen zusammengefasst. Geschwindigkeitsüberschreitung im Staat New York, widerrechtliches Parken vor allem in Manhattan und mehrmals in der Stadt Kingston im selben Bundesstaat. Brady nahm die Geschwindigkeitsüberschreitungen in Augenschein – alle auf dem Expressway 87, der New York mit Kingston verband, und zwar in den Monaten Oktober und November. Erst kürzlich also.

Brady las die Papiere noch einmal durch, prägte sich ein, was ihn interessierte, und warf sie dann weg. Er verließ das Gericht und verschlang einen Hot-Dog bei einem der Straßenverkäufer. Rubis' Spur zurückzuverfolgen weckte seine Lebensgeister wieder.

Ihm blieb noch Zeit zum Recherchieren, bevor die Behörden schlossen, und so begab er sich, bewaffnet mit Name, Adresse und Geburtsdatum von Rubis, ins Bundesgericht. Er vergewisserte sich, dass keine Privatinsolvenz, keine Strafverfolgung und keine Strafakte auf Bundesebene existierten. Sondra Weaver war eine unbescholtene Staatsbürgerin.

Als er wieder an die frische Luft kam, war das Sonnenlicht der zuckenden Beleuchtung der Wolkenkratzer und der Weihnachtsdekoration gewichen. Der dunkle Himmel schien ihm fast zu schnell vorbeizuziehen, um echt zu sein. *Ich werde von den seit gestern verlorenen Stunden eingeholt. Mein Geist fügt sich erneut in unsere Realität ein,* dachte Brady belustigt, als er feststellte, dass die Wolken tatsächlich in rasendem Tempo über die Riesenstadt jagten.

East Village.

Rubis hatte ganz in der Nähe, drei U-Bahn-Stationen von hier entfernt, gewohnt.

Die Cops werden schon dort sein. Da kann ich mich nicht hinwagen!

Bei genauer Überlegung war nichts weniger sicher. Wie lange würden sie brauchen, um die Tote zu identifizieren? Eine Frau ohne Gesicht …

Allerdings hatte er ihre Taschen nicht durchsucht. Sie hatte sicher ein Portemonnaie mit Kreditkarte oder ihr Handy dabeigehabt, sodass das NYPD, die Polizei von New York, bereits so viel über die am Vortag tot aufgefundene Frau wusste wie er.

Trotzdem fühlte sich Brady außerstande, nach Hause zu gehen. Er musste an seine Frau denken. Wie würde er gegenüber Annabel reagieren? Wäre er in der Lage, ein normales Gespräch zu führen, sich zu verhalten wie an einem ganz banalen Abend, zu plaudern, sich nach ihrem Tagesablauf zu erkundigen, nichts von dem Alptraum, den er durchlebt hatte, durchblicken zu lassen?

Er lief die Treppe hinab zur U-Bahn und bemerkte plötzlich, dass er die Linie Richtung Norden und nicht die nach Brooklyn ansteuerte. Seine Schritte führten ihn zum East Village.

Ich kann es mir ja kurz ansehen, zumindest das Viertel, das Haus.

Er trat durch das Drehkreuz auf den Bahnsteig.

Sind Siegel an der Tür angebracht, dann waren die Cops schon da. Sollte ich einem von ihnen begegnen, so bleibe ich nicht stehen. Ich gehe einfach weiter, ganz gelassen, so als wäre es normal, dass ich mich dort aufhalte …

Alles war ihm lieber, als sich in den eigenen vier Wänden seiner Frau stellen zu müssen.

Zwanzig Minuten später lief er die East 3rd Street mit ihrem typischen Stadtvolk hinunter. Es war ein Viertel, weit entfernt von den touristischen Bereichen, mit braunen und roten Backsteingebäuden und winzigen Geschäften, die alles und nichts verkauften, mit Verkäufern, die oft mehrere Sprachen, aber selten ein gutes Englisch sprachen, ein Bezirk, der wenig berührt war von der Yuppisierung, der New York seit etlichen Jahren ausgesetzt war. Hier bedeckten noch Graffiti die Mauern, und die Autos, die am Rinnstein parkten, waren meist Modelle aus den Achtzigern.

Brady fand den Eingang zu dem vierstöckigen Haus, in dem Rubis zuletzt gewohnt hatte, und überflog die Namen auf den Briefkästen im Flur.

Sondra A. Weaver las er, *Apartment 34.*

Er stieg in den dritten Stock und war erleichtert, niemanden auf dem Gang anzutreffen.

Vielleicht haben sie die Tür noch nicht versiegelt. Und wenn sie noch gar nicht da waren? Wenn sie kommen, während ich drin bin?

Sehr unwahrscheinlich.

Dann hätte ich wirklich verdammtes Pech.

Er stand vor der Klingel. Dachte angestrengt nach. Was konnte er sonst tun? Er verfügte über keine anderen Indizien, die ihm weiterhelfen könnten.

Er blickte sich erneut im Flur um.

Um mehr über sie in Erfahrung zu bringen, musste er in ihre Wohnung gelangen. Wenigstens einen kurzen Blick in ihren Schlupfwinkel werfen.

Kommt gar nicht in Frage. Wenn ich hier einbreche, bringe ich mich in eine unmögliche Situation. Die Flucht nach ihrem Selbstmord war sicher keine besonders gute Idee gewesen. Aber ein Einbruch wäre glatter Wahnsinn! Ich werde das niemals den Cops erklären können, falls sie mich erwischen! Sie werden mir nicht glauben …

Seine Hand hob sich, und er drückte auf den Klingelknopf.

Mist, was tue ich da?

Er wartete eine Minute und klingelte wieder. Keine Antwort.

Und jetzt?

Er versuchte, sich davon zu überzeugen, dass er immer noch umkehren konnte, während ein Teil seines Gehirns bereits daran arbeitete, in die Wohnung einzudringen. Brady kapitulierte. Vermochte man gegen eine Obsession anzukämpfen? Besser, man hatte sie unter Kontrolle, um Exzesse zu verhindern.

Er wollte die verschiedenen Möglichkeiten durchdenken, als ihm klar wurde, dass sein Beobachtungssinn schon in Aktion getreten war. Die Tür entsprach dem Gebäude: Sie war alt und abgenutzt, kein zusätzliches Schloss, kurz, genau das, was einen Einbruch zum Kinderspiel machte.

Ich bin völlig verrückt, sagte er sich und griff nach seinem Portemonnaie. Er wählte nicht die Kreditkarte, sondern die Kundenkarte eines Supermarkts; die konnte er ruhig beschädigen.

Er horchte in Richtung Treppenhaus, dann schob er das Plastikviereck zwischen Tür und Rahmen. Als er einen Widerstand spürte, bog er sie zum Griff hin und ließ sie nach unten gleiten. Das magische Klicken war zu hören.

Genauso einfach wie im Fernsehen.

In dem Apartment war es dunkel. Er tastete nach dem Lichtschalter, trat bei Rubis ein und schloss die Tür hinter sich.

Diesmal war er zu weit gegangen, um noch einmal umkehren zu können.

9

Mehr als zweitausend.

So viele Menschen verschwanden tagtäglich in diesem Land, das hatte Annabels Recherche ergeben. Die meisten wurden schnell wiedergefunden, Dutzende oder Hunderte von Fällen aber blieben jeden Tag ungelöst.

Das war eine beunruhigende Statistik, darüber hinaus war jedoch ein richtiges Geschäft bei den Websites, den spezialisierten Privatdetekteien und den verschiedenen Fernsehsendern daraus entstanden.

Annabel hatte den Morgen damit zugebracht, die aktuelle Liste der in New York registrierten Vermisstenmeldungen durchzugehen. Das Mädchen, das auf dem Autopsietisch gelegen hatte, war nicht auf den Strich gegangen. Die Ermittlerin konzentrierte sich auf die relativ jungen Blondinen, bevor sie die Suche erweiterte – genauso erfolglos.

Jack Thayer, der im Rahmen einer vor einem Jahr abgeschlossenen Ermittlung vor Gericht als Zeuge aussagen musste, gesellte sich am frühen Nachmittag zu ihr. Er war enttäuscht.

»Hat dir die Verteidigung einen Strich durch die Rechnung gemacht?«, erkundigte sich Annabel.

»Nein, alles ist bestens gelaufen, der Bursche bekommt mindestens zehn Jahre aufgebrummt. Allerdings war ich gerade im Büro des Captains: Der Antrag für die Untersuchungen im Fall unserer Jane Doe wurde abgelehnt. Alles, was wir am Tatort aufgesammelt haben, bleibt ungenutzt.«

»Und mit welcher Begründung?«, fragte Annabel aufgebracht.

»Zu hohe Kosten für einen Fall dieser Art. Ich habe insistiert und Woodbine klarzumachen versucht, dass sich dahinter vielleicht ein Mord verbirgt. Am Ende kam ich mir so vor, als wollte ich mitten im Gebirge meinem eigenen Echo gegenüber das letzte Wort haben.«

»So ein Mist! Sollten wir unseren Zeugen nun doch noch auftreiben, können wir zum Beispiel nicht beweisen, dass er am Tatort war! Sag mir jetzt bloß nicht, der Captain hat auch noch die Analysen der Autopsie abgelehnt – Toxikologie oder Spuren unter den Fingernägeln.«

»Nein, er ist schließlich nicht leichtfertig. Nur die Arbeit der Außenlabors ist davon betroffen.«

»Also alles, was wir rund um die Halle aufgelesen haben! Und er rechnet damit, dass wir die Sache ad acta legen?«

Thayer hob den Zeigefinger.

»Ich habe trotzdem erreicht, dass alles versiegelt aufbewahrt wird! Wenn unsere Untersuchung zu einer Verhaftung führt, können wir DNA-Vergleiche veranlassen.«

»Hat er vergessen, dass Ermittlungen in umgekehrter Reihenfolge verlaufen? Indizien müssen uns helfen, einen Täter zu finden. Wäre es nicht genial, wenn wir in zehn Jahren durch reinen Zufall die Identität dieses Mädchens herausfinden und der Familie dann erklären müssten, wir hätten so lange gebraucht, weil uns das Budget gekürzt wurde?«

Thayer machte eine beschwichtigende Geste.

»Reg dich nicht auf, Anna, du wirst das System nicht ändern können.«

Sie schüttelte wütend den Kopf.

»Hast du noch immer deine Kontakte zu den örtlichen Fernsehsendern?«, fragte sie.

»Jetzt mach aber mal einen Punkt! Solltest du vorhaben, den ganzen Fall in der Presse auszubreiten, ist das keine gute …«

»Ich will ihnen eine Personenbeschreibung unseres Opfers und Fotos von ihren Klamotten geben, die dann in den Nachrichten gezeigt werden. Wir müssen ihre Identität herausfinden.«

Thayer musterte sie, um sich zu vergewissern, dass sie nicht heimlich etwas anderes plante. Schließlich nickte er.

Um fünfzehn Uhr zeigten die Lokalsender Aufnahmen der Kleidungsstücke, die auf einem weiß gekachelten Tisch lagen. Annabels Angaben wurden Wort für Wort wiederholt:

»Polizeiaufruf des NYPD zur Identifizierung einer Frau, die gestern in den Brooklyn Heights mit dieser Bekleidung gesehen wurde. Sie ist blond, 1,66 Meter groß und wiegt 48 kg. Wenn diese Beschreibung auf eine Ihnen bekannte Person zutrifft, kontaktieren Sie bitte …«

Eine Sonderleitung mit mehreren Telefonplätzen war eingerichtet worden, und es gingen vom ersten Augenblick an zahlreiche Anrufe ein. Die meisten waren unseriös oder kamen von Neugierigen, die Fragen stellten statt sie zu beantworten. Annabel und Jack hatten grünes Licht von Woodbine erhalten und konnten sich dem Fall widmen, solange nichts »anderes, Dringlicheres« anstand, hatte er gesagt.

Während Annabel Bereitschaftsdienst im Revier hatte, saß Thayer in einem großen Raum im ersten Stock der Atlantic Avenue, wo die Aussagen entgegengenommen wurden. Drei verschiedene Zeugenaufrufe hatte es in dieser Woche gegeben: eine Schießerei in der Nähe einer Tankstelle in Queens, das Verschwinden einer Jugendlichen in Pelham Bay und die Jane Doe vom Fulton Terminal.

Jack ging die Abschriften der eingegangenen Anrufe durch, die seinen Fall betrafen. Nach zwei Stunden hatte er drei mögliche Opfernamen, von denen zwei nicht infrage kamen. Die dritte Person hob persönlich ab und beschimpfte Jack, sie gestört zu haben.

Um neunzehn Uhr schielte er nach der großen Uhr über der Eingangstür und wollte schon seinen Arbeitstag beenden, als ihm eine Abschrift gereicht wurde.

»Ist gerade eingegangen«, erklärte ihm eine kleine, etwas rundliche Rothaarige.

Thayer las den Inhalt.

Anrufer: Es geht um dieses Mädchen, das Sie suchen, die Blondine im Daunenanorak. Ich glaube, ich habe ihre Kleider erkannt. Der Schal, die Mütze, das alles.

Telefonistin: Können Sie sie identifizieren?

Anrufer: Ich glaube, ja. Was ist mit ihr los?

Telefonistin: Können Sie mir ihren Namen nennen?

Anrufer: Rubis. Sie heißt Rubis und wohnt in Manhattan. Ich kann Ihnen die Adresse sagen.

Telefonistin: Das wäre in der Tat eine wertvolle Information. Ist Rubis ihr wirklicher Name?

Dann erklärte der Mann ausführlich, die Frau nur unter diesem Namen zu kennen. Er nannte die Adresse eines Apartments und bestand darauf, zu erfahren, ob ihr etwas zugestoßen sei. In dem Augenblick, als er nach seiner Identität gefragt wurde, legte er auf.

Thayer erhob sich, und nachdem er sich die Nummer der Person angesehen hatte, die den Anruf entgegengenommen hatte, begab er sich zum Platz 7, wo ein junger spindeldürrer Mann mexikanischen Ursprungs, wie der Ermittler vermutete, auf seinen Bildschirm starrte, während er auf eine Verbindung wartete. Thayer begrüßte ihn und reichte ihm die Abschrift.

»Welchen Eindruck machte der Anrufer auf Sie? Nervös?«

»Nein, Detective, eher besorgt. Meiner Meinung nach kennt er dieses Mädchen, ist aber kein Angehöriger. Er ist nur neugierig und wahrscheinlich beunruhigt bei der Vorstellung, ihr könnte etwas zugestoßen sein. Vielleicht eine kurze Affäre oder ein Nachbar.«

Thayer lächelte.

»Sehr aufmerksam, mein Junge!«

»Ich bin Psychologiestudent und verdiene mir mit diesem Job mein Studium.«

»Wurde eine Nummer angezeigt?«

»Nein, sie war unterdrückt.«

Thayer bedankte sich, schaltete sein Handy ein und eilte die Stufen zur Straße hinab.

»Annabel, wir haben vielleicht etwas. Eine gewisse Rubis. Keine weiteren Details. Ich kann die Suche von hier aus nicht angehen, doch ich habe eine Adresse. Und dorthin begebe ich mich jetzt.«

»Hol mich ab, mein Dienst ist gerade zu Ende.«

»Hab ich's mir doch gedacht. Bin schon unterwegs.«

10

Eine Straße, verloren in der Nacht. Die gelben Linien auf dem Asphalt als einzige Orientierung. Und hoch oben in großen Buchstaben: *Lost Highway*.

Das Plakat empfing Brady, es bedeckte eine ganze Wand des winzigen Flurs.

Er hatte diesen Film von David Lynch gesehen – einer seiner Lieblingsstreifen. Eine vertrackte Story von einer Persönlichkeitsspaltung, eine Reise in die Schizophrenie mit beeindruckenden Schauspielern und einer verwirrenden Musik, das hatte er in Erinnerung. Patricia Arquette war mysteriös und verführerisch in dieser Rolle, und es war nicht erstaunlich, dass Rubis sie geschätzt hatte. Bei näherer Betrachtung verkörperte Rubis genau den geheimnisvollen und erotischen Typ Frau aus Lynchs Produktionen. Sie musste sich in ihnen wiedererkannt haben.

Und ich dachte, es sei ein Männerfilm …

Brady fühlte sich unbehaglich, konnte nicht akzeptieren, dass er hier war. Ein Teil seines Bewusstseins hörte nicht auf zu schreien, es sei heller Wahnsinn, während sein Körper einem weit entschlosseneren Willen gehorchte, der irgendwo zwischen Neugier, Überlebensinstinkt und Sexualität angesiedelt war.

Ein zwingendes Bedürfnis.

Er trat in den Hauptraum der Wohnung ein, die genau genommen ein Apartment war. Die Vorhänge waren zugezogen, das Bett ungemacht, der Rest schien aufgeräumt. Kein Kleidungsstück lag herum, kein Staub auf den Regalbrettern. Rubis lebte nicht in dem Chaos, das er geglaubt hatte vorzufinden: Eine verzweifelte Seele, so stellte er sich vor, müsse sich in einer völlig vernachlässigten Umgebung widerspiegeln. Davon konnte hier nicht die Rede sein. Hinter einer Theke aus Ziegelsteinen befand sich die kleine Küchenzeile. Sauber, kein Geschirr im Spülbecken. Der Kühlschrank war nur halb gefüllt, doch zwischen den Milchprodukten und Tofu-Fertiggerichten entdeckte er verschiedene Gemüse. Rubis ließ sich nicht gehen.

Er kehrte in den Wohnraum zurück und entdeckte das winzige Badezimmer.

Zwei Slips trockneten auf dem Waschbeckenrand. Klassische Modelle, wenn auch recht knapp. Ansonsten: Haarspray, Zahnpasta, billiges Parfum und Deodorant. Kein überflüssiges Produkt. Ganz offensichtlich schwamm sie nicht im Geld.

Brady bemerkte die beiden Zahnbürsten in dem Glas. Ein Liebhaber?

Der Blister mit der Antibabypille war mit einer Klammer am Spiegel befestigt. Ganz automatisch prüfte er, wie weit sie gekommen war. Sie hatte die letzte Pille am Dienstag genommen, am Vortag ihres Todes.

Ein Schauer kroch ihm das Kreuz hinauf bis zu seinem Nacken.

Er hob den kleinen Vorhang unter dem Waschbecken: ein bestens ausgestattetes Schminktäschchen – diesmal mit Markenartikeln –, Pflegemittel und eine große Flasche mit Spermizid.

Man kann in diesem Metier nie vorsichtig genug sein, nicht wahr?

Immer mehr Bitternis machte sich in seinen Gedanken breit. Eine tiefe Traurigkeit. Wie konnte ein derart hübsches Mädchen mit diesem betörenden Blick so tief gesunken sein? Sie hatte etwas Besonderes, das den meisten anderen Menschen, denen er begegnete, fehlte.

Eine Ausstrahlung, ein Leuchten, das ihr ganzes Wesen erhellte.

Brady setzte sich auf die Schlafcouch, von der aus er das Apartment überblickte. Die Dekoration war minimalistisch: Poster von Bands: »Baby Chaos« und »Marmottes Exhibitionnistes« auf Tournee in Manhattan und vom Musical: HEDWIG AND THE ANGRY INCH. Alle drei Poster schienen vor einiger Zeit von einer Wand abgerissen worden zu sein. Ein kleines Fernsehgerät, ein Aschenbecher, ein umgekippter Rahmen … Brady griff danach. Es steckte ein Foto von Rubis und einem großen Farbigen darin. Eng umschlungen. Aufgenommen auf einer Fähre. Brady erkannte den Ausblick auf die Bucht – Ellis Island im Hintergrund. Rubis strahlte, ihre Augen funkelten. Eine unerwartete Lebensfreude bei der Frau, der er am Vortag begegnet war. Die Rubis, die er gesehen hatte, war so ganz anders, kalt und anziehend, während diese Rubis hier Unbekümmertheit und gute Laune ausstrahlte.

Jeder ändert sich mit der Zeit, dachte Brady. *Man verliert mit all den Erfahrungen und Enttäuschungen seine Unschuld und seine Begeisterung.* Bei Rubis handelte es sich fast um zwei durch etwa zwanzig Jahre der Desillusionierung getrennte Personen, so sehr hatte sich ihr Gesicht verändert.

Innerhalb von nur einem oder zwei Jahren.

Sie musste auf dem Foto ungefähr zwanzig sein.

Der Mann war etwa zehn Jahre älter. Eher finster der Blick im Schatten seiner dichten Brauen, recht attraktiv. Er lachte nicht, ein angedeutetes Lächeln umspielte seinen Mund, das so oder so interpretiert werden konnte.

Sie hatte den Rahmen nicht zufällig umgedreht. Sie wollte mit dieser Erinnerung nicht mehr konfrontiert werden, trotzdem hatte sie das Foto nicht aus dem Zimmer entfernt. Es blieb eine gute *Erinnerung. Und doch verwies es Rubis auf das, was sie im Begriff war zu werden. Konnte sie dieser Realität nicht mehr ins Auge sehen?*

Brady seufzte. Was wäre er doch für ein miserabler Analytiker geworden!

Er legte den Rahmen wieder an seinen Platz und wischte seine Fingerabdrücke mit dem Ärmel ab.

Das Fehlen eines Computers machte ihn skeptisch. Schließlich aktualisierte sie ihre Website, las sicher ihre E-Mails ... Er öffnete den Schrank auf der Suche nach einem Laptop. Dutzende von Kleidungsstücken, kein Computer.

Eine kleine gepackte Reisetasche lag im untersten Fach.

Brady zog sie heraus und öffnete sie vorsichtig.

Sie war gefüllt mit Reizwäsche: Strümpfe, Strapse, Strings, alles war da und in allen Farben. Am Grund fand er mehrere Dildos, Präservative, noch einmal Spermizid, Gleitmittel in großen Mengen, eine Klistierspritze und sorgsam gefaltete Handtücher. Die perfekte Ausrüstung einer Pornodarstellerin.

Aus diesem Blickwinkel betrachtet befand sich nichts Aufregendes darin.

Ihm fiel auf, dass er nirgendwo eine DVD oder Videokassette entdeckt hatte. Hatte sie keine aufbewahrt? Nichts, außer dieser gut verstauten, wenn nicht gar versteckten Tasche deutete auf die Pornowelt hin.

Brady hatte keine Vorstellung, wie eine Hardcoredarstellerin zu ihren Filmen stand. Bereiteten sie ihr so etwas wie Befriedigung? Oder totale Abscheu? Wenn er die Mädchen manchmal sich brüsten hörte, wie sehr sie ihren Beruf liebten, so vermutete er dahinter nichts anderes als eine rein kommerzielle Aussage. Sich von früh bis spät nackt mit gespreizten Beinen als misshandeltes Sexobjekt zu präsentieren, das konnte niemand *wirklich* lieben.

Aber dennoch, keine Spur von seinem Metier zu Hause zu behalten, ja sogar jeden Beweis zu verbergen ... das war der Fall bei Rubis.

Vielleicht musste er bei ihren Filmen, ihrem beruflichen Werdegang weiterforschen. Mit zweiundzwanzig Jahren konnte sie vermutlich nicht viele Titel für sich verbuchen; sie war sicher nicht nach New York gekommen in der Hoffnung, in Hardcorefilmen mitzuwirken. Sie musste Bekanntschaften gemacht haben und auf die eine oder die andere Weise keinen Ausweg mehr gewusst, keine Alternative gesehen haben.

Brady war sich nun ganz sicher: Sie war nicht stolz auf ihren Beruf, sie verwies ihn in eine Reisetasche, geschützt vor fremden Blicken in einem Schrank.

Er erhob sich, um in Magazinen zu blättern, die in einer Ecke gestapelt lagen. Sie besaß weder Schreibtisch noch Notizblock oder Stift, was ihn wunderte. Brady ließ den Blick durch das Apartment schweifen und zog dann eine Schublade in der Küche auf. Dort schließlich entdeckte er ein wahres Chaos: Klebezettel, Rechnungen, ungeöffnete Post, verstreute Notizzettel, das alles zwischen Kaugummis, Heftklammern, Gummibändern und allen möglichen Papierwaren. Er nahm verschiedene Notizen in Augenschein – Einkaufslisten, Telefonnummern und schließlich ein zerrissenes Papierstück, auf dem gekritzelt stand: »Kingston, 6. Oktober, 11 Uhr«.

Kingston.

Er erinnerte sich, dass sie im letzten Oktober und November in Kingston verschiedene Strafmandate bekommen hatte.

Der Drehort ihres letzten Films?

Lang genug hier rumgeschnüffelt, ich beseitige jede Spur von meiner Anwesenheit hier und verschwinde.

Er hatte gerade den Griff des Kühlschranks abgewischt, als es an der Wohnungstür klopfte.

Brady fuhr erschrocken hoch.

Dritter Stock, kein Balkon und kein mögliches Versteck.

Das Hämmern wurde energischer.

Diesmal war er erledigt.

11

Jack klopfte erneut, während Annabel auf den Klingelknopf drückte. Schließlich wandten sie sich an den Hausmeister, der sie begleitete, und forderten ihn auf, die Tür zu öffnen.

Der alte Mann rückte seine Halbbrille zurecht und inspizierte einen eindrucksvollen Bund mit Schlüsseln, ehe er einen davon ins Schloss schob.

Ein Klicken, dann machte er einen Schritt zur Seite, um sie durchzulassen.

»Polizei!«, rief Jack und betrat das Apartment.

Annabel folgte ihm, die Hand am Revolver, jederzeit bereit, die Waffe zu ziehen.

»Leer wie eine Kirche, wir haben mal wieder richtig Glück«, meinte Jack, nachdem er sich kurz in der Wohnung umgesehen hatte. Er wandte sich an den Hausmeister: »Haben Sie die junge Dame oft gesehen?«

»Also … Ich habe anderes zu tun, als das Kommen und Gehen der Mieter zu beobachten.«

»Hat sie Sie nie um Hilfe gebeten? Keine Probleme mit Heizung, Strom, verstopfter Toilette, ein Paket, das für sie anzunehmen war?«

»Nein, sie ist wirklich äußerst diskret.«

Inzwischen erkundete Annabel die Örtlichkeiten. Sie sah sich das Badezimmer an, untersuchte die Regale im Wohnraum, wo sie das Foto fand, das eine junge blonde Frau und einen großen, dunkelhaarigen Mann zeigte. Sie reichte es ihrem Partner.

»Sieht ihr sehr ähnlich, scheint so, als hätten wir die Identität unserer Jane Doe gefunden.«

Jack fragte den Hausmeister:

»Wie war doch gleich der Name der jungen Frau?«

»Weaver, das zumindest hat sie angegeben.«

»Kein Freund?«

»Also hören Sie mal, woher soll ich das wissen? Die Hausbewohner können tun und lassen, was sie wollen. Ich bin für das Gebäude zuständig, nicht für die Überwachung seiner Bewohner.«

Einen seiner sarkastischen Sprüche murmelnd wandte sich Jack ab.

»Ich wünschte mir einen Argus als Zerberus dieses Tempels, doch nun geleitet uns ein Blinder …«

Ein Klopfen an der angelehnten Tür.

»Entschuldigen Sie …«

Thayer öffnete.

»Kann ich Ihnen helfen?«

Ein etwa dreißigjähriger Mann mit Brille und einem Sweatshirt mit Supermanlogo zuckte mit den Schultern.

»Ich habe Lärm und den Ruf ›Polizei!‹ gehört, also bin ich gekommen, um nachzusehen.«

»Sind Sie ein Nachbar?«

»Ich wohne genau gegenüber.«

»Kennen Sie die Mieterin von Nummer vierunddreißig?«

»Ein wenig.«

Jack trat auf den Flur und zog die Tür hinter sich zu, damit Annabel ungestört weiterarbeiten konnte.

»Wann haben Sie sie zum letzten Mal gesehen?«

»Gestern Morgen.«

Jack runzelte die Stirn. Dem Gerichtsmediziner zufolge war sie im Laufe des Vormittags gestorben. Also musste dieser Mann einer der Letzten sein, die sie lebend gesehen hatten.

»Unter welchen Umständen?«

»Ich war auf dem Weg zur Arbeit – ich bin in einem Copyshop in der Houston Street angestellt –, und sie hat zur gleichen Zeit ihre Wohnung verlassen.«

»Haben Sie mit ihr gesprochen?«

»Ähm … Nicht wirklich. Wir waren in letzter Zeit etwas auf Abstand.«

»Warum?«

Der Nachbar fuhr sich verlegen mit der Hand durchs Haar.

»Sagen wir so, ich habe sie mal zum Abendessen eingeladen, um sie näher kennenzulernen, aber wir hatten nicht dieselbe Auffassung der Dinge.«

»Sie meinen, Sie wollten ihr im biblischen Sinne näher kommen?«, fragte Jack ironisch.

»Wie bitte?«

Der Detective seufzte, da er es schon wieder mit einem Ignoranten zu tun hatte.

»Sie wollten mit ihr schlafen!«

»Nein, eben nicht! Das heißt, bitte verstehen Sie mich nicht falsch, sie ist verdammt hübsch, fast schon auf provozierende Weise, es war nur … Sie hat mich überrumpelt.«

»Was heißt das?«

»Na ja, ich wusste, dass sie in Pornos mitspielt, ein Freund von mir hat sie erkannt. Der ist, was erotische Filme angeht, ein wandelndes Lexikon! Er kennt alle Schauspielerinnen und sogar die Maße der Männer! Er …«

»Ersparen Sie mir die Details! Was war das Problem mit der hübschen Nachbarin?«

Die Miene des Mannes verfinsterte sich, und er bedachte Thayer mit einem enttäuschten Blick.

»Na ja«, fuhr er fort, »ich habe sie zum Abendessen eingeladen, um herauszufinden, wie sie wirklich ist, das ist alles. Wir waren noch nicht einmal beim Dessert, da hat sie mir vorgeschlagen, es mir auf der Toilette des Restaurants zu besorgen. Nur so, um mir eine Freude zu machen und zur Entspannung.«

»Und?«

»Und nichts. Ich war derart verdattert, dass ich nicht wusste, was ich antworten sollte. Als ich dann am nächsten Tag bei ihr geklingelt habe, hat sie mich eiskalt abblitzen lassen. Seither ignoriert sie mich. Wirklich ein seltsames Mädchen.«

»Seien Sie ehrlich! Haben Sie mit ihr geschlafen?«

Der junge Mann schluckte und sah Thayer an, der verächtlich den Mund verzog.

»Nein.«

Jack glaubte ihm nicht. Er konnte sich die Szene gut vorstellen: Der Junge war zunächst fassungslos angesichts des Angebots der hübschen Nachbarin, dann erregt. Warum sollte er eine so leichte Eroberung ablehnen? Er hatte sie vernascht, das war sicher. Plötzlich kam ihm ein Zweifel.

»Wie heißt sie?«, fragte er.

»Rubis.«

»Rubis und wie weiter?«

»Ähm … Ich weiß nicht, einfach nur Rubis. Das ist ihr Künstlername.«

Jack nickte.

»Sie waren der anonyme Anrufer, stimmt's?«

»Hören Sie …«

»Ja, Sie waren es.«

»He, ich will keinen Ärger, ja? Ich habe nur die Nachrichten gesehen, und die Beschreibung ihrer Kleidung hat übereingestimmt – genau das hatte sie gestern an. Ich wollte Ihnen einen Dienst erweisen, das ist alles!«

Thayer hob beschwichtigend die Hand.

»Das haben Sie gut gemacht. Da Sie ein Zeuge sind, brauche ich Ihren Namen.«

»Zeuge? Wieso Zeuge? Dann ist ihr also etwas zugestoßen?«

»Das wissen wir noch nicht. Alles, was Sie mir über Rubis erzählen, könnte nützlich für unsere Ermittlungen sein. Was auch immer es sein mag, Sie sollten es mir jetzt sagen.«

»Ist sie verschwunden?«

»Noch einmal: Es ist zu früh, als dass wir irgendetwas mit Sicherheit sagen können, aber ich brauche Ihre Hilfe, um weiterzukommen.«

»Nun, ich weiß nichts über sie, das habe ich doch schon gesagt. Ich habe einen Abend mit ihr verbracht, das war alles.«

»Hat sie einen Freund?«

»Ich glaube, ja. Auf alle Fälle besucht sie ständig ein geheimnisvoller großer, dunkelhäutiger Typ. Sie streiten sich oft.«

»Gewalttätigkeiten?«

»Ich glaube nicht, ich habe nie Schläge gehört oder dass irgendwas kaputtgegangen wäre.«

Jack machte ihm ein Zeichen zu warten und verschwand in der Wohnung.

Annabel sah ihn fragend an.

»Der Nachbar von gegenüber«, sagte Jack. »Ich nehme seine Aussage auf.«

»Hier, ich habe das hier gefunden«, sagte Annabel und öffnete die Reisetasche. »Eine Prostituierte?«

»Nein, Pornoschauspielerin. Sonst nichts?«

»Nein, alles ist sauber hier, sie besaß nicht viel. Wenn sie im Pornobereich gejobbt hat, dann war sie kein Star. Hier gibt es kaum etwas, das arme Ding hatte kein Geld.«

Jack griff nach dem Foto und zeigte es dem jungen Mann. »Ist er das?«

»Genau. Er kommt mehrmals die Woche. Wissen Sie, da ist mir gerade noch was eingefallen. Als sie vor eineinhalb Jahren hierhergezogen ist, war sie ein ... wie soll ich sagen ... strahlendes, ein fröhliches Mädchen, wie auf dem Foto. Im Lauf der Zeit ist sie verschlossener geworden, ihre Haltung hat sich verändert. Seit ein oder zwei Monaten war sie trübsinnig, ja, man könnte sagen – deprimiert.«

»Na, sehen Sie, Sie wissen ja doch etwas! Bekam sie oft Besuch?«

»Keine Ahnung, ich habe sie ja nicht überwacht. Außer dem großen Brünetten ist mir nichts aufgefallen.«

»Wann haben Sie ihn zum letzten Mal gesehen?«

»Ich weiß nicht genau, vielleicht vor zwei Wochen. Aber vorhin könnte er da gewesen sein, kurz vor Ihnen.«

Jack zuckte zusammen, er war plötzlich wieder voll bei der Sache.

»Ich habe etwas in der Wohnung gehört«, fuhr der Nachbar fort. »Wegen dieses Zeugenaufrufs im Fernsehen war ich beunruhigt. Ich wollte wissen, ob sie nach Hause gekommen war. Also habe ich angeklopft, mehrmals. Aber ich habe keine Antwort bekommen und bin zurück in meine Wohnung gegangen. Und dann, ein oder zwei Minuten später, habe ich Schritte im Treppenhaus gehört, die von Rubis' Apartment kamen. Dafür würde ich meine Hand ins Feuer legen.«

»Und das sagen Sie mir erst jetzt?«

»Sie wollten mir ja nichts erzählen! Dieser dumme Spruch, ›Es ist zu früh, um irgendwas zu sagen‹, das war sehr einfach! Wenn sie vermisst wird, müssen Sie mir gegenüber mit offenen Karten spielen, mein Lieber!«

Jack zog es vor, nicht darauf zu reagieren.

»Haben Sie gesehen, wer es war?«

»Nein, hier gibt es keinen Spion in der Tür. Und ich will keine Schwierigkeiten bekommen.«

»Sie wollen mir weismachen, dass Sie nicht mal einen Blick riskiert haben?«

»Das habe ich ja nicht gesagt! Ich habe gewartet, bis ich sicher war, dass der Kerl sich entfernt hatte, und dann auf den Flur hinausgeschaut.«

»War es ein Mann?«

»Die Gestalt rannte die Treppe hinunter, ohne das Licht einzuschalten, also habe ich nichts erkennen können. Nur einen Schatten. Groß und breitschultrig. Es war nicht Rubis. Vielleicht ihr Freund. Das ist alles.«

»Die Kleidung?«

»Keine Ahnung. Es war dunkel, und das Ganze hat nur wenige Sekunden gedauert. Nur ein Eindruck, tut mir leid.«

Jack Thayer nickte.

»Besser als nichts, danke …«

»Nick.«

»Danke, Nick. Ich brauche Ihren vollständigen Namen.«

»Da gibt es noch eine Kleinigkeit, die mir gerade in den Sinn kommt: Sie sollten sich ihre Eingangstür von innen ansehen.«

»Warum?«

»Schauen Sie es sich an, dann werden Sie verstehen, was ich meine, wenn ich sage, dass sie … ›irgendwie seltsam‹ geworden ist.«

»Gut, ich werde einen Blick drauf werfen. Woher wissen Sie, was da ist?«

»Sie hat es mir an dem Abend gezeigt, als ich sie ins Restaurant eingeladen habe. Sie war sehr stolz darauf. Mir hat es eher Angst gemacht.«

12

Eine Urangst.

Herzrasen, Blutwallungen, Atemnot, Sauerstoffmangel im Gehirn, Klaustrophobie. Das waren Bradys Erfahrungen in dieser Wohnung gewesen.

Es hatte nicht viel gefehlt, und er wäre entdeckt worden.

Wer hatte an die Tür geklopft? Egal, Hauptsache, niemand hatte ihn gesehen. Als er gehört hatte, wie sich die Schritte entfernten, hatte ihn ein Frösteln der Erleichterung erfasst. Ein paar scheinbar endlose Sekunden hatte er sich ruhig verhalten, ehe er ins Treppenhaus hinausgeschlüpft war.

So konnte er nicht weitermachen, er setzte sein Leben aufs Spiel.

Kurz kam ihm der Gedanke, einfach alles zu vergessen.

Die U-Bahn schaukelte im hypnotisierenden Rhythmus der Funkengarben.

Aber er konnte es nicht lassen. Rubis hatte ihm nichts von ihrer Persönlichkeit enthüllt, außer dass sie vor langer Zeit, in einem anderen Leben, eine strahlende junge Frau gewesen war.

Schluss mit der sinnlosen Jagd nach Indizien!

Rubis' Gesicht … Eine Maske von zerfetztem Fleisch und zersplitterten Knochen.

Was hatte sie in dem Moment gedacht, als sie den Abzug gedrückt hatte? Zweifel? Erlösung?

Nein, Entschlossenheit. Nichts als der drängende Wunsch, sich selbst umzubringen.

Wie konnte er sich da so sicher sein? Und wenn die Tränen vor dem Schuss die der Verzweiflung gewesen waren? Ein Hilfeschrei? Und wenn sie vor der Tat einfach nur verwirrt und depressiv gewesen war? Dann hätte ein Wort, vielleicht eine Geste von ihm genügt, um sie von ihrem Vorhaben abzubringen.

Ich weiß es nicht!

Er biss sich auf die Lippe und wusste genau, dass es auf all diese Fragen nie eine Antwort geben würde. Nein, er konnte nicht einfach aufgeben, was er begonnen hatte. Nicht, bevor er verstanden hätte, warum.

Als Nächstes würde er ihren beruflichen Werdegang unter die Lupe nehmen. Sich eine Liste ihrer Filme besorgen und im Internet ihre Biographie als Hardcoredarstellerin ansehen, alles nicht weiter schwierig.

Ich muss vorsichtiger sein. Wenn ich vorhin überrascht worden wäre, säße ich jetzt im Revier und hätte eine Menge Ärger am Hals.

Er stieg in Brooklyn Heights aus, betrat eine Bank und holte sich ein Auskunftsblatt für einen Kreditkartenantrag und auf der anderen Straßenseite eine Informationsbroschüre zur Krankenversicherung. Zu Hause angekommen überzeugte er sich, dass Annabel noch nicht zurück war, und füllte beide auf den Namen Kyle Lorenzo aus. Dann versteckte er sie unter seinen Sachen und duschte.

Er musste sich waschen, ehe er seiner Frau gegenübertrat. Wundersamerweise zeigte das heiße Wasser die gewünschte Wirkung: Es spülte einen Teil seiner Anspannung fort und wob eine Art Schleier zwischen dieser bedrückenden Geschichte und der Gegenwart. Hier in der Wohnung, in ihrem Nest, fühlte er sich sicher vor dem Phantom »Rubis«.

Als er sich abtrocknete, wurde ihm bewusst, dass er fast eine Dreiviertelstunde unter dem kräftigen Wasserstrahl verbracht hatte.

Annabel kam, eine Einkaufstüte in der Hand, früh nach Hause.

»Hallo, Liebling, ich habe uns eine schöne heiße Suppe mitgebracht.«

Sie gab ihm einen Kuss, und er zog sie an sich. Ihre Anwesenheit war ihm angenehmer, als er vermutet hatte. Er hatte unrecht gehabt, dieses Wiedersehen zu fürchten. Wenn ihm seine eigene Frau kein Trost war, was hätte er dann von der Welt zu erwarten?

Annabel schlüpfte in eine weite Sarouel-Hose und ein Kapuzensweatshirt, dann setzten sie sich zu Tisch.

»Wie war dein Tag?«, fragte sie, während sie zwei große Gläser Milch einschenkte.

»Nichts Besonderes.«

»Hast du alle Änderungen abgeschlossen, die der *National Geographic* verlangt hat?«

»Ich habe gestern bis spätnachts daran gearbeitet«, erklärte er.

Er hasste es, seine Frau zu belügen.

»Jack und ich haben einen neuen Fall.«

Froh, das Thema wechseln zu können, ließ sich Brady aufmerksamer als gewöhnlich darauf ein.

»Und eine Chance, ihn zu lösen, hoffe ich. Nicht so wie die Geschichte mit dem Supermarkt …«

»Na, das steht noch nicht fest. Wir haben die Leiche einer jungen Frau gefunden, das Gesicht von einer Kugel zerfetzt. Ich gehe von Selbstmord aus, Jack von Mord.«

Die Suppe blieb ihm fast im Hals stecken. Er starrte Annabel an.

»Hast du eine Vermutung, was die Gründe sein könnten? Wie kam sie zu einer solchen Tat?«, fragte er, zwischen Interesse und Panik hin- und hergerissen.

»Noch nicht. Die Leiche wurde gestern gefunden, die Sache ist noch ganz frisch.«

Brady stützte die Ellenbogen auf den Tisch, seine Handflächen waren feucht.

»In welchem Teil deines Sektors ist es passiert?«

»Eigentlich fällt die Angelegenheit in den Zuständigkeitsbereich des 84. Reviers. Da die dort aber völlig überlastet sind, haben wir ihn übernommen. Ich wollte die Ermittlungen durchführen, weil es quasi unterhalb unseres Hauses am Fulton Terminal passiert ist.«

Brady fiel der Löffel aus der Hand, der auf den Tellerrand aufschlug, sodass die Suppe über den Tisch spritzte.

»Sorry!«, rief Annabel. »Ich hätte nicht gedacht, dass dich das so berührt. Aber wenn es dich tröstet, das Mädchen kommt nicht aus unserem Viertel.«

»Es … Es tut mir leid«, entschuldigte sich Brady und erhob sich, um einen Schwamm zu holen.

»Als ich die Adresse erfuhr, habe ich den Captain gebeten, uns den Fall zu übertragen. Schließlich kenne ich die Gegend, die Bewohner und ihre Gewohnheiten gut.«

Brady drückte den Schwamm zusammen, um das Zittern seiner Hand zu verbergen.

»Und warum denkt Jack an Mord?«, erkundigte er sich, ganz darauf bedacht, sich seine Erregung nicht anmerken zu lassen.

»Nichts Bestimmtes, eher eine Reihe von Details. Sie hat sich ins Gesicht geschossen, was bei Frauen sehr selten vorkommt. Sie zielen eher auf ihre Brust.«

Brady fasste sich wieder. Dabei gab es keinen Zweifel, Rubis hatte sich den Lauf unters Kinn gehalten, um das Gehirn zu treffen. Sie hatte dem Tod nicht nur ins Auge sehen wollen, sondern sich gewünscht, dass er ihre Züge auslöschte, sie gewaltsam vernichtete. Sie hatte sich nicht nur töten wollen, nein, sie hatte ihre Identität zerstören, sie aus dieser Gesellschaft tilgen wollen.

»Wenn du ihre Wohnung sehen würdest«, fuhr Annabel fort. »Ohne jedes Leben, traurig. Hat mich richtig deprimiert.«

Bei der Vorstellung, sie könnte womöglich Bescheid wissen und mit ihm spielen, geriet Brady kurz in Panik, fasste sich aber schnell wieder. *Das kann nicht sein! Niemand hat mich gesehen.*

»Wittert Jack nicht überall das Böse?«, gab er beiläufig zu bedenken, um das Gespräch in eine andere Richtung zu lenken.

»So ist Jack nun mal. Aber ich vertraue ihm. Er hat manchmal geniale Geistesblitze.«

»Und, habt ihr das Mädchen identifiziert?«

»Vermutlich.«

»Und du … du warst in ihrer Wohnung?«

»Ja, vorhin. Dieser Besuch hat mich wirklich in meiner Überzeugung bestärkt, niemals aufzugeben. Sie war ein armes Ding, verstehst du, und ich will nicht, dass wir die Ermittlungen abschließen, weil augenscheinlich alles auf Selbstmord hindeutet. Ich will ganz sichergehen.«

Gänsehaut überzog Bradys Arme, und er stand erneut auf.

»Entschuldige, ich hole mir nur einen Pullover, mir ist kalt.« Aus dem Schlafzimmer rief er: »Und habt ihr irgendetwas gefunden, was mehr auf die eine Theorie als auf die andere hindeutet?«

»Nein, nur dass sie im Pornogeschäft tätig war. Wenn sie sich den ganzen Tag von unbekannten Hengsten besteigen lassen musste, kann ich verstehen, dass sie ihrem Leben ein Ende setzen wollte.«

Brady kam zurück und nahm Platz. Er hatte keinen Hunger mehr, aß aber seinen Teller leer, um keinen Verdacht zu erregen.

»Man kann doch auch Pornodarstellerin und zugleich glücklich sein oder?«

»Glaubst du das wirklich?«

Er zuckte mit den Schultern.

»Ehrlich gesagt habe ich keine Ahnung. Ich hoffe nur, dass diese Hardcoremädchen nicht alle so enden wie sie.«

»Wie auch immer, das alles ist sehr merkwürdig. Weißt du, was wir auf der Innenseite der Wohnungstür gefunden haben?«

Brady versuchte, sich das kleine Apartment ins Gedächtnis

zu rufen. Er erinnerte sich an einen Dufflecoat und einen Regenmantel, die an einem Haken hingen.

»Unter die Kleidungsstücke«, fuhr Annabel fort, »hatte sie ein esoterisches Symbol, eine Art Pentagramm gemalt!«

Das hatte er nicht bemerkt, er hatte die Mäntel nicht angehoben.

»Was? Ein satanistisches Zeichen?«

»So was Ähnliches. Ich habe es abgemalt und frage morgen meine Großmutter, was sie davon hält.«

Brady nickte. Mae Zappe. Eine alte exzentrische Anhängerin des Voodookults. Er hatte sie stets gemieden, sich in ihrer Gegenwart nie sonderlich wohlgefühlt, wenn ihr Blick ihn ungeniert musterte. Auch wenn er die Komödie des Lebens liebte, Mae übertrieb.

»Wenn du willst, kann ich eine Kopie machen und ebenfalls Nachforschungen anstellen«, bot er an. »Ich habe einige Freunde, die …«

»Das ist nett von dir, Liebling, aber ich möchte unser Privatleben aus der Sache heraushalten.«

Brady ballte die Hände unter dem Tisch zu Fäusten, Übelkeit stieg in ihm auf.

Ich möchte unser Privatleben aus der Sache heraushalten!

Daraus würde nichts werden.

Brady schlief erst spät ein, wachte aber früh am nächsten Morgen auf. Sein Geist war sofort hellwach, so als hätte er im Stand-by-Modus geschlafen.

Was ihn am meisten fertigmachte, war, dass seine Frau die Ermittlungen leitete.

Bei den Dutzenden von Detectives, die es im Norden von Brooklyn gibt, muss es ausgerechnet sie treffen!

Dann erinnerte er sich daran, dass sie darum gebeten hatte, mit dem Fall betraut zu werden. Wegen der Nähe des Tatorts zu ihrer Wohnung.

Also kein Zufall.

Ich glaube nicht an das Schicksal und an all diesen Quatsch! Warum sollte ich mir den Kopf darüber zerbrechen? Weil die Situation alles von einem guten und einem schlechten Karma hatte? *Wegen meines Fehlverhaltens werde ich von meiner eigenen Frau gejagt! Lächerlich …*

Dann schlug seine Frustration langsam in Motivation um.

Sie durfte keinen Vorsprung gewinnen. Er musste, im Gegenteil, als Erster mehr wissen, um die Lage unter Kontrolle zu behalten, denn Wissen ist Macht.

Er hatte keine Minute zu verlieren.

Als Annabel aus der Dusche kam, war er schon angezogen und trug die Jacke über dem Arm.

»Mir ist da gerade eine Idee gekommen. Deshalb muss ich schnell ins Loft.«

»So früh? Für eine neue Reportage?«

»Vielleicht.«

»Na gut. Dann bis heute Abend …«

Er küsste sie flüchtig und eilte die Treppe hinunter auf die Straße. Es war noch dunkel draußen. Er knöpfte seine Lederjacke zu und zog den Kragen seiner Fleeceweste darunter hoch, um sich vor der beißenden Kälte zu schützen.

Mit seinem zügigen Schritt hatte er bald das Stadtzentrum erreicht und lief die Flatbush Avenue hinab. Sogar um diese Zeit herrschte bereits dichter Verkehr in Richtung Manhattan Bridge. Ein eisiger Wind pfiff durch die Straßenschluchten. Nach zwanzig Minuten spürte er seine Ohren nicht mehr.

Er kannte einen Sexshop ganz in der Nähe, einen der wenigen, die die Magie des Internets überdauert hatten.

Ob er so früh schon geöffnet hatte? Sehr unwahrscheinlich … Aber er wollte es versuchen, um den Weg nicht ganz umsonst zurückgelegt zu haben. Er könnte wenigstens nachsehen, ob er überhaupt noch existierte.

Brady suchte eine Viertelstunde rund um die Times Plaza, bis er das Geschäft endlich gefunden hatte. Es hatte nicht nur überlebt, sondern sich sogar vergrößert, und es war eine Art Supermarkt entstanden, in dem man alles fand, was nur entfernt mit Sex zu tun hatte.

Die Neonlichter blinkten in allen Farben wie aggressive Fantasien.

Brady betrat die Höhle des Löwen, in der ein merkwürdiger Geruch hing, eine Mischung aus Lösungsmitteln, Plastik und Schweiß. Der große Raum bestand aus drei Abteilungen: Video und DVDs, Accessoires und Reizwäsche, Peep-Show-Kabinen. Brady interessierte sich für die Filme. Es gab Hunderte.

Tausende, korrigierte er sich. Er hätte sich *vorher* informieren sollen.

Brady ging auf einen schlecht rasierten Mann zu, der mit mürrischer Miene hinter dem Tresen in einer Autozeitschrift blätterte.

»Guten Tag, erstaunlich, dass Sie zu so früher Stunde schon geöffnet haben!«

»Wir schließen überhaupt nicht. Es gibt Typen, die nur zwischen fünf und acht Uhr morgens einen hochkriegen, die darf man auch nicht vergessen«, erklärte der Mann, ohne den Blick von seiner Lektüre zu heben.

Verblüfft zögerte Brady einige Sekunden.

»Ich bin etwas verloren bei all den Filmen, ich ... Mit einer solchen Auswahl habe ich nicht gerechnet.«

»Wir müssen für jeden Geschmack etwas bieten. Sie sind nach Themen geordnet, Sie brauchen sich bloß die Schilder anzusehen.«

Und tatsächlich waren, genau wie in den Blockbuster-Video-Shops, auf gelben und blauen Plastikkarten die Rubriken zu lesen. Nur hieß es hier statt »ROMANTIK« oder »ACTION« »ANAL«, »LESBEN«, »LATINO« etc.

Angesichts der mangelnden Begeisterung des Verkäufers startete Brady einen letzten Versuch.

»Entschuldigen Sie die Frage, aber sind Sie nur für die Kasse zuständig oder beraten Sie auch die Kunden? Einen guten Tipp für Pornos …«

Diesmal legte der Mann sein Magazin beiseite und musterte Brady.

»Hier arbeiten zwei Kategorien von Verkäufern«, erklärte er. »Die, denen das alles scheißegal ist und die nur ihren Job machen, und die, die Pornographie als Kunst betrachten. Sehe ich vielleicht aus wie einer, dem alles scheißegal ist?«

Brady, der nicht zu sagen wagte, was er dachte, begnügte sich damit, das Gesicht zu verziehen.

»Ich suche alle Filme mit einer bestimmten Schauspielerin, können Sie mir vielleicht helfen?«

»Hey, ich bin doch nicht das verfluchte Internet! Allein in unserem Land werden täglich mehr als zehntausend Pornos produziert, wenn du verstehst, was ich meine!«

»Klar, kapiert.«

Brady wandte sich den bunten Hüllen in den Kästen zu.

»Wie heißt sie denn?«, fragte der Verkäufer.

»Rubis. Mehr weiß ich nicht.«

Der Typ lachte hämisch.

»Das vereinfacht die Sache.«

»Warum, ist sie bekannt?«

Der Mann hob das Durchgangsbrett seines Tresens und trat zu Brady.

»Sie ist kein Star, aber ihre letzten Produktionen haben sie bekannt gemacht.«

»Ach ja? Und warum?«

Der Mann zeigte seine gelben Zähne, und seine Augen leuchteten.

»Wissen Sie, was Gonzo-Pornos sind?«

»Nein.«

»Ekelhafte Filme mit widerwärtigen Sachen, sich anpissen, das Sperma von zwanzig Typen gleichzeitig schlucken, solche Praktiken.«

»Gibt es Leute, die so was mögen?«

Überrascht von der Frage, kicherte der Verkäufer.

»In den neunziger Jahren hat das am besten funktioniert. Ja, man kann durchaus sagen, dass es Fans gibt. Aber natürlich gehört das nicht zu den Sachen, die man im Büro rumerzählt.«

»Hat Rubis in Gonzos mitgespielt?«

Der Mann stellte sich vor ein Regal und zog eine DVD aus dem untersten Fach, wo sie fast versteckt war. Er reichte sie Brady. Das Cover, das von schlechter Qualität war, deutete auf einen Amateurfilm hin.

»Wollen Sie mir eine Raubkopie andrehen?«

»Das ist eine kleine örtliche Produktionsfirma. Aber keine Sorge, die Aufnahmen sind erstklassig.«

»Hat sie noch mehr Filme gemacht? Alles Gonzos?«

Der Verkäufer, der an seinen Tresen zurückkehren wollte, blieb stehen und sah Brady an.

»Ja, aber die letzten sind nicht mit dem Rest zu vergleichen. Für diese Filme müsste man eigentlich einen neuen Genrebegriff erfinden, denn im Vergleich zu dem, was du da in der Hand hältst, sind Gonzo-Filme derart harmlos, dass man sie an ein achtjähriges Kind verkaufen könnte.«

13

Siebenunddreißig Partner.

In zwölf Filmen.

Zurück in seinem Atelier hatte Brady Rubis' Namen im Internet eingegeben und zu recherchieren begonnen. Ihren ersten

Pornofilm hatte sie im November 1999 gedreht *Anal – pikante Privatstunden.* Allein schon der Titel deutete auf eine Produktion von schlechter Qualität hin. Anders als bei gewissen Starlets fand er hier keinen Verweis auf eine eigene Website von Rubis. Sie gehörte zu den Hunderten von Schauspielerinnen, die sich einen Namen zu machen versuchten. Doch seit Herbst wurde sie in mehreren Blogs erwähnt, weil sie in zwei Filmen mit dem Titel *Ur-Orgasmus* und *In der Hölle und gegen alle* mitgewirkt hatte. Beide waren unter den DVDs, die er gerade gekauft hatte. Letztere hatte ihm der Verkäufer in dem Sexshop besonders empfohlen. Am Ende hatten sie sechs Filme mit Rubis gefunden, und Brady hatte sie alle genommen.

Es fiel ihm schwer, zu definieren, was er jetzt, da er sie in der Hand hielt, empfand. Neugier? Erregung? Verlangen? Abscheu? Angst? Wohl von allem etwas, schätzte er.

Mit welchem Film sollte er beginnen? Er griff nach der ältesten Produktion. Vielleicht könnte er etwas herausfinden, wenn er sie in chronologischer Reihenfolge sichtete?

Brady verzog den Mund zu einem spöttischen Lächeln. Hoffte er wirklich, durch die Filme mehr über diese Frau in Erfahrung zu bringen? Pornofilme, in denen jegliches Gefühl geheuchelt war?

Wer weiß?

Er setzte sich in seinen Vorführraum und legte die silberne Scheibe ein, während der Videobeamer ansprang.

Vorspann in grellen Farben, Dialoge und Schauspielkunst gleich null, zweifelsohne ging es in diesem schlechten Streifen einzig und allein um die Sexszenen. Die erste Szene ließ nicht lange auf sich warten. Da er Rubis nicht entdecken konnte, betätigte er die Vorlauftaste, schließlich sollte er sich noch fünf weitere Filme ansehen.

Zweite Szene, zwei Männer und eine Frau. Eine etwa dreißigjährige Blondine mit enormen Brüsten. Brady spulte wieder vor.

Sobald er die vertraute Gestalt in den Raum – einen Münzwaschsalon – kommen sah, drückte er auf »Play«. Nichtssagendes Geplänkel, dann zog man sich aus. Das war sie, ganz eindeutig. Fast naiv. Wie alt mochte sie gewesen sein? Nach dem Produktionsdatum zu urteilen gerade mal einundzwanzig Jahre. Brady schätzte sie zwei Jahre jünger.

Sie kniete vor einem supermuskulösen Typen und praktizierte Fellatio. Brady fühlte sich unwohl. Wie ein Voyeur.

Dabei war es ihm nie peinlich gewesen, sich von Zeit zu Zeit einen Pornofilm anzusehen; er verabscheute den Puritanismus, der die männlichen Triebe leugnete. Man musste unehrlich oder blöd sein, wollte man abstreiten, dass die Pornographie den Fantasievorstellungen der Männer entsprach, fast aller Männer der industrialisierten Welt. Brady erinnerte sich an die Zahlen einer seriösen Studie, bei deren Erstellung er einem befreundeten Journalisten geholfen hatte. Jede Sekunde wurden in den Vereinigten Staaten zweitausend Dollar für die Sexindustrie ausgegeben. Über fünfzig Milliarden Dollar Umsatz pro Jahr. Pro Sekunde klickten dreißigtausend Menschen eine Pornoseite an. Pro Minute wurde ein neuer Sexfilm ins Internet gestellt.

Die meisten Männer erzählten ihren Frauen »Ich doch nicht!«. Würde das stimmen, so müssten weltweit alle Junggesellen Tag und Nacht vor ihren Computern hocken, hektisch ihre Maus betätigen und immense Summen bei dieser unendlichen Auswahl ausgeben … Die Wahrheit lag irgendwo zwischen Lüge, Heuchelei und dem vielleicht beschämenden, aber angeborenen Trieb: Die Mehrzahl der Männer, ob mit Partnerin oder ohne, sah sich von Zeit zu Zeit eine Pornoszene an. Schon in der Antike gab es sehr eindeutige Koitusdarstellungen. Die Kunden der römischen Freudenhäuser verkürzten sich die Wartezeit mit dem Betrachten erotischer Bilder, die man ebenfalls in mittelalterlichen Stichen, asiatischen Zeichnungen und auf indischen Tempelfassaden fand.

Für Brady gab es in dieser Hinsicht keine Tabus, er stand zu dieser einsamen Sexualität, auch wenn er sie nicht gerade vor Annabel ausbreitete.

Doch diesmal störten ihn die Bilder, ohne dass er hätte sagen können, warum. War es, weil er Rubis kannte?

Als ihr Partner mit der typischen Unsensibilität von hinten in sie eindrang, drückte er auf den Vorlaufknopf. Er wollte nicht in allen Einzelheiten sehen, was sie zu erdulden hatte. Er schaltete wieder auf normales Tempo, als Rubis' Gesicht zu sehen war, der leicht geöffnete Mund und die perfekt manikürte Hand mit den falschen Nägeln, die sie sich zwischen die Lippen schob, um zu demonstrieren, wie groß ihre Lust war.

Doch ihre Augen zeugten vom Gegenteil.

Brady sah, wie dieselbe Hand gegen das Becken ihres Partners drückte, vermutlich, als der Schmerz zu stark wurde.

Brady sichtete drei weitere Filme im Schnelldurchlauf und nahm sich nur Zeit, wenn Rubis in Großaufnahme zu sehen war. Er stellte fest, dass sein Geist durch diese Abfolge von Szenen nicht erregt wurde, wohl aber sein Penis, der sich automatisch versteifte. Ein allen Männern eigener Zwiespalt der Lust.

Brady hatte sich oft Fragen über diese beiden Aspekte der männlichen Sexualität gestellt. Die Trennung von Geist und Körper. Welcher von beiden beherrschte den anderen?

Für Bradys Empfinden führten die beiden einen Kampf miteinander. Das Verlangen und der Trieb.

Eine Erregung mit zwei Gesichtern:

Das normale Verlangen, das sich eher regelmäßig manifestierte, dafür aber weniger heftig war, konnte aus einem Reiz, einem Affekt heraus entstehen, es konnte sogar heraufbeschworen werden und sorgte für eine befreiende Lusterfüllung. Für Brady war es kopfgesteuert und kontrollierbar.

Der Trieb hingegen, der wesentlich seltener auftrat, brach wie ein zerstörerischer Tsunami aus den Tiefen des Kortex an die Oberfläche. Das Erbe tierischen Verhaltens. Unvorhersehbar und quälend. Wie der unaufhaltsame Anstieg einer Flut, die alle Vorbehalte hinwegspült. Bis zur Ekstase – ebenso explosiv wie erschöpfend.

Das bezeichnete Brady als Ur-Sexualität. Aus dem Bereich des Instinkts. Manchmal aggressiv. Sie konnte zu Ausrutschern und Gewalttätigkeiten führen, hatte es aber der Menschheit ermöglicht, sich fortzupflanzen.

Das Verlangen gehörte in den Sektor der Zivilisation und ging mit der Verführung einher.

Der Trieb war animalisch und aufs Überleben ausgerichtet. Ein archaischer Kompass, der allen Männern eingepflanzt war.

Und wenn dieser der menschlichen Rasse tatsächlich innewohnte, war dann das Verlangen nicht erst mit dem modernen Menschen entstanden, der die Gesellschaft aufgebaut hatte? Diese Frage hatte sich Brady oft gestellt.

Die Sexualität Regeln unterwerfen, um den Menschen weniger fürchten zu müssen. Das, was er in seinem Innersten verbirgt. Was ihn leitet. Es unter Kontrolle zu bringen.

Um der Menschheit eine neue Ausrichtung zu geben. Das Tier vom Individuum zu trennen.

War das wirklich möglich?

Wenn man es recht bedachte, war die aktuelle wirtschaftliche und kulturelle Globalisierung, die seit einigen Jahren so viel Angst bereitete, in der Sexualität schon seit Tausenden von Jahren existent. Mit einem einzigen Ziel: die Herrschaft des Animalischen abzuschaffen, damit der Geist triumphiert.

Doch die Allgegenwart der Pornographie ließ Brady zweifeln. Konnte man das Wesen einer Kreatur bezwingen?

All das macht mich noch ganz krank, dachte er und verließ den Vorführraum.

Er wärmte sich einen Kaffee auf und griff nach der DVD, die der Verkäufer ihm als Erste gegeben hatte.

»Schlimmer als ein Gonzo?«, murmelte er.

Er war sich nicht mehr sicher, ob er sie wirklich ansehen wollte.

Und wenn es nun gerade diese beiden letzten Filme gewesen waren, die sie zerstört hatten?

Brady trank seinen Kaffee in kleinen Schlucken und betrachtete die massive Silhouette der Brooklyn Bridge, dann kehrte er in den dunklen Raum zurück.

Wie alle Filme, in denen Rubis mitgewirkt hatte, war auch dieser von einer kleinen Firma produziert worden. Jedes Mal handelte es sich um eine andere, doch Brady war aufgefallen, dass ein Name regelmäßig vorkam: Leonard K.

Lenny!

Das Video auf Rubis' Website. Ihre Vergewaltigung. Sie sprach mit einem gewissen Lenny, bis sie feststellte, dass ihr Peiniger ein anderer war.

Dieser Leonard K. tauchte in jedem Abspann auf. Wenn er die Produktionsfirmen kontaktieren würde, könnte er ihn vielleicht ausfindig machen.

Die erste Szene des Films überraschte Brady durch ihre Ästhetik. Ein langer Schwenk über einen dichten Wald im Dämmerlicht, aufgenommen von einem Hügel aus. Kein Zeichen von Zivilisation weit und breit, nichts als das Pflanzenmeer, bisweilen durchbrochen von einer Felskuppe. Wo mochte das sein? Im Norden? Vermont? Virginia? Unmöglich festzustellen, entschied Brady.

Die Kamera hielt inne, man sah ein Paar, das im Schein der untergehenden Sonne im hohen Gras saß. Dann ein Zoom auf ihre Gesichter: ein junger Mestize und Rubis. Sie zeigte keine Regung. Der Mann küsste sie auf die Stirn und zog sie hoch. Die Aufnahmen waren für diese Art Film gut eingestellt und ruhig. Die Kamera folgte dem Paar über einen schmalen Pfad, gesäumt von Büschen, in denen die Schatten mehrerer Männer lauerten. Dann der Angriff. Das hatte nichts mit dem Gerangel in Pornos gemein, hier war alles glaubwürdig. Die Schläge, die den Mestizen trafen, wirkten mehr als echt. Großaufnahme seines zusammengekrümmten Körpers, des blutüberströmten Gesichts.

Die Meute kidnappte Rubis, die schrie und sich wehrte.

Sie schleiften sie in den Wald. Sie schrie noch immer, dann prasselten die Hiebe auf sie nieder, bis sie ohnmächtig zusammensank.

Als sie wieder zu sich kam, lag sie in einem fensterlosen Raum – unverputzte Wände, Betonboden, erhellt von Hunderten in Bierdosen steckenden Kerzen. Eine Art unterirdischer Bunker. Brady erkannte ihre Angreifer. Es waren sechs. Gekleidet im Gothic Style, Leder, Metall, Piercings, Tattoos, Schminke. Die Kamera war ständig auf Rubis' angstverzerrtes Gesicht gerichtet, wohingegen sie die Typen nur streifte, sodass Brady sie nicht genau hätte beschreiben können. Musik setzte ein, Trommeln, eine Art Stammesgesang, der original und nicht bei der Postproduktion eingespielt schien.

Innerhalb weniger Sekunden stürzten sich die Aggressoren auf sie und zerfetzten wie wilde Tiere ihre Kleidung, bevor sie wie auf Kommando zurückwichen und den nackten Körper bewunderten.

Brady musste zugeben, dass sie wirklich schön war. Ihre vom Kerzenschein erhellten Formen, die von der Kälte harten Brustwarzen, die kaum zu erkennende Scham ließen ihn erzittern.

Bis die Meute wieder auftauchte. Glucksend streichelten sie ihren Körper eine lange Weile. Großaufnahme der verschiedenen Hände, Ringe mit Totenköpfen, die über ihre Haut glitten, als wären es kleine Skelette. Sie ertasteten sie wie Blinde, erkundeten jeden Winkel.

Das beruhigte Rubis, die aufhörte zu wimmern und die Männer beobachtete.

Die Schatten ihrer Bewegungen malten eigenartige Motive an die Wände, das Grollen der Trommeln und das flackernde Kerzenlicht beruhigten Rubis, sodass ihr die Augen zufielen. Dann legte man ihr einen Lederriemen um den Hals. Einer der Männer erschien mit geöffneter Hose und steifem Penis, bereit, sie zu nehmen. Sein Penis war mit eigenartigen Symbolen tätowiert, die im Halbdunkel nicht zu erkennen waren.

Er drang in sie ein, was bei Rubis keine Reaktion auslöste, sie schien nur aufzuwachen.

Unter dem Gemurmel der Gruppe wurden die Bewegungen intensiver, der Lederriemen wurde zusammengezogen, die Kamera zeigte abwechselnd das Gesicht und den Körper der jungen Frau in Großaufnahme. Der Riemen schnitt immer tiefer in ihren Hals und schnürte ihr langsam die Luft ab.

Die Stöße des Mannes wurden heftiger, und die wenigen Male, da die Kamera sein Gesicht streifte, sah man, dass es verzerrt war. Verzerrt vor Lust, aber auch vor Anstrengung. Er kämpfte darum, durchzuhalten.

Der Gurt zog sich zusammen.

Rubis' Lider flatterten. Das Leder grub sich in die Haut ihres Halses, die Venen pochten.

Großaufnahme der Penetration.

Plötzlich war die Kamera auf Rubis' Mund gerichtet, der sich öffnete und wieder schloss – wie bei einem Fisch auf dem Trockenen. Sie schlug die Augen auf, und Brady sah Äderchen darin platzen, als das Blut hineinschoss. Sie würde ersticken. Brady erinnerte sich, von seiner Frau gehört zu haben, dass bei Strangulation Petechien entstehen.

Sie gehen zu weit!

Denn es war eindeutig, dass hier keine Special Effects eingesetzt wurden.

Schließlich stieß der Mann einen bestialischen Schrei aus und krallte seine Hände in Rubis' Schenkel, die Bewegungen seines Beckens verlangsamten sich, während er in ihr kam. Man löste den Lederriemen, und sie rang keuchend nach Atem.

Kaum war der Mann aufgestanden, nahm ein anderer seinen Platz ein, um sich mit Rubis zu vergnügen.

Und wieder schloss sich der Gurt um ihre Kehle.

Die ganze Operation dauerte eine Viertelstunde, sechs Männer missbrauchten sie, dreimal wäre sie fast ohnmächtig geworden, doch man lockerte den Druck, damit sie sich erholen konnte, ehe der Riemen erneut zugezogen wurde.

Brady war angewidert und sah sich den Rest im Schnelldurchlauf an.

Ein anderes Mädchen wurde entführt und mit einer Brutalität genommen, die für ein freiverkäufliches Video unglaublich war. Bei jedem Stoß wurde sie geschlagen, zuerst mit der flachen Hand, dann mit Fäusten. Sie verlor dreimal das Bewusstsein, die Männer holten sie zurück, um weiterzumachen. Wieder und wieder.

Dann kam Rubis zurück. Noch immer war der Raum in das gelbliche Kerzenlicht getaucht und vom monotonen Wirbel der Trommeln erfüllt.

Während einer sie vergewaltigte, ritzten die fünf anderen ihre Haut mit Rasierklingen auf, an den Hüften, Armen, Brüsten, Schenkeln, am Hals …

Bald überzog das Blut sie mit einem öligen Film, auf den sich die Kerle vor Befriedigung grunzend stürzten.

Rubis' Blick war abwesend, doch sie ließ alles über sich ergehen, unterwarf sich all ihren Launen. Von Zeit zu Zeit stöhnte sie, unterdrückte aber einen Schrei.

Das Kinn in die Hand gestützt saß Brady da und schüttelte bestürzt den Kopf.

Jetzt kam der junge Mestize, mit dem Rubis am Anfang des Films zu sehen gewesen war, aus einem holzverkleideten Raum. Als er über einen Gang lief, bemerkte Brady hinter einem Fenster den Mond. War alles nachts aufgenommen worden? Die Folterknechte blieben unsichtbar, nie war die Kamera auf ihre Gesichter gerichtet.

Ein Wort an der Wand.

Brady griff eilig zur Fernbedienung und spulte in Zeitlupe zurück, bis er zu einem Bild vom Zugang zu einem anderen Flur kam, wo ein Plan des Hauses und der Notausgänge hing. Darüber stand in großen Buchstaben KING geschrieben, das Ende des Namens war nicht zu erkennen.

Der Mestize, dessen Gesicht völlig zugeschwollen war, wurde nun ebenfalls von den Bestien vergewaltigt, eiserne Krallen zerfetzten seine Brustwarzen, und während sie ihn penetrierten, versetzte man seinen Hoden Stromstöße mit einer Autobatterie und einem Überleitkabel. Da war nichts gestellt, alles war live.

Brady hielt dieses Schauspiel für Geisteskranke nicht länger aus, und so sah er sich den Rest im Schnelldurchlauf an. Bis zum letzten Bild.

Rubis war in einem Keller angekettet. Erschöpft und verzweifelt wanderte ihr Blick suchend hinter die Kamera, in der Hoffnung, dort ein Zeichen zu finden, dass alles vorbei war. Eine Gestalt in einem langen Ledermantel trat ein, das üppige Haar verbarg das Gesicht. An jedem Finger steckte ein Ring.

»Lasst mich frei«, hauchte Rubis entkräftet.

Der Mann schniefte und hockte sich vor sie hin.

Das Verlies wurde nur von zwei Kerzen erleuchtet. Er beugte sich zu der jungen Frau und sagte:

»Keine Sorge. Du hast den Eindruck, dass du bald sterben wirst. Doch das stimmt nicht.«

Er flüsterte mit honigsüßer, widerwärtiger Stimme.

»Gnade!«, flehte Rubis, und eine Träne rann über ihre schmutzige Wange.

»Jedes Mal, wenn du ohnmächtig wirst, holen wir dich zurück. Jedes Mal, wenn du glaubst, sterben zu müssen, sind wir für dich da. Wir tun alles, damit du am Leben bleibst.«

Mit einer schnellen Geste blies er die Kerzen aus, so als wolle er die Finsternis anrufen.

Die phosphorisierende Farbe auf seinem Gesicht begann gelb zu leuchten. Aggressive Züge mit Ecken und Kanten und zwei Höhlen anstelle der Augen. Eine Totenfratze. Und er fügte hinzu:

»Und unsere Lust wird andauern. Lange.«

ENDE.

14

Annabel bat Jack, in der Little Nassau Street zu parken. Er hielt vor einem Lebensmittelladen, der so baufällig war, dass man ihn für geschlossen halten konnte.

»Sagst du mir jetzt, was wir hier machen?«, wiederholte er.

»Eine Information über Miss Weaver einholen.«

»Was?«, fragte Jack verwundert. »Woodbine hat uns einen Einbruch und einen Raubüberfall aufs Auge gedrückt, und du beißt dich an diesem Fall fest? Solange wir die DNA-Ergebnisse nicht haben, bleibt diese Sache in der Schublade!«

Am Vorabend hatten sie die Zahnbürste, schmutzige Slips und Haare, die vom Kamm in Rubis' Badezimmer stammten, eingesammelt, um einen DNA-Abgleich mit der am Fulton Terminal aufgefundenen Leiche in Auftrag zu geben. Ehe die Ermittlungen fortgesetzt werden konnten, musste feststehen, dass es sich um dieselbe Person handelte.

»Ganz ruhig, ich brauche nur eine Viertelstunde. Warte im Auto auf mich.«

»Das ist eine gefährliche Gegend! Ich kann dich hier nicht allein lassen!«

»Ich bin hier groß geworden, ich bin eher in Sicherheit als du«, erklärte sie entschieden und stieg aus.

»Habe ich die Wahl?«, fragte er seufzend und zog einen Gedichtband aus der Tasche. »Aber beeil dich! Wir haben noch jede Menge Arbeit.«

Annabel lief ein Stück den Bürgersteig entlang – eine finstere Straße, Gebäude mit schmutzigen, rissigen Fassaden, vergitterte Fenster und statt Zäunen zwei Meter hoher Stacheldraht mit einem Schild als Willkommensgruß: *Hier gibt es zwei Begrüßungsmelodien: die Hunde und meine Knarre, also warte, bis man dich hereinbittet!*

Annabel ging auf eine Wand zu, auf die eine riesige Fratze gesprüht war. In ihrem weit aufgerissenen Maul befand sich ein Gitter. Der stumme Schrei ließ sich in dieser Umgebung beliebig interpretieren. Hoffnung, Zorn, Angst, vielleicht sogar ein Blitzableiter. Für Annabel war er der Wächter überlieferter Glaubensformen, der Zerberus eines Schlunds, in dem sich vergessenes, uraltes Wissen befand, eine Bestätigung dafür, dass dieses nur mündlich überliefert werden konnte.

Sie trat durch die Lippen ein.

Ein schmaler Gang führte zu Mae Zappes Atelier: ein Zoo voller Fabeltiere, gemeißelt in Stein. Drache, Einhorn, Troll und andere Fabelwesen in der Anmut der Bewegung, prekäres Gleichgewicht, angespannte Muskeln, wie unter einem Basiliskenblick zu Stein erstarrt. Mae Zappe bezeichnete sich selbst als »Wasserspeier-Künstlerin«.

»Ah! Träume ich?«, rief die alte Frau und bahnte sich einen Weg durch das Gewirr von Skulpturen. »Meine Enkelin!«

Ihre Haut war schwarz wie ihre Augen, Strähnen, so grau wie der Schal, den sie um die Schultern trug, durchzogen ihre dunkle Mähne. Die tiefen Falten in ihrem Gesicht kontrastierten mit der Lebhaftigkeit ihrer Gesten. Sie öffnete die Arme und drückte Annabel an ihre Brust.

Die beiden Frauen verharrten eine gute Weile eng umschlungen. Dutzende von brennenden Kerzen standen auf den Regalen, den Sockeln der Wasserspeier und in den Schalen, die von den Deckenbalken hingen.

»Wie geht es der hübschesten Frau der Stadt?«, fragte Mae, wobei sie Annabel an den Handgelenken festhielt.

»Ich glaube, die Liebe macht dich blind, Großmutter.«

»Das ist ein Los, das ich gerne akzeptiere.«

»Ich brauche einen Rat von dir.«

»Ah, dachte ich es mir doch … Seit einer Ewigkeit hast du mir schon keinen reinen Liebesbesuch mehr abgestattet! Pass auf dich auf, Annabel, diese Stadt verschlingt dich langsam! Du handelst mehr und mehr aus Berechnung statt mit dem Herzen!«

»Mae, es tut mir leid, meine Arbeit beansprucht meine ganze Zeit. Ich verspreche dir, dass ich versuchen werde, öfter zu kommen.«

»Schon gut, ich weiß, wie schwer das Leben draußen ist. Und du kannst dich nicht von seinen Regeln frei machen, nicht wahr? Wer will schon enden wie Mae Zappe?«, fügte sie lachend hinzu. »Also, sag mir, was dich herführt.«

Die alte Frau nahm sie bei der Hand wie ein Kind und zog sie durch den Wald aus Steinen.

»Du hast Kontakte zu allen Bereichen der Esoterik. Ich möchte dir ein Symbol zeigen und seine Bedeutung erfahren. Ich glaube, es hat nichts mit Voodoo zu tun, aber wenn du es deinen Bekannten zeigen könntest, kennt es vielleicht einer von ihnen.«

Mae bot ihrer Enkelin einen Stuhl an, der die Form einer geöffneten Hand hatte, wobei die aufgerichteten Finger die Lehne bildeten. Dann brachte sie zwei Tassen mit nach Orangenblüten duftendem Kaffee.

»Ich habe immer welchen warm stehen, das ist sozusagen mein Kraftstoff.« Die alte Frau kicherte. »Hier, trink!«

Irgendwo im Atelier fiel ein schwerer Gegenstand zu Boden und zerbrach.

»Ruhe!«, befahl Mae. »Sie sind ungeduldig, ich war gerade dabei, sie zu polieren. Das lieben sie!«

Annabel verstand, dass sie von ihren Wasserspeiern sprach, und ging nicht weiter darauf ein, denn sie wusste, welch besondere Beziehung ihre Großmutter zu ihren Schöpfungen unterhielt. Bei ihr hatte jeder Laut, jeder Luftzug eine Bedeutung. Für Mae Zappe gab es keinen Zufall. Ob man irgendetwas verlegt hatte oder eine Tür zuschlug, in allem verbarg sich eine Bedeutung.

Annabel zog die Kopie der seltsamen Zeichnung hervor, die sie an Sondra Weavers Tür gefunden hatten, und reichte sie Mae.

»Hier, ich lasse sie bei dir, vielleicht kennst du jemanden, der etwas damit anfangen kann.«

»Nicht nötig.«

»Was ... meinst du ...«, stammelte Annabel.

»Ich weiß, was das ist«, erklärte Mae mit finsterer Miene, und ihre Hand zuckte zurück, um das Blatt nicht zu berühren.

»Ein wahrer Glückstag für mich«, sagte ihre Enkelin erfreut.

»Nein, Annabel. Du darfst diese Ermittlungen nicht weiterführen.«

Mae hatte jeden Frohsinn verloren.

»Warum? Was bedeutet das?«

»Leute, die sich mit solchen Zeichen umgeben, wissen, was die Welt in ihren vergessenen Winkeln verbirgt. Mit ihnen solltest du keinen Umgang haben.«

»Es geht aber nicht anders, meine Arbeit ...«

»Ist sie wichtiger als deine Sicherheit? Dein psychisches Gleichgewicht?«

»Wovon sprichst du?«

Die alte Frau deutete auf das Blatt.

»Ich weiß, welche Bedeutung das hat! Es handelt sich um einen alten Glauben, eine christliche Schutzformel, auf die auch unsere Vorfahren bisweilen zurückgegriffen haben.«

»Eine Schutzformel? Gegen was?«

»Im christlichen Glauben verlieh dieses Symbol ursprünglich zusätzliche Kräfte, um den Stimmen der Finsternis zu widerstehen, dem Raunen, das in unseren Schränken, in Kellern, in unseren Betten und jedem dunklen Winkel verborgen ist.«

»Gegen die Stimmen der Finsternis?«, fragte Annabel ungläubig.

»Ja, jene Stimmen, die ein labiles Wesen langsam in den Abgrund zu den Versuchungen des Bösen drängen, die das Loblied des Teufels singen, die Menschen zur Gewalt, zum Verbrechen und in den Selbstmord treiben.«

Das ganze Haus knarrte unter dem Ansturm einer heftigen Windböe.

»Es handelt sich also um ein Schutz-Pentagramm?«, fragte Annabel.

»Es wird heute nicht mehr verwendet. Man muss an seine Kraft glauben, damit es wirksam ist, aber im Grunde – ja.«

»Warte mal, hast du gerade gesagt ›in den Selbstmord treiben‹?«

»Ja und zu jeder Art Verderbtheit. Darum machen sie sich auf der Welt breit.«

»Von wem sprichst du, Großmutter?«

Mae Zappe tauchte ihren finsteren Blick in den ihrer Enkeltochter.

»Von Dämonen, meine Kleine. Von Dämonen.«

15

Jack Thayer hatte sich Annabels Bericht angehört und schüttelte den Kopf.

»Das muss ja wirklich ein außergewöhnliches Mädchen gewesen sein – eine Hardcoredarstellerin, die Dämonen fürchtet, und noch dazu Nymphomanin, wenn man ihrem Nachbarn glauben will!«

»Was den letzten Punkt angeht, wäre ich eher misstrauisch; da könnte er auch gelogen haben.«

»Ich wüsste nicht, warum er eine solche Geschichte erfinden sollte, die ihn eher lächerlich macht! Aber die Behauptung, er hätte nicht mit ihr geschlafen, ist gelogen, da bin ich ganz sicher. Er ist ein armseliger Typ, und wenn ihm ein Superweib eine schnelle Nummer vorschlägt, einfach nur so, aus Lust und Laune, warum sollte er das ablehnen?«

»Jack, ich kann dir zehn gute Gründe dafür nennen, es nicht zu tun. Erstens, sie kannten sich nicht, zweitens, er wusste, dass sie in Pornos mitspielt, und das Risiko …«

»Weibliche Sichtweise«, unterbrach Thayer sie. »Ein Mann reagiert nicht so, wenn er ehrlich ist. Mit einem hübschen Mädchen zu vögeln, um sich zu entspannen, ist für die meisten ein Geschenk! Noch dazu mit einer aus dem Pornogewerbe! Das heißt, die ist mit allen Wassern gewaschen!«

Annabel, die nicht eben überzeugt schien, lehnte sich seitlich an die Wagentür.

»Fahr geradeaus«, erklärte sie. »Ich will beim Revier vorbeischauen.«

»Und der Diebstahl? Der Inhaber wartet im Geschäft darauf, dass wir seine Aussage aufnehmen.«

»Ich rufe Attwel an, der soll heute Mittag vorbeischauen. Er wird froh sein, seine Erfolgsstatistik mit einem einfachen Fall verbessern zu können. Was den Einbruch angeht, so hat Woodbine schon einen Streifenwagen hingeschickt. Du weißt so gut wie ich, dass wir bei solchen Lappalien nie ermitteln.«

»Es ist im Prospect Park West passiert, bei einem Mitglied der Stadtverwaltung. Woodbine wollte Detectives dabeihaben, um ein politisches Zeichen zu setzen.«

»Da müssen die Reichen mal ausnahmsweise warten, bis der Fall eines armen Mädchens gelöst ist!«

»Für jemanden, der die Selbstmordthese vertritt, engagierst du dich ja ganz schön!«

»Ich entwickle Sympathien für sie. Paranoide Mystiker, die ihren Körper vor der Kamera zur Schau stellen, haben mir schon immer gefallen.«

Verärgert über die Haltung seiner Kollegin schüttelte Thayer den Kopf, schlug aber dennoch die Richtung zum Revier ein.

»Eines Tages«, fuhr er fort, »versaust du dir noch deine Karriere, hör auf einen erfahrenen Cop. Wenn alles immer nur nach deinem Kopf gehen muss, wirst du irgendwann übers Ziel hinausschießen.«

In der Asservatenkammer des 78. Reviers wurden die beschlagnahmten Gegenstände und Beweisstücke der laufenden Ermittlungen verwahrt, ehe sie in den Lagerhallen des NYPD archiviert wurden. Annabel öffnete einen Karton, in dem sich alles befand, was man bei Sondra Weavers Leiche gefunden hatte. Sie griff nach dem Handy. Als sie auf den Knopf drückte, schaltete es sich sofort ein, der Akku war noch nicht ganz leer.

»Kannst du mir verraten, was du da machst?«, fragte Thayer, der einige Schritte hinter ihr stand.

»Ich sehe mir die Nummern an, die neben dem Adressbuch gespeichert sind. Das sind die Leute, die sie häufig angerufen hat.«

»Und?«

»Ja, da sind zwei. Die von einem gewissen ›Lenny‹ und von einer ›Charlotte‹. Offenbar hat sie in den letzten Tagen ziemlich oft mit diesem Mädchen telefoniert.«

Annabel notierte beide Nummern und überprüfte den SMS-Eingang – leer!

»Lenny könnte ihr Freund sein, der auf dem Foto«, meinte Jack.

»Darum fangen wir mit Charlotte an. Vielleicht ihre beste Freundin oder ihre Schwester?«

»Anna, lass uns die Bestätigung der DNA-Analyse abwarten. Wenn sie es wirklich ist, nehmen wir Kontakt mit der Familie auf und untersuchen ihr Vorleben. Das vereinfacht doch die Dinge.«

»Du weißt ebenso gut wie ich, dass sie es ist. Davon bin ich überzeugt, auch wenn ich ihr Gesicht nicht gesehen habe.«

»Aber wenn du an Selbstmord glaubst, warum dann diese Eile?«

Annabel griff nach ihrem eigenen Handy.

»Weil ich mir nicht mehr sicher bin«, gestand sie. »Und, ich weiß nicht, wie ich dir das erklären soll, aber in dieser Wohnung hing eine Art Verzweiflung, die mich berührt hat. Ich möchte wissen, wer dieses Mädchen war. Pass auf, ich schlage dir einen Deal vor: Wir sehen, was diese beiden Namen hergeben, und wenn nichts dabei herauskommt, lassen wir's. Ich werde Kontakt zu der Familie aufnehmen, sobald die DNA-Analyse unsere Theorie bestätigt, und unsere Jane Doe wird sich zu den vielen anderen Toten gesellen, die man vergessen muss, ohne auch nur das Geringste über sie herausgefunden zu haben.«

Jack Thayer sah sie traurig an. Dann nickte er und strich seiner Kollegin freundschaftlich über den Rücken. Sie war ein richtiger Hitzkopf, mit einem Herzen, das oft viel zu groß für diesen Job war.

Nach dem dritten Klingeln antwortete eine raue Stimme:

»Ja bitte?«

»Charlotte?«

»Wer spricht?«

»Detective O'Donnel vom New York Police Department. Ich muss mit Ihnen reden.«

»Was ist passiert?«

»Sind Sie in der Stadt?«

»Warum?«

»Hören Sie, Miss, wenn Sie jede meiner Fragen mit einer Gegenfrage beantworten, kann das lange dauern. Wo sind Sie?«

»Zu Hause … in North Bergen, New Jersey.«

»Danke. Sie sind eine Freundin von Sondra Weaver, nicht wahr?«

»Ja. Ist ihr etwas zugestoßen? So ist es doch? Oh, verdammt!«

»Das Einfachste ist, Sie geben mir Ihre Adresse, und wir kommen vorbei.«

Jack warf Annabel einen finsteren Blick zu. New Jersey war außerhalb ihres Zuständigkeitsbereichs.

»Woher soll ich wissen, dass Sie wirklich von der Polizei sind? Ich gebe meine Adresse nicht irgendjemandem am Telefon!«

»Ich sage Ihnen eine Nummer, das ist die Zentrale unseres Reviers. Wenn Sie wollen, können Sie auch zu uns kommen. Das ist in Brooklyn.«

»Sonst noch Wünsche? Weiter geht's wohl nicht!«

»Hören Sie, es ist wirklich wichtig. Ich kann anhand Ihrer Telefonnummer Ihre Adresse ermitteln lassen. Aber wenn Sie mir die Arbeit nicht erleichtern wollen, werte ich das als mangelnde Kooperationsbereitschaft. Ich nehme an, Sie können sich vorstellen, was das bedeutet?«

»Jetzt regen Sie sich nicht gleich auf, ist ja schon gut. Aber sagen Sie, Rubis ist doch nichts zugestoßen?«

»Ihre Adresse bitte.«

Die Frau am anderen Ende der Leitung seufzte, dann erklärte sie ihr schließlich, wo sie zu finden war. Annabel teilte ihr mit, sie würden sich gleich auf den Weg machen, und legte auf.

Jack folgte ihr.

»North Bergen ist eine reine Schlafsiedlung, umgeben von Highways, Fernfahrerlokalen und Sümpfen. Die Wendung, die die Dinge nehmen, gefällt mir gar nicht«, erklärte er.

Charlotte Brimquick wohnte in einem Wohnwagen inmitten von Autowracks auf einem mit Gittern und Stacheldraht eingezäunten Grundstück. Es gab noch verschiedene andere Behausungen dieser Art auf dem Areal, über das sich in fünfzehn Meter Höhe ein Autobahnzubringer spannte.

Zwei Dobermänner sprangen zur Begrüßung aus ihren Holzhütten. Durch das Gebell aufmerksam geworden kam eine blonde Frau, eine Zigarette im Mund, aus dem Wohnwagen und schrie:

»Ist gut! Schnauze! Brad! Theo! Ab in die Hütte!«

Sie zog an den Ketten, und die Tiere gehorchten.

»Sehr originelle Namen für Hunde!«, bemerkte Annabel.

»Die Namen meiner beiden verhassten Exmänner. Jetzt erteile ich ihnen Befehle und stauche sie zusammen. Kommen Sie rein, hier erfriert man ja.«

Sie schob sie in ihren langen Wagen. Die Duftkerze auf dem Tisch vermochte den Geruch nach Tabak und Feuchtigkeit nicht zu überdecken. Charlotte schenkte ihnen ungefragt Kaffee ein und nötigte sie, auf der verschlissenen harten Sitzbank Platz zu nehmen. Sie war ungefähr dreißig Jahre alt, zierlich und mit imposantem Busen – zu groß, um im Vergleich zu den schmalen Hüften natürlich sein zu können –, und ihre beiden gewalttätigen Ehemänner sowie der Tabak hatten Spuren um Augen und Mund hinterlassen: viele tiefe Falten, Zeugen eines schweren Lebens, in dem jedes Jahr dreifach zählt.

Im Hintergrund war der Lärm des Highways zu vernehmen.

»Ihr ist etwas zugestoßen, nicht wahr?«, meinte sie und setzte sich ebenfalls hin.

»Vorgestern ist eine Leiche gefunden worden. Wir sind noch nicht ganz sicher, dass sie es ist«, erklärte Jack Thayer. »Doch alles deutet darauf hin.«

Charlotte öffnete ihren von Alkohol und Tabak ausgetrockneten Mund, fuhr mit der Zunge über die Zähne und seufzte gedehnt.

»In welcher Verbindung stehen Sie zu Sondra Weaver?«, erkundigte sich Annabel.

»Sie ist eine Freundin, eine verdammt gute Freundin.«

Sie schluckte mühsam, und Tränen rannen aus ihren geröteten Augen.

»Entschuldigen Sie«, sagte sie und erhob sich, um eine Flasche Bourbon aus dem Schrank zu holen, mit dem sie ihren Kaffee streckte. »Ist sie ermordet worden?«

»Wie kommen Sie auf Mord?«, fragte Thayer.

»Solche Mädchen werden am Ende immer umgelegt.«

Charlotte griff nach ihren Zigaretten und zündete an der Kippe eine neue an. Eine Rauchwolke hüllte sie ein, und sie rieb sich das Gesicht.

»Oh, verdammt, Rubis!«, murmelte sie und unterdrückte ein Schluchzen. »Letztlich hat dieses dumme Ding erreicht, was es wollte.«

»Sie wollte getötet werden?«

»Sie wollte diese Welt verlassen, solange sie schön war, bevor das Alter Spuren hinterlassen hätte.«

»Sie haben sofort an Mord gedacht«, beharrte Thayer. »Warum?«

Charlotte zog an ihrem Filter, verschwand für einen Moment hinter einem grauen Vorhang und fuhr fort:

»Jung, ohne Halt, hübsch und verloren in diesem schmutzigen Geschäft – das ist ein explosiver Cocktail, und es braucht nicht viel, damit er in Brand gerät.«

»Sie reden, als würden Sie das Milieu kennen, oder irre ich mich?«, hakte Thayer nach.

Sie tippte mit ihren paillettenbesetzten falschen Fingernägeln auf ihre Brust:

»All dieses Silikon ist nicht dafür da, um ruhiger schlafen zu können! Ich habe zehn Jahre im Hardcore gejobbt. Habe mich gerade zur Ruhe gesetzt. Besser gesagt … man hat mich rausgeworfen. Wenn man heutzutage nicht zwanzig oder sechzig ist, interessiert sich niemand für einen. Doch wenn einem noch ein Rest an Selbstachtung bleibt, muss man aufhören!«

»Zwanzig Jahre, das verstehe ich ja«, erwiderte Annabel. »Aber sechzig? … Können Sie mir das erklären?«

»Entweder ein hübscher knackiger Teenie oder eine Alte. Seit zehn Jahren sind Schwangere im Trend, auch Fette und Zwerginnen – kurz, alles Abnorme, das die gängigen Männerfantasien ansprechen kann.«

»Gängige Fantasien?«, fragte Annabel.

»Jetzt spielen Sie doch nicht das Unschuldslamm! Wenn Sie es wirklich nicht wissen, wird es Zeit, dass Sie auf den Boden der Tatsachen kommen!«

Thayer mischte sich ein.

»Ich vermute, Sie sind nicht *wirklich* im Ruhestand? Wovon leben Sie?«

Charlotte beugte sich über ihre Tasse.

»Kleine Jobs. Was ich finde.«

»Haben Sie Rubis bei einem Dreh kennengelernt?«

»Ja. Ihr erster Film. Sie war nicht gerade cool. Eine kleine Produktion, schlecht bezahlt, aber man muss schließlich irgendwie anfangen. Ich war schon nicht mehr gut im Geschäft, hatte es schwer, mich durchzuschlagen. Also habe ich angenommen, was sich bot.«

»Welche Art von Mädchen war sie?«, fuhr Annabel fort.

Charlotte runzelte die Stirn, und ihr Kinn zitterte. Sie versuchte, sich zu entspannen, indem sie den Rauch tief inhalierte und sofort wieder ausstieß.

»Fällt mir schwer, in der Vergangenheit von ihr zu sprechen …«, gestand sie. »Sie ist … sie war sehr dünnhäutig. Sie hat ihr Dorf verlassen, um ihrer Familie zu entkommen, die sie verabscheute. Sie wollte diesen schlechten Umgang nicht mehr, wollte Erfolg haben. Aber auch hier hat sie nicht gerade die besten Menschen kennengelernt, fast so, als würde man, egal, in welcher Umgebung, diejenigen anziehen, die man verdient.«

»Hatte sie Schwierigkeiten? Probleme mit der Familie?«

Charlotte warf einen Blick auf Annabels Ehering und antwortete dann:

»Madam, die Hälfte der Mädchen, die im Pornogeschäft arbeiten, sind als Kinder vergewaltigt worden. Da machte auch Rubis keine Ausnahme. Aber ihre widerliche Familie wäre in der Lage, bei ihrer Beerdigung zu heulen, dabei war ihnen die Kleine scheißegal!«

»Hatte Rubis noch Kontakt zu ihnen?«, erkundigte sich Thayer.

»Nein, sie wissen nicht, was aus ihr geworden ist. Das wird ein Schock, wenn sie erfahren, dass sie Pornos gedreht hat! Ihr perverser Stiefvater kann sich daran aufgeilen!«

»Wen sollten wir Ihrer Meinung nach in ihrem Bekanntenkreis befragen?«

Charlotte nahm einen tiefen Zug, so als wollte sie ihre Lungen ganz füllen. Ihre Augen waren feucht, ihr Blick war in die Ferne gerichtet. Als sie den Rauch wieder ausstieß, seufzte sie. Unter den halb geschlossenen Lidern ruhte ihr Blick jetzt auf der zerkratzten Resopalplatte des Tisches.

»Ich weiß nicht«, flüsterte sie.

Jack und Annabel tauschten einen raschen Blick. Sie waren sich einig: Sie hatten einen sensiblen Punkt berührt.

Der Verkehrslärm, der von draußen hereindrang, durchbrach das Schweigen und verlieh der verstreichenden Zeit etwas Dringliches. Die vorbeirauschenden Autos waren wie das unaufhörliche Ticken eines Uhrwerks. Keine Ruhe, nur stete Bewegung.

»Wie funktioniert Ihr Geschäft?«, fragte Annabel, um das Gespräch wieder in Gang zu bringen. »Haben Sie einen Agenten?«

Charlotte lachte höhnisch.

»Na klar! Und eine Limousine, die uns zum Set fährt!« Sie schenkte sich noch eine Tasse Bourbon ein, diesmal ohne Kaffee. »Nein, man sieht zu, wie man klarkommt. Wissen Sie, es gibt drei Kategorien in der Pornoindustrie. In der obersten herrscht das Star-System, es ist zwar nicht alles rosig, ganz im Gegenteil, aber doch akzeptabel. Die Produktionsfirmen haben ein ordentliches Budget, die Produzenten sind bekannt, kurz, das Beste vom Besten. Doch da kommen nur wenige hin. Die niedrigste Kategorie ist der Untergrund, sind die Amateure. Da ist alles möglich. Kleine Produktionen mit weniger als fünftausend Dollar, innerhalb von drei Tagen abgedreht. Die Mädchen sind verlorene Geschöpfe, oft drogenabhängig. Das sind die Filme, die die abartigsten Fantasien bedienen und von skrupellosen Kerlen gemacht werden, die nur ein Ziel kennen: so schnell wie möglich Kohle machen. Zwischen den beiden Kategorien gibt es ein bisschen von allem. In dieser Mitte bewegten Rubis und ich uns. Kein Geld, nicht immer ein Arbeitsvertrag. Man sieht zu, wie man klarkommt. Man wird von diesem oder jenem empfohlen, muss seine Kontakte pflegen, nett zu den Produzenten und Regisseuren sein, wissen, was man wann zu tun hat, unter Preis arbeiten und möglichst viel drehen.«

Annabel unterdrückte ein Frösteln. *Nett zu den Produzenten sein* … Alles, was in diesem Satz mitschwang, machte sie krank und wütend. Da sie spürte, dass Charlotte kurz davor war, sich ganz in sich zurückzuziehen, stellte sie schnell die nächste Frage:

»Wissen Sie, wie Rubis in dieses Milieu geraten ist?«

»Durch einen Typen, den sie ganz zu Anfang in New York kennengelernt hat. Lenny, ihr Macker.«

Annabel warf Jack einen kurzen Blick zu. Jener Lenny, dessen Telefonnummer sie hatten.

»Der eigene Freund schickt sie ins Pornogeschäft. Was muss das für ein Typ sein!«, entgegnete sie empört.

»So ist Rubis. Sie hat die Gabe, alle Irren dieser Stadt anzuziehen. Sie hatte kein Geld, aber man muss sagen, dass Lenny ein bisschen die Arbeit für sie organisiert hat. Er jobbt in der Hardcoreindustrie und kennt in der mittleren Kategorie jede Menge Leute – nicht die großen Nummern. Er hat Produktionen für sie aufgetan und dafür Geld einbehalten.«

»Das sieht mir nach Zuhälter aus«, fasste Thayer zusammen. »Wissen Sie, wo er wohnt?«

Charlotte zögerte, ehe sie nickte.

»Rubis war manchmal bei ihm, ein oder zwei Mal habe ich sie dort abgeholt, das müsste ich wiederfinden können, es ist in Gramercy, Manhattan.«

»Ist Lenny gewalttätig?«, erkundigte sich Jack.

»Nicht körperlich, aber in seelischer Hinsicht ist er ein Hurensohn! Rubis war sein Spielzeug, sie musste tun, was er wollte.«

Plötzlich überkamen Annabel Zweifel.

»Hat er sie gezwungen?«

»Er hat darauf bestanden, dass sie anfing. Er hat gesagt, mit ihrem Engelsgesicht könnte sie schnell ein Weltstar werden, und schön, wie sie war, hätte das auch gut sein können! Die Aussicht auf Geld und Ruhm … Da hat sie eingewilligt. Aber leider ist aus ihrer Karriere nichts geworden. Dann hat sie weitergemacht, weil es leicht verdientes Geld war, doch es hat ihr nie wirklich Spaß gemacht! Ich glaube, das … das hat sie sogar völlig fertiggemacht. Sie hat alle Illusionen verloren, jegliches Selbstwertgefühl und …«

Angesichts des andauernden Schweigens, das folgte, fragte Annabel:

»Und was?«

»Nichts«, erklärte Charlotte schulterzuckend. »Nichts, sie war zu jung und nicht stark genug, um diesen Job durchzuhalten. Wie die meisten Mädchen.«

Dann zündete sie sich, Tränen in den Augen, eine neue Zigarette an.

Jack stellte noch einige Fragen, doch die Antworten wurden immer lakonischer und wirrer. Schließlich bedankten sie sich. Annabel legte ihre Karte, auf die sie auch ihre Handynummer geschrieben hatte, auf den Tisch, falls Charlotte noch etwas einfiele. Dann kehrten sie zurück zu ihrem Wagen.

Thayer versicherte sich, dass die Exschauspielerin außer Sichtweite war, dann sagte er:

»Sie verschweigt uns etwas. Sie wollte uns nicht die Adresse von Rubis' Freund preisgeben, dabei war sie durchaus bereit, uns zu helfen. Sie wirft uns einen Knochen zum Fraß vor und hält den Festtagsbraten irgendwo versteckt. Ich wette mit dir, dass sie auf den Strich geht. In der Gegend hier dürfte das nicht allzu schwierig sein.«

»Das ist auch mein Eindruck«, pflichtete Annabel ihm bei. »Und hast du beim Rausgehen ihre Tür gesehen?«

»Nein, warum?«

»Unter dem Kalender lugte ein Stück von einer Zeichnung hervor: dieselbe, die wir bei Rubis gefunden haben. Ein Schutz gegen Dämonen.«

»Das wird ja immer besser! Eine Bruderschaft gläubiger Seelen!«, scherzte Thayer und lachte bitter auf. »Sie arbeiten im Pornogeschäft, haben aber Angst vor Monstern unter ihrem Bett!«

Sie stiegen in den Wagen.

»Jack, diese Mädchen sind auch Menschen. Wenn sogar du das jetzt schon vergisst, was wird dann aus der Welt?«

»Eben, Anna, eben, genau das frage ich mich: Was wird aus dieser verdammten Welt?«

ZWEITER TEIL

Ausbreitung des Raunens

»Auf dieser Erde gibt es nur zwei Tragödien.
Die eine:
Man bekommt nicht, was man sich wünscht.
Die andere:
Man bekommt es.«

Oscar Wilde, *Lady Windermeres Fächer*

16

In Bradys Atelier hing der Geruch von Kaffee, chinesischen Nudeln und Brezeln. Die Füße auf dem Schreibtisch, den Telefonhörer zwischen Ohr und Schulter geklemmt, ein Notizbuch auf den Knien, wippte er auf seinem Stuhl.

Innerhalb der letzten Stunde hatte er drei Filmproduktionsfirmen angerufen – ohne Erfolg. Niemand konnte ihm Auskunft über diesen Leonard K. geben.

»Hören Sie, er wird im Abspann Ihres Films ... ähm ... *Hübsche Puppen Teil zwei* als ausführender Produzent erwähnt, erzählen Sie mir also nicht, dass Ihnen der Name nichts sagt!«

Er gab sich als Journalist aus, der einen Artikel über den aufstrebenden Pornostar Rubis schreiben wollte.

»Man hat mir erzählt, dass er der Darstellerin, die mich interessiert, nahesteht. Wissen Sie nichts darüber?«, beharrte er.

Diesmal war es ihm gelungen, den Schutzwall der Sekretärinnen zu überwinden und den Produzenten des Films zu erreichen. Diese Chance wollte er nicht ungenutzt lassen.

»Nein, gar nichts. Aber was den aufstrebenden Star betrifft, da irren Sie sich, mein Freund. Aus dem Mädchen wird nie was! Sie mag ihren Job nicht. Sich von drei Hengsten zugleich besteigen zu lassen, wenn einem allein schon die Vorstellung ein Graus ist, das merkt man im Film! Und das gefällt unseren Kunden nicht. Aber ich habe ein anderes Mädchen in meinem Stall, das schon bald den Durchbruch schaffen könnte. Wenn Sie wollen, könnte ich ein Treffen mit ihr arrangieren. Für welches Blatt arbeiten Sie noch?«

»Ich bin freier Journalist. Ich verkaufe meine Artikel an meine Kontakte. Porno erhöht den Umsatz, ich bin sicher, dass man eine gute Werbung für Ihre Kleine machen kann, aber zunächst möchte ich mein Projekt über Rubis abschließen. Sagen Sie mir, wie ich diesen Leonard erreichen kann, und ich organisiere was für Ihr Mädchen.«

»Vergessen Sie diesen Schlappschwanz!«

»Das heißt, Sie kennen ihn?«

»Ja, ein Vollidiot. Er hält sich für einen Pascha, dabei ist er eine totale Null!« Der Produzent seufzte und kapitulierte. »Gut, ich habe eine Telefonnummer und eine Adresse, die ich Ihnen geben kann. Aber ehrlich gesagt, von diesem Typen können Sie nichts erwarten.«

»Ich versuche es trotzdem.«

»Und Sie vergessen mich nicht, ja? Wir haben einen Deal!«

»Ganz bestimmt nicht«, log Brady. »Ich bereite es für Anfang nächster Woche vor, und wenn Ihr Mädchen wirklich so begabt ist, bringen wir sie auf die Titelseiten der gesamten einschlägigen Presse. Hören Sie, eine Frage noch: Sie haben nicht zufällig unter Ihren Kontakten einen Fixer, jemanden, der sich in der Hardcoreindustrie auskennt und mich beraten könnte.«

»In welcher Hinsicht? Um Ihnen Kontakte zu den großen Produktionen zu vermitteln?«

»Nein, ich dachte eher an einen Durchgeknallten, einen, der die dubiosesten Seiten dieses Geschäfts kennt, jemanden, für den Gonzos kein Geheimnis sind, wenn Sie verstehen, was ich meine. Ich nehme an, wenn es irgendwo so jemanden gibt, dann in New York!«

Ein kurzes Zögern am anderen Ende der Leitung.

»Ja, ich kenne einen von der Sorte, aber da muss man hart im Nehmen sein. Sind Sie zu allem bereit?«

»Na, ich kann's ja mal versuchen. Haben Sie die Telefonnummer?«

»Kermit hat kein Telefon. Wenn er nicht schon wieder im Krankenhaus ist, treibt er sich in der Gegend von Coney Island herum, in der Nähe des Aquariums. Suchen Sie die heruntergekommenste, dreckigste Kneipe auf, vielleicht finden Sie ihn da. Ansonsten folgen Sie den Schreien.«

Brady bedankte sich und legte auf. Leonard war seine erste Anlaufstelle.

Nach allem, was er am Vormittag gesehen hatte, war Brady eines klar: Wer auch immer die letzten Filme mit Rubis gedreht haben mochte, hatte sie zerstört. Zwielichtige Produktionen, wo extremer Sex mit halbtoten, blutüberströmten Mädchen betrieben wurde, manchmal auch mit abgestochenen Tieren und Lust immer mit Gewalt gekoppelt war.

Und die Kulisse der beiden Filme war identisch. Damit hatte Brady angefangen. Zunächst hatte er »King«, den Namen, der ihm aufgefallen war, im Internet eingegeben. Für sich allein war er in diesem Land so geläufig, dass er nur Zeit damit verloren hätte, die Ergebnisse zu überprüfen. Also hatte er ihn mit einer Stadt verbunden – Kingsville –, dann mit einem Park, einem Wald, einem Gebirge, doch die Resultate waren nicht überzeugend gewesen. Rubis hatte sich mehrmals nach Kingston im Staat New York begeben. Also hatte sich Brady die Liste der Hotels vor Ort angesehen, um ein Gebäude ausfindig zu machen, das dem Plan entsprach, den er gesehen hatte. Doch er hatte schnell aufgegeben, das war keine ergiebige Fährte.

Auch die Besetzung war in beiden Filmen gleich: Rubis, ein anderes Mädchen und eine Gruppe Männer, kaschiert durch Piercings, Tattoos und Leder. Brady war überzeugt, dass dies die richtige Spur war. Rubis' erste Rollen im Hardcorebereich hatten gezeigt, dass sie nicht dafür geschaffen war: Ihr Blick verriet den Ekel, den sie empfand. Heutzutage musste eine Pornodarstellerin »Spaß an der Sache haben«, bis hin zu ihren Augen, das hatte der Produzent am Telefon gesagt.

Was bei den beiden letzten Filmen aus dem Rahmen fiel, war die Sorgfalt, mit der die Darstellerinnen in Szene gesetzt worden waren. In den früheren Pornos hatte man sich Rubis' als reines Lustobjekt bedient. Eine entwürdigende und demütigende Darstellung der Frau. In den beiden letzten Filmen hingegen ging man auf die Mädchen ein. Man sollte ihre Gefühle begreifen. Darauf konzentrierte sich die Kamera. Es ging um die bloße Ausübung von Gewalt, mit dem Ziel, zu quälen und Angst zu verbreiten.

Das war kein Voyeurismus mehr, sondern glatte Perversion. Und Brady wusste, dass er herausfinden musste, wie Rubis in dieses Milieu geraten war. Warum hatte sie, die nicht in der Lage war, in »klassischen« Pornos etwas vorzutäuschen, sich auf etwas so Abartiges eingelassen? Zweimal hintereinander. Ihre letzten Filme.

Am frühen Nachmittag erreichte Brady Stuyvesant Town im Süden von Gramercy, Manhattan. Hier waren einige Jahrzehnte zuvor die hässlichsten Sozialwohnungen von New York entstanden: eine endlose Reihe von braunen Mietshäusern, insgesamt fast neuntausend Wohnungen, die sich jedoch im Laufe der neunziger Jahre während Giulianis Amtszeit in eine recht angenehme Wohngegend verwandelt hatten. Zwar war der Ort noch immer hässlich, aber wesentlich sauberer und mit zahlreichen Bäumen und kleinen Parks verschönert worden, in denen Frauen, Kinder und alte Leute spazieren gingen, ohne um ihre Sicherheit fürchten zu müssen.

Nachdem Brady etwa zehn Minuten durch die Alleen gelaufen war, hatte er Leonards Adresse gefunden.

Lenny. Ich bin sicher, dass du derjenige bist, nach dem Rubis in ihrem Vergewaltigungsvideo gerufen hat. Das wirst du mir doch wohl erklären können, oder?

Er beschleunigte den Schritt, betrat ein Gebäude und begab sich in den siebten Stock zu der angegebenen Wohnung. Er klingelte, doch niemand öffnete. Er versuchte es noch ein paar Mal, ehe er sich sagte, dass Leonard vermutlich einem Beruf nachging und erst abends heimkäme. Was glaubte er denn? Dass ihm alle Welt rund um die Uhr zur Verfügung stand, um seine Fragen zu beantworten?

Brady verließ das Haus. Wie sollte er jetzt weiter vorgehen? Eine Nachricht in Leonards Briefkasten zu hinterlassen war riskant. Es wäre eine Spur, ein materielles Element, das seine Identifizierung ermöglichen würde. Abends könnte er nicht noch einmal vorbeikommen, Annabel würde Fragen stellen, und das war das Letzte, was er wollte.

Dann eben nicht heute. So habe ich noch Zeit, nach Coney Island zu fahren und Informationen über diesen Kermit einzuholen und ihn vielleicht sogar zu erwischen.

Brady lief am Zaun eines Kinderspielplatzes vorbei, ohne seine Frau und Jack Thayer zu bemerken, die, ins Gespräch vertieft und ohne aufzublicken, fast seinen Weg gekreuzt hätten.

Nach dem zu großen Teilen bewaldeten Prospect Park verlief die U-Bahn überirdisch. Coney Island, im Süden von Brooklyn gelegen, war früher ein riesiger Vergnügungspark gewesen. Doch im Laufe der Zeit waren die Attraktionen auf dem Areal weniger geworden und nahmen jetzt nur noch wenige Hektar ein. Nun hatte sich hier im Zentrum der Halbinsel eine regelrechte Enklave russischer Immigranten gebildet.

Als die Hochhäuser auftauchten, wusste Brady, dass er am Ziel war: Wohngettos in riesigen Ziegelsteinkomplexen, durch endlose Metallbrücken miteinander verbunden. Gleichsam autonome Städte, die ihren eigenen Gesetzen gehorchten und in die sich nicht einmal die Polizei vorwagte.

Brady trat auf den Bahnsteig und ging die Stufen zur Straße hinab.

Im Sommer zog es halb New York nach Coney Island mit

seinen Stränden, Jahrmarktattraktionen und Meeresfrüchte-restaurants.

Im Winter aber fegte ein eisiger Wind die Wege leer und rüttelte an den Gittern der geschlossenen Verkaufsstände. Nur ein paar Alte waren auf der langen hölzernen Uferpromenade anzutreffen, die den Strand säumte.

Brady wusste nicht recht, wo er anfangen sollte. Das Viertel um das Aquarium bestand nur aus einigen Hochhäusern auf der Land- und der »Promenade der alten Russen« auf der Wasserseite. Im Osten begann die Hauptstraße mit ihren Geschäften, die sich unter der überirdischen U-Bahn-Trasse dicht aneinanderdrängten. Hunderte von Läden, deren Fassaden mit englischer und kyrillischer Schrift bemalt waren. Wenn er sich dort durchfragen müsste, hätte er mindestens eine Woche zu tun.

Also wandte er sich nach Westen.

Der Vergnügungspark. Im Winter war alles geschlossen. An dem Netz von schmalen Wegen entlang reihten sich abgebaute oder mit Planen bedeckte Karussells. Eine triste, verlassene Gegend.

Suchen Sie die heruntergekommenste, dreckigste Kneipe auf …

Das konnte nur hier sein.

Brady verließ die Surf Avenue und bog in einen Fußgängerweg ein. Mit Vorhängeschlössern gesicherte Buden, zugezogene Metallgitter vor Fenstern, die wie schlafende Augen wirkten, und eine Vielzahl halb zerfetzter Plakate, die im Wind flatterten wie weiße oder graue Haare. Keine Chance, hier um diese Jahreszeit eine geöffnete Bar zu finden.

Brady ging an einem Zaun entlang, als ihn plötzlich Getrappel aufschreckte, das auf ihn zukam.

Ein Rottweiler war zwischen den Kinderautos hervorgeschossen und sprang bellend, geifernd und mit gefletschten Zähnen an dem Gitter hoch.

»Netter Empfang, ich komme wieder«, murmelte der Journalist.

Hier war keine Menschenseele, und er fragte sich, wie er Kermit aufspüren sollte.

An einem Pfosten hing ein Slip.

Das wird ja immer besser!

Auf einem bunten Schild war TATTOOS zu lesen. Brady folgte dem Pfeil, beschleunigte seine Schritte und trat durch das schmale Tor, das auf Brachland führte. Fritten- und Süßigkeitenbuden, Schießstände und Fahrgeschäfte – alles geschlossen und mit Brettern zugenagelt, keine Hoffnung, vor der schönen Jahreszeit im Juni zu neuem Leben zu erwachen. Ohne die Menschenmenge und das Gelächter verkörperte dieser tote Ort die Melancholie der Welt.

Brady schlenderte schon seit zehn Minuten durch das triste Dekor, als er plötzlich einen etwas breiteren Weg entdeckte, dem er folgte. Zu seiner Rechten waren Fassaden mit zugemauerten Eingängen, zu seiner Linken bunte Graffiti. An der Ecke zum Boulevard lag ein einstöckiger Bau.

Und noch immer keine Menschenseele.

FREAK SHOW verkündeten rote Lettern auf gelbem Grund. »Monster« waren in Nischen abgebildet, Schlangenfrauen oder biegsame Frauen – alles, was das Herz an Absonderlichkeiten begehrte. Im ersten Stock, hinter einer schmutzigen Scheibe, eine furchterregende Clownmaske und ein Schaukelpferd aus dem letzten Jahrhundert. Das Etablissement musste geöffnet sein, denn blinkende Lichterketten signalisierten die Anwesenheit der »Freaks« in diesem Gemäuer. Doch alle Eingänge waren von den allgegenwärtigen grauen Scherengittern verschlossen.

Nachdem er um die Ecke gebogen war, bemerkte er eine Glastür, durch die er in einen Raum trat, der einer kleinen Kneipe glich. Auf schwarz-weißen Fliesen Holzstühle und wacklige Tische, an der gegenüberliegenden Wand eine Bar mit einer Zinkplatte. Die Poster von Coney Island stammten aus den dreißiger Jahren, und auch das restliche Dekor war nicht neu: wieder eine Clownmaske, eine Sammlung von alten Karussell-Eintrittskarten. Hier war alles staubbedeckt und roch nach längst vergangenen Zeiten.

Kein einziger Gast. Brady fragte sich schon, ob es überhaupt einen Wirt gab, als ein Mann hinter der Theke auftauchte und seine Zeitung zusammenfaltete. Lange, spitz zulaufende Koteletten gruben sich seitlich in seine Wangen, und an seinem rechten Ohr zog ein riesiger Ring sein rechtes Ohrläppchen in die Länge.

Er nickte Brady wortlos zu.

»Guten Tag, ein Bud bitte.«

Der Typ mit dem Piratenkopf nickte erneut und brachte ihm eine kaum gekühlte Flasche Bier, die er ihm ohne weitere Umstände reichte. Seine Arme waren tätowiert, und auf den ersten Fingergliedern der rechten Hand waren die Buchstaben H-A-R-D zu lesen, auf denen der linken Hand A-S-S – ein knallharter Bursche!

»Vielleicht können Sie mir helfen«, wagte sich der Journalist vor. »Ich suche einen gewissen Kermit. Sagt Ihnen der Name etwas?«

»Na klar!«

»Kommt er oft hierher?«

»Dies ist um diese Jahreszeit die einzige geöffnete Kneipe weit und breit.«

»Wenn er nicht im Krankenhaus ist, oder?«, fuhr Brady fort, der sich an die Worte des Produzenten erinnerte.

Der Pirat schien überrascht. Er nickte.

»Was wollen Sie von Kermit?«

»Eine Auskunft. Ich recherchiere über die Pornoindustrie, vor allem über Untergrundproduktionen. Ich bereite einen Roman vor«, erklärte Brady, dem eine solche Erklärung gegenüber einem Typen dieses Schlages plausibler und weniger suspekt erschien.

»Er selbst ist eine Romanfigur, über ihn müssen Sie Ihr Buch schreiben, nicht über das, was er weiß! Aber Menschen wie ihn nimmt niemand ernst, vor allem die Leute, die in ihren warmen Wohnungen hocken, würden nicht eine Sekunde lang glauben, dass es so was gibt.«

»Kennen Sie ihn gut?«

»Im Winter kommt er oft vorbei. Aber die Frage ist eher, ob Sie ihn kennenlernen, ob Sie wirklich mit ihm zu tun haben wollen.«

»Ist er eine Art Gangsterboss? Alle scheinen ihn zu fürchten.«

Der Wirt verzog das Gesicht zu einer Grimasse, die an ein verschwörerisches Lächeln erinnerte.

»Wissen Sie, warum er regelmäßig in die Psychiatrie eingeliefert wird?«

»Keine Ahnung«, gestand Brady, der das Schlimmste befürchtete.

»Das heißt, Sie wissen nichts von ihm. Und dabei sollten Sie es lieber belassen. Glauben Sie mir, die Welt ist viel besser, wenn man Menschen wie Kermit nicht kennt. Stellen Sie sich das Widerwärtigste vor, wozu Sie fähig sein könnten, und sagen Sie sich, dass das für ihn Peanuts sind.«

17

Das alles machte Brady eher neugierig, als dass es ihn abschreckte. Er musterte den Wirt. Er war um die dreißig, mit eher rebellischem Äußeren, doch wenn das Eis einmal gebrochen war, ging von ihm eher eine gutmütige Leutseligkeit aus. Brady vermutete, dass er nicht unzufrieden war, mit jemandem reden zu können. Wenn er ihn ein wenig ermunterte, würde der Pirat sicher seine Ausführungen über Kermit fortsetzen.

»Es gehört zu meinem Job«, erklärte Brady, »da zu schnüffeln, wo die Leute nicht hingehen würden, die brüchigen Stellen unserer Gesellschaft aufzuzeigen. Und dieser Kermit scheint mir ein gutes Beispiel dafür zu sein.«

Der Pirat pflichtete ihm mit einem spöttischen Lachen bei.

»Kermit hat von Zeit zu Zeit seine Aussetzer. Er ist wirklich ein absonderlicher Typ. Er hält die Menschheit für monströs und wiederholt pausenlos: ›Unsere Gesellschaft ist ein Schlammbecken‹, und unser Dünkel widert ihn an. Er verachtet ihn.«

»Da ist er nicht der Einzige«, versuchte Brady zu scherzen.

»Nein«, beharrte der Pirat ohne den geringsten Anflug von Humor. »Aber er hasst die Menschheit und das, was aus ihr geworden ist, abgrundtief. Er ist besessen von dem Schmutz unserer Seelen, dem Müll unserer Geisteshaltung, und deshalb rastet er aus. Wissen Sie, er war früher Schauspieler. In Hardcorefilmen. Er war gut im Geschäft, ist gut bestückt und kein Weichei, er drehte einen Film nach dem anderen. Ich habe ein paar gesehen, äußerst stoßkräftig, der Bursche! Aber dann ging es bergab mit ihm. Bei einem Fest in der Szene hat man ihn völlig betrunken im Kellergeschoss auf Knien angetroffen; er war dabei, die Unterseite der Klobrillen abzulecken.«

»O verdammt!«, entfuhr es Brady.

»Sie sagen es. Er hatte schon mehrere Kloschüsseln mit der Zunge gesäubert, weil er sich anderer Dinge für unwürdig hielt und sich die gesamte Menschheit von ihrem Schmutz reinwaschen muss. Danach war seine Karriere beendet. Das war vor zwei oder drei Jahren, glaube ich.«

»Und seither?«

»Es ist schlimmer geworden. Er stolpert von einer Krise in die nächste. Als er im letzten Sommer auf der Brighton Beach Avenue spazieren ging, sah er eine Mutter mit einem Kinderwagen. Sobald sie ihm den Rücken kehrte, hat er die Gelegenheit genutzt, um seine Hose runterzulassen, seinen Hintern auf das Gesicht des Kindes zu drücken und zu furzen. Ich schwöre Ihnen, das stimmt. Er hat gesagt, er wollte den Kleinen vorbereiten. Auf die Welt, die ihn erwartet! Er wurde festgenommen und hat fünf Monate in der Psychiatrie verbracht. Seit drei Wochen ist er wieder draußen. Das Einzige, was man sich bei Kermit fragen muss, ist, wie lange er noch unter uns weilen und was sein nächster Gag sein wird.«

»Wissen Sie, wo ich ihn finden kann?«

»Um diese Zeit in der Nähe seines ›Hauptquartiers‹, wie er es nennt. Auf dem Holzsteg, Riegelmann Boardwalk. Dort hat er sich in der alten öffentlichen Toilette eingerichtet, die im Winter geschlossen ist. Suchen Sie nach einem kahlköpfigen Typen mit furchterregendem Blick. Aber wenn Sie ihm begegnen, wissen Sie sowieso gleich, dass er es ist.«

Brady lief über das endlose Band von Planken, das den Strand von Coney Island säumte. Innerhalb von zehn Minuten war er nur einer Handvoll Joggern und ein paar Alten begegnet, die untergehakt ihre ständig pinkelnden Hunde ausführten. Ein eisiger Wind blies vom Meer herüber, und Brady zog seinen Mantel fester um sich und schlug den Kragen hoch. Er konnte sich nicht vorstellen, dass Kermit bei dieser Kälte auf der Promenade spazieren gehen würde. Sicher hatte er sich in seiner Höhle verkrochen, die Brady jetzt ausfindig machen musste.

Nach seinem Gespräch mit dem Wirt hatte Brady einen Teil seiner Begeisterung verloren. Kermit verkehrte seit fast drei Jahren nicht mehr in der Szene, und er hatte die letzten Monate in der Psychiatrie verbracht! Wozu konnte er ihm nützlich sein? Musste er wirklich einen solchen Typen kennenlernen? Aber falls er herausfinden könnte, was Kermit in den Wahnsinn getrieben hatte, würde ihm das möglicherweise helfen, Rubis' Entwicklung nachzuvollziehen.

Auf einer Bank saß mit gespreizten Beinen, die Arme auf der Lehne ausgestreckt, auf dem kahlen Schädel eine Baseballkappe, ein Mann, der das graue Meer betrachtete.

Brady trat auf ihn zu. Der Blick des Mannes wanderte in seine Richtung. Ein Gefühl von Unbehagen. Glühende, bohrende Augen.

Der Mann öffnete wiederholt den Mund und leckte sich über die Lippen, so als würde er sich auf ein Festmahl freuen.

»Kermit?«

Er hatte fast keine Augenbrauen, keinen Anflug von einem Bart. Er musterte Brady von oben bis unten, und der Journalist fühlte sich durchleuchtet bis auf die Knochen.

»Ja, was kann ich für Sie tun?«

Seine Stimme verunsicherte Brady. Sie war ernst und gefasst. Die Stimme eines Mannes, der mit beiden Füßen im Leben steht und gesund ist. Von ihm ging eine erstaunliche Würde und Eleganz aus. Ganz das Gegenteil von dem, was er erwartet hatte.

Der starre, durchdringende Blick wich nicht von Brady, so als suche er einen Weg zu seiner Seele.

»Ich heiße Brad, ich will …«

Plötzlich war ihm seine Lüge unangenehm. Angesichts dieses Fremden, der die Menschheit wegen ihrer Scheinheiligkeit und Unehrlichkeit so sehr hasste, dass er sich selbst beschmutzte und zerstörte, verging Brady die Lust am Theaterspielen.

»Ich möchte Sie um einen Gefallen bitten«, fuhr er fort. »Ich ermittle über den Tod eines Mädchens. Einer Schauspielerin. Ich habe mir sagen lassen, dass Sie die Welt, in der sie lebte, gut kennen.«

»Wer hat dir das gesagt, mein Freund?«

»Ein Produzent und ein Wirt mit Piratenkopf, kurz, verschiedene Leute.«

»Hat sich das Mädchen umgebracht?«

»Woher wissen Sie das?«

»Das ist nicht selten in diesem Geschäft! Und wenn du zu jemandem wie mir kommst, dann deshalb, weil sie tief gesunken ist und du wissen willst, wie es dort unten aussieht, tief unten, im Dreck. Stimmt's?«

Brady nickte wortlos.

Blickwechsel. Feuer gegen Wasser. Zwischen ihnen der salzige Wind, der die Gesichter peitschte.

Wie in einem Film von Sergio Leone, dachte Brady und entspannte sich. Kermit senkte die Augen und rutschte zur Seite, um dem Journalisten Platz zu machen.

»Erzähl mir deine Geschichte«, sagte er.

Ohne zu zögern, berichtete Brady, wie er dem Selbstmord von Rubis beigewohnt hatte. Er wollte Kermit nicht belügen. So eigenartig er auch sein mochte, Brady fühlte sich nicht bedroht. Der Geist dieses Mannes schwebte irgendwo zwischen der menschlichen Gesellschaft und dem Wissen um unerträgliche Realitäten. In seiner Weltsicht gab es weder Entschuldigungen noch Arrangements, um die Wahrheit erträglicher zu machen. Alles war roh. Direkt. Und so musste auch er sich verhalten, wenn er sich Hilfe von ihm erhoffte.

»Sie war schon tot, als du ihr begegnet bist, und das weißt du auch«, erklärte Kermit. »Sie hat nur auf den richtigen Augenblick gewartet. Du warst der Auslöser. Wenn du nicht gezögert, sondern sie ohne Umschweife zurückgewiesen hättest, wäre bei ihr vielleicht ein winziger Hoffnungsschimmer erwacht, was die menschliche Natur betrifft. Aber du hast es nicht getan, denn es gibt keine Hoffnung, nicht, was unsere Triebe betrifft.«

Brady vertraute sich ihm jetzt mit der Sorglosigkeit dessen an, der sich nicht moralisch bewertet fühlt.

»Ich möchte begreifen, wer sie war. Warum hat sie sich umgebracht? Warum vor meinen Augen?«

Kermit deutete auf Bradys Ehering.

»Offenbar bist du verheiratet, hast hübsche Klamotten, vermutlich eine gute Position. Bist du sicher, dass du dich auf diese Reise begeben willst? Solltest du nicht lieber nach Hause gehen, deine Frau küssen und diese ganze Scheiße vergessen?«

»Unter anderen Umständen hätte ich ja gesagt, das wäre das Vernünftigste. Aber nicht jetzt. Es ist im falschen Augenblick meines Lebens geschehen. Ich muss es herausfinden, ich spüre, dass … Es ist auch ein Versuch, mich selbst zu verstehen.«

»Dich oder deine Sexualität?«

»Ist das nicht ein und dasselbe?«

»Ich will dich nicht von deiner Verantwortung freisprechen, aber es gibt dennoch einen Unterschied. Einen Teil des genetischen Erbes, eine Mitgift an Instinkten, die du mit dir herumschleppst und die nicht zu dem passt, was diese Gesellschaft aus dir machen will. Sie glaubt, uns ändern zu können, indem sie die Regeln eines Spiels vorgibt, das uns als Verhaltensmuster dienen soll. Doch man kann sich nicht einen Anzug in Größe fünfzig schneidern lassen und hoffen hineinzupassen, wenn man in Wirklichkeit Größe achtundfünfzig trägt! Damit will ich sagen, dass es eine immer tiefere Kluft zwischen der wahren Sexualität des Menschen und der Welt gibt, in der er sich entwickeln soll. Jeder muss sehen, wie er damit zurechtkommt und beides miteinander aussöhnt. Er muss in Stille und wohlanständiger Heuchelei damit leben.«

»Eine erschreckende Sichtweise!«

»Nein, die Welt ist erschreckend. Dass es so weit gekommen ist, ist erschreckend. Denn normalerweise dürfte uns unsere Sexualität nicht beunruhigen. Und doch …«

»Ich muss herausfinden, wie Rubis war und warum sie sich zerstört hat. Ich bin sicher, dass ihre Beziehung zur Hardcoreszene und zu bestimmten Personen dafür verantwortlich ist. Warum und wie?«

»Diese Erkenntnis wird dich vermutlich nicht beruhigen können, weißt du!«

»Damit kann ich leben. Im Moment ist sie mein Phantom. Und wenn sie mich verfolgt, dann deshalb, um mich mit meinen eigenen dunklen Seiten zu konfrontieren. Kennen Sie einen gewissen Leonard K.?«

Kermit kniff die Augen zusammen und betrachtete das graue Meer.

»Nein.«

Brady musterte ihn, um zu prüfen, ob er ehrlich war. Ein verschlossener, unzugänglicher Mann. Unmöglich, eine Empfindung zu erraten.

»Haben Sie noch Kontakte?«

Kermit nickte.

»Wovon sollte ich sonst leben? Von Zeit zu Zeit mache ich noch bei einem Dreh mit. Kleine Budgets, schlecht bezahlt, aber besser als nichts. Und es haben mich nicht alle fallenlassen. Mit den großen Nummern ist es natürlich vorbei, bleiben nur die Grauzonen des Jobs, die ein bisschen so wie ich sind, und dort hat man mir nicht den Rücken gekehrt.«

»Underground-Hardcore?«

Er lachte ironisch.

»Was ist ›Underground‹? Schnell zusammengeschustertes Zeug? Ohne Vertrag, ohne Struktur? Wo die Mädchen knapp achtzehn und mit Drogen vollgepumpt oder aber komplett von der Prostitution versaut sind? Unter solchen Bedingungen entstehen neunzig Prozent der aktuellen Produktionen. Wenn du das darunter verstehst, lautet die Antwort – ja.«

»Ich möchte in Erfahrung bringen, wer die beiden letzten Filme mit Rubis gedreht hat. Unabhängige Produktionen, unmöglich, mehr herauszufinden. Heute Mittag habe ich versucht, die Spuren zu verfolgen, aber sie haben sich aufgelöst, sobald die Filme abgedreht waren. Die Namen auf dem Abspann sind falsch, sie bringen mich nicht weiter.«

»Wie bei den meisten Filmen.«

»Aber dieser Leonard K. ist von Rubis' erstem Film an immer dabei.«

»Dann ist er wahrscheinlich ihr Zuhälter.«

»Glauben Sie?«

»Sieht ganz so aus. Immer mehr Mädchen haben einen. Die Typen spielen den Agenten und behalten einen Teil des Geldes ein. Allerdings kommen sie nur selten im Abspann vor. Wenn das in diesem Fall wirklich so ist, ein Idiot.«

»Die letzten Filme sind das Werk einer Bande, Typen im Gothic Style, die Gesichter sind nie zu sehen, sie ...«

Kermit unterbrach ihn mit einer Handbewegung. Er wandte sich zu ihm um und musterte ihn.

»Gewaltfilme?«

»Ja. Völlig verrückte, widerwärtige Sachen.«

Kermit schloss kurz die Augen.

»Vergiss es!«, befahl er mit fester Stimme.

Er stand auf und wollte sich entfernen. Brady folgte ihm.

»Wie? Was ist mit diesen Typen? Die sind durchgeknallt. Glauben Sie mir! Ich habe gesehen, wozu sie fähig sind!«

»Sie produzieren diese Filme selbst, machen die ganze Arbeit von der Produktion bis zum Vertrieb mit einem kleinen Kreis Eingeweihter.«

Kermit ging schnell, Brady rannte fast an seiner Seite.

»Und wie kann ich sie ausfindig machen? Kennen Sie einen Namen?«

Kermit blieb stehen und packte Brady mit festem Griff bei der Schulter.

»Sie nennen sich ›der Stamm‹. Glaub mir, sie sind diabolisch. Wundert mich nicht, dass deine Freundin sich umgebracht hat. Sie hätte sich nie mit ihnen einlassen dürfen. Allein bei ihrem Anblick hätte sie verstehen und verschwinden müssen. Du kannst dir sagen, wenn sie es nicht getan hat, dann deshalb, weil sie sterben wollte.«

»Ich will …«

»Halt die Schnauze und hör mir zu! Egal, was für ein schönes Leben du heute führst. Wenn du nicht enden willst wie sie, dann geh nach Hause, hol dir einen runter, betrüg deine Frau, sieh dir Pornos an, so lange du willst. Alles ist besser, als sich ihnen zu nähern.«

Er stieß Brady so heftig zurück, dass dieser fast gestolpert wäre, und entfernte sich mit eiligen Schritten. Trotz des Windes verstand Brady den letzten Satz, den er rief:

»Diese Kerle sind keine Menschen.«

18

Der Mond trat hinter den Wolken hervor, und sein fahles Licht rieselte durch die Glaskuppel über dem Wohnzimmer auf die Suppenteller. Es ruhte auf der Flüssigkeit, die darauf wartete, abzukühlen, um dann verspeist zu werden.

»Morgen arbeite ich, aber Sonntag und Montag habe ich frei«, erklärte Annabel. »Wir könnten übers Wochenende die Berghütte mieten, von der du gesprochen hast.«

Brady nickte und schob eine CD in den Player. Er griff nach seinem Glas und wandte sich zu ihr um.

»Ja, eine gute Idee.«

Er hatte ohne Zögern eingewilligt, da er viel zu viel Angst hatte, seine Zweifel zu verraten, jenen Teil seines Lebens zu enthüllen, den er vor seiner Frau verbarg.

»Ich rufe gleich morgen früh an, um zu fragen, ob sie frei ist«, fügte er hinzu.

Zwei Tage im Wald, weit entfernt von den Grauzonen, um das Brodeln in seinem Gehirn zu beruhigen, das war eine sehr gute Sache. Nur Annabel und er. Aber würde es ihm gelingen, seine Sorgen zurückzulassen?

»Du wirst es nicht glauben, Woodbine hat uns zwei neue Fälle aufgehalst! Die Sache mit dem Supermarkt wird vermutlich im Sand verlaufen, und die mit der Leiche am Fulton Terminal ist in seinem Kopf schon gelöst, also brummt er uns noch zwei weitere Fälle auf.«

»Kompliziert?«

»Eigentlich nicht, einen habe ich an Attwel weitergegeben, und den anderen haben wir heute Nachmittag sozusagen gelöst.«

»Und die Ermittlungen bei dem Selbstmord?«

»Unser möglicher Informant war nicht zu Hause, wir werden morgen weitersehen.«

Brady wollte nicht zu sehr nachbohren, also geduldete er sich, bis Annabel ihm irgendein Stichwort geben würde, bei dem er nachhaken könnte.

»Und was treibst du so?«, erkundigte sie sich. »Hast du ein neues Thema gefunden, hat deine Idee von heute Morgen etwas ergeben?«

Er entschied, dass dies der geeignete Moment war. Er musste ganz unverfänglich beginnen.

»Vielleicht. Mag aber auch sein, dass es eine schlechte gute Idee ist.«

»Na, erzähl doch mal.«

»Ich habe über die Selbstmorde in New York nachgedacht.«

Annabel sah ihn mit großen Augen an.

»Nicht gerade das erfreulichste Thema!«, bemerkte sie.

»Dieses Projekt interessiert mich, weil ich die Gründe untersuchen will, die einen zu einer solchen Tat treiben.«

»Da gibt es ebenso viele wie Selbstmorde.«

Brady hob den Zeigefinger.

»Ja, aber ich habe einige Gruppen herausgearbeitet. Dein Fall hat mich hellhörig gemacht. Ich möchte als Ausgangspunkt die Frauen wählen, die das Geschäft mit dem Sex zerstört hat.«

Annabel schwieg und schwenkte den Wein in ihrem Glas.

»Was hältst du davon?«

»Ich weiß nicht …«

Sie schien verlegen.

»Sei ehrlich.«

»Ich glaube, du hast recht, es ist eine schlechte gute Idee. Das passt so gar nicht zu dir. Das ist nicht deine Art Reportage. Du machst normalerweise keine hässlichen Geschichten. Und dann deine einzigartigen Fotos, was willst du darauf zeigen? Mädchen mit zerfetzten Köpfen, deren Arme aussehen wie ein Spitzengewebe, weil sie zerstochen sind vom vielen Fixen?«

»Nein, Porträts von Frauen, die Zeugnis ablegen. Von denen, die überleben, obwohl sie sich mit Selbstmordgedanken tragen.«

Annabel schüttelte den Kopf.

»Das ist beängstigend!«

Brady kam jetzt auf das zu sprechen, was ihn dazu bewogen hatte, diese Geschichte zu erfinden.

»Es könnte ein Anfang sein, deinen Ermittlungen zu folgen.«

Sie warf ihm einen finsteren Blick zu.

»Unmöglich!«, erwiderte sie.

»Anna, du gibst mir eure Erkenntnisse weiter, und ich ändere die Namen, das ist alles. Du erzählst mir ohnehin viele Details, die etwas härter sind als normal! Was würde das ausmachen?«

»Es geht um laufende Ermittlungen, das darf ich nicht. Es tut mir gut, mit dir zu reden, weil du mein Mann bist. Wenn ich dich als Journalisten sehe, ist das nicht mehr möglich! Also schlag dir das aus dem Kopf.«

Er hob die Arme.

»Schon gut, ich lasse es, du hast recht. Entschuldige.«

Er trank einen Schluck Wein, der in seinem Mund sein volles Aroma entfaltete. Die Wärme dieses Nektars stieg Brady zu Kopf und beruhigte ihn.

»Komm zum Essen, die Suppe wird kalt«, sagte Annabel, um die Sache endgültig abzuschließen.

Brady beschleunigte den Schritt, es war schon nach neun Uhr, die Reservierung der Berghütte hatte ihn aufgehalten. Er hoffte, noch den Verkäufer der Nachtschicht anzutreffen, den, der ihn bei seinem ersten Besuch im Sexshop beraten hatte. Er eilte auf die bunten Neonlichter zu.

Der schlecht rasierte Mann mit dem teigigen Teint stand, eine Zeitschrift in der Hand, hinter dem Tresen, so als hätte er sich seit dem Vortag nicht vom Fleck gerührt.

»Hallo, ich war gestern Morgen hier, erinnern Sie sich?«

Widerwillig sah der Typ von seiner Lektüre auf.

»Ach ja, sagen Sie bloß, Sie haben sich schon alles angesehen?«

»Ich hätte, wenn möglich, gerne einige Auskünfte über die beiden Amateurfilme mit der komischen Hülle.«

»Das geht ganz schön weit, was?«

»Das kann man wohl sagen! Es handelt sich um eine örtliche Produktion, nicht wahr?«

»Ja, aber die Nachfrage ist groß, und dank Internet können Sie sicher sein, dass die jetzt überall zu haben sind!«

»Haben Sie einen Namen, mit dem ich Kontakt aufnehmen könnte? Ich hätte den Produzenten einen Vorschlag zu machen.«

Der Verkäufer schnalzte mit der Zunge.

»Tut mir leid, da kann ich Ihnen nicht weiterhelfen.«

»Seien Sie nicht so, ich muss wirklich mit denen reden …«

»Hey, mein Junge, wenn du in einen Videoclub gehst und nach der Telefonnummer von Tom Cruise fragst, weil du ihm einen Job anbieten willst, glaubst du etwa, dass der Typ an der Kasse dir weiterhilft? Glaubst du, die hat er? Das ist hier nicht anders! Du musst nicht meinen, nur weil du dir beim Anblick der Mädchen einen runterholst …«

»Natürlich«, bemühte sich Brady einzulenken, »ich habe mich falsch ausgedrückt. Alles, was ich will, ist ein Kontakt zur Produktionsfirma.«

»Es sind Amateurfilme, offiziell existieren sie nicht, keine feste Struktur, kein Weg, sich ihnen zu nähern, verstehst du?«

Brady nickte und dachte nach. Es gab zweifelsohne eine Verbindung zwischen ihnen und dem Auslieferungsnetz.

»Können Sie mir sagen, von wem Sie die DVDs bekommen?«

»Über unseren Vertrieb.«

»Sie füllen einen Bestellschein aus, und das ist alles?«

Der Mann runzelte misstrauisch die Stirn.

»Nicht ganz.«

Er würde zu anderen Mitteln greifen müssen, wenn er verwertbare Auskünfte bekommen wollte.

»Wie ich Ihnen schon gesagt habe, würde ich diese Leute gern kennenlernen.«

Der Verkäufer schüttelte den Kopf und blätterte erneut in seiner Zeitschrift.

»Tut mir leid, ich kann Ihnen nicht weiterhelfen.«

»Es ist wirklich sehr wichtig …«

Verärgert schlug sich der Mann auf die Schenkel.

»Dies ist ein Sexshop und keine Kontaktbörse!«

Brady zog eine Hundert-Dollar-Note aus der Tasche und legte sie auf den Tresen.

»Stimmt. Hier, das ist für Ihre Mühe. Ich schwöre Ihnen, es ist ernst. Geben Sie mir einen Hinweis auf Ihr Vertriebssystem, nur einen Namen!«

Bradys Beharrlichkeit schien dem Verkäufer zu imponieren, und er zögerte. Dann legte er die Hand auf den Geldschein.

»Sie sind eine Nervensäge«, sagte er seufzend und vergewisserte sich mit einem kurzen Blick, dass niemand zuhören konnte. »Ich habe eine Telefonnummer. So gebe ich meine Bestellung auf, und sie liefern.«

Brady legte einen Fünfzig-Dollar-Schein dazu.

»Rufen Sie dort an und sagen Sie, es wäre dringend, Sie brauchten Nachschub, noch heute.«

Der Mann knirschte mit den Zähnen. Sein Blick wanderte von Brady zu dem Schein.

»Keine Sorge«, versicherte Brady. »Ich folge dem Lieferanten und diskutiere woanders mit ihm. Sie haben damit nichts zu tun.«

Die Finger des Mannes öffneten sich und schlossen sich um die Fünfzig-Dollar-Note wie die Beine einer Spinne um ihre Beute. Das Porträt von Ulysses Grant verschwand.

Brady eilte nach Hause, um seinen Wagen zu holen. Einen BMW X5 mit Allradantrieb, nicht gerade diskret. Er hatte sich einen Traum erfüllt – wie ein kleiner Junge. Doch jetzt bedauerte er zum ersten Mal, kein unauffälligeres Modell gewählt zu haben. Er parkte in der Nähe des Sexshops, trat wieder ein und blätterte in den einschlägigen Heften, als wäre er ein x-beliebiger Kunde.

Männer kamen und gingen, alle schienen es eilig zu haben. Sie steuerten direkt auf das Gesuchte zu, ohne sich weiter umzusehen. Dann bezahlten sie verlegen und senkten beim Verlassen des Ladens den Blick.

Im Laufe des Vormittags zählte Brady unter den Kunden auch zwei Frauen, die sich aber, im Gegensatz zu den Männern, Zeit zum Stöbern und Entdecken ließen.

Ein junger Mann mit Baseballkappe und dicker Daunenjacke, der einen Karton unter dem Arm trug, trat ein.

»Hier sind die DVDs. Passen Sie nächstes Mal besser auf. Es ist nervig, alles so überstürzt organisieren zu müssen!«

»Natürlich, tut mir leid.«

Als der Lieferant das Geschäft verließ, machte der Verkäufer Brady ein kurzes Zeichen mit dem Kopf. Das war sein Mann.

Brady folgte ihm auf der Straße bis zu einem weißen Van. Dann eilte er zu seinem BMW zurück und ließ den Motor an.

Jetzt beginnt das Spiel …

Er hoffte vor allem, es mit einem normalen Menschen zu tun zu haben und nicht mit einem dieser Paranoiden, die ständig den Blick in den Rückspiegel richteten.

Der Van fuhr über die Flatbush Avenue Richtung Prospect Park und dann in die östlichen Viertel von Brooklyn. Die Gegenden, die man meiden sollte, wenn man keinen Ärger wollte. Lange Reihen wenig einladender Wohnblocks. Brachland. Das Terrain der Stammessprachen, wo die Aufteilung des Viertels durch bedrohliche Graffiti gekennzeichnet war, Grenzen, die man besser nicht überschritt, wenn man die falsche Hautfarbe hatte und die Codes der Klans nicht beherrschte. Es ging weiter nach Crown Heights und Brownsville, das seinem Namen alle Ehre machte, denn hier waren die Fassaden einheitlich lehmig braun. Die Straßen waren noch schmutziger als überall sonst. Hier gab es am Wochenende keine Kehrkolonnen, die den Dreck von den Bürgersteigen entfernten, keine Überstunden bei der Müllabfuhr, nur ärmliche Behausungen, umgeben von Industriegebieten.

Um nicht zu sehr aufzufallen, hielt Brady einen Sicherheitsabstand, der, dem Verkehr entsprechend, mal kürzer, mal länger war. Sein Wagen war zu schön oder doch nicht aufgemotzt genug, um jemandem zu gehören, der hier lebte; nur Dealer konnten sich ein solches Fahrzeug leisten, aber die hätten überall Chrom und überdimensionale Felgen angebracht, und aus dem Inneren würde laute Musik mit wummernden Bässen dröhnen – ein deutliches Signal, dass man besser nicht zu nahe kam.

Glücklicherweise war es Winter, und so waren die Straßen nur wenig bevölkert.

Der Van bog in die Remsen Avenue ein und verringerte das

Tempo, um auf dem Seitenstreifen zu parken. So weit das Auge reichte, rot-bräunliche zweistöckige Bauten, die wie geklont schienen. Der Lieferant sprang aus seinem Auto, eilte über den Seitenweg und verschwand zwischen zwei Häusern in einer schmalen Gasse. Brady stellte seinen Wagen in einiger Entfernung ab und folgte ihm mit leichtem Unbehagen. Sicher standen die Leute an den Fenstern, um Kommentare zu dem geparkten BMW abzugeben.

Brady suchte die Seitengasse ab. Von dem Lieferanten keine Spur. Der Weg war lang, von Müllcontainern und Fassaden mit hohen schmalen Fenstern gesäumt, und endete in einem baumbestandenen Rasenstück.

Wo mochte er sein? Nirgendwo eine Tür … War er losgerannt, um zwischen zwei Häuserblocks zu verschwinden? Brady beschleunigte den Schritt.

Er durfte ihn in diesem Labyrinth nicht verlieren.

Aus den Augenwinkeln nahm er eine Baseballkappe wahr.

Zu spät.

Sie schoss zwischen zwei Containern hervor und mit ihr zwei Fäuste.

Brady fuhr herum, hatte aber keine Chance mehr.

19

Kinder in dicken Anoraks und mit Kapuzenmützen spielten schreiend Fangen. Jack Thayer musste ständig stehen bleiben oder zur Seite treten, um ihnen auszuweichen.

»Ich hasse es, samstags zu arbeiten!«, sagte er.

»Irgendwann hast du auch Kinder«, entgegnete Annabel lachend.

»Wohl eher nicht – ohne feste Beziehung.«

»Hast du momentan niemanden?«

»Auf jeden Fall nicht jemanden, der mir fehlt.«

Was sein Privatleben betraf, war Jack erstaunlich diskret. Mit keiner seiner Affären hatte Annabel je Bekanntschaft gemacht. Nach und nach aber hatte sie den intellektuellen Cop kennengelernt. Sonst hätte sie annehmen können, er wäre homosexuell und wagte nicht, sich zu outen. Doch er hatte es sich einfach nur in seinem Junggesellenleben bequem gemacht: niemand, der sein Programm störte … stundenlange Lektüre, Theaterabende … Es wurde immer schwieriger, eine Frau in diese wohlorganisierte Einsamkeit zu integrieren und zwischen Paul Auster und Hubert Selby einen Platz für sie zu finden.

Sie erreichten das Haus von Leonard Ketter.

»Ich hoffe, diesmal treffen wir ihn an«, meinte Annabel seufzend.

Im siebten Stock klopften sie an eine Tür.

»Wer ist da?«, knurrte eine Stimme im Inneren.

»Polizei!«, rief Annabel. »Mister Ketter, wir möchten mit Ihnen sprechen.«

Stille. Dann dieselbe Stimme, diesmal näher an der Eingangstür.

»In welcher Angelegenheit?«

»Wenn Sie nicht wollen, dass wir dieses Gespräch schreiend vor den Ohren der Nachbarschaft abhalten, dann rate ich Ihnen zu öffnen!«

Der große Farbige, den sie auf dem Foto bei Sondra Weaver gesehen hatten, erschien in der Türöffnung, jetzt allerdings mit Schnurrbart. Er trug einen gestreiften Morgenmantel, darunter ein weißes T-Shirt und Boxershorts.

»Sind Sie sicher, dass Sie mit mir sprechen wollen? Liegt da kein Irrtum vor?«

»Warum? Haben Sie sich nichts vorzuwerfen?«, rief Jack Thayer, der jetzt im Blickfeld auftauchte.

»Ganz genau.«

»Dürfen wir hereinkommen?«, beharrte Annabel.

Leonard Ketter verbarg seinen Unmut nicht.

»Ach, Sie gehen einem wirklich auf die Nerven!« Damit wandte er sich ab und ließ sie eintreten.

Annabel inspizierte mit einem raschen Blick das Wohnzimmer: halb geschlossene Jalousien, gedämpftes Licht, im Fernsehen eine Soap. Orange, braun und weiß gemusterte Tapeten im Stil der siebziger Jahre. Auf dem Tisch das schmutzige Geschirr von mehreren Tagen, ansonsten alles recht sauber, ausgenommen der Staub auf den Möbeln, den Leonard nicht zu entfernen schien. Er zündete sich eine Zigarette an. Annabel bemerkte, dass er Socken und Pantoffeln trug, ein Outfit, das zum Stil der Wohnung passte.

»Was arbeiten Sie? Ihr Beruf?«, fragte Jack und trat näher ans Fenster.

»Künstleragent und Produzent.«

»Ah, Film!«, sagte Thayer und warf ihm einen kurzen Blick zu.

»Haben Sie uns nichts zu sagen?«, fragte Annabel.

Leonard schien überrascht.

»Ihnen etwas sagen? Was denn? Ich wüsste nicht ...«

Thayer lehnte sich an den Fensterrahmen.

»Künstleragent – sagen Sie? Ein lukrativer Job?«

Leonard zog an seinem Glimmstängel, sein Blick wanderte von Annabel zu Thayer. Er schien sich offensichtlich zu fragen, was das alles sollte.

»Unter Umständen. Hängt davon ab, wen man vertritt.«

»Haben Sie viele Kunden? Man nennt das doch ›Kunden‹, oder?«

»Nun ... Ich vertrete ›Schauspielerinnen‹, aber jeder hat seine Klientel.«

»Das heißt, Sie vertreten nur Mädchen?«

»Ja. Worauf wollen Sie hinaus?«

»Bekannte Schauspielerinnen?«, beharrte Thayer.

»Das hängt davon ab, für wen. Aber ich verstehe noch nicht den Grund Ihres …«

»Nehmen Sie uns nicht auf den Arm, Leo. So nennen Ihre Freunde Sie doch, nicht wahr?«

»Hey, etwas mehr Respekt bitte! Sie befinden sich hier in meiner Wohnung, und ich kann Sie jederzeit rauswerfen!«

»Wo waren Sie letzten Mittwochvormittag?«, fragte Annabel, um ihn von Jack abzulenken.

»Mittwoch? Keine Ahnung. Wahrscheinlich hier. Ich stehe spät auf.«

»Gibt es jemanden, der das bezeugen kann?«

»Nein. Was ist letzten Mittwoch passiert?«

»Sondra Weaver, genannt Rubis, sagt Ihnen der Name etwas?«

Leonard schlug die Hand vor den Mund. Lange, schmale Finger.

»Mist …«, murmelte er. »Ist ihr was zugestoßen?«

»Sie leugnen nicht, sie zu kennen?«

»Sie ist eines von meinen Mädchen. Ist alles in Ordnung mit ihr?«

»Eine von Ihren ›Schauspielerinnen‹?«, beharrte Jack. »Arbeiten alle Ihre ›Mädchen‹, wie Sie sagen, im Pornogeschäft?«

»Na und? Was ist dabei? Ist doch nicht illegal!«

»Wir haben am Mittwochmorgen eine Leiche gefunden, das könnte sie sein.«

Leonard sah sie überrascht an. Die Zigarette zwischen Mittel- und Zeigefinger zitterte. Annabel beobachtete ihn genau. Die Rauchspiralen, die von seiner Hand aufstiegen, waren der einzige Beweis dafür, dass die Szene nicht erstarrt war.

»Sie sind nicht sicher, dass es sich um Rubis handelt?«, fragte er plötzlich, zwischen Hoffnung und Angst schwankend.

»Sie hat sich umgebracht«, erklärte Annabel. »Die DNA-Analyse ist noch nicht abgeschlossen.«

Diesmal tastete Leonard nach einem Stuhl, auf den er sich fallen ließ.

»Umgebracht …«, wiederholte er.

»Sie waren ihr Freund, stimmt's?«

Leonard nickte langsam, sein Blick war verschwommen.

»Und Sie machen sich keine Sorgen, wenn Sie drei Tage nichts von ihr hören?«

»Wir waren … zerstritten.«

Seine Stimmlage war eine Oktave höher. Die Zigarette zitterte noch immer.

»Seit wann?«

»Zwei Wochen … oder zehn Tage, ich weiß nicht mehr.«

»Warum?«

»Künstlerische Differenzen«, erklärte er.

Seine Stimme klang tonlos und mechanisch.

»Halten Sie mich nicht zum Narren. Warum?«

»Sie … unsere Beziehung war nicht mehr in Ordnung. Das ist alles.«

Annabel spürte, dass er ihnen zu entgleiten drohte. Betroffen und angegriffen zugleich, könnte er sich verschließen.

»Mister Ketter, wir brauchen Ihre Hilfe, um einige Punkte zu klären«, fuhr sie sanfter fort.

Er bewegte den Kopf, was Annabel als Zustimmung deutete.

»Ich muss Ihnen eine sehr direkte Frage stellen. Ich entschuldige mich im Voraus dafür, doch Ihre Antwort ist uns sehr wichtig: Wann haben Sie sie zum letzten Mal nackt gesehen?«

Selbst Jack schien überrascht. Er warf ihr einen fragenden Blick zu.

»Was soll das? Wollen Sie Details aus unserem Intimleben hören?«

»Antworten Sie bitte.«

»Ich weiß nicht. Vor einem Monat vielleicht.«

»Wies ihr Körper Narben auf?«

Leonard richtete sich auf seinem Stuhl auf und musterte seine Besucher.

»Nein. Warum?«, sagte er schließlich.

»Wir brauchen eine Liste mit den Orten, an denen sie verkehrte, und den Menschen, mit denen sie Umgang hatte«, erklärte Thayer.

Leonard nahm einen tiefen Zug und stieß dann mit jeder Silbe eine kleine weiße Wolke aus.

»Sie ging nicht aus. Nicht ohne mich. Sie hatte fast keine Freunde.«

»Fast keine, will heißen einige. Ich will konkrete Angaben.«

»Da gibt es nicht viel zu sagen. Ich kenne nur eine: Charlotte.«

»Brimquick?«

»Ja. Bei dem Namen kann man sich nicht vertun.«

»Hatte Rubis sado-masochistische Neigungen?«, erkundigte sich Annabel.

Diesmal sprang Leonard auf.

»Verdammt! Sie gehen mir auf die Nerven!«

»Beruhigen Sie sich!«, entgegnete Jack ungerührt. »Sonst lege ich Ihnen Handschellen an, und wir führen das Gespräch auf dem Revier fort.«

Leonard sah hilfesuchend zu Annabel, doch die begnügte sich damit, ihn mit einer Kopfbewegung zum Antworten aufzufordern.

»Nein. Das war nicht ihr Stil. Sind Sie jetzt zufrieden?«

»Haben Sie eine Idee, warum jemand sie gehasst haben könnte?«

»Kann ich mir nicht vorstellen.«

»Also keine Feinde?«

»Sie ist Hardcoredarstellerin, sie regt die Fantasie der Männer an, und wahrscheinlich sind auch ein paar Irre darunter. Sie machen mich ganz verrückt mit diesem ganzen Mist! Wenn sie sich umgebracht hat, warum stellen Sie mir dann all diese Fragen?«

»Reine Formalität«, log Jack.

»Formalität, dass ich nicht lache!«

»Warum sind Sie so misstrauisch?«

Statt einer Antwort biss sich Leonard auf die Lippe.

»Wie haben Sie sie kennengelernt?«, fragte Annabel, um das Verhör wieder in den Griff zu bekommen.

Seltsamerweise war die menschliche Komponente das, was ihr an ihrem Beruf am wenigsten gefiel. Dieses Katz-und-Maus-Spiel. Die Zeugen mit ihren Gedächtnislücken. Weinende Angehörige. Was Annabel begeisterte, war der Verlauf der Ermittlungen, das Zusammenfügen der Elemente, um Schlüsse daraus zu ziehen. Die Methoden, die am Tatort anzuwenden waren.

Ihre Einstellung fasste ein Sprichwort zusammen, das sie einmal in einem chinesischen Glückskeks gelesen hatte: »Wichtig ist nicht das Ziel, sondern der Weg dorthin.«

Insofern bildete sie ein gutes Gespann mit Jack, der sich mehr für die menschlichen Beziehungen interessierte.

»Über ›Craiglist‹. Sie hat eine billige Wohnung gesucht. Ich hatte, was sie brauchte.«

»Wollen Sie damit sagen, dass diese düstere Bude, in der sie lebte, Ihnen gehört?«

Leonard nickte.

»Hey, sehen Sie mich nicht so an. Das ist völlig legal. Nach dem Tod meiner Eltern habe ich ihr Haus verkauft und dafür zwei Apartments in New York erworben. Ich lasse meine Schauspielerinnen dort wohnen, um ihnen einen Gefallen zu tun.«

»Gegen Miete, nehme ich an?«, mutmaßte Annabel.

»Nichts auf der Welt ist umsonst. Wir sind hier nicht in Disneyland!«

»Natürlich …«, murmelte Annabel, die langsam die Geduld verlor. »Und wie haben Sie sie dazu gebracht, in Pornos mitzuwirken? Haben Sie ihre Gefühle ausgenutzt, als sie sich in Sie verliebt hat?«

Annabel hatte die Rolle der netten Polizistin aufgegeben. »Was glauben Sie denn? Sie ist eine Träumerin! Weit von der Realität entfernt. Sie wollte berühmt und reich werden, als Schauspielerin beim Film oder in Musicals am Broadway, dabei stand ihr die Zukunft einer frustrierten Alkoholikerin bevor! Mit ihrem Aussehen hätte sie Erfolg haben können, aber sie hatte kein Talent. Also musste eine andere Lösung gefunden werden.«

»Und Sie haben sich gesagt, sie nackt vor der Kamera zu zeigen wäre ein vernünftiger Notbehelf!«

»Im Pornogeschäft verdient man schnell und manchmal gut. Das ist auch Film. Und man kann ein Star werden.«

Annabel seufzte und drehte sich einmal um die eigene Achse, um sich zu beruhigen. Thayer fuhr fort:

»Vermieten Sie das andere Apartment auch an eine Schauspielerin? Kannte sie Rubis?«

Leonard nickte und senkte den Blick.

»Wie viele Mädchen arbeiten für Sie?«

»Ich habe zwei Wohnungen, also auch zwei Mädchen.«

»Ich brauche den Namen der zweiten. Ich möchte sie gerne treffen.«

Leonard schluckte und trat von einem Fuß auf den anderen.

»Das dürfte schwierig sein«, sagte er leise.

»Warum?«

Er blieb stehen und sah den Cop im zerknitterten Anzug an.

»Sie ist tot«, gestand er. »Sie hat sich vor drei Wochen umgebracht.«

20

Der erste Schlag streckte Brady fast nieder. Genau auf die Schläfe. Alles um ihn herum begann sich zu drehen. Das Licht vor seinen Augen wurde abwechselnd gleißend, dann schwarz und flimmernd. Hitze breitete sich aus und schoss wie ein stechender Schmerz bis in sein Gehirn.

Ein erneuter Hieb. In den Magen. Das gesamte Nervensystem war in Alarmbereitschaft, die Atmung unterbrochen, der Körper reflexartig zusammengeklappt. Brady erbrach Galle.

Trotzdem gelang es ihm, sich an einem Container festzuklammern, um nicht zu Boden zu gehen.

Eine Hand packte ihn am Kragen und drückte ihn gegen die Wand.

Ein Gesicht, beschirmt von einer Baseballkappe, tauchte auf.

Jung, glatte Haut, nur wenige Bartstoppeln.

Doch der Blick war der eines Killers. Eiskalt.

»Warum folgst du mir, du Hurensohn?«, schrie der Junge.

Brady hatte Mühe, sich zu konzentrieren, die Schläge hallten noch in seinem Schädel wider. Er versuchte, beschwichtigend die Hand zu heben.

Der Junge stieß sie heftig zurück.

»Rede, oder ich reiße dir die Eier ab!«

»Ich … Ich will die treffen … die die Filme machen.«

Brady hustete, die Galle brannte in seiner Kehle. Er wandte sich ab, um auszuspucken. Der Junge trat einen Schritt beiseite.

»Wer bist du? Ein Bulle?«, bellte er.

Brady schüttelte den Kopf.

»Journalist …«, stöhnte er.

Seine Umgebung begann sich zu stabilisieren.

»Ich gebe dir einen guten Rat, Journalist: Vergiss es! Niemand hat Lust, Ihre Bekanntschaft zu machen.«

Brady hob die Hand.

»Und wenn wir sie selbst entscheiden lassen würden?«, fragte er.

Der Junge presste ihn heftiger gegen die Wand.

»Ich entscheide an deiner Stelle, damit du besser und länger lebst. Und ich sage dir: Nein!«

»Ich stelle Untersuchungen über ein Mädchen an, das in ihren Filmen mitspielt. Vielleicht kennst du sie, sie heißt Rubis. Ich muss mit ihnen reden.«

»Aber begreifst du denn nicht?« Bradys Angreifer wurde wieder wütend. »Die Männer, denen du begegnen willst, sind … wilde Tiere! Sie zerfleischen dich, noch ehe du dich ihnen vorstellen kannst!«

Brady registrierte, dass der Junge nicht mehr schrie. Vielmehr stieß er die Worte wütend zwischen gebleckten Zähnen hervor.

Brady beharrte.

»Gib mir eine Chance, nur eine Chance, an sie heranzukommen! Ich weiß, wer sie sind. Der ›Stamm‹!«

Der Lieferant erstarrte, unfähig, seine Überraschung zu verbergen. Offenbar hatte Brady ins Schwarze getroffen.

Sein Herz klopfte zum Zerspringen, seine Knie zitterten, doch nach und nach bekam er sich wieder in den Griff, stand fest auf beiden Beinen. Seit er in New York lebte, hatte er gelernt, den Mythen zu misstrauen, vor allem, wenn es um Banden ging, die sich als Tyrannen aufspielten, um Angst zu verbreiten. Er glaubte keine Sekunde an die Geschichte der furchterregenden Produzenten.

Plötzlich spürte er eine Bewegung an seiner Hüfte. Der Typ durchsuchte seine Taschen. Brady versuchte, ihn zurückzustoßen, und bekam eine Faust in den Bauch. Der Hieb verschlug ihm den Atem und ließ ihn in die Knie gehen. Der Junge hielt ihn am Kragen fest, und sein Ellenbogen presste ihn gegen die Graffiti. Er hatte gefunden, was er suchte: seine Brieftasche.

»O'Donnel, ja? Und auch deine Adresse steht darauf.«

»Ich …«, setzte Brady mit schmerzender Kehle an. »Ich will ihnen ja nichts Böses …«

Der Lieferant lachte höhnisch.

»Aber ich schütze nicht sie, du Witzbold! Sondern dich! Ich will nicht, dass du dich meinetwegen zerfleischen lässt, nur weil du mir gefolgt bist.«

Er ließ Brady los und trat einen Schritt zurück. Er musterte ihn mitleidig und fügte seufzend hinzu:

»Du glaubst mir nicht, was? Diese Typen sind nicht wie du und ich. Es sind Vampire. Verdammte Vampire, O'Donnel! Auch das glaubst du nicht, ja? Und das, glaubst du das?«

Er öffnete seine Daunenjacke, um den Rollkragen herunterzuziehen und eine eindrucksvolle Ecchymose zu enthüllen. Faustgroß. Die rötlich-violett verfärbte Haut bebte. In der Mitte zwei Blutkrusten wie schwarze Augen.

»Eines Tages werden sie mich zu einem der ihren machen«, erklärte er mit entrückter Miene. »Aber einstweilen halt dich fern.« Er griff nach Bradys Schal und zog ihn mit einem Ruck an sich. »Ich weiß jetzt, wer du bist. Und wenn meine Herren entscheiden, dass sie dich finden wollen, können sie deine Fährte aufnehmen. Sie werden dich jagen. Und wenn sie dich wollen, werden sie dich aussaugen – bis auf den letzten Blutstropfen.«

Während er sprach, wich er zurück. Brady vermochte sich nicht von der Mauer zu lösen, die ihm Halt gab. Der Junge schwenkte den Schal wie eine Trophäe.

»Bis zum letzten Tropfen! Dich und deine Familie.«

Und er entfernte sich in Richtung seines Lieferwagens.

21

Der Mann breitete die Arme aus und verschlang jegliches Licht.

Die Wintersonne kam erst wieder zum Vorschein, als er sich umdrehte und Platz nahm.

»Super«, sagte Pierre, »heute Abend wird deine Schläfe leuchten wie ein Pavianarsch!«

Brady tastete nach dem Beutel mit Eiswürfeln, der eine Hälfte seines Gesichts bedeckte.

»Danke. Schön, dass du gekommen bist, um mich zu trösten!«

Pierre griff nach seinem Wodkaglas. Er war bleich und noch immer sehr korpulent, doch Brady hatte das Gefühl, als hätte er in der Zwischenzeit erneut an Gewicht verloren.

»Was für eine Geschichte wirst du deiner Frau auftischen?«, erkundigte er sich, während er an seiner Baskenmütze herumzupfte, die den Haarausfall kaschieren sollte.

Brady hatte ihm alles erzählt. Von Anfang an. Von Rubis' Selbstmord bis hin zu dem Gerede des Lieferanten über seine »Herren«. Er vertraute Pierre voll und ganz, denn dieser war verschwiegen.

»Keine Ahnung. Ich werde wohl improvisieren. Der kleine Scheißer hat meinen Führerschein! Meinen Namen, meine Adresse, alles, was er braucht.«

»Du kannst schlecht zur Polizei gehen.«

»Ich weiß. Ich hoffe inständig, dass die ganze Sache frei erfunden und das bloß ein Haufen Wichtigtuer ist. Ich will auf keinen Fall, dass die bei mir zu Hause aufkreuzen.«

»Immer mit der Ruhe, bestimmt hat er den Krempel in den nächstbesten Mülleimer geworfen. Der riskiert doch nicht, dass man ihn mit deinen Papieren schnappt.«

»Die ganze Geschichte wird immer verrückter, Pierre.«

»Du wolltest doch dein Leben hinterfragen … Wenn man das Abenteuer sucht, lässt es nicht lange auf sich warten! Du möchtest, dass ich dir sage: ›Gut, dass du nicht zur Polizei gegangen bist.‹ Annabel würde anfangen, sich Gedanken zu machen, und die Polizei hätte dir den Selbstmord anhängen können! So was hört man doch immer wieder!«

Brady trank sein Wasserglas leer. Der melodische Akzent seines Freundes tat ihm gut.

»Ich weiß …«, murmelte er. »Die ganze Sache nimmt eine Wendung, die mir nicht behagt.«

»Und trotzdem kannst du nicht lockerlassen«, erwiderte Pierre.

»Ich stecke schon zu tief drin, um jetzt einfach aufzuhören. Wenn Annabel nun bei ihren Ermittlungen irgendeine Verbindung zu mir entdeckt oder einen Mord vermutet, dann bin ich verloren! Ich bin geflüchtet, habe sie angelogen und bin illegal in Rubis' Wohnung eingedrungen.«

»Ich kenne dich, Brady. Als du mir vorhin alles gebeichtet hast, war dieses Funkeln in deinen Augen, dieses Feuer. Ich weiß genau, dass dich das, was du tust, fasziniert! Versuch erst gar nicht, mich vom Gegenteil zu überzeugen! Mir kannst du nichts vormachen!«

Brady wollte gerade alles abstreiten, als ihm schlagartig klar wurde, dass Pierre recht hatte.

»Vielleicht ein bisschen, ich weiß nicht«, gestand er. »Wo bist du ihr denn begegnet?«

»Wem? Rubis? Auf einer Party. Ich hab es dir doch schon erzählt: Zwischen zwei Linien Koks kamen wir ins Plaudern. Plötzlich fängt sie an zu heulen und wirft sich in meine Arme! Ich weiß nicht, ob es an meinem Teddybär-Charme liegt oder an meiner Homosexualität, die Frauen dazu bringt, sich mir anzuvertrauen. Egal, sie hat sich auf jeden Fall an meiner Schulter ausgeweint. Die Pornos, ihre Verzweiflung, die Lust, alles auffliegen zu lassen, damit die Welt davon erfährt. Tja, und da habe ich an dich gedacht.«

»Rubis' Geschichte fasziniert mich.«

»Wieso?«

Pierre hatte die amüsierte Haltung eines Menschen, der die Emotionen anderer schon im Voraus erfasste.

»Das frage ich mich auch, vielleicht ist es diese tragische und doch so … wahrhaftige Seite. Ihre Schönheit strahlte etwas anderes aus, eine innere Zerbrechlichkeit. Als wäre sie auf einen fundamentalen Aspekt des menschlichen Seins gestoßen, und diese Entdeckung hätte sie tödlich verletzt.«

»Als wenn sie dich fragen wollte, wer du in Wirklichkeit bist, nach dem Animalischen in dir. Sie konfrontiert dich mit dieser Sexualität, die Teil deiner Probleme als Mann ist, nicht wahr?«

»Kann sein.«

»Du hast ein Trauma erlitten, vergiss das nicht. Darüber zu reden könnte dir guttun, du …«

»Das Verrückteste an der Sache ist«, unterbrach ihn Brady, der seinen Gedanken weiterspann, »dass es nicht die Tat selbst ist, die mir ständig im Kopf herumspukt – der Schuss oder ihr Schädel, der explodiert –, nein, es sind ihre Worte, ihre Person! Das Geschehene lässt mich nicht mehr los. Am Abend, wenn ich einschlafe, höre ich, dass sie mir etwas zuflüstert, sie wiederholt, was sie mir an jenem Tag gesagt hat. Ich will verstehen, warum sie das getan hat. Warum vor mir. Hätte ich es womöglich verhindern können, wenn ich anders reagiert hätte? Auf all diese Fragen muss ich eine Antwort finden.«

»Meinst du, dass es überhaupt eine Antwort darauf gibt?«

»Davon bin ich überzeugt. Ich will sie besser kennenlernen, den Mechanismus entschlüsseln, der sie verändert hat. Wenn ich den gefunden habe, werde ich das Ganze verstehen. Ihre Trash-Movies sind der Schlüssel.«

»Hast du sie dir schon angesehen?«

»Einen. Den zweiten im Schnelldurchlauf, denn er war vom gleichen Kaliber wie der erste, und das hat mir gereicht. Ich kann mir einfach nicht vorstellen, dass einem so etwas gefällt. Ich schwöre dir, die sind echt übel!«

»Ja, ja, der Sex«, scherzte Pierre.

»Entschuldige mal, aber hier geht es um Perversion! Um Brutalität, Blut, Vergewaltigung, um Folter und die Tötung von Tieren mit anschließender Ausübung nekrophiler Handlungen, da wird rein gar nichts ausgelassen!«

»Sex um des Sex willen. Und wenn das die Antwort auf all unsere Probleme wäre? Nicht weiter nachdenken, sich einfach nur den Freuden der Lust hingeben? Vielleicht wäre unsere Welt dann eine bessere!«

Brady hörte nur mit halbem Ohr zu und fuhr fort:

»Ich bin sicher, Rubis hat sich selbst zerstört, indem sie solche Rollen akzeptiert hat. Aber warum? Wer steckt hinter dem Ganzen? Das sind die Typen, an die ich rankommen will.«

Ein breites Grinsen leuchtete in Pierres dunklem Bart auf.

»Vampire!«, erinnerte er sich belustigt.

Mit schmerzverzerrtem Gesicht nahm Brady den Eiswürfelbeutel herunter.

»Wenn du den Ausdruck in den Augen dieses Jungen gesehen hättest!«, fuhr er fort. »Der schien das wirklich zu glauben!«

»Und er hatte zwei Kerben an seinem Hals? Wie von einem Biss?«

»So ist es. Weißt du, wenn ich jetzt an Rubis denke ... Als ich ihr begegnet bin, habe ich ein violettes Mal an ihrem Hals bemerkt. Ich dachte, sie sei geschlagen worden.«

»Denkst du etwa an eine ... organisierte Bande, deren Mitglieder sich als Vampire ausgeben und Pornos drehen, um Kohle zu machen?«

»Ja. Mit einem Initiationsritual. Du verstehst, worauf ich hinauswill?«

Noch immer belustigt, nickte Pierre und trank einen kräftigen Schluck Wodka.

»Und nun?«, fragte er.

»Ich werde am Wochenende mit Annabel in die Berge fahren. Da kann ich über alles nachdenken. Und das Gute daran ist: Wenn sie mit mir wegfährt, kann sie nicht weiter ermitteln!«

»Du weißt, dass ich dir mit meinen vielen Kontakten helfen könnte. Wenn es jemanden gibt, den du treffen möchtest, sag mir seinen Namen, und ich arrangiere das für dich.«

»Danke, Pierre.«

»Ich meinerseits werde natürlich mein Adressbuch durchforsten. Vielleicht springt mir dabei ja ein für dich interessanter Name ins Auge. Und du solltest dieses Wochenende nutzen, um zur Ruhe zu kommen. Ich an deiner Stelle würde mich auf diese Filme konzentrieren, um zu verstehen, was sie dir über die Bilder hinaus erzählen. Womöglich verbirgt sich dahinter Rubis' Geschichte.«

22

Jack Thayer hockte auf der Schreibtischkante. Sein Notizbuch auf den Knien, beendete er das Telefonat.

»Melany Ogdens wohnte in der Lower East Side«, sagte er zu Annabel, »ganz in der Nähe von Sondra Weaver. Sie wurde am neunzehnten November 2000, also vor drei Wochen, tot aufgefunden, und zwar von – halt dich fest – Sondra Weaver.«

Annabel pfiff leise durch die Zähne.

»Wenn sie selbst am Ende ihrer Kräfte war, hat sie dieses traumatische Erlebnis womöglich auf dumme Gedanken gebracht.«

»Ogdens hat drei Schachteln Schlaftabletten und Beruhigungsmittel geschluckt, bevor sie sich eine Plastiktüte überstülpte und aufs Bett legte.«

»Das war eindeutig kein Hilferuf mehr! Dieser Versuch sollte wohl auf keinen Fall misslingen.«

Annabel drehte sich, die Ellenbogen auf den Schreibtisch gestützt, mit ihrem Stuhl hin und her.

»Leonards Mädchen bringen sich beide um«, fasste Thayer zusammen. »Für dich untermauert das deine Theorie von Rubis' Selbstmord. Ich dagegen sehe darin eine zu auffällige Häufung! Und wenn nun er hinter der ganzen Sache steckt?«

Annabel deutete auf Thayers Notizbuch:

»Sie hat sich mit Medikamenten vollgepumpt! Wenn man sie dazu gezwungen hätte, würde es doch irgendwelche Anzeichen von Gewalteinwirkung geben, zum Beispiel Kampfspuren! Davon war aber keine Rede, oder?«

»Der Detective hat mir lediglich die Schlussfolgerungen vorgelesen, ich habe den Autopsiebericht nicht ausführlich mit ihm erörtert. Ich werde mich mal schlaumachen.«

»Leonard Ketter schien aber die Nachricht von Rubis' Tod wirklich nahezugehen«, hielt Annabel dagegen.

»Auf mich wirkte er verstört und nicht erschüttert. Ich hatte eher den Eindruck, er war nicht von Kummer überwältigt, sondern dadurch beunruhigt, dass es auch ihr gelungen war, sich umzubringen! Abgesehen davon hat er ja nun keine Frauen mehr, die ihm Geld einbringen.«

»Er hat keinerlei Fragen gestellt, als ich Rubis' Verletzungen erwähnte. Wenn deine kleine Freundin tot aufgefunden würde, den Körper mit Narben übersät, würdest du dich doch aufregen, oder?«

»Ich würde die Cops mit Fragen bombardieren, um herauszubekommen, was genau passiert ist.«

»Er weiß mehr, als er uns sagen will.«

Sie waren über anderthalb Stunden in seinem dunklen Apartment geblieben, um seine Antworten zu protokollieren, seine Persönlichkeit zu erfassen und seine Vorgehensweise zu verstehen. Mit Kleinanzeigen hatte er genügend Interessentinnen für seine Einzimmerapartments gefunden und unter den Anwärterinnen nur die Einsamsten und Mittellosesten ausgewählt, hübsche, ehrgeizige Mädchen. War der Kontakt erst einmal hergestellt, enthüllte er ihnen, im Filmgeschäft tätig zu sein. »In einem etwas speziellen Genre«, wie er sich ausdrückte. Wenn sie nach ein paar Monaten mit Schauspielkursen, geplatzten Castings, gescheiterten Illusionen finanziell in Bedrängnis kamen, tauchte er wieder auf und bot ihnen einen kleinen, gut bezahlten Job an. Keine schwere Arbeit, nicht mal einen halben Tag Arbeit für einen Verdienst, den sie als Bedienung normalerweise für eine ganze Woche bekamen. Sie müssten lediglich vor einem Fotografen in Unterwäsche, anschließend noch etwas weniger bekleidet posieren. Leicht verdientes Geld. Letztendlich war es gar nicht so schwierig, sich auszuziehen, sympathisches Team, Komplimente und hopp, schon hatten sie eine Handvoll Scheine in der Tasche. Früher oder später fragten sie wieder nach. Leonard Ketter beschaffte Aufträge, bis er ihnen leider sagen musste, dass er nichts mehr für sie hatte. Zumindest nichts Softes mehr. Dafür hatte er, für ein noch interessanteres Gehalt, eine etwas gewagtere Fotosession in der Hinterhand. Laszive Posen. Und auch dieses Mal ließen sie sich wieder überreden. Es war einfacher, als sie vermutet hatten. Und der Job war sehr gut bezahlt. Keine aggressiven Gäste mehr, die man ertragen musste, keine unangenehmen Arbeitszeiten, kein Aufstehen bei Tagesanbruch, es schien fast der Beginn eines schönen Lebens zu sein. Nach und nach gewöhnte Ketter sie an diese Welt, legte dabei die Latte jedes Mal ein Stückchen höher, brachte einen männlichen Partner ins Spiel, nackt, beim nächsten Mal fassten sie einander an. Und weil das alles schrittweise geschah, immer mit einem Lächeln, als wäre all das ganz normal, nahmen sie die Hürden eine nach der anderen. Und dann drehte ihnen Leonard Ketter wieder den Geldhahn zu. Keine Shootings mehr, eine momentane Krise, wie er sagte. Das Geld ging ihnen aus. Sie nahmen wieder irgendeinen Job an, hassten ihn, hatten keine Kohle. Bis sie Ketter anflehten, ihnen andere Sessions zu besorgen. In dem Augenblick zog er sein Ass aus dem Ärmel: fünf Tage am Stück und pro Tag mehr als tausend Dollar. Sie bissen an. Genial. Super. Wann?

Doch es handelte sich nicht um Fotoaufnahmen, sondern um einen Film. Und es genügte nicht mehr, sich nackt neben einen Typen zu stellen und seinen Penis in die Hand zu nehmen, sondern es ging darum, sich bei sexuellen Handlungen filmen zu lassen. Zögern, Weigerung. Ketter machte sich rar. Schließlich gaben sie nach. Im Übrigen wäre es ja nur dieses eine Mal, und außerdem hatten sie ja durch die Fotoaufnahmen schon eine gewisse Praxis. Das Team sei unglaublich nett. Man würde sich um sie kümmern. Und außerdem würden sie sehr gut bezahlt. Schnell verdientes Geld.

Erster Drehtag. Erste Enttäuschung. Es muss zügig vorangehen, alle am Set sind gestresst. Die Schmerzen, die Erniedrigung, der Ekel. Und dann, nach Drehschluss, das viele Geld. Eine Zeit lang müssen sie nicht mehr arbeiten.

Nach ein paar Wochen meldete sich Leonard wieder: Sie seien großartig gewesen, sie müssten die Perspektiven sehen, eine Karriere ins Auge fassen. Vielleicht würden sie sogar zum Star. Tausende Dollar winkten. Reisen, Fans, das ganze Programm. Neuer Drehtermin. Die Selbstachtung begraben, die Menschlichkeit ablegen, dienen, gefügig sein, das willige Püppchen spielen. Von Dreh zu Dreh gab es weniger Geld, Leonard behielt einen Teil der Gage ein, anfänglich zehn Prozent, wie er gestanden hatte, und schließlich mehr als zwanzig, wenn sie einen neuen Job brauchten. Annabel vermutete, dass er weitaus mehr kassierte. Thayer hatte nachgehakt. Wie kam es, dass sie bei einem derart guten Verdienst in solchen Bruchbuden lebten? Weil sie lange nicht bei großen Produktionen engagiert, nicht gut genug gewesen waren, hatte Leonard erklärt. Sie mussten sich überwinden, und das sah man. Er hatte also unter den etwas bescheideneren Drehangeboten auswählen müssen und war schließlich bei schnell zusammengeschusterten Produktionen gelandet. Aber sie hatten nun einmal angefangen, und bald war es zu spät, einen Rückzieher zu machen.

Annabel hatte hauptsächlich zwischen den Zeilen gelesen. Ketter musste ihnen wer weiß was versprochen haben. Diese schlecht bezahlten Amateurfilmchen sollten ein Sprungbrett beziehungsweise eine Art Ausbildung sein, um zu besseren Produktionen zu gelangen und schließlich ganz groß rauszukommen. Sie verdächtigte ihn, die Mädchen unter Druck gesetzt und moralisch genötigt zu haben. Aber er stritt rundweg ab, seine Freundin Rubis emotional erpresst zu haben. Annabel hörte das nicht zum ersten Mal. Viele Mädchen gerieten ins Pornogeschäft, weil ihre Freunde sie dazu drängten, um ihre finanziellen Probleme aus der Welt zu schaffen, um männliche Fantasien zu befriedigen. Und aus Liebe wurden einige schließlich schwach. Ketter war bei seiner Aussage sicher nicht vollkommen ehrlich gewesen, und Annabel schwor sich, ihn sich zu schnappen, sobald sie auch nur den geringsten Anlass fände, ihn hinter Gitter zu bringen, wo er am eigenen Leib die Freuden einer unerwünschten sexuellen Beziehung erfahren könnte.

»Wissen Sie, woher sie stammt?«, wollte Annabel wissen.

»Ja, sie kommt aus Dakota.«

»Aus Dakota?«, fragte sie verwundert. »Was machte sie dann hier? Warum ist sie nicht nach Los Angeles gegangen? Das ist doch viel näher.«

»Bestimmt, weil sie wusste, dass in Los Angeles die Hälfte der Bevölkerung Schauspieler werden will und die andere Hälfte es bereits ist! In New York hat sie sich vielleicht mehr Chancen ausgerechnet.«

»Trotzdem ... Hatte sie Familie? Wussten ihre Leute, was sie tat?«

»Der Vater sitzt wegen diverser Vergehen im Gefängnis«, las Thayer vor. »Die Mutter ist zum zweiten Mal in der Psychiatrie. Die Kleine hat schon ganz schön was mitgemacht. Zwei Brüder, von denen einer den Weg des Vaters eingeschlagen hat, braver Junge, vom anderen ist nichts bekannt. Kurz, sie stand ihnen wohl nicht sehr nahe.«

»Sie verlässt also ihre elende Sippschaft, träumt davon, woanders ein besseres Leben zu führen, trifft auf einen Mistkerl wie Ketter und endet im Pornobusiness. Eines schönen Morgens wacht sie dann auf und realisiert, dass ihr Leben letzten Endes ein Dreck ist – egal, wo und wie sie es versucht, also jagt sie sich eine Kugel in den Kopf. Die Selbstmordtheorie, Jack. Beide Mädchen haben sich umgebracht. Ich würde Ketter nur zu gern wegen Mordes drankriegen, aber das werde ich mir wohl für eine andere Gelegenheit aufheben müssen.«

Thayer dachte angestrengt nach und trommelte dabei mit einem Stift auf sein Notizbuch.

»Genau«, meinte er schließlich, »das könnte hinhauen: Ketter oder wer auch immer der Mörder ist, hat sich diese Umstände, die die Selbstmordhypothese begünstigten, zunutze gemacht. Es ist jemand, der ihnen nahestand oder zumindest ihre Geschichte kannte.«

Jack hat sich derart in seine Theorie verbissen, dass es fast schon lächerlich ist, dachte Annabel belustigt und erwiderte feixend:

»Was hast du mir beigebracht, als ich hier angefangen habe? Dass in unserem Beruf stets die nächstliegende Lösung die richtige ist!«

»*Fast* immer!«, korrigierte er sie. »Dieses Mal jedoch sind zu viele Elemente fragwürdig. Das Erbrochene am Tatort, der Anruf des Zeugen aus einer zu weit entfernten Telefonzelle, der

Schuss mitten ins Gesicht – für mich passt das alles nicht zusammen. Manchmal werde ich einfach nicht schlau aus dir, Anna; gestern hast du dich noch Hals über Kopf auf diesen Fall gestürzt, obwohl wir anderes zu tun hatten, und heute willst du ihn schon abschließen!«

»Nein, ich will ihn aufklären. Aber wir dürfen uns nicht verrennen. Ich bin zwar überzeugt davon, dass sich beide umgebracht haben, aber wenn Ketter dafür verantwortlich ist, muss er zur Rechenschaft gezogen werden.«

»Das ist nicht unser Job! Wir decken die Wahrheit auf, das ist alles, vergiss das bitte nicht.«

Er sah sie eindringlich an, bis sie schließlich die Augen verdrehte und nickte.

»Trotzdem!«, beharrte sie. »Ich werde Ketter genauestens unter die Lupe nehmen, überprüfen, ob er irgendeiner Kirche oder Sekte angehört, die die Mädchen mit ihrem Okkultismus verstört hat; ich möchte weitere Nachforschungen über Charlotte Brimquick anstellen, sie erneut befragen und zum Beispiel in Erfahrung bringen, warum ich bei ihr das gleiche Pentagramm entdeckt habe wie bei Sondra Weaver. Wir sollten auch die Beamten fragen, die bei Melany Ogdens waren, ob sie bei ihr irgendwo die gleiche Zeichnung bemerkt haben. Wir müssen Ketter mehr Druck machen. Ich bin sicher, er verliert irgendwann die Nerven und spuckt was aus.«

Jack Thayer stimmte zu.

»Gute Idee«, befand er. »Ich rufe den Gerichtsmediziner an und besorge eine Kopie der Ogdens-Autopsie. Morgen bist du nicht da, oder?«

»Nein, ich fahre übers Wochenende mit Brady in die Berge. Das wird uns guttun, wir müssen wieder zueinanderfinden.«

»Gut so. Ich werde die Zeit sicher nutzen, um den Ogdens-Fall durchzuarbeiten. Dienstagmorgen, wenn du wieder da bist, treffen wir uns zur Lagebesprechung.«

»Jack, Urlaub zu machen ist verdammt wichtig. Dir täte eine Auszeit auch mal gut. Lass dich durch deine viele Arbeit nicht auf eine falsche Fährte locken, hörst du? Das hast du mir selbst beigebracht.«

»Was mich an guten Ratschlägen am meisten nervt, ist, dass sie offensichtlich einen Bumerangeffekt haben«, scherzte er. »Sei unbesorgt, ich bleibe zu Hause und lege die Füße hoch, meine Stereoanlage wird einen schützenden und stärkenden Kokon um mich herum errichten!«

Nach diesen Worten griff er erneut zum Telefon und wählte eine Nummer.

Annabel setzte sich an ihren Computer und ging ins Internet. Sie war neugierig, ob es womöglich eine Verbindung zwischen pornografischen Filmen und Esoterik gab. Auf diesen Gebieten war sie nicht sonderlich bewandert. Während Google die Ergebnisse anzeigte, musste sie an ihren Mann denken. Sah er sich eigentlich Pornos an? Es gab derart viele, dass die Zielgruppe nicht nur Singles und junge Erwachsene sein konnten. Wie war der typische durchschnittliche Konsument? Um die dreißig? Familienvater? Gab sich Brady vor solchen Bildern gelegentlich seinen Fantasien hin?

Bei diesen Gedanken fühlte Annabel sich unbehaglich. *Konzentrier dich auf deinen Job! Alles zu seiner Zeit.*

Sie scrollte sämtliche Suchergebnisse durch, doch keine der Überschriften lieferte etwas Stichhaltiges. Sie versuchte es mit »Pentagramm«, »Sekte« und »Paranoia«, doch auch damit konnte sie keinen echten Treffer landen. Jack legte den Hörer auf und setzte sich auf Annas Schreibtisch.

»Ich hatte die Gerichtsmedizin am Apparat. Sie faxen mir den kompletten Bericht. Trotzdem habe ich den Arzt, der die Autopsie vorgenommen hat, um eine kurze Zusammenfassung gebeten. Er erinnerte sich noch sehr gut an den Fall. Bist du bereit?«

»Hast du eine Spur?«

»Ich weiß nicht, ob es eine ist, auf jeden Fall haben wir es mit einem weiteren Rätsel zu tun: Melany Ogdens' Körper wies zahlreiche, mehrere Tage alte, nicht sehr tiefe Wunden von fünf bis sechs Zentimeter Länge auf. Keine von ihnen war tödlich. Alle waren fein säuberlich mit einem chirurgischen Faden zusammengenäht. Als sich der Arzt jedoch das Ganze genauer ansah, stellte er fest, dass sie stark infiziert waren. Ein widerlicher Gestank. Sogar bei vorsichtiger Interpretation hält er es für möglich, dass man ihr Fremdkörper ins Fleisch implantiert und alles wieder vernäht hat.«

»Du machst Scherze?«

»So, wie man ein Samenkorn pflanzt. Ogdens und Weaver dienten als Humus. Wir müssen nur noch herausfinden, für was genau.«

Annabel schüttelte angewidert den Kopf, denn die Perversitäten dieser Welt überstiegen bei weitem ihre Vorstellungskraft.

»Ich glaube, ich werde mein Urlaubswochenende absagen«, erklärte sie.

»Auf gar keinen Fall. Wie hast du vorhin so schön gesagt? Man muss sich auch mal eine Auszeit genehmigen. Atme durch, genieß die Zeit, und am Dienstagmorgen hast du wieder einen klaren Kopf. Ich werde die Akten mit nach Hause nehmen und dasselbe tun. Wir arbeiten schon seit drei Wochen an diesem Fall, da kommt es auf zwei Tage mehr oder weniger auch nicht mehr an.«

»Du willst wissen, was man Melany Ogdens angetan hat? Ich will wissen, wer es getan hat!«

»Wir werden schon noch dahinterkommen, glaube mir. Doch selbst die besten Cops brauchen mal 'ne Pause«, meinte er lächelnd. »Los, verschwinde, dein Mann wartet schon auf dich.«

Kaum hatte er den Satz beendet, da fielen die ersten Schneeflocken. Ein Vorhang, der rasch dichter wurde, und innerhalb kürzester Zeit legte sich eine strahlend weiße Decke über die ganze Stadt – wie ein Leichentuch.

Als sollte sie darunter verschwinden.

23

Seit anderthalb Stunden fuhr der BMW X5 auf der Interstate 87, dann bog der Wagen auf weniger ausgeschilderte Straßen ab. Unter dem am Vortag gefallenen Schnee verschwanden die Seitenstreifen völlig. Doch die Zufahrtsstraßen waren noch am Abend zuvor geräumt worden, sodass Annabel und Brady, entgegen ihren Befürchtungen, nicht die geringsten Schwierigkeiten hatten. Im Laufe des Vormittags machten sie halt in Walden, einer ländlichen Kleinstadt, die schon weihnachtlich in Rot und Grün geschmückt war. Dort holten sie den Schlüssel für ihr Haus und kauften Proviant für die nächsten Tage ein. Annabel räumte die Einkaufstüten in den Kofferraum, als der alte Besitzer der Tankstelle auf sie zukam. Da das Paar mehrmals im Jahr in dieser Region Urlaub machte, waren ihm die Gesichter nicht fremd.

»Sie wollen zum Chalet hoch, oder?«, fragte er anstelle einer Begrüßung.

»Hallo, ja, so ist es. Wir wollen zwei Tage ausspannen, weitab von Wolkenkratzern und Abgasen.«

»Sie passen auf sich auf, nicht wahr?«

Annabel fand seinen Rat ein wenig seltsam.

»Ähm, ja, selbstverständlich. Gibt es ein Problem?«

»Nun, sie haben für die nächsten Tage ordentlich Schnee angesagt, auch für heute Abend.«

»Es hat ja schon gestern Nacht angefangen zu schneien, aber wir sind gut durchgekommen. Wie sieht die Strecke in den Bergen aus?«

»Heute kommen Sie problemlos rauf, aber ich bin eher wegen des Rückwegs beunruhigt!«

Annabel schenkte ihm ein besänftigendes Lächeln.

»Machen Sie sich keine Sorgen, wir kommen schon klar.« Sie beugte sich zu dem alten Mann vor und sagte im vertraulichen Ton: »Und außerdem habe ich schon immer davon geträumt, gemeinsam mit meinem Mann in einer Berghütte eingeschneit zu sein!«

Ihr Gegenüber verzog keine Miene, und Annabel wurde klar, dass ihr Humor nicht ankam. So verstaute sie sorgsam die letzten Einkäufe, damit sie nicht durch den Kofferraum rollten.

»Das haben schon viele Touristen gesagt«, meinte der Alte und vergrub seine Hände in den Taschen. »Bevor sie zehn Tage dort oben feststeckten. Und Sie dürfen einem aus der Gegend ruhig glauben: So ganz allein mitten in diesem Wald können viele Dinge geschehen.«

Und damit machte er auf dem Absatz kehrt, gerade als Brady wieder zurückkam.

»Ich habe unser ›Sesam, öffne dich‹«, rief er und schwenkte einen Umschlag. »Außerdem schenkt uns Misses Liestenberg ein Glas Beerenmarmelade. Ist was? Du machst so ein komisches Gesicht?«

»Der Typ spinnt«, sagte Annabel und machte die Heckklappe zu.

Der Geländewagen gewann an Höhe, je tiefer er in die wild wuchernde Vegetation eindrang. Äste schlugen gegen die Scheiben, die Straße schlängelte sich immer steiler und in Serpentinen nach oben. Nach einer Dreiviertelstunde hielt Brady Ausschau nach der Abzweigung zu seiner Rechten. Durch den Schnee wurde der letzte Abschnitt zu einer sportlichen Herausforderung: eine zwei Kilometer lange und schwierige Buckelpiste, auf der das Fahrzeug wiederholt ins Rutschen geriet.

Als sie vor dem Haus parkten, sprang Annabel aus dem Wagen, um tief durchzuatmen.

»Ich muss gestehen, am Hang hatte ich ganz schön Schiss. Ich dachte, wir würden rückwärts gegen einen Baumstamm prallen!«

»Vertrau auf deinen Fahrer«, erwiderte Brady und nahm die Reisetasche aus dem Auto.

»Wie geht's deinem Kopf?«, erkundigte sich Annabel und deutete auf die rote Beule an seiner Schläfe.

Am Vorabend hatte er ihr erzählt, er sei auf der Straße von einem Junkie attackiert worden. Sie hatte ihn gedrängt, Anzeige zu erstatten, und er musste all seine Überredungskünste aufbieten, um sie davon abzubringen.

»Es tut schon sehr viel weniger weh«, log er.

Kaum waren die Vorräte verstaut, holte Brady jede Menge Holzscheite, während Annabel das Feuer im Kamin entfachte. Das Chalet bestand aus einem großen Hauptraum und zwei kleinen Zimmern, und die aktuelle Innentemperatur hätte einen Bären in den Winterschlaf versinken lassen.

Das prasselnde Feuer sorgte dafür, dass es allmählich wärmer wurde.

Als Nächstes machte Annabel sich daran, den ausgestopften Elchkopf von der Wand über der Kochnische abzuhängen. Sie ertrug das riesige tote Ding nicht, das sie fortwährend anstarrte. Diese Handlung war zum Ritual und zum Gegenstand vieler Scherze geworden. Bei jedem ihrer Besuche kam das Tier in das von ihnen nicht genutzte Zimmer.

Auf dem Holzofen brieten sie sich ein Omelett mit karamellisierten Zwiebeln, Speck und Kartoffeln, das im ganzen Raum einen verlockenden Duft verströmte. Am frühen Nachmittag verwandelte sich der Himmel in einen schweren weißen Deckel, doch es begann nicht zu schneien, und so schlug Brady seiner Frau eine kleine Wanderung vor.

Der Weg gleich hinter ihrem Haus war zugewuchert, denn niemand kümmerte sich darum. Lediglich ein schmaler Streifen in dem Teppich aus Kiefern- und Tannennadeln war geblieben. Brady vornweg, folgten sie einem gewundenen Weg hinab in ein Tal, wo sie, über Felsen balancierend, einen Bach überqueren mussten.

Nach einer Stunde Fußweg kannte sich Annabel in der Gegend nicht mehr aus und fragte:

»Weißt du eigentlich, wohin wir gehen?«

»Vor unserer Abfahrt habe ich meine Hausaufgaben gemacht und uns einen neuen Wanderweg herausgesucht. Kennst du den Mountain Overlook?«

»Der Name kommt mir irgendwie bekannt vor.«

»Die Ecke ist ganz hübsch. Es gibt dort ein paar Ruinen und ein altes Hotel zu erkunden.«

»Sag bloß nicht, es heißt Overlook-Hotel? Wie das Hotel in Stephen Kings Roman *Shining*?«

»Unsere Aufgabe wird es sein, herauszubekommen, ob es dort spukt oder nicht.«

Gegen fünfzehn Uhr erreichten sie den Hang und standen direkt vor der verfallenen Hotelfassade. Kein einziges Fenster mehr, keine Tür, und noch weniger war vom Dachgebälk geblieben. Drinnen war es genauso hell wie draußen. Und noch ehe sie begonnen hatte, war die Gespensterjagd in diesem Gemäuer, das nicht das geringste Geheimnis barg, auch schon wieder beendet.

Beunruhigt angesichts des rasch schwindenden Tageslichts machten sich die beiden im Sturmschritt auf den Weg nach Hause. Auf einer ebenen Strecke nutzte Annabel die Gelegenheit und sagte:

»Brad, darf ich dir eine persönliche Frage stellen?«

»Ich höre.«

»Guckst du dir eigentlich Pornos an?«

Brady musste schallend lachen.

»Bringt dich dein aktueller Fall auf so etwas?«

»Klar. Es ist schlimm, was diesem Mädchen widerfahren ist. Die Pornoindustrie hat sie auf dem Gewissen. Die Fantasien einer Handvoll Kerle haben sie zerstört.«

Brady schüttelte den Kopf.

»Ich möchte es einfach nur wissen«, beharrte sie. »Siehst du dir manchmal welche an?«

»Lass es gut sein.«

»Wieso? Stört es dich, deine Erfahrungen mit mir zu teilen?«

»Wage dich nicht zu weit vor!«

»Schließlich sind wir ein Paar, oder? Deine Antwort wird daran nichts ändern. Es interessiert mich einfach, das ist alles.«

»Liebling, lass uns bitte das Thema wechseln!«

Um neben ihrem Mann zu laufen, legte Annabel an Tempo zu. Seine Reaktion hatte sie neugierig gemacht, aber auch verletzt.

»Wenn wir jetzt schon nicht über alles reden können, Brad, dann frage ich mich, was für ein Paar wir in zwanzig Jahren sein werden!«

»Anna, ich habe dir gesagt, dass ich darüber nicht sprechen will.«

»Wieso? Ich bin sicher, einem Freund gegenüber wärest du nicht so zurückhaltend. Aber es mir zu erzählen ist ein Problem?«

»Genau, du bist meine Frau, kein Kumpel. Hör mal, bei uns Männern gibt es ein paar Dinge, die du besser nicht zu genau analysieren solltest, glaub mir.«

»Schämst du dich?«

»Jeder von uns hat eine dunkle Seite, und für unsere Beziehung und unsere ganze Gesellschaft ist es besser, den Schein zu wahren! Also, lass es gut sein!«

»Das beunruhigt mich jetzt.«

»Siehst du.«

»Nein, ich verstehe sehr gut, worauf du hinauswillst. Was mich traurig macht, ist die Tatsache, dass wir beide nicht über dieses Thema sprechen können. Auch ich bin ein Mensch, der manchmal das Gefühl hat, eine dunkle Seite in sich zu haben!«

»Natürlich! Aber das ist nicht das Gleiche. Weil du eine Frau bist.«

»Ach! Sieh mal einer an, jetzt entpuppst du dich also als Macho!«

Ihr Ton wurde schriller.

»Das hat doch damit nichts zu tun! Es geht um unsere Instinkte, um das unterschiedliche Verhalten von Männern und Frauen. Vergiss nicht, dass ein großer Teil unseres heutigen Handelns und Denkens aus dem Erbe eines jahrtausendelangen Überlebenskampfes resultiert. Die Frauen hatten ihre Rolle, die Männer eine andere! Das klingt vielleicht chauvinistisch, aber so war nun einmal die Realität, die fünfundneunzig Prozent der menschlichen Geschichte geprägt hat. Und diese Rollen haben uns unterschiedlich beeinflusst.«

»Willst du mir etwa weismachen, dass Männer schon seit grauer Vorzeit Pornos anschauen? Das soll wohl ein Witz sein?«

»Du hörst mir nicht zu! Ich sage, dass wir das Produkt einer über Hunderttausende von Jahren währenden Evolution sind und dass ein paar Jahrhunderte ›Kultur‹ nicht alles verändern. Pornos entsprechen einem primitiven Bedürfnis, sie beheben einen Mangel.«

»Einen *Mangel?*«, wiederholte Annabel fast schreiend. »Diese Filme, in denen die Mädchen nur ein Stück Fleisch sind, in das man ejakuliert? Ein Mangel, ach ja?«

»Ein animalischer Instinkt, der unser Überleben gesichert hat. Der Orgasmus ist ein Ventil, zu fantasieren ist eine Notwendigkeit. Und Pornofilme ermöglichen beides. Auch wenn du mich jetzt entrüstet ansiehst, es ist nun mal so! Ich hatte dich gewarnt, aber du wolltest ja unbedingt meine dunklen

Seiten analysieren. Und, willst du das Allerbeste hören? Es geht allen Männern so!«

Mit diesen Worten beschleunigte er seinen Schritt, um sie zu überholen.

Noch kurz vor Einbruch der Dunkelheit erreichten sie das Chalet. Der Wald war schon eins geworden mit dem schwindenden Tageslicht, und ein grauer Schleier verhüllte die Aussicht. Brady war froh, angekommen zu sein, denn für einen Augenblick hatte er befürchtet, den Ausflug im Schein einer Taschenlampe zu Ende bringen zu müssen.

»Hattest du nicht abgeschlossen?«, fragte er verwundert, als er die Tür offen vorfand.

»Doch, ich glaube schon. Vielleicht ist ja Misses Liesterberg vorbeigekommen. Aber bei dem Schnee?«

»Nicht sehr wahrscheinlich.«

Brady trat ein und betätigte den Lichtschalter. Nichts.

»Mist, ich habe vergessen, das Stromaggregat einzuschalten.«

»Lass nur, ich geh schon.«

Er wollte sie zurückhalten, denn es behagte ihm nicht, dass sie allein ging, doch er riss sich zusammen. Annabel, die in verschiedenen Kampfsportarten ausgebildet war, hasste übertriebene Fürsorglichkeit. Sie war schließlich nicht ohne Grund Polizistin geworden.

»Hey, ist da jemand?«, rief Brady, ohne eine Antwort zu erhalten.

Er zog die Taschenlampe heraus und suchte mit dem Lichtstrahl den großen Raum ab. Niemand. Nichts rührte sich. Die noch glühende Asche strahlte eine sanfte Wärme ab.

Plötzlich ging das Licht der Lampe an, die am Deckenbalken hing.

Annabel hatte sich vermutlich nur eingebildet, abgeschlossen zu haben. Im Umkreis gab es kilometerweit keinen einzigen Nachbarn. Also war es äußerst unwahrscheinlich, dass man in ihrer Abwesenheit versucht hatte, dem Haus einen Besuch abzustatten.

»Und?«, fragte Annabel, als sie zurückkam.

»Nichts.«

»Nun, dann habe ich wohl vergessen abzuschließen. Tut mir leid.«

Sie zog ihre Fliegerjacke aus und setzte den Wasserkessel auf. Brady ging nach nebenan, um sich umzuziehen.

Er griff nach einem dünneren Pullover und wollte den anderen zurücklegen, als er ihn sah. Mitten auf dem Bett.

Sein Herz schlug ihm bis zum Hals, seine Knie wurden weich.

Das Blut gefror in seinen Adern, und er stand wie erstarrt da.

24

Sorgfältig gefaltet lag er auf der Bettdecke.

Der Schal, den ihm der junge Lieferant abgenommen hatte. Damit seine »Herren« an ihm riechen und Witterung aufnehmen konnten.

Brady lehnte sich an die Schranktür. Der junge Mann mit der Baseballkappe war ihm bis hierher gefolgt.

Nein! Das sind sie. Der »Stamm«. Eine Warnung, genau, das ist eine Scheißwarnung! Die Typen sind krank!

Was sollte er tun? Seine Frau informieren, die Polizei verständigen und …

Und ihnen alles erzählen? Dass ich mich für diese Irren interessiert habe? Damit die Polizei in meinem Leben herumstochert und schließlich entdeckt, dass ich dabei war, als Rubis sich umbrachte? Damit man mich beschuldigt, vom Tatort geflohen zu sein? Mich des Mordes bezichtigt?

Unmöglich. Das würde Annabel nie verstehen. Er würde sie

verlieren. Besser wäre es, keine Aufmerksamkeit zu erregen. Das Ganze selbst in die Hand zu nehmen.

Die Typen sind nicht gefährlich, versuchte er sich einzureden. *Sie haben das nur getan, um mich zu erschrecken, damit ich sie aus meinem Gedächtnis streiche. Nicht, um uns anzugreifen.*

Doch er vermochte es nicht zu glauben. Wenn sie ihm eine Lektion erteilen wollten, sollte Annabel auf keinen Fall mit in die Sache hineingezogen werden. Er musste sie raushalten.

Vielleicht sind sie schon weg. Sie werden bestimmt nicht das Risiko eingehen und bleiben, ich könnte ja die Polizei rufen …

Aber er musste sich Gewissheit verschaffen.

In der Wohnküche fing der Wasserkessel zu pfeifen an.

Brady schob den Schal zwischen seine Sachen und ging wieder zu Annabel, die gerade zwei Tassen mit heißem Tee füllte.

»Ist das nicht nett von den Liestenbergs? Sie haben uns sogar einen kleinen Weihnachtsbaum hingestellt«, sagte Annabel und deutete auf die dekorierte Tanne neben dem Sofa.

»Ich gehe noch mal raus«, meinte Brady, während er sich die Jacke überzog. »Ich glaube, ich habe mein Fernglas verloren.«

»Du willst doch nicht um diese Zeit noch mal den ganzen Weg ablaufen?«

»Ich erinnere mich, dass ich es noch in meiner Tasche hatte, als wir den Hang hinaufgegangen sind. Es muss ganz in der Nähe sein. Ich gehe einmal ums Haus und komme dann zurück.«

»Es ist schon ziemlich dunkel, du siehst bestimmt nichts mehr. Warte doch bis morgen.«

»Nein, es wird sicher bald schneien, und dann finde ich es nicht mehr. Bis gleich.«

Während Brady sich die Handschuhe überstreifte, steuerte er auch schon auf die Haustür zu. Inzwischen war die Sonne bereits völlig verschwunden. In der Ferne war nur noch ein weißlicher Schimmer auszumachen, und über die nähere Umgebung hatte sich ein blaugrauer Schleier gelegt. Brady schaltete die Taschenlampe ein und suchte den Weg vor sich ab. Nach etwa zehn Metern leuchtete er ins Dickicht.

»Wenn ihr da seid, kommt raus! Ich möchte mit Ihnen sprechen«, rief er gedämpft.

Denn das Letzte, was er wollte, war, dass seine Frau ihn hörte.

Er marschierte rund um das Holzhaus, wobei er in unregelmäßigen Abständen »Zeigt euch!« wiederholte. Nichts. Niemand. Auch keinerlei Spuren.

Langsam wurde es kalt. Viel zu kalt, als dass sich irgendjemand hier verkriechen und auf ihn warten würde. Sie waren schon weg.

Von Zeit zu Zeit knackte irgendetwas im Wald, und einen Moment lang hatte Brady den Eindruck, diese Geräusche entstünden direkt hinter ihm. Folgte ihm etwa jemand in einiger Entfernung?

Er richtete den Lichtkegel der Taschenlampe ins Unterholz. Baumstämme, herabhängende Zweige, Dornen, Büsche, Steine, Dunkelheit …

Lautlos und völlig unvermittelt fielen die ersten Flocken, und dieser schweigende Tanz überraschte Brady. Es war, als käme der Schnee geradewegs aus dem Nichts über ihm. Sein Herz schlug heftig, sein Atem gab den Takt an: den eines Mannes, der Angst hat.

Am Anfang des Weges hielt er inne. Der schmale, abschüssige Pfad verlor sich zwischen den Schatten und der Vegetation.

Ein Ruf gellte durch die Nacht. Ein Tier weiter unten bei den Tannen. Schrill ertönte er wiederholt wie eine Warnung. Brady konnte ihn nicht zuordnen, was für einen Städter nicht weiter verwunderlich war. Er vermutete jedoch, dass es sich um einen Fuchs handelte, dessen abgehacktes und durchdringendes Jaulen er schon mal in einem Dokumentarfilm gehört hatte. Das Tier änderte seinen Standort und stieß erneut einen Warnschrei in seine Richtung aus. Hielt er sich etwa in seinem Revier auf? Brady war sich sicher, dass die Laute nicht freundlich klangen, und was immer es auch für ein Tier sein mochte, es fühlte sich offensichtlich gestört.

Der Vergleich mit seiner eigenen Situation ließ ihn erschaudern. Er hatte sich dem Territorium des »Stammes« zu sehr genähert, und nun hatten sie ihn aufgespürt und warnten ihn, sich nicht weiter vorzuwagen. Was würde passieren, wenn er sich nicht daran hielt?

Schluss jetzt, genug Zeit verloren, hier ist keine Menschenseele!

Brady kehrte um, wandte dem Pfad den Rücken zu.

Das Knirschen seiner Schritte im Schnee beruhigte ihn. Es erinnerte ihn an seine Kindheit. Die Spaziergänge. Die Schneeballschlachten ...

Durch die Fenster des Hauses drang ein gelblicher Schein, der dem Licht eines Leuchtturms oben auf einem Felsen ähnelte. Brady war fast da. Gleich würde er sich dort aufwärmen.

Doch mit einem Mal hatte er das Gefühl, verfolgt zu werden.

Da war jemand. Direkt hinter ihm.

Der zuschlagen würde.

Seine Nackenhaare sträubten sich, und er sprang, die Taschenlampe mit beiden Händen haltend, zur Seite.

Der Lichtstrahl leuchtete ins Leere, ließ Schneekristalle glitzern.

Niemand.

Brady stieß keuchend den Atem aus. Sollte er sich selbst einen solchen Schrecken eingejagt haben?

Das bildest du dir alles nur ein, sonst nichts. Wie bei einem miesen Trip. Alles ist in Ordnung ...

Er drehte sich ein letztes Mal um die eigene Achse und erreichte im Laufschritt das rettende Licht.

Annabel hatte das Feuer erneut entfacht, und die brennenden Holzscheite ließen die Schatten an der Wand im Rhythmus der Flammen tanzen.

Sie aßen früh zu Abend, Annabel hatte den Tisch mit Kerzen dekoriert. Brady kannte sie gut genug, um zu wissen, dass sie zu etwas anderem übergehen, das Gespräch vom Nachmittag vergessen machen und diesen Abend mit ihm genießen wollte.

Er strengte sich an, um nicht zu abwesend zu wirken, doch er musste ständig an den Schal denken und daran, dass »sie« hier waren. Sosehr er sich auch einredete, sie wären längst in weiter Ferne, vielleicht schon zurück in New York, falls dort ihr Versteck war, es half alles nichts. Er konnte seinen Aufenthalt hier nicht mehr genießen. Die Abgeschiedenheit dieses Ortes, die ihm sonst so guttat, machte ihn an diesem Abend mehr als nervös.

Bevor sie den Nachtisch servierte, eine Apfeltarte, schenkte Annabel etwas Wein nach und meinte:

»Ich sehe doch, dass dich irgendetwas bedrückt. Möchtest du darüber reden?«

Brady führte das Glas an die Lippen, nahm einen Schluck und behielt ihn eine Zeit lang im Mund, um das volle Aroma auszukosten.

»Nein, es ist nichts, ich bin einfach nur erschöpft. Das ist alles. Ich muss wohl mal richtig ausspannen, bevor ich mich wieder in die Arbeit stürze.«

»Die Weihnachtsferien werden uns guttun, Liebling, du wirst sehen.«

Brady lächelte sie an. Noch vor seiner Reise nach Spanien hatten sie ihr Urlaubsziel ausgewählt: die Malediven. Wie so oft waren endlose Verhandlungen mit Annabel nötig gewesen, damit sie sich den Luxus einer solchen Reise gönnte. Mit dem Geld, das Brady verdiente, hatte sie sich nie sonderlich wohlgefühlt. Im Prinzip hasste sie es sogar, Ferien zu machen, die sie für eine »Belohnung des braven Arbeiters« hielt, »der mit noch größerer Überzeugung zur Arbeit zurückkehrte«. Für eine Frau, die ihren Beruf über alles liebte, war das eine seltsame Ansicht. Brady nannte sie scherzhaft meine »gemäßigte Anarchistin mit einem Hang zum Kommunismus«, was sie stets entrüstet aufschreien ließ. Er hatte sich in ihre Widersprüchlichkeiten verliebt, auch wenn sie ihm damit manchmal auf die Nerven ging.

Das Jahr war hart gewesen. Da sie beide überlastet waren, hatten sie sich nur selten gesehen, worunter ihre Beziehung deutlich gelitten hatte. Brady war sich dessen bewusst, doch er argwöhnte, dass seine Frau die Augen vor dieser Tatsache verschloss.

An welchem Punkt waren sie angelangt, wenn er nicht einmal mehr wusste, was sie dachte?

Sie glitt hinter ihn, um ihm die Schultern zu massieren, und nach und nach gab er sich diesem wohligen Gefühl hin.

Sie liebten sich, trotz Bradys Anspannung, trotz all der obszönen und verstörenden Bilder, die sich in sein Gedächtnis eingebrannt hatten.

Denn ein Trieb war stärker, mächtiger.

Der Orgasmus.

Als sie aufstand, um sich ein Glas Milch aus der Küche zu holen, betrachtete Brady seine Frau. Ihre runden Brüste. Ihren straffen Hintern. Ihr buschiges Schamdreieck. Sie war hübsch.

Kaum war die sexuelle Erregung abgeklungen, kehrten auch schon seine Zweifel zurück.

War ihre Beziehung vielleicht deshalb nicht mehr so berauschend, weil er seine Frau in- und auswendig kannte? Nahm er deshalb bereitwillig derartige Risiken auf sich? Wenn zwischen ihnen noch dieselbe Verbundenheit herrschen würde, hätte er sie nie angelogen, sondern ihr sofort von Rubis' Selbstmord erzählt.

Nein, wenn alles noch so wäre wie früher, hätte ich Rubis niemals kontaktiert, berichtigte er sich. *Darin liegt der Unterschied.*

Er wollte sie nicht betrügen, brüstete sich sogar damit, dazu nicht fähig zu sein. Doch er hatte sich in eine gefährliche Lage gebracht – wegen einer Frau von atemberaubender Schönheit. Manchmal beschlich ihn das Gefühl, Ehebruch sei der Ersatz für eine Psychotherapie. Man betrog den Partner, um vor seiner Furcht zu fliehen, um sich wieder lebendig zu fühlen. Der Orgasmus mit einer Geliebten bedeutete auch, seine Ängste auf sie abzuwälzen, letztlich liebte man nicht sie, sondern das Gefühl der Sicherheit, das sie vermittelte. Früher oder später, wenn der Mann sich wieder gefangen hatte, kehrte er zu seiner Frau zurück, unter die tröstliche Decke ihrer routinemäßigen Zweisamkeit.

War er stärker als die anderen? Nein, mit den Jahren hatte er sich immer mehr verirrt und verstrickt.

Außer, er stürzte sich in diesen Sumpf und analysierte ihn, um wie neugeboren daraus hervorzugehen. Geläutert. Bereit für einen Neuanfang.

So, nun wusste er, warum er sich derart in Rubis' Geschichte verbissen hatte.

Es ging nicht nur darum, sie zu verstehen und eventuelle Beweise, die eine Verbindung zu ihm herstellen könnten, verschwinden zu lassen oder der Polizei zu entkommen. Das war letztlich ein Vorwand. Nein. Er konnte nicht aufhören und machte weiter, weil er darin einen Weg sah, sein Innerstes zu erkunden und dort Ordnung zu schaffen, eine Möglichkeit, sich mit seinen Abgründen zu konfrontieren, mit der Quintessenz des Lasters, um dann von seinen Dämonen befreit und gereinigt erneut zutage zu treten.

Annabel legte sich wieder zu ihm. Ihre Haut war kalt.

Er brauchte lange, bis er einschlafen konnte. Ruhelos wälzte er sich hin und her, unfähig, sich vertrauensvoll dem Schlaf zu überlassen. Zunächst musste er zu dieser Benommenheit finden, die seine Ängste lähmte. Erst dann glitt er langsam ins Unbewusste hinüber.

Tick.

Die ersten flüchtigen Traumbilder.

Tick.

Eine Holzhütte im Wald. Der Wind. Brady ist drinnen. Er muss gehen, jemandem einen Korb bringen, er weiß nicht genau, wem.

Tick.

Es klopft an der Tür. Ihm ist sofort klar, dass das der Wolf ist. Er will ins Haus und ihn verschlingen.

Tick.

Er hört nicht auf, gegen die Tür zu hämmern. Er wird sie kaputt machen.

Tick.

Diesmal schlug Brady die Augen auf.

Der Lärm war real, er hatte ihn nicht geträumt.

Die Wärme des Kaminfeuers hatte sich verflüchtigt, es war kühl im Haus. Kein Licht, nur ein schwacher Schimmer drang durch das Fenster, der Mond war verhangen.

Das Fenster!

Das Geräusch kam von draußen.

Tick.

Brady sah, wie Splitt gegen die Scheibe flog, und war wie gelähmt. Er wusste sofort, das war kein Tier. Dazu war das Geräusch zu regelmäßig. Jemand zielte auf das Fenster.

Er öffnete den Mund, um Luft zu holen. Seine Schläfen wurden feucht.

Tick.

Annabel rollte sich in die Decke ein.

Brady streckte den Arm aus, um sie zu wecken, hielt dann jedoch inne.

Er wusste genau, wer dort war, nach ihm rief.

Er durfte sie nicht mit hineinziehen. Langsam erhob er sich und war dankbar, dass Annabel nach dem Sex so tief und fest schlief. Er raffte seine Kleidung zusammen und schlich aus dem Zimmer, um sich anzuziehen.

Erst in einiger Entfernung zum Haus schaltete er die Taschenlampe ein und hob den Arm. Es war bitterkalt, und der Wind pfiff durch die Bäume.

»Ich bin da«, rief Brady.

Auf der anderen Seite des Gebäudes knackte Holz. Der Lichtkegel zu seinen Füßen leitete ihn, und hastig steuerte er auf die Stelle zu.

Wieder raschelte es, diesmal am Anfang des Pfades.

Man forderte ihn auf, sich in den Wald vorzuwagen.

Brady blickte sich um. Kein Licht im Haus. Annabel schlief noch immer. Ein erneutes trockenes Knacken, weiter weg.

Was wollen sie?

Brady schlängelte sich zwischen großen Steinen hindurch, schob immer wieder Äste beiseite, die ihre dornigen Finger nach ihm ausstreckten, um seine Wangen zu zerkratzen.

Warum waren sie zurückgekommen?

Sind sie überhaupt weg gewesen?

Plötzlich realisierte Brady, dass es im ganzen Haus keine Vorhänge und erst recht keine Fensterläden gab. Wenn sie nun geblieben waren, hätten sie ihr Liebesspiel beobachten können. Brady spürte, wie ihm der Zorn die Kehle zuschnürte. Und wenn sie sie dabei gefilmt hatten?

Jetzt ist nicht der richtige Zeitpunkt, um sich darüber den Kopf zu zerbrechen.

Er blieb stehen, konzentrierte sich auf seine Umgebung.

Auf die Geräusche, die er wahrnahm.

Ein Scharren zu seiner Linken, als würde jemand abrutschen. Brady hob seine Taschenlampe und leuchtete in den Wald.

Braune Stämme. Nadelteppich. Felsvorsprünge, die zu klein waren, als dass man sich dahinter hätte verstecken können. Ein Loch, Wurzelwerk verschlungen wie Venen. Sich im Wind wiegende Zweige. Gebüsch. Geäst.

Ein Augenpaar. Phosphoreszierend.

In einem kreidefarbenen Gesicht.

Grauenerregend.

Bradys Hand krampfte sich um seine Stablampe.

Ein Mann. Groß. Langes, wirres Haar ... Dreadlocks. Gehüllt in einen langen, dunklen Mantel, ein Dutzend Ketten um den Hals.

Und wie bleich die Haut war ... beinahe ebenso weiß wie der Schnee.

Schwarze Lippen.

Darüber durchscheinende Augen.

Brady fühlte sich von diesem unmenschlichen Blick, der weißen Iris, durchbohrt.

Die schwarzen Lippen öffneten sich zu einem Grinsen und entblößten spitz geschliffene Zähne.

Das Lächeln eines Fleischfressers mit einem Kiefer, der zubeißen konnte.

»Wir sind Tiere, Mister O'Donnel«, verkündete das Monster.

Brady war wie erstarrt. Er hatte das Gefühl, als nähere man sich ihm auch von hinten und von den Seiten, doch das konnten genauso gut eisige Windböen sein.

»Was wollen Sie von mir?«, stieß er hervor.

»Sie haben sich uns genähert und Ihre Spur auf unserem Terrain hinterlassen. Und Tiere hassen so etwas.«

Die Gestalt sprach mit sanfter Stimme, die im krassen Gegensatz zu seinem grauenhaften Äußeren stand.

»Ich wollte einfach nur mit Ihnen sprechen, das ist alles. Ich bin ...«

»Sind Sie ein Tier, Mister O'Donnel?«

»Was? Wie meinen Sie das?«

Der Wind rauschte leise in den mit Schnee überzogenen Tannen. Und in Bradys Ohren.

»Haben Sie das Zeug zum Raubtier? Sind Sie fähig, in einer Meute zu leben und sich zu unterwerfen?«

»Ich … ich habe keine Ahnung. Hören Sie, alles, was ich will, ist …«

»Halt's Maul!«, blaffte die Kreatur ihn mit vor Wut entstellten Zügen an. »Wir hören nur auf Tiere unseres Schlags. Bist du bereit, alles, was du hast, mit der Meute zu teilen? Deine Gedanken, deine Fantasien, deine Ängste, dein Blut und … auch deine Frau?«

Alle Luft wich aus Bradys Lungen. Panik erfasste ihn wie eine Flutwelle.

»Meine Frau? Lassen Sie meine Frau aus dem Spiel! Sie hat damit nichts zu tun …«

Der Mund öffnete sich weit und gab den Blick auf schimmernde Reißzähne frei. Die weißen Augen blitzten auf.

»Tja, dann ist es aber gar nicht klug, sie da oben so ganz allein schlafen zu lassen …«

Die Gestalt fing an zu lachen.

Doch Brady hörte ihm schon nicht mehr zu.

Er rannte.

So schnell er konnte.

Um seine Frau zu retten.

25

Jeder Schritt war zu kurz.

Brady war wütend, weil er nicht schneller vorankam. Weil er stolperte. Keine Waffe bei sich hatte. Aber vor allem, weil er so dumm gewesen war.

Diese Typen waren verrückt und für ihren Spaß zu allem bereit.

Warum hatte er Annabel bloß allein gelassen?

Die Filme bewiesen eindeutig, dass sie sich aufführten wie eine Horde, die nur auf Zerstörung aus war.

Kein irdisches Wesen ist derart verroht.

Er stolperte über einen Stein und landete keuchend bäuchlings im Schnee. Seine Taschenlampe rollte mehrere Meter weit und dann den Hang hinab.

Brady kümmerte es nicht weiter. Keine Zeit.

Oben angekommen stürzte er ins Haus, wobei er die Tür eher einrannte als aufstieß.

Er hatte keinen Plan, keine genaue Vorstellung. Alles, was er wollte, ließ sich in einem Wort zusammenfassen: Gewalttätigkeit.

Zuschlagen, um seine Frau zu verteidigen. Um diese Monster dafür büßen zu lassen, hierhergekommen zu sein. Zuschlagen, um sich zu befreien.

Das Zimmer kam quasi auf ihn zu, als er hineinstürmte.

Annabel schrie.

Das Licht flammte auf, Brady war zum Angriff bereit und suchte seine Opfer.

Sie war nackt.

Ihre Faust geballt. Ihr Gesichtsausdruck panisch.

Sie sahen sich einen Moment lang herausfordernd an, ehe sie die Situation begriffen.

Es war niemand da. Das Monster hatte sich über ihn lustig gemacht. Sie hatten mit ihm gespielt.

Der einzige Grund für Annabels Panik war ihr Ehemann, der sie mit seinem Getöse geweckt hatte. Er bemerkte, dass sie vor Schreck aus dem Bett gesprungen war, bereit, den Eindringling niederzuschlagen.

Sie ließ sich so leicht nichts gefallen. Im Übrigen war sie vermutlich zäher als er.

»Was ist passiert?«, rief sie.

Brady ließ sich auf das Bett fallen.

»Tut mir leid«, stammelte er. »Ich hatte … einen Alptraum. Ich dachte, draußen wäre jemand.«

Annabel legte sich wieder hin.

»Du hast mir einen Wahnsinnsschreck eingejagt …«

»Entschuldige.«

»Du bist ja angezogen! Brad, bist du etwa unter die Schlafwandler gegangen?«

»Nein, ich habe wirklich geglaubt, wir würden durchs Fenster beobachtet. Ich bin raus, und dann weiß ich auch nicht, was passiert ist … Ich dachte, jemand versuchte, dich anzugreifen. Tut mir wirklich leid.«

Annabel zog fröstelnd die Decke höher.

»Du hast völlig recht, es wird höchste Zeit, dass du mal richtig ausspannst.«

Annabel wachte am nächsten Morgen erst gegen zehn Uhr auf. Es hatte gedauert, bis sie nach der nächtlichen Episode wieder einschlafen konnte.

Der Geruch von Kaffee und einem prasselnden Holzfeuer weckten sie.

Im gleichen Moment erschien Brady mit einem Tablett in den Händen:

»Nein, du bleibst schön, wo du bist. Ich muss mich für letzte Nacht entschuldigen. Deshalb Frühstück im Bett.«

»Ich habe zu lange geschlafen, ich bin schon ganz verspannt.«

Brady platzierte das Tablett auf ihren Schenkeln und deutete auf das Glas Orangensaft.

»Trink das. Es hat letzte Nacht ordentlich geschneit, mindestens zwanzig Zentimeter.«

»Willst du mir damit sagen, dass wir hier oben festsitzen?«, erkundigte sich Annabel mit einer Mischung aus Vorfreude und einem Hauch von Besorgtheit.

»Ich denke, dass wir heute Abend noch zurückfahren können, wenn es nicht weiterschneit. Doch es wird schwierig, vor allem runter bis nach Walden.«

»Ich gestehe, ich hätte nichts gegen einen weiteren Tag hier oben einzuwenden«, flüsterte Annabel und streichelte Brady dabei zärtlich über den Nacken. »Jack könnte unseren Hauptzeugen noch einmal befragen. Ein echt mieser Kerl! Ich schwöre dir, man sollte mich besser nicht allein mit ihm lassen! Ich kann nicht garantieren, dass ich ihm dann nicht eine verpasse!«

»So mies ist der Typ? Was hat er verbrochen?«

»Ein Dreckskerl, der leichtgläubige und einsame Mädchen manipuliert. Er zwingt ihnen ein System auf, in dem sie von ihm abhängig sind.«

»Ist er ihr Zuhälter oder so was Ähnliches?«

»Dieser Mistkerl bezeichnet sich als ›Agent‹! Er ist der Freund des Mädchens, das sich umgebracht hat, du weißt schon, der Fall, in dem ich momentan ermittle. Er hat seine eigene Freundin dazu getrieben, in Pornos mitzuwirken!«

Brady schüttelte angewidert den Kopf. Er sah schlecht aus. Annabel war besorgt. Und wenn er sich übernommen hatte? Er hörte nie auf zu arbeiten. War immer auf dem Sprung, eine Reportage nach der anderen, eine Reise nach der anderen …

»Entschuldige«, sagte sie sanft, »ich weiß, es ist hart, solche Sachen schon am frühen Morgen hören zu müssen. Also, was hast du für heute vorgesehen?«

»Wir vertreten uns die Beine, um uns Appetit für heute Mittag zu machen, anschließend Siesta. Dann besiege ich dich bei einer Partie Dame, danach entscheiden wir, was wir tun: bleiben oder fahren.

»Super.«

Annabel stand unter der Dusche, als Brady klopfte.

Er reichte ihr das Handy.

»Scheint dringend zu sein«, meinte er.

Annabel drehte den Wasserhahn zu und griff nach dem Telefon.

»Detective O'Donnel?«, fragte eine männliche Stimme.

»Am Apparat«, erwiderte sie und wickelte sich in ein Handtuch.

»Polizei von New Jersey. Wir haben hier ein Problem.«

»Ja?«

»Eine Leiche. Ein etwas … ungewöhnlicher Fall.«

Annabel hatte nichts mit der Polizei von New Jersey zu tun. Es gab keinerlei Berührungspunkte zu der Gerichtsbarkeit dieses Staates. Warum also rief man sie an?

»Wieso sollte mich das etwas angehen? Und woher haben Sie überhaupt meine Nummer?«

Der Polizist atmete tief aus, als ginge die Sache über seine Kräfte.

»Nun, es hat den Anschein, als gälte die Tat Ihnen«, erklärte er.

»Mir? Wer ist das Opfer?«

»Man hat mir gesagt, dass Sie die Person kennen. Sie müssen kommen. So schnell wie möglich.«

26

Annabel begriff es in dem Moment, als sie die Adresse hörte.

Charlotte Brimquick.

Und diesmal war Selbstmord ausgeschlossen, das hatte ihr der Cop aus New Jersey versichert.

Während Brady den Geländewagen vorsichtig über die frisch geräumten und doch glatten Straßen der Catskill Mountains steuerte, rief sie Thayer an, um sich vor Ort mit ihm zu verabreden. Sie würde nicht schnell genug dort sein können, und einer von ihnen musste bei der Erstbesichtigung des Verbrechensschauplatzes zugegen sein. Ob es nun ihr Zuständigkeitsbereich war oder nicht, sie wollte die Chance nutzen, sich den Tatort anzusehen.

Brady bestand darauf, sie hinzufahren. Um vierzehn Uhr parkte er unter dem Autobahnzubringer, zwischen den Wracks und Wohnwagen. Hohe Gitter mit Stacheldraht zäunten die einzelnen Parzellen ein, so als handele es sich um wertvolle Schürfstellen von Goldsuchern.

»Ich fahre mit Jack zurück, das ist kein Problem, aber warte nicht mit dem Abendessen auf mich, es wird sicher spät.«

Sie küssten sich, und dann fuhr der BMW X5 langsam davon.

Zwei Fahrzeuge der Trooper, einer Einheit der Polizei von New Jersey, versperrten den Zugang zu Charlotte Brimquicks Parzelle. Dahinter parkten ein Lieferwagen und zwei zivile Einsatzfahrzeuge mit Blaulicht; eines davon gehörte Jack.

Ein uniformierter Beamter bewachte den Zugang zur Sicherheitszone. Als sie ihre Dienstmarke zeigte, grüßte er sie und ließ sie durch.

»Ich bin Detective O'Donnel, ich werde erwartet …«

»Gehen Sie hinein.«

Korrekt wie sein Outfit. Annabel hatte sich immer gefragt, warum man den Polizisten dieses Bundesstaates diese Uniform verpasst hatte: Sie war aus grässlichem blassblauem Stoff und wie die der Nazis geschnitten, dazu eine Kappe mit fast waagerechtem Schirm, aggressive gelb-schwarze Abzeichen und weite Hosen, die in die Stiefel gesteckt wurden. Sie bemerkte sofort, dass kein Zugangsweg abgesteckt war. Alle waren im Schnee herumgestapft, ohne auf etwaige Fußspuren zu achten.

Das fängt ja gut an!

Hier war schon nichts mehr festzustellen.

Ein zweiter Officer rollte das gelbe Absperrband der Polizei ab, um den Sektor zu sichern.

Etwas spät, mein Lieber …

Annabel verlangsamte den Schritt. Aus den Augenwinkeln hatte sie etwas Ungewöhnliches bemerkt.

Zwei Dobermänner lagen in einer dunklen Lache. Die Schnauzen aufgerissen. Die Zähne eingeschlagen. Der Schädel des einen war zertrümmert. Die Pfote des anderen in einem unnatürlichen Winkel abgeknickt. Beide waren nicht angekettet.

Sie sind frei herumgelaufen, als es passiert ist. Würde mich wundern, wenn man zwei solche Wachhunde überrumpeln könnte. Kannten sie den Mörder?

Die Tür des Wohnwagens öffnete sich, und ein Mann, der einen Anzug unter seiner Daunenjacke trug, trat heraus.

»Inspector MacFerney. Wir haben Sie erwartet.«

Annabel drückte ihm die Hand. Er war untersetzt, und der graue Haarkranz auf seinem runden Schädel verstärkte den Eindruck, dass er nicht weit vom Rentenalter entfernt war.

»Ich hoffe, Sie haben nicht gerade zu Mittag gegessen«, fügte er hinzu.

Annabel stieg die Stufen zu dem Wohnwagen hinauf. Thayer war bereits anwesend, ebenso ein anderer Detective, jünger als sein Kollege. Ein vierter Mann, eine Stiftlampe zwischen den Zähnen, hockte am Boden. Der Gerichtsmediziner.

Der Geruch war nicht so bestialisch, wie sie erwartet hatte. Wahrscheinlich wegen der Kälte. Sie erinnerte sich auch, dass Charlotte Brimquick Duftkerzen anzündete.

»Seit über drei Stunden stehen wir hier, ohne etwas anzurühren, nur damit Sie sich einen ersten Eindruck verschaffen können«, schimpfte der junge Detective. »Ihr Kollege hat uns schon erzählt, woher Sie sie kannten.«

»Sie haben mir immer noch nicht gesagt, warum Sie mich angerufen haben«, entgegnete Annabel.

Der junge Mann deutete auf den Tisch mit der Resopalplatte. Mit Blut war ein großes X darauf gemalt, in dessen Mitte ihre Visitenkarte lag. Die, die sie Charlotte gegeben hatte.

»Solche Sachen erfordern Vorsicht«, meinte der Ältere.

»Wie haben Sie sie gefunden?«

»Das war einer ihrer ›Freunde‹. Heute Morgen. Er wollte sie besuchen, hat die Hundekadaver gesehen und sich sofort gedacht, dass etwas nicht stimmt. Dann hat er die Tote entdeckt und uns angerufen. Meiner Meinung nach prostituierte sie sich, und er war ein regelmäßiger Freier. Wir werden ihn noch in die Mangel nehmen, sobald wir auf dem Revier sind.«

Annabel ging mit den drei Männern in den hinteren Teil des Wagens.

Charlotte lag auf ihrem Bett, aufgeschlitzt vom Kinn bis zum Bauchnabel.

An ihrem aufgerissenen Mund erinnerten Blutfäden an die Schnurrhaare einer Katze. Ihre geöffneten Augen glänzten schwach im Licht der Deckenleuchte. Die unbezogene Matratze war blutgetränkt. Keine Fliegen. Zum Glück ist Winter, dachte Annabel, so blieb ihnen wenigstens das erspart.

Sie trat einen Schritt vor, um die Wunden aus der Nähe zu betrachten. Ein Hammer lag unter dem Haar von Charlotte, das Ende von einem rötlich glänzenden Film überzogen.

»Geben Sie acht, wo Sie hintreten«, warnte der Gerichtsmediziner, ein hagerer Typ mit Bart.

Mehrere Knochensplitter glänzten in der roten Flüssigkeit.

Als sie darüber hinwegsteigen wollte, erkannte Annabel, dass es sich um Zahnstücke handelte, gut zwei Dutzend. Jetzt begriff sie, wozu der Hammer gedient hatte.

Ein eigenartiger Metallgegenstand mit scherenförmigen Griffen lag neben der Toten.

»Das ist ein Spekulum«, erklärte der Mediziner, der ihrem Blick gefolgt war. »Nicht so eines, wie man es Ihnen beim Gynäkologen reinschiebt, sondern eines, das Zahnärzte benutzen.«

»Mit anderen Worten, ein Dentalspreizer«, erklärte Thayer und versuchte, den Magersüchtigen beiseitezuschieben.

Annabel spürte, dass er ihn nicht mochte. Für seinen Geschmack sicher zu vulgär.

»Hat der Mörder ihr damit den Mund blockiert, um ihr dann mit dem Hammer sämtliche Zähne auszuschlagen?«, fragte Annabel fassungslos.

»Das weiß ich noch nicht«, erwiderte der Gerichtsmediziner. »Sicher ist hingegen, dass man ihr auch die Zunge abgeschnitten hat.«

Annabel wandte sich angewidert zu ihm um.

»Haben Sie sie irgendwo gefunden, oder hat der Mörder sie als Trophäe mitgenommen?«

»Verschwunden. Und das ist nicht alles, denn ich sage Zunge, aber eigentlich handelt es sich eher um die ganze Luftröhre, die Speiseröhre und den Magen. Er hat alles ausgelöst und mitgenommen.«

Annabel ließ einige Sekunden verstreichen, ehe sie sich über das Opfer beugte.

»Kein Einschuss?«

»Wie Sie sehen, haben wir hier einen Berg gehäutetes Fleisch vor uns. Schwer, Details festzustellen. Mehr kann ich erst sagen, wenn sie nackt auf meinem Autopsietisch liegt.«

Wirklich gewöhnungsbedürftig, dieser Typ, dachte Annabel.

»Haben Sie eine Vorstellung vom Todeszeitpunkt?«

»Ich habe die Temperatur gemessen, was aber, ausgeweidet wie sie ist, nicht aussagekräftig ist. Ich schätze mal, irgendwann gestern oder Samstagabend. Ehrlich gesagt können Sie nicht mit präzisen Angaben rechnen. Fest steht nur, dass sie am Wochenende krepiert ist.«

»Während wir auf Sie gewartet haben«, erklärte der junge Detective, »hatten wir Zeit, die Umgebung genauer unter die Lupe zu nehmen. Fünf Wohnwagen, von denen offenbar zwei leer stehen. Und niemand hat etwas gehört oder gesehen. Eine der Nachbarinnen scheint eine Prostituierte zu sein. Dann gibt es noch einen Schrotthändler und seine Frau, beide Mexikaner – es würde mich wundern, wenn ihre Papiere in Ordnung wären. Kurz, nicht eben gesprächig.«

»Die drei Affen der Weisheit«, spottete Thayer.

»Die was?«, knurrte der junge Mann.

»Nichts, nichts«, erwiderte Jack seufzend. »Anna, ich kann mir nicht vorstellen, dass unsere Exschauspielerin an einen üblen Kunden geraten ist. Mit der Inszenierung deiner Visitenkarte wirkt das eher wie eine an uns gerichtete Drohung.«

»Sie kannte ihn, glaubst du nicht?«

»Meinst du wegen der Hunde?«

»Ja, sie waren nicht mal angekettet. Ich erinnere mich noch an den Empfang, den sie uns bereitet haben. Der Mörder hat die Sache gut vorbereitet.«

»Wir müssen nach einem Perversen suchen«, erklärte Jack mit finsterer Miene und betrachtete die Zahnstücke. »Zunächst unter ihren Bekannten. Es würde mich nicht wundern, wenn er in der Psychiatrie aktenkundig wäre.«

»Hey, immer langsam! Die Ermittlungen leiten wir«, fiel der junge Detective ein.

»Es ist meine Karte, die blutbeschmiert ist, oder?«

»Das ist unser Zuständigkeitsbereich. Und im Übrigen hätten Sie vor dem Verhör von Charlotte Brimquick die örtliche Polizei verständigen müssen. Aber das ist mit Sicherheit nicht geschehen, also spielen Sie sich hier nicht so auf!«

Der alte Cop, der bisher im Hintergrund geblieben war, griff ein, um den Eifer des Jüngeren zu bremsen.

»Wir halten Sie über unsere Erkenntnisse auf dem Laufenden. Und wenn unsere Chefs einverstanden sind, können wir zusammenarbeiten.«

»Freddy, wir brauchen die nicht!«, schimpfte sein Kollege.

Der Angesprochene brachte ihn mit einer Handbewegung zum Schweigen.

»Ich werde Ihnen künftig alle Berichte faxen. Und wenn Sie etwas herausfinden, hier ist meine Karte.« Er beugte sich zu dem hageren Bärtigen vor. »Doc, Sie können Ihren Assistenten rufen und sie mitnehmen.«

Die Polizeiwagen verschwanden langsam im Rückspiegel. Jack saß am Steuer, Annabel auf dem Beifahrersitz.

»Lass uns zurück aufs Revier fahren, um alle Informationen über Charlotte Brimquick zusammenzutragen«, schlug sie vor.

»Ich habe Durst. Wenn es dich nicht stört, würde ich zuerst gerne eine Pause in einer dieser Kneipen machen, die ganz in der Nähe der Straße liegen.«

»In einer *dieser* Kneipen?«

»Charlotte war noch immer ein hübsches Mädchen, und wenn sie wirklich ihren Körper feilgeboten hat, dann hat sie sich bestimmt nicht mit den Typen eingelassen, die hier so herumlaufen. Das ist gefährlich, und die meisten sind Junkies. Sie konnte etwas Besseres finden. Zum Beispiel als Animierdame in einer Bar.«

»Gute Schlussfolgerung. Etwas ganz in ihrer Nähe und vor allem viele Fernfahrer – die, wie man weiß, zur Klientel der Prostituierten gehören, du hast recht.«

»Allerdings bezweifle ich, dass ihr Mörder ein Fernfahrer war.«

»Und warum?«

»Das sind eher Einzelgänger, darum.«

»Und wo ist das Problem?«

Thayer schnalzte mit der Zunge.

»Du bist kein guter Beobachter, Annabel.«

»Sag jetzt bloß nicht, dass du wegen des Dentalspreizers an einen Zahnarzt denkst! Den kann sich jeder über Ebay beschaffen.«

»Sie hatte keine Fesseln und nirgendwo Spuren an den Handgelenken. Man hat sie also nicht festgebunden. Nicht einmal, als man ihr die Zähne mit dem Hammer ausgeschlagen hat! Und nach der Menge an Blut zu urteilen, lebte sie noch! Ich kenne niemanden, der sich so etwas gefallen ließe, ohne sich zur Wehr zu setzen.«

»Außer man hält sie fest«, gab Annabel zu bedenken. »Mindestens zwei Männer, vielleicht auch drei.«

»Das würde auch die massakrierten Hunde erklären. Zu mehreren ist das möglich. Wir suchen also nach einer Gruppe von Männern, die sich nahestehen, die kräftig sind und sicherlich ein ordentliches Vorstrafenregister haben, vielleicht sogar ein psychiatrisches!«

»Du bist ein Ass, Jack!«

»Ich habe auch meine Theorie über das, was man ihr angetan hat, aber wenn du nichts dagegen hast, behalte ich die noch etwas für mich, so lange, bis ich ein letztes Element überprüft habe. Ich will nicht gleich den ganzen Bonus verspielen, den ich mir bei dir mühsam erarbeitet habe!«

27

Brady hatte seine Frau abgesetzt und befand sich jetzt auf dem Highway kurz vor dem Lincoln Tunnel, der nach Manhattan führte. Er tendierte dazu, Pierre zu besuchen, um sich nach seinem Gesundheitszustand zu erkundigen und noch etwas Zeit mit seinem Freund zu verbringen.

Andererseits drängte es ihn, die Gelegenheit, dass er sich mit dem Wagen außerhalb von New York befand, zu nutzen, um seine Nachforschungen über Rubis fortzusetzen.

Und er wusste genau, wohin er fahren würde, sollte er diesem Drang nachgeben.

Doch der nächtliche Zwischenfall gab ihm zu denken.

Er hatte wenig geschlafen.

Wer waren sie *wirklich*?

Für die einen der »Stamm«, für die anderen *Vampire*!

Derjenige, dem Brady letzte Nacht im Wald begegnet war, hatte tatsächlich alles von einem Monster. Man konnte die Liebe zum Detail und die ganze Inszenierung nur bewundern.

Verrückte, genau das!

Natürlich war es dunkel gewesen, aber die Zähne hatten echt gewirkt, nicht wie ein künstliches Gebiss.

Die Jungs waren sogar so weit gegangen, sich die Zähne spitz zuschleifen zu lassen!

Und der Blick! *Kontaktlinsen* …

Schminke, um die gespenstische Blässe zu erreichen, schwarzer Lippenstift, und schon war die Sache fertig.

Verdammt, sie sind mir bis zu der Berghütte gefolgt! Diese Irren sind uns gefolgt! Und ich habe es nicht mal bemerkt …

Zum Glück war er weder naiv noch leicht zu beeindrucken.

Er hat weder an meinem Schal gerochen, um meine Spur aufzunehmen, noch hat er wirklich Stahlzähne oder transparente Pupillen! Alles Unsinn! Sie spielen eine Rolle und fertig …

Er erinnerte sich an Rubis' Worte.

»Die Dämonen, es gibt sie tatsächlich. Es sind keine Halloween-Gestalten, sondern wahre Kreaturen Satans. Sie ziehen durch die Straßen, ich bin ihnen begegnet.«

Er war sich sicher, dass sie damit den »Stamm« gemeint hatte. Diese Psychopathen hatten sie während der Dreharbeiten zerstört.

Viele Mädchen aus der Szene greifen irgendwann zu Drogen, um ihr Leben zu ertragen, Rubis hat dem ihren ganz einfach ein Ende gesetzt.

Brady wurde sich bewusst, dass er eine wahnsinnige Wut auf den »Stamm« hatte.

Sie sind bis zu unserem Wochenenddomizil gekommen. Haben meine Frau bedroht!

Das würden sie ihm büßen …

Warum hast du dich auf diese Filme eingelassen, Rubis? Warum? Und noch dazu zwei Mal …

Kurz vor dem Tunnel entschied sich Brady für eine Ausfahrt und blieb somit in New Jersey, das er im Norden durchfuhr, um nach Newburgh im Nachbarstaat zu gelangen.

Sein Ziel: Kingston.

Nach einstündiger Fahrt hatte Brady das Gefühl, sich im Kreis zu drehen. Am Mittag war er in entgegengesetzter Richtung hier entlanggekommen. Die Fahrbahn war geräumt, und solange er auf den Hauptstraßen bliebe, hätte er nichts zu befürchten.

Diese kleinen Idioten sollen bloß nicht glauben, sie könnten mich einschüchtern! Wenn ich noch mal einem von ihnen begegne, verpasse ich ihm als Erstes einen Kinnhaken. Wenn das Make-up vom Blut weggewaschen wird und die Kontaktlinsen rausfallen, werden wir ja sehen, wer als Letzter lacht.

Er hatte es mit einer Gruppe von Sadisten zu tun, die durch den Handel mit Amateur-Pornofilmen einen Weg gefunden hatten, ihre Abartigkeit auszuleben und auch noch Geld damit zu machen. Vor solchen Leuten brauchte man sich nicht zu fürchten.

Hier im Schutz seines warmen Geländewagens empfand Brady nur unendlichen Abscheu für sie. Und den Wunsch, ihnen wehzutun.

Wenn er Rubis verstehen und den »Stamm« ausfindig machen wollte, blieben nicht viele Möglichkeiten. Die erste war, sich nach Kingston zu begeben. Er wusste zwar absolut nicht, was er dort anfangen würde, aber das war die einzige Spur, die ihm blieb. Die andere Spur, die von Leonard K. oder Lenny, hatte sich an diesem Morgen in nichts aufgelöst, als seine Frau ihm anvertraute, dass sie ihn überwachen ließen. Er durfte nicht das Risiko eingehen, sich Lenny vorzuknöpfen und von ihm womöglich verpfiffen oder, schlimmer noch, von Annabel erwischt zu werden.

Lenny war Rubis' Freund. In dem Vergewaltigungsvideo glaubte sie, dass er sein Spiel mit ihr trieb. Er hatte sie da hineingezogen. Wer war der wirkliche Vergewaltiger? Das wäre durchaus dem »Stamm« zuzutrauen! Lenny hatte Kontakt zu ihnen. Er war jener Leonard K., der in jedem Abspann von Rubis' Filmen vorkam.

Hinter einer massiven Stahlbrücke zeichnete sich die Silhouette von Kingston ab. Eine kleine mustergültige amerikanische Stadt mit properen Häusern, kurzgeschorenem Rasen und sicherlich vielen Blumen im Sommer. Die Hauptstraße war von Eichen gesäumt, und über den Schaufenstern der Geschäfte, deren Kunden die Besitzer zumeist mit Vornamen begrüßten, flatterten die Stars and Stripes.

Geschmückte Bäume, Girlanden und Weihnachtsmänner an fast jedem Balkon erinnerten mit Nachdruck an die bevorstehenden Festtage.

Brady hatte sich die Namen von zwei Straßen gemerkt, in denen Rubis Strafmandate bekommen hatte.

Er hielt an einem Laden und kaufte einen Stadtplan, den er anschließend lange studierte, um sich zu orientieren. Eine der beiden Straßen befand sich ganz in der Nähe, die andere auf den Hügeln, die westlich der Stadt den Hudson River überragten.

In der ersten Straße gab es nicht viel. Im Umkreis von zweihundert Metern war eine Salatbar das Einzige, was seine Aufmerksamkeit erregte. Dort konnte er beginnen, denn ansonsten gab es nur Wohnhäuser. Als er einen Parkplatz suchte, begriff er, dass er am richtigen Ort war. Auf der schmalen Straße herrschte beidseitig Halteverbot, und die einzige Möglichkeit war ein kleiner Platz zwischen zwei Gebäuden, der vermutlich zu jeder Tages- und Nachtzeit besetzt war.

Rubis war hier gewesen. Zum Essen?

»Warum habe ich bloß kein Foto von ihr mitgenommen?«, schimpfte Brady.

Das Restaurant war zwar geöffnet, aber ohne ihr Foto konnte er nichts ausrichten. Also bog er in die nächste große Straße ein und befand sich im Stadtzentrum, wo er ein Internetcafé suchte. Im Drugstore der Main Street entdeckte er eines.

Da der Jugendschutz aktiviert war, hatte er auf die meisten Seiten mit Rubis keinen Zugriff – trotzdem fand er schließlich ein Foto von ihr. Er druckte es aus: ein Farbporträt mit schlechter Auflösung.

Besser als nichts. Zumindest erkennt man sie.

Brady kehrte zu der Salatbar zurück und ging zu dem jungen Mädchen hinter der Theke. Sie trug Plastikhandschuhe und auf dem Kopf eine Haube.

»Guten Tag, was darf's sein?«

Brady wurde bewusst, dass er seit dem Vortag nichts gegessen hatte und sein Magen seit zwei Stunden knurrte.

»Einen Salat bitte ... Kingston Special.«

»Und dazu?«

Brady hielt ihr das Foto hin.

»Kennen Sie dieses Gesicht?«

Die Angestellte sah sich den Ausdruck aufmerksam an und schüttelte dann den Kopf.

»Nein, tut mir leid. Eine Freundin von Ihnen?«

»Sie ist verschwunden. Ich stelle für ihre Familie Nachforschungen an.«

»Ach, wie schrecklich. Ich hoffe, Sie finden sie.«

Da, wo sie jetzt ist, habe ich keine Eile hinzukommen ...

Aus der Küche kam ein etwa Zwanzigjähriger mit einem Piercing in der Augenbraue.

»Jeff, tu den Ring weg, sonst kriegst du Ärger mit der Chefin.«

»O verdammt«, rief er und zog den Schmuck heraus.

Brady hielt ihm das Foto hin.

»Vielleicht habe ich bei Ihnen mehr Glück. Haben Sie dieses Mädchen schon mal gesehen?«

»Sie wird vermisst«, erklärte die Kellnerin. »Der Herr ist Privatdetektiv.«

Brady gefiel die Art, wie Jugendliche sich in ihre Fantasien hineinsteigern konnten, ohne dass man viel dafür tun musste.

»Sie müsste im Oktober oder November hier gewesen sein«, fügte er in der Hoffnung hinzu, dem Gedächtnis des Jungen auf die Sprünge zu helfen.

»Ja, die kenne ich.«

Brady konnte es nicht fassen.

»Haben Sie mit ihr gesprochen?«

»Nein, ich glaube nicht … Jetzt weiß ich es! Ich erinnere mich an sie, weil sie … sehr hübsch war.«

Wenn es um Rubis geht, muss man sich immer zuerst an die Männer wenden, dachte Brady spöttisch.

»Sind Sie sicher, dass sie es war?«

»Ja, sie bestellte immer dasselbe: einen Caesarsalat ohne Soße. Sie muss verdammt auf ihre Linie geachtet haben. Wundert mich gar nicht, dass sie weg ist, sie sah so traurig aus. Ich glaube sogar, dass sie oft geweint hat. Nicht hier, sonst wäre ich zu ihr hingegangen, aber vorher, ihre Augen waren gerötet.«

»War sie immer allein?«

»Ja, ein tolles Mädchen. Ich hoffe, Sie finden sie.«

Brady nickte langsam.

»Nichts Besonderes? Keine Telefongespräche oder irgendwas, was sie zu Ihnen gesagt hat?«

»Tut mir leid, ich kann Ihnen wirklich nicht weiterhelfen. Das würde ich gerne, aber ich habe nie mit ihr gesprochen. Sorry.«

»Ich welchem Zeitraum haben Sie sie hier gesehen?«

»Weiß nicht so genau, so ungefähr, wie Sie vorhin gesagt haben, Oktober, November. Sie war schon lange nicht mehr hier.«

»Wie oft? Kam sie regelmäßig?«

»Vierzehn Tage lang etwa zwei, drei Mal die Woche und dann gar nicht mehr. Ich habe sie vielleicht … ein Dutzend Mal bedient.«

»Und nie ist Ihnen etwas aufgefallen?«

»Ihr Äußeres ausgenommen? Nö … tut mir leid.«

Der Junge rückte die Schalen in der Glasvitrine zurecht.

Hier gab es nichts mehr zu holen. Brady bedankte sich und setzte sich zum Essen an einen Tisch. Als er die Bar verließ, war es bereits dunkel geworden. In weniger als einer Stunde würde die Nacht hereinbrechen. Er musste sich beeilen, wenn er vor Annabel zu Hause sein wollte.

Zumindest hatte er trotz verkehrswidrigen Parkens keinen Strafzettel bekommen.

Nach kurzer Suche fand er die andere Straße, die steil den Berg hinaufführte und von Villen gesäumt war. Auch hier gab es keine Möglichkeit, zu parken. Was hatte sie an einem Ort wie diesem getan? Die Aussicht genossen? Spaziergänge unternommen? Doch es gab weder Geschäfte noch etwas zu besichtigen, nichts, was ihm ihre Anwesenheit hier erklärt hätte. Rubis hatte ihr Geheimnis, was auch immer es sein mochte, mit ins Grab genommen.

Nachdem er zweimal hin- und hergefahren war, beschloss er aufzugeben, aus Angst, irgendeinem argwöhnischen Anwohner aufzufallen, der hinter seinen Gardinen lauerte und womöglich den Sheriff rufen würde.

Brady fuhr zurück ins Zentrum und zerbrach sich den Kopf darüber, was er jetzt tun sollte.

Schließlich ging er ins Fremdenverkehrsbüro, ehe dieses geschlossen wurde. Am Empfang fragte er, was die Stadt Besuchern aus New York wie ihm an Sehenswürdigkeiten zu bieten hätte.

Die Angestellte, die rechtzeitig schließen wollte, verwies ihn auf eine Auslage mit Stapeln von Broschüren für Touristen. Brady bediente sich, dann wurde er hinausgeleitet.

Im Wagen blätterte er die Unterlagen durch, ohne etwas Besonderes zu entdecken.

An diesem Ort hatte er ganz offenbar kein Glück.

Müde von den vielen zurückgelegten Kilometern und der schlechten Nacht, gab er auf und beschloss, sich auf den Heimweg zu machen.

Die hereinbrechende Dunkelheit zwang ihn zu erhöhter Aufmerksamkeit. Er musste langsam fahren, um keines der Hinweisschilder zu übersehen.

Zweimal war er am Nachmittag vorbeigefahren, ohne dass es ihm aufgefallen wäre.

Diesmal bemerkte er den hölzernen Pfeil mit der Aufschrift: KINGS' CHALETS.

Brady machte eine Vollbremsung. Der Name war ihm vertraut ...

Kings' Chalets? Kings ...

Natürlich.

Also war dieser Ausflug nach Kingston doch nicht sinnlos gewesen.

28

King. Dieser Name war ihm in den Filmen des »Stammes« aufgefallen! Sie waren in einem Chalet gedreht worden ... Warum hatte er seine Recherchen nicht damit begonnen? Das wäre doch so naheliegend gewesen.

Er gab Gas und folgte den Schildern die Straße hinauf. Am Ausgang von Kingston zeigte der Pfeil auf einen Waldweg. Er war tief verschneit, doch die beiden deutlich sichtbaren Reifenspuren ermutigten Brady. *Ich wage es* ...

Der Geländewagen schob sich zwischen den hohen Tannen hindurch. Nach zwei Kurven sah er nicht mehr viel, da die Scheinwerfer mit einem Gemisch aus Blättern, Schlamm und Schnee überzogen waren. Schließlich gelangte er auf eine Lichtung, auf der vor einem Holzhaus ein Pick-up parkte.

Es brannte Licht.

Brady knöpfte seine Jacke zu und stieg aus. Die Temperatur war drastisch gesunken.

Zwischen den Baumwipfeln, die sich vor dem Nachthimmel wiegten, ahnte Brady mehrere spitze Dächer, die zu anderen, in der Dunkelheit verborgenen Chalets gehören mussten. Er erreichte die Tür des erleuchteten Hauses. Ein Schild mit der Aufschrift ZUR SCHLÜSSELÜBERGABE BITTE HIER LÄUTEN bestätigte ihm, dass er sich am richtigen Ort befand. Brady drückte auf den Klingelknopf.

Eine zierliche Frau von etwa fünfzig Jahren mit kurz geschnittenem grauem Haar und rosigen Wangen öffnete ihm.

»Guten Abend?«

»Entschuldigen Sie bitte die Störung, ich suche die King's Chalets.«

»Da sind Sie hier richtig. Haben Sie reserviert? Auf meinem Kalender ...«

»Nein«, unterbrach Brady sie. »Sie brauchen gar nicht zu suchen. Ich möchte nur eine Auskunft.«

»Kommen Sie, es ist eiskalt draußen. Mein Name ist Lennox. Welche Auskunft wünschen Sie?«

Brady folgte ihr in einen kleinen gefliesten Raum mit einem Tresen, einem hässlich gemusterten, alten Sofa und einem Wasserspender. Durch die geschlossene Tür hörte man den Ton eines Fernsehers aus dem Nebenzimmer.

»Ich hätte gern gewusst, ob eine Gruppe von Typen, deren Look man nicht so leicht vergisst, im Oktober, November ein Chalet bei Ihnen gemietet hat.«

»Sind Sie von der Polizei?«

»Nein, ich ermittle privat. Ein Mädchen ist bei dieser Sache misshandelt worden. Erinnern Sie sich an die Bande?«

Leicht verlegen nickte die kleine Frau.

»Ja, stimmt, die vergisst man nicht. Aber ich will keine Probleme, verstehen Sie, ich bin hier nur die Verwalterin …«

»Die bekommen Sie auch nicht, keine Sorge. Haben Sie einen Namen?«

»Ja, ich erinnere mich gut, um die Zeit ist hier nicht viel los, und der Name war sehr originell: Stamm. Alles bar bezahlt.«

»Haben Sie eine Telefonnummer?«

»Nein, gar nichts. Es war eine Gruppe von Filmhochschülern, die einen Horrorfilm drehen wollten. Das hatten sie mir vorher gesagt, damit ich mir keine Gedanken wegen der Schreie mache.«

»Haben Sie alle gesehen?«

»Nur einige. Wahrscheinlich die Techniker, denn sie waren zu alt, um Studenten zu sein. Ein dicker Tätowierter und einer mit einem Rattenkopf, wirklich sehr hässlich, wenn ich mir die Bemerkung erlauben darf. Und zwei bildhübsche Mädchen.«

Brady zeigte ihr das Foto von Rubis, die sie sofort erkannte.

»Ja, das ist sie. Abends habe ich auch mehrere junge Männer gesehen, die für die Dreharbeiten kostümiert waren. Manchmal war jemand dabei, der ihr Chef zu sein schien, ein recht imposanter Kerl.«

»Welche Art Kostüme?«

»Ach, lange Ledermäntel, Stiefel, Ketten, solche Sachen. Alle sehr blass, und die geschminkten Augen lagen tief in den Höhlen. Man hätte meinen können, es wäre Halloween!«

»Haben Sie mit ihnen gesprochen?«

»Nein. Ich nehme an, sie drehten nachts, denn den ganzen Tag über haben sie geschlafen. Man hatte mir gesagt, ich dürfe sie nicht stören, nicht putzen, nichts tun, was die Dreharbeiten durcheinanderbringen könnte. Gegen Abend habe ich dann den einen oder anderen gesehen. Sie waren so mit ihrem Film beschäftigt, dass sie die einfachsten Höflichkeitsregeln vergaßen.«

»Haben Sie Überwachungskameras?«

»O nein, hier gibt es nichts zu stehlen. Die Chalets sind sehr einfach ausgestattet.«

»Welches haben Sie den jungen Leuten gegeben?«

»Das abgelegenste, ganz oben. Es ist auch das größte, fünf Zimmer, Keller mit Sauna, Balkon. Von Mai bis September ist es komplett ausgebucht.«

»Sie hatten also keinen direkten Kontakt zum Team?«

»Ein wenig mit den Mädchen. Sie kamen tagsüber heraus, vor allem die, die Sie mir gezeigt haben. Freundlich, aber zurückhaltend und sehr … sehr melancholisch. Ich bin auch den beiden Technikern begegnet, die ich vorhin erwähnt habe, aber das ist alles. Nicht sehr gesprächig, und wenn ich so sagen darf, auch keine lustigen Gesellen. Ich habe mich mehr als einmal gefragt, was die dort oben treiben!«

»Und Sie haben nie nachgesehen?«

»Wo denken Sie hin, das ist nicht meine Art! Sie mieten und machen, was sie wollen, solange das Chalet bei der Abreise in Ordnung ist.«

»Und wie war es in diesem Fall?«

»Tadellos. Wenn alle Gäste so sauber wären – ich wäre begeistert.«

Sie haben Großputz gemacht, um alle Spuren zu beseitigen.

»Wie lange sind sie geblieben?«

»Zehn Tage Anfang Oktober und noch einmal zehn Tage einen Monat später.«

»Und sonst ist Ihnen nichts Ungewöhnliches aufgefallen?«

»Ungewöhnlich? Nur ihre Aufmachung! Aber ich habe nichts Beunruhigendes bemerkt, wenn Sie das meinen.«

»Keine Schreie?«

»Ich sagte ja bereits, sie waren im abgelegensten Chalet untergebracht. Sie konnten so viel Lärm machen, wie sie wollten, hier hätte man davon nichts gehört.«

Brady wusste, dass ihn eine Ortsbegehung nicht weiterbringen würde, dazu waren sie viel zu vorsichtig. Trotzdem hatte er den Wunsch, mit eigenen Augen die Räume zu sehen, in denen die beiden brutalen Streifen gedreht worden waren.

»Können Sie mich hinführen?«

»Nach oben? Jetzt? Aber es ist viel zu kalt für mich. Ich kann Ihnen gerne den Schlüssel geben, aber machen Sie keine Unordnung, ich verlasse mich auf Sie.«

Sie trat hinter den Tresen, nahm aus einer Holzdose einen Schlüssel, den sie ihm reichte, und erklärte ihm dann den Weg. Auf der Schwelle drückte sie ihm noch eine abgestoßene Taschenlampe in die Hand.

»Und verlaufen Sie sich nicht. Bei dem Schnee kommt der Sheriff bestimmt nicht bis hier rauf!«, meinte sie, ohne dass Brady gewusst hätte, ob er das für einen Scherz halten oder ernst nehmen sollte.

Die Arme vor der Brust verschränkt, um sich vor dem Wind zu schützen, versuchte er, dem Pfad zu folgen, den Mrs. Lennox ihm beschrieben hatte. Nachdem er zwei Bungalows umrundet hatte, konnte er ihn unter der weißen Schneedecke nicht mehr erkennen. *Gehen Sie bis zum vierten Chalet, dann nehmen Sie die Stufen links,* hatte sie gesagt. Brady entdeckte die vierte aus Rundstämmen errichtete Hütte, ging um sie herum und sah schließlich die Stufen. Eine Schneise im Wald führte den Hügel hinauf.

Hier hatten sie wirklich ihre Ruhe …

Die altersschwache Lampe warf nur einen schwachen Lichtkegel in die Dunkelheit, und er musste achtgeben, um nicht zu stolpern. Schließlich tauchte, halb versteckt hinter Bäumen, das letzte Chalet auf.

Brady erkannte es sofort. Das war der Drehort.

Drinnen war es fast so eisig wie draußen. Er betätigte den Schalter, und die Glühbirne flammte in einem großen Wohnraum auf. Nachdem er sich umgesehen hatte, ging er in die Schlafzimmer und untersuchte die Betten, für den Fall, dass eines der beiden Mädchen eine Nachricht hinterlassen hatte. Nichts.

Warum hätten sie das auch tun sollen?

Hinter der Küche führte eine Wendeltreppe in den Keller. Brady folgte ihr und kam in einen holzverkleideten fensterlosen Raum, der ihm allerdings nicht bekannt vorkam. Warum waren sie so lange hier geblieben, wenn es nur um die Außenaufnahmen ging, die nicht mehr als zehn Minuten ihres Films ausmachten?

Zwei Türen. Durch die verglaste Tür gelangte man in die Sauna und durch die aus Holz in einen sehr viel größeren Kellerraum, der fast die gesamte Grundfläche des Hauses einnahm. Unverputzte Wände, Zementboden. Diesmal war er sich ganz sicher. Keine Spur mehr von der Dekoration im »Gothic Style«, doch es gab keinen Zweifel: Hier in diesem finsteren Keller hatten sie Rubis und ihre Gefährtin vergewaltigt und gequält.

Im schwachen Schein seiner Lampe inspizierte er alles und fand tatsächlich ein paar dunklere Ringe und Überreste von Kerzenwachs.

Hier war es, dachte er fast feierlich, so als würde er ein Kirchenschiff betrachten. *Hier an diesem Ort haben sie Rubis die Seele entrissen.*

Brady blieb fünf Minuten, um die Atmosphäre auf sich wirken zu lassen, dann verließ er den Folterkeller.

Er musste den Tatsachen ins Auge sehen: Dieser Umweg hatte ihm nichts anderes eingebracht als die Gewissheit, dass sich der »Stamm« mit seiner Liebe zum Detail wirklich ernst nahm.

Er brachte Schlüssel und Lampe zu Mrs. Lennox zurück und bedankte sich.

Für heute habe ich genug Zeit verloren.

Als der BMW X5 Richtung Big Apple fuhr, begannen im Licht der Scheinwerfer Schneeflocken zu tanzen. Aufgehalten durch den stockenden Verkehr und die Witterung traf er später als geplant zu Hause ein. Im Briefkasten fand er, begleitet von den entsprechenden Infobroschüren, eine Kreditkarte und eine Versicherungskarte auf den Namen Kyle Lorenzo. Er schob beide in seine Brieftasche. Sie könnten ihm bei den Nachforschungen nützlich sein, aber vor allem musste er seine wahre Identität nicht preisgeben.

Der ins Halbdunkel getauchte Wohnraum hatte nicht die übliche wohltuende Wirkung auf ihn. Diesmal fühlte er sich unbehaglich zwischen den Schatten, die die Gegenstände an die Wände warfen, und so schaltete er sofort das Licht ein.

Wann würde Annabel nach Hause kommen?

Normalerweise machte er sich deshalb keine Sorgen. Er hatte gelernt, mit ihren unregelmäßigen Arbeitszeiten zu leben. Aber in diesem Fall …

Er musste Ruhe bewahren.

Der »Stamm« würde sich nicht an ihr vergreifen. Nicht direkt. Sie war Cop, und sie würden niemals einen derart gravierenden Fehler begehen. Diese Kriminellen wollten unter keinen Umständen die Aufmerksamkeit der Ordnungskräfte auf sich lenken.

Was hingegen mich betrifft …

Nein, das war ebenso unsinnig. Der Ehemann einer Polizistin …

Außer sie überwachen mich und ahnen, dass ich die Wahrheit vor ihnen verberge …

Trotzdem waren sie am Vorabend ein großes Risiko eingegangen, als sie die Steinchen an die Fensterscheibe geworfen hatten, um sie aufzuwecken. Wenn nun Annabel als Erste aufgestanden wäre?

Dann hätten sie sich aus dem Staub gemacht, fertig!

Er stellte fest, dass er sich seiner Sache nicht mehr so sicher war wie am Nachmittag.

Das liegt daran, dass es schon Nacht ist. Diesen Idioten ist es gelungen, Zweifel in mir zu wecken; sobald es dunkel wird, denke ich an sie und fühle mich … weniger geschützt.

Das Ganze war lächerlich.

Brady ging in die Küche und bewaffnete sich mit dem größten Messer, das er fand. Dann legte er sich im Wohnzimmer aufs Sofa und schaltete die Musik ein.

Er würde hier in aller Ruhe auf seine Frau warten. Sich entspannen. An etwas anderes denken.

Und sollte irgendetwas passieren, würde er sich, ohne zu zögern, zur Wehr setzen.

29

Mitten in der Nacht wachte Brady auf.

Es war dunkel in der Wohnung. Die Glaskuppel über ihm war durch den Schnee fast undurchsichtig.

Als die Decke zu Boden glitt, wusste er, dass er nicht allein war.

Annabel war heimgekommen und hatte ihn zugedeckt, ohne ihn aufzuwecken.

Wie spät mochte es sein?

Brady verrenkte sich und sah die Digitalanzeige auf der Stereoanlage. 03:19.

Der Wind pfiff um die Häuser und schlug so heftig gegen die Scheiben, dass die Doppelfenster vibrierten.

Ein Sturm …

Er stand auf und erinnerte sich plötzlich an das Messer. Es war nicht mehr da.

Das hatte gerade noch gefehlt … Wenn Anna es gefunden hat, wird sie Fragen stellen!

Unter dem Kissen ragte der Griff hervor. Es war zwischen die Polster gerutscht. Brady nahm es an sich und brachte es zurück in die Küche.

Draußen tobte ein wahres Schneegestöber. Brady drückte die Nase an die Scheibe. Er hatte den Eindruck, durch das Bullauge einer Waschmaschine zu sehen, in der ein aufgerissenes Kopfkissen einen ganzen Wirbel von Federn freisetzte.

Eine dicke weiße Decke überzog die Stadt.

Durch den tanzenden Vorhang erkannte Brady in der Ferne die Silhouette von Manhattan. Das trotz der späten Stunde angestrahlte World Trade Center beherrschte die Bucht: Zwei Titanen, Symbole der Werte, für die dieses Land im zwanzigsten Jahrhundert stand, wachten über die Seelen der Schlafenden. Die Vereinigten Staaten hatten ihren Platz in der Welt gefunden, und es tat gut, sich dessen erinnern zu können, sobald man die Augen zum Himmel über New York hob.

Solange diese beiden Garanten der amerikanischen Einheit sich am Horizont abzeichneten, gab es nichts zu befürchten.

Brady schlüpfte unter die Bettdecke und nahm Annabel in die Arme.

Nur mühsam ging die Sonne zwischen den braunen Bauten im südlichen Brooklyn auf. Der U-Bahn-Wagen, in dem er saß, war fast leer, während die in die Gegenrichtung fahrenden Züge überfüllt waren. Brady bezweifelte, dass Kermit zu so früher Stunde schon auf den Beinen war, aber ohne seine Hilfe würde er nicht weiterkommen. Er hatte all seine Trümpfe ausgespielt – ohne den geringsten Erfolg. Er hatte herausgefunden, dass der »Stamm« hinter der Sache steckte, hatte den Drehort entdeckt, und er wusste auch, dass Lenny Rubis' Freund war und sie zu den Hardcorepornos angestiftet hatte.

Was wollte er noch herausbekommen? Warum war er so hartnäckig?

Weil er damit begonnen hatte, musste er es auch zu Ende bringen. Für Rubis, für sich selbst.

Zu Ende bringen? Was hieß das?

Während Brady darüber nachdachte, betrachtete er die vorbeiziehenden Häuserblocks. Überall Satellitenschüsseln. Klimaanlagen an den Fenstern. Schmutzige Innenhöfe voller Müll. Die Welt des Konsums, Männer und Frauen mit ihren Leben, ihrer Sexualität. Wie viele Wohnungen hatte er in diesem Moment vor Augen? Dreihundert? Dreitausend? Wie viele Männer? Wie viele Mädchen auf den Bildschirmen der Fernsehgeräte oder Computer? Wie viele Rubis', die durch einen Mausklick oder auf einer DVD für fünf Minuten zum Leben erwachten, gerade mal lange genug für einen befreienden Orgasmus, ehe sie und ihr elendes Dasein wieder in Vergessenheit gerieten?

Zu Ende bringen bedeutete, die Wahrheit über Sondra Ann Weaver herauszufinden. Brady konnte durchaus die Früchte einer triebhaften Sexualität akzeptieren; er gehörte bestimmt nicht zu denen, die für ein Verbot von Prostitution und Pornographie kämpften, dazu respektierte er seine eigenen Fantasien und die der anderen viel zu sehr. Und er war hellsichtig genug, um zu begreifen, dass sie dem Gleichgewicht der Zivilisation dienten.

Auch wenn die Grenze zwischen ungeschminkter und tabuloser männlicher Sexualität und reiner Perversion schmal war, lehnte Brady das Extrem ab. Der »Stamm« produzierte im sexuellen Bereich das, was unsere Gesellschaft in anderer Hinsicht unterstützte: das Bedürfnis nach immer mehr. Den ungezügelten Konsum.

Brady merkte, dass er den Finger auf das gelegt hatte, was ihn am meisten verwirrte.

Unter Missachtung jeglicher moralischer Kriterien strebte

der »Stamm« den Exzess an und negierte alles, was die Menschheit nach und nach aufgebaut hatte, um gemeinsam zu überleben, sich zu *entwickeln.* Sie predigten die Bestialität und manipulierten die Menschen an ihrer Schwachstelle: dem Verlangen nach Lustbefriedigung.

Wer waren sie, um so tief gesunken zu sein?

Rubis' Geist spiegelte sich in der Fensterscheibe.

Du begleitest mich, nicht wahr?

Um den »Stamm« ausfindig zu machen.

Sie zu identifizieren. In Erfahrung zu bringen, wer sie sind.

Und dann?

Um sie dann dem System auszuliefern, damit es sie zerstört, wie alles andere auch, was sich nicht seinen Regeln unterwirft und somit seine Stabilität gefährdet.

Er würde sich wie ein braver kleiner Soldat in einem puritanischen Räderwerk verhalten.

Ausnahmsweise wird es einmal zu etwas nütze sein.

Den »Stamm« ausfindig machen.

Diese Mission hatte er übernommen, als Rubis in sein Leben getreten war.

Weil er in das System integriert und dies seine Pflicht war. *Nein, weil ich gesund bin! Weil ich einen kleinen perversen Hang habe und gut damit zurechtkomme! Ich weiß, wo die Grenzen sind. Ich kann Gut und Böse unterscheiden. Und weil diese Typen gefährlich sind! Sie spielen mit uns, sie versuchen, unsere Grenzen des Akzeptablen zu erweitern, sie zerstören uns!*

Der »Stamm«, das sind … Mörder!

Das Wort befreite ihn.

Er hatte nicht mehr den Anflug eines Zweifels. Was er von ihnen gesehen, gehört und verstanden hatte, bestätigte das. Brady war sich sicher: Sie töteten. In welcher Form auch immer löschte der »Stamm« die Menschlichkeit aus. Wie bei Rubis. Auf dass sich nach und nach immer mehr daran infizierten.

Der »Stamm« versuchte, seine Vorstellungen zu verbreiten wie einen Virus.

Als Brady auf Coney Island ausstieg, zog er den Kopf zwischen die Schultern und schlug den Kragen hoch, um sich gegen die Windböen, die vom Meer herüberwehten, zu schützen.

Die Straßen um den Vergnügungspark herum waren zu dieser Stunde verlassen. Papier, Plakatfetzen und Plastikbecher wurden über den verschneiten Boden getrieben. Die Ampeln schalteten auf Rot, ohne diesem lautlosen Geisterverkehr Einhalt gebieten zu können. Eine Phantomstadt.

Begleitet vom Getöse des Sturms, der an den Eisengittern der Stände rüttelte, lief Brady über einen Fußweg. Hunde begannen in der Ferne zu bellen – ein Zeichen von Leben, das ihn beruhigte. Dann verließ er das Labyrinth und stieg hinauf zum Holzsteg, der den ebenfalls ausgestorbenen Strand säumte.

Das erinnerte ihn an die Stimmung in dem Film *Angel Heart. Nein, im Vergleich dazu strotzt Alan Parkers Film vor Lebensfreude*!

Fast einen Kilometer lang folgte Brady den rutschigen Holzplanken, bis er das ehemalige Toilettenhäuschen sah, in dem Kermit sich eingerichtet hatte. Er stieg die Stufen zum Eingang für »Herren« hinab. Die Tür war geschlossen. Davor hatte eine Pfütze von Erbrochenem einen Krater in den Schnee gefressen.

Brady klopfte energisch.

»Kermit?«

Da er keine Antwort bekam, drückte er den Griff herunter. Es war nicht abgesperrt.

Ein gelblicher Schein tanzte auf den Kacheln.

»Kermit?«

Brady trat in einen Raum, erhellt von einer Kerze, die in einer aufgeschnittenen Getränkedose steckte. Vor den Pissoirs war eine Bodenmatte ausgebreitet, darauf ein Schlafsack, an der Wand ein Campingkocher, mehrere Konservendosen und zusammengefaltete Kleidungsstücke.

»Es lässt dich nicht mehr los, was?«, sagte eine tiefe Stimme in seinem Rücken.

Brady entdeckte Kermit, der schweißüberströmt und mit verschwommenem Blick in einer Kabine lag und sich an einer Toilettenschüssel festhielt. Sein bartloses Gesicht schien eingefallen.

»Ich wusste, dass du wiederkommen würdest«, fuhr er fort. »Du bist so ein Typ.«

»Was für einer?«

»Die auf Biegen und Brechen alles durchsetzen, die nicht aufgeben, sich verrennen.«

»Sie sind krank.«

»Sag bloß! Was meinst du, warum ich auf dem Klo lebe!«

»Nein, ich meine, Sie sind jetzt krank, Sie sind schweißgebadet und sehen schlecht aus. Sie gehören in Behandlung.«

»Keine Sorge, ich weiß, was das ist. Ich schwitze den Dreck der Welt aus. Nicht weiter schlimm, das passiert mir jedes Mal.«

»Jedes Mal?«

»Wenn ich die Welt reinige.«

Bradys Blick wanderte zu der Toilettenschüssel, an der sich Kermit festhielt. Sauber. *Blitzblank, sauberer als in jedem Hotel!* Er erinnerte sich an das, was ihm der Wirt in der Kneipe über Kermit erzählt hatte, und musste einen Brechreiz unterdrücken.

»Ich brauche Ihre Hilfe«, sagte er und hockte sich neben ihn. »Um …«

»Vergiss es. Die Kerle, die sich um deine Freundin gekümmert haben, sind Tiere. Sie sind es nicht wert, dass du dir ihretwegen das Leben versaust, glaub mir.«

»Sie saugen den Mädchen das Blut aus.«

»Wie verdammte Vampire, ja?«

»Sie wollen die Welt säubern? Ich auch, auf meine Art. Unter der Decke der Heuchelei, die uns langsam erstickt, haben diese Männer eine Nische gefunden, in der wir angeblich ›atmen‹ können, doch die Luft, die dort herrscht, ist vergiftet.«

Kermit drehte sich ihm zu, um ihn besser ansehen zu können.

»Du hast nicht das Zeug dazu.«

»Sie wollen nicht nach dem beurteilt werden, was Sie tun, stimmt's? Dasselbe gilt für mich. Ich will Kontakt zum ›Stamm‹ aufnehmen. Sagen Sie mir einfach, wo ich sie finde, der Rest ist meine Sache.«

Der Kahlköpfige runzelte die Stirn, atmete tief durch und verzog das Gesicht. Brady glaubte, er würde sich übergeben, doch stattdessen erklärte er:

»Weißt du, Kreaturen wie sie beschmutzen uns!«

»Ein Grund mehr, ihnen das Handwerk zu legen.«

»Was ist deine Motivation? Komm mir jetzt bloß nicht damit, dass du uns vom Unrat der Welt befreien willst, nicht mir!«

Brady hielt seinem fiebrigen Blick stand.

»Sie haben ein Feuer in mir entfacht, und je stärker die Flammen züngeln, desto mehr ziehen sie meine Seele an. Ich muss sie löschen. Man sagt, bei manchen Bränden wäre es besser, eine Explosion auszulösen, um der Glut mit einem Schlag den Sauerstoff zu entziehen. Ich brauche solch einen Schock, um den Brandherd zu ersticken.«

Kermit entblößte seine gelben Zähne zu einer Art Lächeln.

»Du hast die Seele eines Nachtfalters, du wirst dir die Flügel verbrennen.«

»Dann helfen Sie mir, bevor es zu spät ist!«, erwiderte Brady erregt. »Ich weiß, wenn ich Ihnen Geld anbiete, werden Sie es mir ins Gesicht werfen. Ich kann nur versuchen, Ihnen klarzumachen, dass es lebenswichtig ist.«

Kermit starrte auf den Grund der Toilettenschüssel.

»So habe ich das auch verstanden, mein Junge.«

Er streckte ihm die Hand entgegen.

»Es wird zwangsläufig irgendetwas Positives dabei herauskommen«, beharrte Brady.

»Hilf mir hoch, ja? Dein Geld will ich nicht, aber du kannst mein Essen bezahlen, denn selbst ich muss etwas anderes als Scheiße fressen.«

30

Annabel erschien erst im Laufe des Vormittags auf dem Revier. Sie hatte bis spätnachts gearbeitet und sich deshalb ein paar zusätzliche Stunden Schlaf gegönnt.

Jack war bereits da. Er war frisch rasiert und trug einen noch nicht verknitterten Anzug, darunter einen Rollkragenpullover. Auf beiden Wangen zog sich eine tiefe Falte vom Nasenflügel bis zum Mundwinkel.

»Gut geschlafen?«, fragte er, während sich seine Kollegin an ihrem Schreibtisch niederließ.

»Nicht genug.«

Sie hatten den Abend damit verbracht, die Kneipen entlang der Tonnele Avenue abzuklappern. Sie hatten sich an Wirte, Serviererinnen, Stammgäste und Animiermädchen gewandt – ein aufwändiges und anstrengendes Unterfangen. Sie mussten zunächst das Vertrauen der Menschen gewinnen und sichergehen, dass ihr Anliegen deutlich wurde: Sie kamen nicht, um Probleme zu machen, sondern um Informationen über Charlotte Brimquick einzuholen, und das war überaus mühselig gewesen, egal, ob es sich um billige Kaschemmen oder gehobenere Etablissements gehandelt hatte. Thayer hatte nicht aufgeben wollen, selbst nachdem sie ihre Überzeugungskraft schon fünf Stunden lang verschwendet hatten. Nach Mitternacht hatten sie endlich alle Lokale auf der zehn Kilometer langen Strecke von Jersey City bis zur Grenze von North Bergen aufgesucht.

Viel Gerede und kein einziger interessanter Hinweis, höchstens der eines zurückhaltenden Mannes, der Jack Thayer auf der Toilette angesprochen hatte, um für den nächsten Tag einen Termin an einem neutraleren Ort auszumachen. Jack und Annabel wussten nicht recht, was sie davon halten sollten: Würde er ihnen eine entscheidende Enthüllung machen? Hatte er etwas gehört? Meistens waren spontane Zeugenaussagen für den Fall wenig hilfreich, sondern eher eine Gelegenheit, um alte Rechnungen zu begleichen – das wussten die beiden Cops aus Erfahrung.

An diesem Morgen hatte Annabel Mühe, sich auf ihre Arbeit zu konzentrieren. Immer wieder schweiften ihre Gedanken ab. Sie betrachtete ihren Kollegen, dem sie alles anvertraute.

»Jack, darf ich dir eine eher intime Frage stellen? … Sehen sich alle Männer Pornofilme an?«

Als er die zweifelnde Miene seiner Kollegin sah, unterdrückte Jack sein Lachen.

»Ich weiß nicht«, antwortete er ehrlich. »Ist es wichtig?«

»Nein, vergiss es«, sagte sie und strich einen ihrer Zöpfe hinters Ohr.

Da Jack ihre Unruhe und Verlegenheit spürte, fügte er hinzu:

»Das Problem ist meiner Meinung nach, dass viele Frauen denken, wenn sich ihr Typ einen Porno ansieht, würde er sie betrügen. Sagen wir mal, es handelt sich dabei eher um ein Instrument, das, der Hand vergleichbar … Entspannung bringen kann. Ach, da muss ich dir eine kleine Geschichte erzählen: Ich habe mal eine Frau gekannt, die es vorzog, dass ich sie mit einer anderen betrog und dabei an sie dachte, als dass ich mit ihr schlief und in Gedanken bei einer anderen war!«

Annabel kicherte, und Jack folgte ihrem Beispiel. Er war froh, sie zum Lachen gebracht zu haben.

»Zurück zu unserem Fall«, sagte er und schob eine Akte auf Annabels Schreibunterlage. »Das sind meine Notizen zu Melany Ogdens. Ich bin am Wochenende alles durchgegangen, habe rumtelefoniert, um zusätzliche Informationen zu bekommen, und alles deutet darauf hin, dass sie wirklich Selbstmord begangen hat.«

»Die beiden Mädels von Leonard Ketter bringen sich um, das macht ihn nicht gerade vertrauenswürdiger. Ich habe ihn gleich für einen Dreckskerl gehalten und meine Meinung nicht geändert.«

»Ein Dreckskerl vielleicht, aber im Moment beweist nichts, dass er etwas mit ihrem Tod zu tun hat. Ach, und ich habe nachgesehen. Bei Ogdens wurde kein Pentagramm gefunden.«

»Wir haben also zwei Mädchen, die für denselben Typen arbeiten und sich umbringen. Eine von beiden hat eine esoterische Zeichnung an ihrer Tür. Eine dritte Frau – es handelt sich um die beste Freundin unserer Selbstmörderin Nummer zwei – hat ebenfalls besagte Zeichnung und wird ermordet. Was sagt uns das?«

»Eine Serie?«, fragte Jack.

»Du meinst einen Serienkiller?«

Stille herrschte im Zimmer. Entfernt hörte man das Klingeln der Telefone und Stimmengewirr.

»Nein«, entschied Annabel, »zwei Selbstmorde, ein Mord, und das Ganze in einem üblen Milieu, das ist alles.«

»Ich hoffe es, Anna, ich hoffe es …«

»Wir müssen sicher sein. Ich möchte Leonard Ketter unter Druck setzen. Ich lasse ihn für heute Nachmittag vorladen. Aber fahren wir erst mal zu dem Typen, der uns erwartet. Wo war das noch?«

»Union City, bei dem Verkehr brauchen wir mindestens eine Stunde.«

Mit Verspätung erreichten sie ein billiges Restaurant, in dem vor allem Vertreter und Angestellte der umliegenden Geschäfte verkehrten. Jack erkannte den Mann, der ihn am Vortag angesprochen hatte: schütteres Haar, rundes Gesicht und stark übergewichtig.

»Detectives Tayer und O'Donnel«, stellte Jack sie vor. »Vielen Dank, dass Sie gekommen sind.«

»Guten Tag«, sagte der etwa Vierzigjährige und erhob sich. »Mein Name ist Philip Torton. Ich habe schon mal bestellt, während ich auf Sie gewartet habe, tut mir leid. Ich bin etwas nervös, und da beruhigt mich das Essen.«

»Nervös? Warum?«, fragte Jack und nahm auf der mit Kunstleder bezogenen Sitzbank Platz.

Torton warf einen beunruhigten Seitenblick auf Annabel.

»Es ist wegen des Angriffs auf Charlotte. Ich habe gehört, was Sie gestern Abend in der Kneipe gesagt haben.«

»Warum wollten Sie gestern nicht mit uns sprechen?«, unterbrach ihn Annabel.

»Ich kenne den Ort gut, da verbreiten sich Gerüchte wie ein Lauffeuer, und wenn man mich mit Ihnen hätte reden sehen, hätten sie mir das Leben schwer gemacht. Die Politik des Hauses heißt: Schnauze halten und Probleme intern regeln.«

»Um nicht das Misstrauen der Cops zu erregen«, ergänzte Thayer. »Damit das klar ist: Wir interessieren uns nicht für irgendwelche Drogengeschichten, sondern ausschließlich für Charlotte Brimquick. Also, was wollten Sie uns sagen?«

»Wie geht es ihr? Ich kann sie nicht erreichen. Sie haben von einem Angriff gesprochen, ist sie im Krankenhaus?«

»Beantworten Sie zunächst meine Frage«, beharrte Thayer.

Tortons Miene verfinsterte sich, und er griff nach einem Stück Brot.

»Ich habe Charlotte vor ungefähr sechs Monaten in der Kneipe getroffen, in der Sie gestern Abend waren. Ich habe ihr etwas zu trinken spendiert, und wir haben die Nacht zusammen verbracht.«

»Und Sie haben dafür bezahlt?«, wollte Annabel wissen.

Torton nickte und starrte auf seinen Teller mit den Karottensalatresten.

»Sie ist ein nettes Mädchen«, fuhr er fort, »und sie kann zuhören. Manchmal habe ich ihr stundenlang was erzählt, und sie war immer aufmerksam.«

»Kommen Sie bitte zur Sache«, drängte Jack.

»Sonntagnachmittag wollte ich sie überraschen. Ich bin mit einer Flasche Wein zu ihr gegangen. Aber ... Sie war nicht allein. Ich muss zugeben, das hat mir einen Stich versetzt. Ich weiß wohl, dass ich nicht der Einzige bin, natürlich nicht, aber trotzdem.«

»Und was haben Sie gesehen?«, erkundigte sich Annabel. »Haben Sie Schreie gehört?«

»Nein, nichts. Nun, ich wusste natürlich Bescheid, als ich den Van gesehen habe. Und da ich kein Masochist bin, habe ich nicht gewartet, bis die Geräusche ihres Liebesgeplänkels zu hören waren!«

»Ist das alles?«, fragte Thayer.

»Ja. Ich habe vielleicht den Wagen ihres Angreifers gesehen. Ein schwarzer Van, zugelassen im Staat New York, die Nummer fing mit EDE an. Das habe ich mir gemerkt, weil das mein Internetpasswort ist. Die Zahlen hingegen weiß ich nicht mehr.«

»Sie haben also niemanden gesehen, nichts Verdächtiges festgestellt?«

»Nein.«

Jack lehnte sich enttäuscht zurück.

»Sagen Sie, wie geht es Charlotte?«

»Es tut mir leid, Ihnen das mitteilen zu müssen, Mister Torton, aber sie ist tot.«

Die Gesichtszüge des Mannes entgleisten.

»Tot?«, wiederholte er fassungslos.

Annabel hatte ein schlechtes Gewissen, weil sie diesen armen Kerl ausgequetscht hatten, um ihm jetzt die schlechte Nachricht zu überbringen. Der Mann tat ihr leid, sie hielt ihn für einen eingefleischten Junggesellen, der endlich über die körperliche Beziehung hinaus eine verständnisvolle Seele gefunden hatte. Seine Beziehung zu Charlotte Brimquick war nicht rein sexueller Natur gewesen, er sah in ihr eine Frau und kein Objekt.

Als Torton zu weinen begann, klingelte Jacks Handy. Er warf Annabel einen raschen Blick zu, um ihr zu bedeuten, dass sie sich um den Zeugen kümmern sollte, während er ans Telefon ging. Sie verabscheute diese Rolle.

Sie reichte ihm eine Papierserviette.

»Es tut mir wirklich leid«, sagte sie verlegen. »Ich verspreche Ihnen, dass wir alles tun werden, um den oder die Schuldigen zu finden.«

»Hat sie gelitten?«, fragte er zwischen zwei Schluchzern.

»Ich glaube nicht«, log Annabel.

Jack kam im Laufschritt zurück und zog sie am Arm beiseite.

»Das war MacFerney«, flüsterte er. »Er hat gerade den Autopsiebericht bekommen. Es ist schlimmer, als wir vermutet haben.«

31

Zwei Gestalten mit flatternden Kleidern kämpften sich gegen den Wind unter der U-Bahn-Brücke voran. Kermit war in einen langen Wollmantel gehüllt. Die Baseballkappe hatte er tief ins Gesicht gezogen, an den Händen trug er fingerlose Handschuhe. Eine rechteckige Sonnenbrille mit violetten Gläsern verbarg seine Augen. Trotz seines schlechten Zustands schritt er, dicht gefolgt von Brady, zügig aus. Kermit führte sie über einen schneebedeckten Brachlandstreifen, gesäumt von Zäunen, die im Sturm klapperten, an den Rand von Coney Island. Über ihren Köpfen spannte sich die Eisenbrücke, der Kermit zu folgen schien wie einer roten Linie auf einer Karte.

Der Blick wurde von braunen Wohnblocks versperrt, einer höher als der andere, doch alle mit langgezogenen, dunklen Fenstern, die an Schießscharten erinnerten. Brady hatte den Eindruck, durch eine riesige, durch ihre Brücken und Türme erschreckende Festung zu wandern.

Und dann plötzlich der Burggraben. Übel riechend und unüberwindlich.

Der Weg endete an einem Kanal. Die U-Bahn, geschützt durch ihre metallene Rüstung, nahm die Hürde problemlos. In dem schlammigen Wasser schwamm eine ganze Armada von Plastikflaschen und anderen Abfällen, die sich zwischen den Wurzeln und Eisschollen verfangen hatten. Kermit ging am Ufer entlang auf eine Gruppe von Weiden zu, die sich über eine Wellblechhütte neigten.

An den unteren Zweigen hing kleines Spielzeug, wie das aus Kinderüberraschungseiern. Brady bemerkte unter den tanzenden Objekten auch einige winzige Schädel von Nagetieren. Kermit klopfte an die Tür.

»Wladislaw! Komm aus deinem Loch! Hier ist Kermit.«

Der Weihnachtsmann wohnte in einem Elendsviertel an einem schmutzigen Kanal von Brooklyn. Er hatte einen gewaltigen Bauch, einen wolligen Bart, der bis zum Nabel hing, ein rundes Gesicht mit geröteten Wangen und steckte in einer rotweißen Steppjacke. Als er seine Besucher sah, wurden seine Augen groß wie Murmeln.

»Jungfräuliche Hure! Bist du's wirklich, mein Junge?«, schrie er.

Brady roch seine Fahne aus zwei Meter Entfernung. *Der Tod eines Mythos,* dachte er.

Die beiden Männer umarmten sich.

»Wlad, ich stelle dir einen Freund vor!«

»Hat der Freund keinen Namen?«, spottete der Alkoholiker.

»Brad, ich heiße Brad.«

»Du kannst heißen, wie du willst, das ist mir scheißegal. Los, kommt rein, es ist zu windig, das reißt euch ja die Binsen vom Kopf!«

»Ein andermal, Wlad, wir haben keine Zeit. Ich suche Teddy Clines.«

»Ach, mit so einem Freund spazierst du rum!«, rief der Weihnachtsmann und bedachte Brady mit einem abfälligen Blick.

»Ich suche Teddy, Wlad, und bitte keinen Kommentar. Ich habe ihn ewig nicht gesehen.«

»Normal, du besuchst uns nicht mehr oft hier im Park.«

»Ich hatte viel um die Ohren in letzter Zeit.«

»Mit deinen Klos? Also im Moment treibt sich Ted auf der McDonald Avenue, Höhe X Avenue herum. Wenn er nicht wegen seiner Geschäfte in Oz ist.«

»Danke, Wlad. Und grüß Donna von mir.«

»Donna kann mich mal am Arsch lecken.«

»Ah, tut mir leid zu hören. Bis bald.«

Kermit fasste Brady beim Arm und zog ihn mit, doch der alte Alkoholiker redete unbeeindruckt weiter:

»Diese alte Schlampe hat gesagt, ich stinke! Dabei ist sie es, die stinkt! Sie ist undicht! Das verpestet das Bett. Jetzt füllt der Kojote sie ab! Ich wünsche ihm viel Glück!«

»Achte nicht auf ihn«, sagte Kermit. »Er ist etwas senil.«

Sie gingen weiter, bis sie den Schatten der braunen Zitadelle erreicht hatten. Als Brady den Blick hob, sah er Bewegungen im offenen Treppenhaus, das nur durch ein Gitter abgeschlossen war.

»Lass uns hier nicht bleiben«, meinte Kermit. »Das ist kein sicheres Pflaster für Penner.«

»Ich frage mich, für wen es das wäre. Und hat Ihr … Bekannter Wlad nie Probleme?«

»Im Gegenteil. Die Leute aus der Gegend versorgen ihn mit Alkohol.«

»Aus welchem Grund?«

»Er leistet ihnen Dienste.«

»Welche Art von Diensten?«

»Das willst du gar nicht wissen.«

Brady stellte sich das Schlimmste vor. Der Weihnachtsmann war offenbar sehr tief gesunken.

»Sagen Sie mir jetzt endlich, was wir machen?«, drängte er nach längerem Schweigen. »Gehört dieser Teddy zum ›Stamm‹?«

»Nein.«

Brady blieb stehen.

»Wollen Sie noch lange den Geheimniskrämer spielen? Das Einzige, was ich wissen will, ist, wo ich den ›Stamm‹ finden kann.«

»Keine Ahnung. Niemand weiß es.«

»Was machen wir dann hier?«

»Wir suchen.«

Brady seufzte.

»Wollen Sie nicht versuchen, ein klein wenig redseliger zu sein?«

»Ich habe nie gesagt, dass es einfach werden würde. Los, komm, wir sollten hier nicht bleiben!«

Sie gingen zur Shell Road, wo Kermit unter einer anderen U-Bahn-Brücke Schutz suchte und ihr in nördlicher Richtung folgte.

»Ist es noch weit?«, erkundigte sich Brady.

»Nein. Aber wir haben noch ein gutes Stück zu laufen. Ich hoffe, du beklagst dich nicht?«

Brady schüttelte den Kopf.

»Fühlen Sie sich besser? Tut Ihnen die frische Luft gut?«

»Nicht wirklich. Aber keine Sorge, ich halte durch.«

»Vorhin hat Wlad im Zusammenhang mit dem Typen, den wir suchen, von Oz gesprochen, was ist das?«

»Ein Ort, den wir, wenn eben möglich, meiden werden.«

Brady begriff, dass er nicht mehr herausbekommen würde. Kermit nervte ihn mit seiner Geheimniskrämerei.

Nach einer Viertelstunde erreichten sie eine große Kreuzung mit vielen Geschäften, vor allem Fast-Food-Restaurants.

»Ab jetzt musst du aufmerksam sein«, befahl Kermit. »Und wenn du einen großen Dunkelhaarigen mit langer Mähne siehst, so in deinem Stil, nur schlechter gekleidet, dann mach mir ein Zeichen.«

Sie liefen durch die Straßen, ohne irgendetwas zu bemerken. Kermit trat in einen Laden an der Ecke. Als er wieder herauskam, bedeutete er Brady, ihm zu folgen.

»Er war vor einer Stunde hier, um Zigaretten zu kaufen. Offenbar hängt er auf dem Parkplatz herum.«

Eingezwängt zwischen drei heruntergekommenen Gebäuden lag ein kleiner betonierter Autostellplatz. Kermit steuerte die Ecke mit den großen Müllcontainern an.

Neben einem Notausgang saß rauchend ein Mann mit langem, schlecht rasiertem Gesicht und fettigem, struppigem Haar.

»Kermit!«, rief er.

Als er Brady wahrnahm, verflog seine Freude.

»Ted, ich habe es eilig. Sag mir bitte, ob in letzter Zeit Mädchen bei dir bestellt worden sind. Von irgendwelchen zwielichtigen, schrägen Typen?«

»Wer ist das?«, fragte der Langhaarige mit einem Seitenblick auf Brady.

»Ein Freund. Er kennt solche Sachen, also entspann dich! Wir drehen bisweilen zusammen.«

»Ich bin nicht mehr dabei, Kermit. Es fällt mir schwer, das zu sagen, aber solche Deals kommen für mich nicht mehr infrage.«

»Dann streng dein Gedächtnis mal etwas an. Du hast doch Mexikanerinnen, die nicht eben zimperlich waren, an eine Bande von Wilden vermittelt?«

Brady schob die Hand in die Tasche. Er hoffte, Teddys Redseligkeit mit einem Geldschein etwas stimulieren zu können. Obwohl Kermit ihm den Rücken zuwandte, packte er diskret seinen Arm, um ihn von seinem Vorhaben abzuhalten.

»Überleg doch mal, hast du nichts von einer ausgefallenen Anfrage gehört?«, beharrte er. »Von einer besonders üblen Sache?«

»Die letzte Geschichte, mit der ich zu tun hatte, das war im Hafen Red Hook. Und wenn du etwas richtig Abartiges hören willst, dann sperr die Ohren auf, du wirst auf deine Kosten kommen!«

»Erzähl!«

Wieder ein misstrauischer Blick Richtung Brady.

»Zwei Typen, fiese Visagen. Sie wollen Weiber, die zu allem bereit sind; wenn man welche liefert, kann man grüne Scheine kassieren. Ich bin die Ställe abgelaufen, um ihm ein paar Stuten zu finden. Aber die Zeiten sind schlecht, ich habe nicht viel aufgetan.«

»Und wie viel gibt er dir dafür?«

»Hundertfünfzig pro Braut.«

»Nicht schlecht!«

Brady spürte, dass der Druck auf seinem Handgelenk nachließ. Kermit lobte Teddy überschwänglich, um noch mehr Infos aus ihm herauszuholen.

»Das war Anfang des Monats. Seither nichts mehr. Totale Flaute.«

Kermit bohrte noch etwas nach, bis er einen Namen, eine Adresse bekam, und eilte dann mit Brady im Schlepptau zur U-Bahn-Station.

Als sie Seite an Seite im Wagen saßen, beugte sich Brady zu Kermit:

»Sie könnten mir etwas über diesen Ted sagen, oder ist das auch wieder zu viel verlangt?«

»Ted ist ein Hurensohn, das ist alles. Aber wenn du scharf auf Einzelheiten bist: Er kennt alle Anlaufstellen der Heilsarmee, alle Suppenküchen der Kirchen, alle Obdachlosenheime, er geht von einem zum anderen und redet mit Gott und der Welt. Stellt sich mit allen gut, um Tipps zu bekommen. Was er sucht, sind illegale Immigrantinnen, die keine Kohle, aber Angst davor haben, festgenommen zu werden, die nicht mehr weiterwissen und am Ende sind. Denen bietet er Jobs an, mit denen man schnell zu Geld kommt. Verstehst du, Ted steht in Kontakt mit den kleinen Amateurpornoproduzenten und -webmastern, die leichte Beute suchen. Mädchen, die für ein warmes Essen, ein paar Nächte im Hotel und einige hundert Dollar vergessen können, dass sie Menschen sind.«

»Verstehe, er nutzt ihre Situation aus, um Sexsklavinnen aus ihnen zu machen«, folgerte Brady.

»Nein, er kauft ihre Würde, er zahlt, bis sie kein Gramm mehr davon übrig haben. Dann sind sie zu den widerwärtigsten Dingen bereit. Und in den heutigen Zeiten ist die Würde der illegalen Einwanderinnen keinen Penny wert.«

Kermit lehnte sich zurück und rückte seine Sonnenbrille mit dem Zeigefinger zurecht.

»Glauben Sie, dass die Jungs von Red Hook das Gesindel sind, das wir suchen?«, fragte Brady.

»Der ›Stamm‹? Es gibt nur eine Art, es herauszufinden, und wir sind auf dem Weg.«

Er verschränkte die Arme und machte es sich zu einem Nickerchen gemütlich.

32

Die U-Bahn-Linie endete vor dem Hafenterminal Red Hook. Selbst die Autobahn auf ihren gigantischen Betonpfeilern streifte das Viertel nur, so als fürchte sie, verseucht zu werden.

Wie Lanzen, die Spitzen nach vorn gerichtet, ragten unzählige Molen ins Meer. Red Hook war nicht eben gastlich zu nennen, nichts und niemand schien hier willkommen zu sein. Fabrik- und Lagerhallen, verfallene Häuserblocks, endlose Docks fügten sich zu einem trostlosen Landschaftsbild.

Kermit und Brady liefen eine Straße hinab, vorbei an verwitterten Fassaden und wackligen Zäunen, die verwilderte Gärten umgaben. Daneben Ruinen, die auf ihren Abriss warteten. Man hatte eine Sanierung des Stadtbezirks versprochen, die sicher bald beginnen würde. Red Hook war eine Art gigantische Zeitmaschine, die einen in die Vergangenheit zurückversetzte. Hier befand man sich noch im schmutzigen wilden New York der siebziger Jahre.

Brady sorgte sich um den Gesundheitszustand seines Begleiters. Trotz der Kälte rann ihm der Schweiß übers Gesicht. Von Zeit zu Zeit musste er sich an einem Pfosten festhalten, setzte dann aber tapfer seinen Weg fort, als sei alles in Ordnung. Als sie aus der U-Bahn gestiegen waren, hatte Brady an einer Imbissbude Sandwichs gekauft. Kermit hatte gierig die Hälfte verschlungen und dann den Rest in seiner Manteltasche verschwinden lassen.

Nach und nach wichen die Wohnhäuser Lagerschuppen, Garagen und Depots für Busse und technische Fahrzeuge verschiedener Firmen. Sie erreichten eine Mauer, hinter der sie hohe Kräne und das Getöse von Maschinen ausmachten. Kermit ging am Haupteingang mit dem Kontrollhäuschen vorbei, um einen weniger überwachten Zugang zu finden, und steuerte auf einen schneebedeckten Erdhaufen mitten auf einem Stück Brachland zu.

Brady war noch nie so lange in den Elendsvierteln von New York unterwegs gewesen wie in den letzten zwei Tagen.

Auf der anderen Seite angekommen lotste Kermit ihn durch eine Containerlandschaft. Sie sahen eine Baracke, aus der Männer kamen, die sich Schutzhelme von einem Wagen nahmen. Ganz selbstverständlich trat Kermit näher, bediente sich und reichte auch Brady einen Helm.

»Setz den auf, dann denken alle, wir arbeiten hier.«

»Ich bezweifle, dass das so einfach ist …«

»Was glaubst du denn? Ich habe mich zwei Jahre in Häfen herumgetrieben und kann dir versichern, dass es genau so funktioniert!«

Mit diesem »Sesam, öffne dich« ausstaffiert, liefen sie über einen Kai, an dem zwei Frachtschiffe lagen.

»Teddy hat gesagt, einer der beiden Typen sei für den Nachschub zuständig«, erinnerte Kermit und deutete auf zwei Männer, die vor der Gangway zu einem Frachter diskutierten.

Eine motorisierte Sicherheitspatrouille war in der Ferne zu erkennen, und Kermit beschleunigte den Schritt, um die beiden anzusprechen.

»Ich suche Ronnie Tishpart …«

Der eine betrachtete argwöhnisch Kermits Aufmachung. Beide trugen blaue Arbeitskittel, Sicherheitsschuhe und orangegelbe Leuchtwesten.

»Bei der Zisterne«, antwortete der andere und deutete mit dem Daumen über seine Schulter.

Kermit steuerte auf die Wasserbehälter am Ende des Kais zu.

»Sie machen ihren Job, das ist alles«, erklärte er unterwegs. »Es ist nicht ihre Aufgabe, sich zu fragen, ob man uns berechtigterweise hereingelassen hat. Also entspann dich.«

Ronnie Tishpart hatte ein birnenförmiges Gesicht: eine niedrige Stirn und eng zusammenstehende Augen, runde Wangen und ein vorspringendes Kinn. Sein Schnurrbart reichte nicht aus, um die Form seiner Lippen zu verdecken. Auch wenn Brady die Gesichter der Mitglieder des »Stammes« nicht deutlich hatte erkennen können, wusste er sofort, dass Ronnie nicht zu den Darstellern des Films gehörte. Unklar war hingegen, ob der »Stamm« darüber hinaus weitere Mitglieder hatte.

»Hallo«, sagte Kermit, »wir wollen Mädchen, scheint, dass du welche auf Lager hast.«

Zu Bradys großer Verwunderung schien Ronnie weder überrascht noch misstrauisch.

»Geht hinter den grünen Schuppen. Dort findet ihr Clifford auf der *WarmShelter.* Um diese Zeit kümmert er sich darum.«

Sie folgten der Beschreibung, und Brady entdeckte zwischen zwei unebenen Molen einen alten verbeulten Schlepper. Weitere, vermutlich gestrandete Wracks, teilweise umgestürzt, rosteten auf diesem Stahlfriedhof vor sich hin.

Über eine knarrende Brücke gelangten sie auf die *WarmShelter.* Kermit klopfte an das Bullauge der ersten Tür, und ein Schwarzer mit der Statur eines American-Football-Spielers öffnete.

»Clifford? Ronnie schickt uns.«

»Kommt rein. Seid ihr von dem großen Getreidefrachter?«

»Ja«, log Kermit.

»Na, dann habt ihr ja Zeit, er läuft, glaube ich, nicht vor morgen aus. Sagt es den anderen Besatzungsmitgliedern weiter.«

Er führte sie über eine schmale Treppe hinab zu einem Gang mit zahlreichen Türen, die zum großen Teil geöffnet waren.

»Wenn sie geschlossen sind, heißt das, die Mädchen sind bei der Arbeit. Der Preis richtet sich nach der Schönheit der Braut und den Leistungen. Worauf steht ihr?«

Brady trat einen Schritt vor und sah in eine winzige Kabine, erhellt vom grauen Licht, das durch das schmutzige Bullauge drang. Doch das reichte, um das Bett zu erkennen, auf dem eine junge, kaum zwanzigjährige Mexikanerin lag.

»Das ist die Teuerste«, warnte Clifford, »und auch die Jüngste. Aber weil sie ein Neuzugang ist, mache ich euch einen Sonderpreis. Ihr muss man ja alles erst beibringen. Gefällt euch das? Für jeden eine, oder nehmt ihr eine zu zweit? Weil …«

Brady konnte nicht stehen bleiben. In der nächsten Kabine ein anderes Mädchen, ihr Blick war von Drogen oder dem, was sie zu erdulden hatte, völlig erloschen. Der Zuhälter fuhr fort:

»… wenn ihr wollt, habe ich am Ende des Gangs auch eine Alte, die lutscht euch gleichzeitig, absolut tödlich!«

»Machen sie das freiwillig?«, erkundigte sich Brady.

Die Worte waren ihm unfreiwillig herausgerutscht.

Die Reaktion war Verblüffung, dann Zorn.

»Für was hältst du uns? Für Monster? Natürlich wollen sie es! Sie machen so schnell wie möglich einen Haufen Kohle und verschwinden dann.«

»Arbeiten die Mädchen alle nur für euch?«, fragte Kermit. »Für die Seeleute, die hier anlegen, und die Docker? Vermietet ihr sie auch für Dreharbeiten?«

»Dreharbeiten?«, wiederholte Clifford empört. »Nein! Hier wird vor Ort konsumiert, wir sind kein Take-away, Jungs. Also, was wollt ihr?«

Kermit und Brady wechselten einen Blick. Falsche Fährte. Der »Stamm« hatte damit nichts zu tun.

»Was wir wollen, sind Mädchen für Dreharbeiten, sonst nichts«, erklärte Brady.

»Was habt ihr dann hier zu suchen? Entweder kommt ihr zur Sache oder verschwindet gefälligst. Ich will hier keine Verrückten, kapiert?«

»Jawohl«, erwiderte Brady und wandte sich ab.

Hinter sich hörte er Kermit in honigsüßem Ton fragen:

»Können Sie mir sagen, wo die Toiletten sind?«

Brady war erleichtert, als Kermit kurz darauf zurückkam. Im Vorbeigehen flüsterte er:

»Zieh nicht so ein Gesicht, ich war nur pinkeln.«

Ohne seinen Ärger zu verbergen, setzte Clifford sie vor die Tür. Sie verließen den Hafenbereich und hockten sich auf eine mit feinem Pulverschnee überzogene Mauer.

»So langsam habe ich alles gesehen!« Brady seufzte.

»Vielleicht, aber das bringt uns auch nicht weiter.«

»Haben Sie eine andere Idee? Könnte uns nicht einer von Ihren Underground-Porno-Kontakten helfen?«

»Der ›Stamm‹ verkehrt nicht in diesem Milieu. Das ist die falsche Fährte.«

»Was tun wir dann?«

Kermit nahm die Brille von der Nase und massierte sich die Lider.

»Wir werden uns an jenem Ort herumtreiben, an den ich dich lieber nicht geführt hätte.«

»Oz?«

»Genau«, bestätigte Kermit, setzte die Brille wieder auf und erhob sich.

»Was ist Oz?«

»Das imaginäre Land!«

Kermit machte sich unverzüglich auf den Weg.

»Und wie gelangt man in dieses imaginäre Land?«, fragte Brady gereizt und stand ebenfalls auf.

»Indem man der *Road of Yellow Bricks*, dem *Gelben Ziegelsteinweg*, folgt.«

33

Jack parkte den Ford vor einem heruntergekommenen zweistöckigen Gebäude mitten im Wohnviertel von Jersey City. Die amerikanische Flagge, die zu beiden Seiten des Eingangs befestigt war, zeigte an, dass es sich um ein Polizeirevier handelte.

Am Fuß der Treppe unterhielten sich zwei uniformierte Männer.

Jack und Annabel wurden in einen großen Raum geführt, wo der junge Inspector sie mit eisiger Miene empfing.

»Hier, der Bericht des Gerichtsmediziners«, sagte MacFerney und reichte ihnen eine Akte. »Gerade eingetroffen.«

»Gibt es über die ersten Feststellungen am Tatort hinaus etwas Neues?«, fragte Annabel.

»Der Arzt hat die Todeszeit genauer eingegrenzt.«

»Ich dachte, das könnte er nicht? Wenn es ihm am Verbrechensschauplatz nicht möglich war, wie ging das dann auf dem Autopsietisch!«

»So ist er nun mal. Er schimpft und flucht, aber trotzdem entgeht ihm nichts. Er hat die Raum- und Körpertemperatur analysiert, um einen genaueren Zeitpunkt zu ermitteln. Er geht davon aus, dass sie frühestens Sonntagvormittag, spätestens im Laufe des Abends ermordet wurde.«

Jack und Annabel wechselten einen Blick. Plötzlich machte Tortons Aussage mehr Sinn.

»Irgendwelche Anzeichen von sexuellem Missbrauch?«

»Nein. Man hat ihr den Magen, die Speiseröhre und die Zunge herausgeschnitten. Keine fachgerechte Arbeit, zwar mit einem scharfen Gegenstand vorgenommen, aber die Schnittränder sind nicht sauber. Der Arzt ist überzeugt, dass der Täter keine chirurgischen Kenntnisse besitzt. Ihr Mund, so meint er, wurde wohl mit Javelwasser gespült, denn sie roch deutlich nach Chlor! Allerdings kann man nicht sagen, ob sie es auch geschluckt hat, da die entsprechenden Organe fehlen.«

Thayer pfiff durch die Zähne.

»Die Arme muss wirklich Höllenqualen durchlitten haben«, sagte er.

»Aber das ist nicht alles«, fuhr MacFerney fort. »Man hat ihr die Zähne mit einem Hammer zertrümmert, die Vorderzähne direkt, die Backenzähne durch Schläge auf die Wangen, das sieht man am Zustand der Haut. An Armen und Schultern weist sie zahlreiche innere Ecchymosen auf, das heißt, sie wurde gewaltsam festgehalten. Die Hunde wurden mit Tränengas außer Gefecht gesetzt und dann mit einem stumpfen Gegenstand, etwa einem Baseballschläger oder Brecheisen, zu Tode geprügelt.«

»Es handelt sich also um mehrere Täter«, stellte Jack Thayer fest. »Die Hunde schlagen an, sie besprühen sie mit Tränengas und massakrieren sie dann. Das Opfer hat keine Zeit, die Polizei zu rufen, weil die Jungs zu schnell sind. Um all das zu erledigen und ihr die Zähne einzuschlagen, müssen es mindestens zwei gewesen sein, wenn nicht gar drei. Die Kerle sind an den Adrenalinstoß gewöhnt, den solche Situationen freisetzen, und haben ihre Sache glatt durchgezogen. Es handelt sich um Schwerstkriminelle, die äußerst gewalttätig sind. Haben Sie schon einen Verdacht?«

»Nichts!«, rief der junge Inspector, ohne sich von seinem Stuhl zu erheben.

»Im Moment«, erklärte MacFerney, »nehmen wir das Leben dieser Frau unter die Lupe und versuchen, ihren Terminkalender der letzten Tage nachzuvollziehen. Nicht einfach, zumal niemand gerne mit den Cops redet, wenn es um Prostitution und Mord geht.«

»Wir haben da vielleicht was«, meinte Thayer. »Ein Zeuge, der am Sonntag ein Fahrzeug gesehen hat. Ich habe die Anfangsbuchstaben der Autonummer, die ist aus unserer Gegend in New York. Wir gehen der Sache nach, und falls es ein Treffer ist, gebe ich Ihnen sofort Bescheid.«

Jack und Annabel hielten sich nicht länger auf. Sie mussten zurück aufs Revier, um Leonard Ketter dort in Empfang zu nehmen.

Um fünfzehn Uhr meldete sich Lenny am Empfang, und Annabel führte ihn in den Verhörraum, wo sie ihn allein warten ließ. Sie wollte, dass er sich alle möglichen Fragen stellte, warum er hier war, bis er schließlich weichgekocht wäre.

Während Jack eine Auflistung aller Fahrzeuge anforderte, deren amtliches Kennzeichen mit EDE begann, konsultierte Annabel Ketters Vorstrafenregister.

»Keine kriminelle Vergangenheit«, erklärte sie nach einer Weile.

»Er ist schlau, ein skrupelloser Manipulator, vielleicht sogar ein Choleriker, der die Mädchen schlägt, aber ich glaube nicht, dass er das Zeug für den Mord an Charlotte hat.«

»Vielleicht war er dabei.«

»Möglich. Befragen wir ihn. Aber wir verlesen ihm nicht seine Rechte, es handelt sich um eine Routinevernehmung. Sonst wird er sich weigern und verschwinden. Wenn er wirklich etwas Brauchbares erzählt, ist immer noch Zeit für den Papierkram.«

Gemeinsam betraten sie den kleinen Raum. Ketter blieb in seiner Ecke sitzen, und Annabel legte drei dicke Aktenordner vor sich auf den Tisch. Sie hatte gelernt, dass man stets mehr Informationen bekam, wenn man vorgab, bereits über viele zu verfügen.

»Was wollen Sie von mir?«, protestierte Ketter. »Glauben Sie, ich habe nichts anderes zu tun, als Ihren Vorladungen zu folgen?«

Thayer stellte sofort die Dinge klar: Hier hatte er das Sagen!

»Sie müssen das positiv sehen: Wenn Sie uns helfen und sich kooperativ zeigen, streichen wir Ihren Namen von unseren Listen, und Sie haben schnell wieder Ihre Ruhe. Wenn Sie hingegen versuchen, uns an der Nase herumzuführen, ist das eine Kriegserklärung – täglich eine Vorladung, ich komme an Ihren Arbeitsplatz, zu Ihrer Familie, damit alle erfahren, dass Sie von der Kripo verdächtigt werden.«

»Ich werde einen Anwalt nehmen«, erklärte Ketter nicht sehr selbstsicher.

»Ein Anwalt wird Sie etliche grüne Scheinchen kosten. Ich schlage Ihnen ein offenes Gespräch mit uns vor, damit ist alles geregelt. Antworten Sie, dann haben Sie heute Abend Ihre Ruhe und viel Geld gespart.«

»Nerven Sie bei jedem Selbstmord so?«, empörte er sich.

»Leonard, eine Frau ist gestorben.«

»Sie hat sich umgebracht, verdammt noch mal!«

»Ich spreche nicht von Rubis und auch nicht von Melany. Eine dritte Frau, die Sie kennen, ist ums Leben gekommen. Und diesmal gibt es keinen Zweifel: Sie wurde ermordet.«

»Wer?«, stieß Ketter hervor.

»Charlotte Brimquick«, verkündete Annabel.

»Rubis' Freundin? Scheiße …!«

»Mister Ketter«, fuhr sie fort, »sagen Sie uns doch bitte, wo Sie am Sonntag waren?«

»Soll das heißen, Sie verdächtigen mich? Verdammt noch mal, verdächtigen Sie mich?«

Jack trommelte mit dem Zeigefinger auf den Tisch.

»Beantworten Sie die Frage.«

»Sonntag … Ich bin zu Hause rumgehangen.«

»Allein?«, hakte Annabel nach.

»Ja.«

»Hat Sie niemand kommen oder gehen sehen?«, fragte Thayer.

»Weiß ich nicht, da müssen Sie die Nachbarn fragen.«

Annabel: »Haben Sie von zu Hause aus telefoniert oder Anrufe empfangen?«

»Ähm, ich erinnere mich nicht mehr, kann sein …«

Thayer: »Haben Sie ein Auto?«

»Ja.«

»Welche Marke? Welches Modell?«

»Ein Honda Civic, was …«

Annabel: »Besitzen Sie Tränengas?«

»Nein.«

»Einen Baseballschläger oder ein Brecheisen?«

»Ähm … Ja, einen alten Baseballschläger, aber ich benutze ihn schon lange nicht mehr.«

Thayer: »Haben Sie einen Dentalspreizer gekauft, oder sind Sie im Besitz eines solchen?«

»Einen was? Ich weiß nicht mal, was das ist.«

»Waren Sie schon einmal in North Bergen?«

»Sagt mir nichts …«

»Wann sind Sie das letzte Mal in New Jersey gewesen?«

Die Fragen folgten Schlag auf Schlag, sodass ihm keine Zeit zum Nachdenken blieb. Annabel löste Jack ab und beschleunigte noch das Tempo, um den Druck weiter zu erhöhen. Nach zehn Minuten war Leonard Ketter schweißgebadet, seine Augen huschten fast panisch von einem zum anderen. Er hob protestierend die Hände.

»Halt, halt! Wenn ich wegen irgendwas angeklagt bin, dann sagen Sie's mir, und ich nehme mir einen Anwalt, aber hören Sie auf, mich fertigzumachen, als wäre ich der letzte Dreck!«

»Routinefragen«, beschied Jack, ohne von seinen Notizen aufzublicken. »Denken Sie daran, entweder so, oder ich mache Ihnen das Leben zur Hölle, und Sie müssen eines von Ihren armseligen Apartments verkaufen, um die Anwaltskosten zu zahlen. Sie tun sich selbst einen Gefallen, wenn Sie uns jetzt antworten.«

Annabel fuhr fort:

»Gehörten Sondra oder Melany einer Sekte an?«

»Nein, das hätte ich gewusst.«

»Einer besonderen Glaubensrichtung?«

»Nein, Sondra glaubte an Gott, das ist alles.«

»Wir haben an ihrer Eingangstür ein Pentagramm gefunden. Haben Sie eine Ahnung, was das sein könnte?«

»Nicht die geringste ... Aber ich muss sagen, in der letzten Zeit ist sie immer sonderbarer geworden. Etwas paranoid und total mystisch.«

»Sie war Ihre Freundin, und ganz offensichtlich hatte sie psychische Probleme. Haben Sie sich nie gesagt, dass Sie ihr vielleicht helfen sollten?«

»Übertreiben Sie mal nicht! Sie war ja schließlich nicht verrückt! Nur deprimiert ...«

»Wenn Sie von mystisch sprechen«, fuhr Thayer fort, »wie äußerte sich das im Alltag?«

»Sie las die Bibel und stellte sich Fragen über die Zukunft ihrer Seele und solchen Quatsch. Ich habe sie beruhigt und ihr gesagt, das alles sei Unsinn, man braucht nur aus dem Fenster auf die Stadt zu sehen, um festzustellen, dass es keinen Gott gibt.«

Es gelang Ketter, Jack ein Lächeln zu entlocken. Nach kurzem Schweigen wandte der sich an seine Kollegin und meinte:

»Ich bin fertig.«

Annabel nickte zustimmend: »Sie können gehen, Mister Ketter. Bitte benachrichtigen Sie uns, wenn Sie die Stadt verlassen, auch wenn es nur für kurze Zeit ist. Hier ist meine Karte.«

Als sie allein auf dem Gang waren, machte Jack eine fragende Kopfbewegung.

»Was hältst du davon?«

»Er war es nicht. Er hat Charlotte Brimquick nicht umgebracht. Er ist ein Dreckskerl, aber kein Mörder.«

»Ganz meine Meinung.«

Zurück in ihrem Büro nahm Jack ein Fax aus dem Apparat.

»Was ist das?«

»Die Analyse des Erbrochenen, das wir an Rubis' Todesort gefunden haben.«

»Ich dachte, Woodbine hätte den Test nicht genehmigt?«

»Ich kenne da jemanden im Labor, der mir einen Gefallen schuldet. Ich habe ihn gebeten, schnellstens einen DNA-Abgleich von Rubis und dem Ausgekotzten neben ihrer Leiche zu machen.«

»Und?«

»Wie ich dir bereits sagte: Es stammt nicht von ihr. Das ist der Beweis dafür, dass eine zweite Person anwesend war. Vielleicht glaubst du mir jetzt endlich: Es war kein Selbstmord, dafür lege ich meine Hand ins Feuer.«

34

Manhattan. Eine Insel, die einst von Sümpfen, kleinen Hügeln und Indianerpfaden bedeckt und von Kanälen durchzogen war. Heute hatten Asphalt, Beton und Glas nicht nur die ursprüngliche Landschaft, sondern auch jede Erinnerung daran ausgelöscht. Die Menschenmenge drängte sich auf der Canal Street oder dem Broadway, als hätte es diese Straßen schon immer gegeben: sicher, gerade und weihnachtlich glitzernd dekoriert. Trotzdem wagte sich Kermit nur auf leisen Sohlen, unauffällig an den Mauern entlangschleichend voran, als fürchte er, für ein wildes Tier gehalten zu werden.

Brady folgte ihm schweigend und resigniert.

Sie kamen an der Manhattan Bridge vorbei – jenem weitgespannten Bogen, über den die Fahrzeuge anderen, vielversprechenden Ufern zuzustreben schienen – und entfernten sich dann von dem Lärm, um in die ruhigere und schmalere Chrystie Street einzubiegen. Zu ihrer Rechten wurde sie von Bäumen gesäumt. Dahinter Basket- und Footballfelder, die jetzt wegen des Schnees verwaist dalagen.

Kermit beschleunigte seinen Schritt. Hier waren die Schaufensterscheiben staubig und schienen aus einer anderen Zeit zu stammen. Nach und nach traten chinesische Namen an die Stelle der italienischen. Chinatown breitete sich immer schneller und weiter aus und nahm einen Häuserblock nach dem anderen in Besitz, wie um zu beweisen, dass das einundzwanzigste Jahrhundert ihnen gehörte.

Schließlich überquerte Kermit die Straße und betrat den Park, wobei sein Blick den weißen Schneeteppich absuchte. Er stieß einen leisen Fluch aus.

»Was ist?«, fragte Brady, ohne wirklich eine Antwort zu erwarten.

»Der Eingang ist aus Sicherheitsgründen nur selten an derselben Stelle, und die Kreidehinweise sind bei all dem Schnee nicht zu erkennen.«

»Vielleicht könnte ich Ihnen helfen, wenn Sie mir sagen, was wir suchen.«

»Das wirst du bald genug sehen.«

Kermit gab seine Bemühungen auf und beugte sich über eine Mülltonne. Brady fragte sich, ob es eine Art Geheimcode gab, den die Outlaws auf öffentlichem Eigentum wie Mülltonnen, Plakaten, Laternenpfählen weitergaben … Doch Kermit musste sich nur übergeben.

Als er sich besser fühlte, setzten die beiden Männer ihren Weg durch den Park fort. Brady war erstaunt, dass sie außer einem Mann, der seinen Hund ausführte, und ein paar Passanten niemandem begegneten. Dann bemerkte er, dass es keine Bänke gab, nur hier und da Eisengerüste ohne Sitzflächen und Lehnen.

»Haben Sie das gesehen?«, fragte er. »Ich wusste gar nicht, dass so was geklaut werden kann.«

»Das war die Stadtverwaltung«, erwiderte Kermit, der leicht schwankte. »Sie machen das, damit sich die Penner nicht mehr dort hinlegen können, und hoffen, sie so zu vertreiben …«

Als sie sich einer Gruppe von Männern näherten, die sich um einen Einkaufswagen drängten, schien es Kermit schon besser zu gehen. Brady stellte fest, dass es sich um Obdachlose handelte.

Kermit begrüßte und musterte sie, bis er einen erkannte:

»Jackson!«, rief er. »Was machen Sie denn bei diesem Wetter draußen?«

»Wir wollen schließlich keine Maulwürfe werden!«, brummte der Schwarze in seinen Bart. »Was führt dich her? Dein Kumpel sieht ja nicht gerade wie ein Munchkin aus!«

Als guter Amerikaner kannte Brady natürlich das Buch von Lyman Frank Baum »Der Zauberer von Oz« auswendig und begriff, dass sich die Pennergemeinschaft hier wie die Einwohner des Munchkin-Landes bezeichnete, Oz war ihr Unterschlupf.

»Du kannst mit ihm reden«, beruhigte ihn Kermit, »er ist ein Freund. Ich suche den Zugang nach Oz. Wo befindet er sich momentan?«

»Kannst du nicht mehr lesen?«, spottete Jackson und entblößte seinen zahnlosen Kiefer.

»Die Kreidezeichen sind unter dem Schnee verdeckt, du Idiot!«

»Selber Idiot! Darum ritzen wir sie im Winter in die Bäume«, bellte Jackson und deutete mit seinem knotigen Finger auf eine Buche.

Brady entdeckte am Stamm einen kleinen Pfeil und die Buchstaben RJB.

»Volltreffer«, erklärte Kermit und zog ihn in die angegebene Richtung.

»Bedank dich bloß nicht!«, schimpfte ihnen Jackson hinterher.

Es folgten weitere Pfeile mit der Inschrift RJB.

Road of Yellow Bricks, folgerte Brady, der sich an die Worte von Kermit erinnerte.

Plötzlich blieb Kermit vor einem Kanaldeckel am Straßenrand stehen.

»Hier ist es«, murmelte er.

»Wie können Sie da sicher sein? Ich sehe keinen besonderen Hinweis. Vielleicht gibt es noch mehr Pfeile, wir sollten …«

»Nein, es ist hier. Auf der Abdeckung liegt kein Schnee.«

Sein Blick schweifte suchend durch das Gebüsch.

»Normalerweise ist der Hebel immer in Reichweite«, erklärte er. »Ah, da ist er ja!«

Er zog eine gebogene Eisenstange hervor und schob sie in einen der Schlitze in der Abdeckung.

»Wir sind da, Brad. An der Pforte, die nach Oz führt. Bereite dich darauf vor, auf die andere Seite des Regenbogens zu treten.«

Kermit ließ Brady den Vortritt und zog den Deckel hinter ihnen zu. Dabei lösten sich kleine Schneebrocken und glitten unter Bradys Hemdkragen. Er klammerte sich an den Steigeisen fest, die als Leiter dienten, und begann den Abstieg.

Unten angekommen schaltete Kermit eine Stirnlampe ein, die er über seine Baseballkappe schob, sodass er jetzt an einen Bergarbeiter erinnerte.

»Hier, für dich«, sagte er und reichte Brady eine alte Taschenlampe.

Brady leuchtete seine Umgebung ab. Sie befanden sich auf einer kleinen Plattform oberhalb von U-Bahn-Gleisen.

»Also stimmt es, was man sich erzählt?«, fragte Brady. »Dass im Untergrund von New York Menschen leben? Dass es eine ganz eigene Bevölkerung ist?«

»In den neunziger Jahren, als Giuliani Bürgermeister war, wollte die New Yorker Stadtverwaltung die Penner loswerden und aus der Innenstadt vertreiben. Allerdings tolerierte sie ihre Anwesenheit im Untergrund. Sie hat das Problem verharmlost, aber letztlich einräumen müssen, dass es eine Stadt unter der Stadt gab. Es war von fünftausend Menschen die Rede. Meiner Meinung nach aber sind es mindestens doppelt so viele.«

»Ich habe das immer für einen Mythos, zumindest aber für eine alte Geschichte gehalten …«

»So wird es offiziell dargestellt. Zehn Jahre lang haben die Cops sie gejagt, um sie kleinzukriegen, sie haben die Zugänge vermauert und die Unterkünfte zerstört. Aber für die Leute war dies das Gelobte Land, und dagegen ist man machtlos. Sie haben andere Eingänge gefunden und begriffen, dass sie sich diskret verhalten müssen, wenn sie bleiben wollen. Sie sind sozusagen unsichtbar geworden. Sie gehen nur selten nach draußen, vorzugsweise nachts, und bleiben in Vierteln, wo sie weder die Reichen noch die Touristen stören. Komm, an die Arbeit!«

Kermit trat auf den Seitenstreifen neben den Schienen und suchte die Wände nach den drei magischen Buchstaben ab. Kurz flatterten seine Augenlider, und er musste sich an der Mauer abstützen, dann richtete er sich wieder auf, um den Weg nach Oz einzuschlagen.

Nach einigen Metern begann es zu pfeifen.

Brady hatte sich nicht vom Fleck gerührt.

Ein in der Höhe angebrachtes Signal tauchte den Tunnel in ein rötliches, beunruhigendes Licht. Kermit ging darunter hindurch und verschwand hinter einer Kurve im Dunkeln.

Das Signal schimmerte intensiv, und Brady hatte den Eindruck, es würde vibrieren. Es richtete sich vor dem Journalisten auf wie ein rotes Auge, das ihm den Durchgang untersagen wollte.

Ein letztes Symbol der Zivilisation, das ihn warnte weiterzugehen.

35

Die beiden Lichtkegel der Lampen tanzten auf dem Boden wie zwei Monde, die einander jagten. Die Schritte der beiden Männer hallten in dem Gang wider, doch plötzlich vernahm Brady in der Ferne ein schrilles Knirschen. Er verlangsamte sein Tempo, um sich zu versichern, dass er weit genug von den Schienen entfernt war.

»Keine Sorge«, verkündete Kermit, ohne sich umzudrehen. »Diese Strecke ist nicht mehr in Betrieb.«

»Woher wissen Sie das?«

»Weil ich schon in Oz war und die unterirdische Stadt besser kenne als die oberirdische.«

»Was ist das hier? Eine Art Ausweichtunnel oder so was?«

»Soweit ich weiß, wird er nur bei technischen Störungen benutzt, beispielsweise zum Umkehren oder um der Linie unterhalb der Delancey auszuweichen. Oz wurde in einem stillgelegten Abschnitt eingerichtet. 1975 wollte die städtische Verkehrsgesellschaft ein neues Schienennetz unterhalb der Canal und der Chrystie Street anlegen, dann aber stellte sich heraus, dass drei Stützpfeiler des Confucius Place und die Zufahrt zur Manhattan Bridge durch die Grabungen an Stabilität verlieren würden. In letzter Minute wurden alle Arbeiten eingestellt und nichts mehr angerührt. Dort fängt Oz an, und es reicht über die Diensttunnel bis zur alten Endstation der Straßenbahnlinie zwischen Essex und Delancy Street.«

»Die Straßenbahn, die über die Williamsburg Bridge fuhr?«, fragte Brady verwundert. »Die ist doch schon lange stillgelegt!«

»Die Endstation wurde kurz vor den fünfziger Jahren geschlossen! Aber seither hat sich nichts verändert. Oz ist aus den Abfällen der Gesellschaft entstanden, aus ihren Irrtümern und ihrer schon längst vergessenen Vergangenheit.«

Der Durchgang verbreiterte sich und mündete in einen neuen Tunnel, wo andere Schienenstränge dazukamen, die sich schließlich auf einen dritten Tunnel öffneten. Der Raum war so tief, dass Brady den Eindruck hatte, sich auf der Suche nach dem Herzen durch das Venennetz eines riesigen Brustkorbs voranzubewegen.

Plötzlich ließ ihn ein Knarren und metallenes Quietschen erstarren. Ein grelles Licht streifte die Pfeiler in der Ferne und schickte auch einen kurzen Strahl auf die Eindringlinge. Ebenso schnell, wie er aufgetaucht war, verschwand der Zug auch wieder, wie aufgesogen von verborgenen Gedärmen.

Kermit stieg über die Schienen und überquerte das parallel verlaufende Gleis.

»Suchen Sie nicht mehr nach Hinweisen?«, fragte Brady, dem Kermits Tempo nicht entgangen war.

»Nein, nicht nötig, ich kenne mich hier aus. Pass an der dritten Schiene auf, die nennt man hier den ›Aufzug zur Hölle‹. Sie trifft an einer Weiche plötzlich auf den Außenstrang, und wenn du dir da den Fuß einklemmst, sitzt du fest, bis die nächste U-Bahn auftaucht und dich zermalmt. So kommen hier jedes Jahr etliche Penner ums Leben!«

Nach fünfzig Metern bog Kermit in einen Arbeitstunnel, der dann etwas weiter in einen anderen mündete. Brady folgte ihm, wobei er sorgfältig darauf achtete, wohin er den Fuß setzte. Noch einmal durchquerten sie einen Diensttunnel. Schließlich traten sie auf einen großen erhellten Platz.

Sie hatten Oz erreicht.

Ein Dutzend kleiner Kohlebecken verbreiteten ein rötliches Licht. Ringsherum hockten Gestalten, die sich umwandten, als Kermit und Brady näher traten.

In ihren Lumpen erinnerten sie an Vampire, deren Augen im Dämmerlicht funkelten. Brady schätzte, dass es mindestens dreißig waren. In den Nischen lagen Matratzen, bedeckt mit alten Kleidern, Kartons und verschiedenen Gegenständen wie rostigen Töpfen, ausgedienten Kühltaschen, auseinandergenommenen Radios und anderem Gerümpel. Brady vernahm ein Knarren über seinem Kopf. Er blickte auf und entdeckte Metallbrücken, auf denen provisorische Lager eingerichtet und zwischen denen wie bauchige Schatten Hängematten gespannt waren.

Kermit ging auf die erste Gruppe zu. Sofort wichen einige zurück und verschmolzen mit den Schatten der Mauern.

»Das ist Kermit«, sagte eine heisere Stimme.

»Guten Tag, Hugo.«

»Hast du was zu verkaufen?«

»Heute nicht. Ich suche Informationen. Wo sind Noze, Needle und Pipe?«

»Beim Kontrollturm. Anscheinend bereiten sie einen Coup vor. Es heißt, sie wollten ihn in ihre Gewalt bringen.«

»Diese drei Junkies? Ich sehe lieber mal nach, ehe man ihnen den Bauch aufschlitzt. Danke, Hugo.«

Kermit wandte sich ab, und Brady fiel auf, dass sich besagter Hugo absolut nicht für ihn interessierte, ja, ihn nicht einmal eines Blickes gewürdigt hatte – so als würde er gar nicht existieren.

Kermit überquerte die Gleise und folgte ihnen mitten zwischen den schmutzigen Schlafstellen hindurch. Brady eilte ihm nach.

»Wie viele sind es?«

»Ich weiß nicht. Auf allen Etagen zusammen mehrere hundert.

»Ach, geht es denn noch tiefer?«

»In New York erstreckt sich allein das U-Bahn-Netz über eintausendvierhundert Kilometer! Oz besteht, wie die meisten unterirdischen Städte, aus mehreren Ebenen. Es gibt auch noch die Notzugänge und andere Stollen für Abwasserkanäle und die Trinkwasserversorgung, die Gas- und Stromleitungen und dann Indianernekropolen und darunter natürliche Grotten.«

»Manhattan ist also auf einem Friedhof erbaut?«

»Ein Friedhof?«, wiederholte Kermit belustigt. »Du meinst wohl ein Massengrab. Hier wimmelt es von Leichen. Die Bauunternehmen wagen kaum, eine Grube für ein Fundament auszuheben, weil sie fürchten, auf Gebeine zu stoßen, die ihre Arbeit behindern könnten – archäologische Ausgrabungen dauern rund ein Jahr! Bei den Ausschachtungen für den Washington Square Park hat man festgestellt, dass dort früher Sümpfe waren, in die die Opfer der Gelbfieberseuche geworfen wurden. Man hat die Überreste von zehntausend Toten exhumiert! Und an der Ecke Broadway und Duane Street wurde 1991 ein afrikanischer Friedhof entdeckt, auf dem insgesamt zwanzigtausend Sklaven verscharrt waren.«

»Zwanzigtausend?«, fragte Brady überrascht.

»Und weißt du, was das Verrückteste ist? Sie haben das natürlich nicht publik gemacht, aber mit all den Knochen mussten sie ja irgendwo hin. Und bis man einen Ort für eine Krypta gefunden hatte, die dieses Namens würdig gewesen wäre, hat man die Gebeine im Untergeschoss des World Trade Centers gelagert! Unter dem Hintern der Banker! Und das wird noch eine Weile so bleiben, denn nach letzten Informationen können sie nicht vor 2002 überführt werden. Es gibt viele solcher Geschichten, die keiner kennt.«

Sie folgten noch immer dem Tunnel, und Brady bemerkte, dass sie wieder allein waren. Am Ende der rechten Wand glühte ein schwacher roter Punkt auf, den er sogleich mit seiner Lampe ins Visier nahm. Ein Mann hielt geblendet die Hand vors Gesicht. Er hatte gerade an seiner Zigarette gezogen und stand am Eingang zu einem Raum.

Kermit packte Bradys Hand und lenkte den Lichtstrahl in eine andere Richtung.

»Lass sie.«

»Was ist das?«

»Die Müllhalde. So nennt man diesen Ort.«

»Aber da waren Menschen drin … Ich hatte den Eindruck, es geht ihnen nicht gut.«

»Dort treffen sich Junkies, die Heroin spritzen, Crack oder irgendein anderes Zeug rauchen, das sie von innen her zerfrisst. Sie drängeln sich dort und fixen in aller Ruhe. Da gehen Dinge vor, die man lieber nicht wissen will. Komm!«

»Gibt es viele Süchtige hier?«

»Leider ja.«

»Wie sind sie nach Oz gekommen?«

»Fast immer dieselbe Geschichte: gewalttätige Familien, jugendliche Ausreißer, die auf der Straße enden; andere verlieren ihre Arbeit, lassen sich gehen und landen schließlich ebenfalls dort. An dramatischen Schicksalen mangelt es hier nicht. Ich hatte eine Freundin, Bonnie, sie lebte mit ihren zwei Kindern hier, ohne einen Cent in der Tasche. Sie ist schließlich nach oben zurückgekehrt, damit die Behörden ihr nicht die Kleinen wegnehmen und in einer Pflegefamilie unterbringen konnten.«

»Sie sprechen in der Vergangenheit von ihr, was ist aus ihr geworden?«

»Sie wurde von einem Zug angefahren und war auf der Stelle tot. Das kommt oft vor, wenn man Oz verlässt. Ich habe nie erfahren, was mit ihren Kindern geschehen ist. Dann gibt es auch jene, die durch die Drogen immer mehr ins Abseits geraten und schließlich keine Bleibe mehr haben. Mit der Zeit sind sie es leid, von der Polizei gejagt, in den Notunterkünften angegriffen und von Jugendbanden verprügelt zu werden. Sie haben sich in ein Loch geflüchtet, in einen Spalt oder in den Zugang zu einem Tunnel. Irgendwann haben sie sich weiter vorgewagt und diesen Ort gefunden. Hier ist es im Winter warm, es gibt überall Wasserhähne, und niemand macht einem Schwierigkeiten. Am Anfang ängstigt dich die Dunkelheit hier und die ständigen Geräusche, doch dann gewöhnst du dich daran, und schließlich fürchtest du das Leben an der Oberfläche.«

»Und leben sie auf Dauer hier?«

»Die meisten ja. Weißt du, wenn du lange genug auf der Straße warst, entwickelst du Reflexe, und irgendwann kannst du dich nicht mehr in die normale Welt einfügen. Ich kenne genug Penner, die schon so lange obdachlos sind, dass sie klaustrophobisch werden, wenn man sie in ein Zimmer mit einem warmen Bett steckt. Wer außerhalb des Systems lebt, muss stets aufmerksam sein und wird anders, als es die Gesellschaft von den Menschen erwartet. Viele von den Leuten hier waren am Ende, sie hatten nichts mehr, und es war ihnen egal, ob sie leben oder sterben würden. Hier unten haben sie eine andere Welt mit eigenen Gesetzen vorgefunden, in der sie nicht verurteilt, sondern wie Menschen behandelt werden – außer von den Maulwürfen.«

»Wer ist das?«

»So bezeichnet man die Bewohner des Untergrunds, doch das ist falsch. Eigentlich sind das nämlich diejenigen, die ganz unten buddeln. Sie waren die Ersten, manche leben schon seit zwanzig Jahren hier unten. Sie wollten nie zurück an die Oberfläche, doch als mehr und mehr Obdachlose Zuflucht gesucht haben, sind sie immer tiefer gewandert, um ihre Ruhe zu haben. Sie sind das Gedächtnis des unterirdischen Lebens. Aber sie sind auch Monster. Im Lauf der Zeit haben sie ihre eigene Sprache mit merkwürdigen Tönen entwickelt, und sie …«

»Was?«

»Vergiss es.«

»Nein, das interessiert mich, was ist mit ihnen, Kermit?«

»Wir sind doch wegen Rubis hier oder? Also kümmern wir uns um sie.«

Brady schüttelte den Kopf, wieder einmal frustrierte ihn die Verschwiegenheit dieses eigenartigen Mannes. Und plötzlich wurde ihm bewusst, dass Kermit Rubis' Namen mit einem Anflug von Zärtlichkeit ausgesprochen hatte.

»Warum waren Sie bereit, mir zu helfen?«, fragte er.

»Das weißt du doch, oder?«

»Weil Sie mich unterstützen wollen, etwas Gutes zu tun? Weil Sie jene Bande aufspüren möchten, die – wie Sie sagen – die Welt beschmutzt? Aber war das der wirkliche Grund?«

»Weil du dich ohne mich nicht von deiner Obsession befreien kannst.«

Kermit blieb stehen und betrachtete seine schmutzigen Schuhe, ehe er den Blick zu Brady hob. Seine Stirnlampe blendete den Journalisten.

»Ich habe sie gekannt«, gestand er schließlich. »Ich habe sie getroffen, zweimal: bei einem Casting und bei einem Abend in der Szene. Ein tolles Mädchen. Völlig verloren, aber sie hatte etwas, eine Großzügigkeit, ein Übermaß an Menschlichkeit. Alles, was man bei diesem Job nicht haben darf. Sie ist beim Hardcore gelandet wie viele andere: weil es eine einfache Lösung zu sein schien, weil sie manipuliert wurde und weil sie es ihrem Kerl zuliebe tun wollte. Sie war nicht dafür geschaffen. Ich erinnere mich gut an sie. Und wie du mir ganz zu Anfang gesagt hast: Es war kein Zufall, dass sie ihren Selbstmord vor dir begangen hat. Darum helfe ich dir. Wegen ihrer Menschlichkeit. Und weil keiner von uns darauf geachtet hat.«

Ihr Weg führte sie in eine weite, mit Betonpfeilern gespickte Halle, die von Gemurmel erfüllt war. Auf Tischen und Regalen, erleuchtet vom fahlen Licht der Gaslampen, türmte sich der Ausschuss der Welt oben. Die Wände waren voller Graffiti. Hochkant gestellte Holzpaletten bildeten kleine Abteile, in denen Kerzen eingefallene Gesichter erhellten.

Unzählige solcher Hütten waren mit Zeitungspapier tapeziert, als Dach dienten durchlöcherte Decken, als Fußboden feuchte Kartons. Beim Geruch von Bohnen in Tomatensoße, die dicht neben ihm aufgewärmt wurden, drehte Brady den Kopf.

Es sind mindestens hundert, wahrscheinlich doppelt so viele!

Zur Rechten und zur Linken zweigten breite Gänge ab, so weit das Auge reichte, gesäumt von diesen improvisierten Behausungen.

»Dring nicht in ihre Wohnungen ein, nicht einmal mit dem Blick«, warnte ihn Kermit. »Verhalte dich diskret, du bist hier im Paradies der Gemütskranken. Ihre Paranoia ist wie Zündstoff, der jeden Moment explodieren kann. Denk daran: Ein zu lautes Wort kann hier alles in die Luft jagen.«

Brady folgte seinem Führer, und gemeinsam durchschritten sie die apokalyptische Landschaft. Irgendwann erreichten sie eine Eisentreppe zu einem Weichenschaltzentrum, dessen Fenster auf die Gleise hinausgingen.

»Ist das besagter Kontrollturm, von dem Hugo gesprochen hat?«

»Genau! Ein richtig schönes Zuhause, sogar mit Bett und Dusche. Derjenige, der es bewohnt, Hecker, ist hier so etwas wie der Boss. Keiner wagt, ihm zu widersprechen, und für ein paar Annehmlichkeiten drängen sich alle vor seiner Tür, um ihm zu Diensten zu sein. Die drei Typen, die wir hier suchen, planen eine Art Staatsstreich – wenn du mich fragst, keine gute Idee.«

»Drei gegen einen?«

»Hecker hat Charisma, er hat es verstanden, sich durchzusetzen. Die Leute haben sich seiner Autorität unterworfen, und du kannst sicher sein, dass sie ihn verteidigen. Hier unten sind Veränderungen unerwünscht.«

Kermit blickte sich um.

»Wenn Sie mir sagen, was wir suchen, könnte ich Ihnen helfen«, schlug Brady vor.

»Ein aufgeregtes Grüppchen um drei Klappergestelle.«

»Die da vielleicht?«, meinte Brady und deutete mit einer Kopfbewegung auf eine Nische, in der ein Feuer in einem Kohlebecken brannte.

Sechs kleinere Gestalten drängten sich vor drei spindeldürren Männern, die aufgereiht waren wie Orgelpfeifen. Ihre Augen funkelten und schienen zugleich ausdruckslos in einer anderen Sphäre zu verweilen. Brady trat näher und beobachtete den Sprecher. Er war so mager, dass sich die Muskeln in seinem scharf geschnittenen Gesicht abzeichneten, wodurch die Falten noch tiefer wirkten.

Sein glänzender Blick richtete sich auf Brady.

»Kermit!«, zischte der Kleinste.

»Kermit und ein Schatten«, ergänzte derjenige, der Brady fixierte.

»Hallo, Jungs«, entgegnete Kermit.

»Wen bringst du uns da mit?«, fragte der Mittlere.

»Ich bringe euch niemanden mit. Ich komme mit einem Freund.«

Brady drehte sich zu seinem Begleiter um. Die Formulierung störte ihn. Konnte man hier jemanden »mitbringen«? Wie eine Art … Geschenk?

»Wir mögen deine Freunde nicht!«, entgegnete der Kleine.

»Weil sie sich nicht reinlegen lassen?«, meinte Kermit sarkastisch. »Ich habe gehört, dass ihr den Turm stürmen wollt?«

»Neuigkeiten verbreiten sich schnell«, kommentierte der Große.

»Schließ dich uns an!«, schlug der Kleine vor.

»Ja, komm zu uns!«, beharrte der Mittlere.

»Ihr wisst, dass ich mich nicht in die Angelegenheiten von Oz einmische. Darum bin ich hier auch stets willkommen.«

»Als Ersatz dafür bekommst du Macht. Frauen, wenn du willst«, meinte der Kleine.

»Lass gut sein, Noze. Apropos Frauen, wart ihr in letzter Zeit mit den Schatten im Geschäft?«

Der Große spuckte verächtlich aus.

»Termite hat uns den Markt abspenstig gemacht!«, rief er plötzlich wütend.

»Nicht so laut, Pipe!«, zischte Noze.

Den sechs sitzenden Gestalten entging kein einziges Wort, wie Brady feststellte. Die meisten schienen benommen, ohne dass er hätte sagen können, ob das vom unterirdischen Leben oder von den Drogen kam. Er wandte seine Aufmerksamkeit erneut den drei Vogelscheuchen zu. Bei jedem ihrer Worte rollte ihre Gesichtsmuskulatur und enthüllte ein unerwartetes Meer an Details mit Strömungen, Wellen und Abgründen.

»Macht jetzt nur noch er die Geschäfte mit den Schatten?«, wollte Kermit wissen.

»Was die Mädchen betrifft, ja«, erklärte Noze, und Pipe nickte bekräftigend.

Die Züge von Needle, dem Mittleren, verfinsterten sich.

»Du kommst zu uns, weil du Auskünfte willst, aber was hast du uns im Gegenzug zu bieten?«

»Ihr könnt mir keine Auskunft geben, anscheinend muss ich Termite fragen.«

»Wir haben dir geantwortet! Wir wollen eine Entschädigung.«

»Hier, das dürfte dir genügen«, erklärte Kermit und hob seinen Mittelfinger.

Zorn verzerrte Needles Gesicht.

»Du bist nichts als eine miese kleine Schabe!«, rief er. »Und wir zertreten dich! Wenn Oz erst in unserer Hand ist, tust du gut daran, dich in Acht zu nehmen.«

Doch Kermit entfernte sich bereits, dicht gefolgt von Brady. Nach einer Weile fragte der Journalist:

»Wer sind die Schatten?«

»Die Leute, die oben leben, wie du, zum Beispiel.«

»Und dieser Termite?«

»Eine schlechte Nachricht.«

»Warum?«

Kermit stieg über ein dickes Rohr hinweg und deutete auf einen Tunnel, an dessen Boden eine schmutzige Pfütze schimmerte.

»Wenn wir zu ihm wollen, müssen wir uns zwei Ebenen tiefer begeben, und das ist eine verdammt schlechte Nachricht.«

36

Eisenleitern, niedrige und schmutzige Gänge, Hängebrücken – Brady befand sich auf einer Höllenreise. Sie liefen nun durch einen Tunnel an den Gleisen entlang, von denen Kermit, so gut es ging, Abstand hielt. Hinter einer Kurve das metallene Quietschen einer U-Bahn, das Rattern der Räder auf den Schienen, dem das gleißende Licht seines einzigen Auges vorausging.

Der Wurm von Big Apple schoss aus seinem Loch und zwang die beiden Männer, sich an die Wand zu drücken.

Als das Getöse verklungen war, fasste Brady Kermit bei der Schulter und fragte:

»Bilde ich mir das ein, oder gibt es Spannungen zwischen Ihnen und den drei Schauergestalten, denen wir eben begegnet sind?«

»Ich mag sie nicht, das ist alles. Sie sind gefährlich. Sie haben wahrscheinlich mehr Drogen als Blut in den Venen. Wenn sie Oz wirklich unter ihre Kontrolle bringen, wird sich dieser Ort in eine wahre Hölle verwandeln. Aber mit etwas Glück werden sie während der Operation getötet.«

»Und wer ist dieser Termite?«

»Das fehlende Glied in der Kette.«

»Zwischen Menschen und Affen?«, fragte Brady belustigt.

»Nein, zwischen der Menschheit und den Maulwürfen.«

»Zu den ›Buddlern‹, wie Sie sie nennen?«

»Genau. Termite hat den Mädchenhandel an sich gerissen. Bisweilen begibt er sich an die Oberfläche, um mit einem der Schatten zu feilschen, und wir werden ihm entlocken müssen, mit wem.«

»Der Mädchenhandel … Ist das eine Art Prostitution?«

»Im Untergrund ist es für Frauen noch schwieriger als anderswo. Sie haben entweder einen Freund, der sie beschützt, oder einen Zuhälter. Sonst werden sie vergewaltigt. Als die Gemeinschaft immer größer geworden ist, sind auch sexuelle Gier und aggressive Triebe ans Licht getreten. Und in einer Welt ohne Gesetze und Moral werden die Männer zu Tieren.«

»Ist Termite ein Zuhälter?«

»In gewisser Hinsicht schon, aber eigentlich ist er eher ein Mittelsmann. Zwischen den Mädchen hier unten, die Schutz suchen oder einfach nur Geld verdienen wollen, und den Männern oben. Die wollen Frauen, die für zwei-, dreihundert Dollar zu allem bereit sind. Viele Prostituierte in der Stadt haben noch einen Hauch von Würde und lassen sich auf gewisse Praktiken nicht ein. Hier unten hingegen sind viele Frauen der Ansicht, so tief gesunken zu sein, dass sie bereit sind, ihren Körper für ein paar Stunden den wüstesten Fantasien auszuliefern, wenn sie dafür einen Monat zu essen haben.«

»Kermit, ich glaube … wir sind auf der falschen Fährte. Der ›Stamm‹ hat sich nicht hier versorgt. In den beiden Filmen, die ich gesehen habe, sieht man Rubis und ein anderes Mädchen, aber sie sind Pornodarstellerinnen, keine Obdachlosen.«

»Du kannst sicher sein, dass sich der ›Stamm‹ hier versorgt. Weil es Dinge gibt, die nicht einmal deine beiden Schauspielerinnen akzeptiert hätten.«

»Schlimmeres als das, was ich in den Filmen gesehen habe? Das ist nicht möglich.«

»Der ›Stamm‹ macht nicht nur Videos. Sie wagen es nicht, alles zu filmen, das wäre zu gefährlich. Komm etwas schneller, Termite ist sicher nicht weit, aber ich habe keine Lust, mich allzu lange hier aufzuhalten.«

»Und glauben Sie, dass er den Namen seines Kontaktmanns preisgeben wird?«

»Soll ich ehrlich sein? Nein, denn er hat keinen Grund dazu, dadurch könnte er seine Stellung verlieren. Wir werden also sehr überzeugend sein müssen.«

Sie irrten zwischen zwei durch Arbeitstunnel verbundene Stollen hin und her und riefen seit zehn Minuten unentwegt Termites Namen.

Kermit fühlte sich ganz offensichtlich unwohl, er zuckte bei jedem Ruf zusammen, und Brady ahnte, dass er Angst hatte, die Aufmerksamkeit auf sie zu lenken. Wenn jemand anders als Termite sie hören würde, konnten sie nur hoffen, dass er eher Abstand halten würde, als zu ihnen zu kommen und ihnen Schwierigkeiten zu machen. Nach einer Weile dachte Brady an die Polizei. Und wenn sie verhaftet würden, weil sie die Sicherheit der U-Bahn gefährdet hatten? Er konnte es sich nicht leisten, hier festgenommen zu werden, nicht mit Annabel, die sehr bald davon erfahren würde.

»Macht die Polizei hier manchmal eine Razzia?«

»Das behaupten sie zwar, aber ich bin sicher, dass sie nur kommen, wenn eine Leiche zu nahe an den Gleisen liegt und man sie nicht übersehen kann.«

»So schlimm?«

»O ja. Glaub mir, die Maulwürfe haben ihre Ruhe in dem Bau da unten.«

»Meinen Sie, dass sie wirklich existieren? Mehr als zwanzig Jahre hier unten, ohne je ans Tageslicht zu kommen, das ist doch undenkbar! Vermutlich nur eine New Yorker Legende …«

»Nein, es gibt sie. Sie leben im Dunkeln, und selbst wenn sie noch in der Lage sind, unsere Sprache zu sprechen, haben sie eine eigene Kommunikationsform entwickelt. Sie imitieren das Geräusch der Züge und der Wassertropfen, die in die Pfützen fallen. Sie sind das Gedächtnis des Untergrunds.«

»Sind Sie ihnen schon mal begegnet?«

»Nein, aber das heißt nichts. Sie sind da, vielleicht sogar auf dieser Ebene. Hier ist es feucht und dunkel, und fast niemand wagt sich hierher, die ideale Umgebung für sie. Sperr die Ohren auf, dann hörst du sie vielleicht, denn sehen wirst du sie auf alle Fälle nicht.«

Nachdem Brady fünf Minuten lang versucht hatte, etwas in der Dunkelheit zu erkennen, fasste er Kermit beim Arm.

»Ich glaube, ich habe da hinten, dicht am Boden, eine Bewegung wahrgenommen.«

»Das sind die Schienen-Hasen, ganz ruhig. Ratten, fette Ratten. Im Untergrund gibt es zwei Arten von Ratten: die riesigen und die superriesigen. Man muss aufpassen. Da sie ständig Leichen fressen, haben sie, so heißt es, Geschmack an Menschenfleisch gefunden.«

»Noch eine Legende?«, fragte Brady und setzte sich wieder in Bewegung.

Er stieß gegen Kermit, der plötzlich stehen geblieben war.

»Wir werden erwartet«, erklärte er.

Brady beugte sich vor und machte in der Ferne den Schein einer Kerze aus. Er war sicher, dass sie vor einer Minute noch nicht da gewesen war. Es folgten weitere, die am Boden standen, die Flammen zitterten in der Zugluft. Sie wiesen einen mysteriösen Weg ins Ungewisse.

Und wenn das eine Falle ist?, dachte Brady ängstlich.

Sie erreichten eine niedrige Öffnung in einer Wand. Man musste auf allen vieren hindurchkriechen. Das Mauerwerk war feucht und glitschig, der Boden von einer Art dickem Moos bedeckt. In etwa zehn Meter Entfernung brannte eine weitere Kerze.

Brady folgte Kermit durch das Loch und landete neben dessen Beinen in einem schmalen Raum.

Am Eingang verbreiteten Räucherstäbchen einen starken Moschusduft.

Brady richtete sich auf und vernahm das Klicken einer Waffe, die entsichert wurde.

Dann spürte er den Lauf an seiner Schläfe.

»Ende der Reise«, seufzte Kermit.

37

Brady blickte hoch.

Weiße fettige Haarsträhnen. Ein grauer Bart. Eine mit Isolierband reparierte Brille. Und der verchromte Lauf einer Waffe.

»Brad, wir sind bei Termite«, erklärte Kermit und wandte sich an die bedrohliche Gestalt. »Brad ist ein Freund, könntest du aufhören, mit dem Ding da herumzufuchteln?«

»Wenn du hier was anrührst«, knurrte Termite und richtete die Pistole auf Bradys Mund, »spiele ich Dame mit deinen Zähnen, kapiert?«

»Ich fasse nichts an«, gab Brady leise zurück.

»Sehr gut!«, lobte ihn Termite schon etwas freundlicher, so als spräche er mit seinem Hund.

Ein langgestreckter Raum, vollgestopft mit den verschiedensten Gegenständen: Sitzkissen, Kisten voller Vinylplatten, Bücher, eine Gitarre, an der zwei Saiten fehlten, Holzfiguren, ein Football, eine Schreibmaschine, eine Staffelei und eine Farbpalette, eine umfangreiche Comic-Sammlung – Termite sammelte wirklich alles.

Er führte sie ans andere Ende des Raums, wo er sie auf gepolsterten Hockern Platz nehmen ließ und einen Wasserkessel auf den Gaskocher stellte. Dutzende Kerzen tauchten das Durcheinander in ein schwaches gelbliches Licht.

Termite musste fünfzig, vielleicht sechzig Jahre alt sein. Er trug einen grünen Chirurgenkittel und eine dazu passende Hose. Beide wiesen rötlich-braune Flecken auf. Brady wollte sich lieber keine Gedanken über Herkunft und Geschichte dieser Kleidung machen.

»Ich war gerade mit einer Operation beschäftigt, als ich euch meinen Namen habe rufen hören«, erklärte er und deutete auf einen Rollwagen, an den eine Lampe mit verstellbarem Arm geklemmt war.

Statt einer Glühbirne brannte eine dicke Kerze in der Fassung. Darunter war mit Bindfaden eine Lupe befestigt, die das Licht bündelte. Auf der Platte war eine Ratte festgebunden, deren Eingeweide offen lagen.

»Sie … Sie operieren Ratten?«, fragte Brady unsicher.

»Ja, ich weiß, nicht eben ein angesehenes Studienobjekt, aber ich behandle Krebs. Ich bin kurz davor, ihn zu besiegen.«

»Krebs?«

»Da staunen Sie, was? Dass man die schlimmste Krankheit unserer Zeit in einem solchen Loch heilen kann! Wie naiv Sie sind! Alle großen Entdeckungen sind im Schatten der Geschichte entstanden. Die Leute werden manipuliert, das ist alles. Nehmen Sie beispielsweise Aids! Sagen Sie mir jetzt nicht, das sei nur ein Virus! Es ist in den achtziger Jahren aus dem Nichts entstanden, um die Bevölkerung zu dezimieren, die angefangen hatte, sich zu emanzipieren, und um gegen den Drogenkonsum anzukämpfen, der in den sechziger Jahren verharmlost wurde. Was für ein Zufall! Seit Tausenden von Jahren lebt der Mensch auf dieser verdammten Erde, und Aids taucht erst in dem Moment auf, wo es einer puritanischen Intelligenz genehm ist! Ich behandele Krebs! Und danach mache ich mich an Aids …«

»Es heißt, du hättest den Markt mit den Mädchen übernommen?«, unterbrach ihn Kermit.

»Die Schatten hatten die Schnauze voll von den drei Schwachköpfen. Also habe ich mich an ihre Stelle gedrängelt. Ich kenne alle Mädchen von Oz. Leicht verdientes Geld, drei-, vierhundert Dollar, die von Zeit zu Zeit reinkommen! Um meine Forschung zu finanzieren.«

»Wer ist oben dein Kontaktmann?«

Termites Züge verschlossen sich, und er warf Kermit einen hasserfüllten Blick zu.

»Was geht dich das an? Willst du mich von meinem Platz vertreiben?«

»Ganz gewiss nicht! Du weißt, wer ich bin, ich lebe nicht mit euch. Ich will nur meinem Freund Brad helfen.«

»Ihr könnt mich mal!«, erklärte Termite gleichgültig. »Wollt ihr einen Pfefferminztee?«

So als gäbe es keinerlei Spannungen, griff er nach dem Kessel, füllte drei angeschlagene Tassen mit heißem Wasser, angelte aus einer Metalldose drei Teebeutel und hängte sie hinein.

»Ich bitte dich«, drängte Kermit. »Du weißt, dass ich die Bewohner von Oz nicht so gut kenne wie du. Wie sollte ich an die Mädchen rankommen? Ich könnte das Geschäft gar nicht übernehmen. Alles, was ich möchte, ist der Name deines Kontaktmanns. Er bedient Typen, die ich erreichen möchte. Nur einen Namen, sonst nichts.«

Termite hob den Zeigefinger, um die Aufmerksamkeit seiner Gäste auf sich zu lenken, und sagte leise:

»Lies es von meinen Lippen ab: Du kannst mich mal. Das ist mein Geschäft, und es geht niemanden etwas an. Du hast mir keine Fragen zu stellen.«

»Es geht um ein bestimmtes Mädchen«, unterbrach ihn Brady. »Sie wurde ermordet.«

»Das ist mir scheißegal, so was von scheißegal. Hier krepieren jährlich Hunderte von uns. Ich kann dir also versichern, dass mir deine Puppe da oben am Arsch vorbeigeht.«

Termites Verachtung und seine provokante Art ärgerten Brady plötzlich, und er hatte nicht übel Lust, ihm eine kräftige Ohrfeige zu versetzen.

Doch sein Zorn verrauchte so schnell, wie er gekommen war. Er begriff, dass Termite den Bewohnern oben dieselbe Gleichgültigkeit entgegenbrachte wie diese den Pennern im Untergrund.

Von ihm hatten sie keine Hilfe zu erwarten. Für die kurze Zeit ihres Höflichkeitsbesuchs zeigte er sich gastfreundlich, doch kaum hätten sie sein Loch verlassen, hätte er sie auch schon vergessen.

»Sie haben natürlich keinen Grund, Mitgefühl für sie zu empfinden«, pflichtete er bei, »das verstehe ich durchaus. Aber sie ist tot, und ich möchte, dass diese Typen für das bezahlen, was sie ihr angetan haben. Gibt es eine Möglichkeit, diese Information gegen etwas anderes einzutauschen? Gegen Geld, zum Beispiel?«

»Damit ich mir meine Rente ruiniere? Wie viel bietest du? Fünfhundert Dollar? Und was mache ich danach? Diesen Kuhhandel kannst du dir sonst wohin stecken.«

»Das Leben hier unten ist sicher nicht immer leicht. Trotzdem können Sie sich nicht ganz und gar jenem Mitgefühl verschließen, das uns zu Menschen macht. Und wenn Sie nur für einen kurzen Augenblick auf diese Seite in Ihrem Innern hören und uns helfen würden, dann …«

Termite brach in schallendes Gelächter aus und entblößte dabei seine braunen Zahnstümpfe.

»Was redest du da für einen Schwachsinn.« Er kicherte. »Ich will dir mit deinen Worten antworten: Vor einigen Jahren ist eine Studentin zu uns in den Untergrund gekommen, um ein Buch darüber zu machen. Sie hat geschrieben, dass die Tunnel die physische Verlängerung unseres Geisteszustands sind und dass wir nicht zufällig hier gelandet sind. Hast du gesehen, was das hier unten für ein widerliches Chaos ist? Die physische Verlängerung unseres verdammten Gehirns? Und soll ich dir was sagen? Sie hat recht. Erwarte nichts von mir. Absolut nichts. Denn wir sind das Chaos. Und wenn du jetzt nicht auf meine Gesundheit trinken willst, dann verschwinde.«

Brady nickte resigniert. Er hatte verstanden.

Er erhob sich und machte Kermit ein Zeichen. Der seufzte und erhob sich ebenfalls. Am anderen Ende des Raums ging Brady auf alle viere, um hinauszukriechen. Doch nach wenigen Metern stellte er fest, dass ihm sein Gefährte nicht folgte.

»Kermit?«

»Warte draußen auf mich, ich bin gleich da.«

Das Scharren von schweren Kisten, die verrückt wurden, dann war der Zugang versperrt.

Brady verharrte eine Weile reglos und lauschte auf den Lärm von zerbrechenden Gegenständen, der aus Termites Höhle drang. Dann Schreie, Stöhnen.

Der Journalist schloss die Augen und presste die Stirn in das Moos am Boden. Warum war er nur hierhergekommen? Sein Starrsinn hatte noch mehr Gewalttätigkeit in diese Welt getragen. Kermit war seinetwegen hier.

Gegenstände fielen um, und erneut drangen Schreie bis zu ihm.

Brady kroch einige Meter weiter auf den U-Bahn-Schacht zu. Er vergewisserte sich, dass keine Bahn in Sicht war, und richtete sich langsam auf.

Er stellte fest, dass alle Kerzen erloschen waren.

Der Luftzug eines vorbeifahrenden Zuges, vermutete er.

Er wusste nicht mehr, wie lange er schon durch die Eingeweide der Stadt irrte. Zwei Stunden oder zwei Tage? Selten war ihm jegliches Zeitgefühl derart abhanden gekommen. Das Sonnenlicht, so schwach es im Winter auch sein mochte, fehlte ihm. *Wenn ich mir vorstelle, dass es manche hier tage-, ja wochenlang aushalten, ohne an die Oberfläche zurückzukehren! Solange sie noch zu essen haben.*

Wie versorgten sie sich? Die Abfälle der New Yorker Restaurants waren sicher ausreichend, um ein ganzes Heer von Obdachlosen zu ernähren. Es bedurfte nur einer gewissen Logistik, einiger Gruppen, die aufbrachen, um die Mülltonnen zu durchsuchen und die Schwächsten damit zu versorgen. Das Leben in Oz war gewiss hart, dennoch schien es eine Art Solidarität zu geben, zumindest, was die Lebensmittelversorgung anging.

In der Ferne Geräusche, ein kaum wahrnehmbares Quieken.

Ratten. Riesige oder superriesige.

Brady richtete den Strahl seiner Lampe in die entsprechende Richtung. Nichts.

Zu spät.

Ein Scharren verhieß Kermits Rückkehr.

Und wenn Termite nun der Stärkere gewesen ist? Wenn er mit seiner Knarre kommt, um mich …

Das war nicht der richtige Moment, um sich so etwas vorzustellen.

Kermit kroch aus dem Loch, stand auf und ballte die Fäuste. Brady sah kein Blut an seinen Handschuhen.

»Ich habe einen Namen und eine Adresse«, verkündete der große Kahlköpfige.

»Was haben Sie mit ihm gemacht?«

»Er wird sich erholen, keine Sorge.«

»Was haben Sie mit ihm gemacht?«, beharrte Brady.

»Nur etwas Druck, da, wo es wehtut. Willst du nun den verdammten Namen oder nicht?«

»Wagen Sie es nicht, noch einmal Gewalt anzuwenden, um mir zu helfen!«

Nach einem Tag in seiner Gesellschaft hatte sich Brady an Kermit und seine seltsamen Reaktionen gewöhnt und darüber alles, was er über seine Erkrankung wusste, vergessen. Die Gefahr, die von ihm ausging, wurde ihm erst in Situationen bewusst, die er verabscheute.

»Hör auf zu winseln, naiver Idealist! Jede Welt hat ihre Regeln, und von diesen hier hast du keine Ahnung.«

Kermit brach auf, stieg über die Gleise hinweg und gelangte in eine Halle, von der zwei Tunnel abzweigten.

»Verdammter Mist!«

»Was ist?«

»Ich weiß, dass man direkt von hier aus an die Oberfläche gelangen kann, aber ich habe vergessen, ob es der rechte oder der linke Ausgang ist.«

Brady seufzte, dieser Ort und die Aggressivität des Mannes erschöpften ihn.

»Egal, welche Richtung, ich will hier nur so schnell wie möglich raus«, murmelte er kleinlaut.

»Ich habe keine Ahnung, also werden wir sehen, ob dich ein guter Stern leitet. Rechts oder links?«

»Woher soll ich das wissen? Warum ich? Sie kennen sich schließlich hier aus!«

»Ich bin verloren, mein Junge! Und wenn wir uns auf mein Glück verlassen wollen, dann können wir uns gleich aufhängen … Also, rechts oder links?«

»Links«, säuselte eine Stimme hinter ihnen aus der Dunkelheit.

Brady fuhr herum, doch es war niemand zu sehen. Seine Lampe erhellte nur eine Staubwolke auf der anderen Seite des Tunnels.

Die Maulwürfe, dachte Brady. *Es gibt sie wirklich.*

38

Lange feine Schnitte. Ein roter Strich zwischen zwei Hautwülsten, die aufgeworfen waren wie Lippen. Schlecht genäht.

Annabel hatte einige Fotos von Rubis auf dem Autopsietisch an die Wandtafel in ihrem Büro geheftet. Vor allem von diesen seltsamen und offenbar tiefen Wunden, die Jack mit Implantaten verglichen hatte.

»Was hätte man denn in ihren Körper einpflanzen können?«, überlegte sie laut. »Etwas Konkretes oder etwas Symbolisches? Das Delirium eines kranken Geistes?«

»Und keine Rückstände unter der Haut«, erinnerte sich Thayer, der nicht wirklich überzeugt schien.

»Nichts. Ein ekelhafter Geruch, der Beginn einer Entzündung, die Haut an einigen Stellen geschwollen, aber keine Fasern oder sonstigen Partikel.«

»Könnte es sein, dass irgendjemand etwas in die Schnitte eingeführt und dann später wieder entfernt hat? Aber was sollte man in menschlichem Fleisch verstecken?«

»Welcher Irre könnte so etwas Grauenvolles tun, was meinst du?«

»Ich glaube, das ist eine Spur«, beharrte Jack. »Wenn wir herausfinden, was es mit Sondra Weavers und Melany Ogdens' Wunden auf sich hat, wissen wir mehr über den möglichen Täter.«

Als Annabel gerade antworten wollte, tauchte ein Schatten im Zimmer auf. Captain Woodbine stand mit seinen über zwei Metern in der Tür.

»Sie wollten mich sprechen?«, fragte er, eine Zigarette in den Mundwinkel geklemmt.

Thayer deutete auf den Zettel auf seiner Schreibunterlage: »Michael, hier ist immer noch Rauchverbot …«

Der hochgewachsene Schwarze ignorierte den Hinweis und warf Annabel einen fragenden Blick zu.

»Es geht um den Selbstmord am Fulton Terminal«, antwortete sie. »Die DNA-Analyse des Erbrochenen hat ergeben, dass es nicht von dem Opfer stammt. Das heißt, es haben sich zwei Personen am Tatort aufgehalten.«

»Ich habe diese Untersuchung nicht genehmigt!«, protestierte Woodbine. »Wenn ihr eine solche Analyse ohne meine Zustimmung habt durchführen lassen, wird sie von eurem Gehalt abgezogen!«

»Ein Freund von mir hat sie umsonst gemacht«, erklärte Thayer. »Falls die Sache vor Gericht geht, brauchst du nur einen vordatierten Antrag zu unterschreiben, das wäre nicht das erste Mal, dass du die Daten änderst …«

»Jack, beim nächsten Mal fragst du mich vorher. Meines Wissens bin noch immer ich der Boss dieser Abteilung!«

Er blies eine dicke Rauchwolke in die Richtung seines Detectives, der diese mit hektischen Handbewegungen wegwedelte.

»Ich möchte eine Hausdurchsuchung bei Leonard Ketter durchführen«, erklärte Annabel.

»Mit welcher Begründung?«

»Er gibt sich als Künstleragent aus, dabei ist er nichts anderes als ein Zuhälter. Seine Mädchen haben sich umgebracht, beide weisen dieselbe Art von Verletzungen auf.«

»Wenn Sie nichts Stichhaltigeres gegen ihn vorbringen können, wird kein Richter den Beschluss unterzeichnen! Haben Sie etwas Konkretes?«

Annabel schüttelte verärgert den Kopf. Das Faxgerät begann zu brummen und spuckte mehrere Seiten aus. Eher irritiert als entnervt hob Woodbine die Stimme.

»Man durchsucht nicht die Wohnung einer Person, um Beweise zu finden, wenn man über kein einziges stichhaltiges Verdachtsmoment verfügt. Die Bürger dieses Landes – und sei es der letzte Abschaum – haben immer noch Rechte, haben Sie das vergessen? Was habt ihr beiden nur mit dieser Geschichte?«

»Die Geschichte ist oberfaul und stinkt gegen den Wind, das haben wir!«, rief Thayer. »Ich glaube nicht an Selbstmord. Es war Mord!«

Woodbine nahm seinen Zigarettenstummel mit den Fingerspitzen und richtete ihn auf Jack.

»Beweis es, dann unterstütze ich euch bei all euren Initiativen. Aber wenn ihr meine Meinung hören wollt, ihr werdet nichts finden. Die Wahrheit ist manchmal ebenso einfach, wie es den Anschein hat!«

Er wandte sich ab und verschwand auf dem Gang.

Jack und Annabel wechselten frustriert einen Blick.

»Er hat nicht unrecht!«, meine Annabel nach einer Weile. »Vielleicht zerbrechen wir uns umsonst den Kopf, und es handelt sich in Wirklichkeit nur um den Selbstmord eines armen Mädchens.«

»*Zweier* Mädchen!«, betonte Thayer. »Und um den Mord an einer dritten Frau. Das ist ziemlich viel, oder?«

Er kratzte sich am Kopf und bückte sich, um die Seiten aufzuheben, die aus dem Fax gefallen waren. Während er sie überflog, verlangsamten sich seine Bewegungen. Schließlich hielt er inne. Annabel beobachtete ihn aus den Augenwinkeln:

»Was ist los?«

»Das ist die Liste der im Staat New York zugelassenen Fahrzeuge, deren Nummer mit EDE beginnt: insgesamt dreiundzwanzig, zwei davon betreffen einen Van. Ein einziger ist schwarz. Der Halter heißt Vincenzo Triponelli.«

Annabel loggte sich sofort bei der Datenbank des NCIC, des National Crime Information Center, ein. Sie bat Jack, den Namen noch einmal zu buchstabieren, und startete eine entsprechende Suchanfrage.

»Wow!«, rief sie, als das lange Vorstrafenregister auf dem Bildschirm erschien. »Dein Typ hat einiges vorzuweisen: Raubüberfall, illegaler Waffenbesitz, häusliche Gewalt, versuchte Vergewaltigung, tätlicher Widerstand gegen die Staatsgewalt, als ihn die Polizei bei Schlägereien in Bars festnehmen wollte.«

»Das ist er! Der Mörder von Charlotte Brimquick!«

»Im Moment haben wir nichts weiter als einen Zeugen, der versichert, einen Wagen vor ihrem Wohnwagen gesehen zu haben! Es kann der von Triponelli gewesen sein, aber selbst wenn das zutrifft, beweist das nicht, dass er sie umgebracht hat.«

»Doch, das ist er. Ein gewalttätiger Typ, der um sich schlägt und schon wegen Vergewaltigung belangt wurde.«

»Brimquick wurde nicht vergewaltigt.«

»Ich glaube doch, Annabel.«

»Erinnere dich! Sie trug eine enge Lederhose, nicht eben ein Kleidungsstück, das man ihr nach einem Missbrauch leicht wieder anziehen könnte! Und der Gerichtsmediziner hat bei der Autopsie nichts festgestellt. Ich weiß, dass er ein komischer Kauz ist, aber laut MacFerney ist er vertrauenswürdig.«

»Es gibt verschiedene Arten der Vergewaltigung. Warum hat man ihr deiner Ansicht nach die Zähne ausgeschlagen?«

»Rache! Ein Psychopath hat mit einem Hammer auf ihren Mund geschlagen, um sie dafür zu bestrafen, dass sie mit uns geredet hat …«

»Und zu was soll der Dentalspreizer gedient haben?«

»Sag jetzt bloß nicht, dass du denkst …«

»Genau das! Er hat ihr die Zähne ausgeschlagen, damit sie nicht beißen konnte. Dann hat er ihr den geöffneten Mund arretiert und sie auf diese Weise vergewaltigt! Und er hat ihr die Speiseröhre und den Magen herausgenommen, um keine Spermaspuren zu hinterlassen, die seine DNA hätten verraten können!«

Annabel schüttelte den Kopf.

»Mein Gott«, flüsterte sie. »Ein Geistesgestörter.«

»Das passt alles zusammen. Triponelli ist zu ihr gefahren, vermutlich mit ein oder zwei Freunden, um sie festzuhalten und dann zu Fellatio zu zwingen.«

»Bei diesem Vorstrafenregister bekommen wir sicher noch heute einen Durchsuchungsbeschluss!«, triumphierte Annabel. »Wir suchen nach Hinweisen auf den Mord an Charlotte Brimquick.«

»Er hasst die Cops, also werde ich vorsichtshalber die Unterstützung einer SWAT-Einheit beantragen«, erklärte Thayer und griff zum Telefon.

Annabel, die voll und ganz mit dem Vorstrafenregister von Vincenzo Triponelli beschäftigt war, antwortete nicht. Wie konnte sich ein Mensch in eine derart grausame Bestie verwandeln? Sie betrachtete das Foto.

Ein Weißer mit kahl geschorenem Schädel, rötlichem Spitzbart und Tattoos am Hals, von kräftiger Statur.

Sein Blick war kalt. Seelenlos. Der eines realitätsfremden Wesens, bar jeder Emotion.

Ein Gesicht, über das nie der Ausdruck von Angst geglitten war, das kein Lachen kannte. Jene Art Monster, das in der Lage war, einer Frau die Zähne mit einem Hammer einzuschlagen, um in all dem Blut, Grauen und Leid zum Höhepunkt zu kommen.

Ja, sie war jetzt überzeugt. Er war der Schuldige. Und sie hatte plötzlich Lust, ihm ins Gesicht zu spucken.

Ihn festzunehmen wäre ein wahres Glück. War er ein Frauenhasser? Alles deutete darauf hin. Dann würde sie ihn eiskalt provozieren, damit er begriff, dass sich hinter einer Frau immer eine andere verbergen konnte.

Eine, die ihn verhaften würde.

Eine Frau, die ihm Handschellen anlegen und ihn in die Todeszelle schicken würde.

39

Bradys Suche schien kein Ende zu nehmen.

Sie liefen durch die Straßen von Queens, Kermit wie immer voran. Seit sie die Unterwelt verlassen hatten, waren die beiden Männer sehr wortkarg. Der Zwischenfall mit Termite hatte ihr Verhältnis beeinträchtigt.

Kermit blieb vor einer mit Graffiti überzogenen Fassade stehen. Eine Metalltür, halb von einer rot-weißen Markise verborgen, glich denen, die zu den Arbeitsräumen der Gas- oder Elektrizitätswerke führten. *Pit-hole* stand in schwarzen Buchstaben darauf geschrieben.

Kermit klopfte und wartete, bis sich das kleine Fenster in der Tür öffnete.

»Ich muss mit Will sprechen«, sagte er.

»Worum geht es?«

»Um Schauspielerinnen und Filme. Er weiß dann schon Bescheid.«

»Wer sind Sie?«

»Zwei. Und jetzt beeil dich und richte Will das aus.«

Der Blick in der Öffnung glühte, zwei Pupillen am Grund eines schwarzen Brunnens. Nach kurzem Zögern schloss sich das Fensterchen. Eine Minute später öffnete sich die Tür, und sie erblickten einen Mann, dessen Haut ebenso dunkel wie perfekt war: glatt, schimmernd und völlig unbehaart. Der Mann sah Kermit herausfordernd an und verbarg nicht, dass er am liebsten gleich zugeschlagen hätte.

»Breite die Arme aus!«, befahl er, »damit ich dich abtasten kann.«

»Bist du sicher, dass du mich begrapschen willst?«

»Gib mir den geringsten Anlass, zuzuschlagen. Es wird mir ein Vergnügen sein.«

»Na dann los, ich werde es genießen.«

Mit einem feisten Lächeln spreizte Kermit die Beine und hob die Arme, um sich durchsuchen zu lassen. Dann war Brady an der Reihe. Schließlich führte sie der Mann über eine von bunten Birnen erhellte Treppe ins Untergeschoss.

Um diese Zeit war der Club noch nicht für das Publikum geöffnet. Statt des normalerweise gedämpften Lichts erhellten grelle Neonröhren den Raum. Auf einem Podest befand sich eine Tanzfläche, die durch eine lange Theke abgetrennt war. Über dem Hauptgang hingen sechs Käfige für Tänzerinnen, die sich Brady nur spärlich bekleidet vorstellte. Zwei Frauen in Kitteln wischten den Boden auf, während ein Mann die Theke polierte. Ein kleiner Dunkelhaariger um die fünfzig, die Hemdsärmel hochgekrempelt, eine Zigarette im Mundwinkel, kam ihnen entgegen.

»Wer schickt euch?«, fragte er grimmig.

»Termite«, antwortete Kermit.

»Diese Assel hat den passenden Namen! Was will er?«

»Anscheinend bist du sein Kontaktmann zu einem gewissen Triponelli?«

»Und was geht euch beide das an?«

»Triponelli bestellt bei Termite Mädchen, die zu allem bereit sind, und die Übergabe findet hier statt.«

»Bist du von der Polizei?«, zischte der kleine Dunkelhaarige und stieß dabei den Rauch seiner Zigarette aus.

»Nein, ich muss Triponelli treffen, es ist wichtig.«

»Warum? Glaubst du, es reicht, hier aufzukreuzen? Hältst du mich etwa für ein Auskunftsbüro?«

Die Wendung, die dieses Treffen nahm, gefiel Brady ganz und gar nicht. Offensichtlich ließ sich Will weder einschüchtern noch überzeugen. Der Journalist spürte in seinem Rücken die Anwesenheit der Leibwächter, die nur auf ein Zeichen ihres Chefs warteten, um sie zusammenzuschlagen oder vor die Tür zu setzen.

»Triponelli arbeitet mit gefährlichen Leuten, und ich muss mit ihnen reden«, erklärte Kermit.

»Woher willst du das wissen? Du kennst doch Triponelli gar nicht!«

»Er macht gemeinsame Sache mit dem ›Stamm‹, und ich weiß, das verheißt nichts Gutes.«

Will betrachtete seinen eigenartigen Besucher plötzlich mit mehr Aufmerksamkeit.

»Du tust gut daran, dich ihnen nicht zu nähern«, erklärte er. »Und jetzt verschwindet! Ich habe euch nichts mehr zu sagen!«

»Unser Anliegen ist sauber, Sie müssen uns helfen«, beharrte Kermit mit jenem seltsamen irren Funkeln in den Augen, das bisweilen an die Oberfläche stieg.

»Aber für wen hältst du dich, einfach bei mir aufzukreuzen und so zu tun, als wäre ich dein Freund?«, knurrte Will. »Und vor allem, wer bist du überhaupt?«

Kermit senkte den Kopf und zögerte eine Weile, ehe er mit enttäuschter Miene sagte:

»Ich reinige die Welt, und ich kann sehen, dass du ein schmutziger Typ bist.«

Dann schnellte er mit einem katzenhaften Satz vor, zog einen alten Dolch aus seinem Mantel, war im Handumdrehen hinter Will und hielt ihm die Klinge an die Kehle, bereit, sie in seine Halsschlagader zu bohren. Die Bewegung war so rasch und geschickt, dass weder Brady noch die Leibwächter Zeit hatten einzuschreiten. Der Boss ließ seine Zigarette fallen, die über den Boden rollte.

Die beiden Putzfrauen warfen ihre Schrubber hin und ergriffen die Flucht. Der Mann an der Theke hob die Hände und wich zurück.

»Du weigerst dich, den Reinigern der Welt zu gehorchen, also bist du Abschaum!«, erklärte Kermit und bleckte die Zähne. »Man muss dich reinwaschen, verstehst du?«

»Wenn du mir was antust, unterschreibst du dein eigenes Todesurteil! Kapiert?«, bellte Will, dessen Züge angstverzerrt waren.

»Wo finde ich den ›Stamm‹?«

Brady und die Bodyguards waren einen Schritt zurückgewichen und musterten einander, unfähig, zu reagieren.

»Du machst eine Riesendummheit!«, stöhnte der kleine Dunkelhaarige, dessen Augen eine Mischung aus Wut und Panik verrieten.

Die Klinge bohrte sich in die weiche Haut und hinterließ eine rote Spur. Will brüllte:

»Du bist ja verrückt! Du bist tot, hörst du? Du bist eine verdammte Leiche!«

»Wenn ich noch einmal zusteche, wird sich der ganze Schmutz deines Körpers über dein schönes Linoleum ergießen. Und selbst wenn ich deshalb krepieren muss, hätte ich dazu beigetragen, die Welt zu verbessern. Also sag mir, was ich wissen will!«, brüllte Kermit plötzlich los, und seine Augen schienen aus den Höhlen treten zu wollen.

Brady begriff, dass er sich mit einem tief gestörten Menschen eingelassen hatte, dessen Wahnsinn im Laufe des Tages und dieser seltsamen Suche immer deutlicher zutage getreten war.

Die falsche Person, aber die einzige, die in der Lage ist, mir die Türen zur Wahrheit zu öffnen.

»Ich weiß nicht, wo sie wohnen!« Will gab klein bei. »Sie kommen von Zeit zu Zeit hierher, das ist alles.«

Bradys Neugier siegte, und ohne nachzudenken fragte er:

»Ein Großer mit Dreadlocks und spitz zugeschliffenen Zähnen – sagt Ihnen das etwas?«

»Das ist ihr Anführer. Er war am Sonntagabend hier.«

Brady horchte auf. Unmöglich. Er hatte Sonntag spät am Abend im Wald mit ihm gesprochen. Wie hätte er diese Begegnung vergessen können!

»Sind Sie sicher, dass es Sonntagabend war?«

»Absolut. Der Besuch dieser Typen bleibt nicht unbeachtet. Es muss gegen ein oder zwei Uhr morgens gewesen sein! Und der Chef hat die Bande angeführt.«

Etwa zwei, drei Stunden nachdem er Brady in dem Chalet bedrängt hatte. Bei trockener Witterung war das durchaus möglich, aber nicht an jenem Abend bei den vereisten Straßen und dem Schneegestöber. Wie hatte er das angestellt?

»Wie nimmst du Kontakt mit ihnen auf?«, fragte Kermit.

»Das kann ich nicht. Triponelli kennt die Frauen. Er macht Filme mit ihnen, mehr weiß ich auch nicht!«

»Wo finde ich Triponelli?«

Will keuchte und hob den Blick zur Decke, so als wolle er irgendeine göttliche Hilfe erflehen.

Kermit zog die schmächtige Gestalt fester an sich, das Blut tropfte auf den Kragen. Will stieß einen schrillen, fast femininen Schrei aus.

»Wo?«, beharrte Kermit.

»Ich habe eine Adresse von ihm in South Jamaica in Queens, Foch Boulevard sechzehn, dort besucht ihn auch manchmal der ›Stamm‹. Er hat ein Studio.«

»Sehr vernünftig von dir«, sagte Kermit. »Und jetzt hör mir gut zu: Wenn du ihn warnst, dann erfahren er und der ›Stamm‹ noch heute, dass du sie verpfiffen hast. Du kannst dir vorstellen, was sie dann mit dir machen? Wenn du hingegen brav den Mund hältst, werden sie nie erfahren, dass der Kontakt über dich stattfand, ist das klar?«

Will stieß ein Stöhnen aus, das einem »Ja« ähnelte.

Kermit zog seine Geisel zur Treppe und ging mit ihr und Brady nach oben, in gebührendem Abstand gefolgt vom Bodyguard.

»Und solltest du«, brüllte Kermit den schwarzen Riesen an, »Lust verspüren, mir nachzuspionieren, dann verspeise ich deine Eier heute Abend mit Linsen, das schwöre ich dir!«

Kermit hatte den Rücken zur Tür gewandt und machte Brady ein Zeichen, sie zu öffnen.

»Verschwinde, du hast die Adresse«, rief er dem Journalisten zu. »Du wolltest Kontakt zum ›Stamm‹, den kannst du jetzt herstellen! Los, lauf, ich halte sie hier eine Weile in Schach, bis ich sicher bin, dass sie dich nicht verpfiffen haben, dann verschwinde ich. Falls sie diesen Fehler doch begehen, räche ich dich, mein Freund, und sie werden krepieren!«

Kermit rang plötzlich nach Luft, dicke Schweißperlen traten auf seine Stirn, offenbar hatte er einen Anfall. Brady war außerstande, eine Entscheidung zu treffen. Kermit hier zurückzulassen kam ihm wie ein Verbrechen vor.

Er hat uns in diese Situation gebracht! Soll er doch sehen, wie er klarkommt!

Aber wie sich Brady gleich darauf eingestehen musste, entsprach das nicht wirklich der Wahrheit. Er war der Initiator dieses wahnsinnigen Tages. Er hatte Kermit aufgesucht.

»Hau ab!«, brüllte Kermit. »Los! Und vergiss nicht, dass du unserer Sache dienst: Du wäschst die Welt vom Dreck rein!«

Begleitet von den Schreien seines wahnsinnigen Gefährten stürzte Brady nach draußen und rannte die Straße hinunter.

Weit weg. So schnell er konnte.

40

Foch Boulevard.

Ein langer Streifen Asphalt, zu beiden Seiten graue und braune Dächer. Eine ausgedehnte Avenue, breite Gehwege, große hohe Eichen, in deren knorrigen Ästen sich die Stromkabel verfingen.

Brady hatte schon viel über South Jamaica gehört, eine wegen der dort herrschenden Kriminalität ziemlich verrufene

Gegend. Kaum zu glauben, dass er gerade durch dieses Viertel spazierte. Weit und breit keine düsteren Wohnblöcke, kein Brachland, keine Graffiti irgendwelcher Gangs an den Wänden. Stattdessen reihte sich ein schmales Haus an das andere, getrennt durch Wege, die sich in dunklen Hinterhöfen verloren. Ein nach außen hin stabiles Dominospiel. Rückzugsgebiet einer regen und mit Arbeit überlasteten Mittelschicht, die schuftete, um die Miete bezahlen, den Kredit fürs Auto abstottern, um sich die Ferien leisten und den Kindern ein Studium ermöglichen zu können.

Unvermittelt fragte sich Brady, was wohl geschähe, wenn der Motor der Gesellschaft ausgebremst würde? Wenn die Wirtschaft ins Schleudern geriete, was würde dann aus all diesen sauberen, gut gepflegten Straßen werden? Wenn das erste Haus einstürzte und auch die umliegenden Häuser zu Fall brächte? War es denkbar, dass eines schönen Tages eine Krise Leute wie diese hier mit voller Wucht treffen und ihr bisheriges Leben zerstören könnte?

Was würde dann wohl aus ihnen werden? Wie viele könnten sich davon je erholen? Wie viele müssten aufgrund diverser Schicksalsschläge am Ende einfach aufgeben? Um schließlich in die unterirdische Welt abzugleiten und sich den *Maulwürfen* anzuschließen?

War es nur ein alptraumhaftes Szenario, oder funktionierte das System tatsächlich ohne jegliche Sicherheitsmaßnahmen und war somit einer möglichen Krise schutzlos ausgeliefert?

Der Himmel zog sich zu, als die Sonne am Horizont unterging. Die Straßenlampen blinzelten und erwachten zum Leben.

Während Brady durch den Schnee stapfte, zogen die Häuser mit ihren Wohnzimmern an ihm vorüber, in denen die Weihnachtsbäume durch die Erkerfenster bis auf die Straße und die dort stehenden Mülltonnen blinkten. Eine scheinbar heile Welt – und doch konnte sie noch vor dem Morgengrauen zusammen mit den Abfällen verschwunden sein, genauso schnell verbrannt und vergessen.

Brady wurde klar, dass er nicht unbeschadet wieder an die Oberfläche gelangt war.

Seine Schritte wurden langsamer, als er sich der Nummer 16 näherte.

Ein langgestreckter, einstöckiger Bau mit zwei Fenstern zur Straße hin und einer Rampe, die zu einer Garage im Souterrain führte. Seitlich verlief ein schmaler Weg mit einer Hecke bis zur Rückseite des Gebäudes.

Was sollte er nun machen? Während es allmählich Nacht wurde, war die Nummer 16 eines der wenigen Häuser, in denen kein Licht brannte. Auf Triponelli warten? Und dann? Konnte er auf seine Mithilfe hoffen?

Keine Chance … ich bin ja nicht Kermit! Ich werde nicht da reingehen und um mich schlagen, bis mir jemand antwortet!

Also, was nun?

Diese Typen sind moderne Vampire! Sie saugen das Leben aus dem Mädchen, das sie sich ausgesucht haben, und wenden sich von ihm ab, bevor es sich schließlich umbringt!

War das die Antwort? Bestand das Leben für sie etwa aus einem nicht greifbaren Fluidum, einer Essenz der Unschuld, der Instinkte, einem Bukett aus Gelüsten, gewürzt mit einer Prise Neugier? Und wenn der »Stamm« sich nun davon nährte und bereit war, alle Grenzen zu überscheiten, um an dieses lebenswichtige Element zu kommen, das sie gierig verschlangen?

Noch immer kein Anzeichen dafür, dass jemand zu Hause war.

Kermit hatte von viel schlimmeren Dingen gesprochen als den Pornofilmen, die er gesehen hatte. »Sie wagen nicht, alles zu filmen, das wäre zu gefährlich.« Was könnte er meinen? Bargen diese Mauern das Geheimnis?

Während Brady die Straße überquerte, zog er die Jacke enger

um sich, um gegen die zunehmende Kälte gewappnet zu sein. Noch hatte er keine Ahnung, was er tun würde, doch sein ganzer Körper schien von einem einzigen Impuls durchdrungen, und der hieß: *handeln.*

Er schlüpfte in den dunklen Seitenweg und orientierte sich am Rascheln der Blätter, die sein Arm streifte. Er blickte zum Himmel, als in der Ferne ein Blitz zuckte. Ein Gewitter kündigte sich an.

Sein Herz schlug schneller, seine innere Unruhe wurde durch das Adrenalin verstärkt.

Er gelangte zu einem winzigen, durch eine Backsteinmauer begrenzten Garten mit einer Holzhütte. Und, wie er es sich vorgestellt hatte, zu einer Hintertür. Hier war es viel unauffälliger als auf der Straßenseite.

Brady steuerte auf das Gartenhäuschen zu und brauchte nur die Klinke herunterzudrücken. Im Innern roch es modrig und nach Benzin. Er holte seinen Schlüsselbund heraus und knipste die Stiftlampe an. Er hatte es ja immer schon gewusst, dass eines Abends der Moment käme, an dem er sie brauchen würde: bei einer Autopanne, einem Stromausfall … Werkzeugkasten, Benzinkanister, ein nicht aufgepumpter Basketball, Schaufel, Rechen, Geißfuß, Hacke, Arbeitshandschuhe, ein Sack für Bauschutt …

Brady schnappte sich den Geißfuß und schlich sich zur Rückseite des Wohnhauses. Die v-förmige Schneide schob er zwischen Türstock und Schloss. Obwohl er jede Bewegung mit Entschlossenheit ausführte, zitterte er. Schweißnasse Hände, weiche Knie. Er konnte nur durch den Mund atmen, sonst wäre er erstickt.

Er durfte das nicht tun. Kermits Wahnsinn hatte ihn angesteckt!

Plötzlich erinnerte er sich wieder an Rubis' Blut auf seiner Zunge.

Mit vollem Körpereinsatz stemmte er sich auf das Werkzeug:

Das Holz gab nach. Ein trockenes Knacken, das weniger laut ausfiel, als er befürchtet hatte. Er stellte den Geißfuß beiseite und betrat einen kleinen Vorraum, in dem zwei Weidenkörbe und ein Schrank standen. Im Anschluss die nicht sonderlich aufgeräumte Küche. Geschirr stand in der Spüle, Essensreste und Krümel auf der Arbeitsfläche.

Brady stieg über leere Bierdosen und Cornflakes-Packungen hinweg und ging auf eine Treppe zu.

Er konnte es nicht fassen, hier zu sein. Er hatte tatsächlich eingebrochen! War das die Folge seines Abstiegs in den Untergrund von New York?

Rubis' Tod hat mich wachgerüttelt, das ist mit mir los!

Weil sie gekommen sind und mich bedroht haben. Und meine Frau. Das hättet ihr nicht tun sollen.

Das Gesetz der Vergeltung. Auge um Auge.

Nun bin ich wirklich bei euch … Eine Frage des Überlebens. Das ist kein Spiel mehr, von nun an wird derjenige gewinnen, der den anderen in der Hand hat. Was habt ihr hier zu verbergen? Was soll ich nicht sehen?

Der nächste Raum war ein dunkles Wohnzimmer und gleichzeitig die Verbindung zur Eingangstür. Kleidungsstücke waren über das Sofa verteilt, DVDs und haufenweise Auto- und Pornozeitschriften stapelten sich auf dem niedrigen Tisch davor. Keine Dekoration an den Zimmerwänden, der Raum schien nicht oft geputzt zu werden, und Brady nahm an, dass hier mehrere Männer lebten. Im winzigen Lichtkegel seiner Lampe entdeckte er Flecken auf dem Teppichboden. Plötzlich fiel der Strahl auf etwas Glänzendes: eine Waffe.

Eine Pumpgun mit abgesägtem Lauf und Kolben. Daneben eine Schachtel mit Munition. Eine gefährliche Waffe. Um zu töten.

Fass sie bloß nicht an! Hinterlass vor allem keine Fingerabdrücke!

Doch Brady beruhigte sich, als er merkte, dass er noch seine Lederhandschuhe trug.

Hier unten war sonst nichts mehr.

Wo sollte er suchen? Gab es ein Büro im Stockwerk darüber? Ein Schlafzimmer?

Plötzlich nahm er auf der Straße merkwürdige, flackernde Lichter wahr. Rot und blau. Er erstarrte, befürchtete das Schlimmste: die Polizei.

Nein, warum sollte sie kommen? Es ist kein Alarm ausgelöst worden, nichts hat geklingelt.

In keinem Moment hatte er an einen Bewegungsmelder gedacht. Ein Polizeiwagen hielt genau unter dem Wohnzimmerfenster. Es verschlug ihm den Atem.

Ihm wurde schwindelig.

Er war geliefert. Mit dem Geräusch zuschlagender Autotüren hörte er auch schon, wie Schritte auf die Tür zukamen. Er musste hier weg. Eine Lösung finden, egal welche, selbst die dümmste wäre besser, als einfach abzuwarten.

Rote und blaue Irrlichter tanzten an der Zimmerdecke, Engel und Dämonen wetteiferten um seine Seele.

Die einen versuchten, ihn zu beruhigen, sagten ihm, er sei zu weit gegangen und müsse nun für seine Fehler bezahlen. Die anderen stachelten ihn dazu an, alle Mittel für sein Überleben einzusetzen, seine Haut zu retten und sich vor allem nicht festnehmen zu lassen.

Der ewige Wettstreit zwischen dem Guten und dem Bösen.

Liefere dich aus! Büße!

Nein, kämpfe! Lebe!

Sein Blick fiel auf die Pumpgun.

41

Annabel und Jack machten sich im Laderaum eines schaukelnden Kastenwagens fertig. Die junge Frau holte ein Gummiband aus ihrem Blouson und fasste ihre Zöpfe im Nacken zusammen. Sie prüfte noch einmal den Sitz ihrer kugelsicheren Weste, bevor sie eine marineblaue Windjacke überzog. Auf dem Rücken stand in gelben Lettern NYPD. Vier Männer plus Fahrer begleiteten sie; alle trugen Einsatzkleidung und einen Helm und waren zudem schwer bewaffnet. Ein zweiter Kastenwagen folgte ihnen. Mit Sirene und Blaulicht machte ein Polizeiauto den Weg frei. Jack beugte sich zu seiner Partnerin und meinte:

»Vergiss die Anweisungen nicht: Wir halten uns im Hintergrund, diese Typen sind Profis, Triponelli ist kein handzahmer Typ, und offensichtlich ist sein Bruder noch härter drauf!«

»Keine Sorge, ich gehe kein Risiko ein.«

»Beim Selbstverteidigungskurs machst du aber den gegenteiligen Eindruck!«, meinte Jack scherzhaft.

Doch Annabel war so konzentriert, dass sie gar nicht registrierte, dass er nur Spaß machte.

»Nahkampfsituationen sind mir durch mein jahrelanges Thaiboxen-Training vertraut. Aber das hier ist was anderes!«

Jack antwortete mit einem breiten Grinsen.

Es war das erste Mal, dass sie gemeinsam an einem solch waffen- und personenstarken Einsatz teilnahmen. Die Anspannung war deutlich spürbar, und die Luft war zum Schneiden.

Im Eiltempo zogen die Straßen von Queens an ihnen vorüber. Als sie ihr Ziel fast erreicht hatten, wandte sich Jack an den Fahrer, der auch für den Funkverkehr zuständig war.

»Sag den Jungs, sie sollen das Martinshorn ausschalten. Ich will nicht, dass man uns schon hört, bevor wir in die Straße einbiegen.«

Der Konvoi fuhr ohne Sirenengeheul weiter, nur das Blaulicht blinkte noch.

»Ankunft in weniger als dreißig Sekunden!«, kündigte der Einsatzleiter an.

Der erste Wagen stoppte vor dem Gebäude, Maschinengewehre im Anschlag, stürzten zwei Männer zum Eingang. Die beiden Lieferwagen blockierten die Straße, während die Polizisten der Spezialeinheit sich postierten, um alle Ausgänge zu sichern. Die Kapuze unter ihrem Helm ließ nur zwei kleine Sehschlitze frei. Annabel folgte Jack mit gezückter Waffe. Sie bildeten das Ende des Zugs.

Während ein Polizist mit einer Einmannramme hantierte, bereit, die Tür einzudrücken, brüllte der Einsatzleiter:

»POLIZEI!«

Durch den Einsatz des wuchtigen Geräts wurden die Klinke und das Schloss in die Tür gedrückt. Schatten huschten durchs Haus, mit dem Laserzielfernrohr wurde systematisch jeder Quadratmeter abgesucht.

»POLIZEI!«, ertönte es aus dem Innern des Hauses.

Nun drängte auch Jack hinein, gefolgt von Annabel, die sich auf ihre Atmung konzentrierte, *ruhig Blut*, und ihre Beretta auf die Sessel im Wohnzimmer richtete. Leer. Rasch wurden alle Räume durchsucht, die Türen aufgestoßen: eine blitzartige und konzertierte Invasion.

Plötzlich hallte eine heftige Geschossgarbe durch die Gänge, die in Annabels Ohren dröhnte.

»KONTAKT! ZUGRIFF!«, rief eine aufgeregte Stimme.

Im gleichen Moment erfüllte das Knattern einer HK MP5 das Zimmer. Annabel glaubte, herumfliegende Patronen zu erkennen, die von der Holztäfelung abprallten, bevor ein erneuter Feuerstoß – weniger kräftig, dafür aber länger – das Haus erhellte.

Eine Pumpgun, begriff sie.

Eine Hand packte sie am Kragen ihrer kugelsicheren Weste und zog sie zurück.

Es war Jack.

Sie traten den Rückzug an.

Innerhalb von zehn Sekunden waren alle Männer draußen. Annabel sah, dass zwei von ihren Leuten einen Verletzten hinaustrugen, der sich, stöhnend vor Schmerzen, wand.

»Einen Krankenwagen!«, bellte der Einsatzleiter. »Taylor und Padoue, Sie sichern den Hinterhof, Golding, Lyle und Morrisson vorn, die anderen bilden einen Sicherheitsring. Fordert Verstärkung an, um die Anwohner zu evakuieren! Holt jetzt endlich jemand einen Krankenwagen? Los, schnell!«

Die Funkgeräte knisterten, die Männer hielten sich dicht am Haus und gaben einen Lagebericht durch. Wer war getroffen? Wie viele Ziele gab es im Innern? Hatte der Gegenschlag jemanden verletzt?

Annabel ging mit ihrem Partner hinter einem Wagen in Deckung.

»Die Triponelli-Brüder haben zugelegt«, meinte sie, als sie sich wieder etwas beruhigt hatte und einen klaren Gedanken fassen konnte. »Hast du gesehen, was passiert ist? Einer unserer Leute ging zu Boden. Blieb genügend Zeit, um den Schützen zu schnappen?«

»Das kann ich nicht sagen«, antwortete Jack, der den Kopf hob, um das Haus zu beobachten, »aber dort ist es plötzlich verdammt ruhig geworden.«

Die roten Punkte der Laser tanzten über die Fassade des Gebäudes.

»Was für ein Chaos!«, meinte Annabel. »Ich hatte nicht mal die Zeit, zu begreifen, was da vor sich ging, als du mich nach hinten gezogen hast. Alles in Ordnung bei dir?«

»Ich höre nicht mehr viel, aber sonst geht's.«

»Glaubst du, die wollen uns hier Fort Alamo vorspielen?«

»Ich hoffe, sie erkennen, dass das verlorene Liebesmüh ist, und hissen gleich die weiße Flagge. Eine Schlacht mitten in einem Wohnviertel, das wäre das Letzte, was ich will!«

Fünf Schüsse waren aus dem Gebäude zu hören, eine Fensterscheibe zersplitterte, und die Kugeln flogen den beiden Detectives um die Ohren. Sie bohrten sich in den Kastenwagen hinter ihnen.

Der Kampf war eröffnet.

42

Tastend bewegte sich Brady rückwärts. Er knipste seine Stiftlampe aus und lehnte sich, unter der Treppe verborgen, an die Wand. Jemand hämmerte gegen die Tür.

»Polizei!«

Oben im Flur ging das Licht an.

Brady zuckte zusammen. Er war nicht allein!

Jemand lief die Treppe herab.

Beine kamen zum Vorschein.

Verzweifelt suchte Brady nach irgendeinem Versteck.

Ein offener Schrank unter der Treppe. Als Brady hineinschlüpfte, betete er, die Tür möge nicht knarren. Ihm blieb nicht genügend Zeit, sie ganz zu schließen, als bereits ein Mann auf den untersten Stufen erschien.

Das Trommeln gegen die Eingangstür wurde heftiger.

Wie erstarrt hörte Brady den Wortwechsel:

»Was ist denn los?«

»Sind Sie der Eigentümer?«

»Nein, der Mieter. Wieso?«

»Eine Nachbarin hat uns angerufen. Sie hat gesehen, wie jemand von hinten in Ihr Haus geschlichen ist.«

»Ach, wirklich?«

In seiner Panik kniff Brady die Augen zusammen.

»Es ist keine fünf Minuten her, wir waren gerade in der Nähe. Um Ihnen die Wahrheit zu sagen, sie behauptet sogar, ein Foto gemacht zu haben ... Wenn Sie gestatten, würden wir gerne Ihren Hinterhof inspizieren!«

»Das ist nicht nötig, Officer, das war ich. Vorhin bin ich kurz draußen gewesen. Als ich zurückging, musste ich durch den Hof laufen, da ich nur die Schlüssel zur Küchentür bei mir hatte. Es ist also alles in Ordnung, ich danke Ihnen.«

Brady beugte sich vor, um die Unterhaltung mitverfolgen zu können. Irgendetwas stimmte nicht! Er war sich absolut sicher, völlig allein gewesen zu sein, als er in das Haus eingedrungen war. Warum log der Mann?

»Entschuldigen Sie, aber könnten Sie sich bitte ausweisen? Vielleicht mit Ihrem Führerschein oder einem anderen Dokument?«

»Ähm ... ja, hier.«

»Miles, kannst du mal kurz nachsehen, welcher Name auf dem Briefkasten steht?«

Keine zehn Sekunden später rief eine Stimme:

»Clay Gunroe!«

»In Ordnung, Miles, die Namen sind identisch.« Als der Officer sich nun an den Mieter wandte, klang er schon friedlicher. »Mister Gunroe, entschuldigen Sie bitte die Störung, einen schönen Abend noch.«

»Ihnen auch.«

Die Tür schlug zu.

Brady hielt den Atem an. Clay Gunroe hatte gelogen. Wusste er, dass Brady sich im Haus aufhielt? Hatte er ihn hereinkommen sehen?

Warum war oben kein Licht gewesen, verdammt noch mal?

Plötzlich fiel ihm ein Detail wieder ein. Gunroes Beine auf der Treppe. Seine Hose aus dünnem Stoff ... Ein Pyjama! Der Mann hatte geschlafen!

Doch warum verheimlichte er die Anwesenheit eines Eindringlings in seinem Haus?

Weil er etwas zu verbergen hat. Und das ist derart wichtig, dass er es vorzieht, Probleme auf seine Art zu regeln. Um ja nicht die Aufmerksamkeit der Bullen auf sich zu lenken …

Mit einem Mal war Clay Gunroe direkt vor Brady. Er ging an der einen Spaltbreit geöffneten Schranktür vorbei und schaltete das Licht in der Küche an.

»So eine Scheiße!«, fluchte er.

Brady wusste, warum. Er hatte wohl gerade den Geißfuß entdeckt. Den Beweis dafür, dass tatsächlich jemand ins Haus eingebrochen war.

Er wird alles durchsuchen. Er wird überprüfen wollen, ob ich noch da bin!

Brady kroch noch tiefer in den Schrank und stieß dabei mit dem Fuß gegen einen metallischen Gegenstand. Er erstarrte. Wenn Clay das gehört hatte, war er geliefert.

Entfernt vernahm er ein leises Knarren. Gunroe öffnete die Weidenkörbe.

Er sucht!

Jede Vorsicht außer Acht lassend knipste Brady seine Stiftlampe an, um sein Versteck zu sondieren.

Es war kein Wandschrank, sondern der Absatz vor der Kellertreppe. Er war mit der Ferse gegen eine Dose Schuhcreme gestoßen.

Mir bleibt nichts anderes übrig.

Brady machte sich auf den Weg nach unten, wobei er inständig hoffte, dass die Holzstufen nicht knarrten … Von oben hörte er, wie Clay jeden Winkel überprüfte und nach ihm suchte. Brady war fast unten angekommen, als sich die Tür hinter ihm öffnete.

Hastig suchte er hinter einem Mauervorsprung Schutz und sah das Auto … Die unterirdische Garage! Er wollte sich gerade unter den Wagen gleiten lassen, verbarg sich aber im letzten Moment doch lieber hinter einem Stapel mit Reisetaschen, während sein Verfolger auch schon die Treppe herunterstürmte.

Brady blieb gerade noch Zeit, die Taschen vor sich zurechtzurücken, als Clay bereits das Untergeschoss erreicht hatte. Zwei Neonröhren surrten. Ein kalter Lichtstrahl erhellte den Raum.

Der Mann war blond, ein dünner Schnurrbart zeichnete eine blasse Linie über die fast nicht vorhandene Oberlippe. Unter dem vorspringenden Unterkiefer ein fliehendes Kinn, seine Hakennase berührte fast den Mund. *Hässlich wie die Nacht,* stellte Brady fest. Sein gewelltes, zu langes Haar stand im Nacken und an den Ohren ab.

Er hielt einen Revolver in der Hand.

Gib ja keinen Mucks von dir! Vor allem, bewege dich nicht, nicht mal um einen Millimeter!

Das empfindliche Gleichgewicht, das ihn schützte, drohte bei der kleinsten Bewegung in sich zusammenzubrechen. Er hatte sich hinter all dem alten Gepäck verschanzt und bereute nun, nicht seinem ersten Impuls gefolgt zu sein.

Doch als er sah, wie Clay Gunroe sich hinabbeugte, um unter dem Auto nachzusehen, war sein Bedauern im Nu verflogen. Hastig warf der Blonde einen prüfenden Blick durch die Garage, ehe er in einer schmalen Öffnung verschwand.

Brady vernahm ein Scharren auf dem Betonboden.

Danach nichts mehr. War Clay etwa gegangen?

Aber wohin? Es gibt nur diese Garagentür, ich habe vorher keinen anderen Ausgang gesehen!

Wartete Gunroe womöglich darauf, dass der Eindringling sich verriet?

Wieder hörte er das scharrende Geräusch, dann Clay, wie er schimpfte:

»Heb gefälligst ab, du Blödmann! Ich hab hier ein Problem,

jemand ist im Haus gewesen! Gerade war ich im Studio, es fehlt nichts, aber die Sache gefällt mir gar nicht!«

Gunroe erschien wieder, ein Handy ans Ohr geklemmt, in der Hand die Waffe. Er warf einen letzten Blick durch die Fenster des Wagens, um ganz sicher zu sein, dass sich dort auch wirklich niemand versteckt hatte. Während er weiter telefonierte, schaltete er das Licht aus.

»Ich frage mich, ob es nicht derselbe Schnüffler ist, der auch schon im Chalet war. Vincenzo, wir müssen das in den Griff kriegen! Ansonsten macht uns der ›Stamm‹ kalt! Also, melde dich, sobald du das abgehört hast, ich warte auf deinen Rückruf.«

Oben wurde die Tür wieder zugeschlagen, und Brady saß im Dunkeln.

Das Studio. Offensichtlich war dieser Ort wichtig. Grund genug, um die Polizei nicht im Haus haben zu wollen? Vielleicht … Clay hatte das Haus nur kurz inspiziert und sich dann sofort hierherbegeben. Hier waren offensichtlich seine Geheimnisse verborgen.

Brady hatte gedacht, er wäre bei Vincenzo Triponelli eingebrochen, doch dem war nicht so.

Das hatte der Besitzer des Clubs gesagt! Doch ich bin nicht bei Triponelli, sondern in ihrem *Studio gelandet.*

Was für eine Art Studio war das, wenn man den Besuch der Polizei derart fürchtete?

Brady befreite sich aus seinem Versteck und griff zu seiner Stiftlampe.

Wenn er sich nicht gleich Gewissheit verschaffte, würde er es niemals tun.

Im angrenzenden kleinen Raum befanden sich Farbtöpfe, ein Schrank, eine Waschmaschine und eine Spüle, aber kein weiterer Zugang.

Dies war kein Studio. Mit seiner Minilampe suchte Brady jeden Winkel der Garage ab, um schließlich vor dem Schrank stehen zu bleiben. Er hatte deutlich ein schabendes Geräusch vernommen, auf dem Boden waren Kratzspuren zu erkennen. Wenn man die Türen aufmachte, stimmten die Linien überein.

Er zog eine Tür auf, wobei er sie leicht anhob, um kein Geräusch auf dem Betonboden zu verursachen. Das Innere war leer.

Vor ihm lag ein schmaler Gang.

Welche Art von Studio musste derart versteckt werden?, fragte er sich erneut, als er hineinging.

43

Ein Feuer- und Pulversturm quoll durch die berstenden Fenster nach draußen und verbreitete seinen beißenden Qualm im Garten. Die Triponelli-Brüder hielten sich wohl für Zeus. Schleuderten ihre Blitze gegen alles, was einem Ziel glich. Mangels Polizisten, die alle in Deckung gegangen waren, feuerten sie auf die Fahrzeuge und ins Gebüsch.

Der Rettungswagen hielt in sicherer Entfernung, doch um den Verletzten der Spezialeinheit abzutransportieren, musste man die Straße und den ungeschützten Bereich passieren.

Annabel hatte sich hinter der Tür eines Polizeiwagens verschanzt. Ein Funksprechgerät in der Hand, kauerte Jack neben ihr.

»Zwei feindliche Elemente gesichtet«, berichtete der Chef der Einheit. »Sie befinden sich im ersten Stock und haben alle Lichter gelöscht, doch wenn sie schießen, kann man sie orten. Momentan keinerlei Bewegung im Erdgeschoss. Die Schüsse im Haus kamen von der Treppe. Ich denke, sie haben sich nun zusammengetan.«

»Der Rettungswagen wäre da, doch die Sanitäter kommen nicht an den Verletzten heran!«, schimpfte Thayer. »Könnt ihr eingreifen?«

»Das sage ich Ihnen gleich. Lincoln, bist du am Einsatzort?«

Flüsternd meldete sich eine dritte Stimme:

»Ja, Chef. Ich bin bereit. Auf dem Dach eines Lieferwagens auf der gegenüberliegenden Straßenseite.«

Jack verrenkte sich den Hals, um das Fahrzeug zu erspähen. Doch es war viel zu dunkel, und der Schütze der Spezialeinheit war nicht zu erkennen.

»Siehst du sie?«, wollte der Einsatzleiter wissen.

»Einen ja, aber nicht beide. Er ändert nach jedem Schuss seine Position.«

»Kannst du ihn neutralisieren?«

»Wenn der erste Schuss ein Treffer ist, ja! Sonst besteht das Risiko, dass er in Deckung geht. Moment! Zweite Zielperson im Visier, er hält … wahrscheinlich ein Handy in der Hand.«

Annabel stellte sich das kleine Fadenkreuz auf der Stirn dieser beiden Gangster vor.

Eine andere Stimme wurde hörbar:

»Captain, Samuel muss dringend abtransportiert werden, er verliert viel Blut.«

»Lincoln, kannst du beim Angriff einen von beiden ausschalten?«, erkundigte sich der Einsatzleiter.

»Ja. Wenn ich als Erster schieße.«

»Detective Thayer«, sagte der Chef, »geben Sie grünes Licht?«

Seufzend lehnte Jack den Kopf an das Fahrzeug. Er drehte sich zu Annabel um.

»Es muss sein«, meinte sie.

Jack nickte. Er drückte den Knopf seines Funksprechgeräts.

»Grünes Licht! Zielt, wenn möglich, auf die Beine. Wir sind kein Exekutionskommando. Aber ich möchte auf keinen Fall, dass einem Ihrer Leute etwas passiert. Gehen Sie kein Risiko ein, verstanden?«

»Laut und deutlich. Ende.«

Mit angehaltenem Atem beobachtete Tom Lincoln die Bewegungen seiner beiden Objekte. Der Restlichtverstärker seines Zielfernrohrs färbte das Bild grün, und er sah die zwei miteinander reden, während einer von ihnen seine Waffe nachlud.

»Ziel eins lädt nach«, sagte er in sein Mikro. »Ich wiederhole: Ziel eins lädt nach.«

»Wir sind noch nicht auf Position, also lass es«, erklärte der Einsatzleiter. »Denk daran, du schaltest einen der beiden aus, und danach schließt du gefälligst die Augen. Da drinnen wird es nämlich grell werden.«

»Verstanden.«

Der stämmigere der beiden Männer war ans Fenster getreten, um zu sehen, was sich draußen tat. Lincoln justierte sein Visier.

»Wir sind so weit«, erklärte der Einsatzleiter. »Leg los.«

Lincoln machte sich bereit. Er zielte auf die Schulter, damit der Kerl die Waffe fallen ließ. Es war windstill und der Abstand zum Objekt gering, sodass er seine Zieleinstellung nicht korrigieren musste.

Sein Zeigefinger glitt zum Abzug, er hielt den Atem an.

Als der Schuss losging, richtete der Mann sich auf.

Noch bevor der Abzug wieder zurückgeschnellt war, hatte das Geschoss schon die Straße überquert. Seine glühende Spitze sirrte durch das Fenster, wobei ein helles Knirschen zu hören war. Und während das Zielobjekt sich aufrichtete, durchlöcherte die Kugel in Hüfthöhe die Kleidung und zerschmetterte den Beckenknochen. Doch ihre Wucht war so groß, dass sie weiter bis zur Leiste vordrang, die Hoden und den Oberschenkel durchschlug, ehe sie die Schlagader zerriss.

Kaum war Lincoln nach dem ersten Schuss klar, dass er nicht die Schulter getroffen hatte, drückte er noch einmal ab.

Als er sah, wie sich das Schlüsselbein hob, schloss er die Augen und rief:

»GO! GO! GO!«

Im großen Zimmer im ersten Stock vernahm Natale Triponelli trotz des Pfeifens in seinen Ohren einen Schuss, der nicht aus dem Haus kam. Vincenzo brach stöhnend zusammen.

Natale wusste, was er zu tun hatte. Ohne sich um seinen Bruder zu kümmern, ging er zur Tür, bereit, die Flammen der Hölle sprechen zu lassen.

Doch plötzlich wurde diese aufgestoßen, und ein kleiner Gegenstand rollte über den Fußboden.

Ein furchtbarer Blitz entlud sich, der Natale derart blendete, dass seine Augen schmerzten.

Er hörte hastige Schritte.

Die Pumpgun vor sich haltend drückte er einfach ab.

Ein Schuss, den Hahn spannen, ein zweiter, wieder spannen, sein Körper bäumte sich auf, ein dritter, sein Oberkörper sackte in sich zusammen, er bekam keine Luft mehr, egal, er spannte den Hahn, schoss wieder. Er wollte noch einmal schießen, doch nichts geschah. Natale fühlte nur noch, wie die Wärme aus seinem Körper entwich, sonst nichts mehr.

Die Waffe entglitt ihm, und mit der Hand, die er noch kontrollieren konnte, suchte er nach der Smith & Wesson in seinem Gürtel.

Er hob sie, sein linker Wangenknochen wurde durchschlagen, und ein Feuerball durchzuckte sein Gehirn. Und zum ersten Mal in seinem Leben spürte Natale seine Gehirnmasse: Sie explodierte.

Alles, was er gewesen war, löste sich innerhalb einer Sekunde auf, seine Erinnerungen, seine Wünsche und Hoffnungen verpufften in der staubigen Luft des Raums.

In drei Gruppen aufgeteilt durchsuchte die Spezialeinheit das Haus. Mit der Fußspitze schoben die Männer die Waffen neben den beiden ausgestreckten Körpern beiseite.

Der Einsatzleiter trat als Letzter ein, um sich selbst ein Bild vom Zustand der Brüder zu machen.

Gleich darauf griff er zu seinem Funkgerät.

»Detective Thayer, wir brauchen dringend einen Rettungswagen. Beide Zielobjekte sind getroffen. Ein Toter. Keine Verluste auf unserer Seite. Es war ganz schön knapp, aber es ist alles in Ordnung. Doch Ihr Verdächtiger wird die Nacht nicht überleben, wenn Sie sich jetzt nicht beeilen.«

44

Die Illusion hinter der Realität.

Brady entdeckte ein in kräftigen Farben gestrichenes Geheimzimmer, in dem sich aufgerollte Leinwandbahnen stapelten, die vermutlich dazu dienten, den Hintergrund zu variieren. Ein Fotostudio mit Scheinwerferleisten.

Der Radius seiner Lampe war zu klein, um seine Neugier zu befriedigen. Da Brady kein Fenster entdecken konnte, wagte er es, das Licht einzuschalten.

Drei Nischen in den Wänden.

Die erste war ein Fotostudio, die zweite erinnerte mit ihrem geteilten Samtvorhang an die Bühne eines Filmtheaters. Ein Eindruck, der durch zahlreiche Scheinwerfer und zwei Kamerastative noch verstärkt wurde, die rund um einen merkwürdigen Stuhl arrangiert waren. Bei näherer Betrachtung begriff der Journalist, dass es sich bei dem nach hinten gekippten und mit Steigbügeln ausgestatteten Gegenstand um einen gynäkologischen Stuhl handelte.

Er wollte sich lieber nicht ausmalen, wozu er diente.

In der dritten Nische schließlich befand sich das Zubehör: Dildos in allen Größen, Handschellen, Kapuzen mit Augenschlitzen, Handschuhe, schwarze Latexanzüge und sogar ein Heftapparat.

Brady drehte sich einmal um die eigene Achse, um den Mittelteil genauer unter die Lupe zu nehmen, und entdeckte einen metallenen Rollschrank. Er öffnete die Tür. Im Licht eines kleinen Halogenscheinwerfers kam eine beeindruckende DVD-Kollektion zum Vorschein. Es waren an die hundert. Ohne Schutzumschlag, lediglich mit einem Etikett versehen, auf dem ein Datum, eine Abfolge von Initialen und ein farbiger Punkt zu sehen waren. Brady zählte fünf verschiedene Punkte: orange, violett, blau, grün und schwarz. Von den schwarz markierten DVDs gab es nur rund ein halbes Dutzend.

Brady trat einen Schritt zurück und wäre beinahe über etwas gestolpert.

Im letzten Moment hielt er sich an einem Videobearbeitungsgerät mit seinen eigenartigen Tastenfeldern und Monitoren fest.

Er war auf einen Miniaturlastwagen getreten. In einer Mauervertiefung waren jede Menge Spielzeug und zwei Ketten an der Wand, an denen Kinderhandschellen hingen.

Oh, nein, nicht so etwas …

Als er näher trat, verspürte Brady Übelkeit.

Der Teppich war abgenutzt und fleckig. Auf dem Boden und an den Wänden waren zahlreiche Spuren zu erkennen. Gelbliche, braune und rote Ränder.

Ein Eimer mit einem Wischlappen stand bereit. Man machte sich nicht mal die Mühe, ihn wegzuräumen.

Brady stellte fest, dass es nicht überall Teppichboden gab. In den Nischen war graues Linoleum verlegt worden, das sich problemlos reinigen ließ.

Unvermittelt fühlte er sich befreit, fiel die Anspannung von ihm ab. Zum ersten Mal seit Tagen lösten sich seine Zweifel und Sorgen – in Wut.

Er wusste, dass er richtig gehandelt hatte. Die fixe und manchmal verrückte Idee, die ihn hierhergebracht hatte, basierte auf einer festen Überzeugung.

Diese Leute sind Schweine, denen man das Handwerk legen muss, damit sie niemandem mehr Schaden zufügen können. Koste es, was es wolle.

Der Klingelton eines Handys ließ ihn zusammenfahren.

Das Geräusch schien sich auf ihn zuzubewegen.

Clay Gunroe!

Gleich würde er nach unten kommen und den Wandschrank öffnen!

Eilig schaltete Brady das Licht aus.

Anschließend lief er blindlings auf die Vorhänge der größten Nische zu und quetschte sich hinter den gynäkologischen Stuhl.

Das Klingeln hörte auf, und der Schrank knarrte. Clays aufgebrachte Stimme ertönte:

»Na, das wurde aber auch Zeit! Vincenzo, hör mal, ich habe … Was? Ich verstehe rein gar nichts! Was ist das für ein Krach? Hä? Verdammte Scheiße!«

Clay trat ins Studio und machte Licht.

Clays Gesprächspartner brüllte derart laut, dass Brady ein paar Wortfetzen aufschnappen konnte:

»Die Bullen, Clay! Überall … Sie haben uns reingelegt! Du … zer… Videos!«

»Was?«

Ohrenbetäubender Lärm störte das Gespräch.

»Diese verdammten Videos! Wenn jemand … zu dir zurückverfolgen kann … Vernichte sie … Bau alles ab … geliefert!«

»Oh, Scheiße, Vince, Scheiße!«

»Melde dich nicht mehr beim Sta… Lass es!«

Brady verrenkte sich fast den Hals, um möglichst viel mitzubekommen, aber Gunroe lief nervös auf und ab.

»Wir müssen sie warnen!«, brüllte er.

»Nein! … wird kommen … alles, was du … zerstör die Videos … Und kei … takt mit den anderen, das Spiel ist aus!«

»Aber Vince …«

»Mach, was ich dir sage! Wir sehen uns … Himmel mein …«

Brady hörte nur noch, wie das Handy zugeklappt wurde, und Clays vor Angst zitternde Stimme, die immer wieder »Oh, Scheiße …« wiederholte. »Scheiße.«

Brady wagte kaum zu atmen.

Clay holte tief Luft und wurde plötzlich hektisch. Brady registrierte, wie der Mann begann, die DVDs herauszunehmen und in eine Kiste zu werfen. Dabei fluchte er vor sich hin. Dann sagte er:

»Benzin … Den Kram verbrennen.«

Seine Schritte entfernten sich. Brady hörte ihn die Treppe hinaufgehen. Er schwitzte.

Und bedauerte, den Geißfuß draußen gelassen zu haben.

Er streckte den Kopf aus seinem Versteck.

Gunroe hatte zwei Kisten mit DVDs vollgepackt, keine einzige stand mehr im Schrank. Der Typ würde die Filme in Brand stecken. Alle Beweise vernichten.

Das konnte er nicht zulassen.

Eine Kiste könnte er problemlos wegschaffen. Sogar weglaufen müsste damit möglich sein.

Aber wie lange würde er das durchhalten? Ich bin ohne Auto unterwegs! Gunroe hätte mich in kürzester Zeit eingeholt …

Und wie sollte er hier überhaupt rauskommen? Durch das Garagentor? Konnte man es von innen ohne Schlüssel öffnen?

Mist! Gunroe wird bestimmt gleich zurück sein, dann werde ich nicht mehr die Gelegenheit haben, aus diesem Haus rauszukommen!

Er hätte vielleicht eine minimale Chance, wenn er sich jetzt gleich davonmachte und Gunroes Panik nutzte, um auf die Straße zu laufen und das Weite zu suchen.

Und es diesen Dreckskerlen ermöglichen, die Beweise ihrer Verbrechen zu vernichten …

Es gibt eine andere Lösung.

Die gefährlichste Variante.

Brady lief zu den Kamerastativen, griff sich eines und wog es prüfend in der Hand. Machbar. Er drückte sich mit seiner improvisierten Waffe an die Wand.

Seine Beine zitterten, und die Angst schnürte ihm den Magen zu.

Er durfte jetzt nicht aufgeben und sie einfach so davonkommen lassen.

Fast im gleichen Moment kehrte Clay zurück. Er ging durch den Schrank und betrat das Studio.

Das Stativ sauste durch die Luft.

Und traf Clay Gunroe mitten ins Gesicht, zertrümmerte seine Nase und die rechte Wange. Die Augenbraue platzte auf. Im gleichen Moment sackte Gunroe lautlos zu Boden. Zusammen mit dem Benzinkanister, den er bei sich trug. Beim Aufprall öffnete sich der Behälter, und die brennbare Flüssigkeit ergoss sich über den Teppich und tränkte seine Kleidung.

Eine Blutlache bildete sich um den Kopf des Bewusstlosen. Weiße Splitter steckten zwischen seinen Lippen.

Brady betrachtete das Spektakel. Er hatte ihn ganz schön erwischt.

Ich muss ihn fesseln!

Er ließ das Stativ fallen und stürzte in die Garage. In der Nähe des Stapels, hinter dem er sich vorher versteckt hatte, hatte er Werkzeug gesehen. Er schnappte sich eine Rolle braunes Klebeband und hastete ins Studio zurück.

Ich hab ihm nicht seine Waffe abgenommen!, fiel ihm plötzlich siedend heiß ein.

Gunroe lag noch immer in der Benzinpfütze. Der purpurfarbene Kreis um seinen Kopf hatte inzwischen die Größe eines Motorradhelms.

Zunächst durchsuchte Brady den Mann, fand die Waffe im

Gürtel und warf sie mitten in den Spielzeughaufen. Dann umwickelte er Bradys Hände und Knöchel mit Klebeband.

Keuchend schleifte er den Körper zum gynäkologischen Stuhl hinüber und hievte ihn hinauf. Er brauchte meterweise Klebeband, um ihn dort oben zu fixieren.

Hier kommt er unmöglich allein weg.

Er trat zurück, um sein Werk zu begutachten.

Gunroe begann zu stöhnen, aus seiner Nase tropfte Blut.

Ich habe ihn ganz schön erwischt!, sagte sich Brady.

Sollte er nun die Polizei rufen?

Mach dich erst mal aus dem Staub!

Doch er zögerte. Alle seine Spuren endeten hier. Wenn er nun einfach ging, wäre die Sache für ihn damit erledigt.

Ist es nicht das, was du wolltest? Dich dem Stamm zu nähern? Ihn zu Fall bringen?

Nicht ganz, erinnerte er sich. Rubis war der Beweggrund für seine Recherchen gewesen. Er hatte verstehen wollen, was für ein Mensch sie gewesen war und warum sie sich umgebracht, warum und wie der »Stamm« sie zerstört hatte.

Und wenn man in den Filmen etwas fände, das den »Stamm« belastete, sie eines Verbrechens überführte? Und selbst wenn es so wäre, wie sollte die Polizei vorgehen, um die Mitglieder der Gruppe aufzuspüren?

Wenn die Bullen vom selben Schlag sind wie Annabel, dann gelingt ihnen das sicher.

Brady kniete sich hin und durchwühlte die DVD-Kisten.

Daten, Initialen, farbige Punkte, keine Chance, sich hier zurechtzufinden. Er hatte nicht die Zeit, alles zu sichten, und die Dinger in sein Büro zu schaffen wäre ein fataler Fehler. Man durfte auf keinen Fall eine Verbindung zwischen ihm und diesem diabolischen Ort herstellen.

Die schwarzen Punkte kommen am seltensten vor. Sind diese Filme womöglich was Besonderes?

Er versuchte, die DVDs zu sortieren. Er hatte noch immer seine Handschuhe an. Wenn die Spurensicherung inzwischen in der Lage wäre, Abdrücke auf dem Leder festzustellen, hätte seine Frau ihm bestimmt davon erzählt. Von dieser Seite her hatte er also nichts zu befürchten.

Brady zählte sieben mit einem schwarzen Punkt markierte Hüllen.

Jede Minute, die er länger an diesem Ort des Grauens verbringen musste, widerte ihn an.

Und wenn ich auf einen Porno mit Kindern stoße?

Der bloße Gedanke bereitete ihm Übelkeit.

Er betrachtete ein letztes Mal die Etiketten. Sein Blick fiel auf ein Datum: 29.11.2000, S. A. W.

Das war eine Woche vor seiner Begegnung mit Rubis.

S. A. W. Sondra Ann Weaver!

Brady nahm die DVD und ging zum Videorekorder. Es dauerte ein paar Sekunden, bis er ihn eingeschaltet hatte. Er legte die Disc ein.

Das Bild war verschwommen.

Es wurde schärfer, fixierte die Flamme einer Kerze, bevor der Hintergrund herangezoomt wurde.

Dutzende von Kerzen erhellten die Szenerie.

Rubis war da, saß – völlig nackt – auf einem steinernen, altarähnlichen Tisch. Ihr Körper war wie gemeißelt, von vollendeter Schönheit.

Gestalten bewegten sich weiter hinten im Raum. Bleiche Ovale, eine rundliche Form, die sich zu einem größeren O öffnete, in dem Reißzähne schimmerten.

Skelettartige Gesichter.

Der »Stamm«.

Die Gestalten richteten sich auf und näherten sich Rubis.

Die nächsten Szenen verfolgte Brady mit weit aufgerissenen Augen, unfähig, die Stopp-Taste zu drücken.

Als die Szene endete, wurde die Disc automatisch ausgeworfen.

Die Hand noch immer auf den Mund gepresst wurde Brady von einem heftigen Zittern erfasst.

Tränen liefen über seine Wangen.

45

Captain Woodbine schob sich durch das Gewühl auf der Straße: die Männer der Spezialeinheit, Sanitäter, uniformierte Polizisten, die Spurensicherung und Politiker … Sie waren soeben eingetroffen. Hinter den kreuz und quer parkenden Autos drängten Journalisten gegen die Absperrung, die von den Beamten vehement verteidigt wurde.

Woodbine überließ Thayer einem Mann im beigefarbenen Anzug und ging zu Annabel, die auf der Kühlerhaube von Jacks Ford saß.

»Alles in Ordnung?«, erkundigte er sich.

»Ich musste ja nicht viel machen.«

»Es wurde aber auf Sie geschossen, das traumatisiert. Der Psychologe unserer Abteilung ist schon unterwegs.«

»Den brauch ich nicht.«

»Das liegt ganz bei Ihnen. Doch Ihre Waffe werden wir beschlagnahmen müssen, das ist nun mal Vorschrift.«

»Aber, Sir, ich habe keine einzige Kugel abgefeuert!«

»Umso besser, dann werden Sie ja ganz schnell wieder zurückkehren können.«

»Wie bitte? Ich werde freigestellt?«

»Sie sind vorübergehend beurlaubt. So sind nun mal die Vorschriften, und das wissen Sie.«

»Ich bin also die ganze Zeit hinter dem Auto in Deckung geblieben, damit ich jetzt abgeschossen werde?«

»So sind nun mal die Regeln.« Woodbine seufzte.

Ein Mann von der Spurensicherung kam mit einer Papiertüte zu ihr. Seine mit Latex umhüllte Hand streckte sich ihr entgegen.

»Könnte ich bitte Ihre Waffe haben?«

Widerwillig gab Annabel sie ihm, und der Mann ging wieder.

»Die beiden haben das Mädchen aus New Jersey umgebracht, oder?«, erkundigte sich Woodbine.

Das wusste er doch schon, Jack hatte ihm bereits alles erklärt, und Annabel fragte sich, warum er bei ihr nachbohrte.

Um sich zu vergewissern, dass unsere Versionen identisch sind, damit es keine unliebsamen Überraschungen gibt …

»So ist es«, antwortete sie.

»Die Kerle haben als Erste das Feuer eröffnet …«, sagte der Captain.

»Ja …«

Annabel verstand nicht, worauf er hinauswollte. Woodbine und Thayer kannten sich gut, und der Captain war jemand, der seine Leute auch in schwierigen Situationen vorbehaltlos unterstützte.

Er will, dass man uns miteinander reden sieht! Damit er sagen kann, wir wären befragt worden. Es ist ihm egal, was ich erzähle, er will einfach nur, dass alles seinen korrekten Gang geht, zumindest den Anschein hat, um uns zu schützen.

»Ich werde dafür sorgen, dass alles reibungslos abläuft«, bestätigte er ihre Vermutung, »damit Sie weder intern noch von den Journalisten belästigt werden. Auf jeden Fall haben wir mit den Kollegen von der Spezialeinheit genügend Zeugen, sodass die Aussagen übereinstimmen werden. Entspannen Sie sich, O'Donnel, Sie haben gute Arbeit geleistet.«

»Wie ist Vincenzo Triponellis Zustand?«

»Er wird gerade notoperiert. Die erste Kugel des Scharfschützen hat den größten Schaden angerichtet.«

»Wird er überleben? Wir müssen ihn dringend befragen.«

»Keine Ahnung, man konnte mir nichts Konkretes sagen.«

Ein Officer eilte auf Annabel zu.

»Die Zentrale hat uns gerade mitgeteilt, dass ein anonymer Telefonanruf für die Detectives Thayer und O'Donnel eingegangen ist«, berichtete er. Er sah in seine Notizen. »Der Anrufer sagte, Sie sollen nach Queens in die Foch Avenue sechzehn kommen, sofort.«

»Das ist keine fünf Minuten von hier«, erklärte Annabel und erhob sich.

»Wo wollen Sie denn hin?«, schaltete sich Woodbine ein.

»Die Meldung ist sicher nicht ohne Grund speziell an uns beide gerichtet. Das können wir nicht einfach ignorieren. Jack!«

»Sie sind beurlaubt!«

»Dann fahre ich eben als betroffene Bürgerin dorthin. Jack, los, beeil dich!«

Woodbine legte eine seiner Hände auf die Wagentür.

»Ich komme mit«, erwiderte er, »und Sie halten sich schön im Hintergrund.«

Thayer fuhr mit eingeschaltetem Blaulicht, aber ohne Martinshorn. Zwei Fahrzeuge mit Polizisten, in deren Zuständigkeitsbereich die Schießerei fiel, folgten ihnen.

»Ein anonymer Anruf«, sagte er. »Wie damals, als uns die Selbstmörderin vom Fulton Terminal gemeldet wurde. Die gleiche Vorgehensweise.«

»Das heißt aber doch nicht, dass es sich um denselben Anrufer handelt«, gab Annabel zu bedenken. »Es ist eine gängige Praxis, mit der wir es häufiger zu tun haben. Die Leute hassen es, ihre Identität preiszugeben. Es muss keine direkte Verbindung zwischen den beiden Anrufen bestehen.«

»Ein Zufall? Wo ausdrücklich wir beide zum Tatort bestellt worden sind? Also, das würde mich wundern!«

»Oh, verdammt …«, murmelte Annabel, als sie den riesigen flackernden Lichtschein wahrnahm.

Jack trat in die Bremse, wobei er den Feuerball nicht aus den Augen ließ, der an den Mauern des Hauses hinaufzüngelte.

Von der anderen Seite näherten sich zwei Feuerwehrwagen mit heulenden Sirenen.

Der Ford hielt direkt gegenüber dem Haus Nummer 16 in der Foche Avenue.

Kaum war Annabel aus dem Auto gestiegen, schlug ihr die Hitze entgegen. Der Schein der Feuersbrunst tauchte ihr Gesicht in einen rötlichen Schein.

Wenn dieses Haus eine Botschaft oder irgendein Geheimnis barg, gingen sie vor ihren Augen in Rauch und Flammen auf.

Ein loderndes Inferno wütete im Erdgeschoss, und regelrechte Feuersäulen verschlangen das Gebäude in Windeseile, als wollten sie es auslöschen.

Der Brand schien ein zerstörerisches Eigenleben zu besitzen. Es war ein derart beeindruckendes Schauspiel, dass Woodbine murmelte:

»Die Flammen der Hölle!«

»Nein«, erwiderte Jack mit düsterer Miene, »für mich sieht es eher so aus, als hätte das Feuer es eilig, diese Mauern zu säubern.«

46

Ein heißer Strahl. Das Wasser traf mit solcher Wucht auf ihre Haut, dass es kleine weiße Male zurückließ.

Annabel konnte gar nicht mehr aufhören zu duschen. Das Nass spülte ihre Zweifel, ihre Ängste fort.

Alles war so schnell gegangen, dass sie sich erst danach der Gefahr bewusst geworden war. Sie hatte nicht einmal von ihrer Waffe Gebrauch gemacht. Im Haus war sie nicht in der vordersten Reihe gewesen, und in der übrigen Zeit hatte sie sich hinter dem Polizeiauto verschanzt. Sollte sie froh darüber sein, dass sie nicht in das Geschehen involviert gewesen war, oder sich Vorwürfe machen? Auch Jack hatte nicht persönlich eingegriffen. Das war auch nicht ihre Aufgabe gewesen. Dafür war schließlich die Spezialeinheit da. Unter Thayers Kommando.

In Gedanken ging sie die Operation immer wieder durch, Schritt für Schritt, um sich zu überzeugen, dass alles richtig gelaufen war.

Als sie schließlich alle Fragen zufriedenstellend geklärt und sich wieder beruhigt hatte, drehte Annabel den Wasserhahn zu, um sich abzutrocknen. In ihren langen Zöpfen, die ihr bis auf die Schultern reichten, glitzerten Wassertröpfchen.

In ihren Bademantel eingehüllt ging sie zu Brady ins Wohnzimmer. Mit nachdenklicher Miene saß er da, eine Zeitschrift in der Hand, in der er aber nicht las. Häufig, wenn er über einem neuen Projekt brütete, schien sein Blick in die Ferne zu schweifen, und er wirkte abwesend und gedankenverloren. Diese grüblerische Phase hielt stets ein oder zwei Wochen an, und inzwischen hatte Annabel sich daran gewöhnt.

Als er sie kommen sah, lächelte er ihr zu. Die junge Frau ließ sich neben ihn aufs Sofa fallen und zog die Beine hoch.

»Erschöpft?«, fragte sie ihn.

»Ein bisschen.«

»Was hast du in den nächsten Tagen vor?«

»Ich bastle an einer neuen Reportage.«

»Du hast ein Thema gefunden?« Annabel freute sich.

»Eigentlich bin ich noch auf der Suche.«

»Lass dir Zeit ... Damit meine ich: Finanziell gesehen bist du nicht unter Druck, du kannst es wirklich ruhig angehen lassen.«

»Es wäre gut, wenn ich die Story innerhalb der nächsten ein, zwei Monate vorbereite, damit ich sie dann im Februar oder

März realisieren könnte, doch all das ist noch blanke Theorie. Im Moment möchte ich gerne ein paar Verbesserungen an der Gaudí-Reportage vornehmen, nach reiflicher Überlegung bin ich mit den Fotos nicht sonderlich zufrieden. Und dann sollten wir uns allmählich auf unseren Urlaub vorbereiten. Hast du eigentlich schon einen Badeanzug?«

Annabel freute sich wahnsinnig auf diese Reise. Mal ein Weihnachtsfest der anderen Art, fernab vom Tumult familiärer Zusammenkünfte unterm Weihnachtsbaum und den sich stets wiederholenden Ritualen. Sie war eindeutig nicht so ein Familienmensch wie ihr Mann, selbst wenn dieser seine Verwandten wegen der Entfernung nicht sehr häufig sah. Dieses Jahr gäbe es nur sie beide, die Sonne, das Meer und süßes Nichtstun …

»Wenn ich eine waschechte New Yorkerin wäre, würde ich deine Frage selbstverständlich verneinen und dir erzählen, ich müsse unbedingt sofort los zum Einkaufen! Doch ich glaube, ich werde meine alten ›Schätzchen‹ rauskramen, die sollten noch ganz in Ordnung sein!«

»Wie fühlst du dich nach diesem ereignisreichen Tag?«

»Na ja, ich bin nicht angespannt, zum Glück, doch ich mache mir Sorgen um den Kollegen von der Spezialeinheit. Ansonsten geht es mir sehr gut.«

»Ist er schwer verletzt?«

»Er war nicht in Lebensgefahr, bleibt die Frage, ob er seinen Beruf wird wieder ausüben können.«

»Waren die Typen, die ihr verhaftet habt, Mörder?«

»Bevor ich was dazu sage, möchte ich erst mal wissen, mit wem ich hier spreche: mit meinem Mann oder dem Journalisten?«

Brady musste lachen und zog sie an sich.

»Ach, übrigens, ich habe mich gegen diese blöde Idee entschieden, etwas über Selbstmorde zu machen. Du hast mich überzeugt – zu düster. Das Thema passt gar nicht zu mir.«

»Sehr gut! Um auf deine Frage zu antworten: Ja, wir verdächtigen die beiden, die beste Freundin des Mädchens, das unten am Fulton Terminal Selbstmord verübt hat, umgebracht zu haben. Sie ist regelrecht abgeschlachtet worden.«

»Aus welchem Grund? Ein Verbrechen ohne jegliches Motiv?«

»Ich denke nicht. Um dich nicht unnötig zu beunruhigen, habe ich dir nicht gesagt, dass ... dass am Tatort meine Visitenkarte gefunden wurde. Die noch dazu deutlich sichtbar mit einem blutigen Kreuz markiert war.«

Brady verkrampfte sich. Annabel spürte, wie seine Rückenmuskeln sich anspannten. Er drehte sich zu ihr um.

»Haben sie dich bedroht?«

»Nicht direkt, es sieht eher wie eine Erklärung aus: Charlotte Brimquick hat mit uns, der Polizei, gesprochen, und dafür musste sie büßen.«

»Was hat sie euch erzählt, dass sie deshalb sterben musste?«

»Eigentlich nicht viel ... Aber das wussten die Mörder ja nicht. Die Frau hat uns hereingebeten, und das war schon zu viel. Sie hat uns an Sondra Weavers Freund verwiesen, ach, entschuldige, Weaver ist das Mädchen vom Fulton Terminal.«

Brady nickte.

»Und ihr glaubt, dass er mit dem Mord im Zusammenhang steht?«

»Der Typ heißt Leonard Ketter. Ein richtiger Dreckskerl, der die Mädchen manipuliert, um Kohle zu machen, doch er hat nicht das Format, all das zu organisieren. Oder aber er ist sehr gerissen und hat uns an der Nase herumgeführt. Dann ist da noch was: Charlotte, die Frau, die ermordet wurde, hatte in ihrer Wohnung das gleiche merkwürdige Pentagramm wie Sondra Weaver.«

»Und alle beide sind tot ...«

»Die Erste hat sich umgebracht, die Zweite wurde abgeschlachtet. Ich sehe da keine Verbindung. Vielleicht jagen wir nur einer Schimäre hinterher. Ach ja … ich habe dir noch gar nicht erzählt, dass am Abend nach der Schießerei die Arbeit noch nicht vorbei war. Wir erhielten einen anonymen Telefonanruf, der uns zu einer Adresse in Queens schickte. Ein Haus in Flammen.«

»Ein Brand?«, fragte Brady und sprang entsetzt auf.

»Beruhig dich! Ich bin kein Risiko eingegangen und habe Abstand gehalten.«

»Gut … in Ordnung … umso besser«, stammelte Brady und setzte sich wieder. »Und … was hat dieses Haus mit eurem Fall zu tun?«

»Keine Ahnung. Momentan wissen wir noch gar nicht, ob es überhaupt eine Verbindung zu einer unserer Geschichten gibt. Wir müssen erst in Erfahrung bringen, wer der Eigentümer ist.«

»Befand sich jemand im Haus?«, erkundigte sich Brady besorgt.

»Ich weiß nicht, Woodbine hat uns gleich, nachdem Verstärkung eingetroffen war, vom Einsatz abgezogen. Jack und ich sind so lange beurlaubt, bis die Untersuchung beweist, dass wir keine Fehler gemacht haben.«

Brady stand auf und holte zwei Flaschen Bier aus dem Kühlschrank. Eine reichte er seiner Frau.

»Nein, danke«, meinte sie. »Ich werde also ein paar Tage freihaben. Wenn du Lust hast, könnten wir ja mal wieder zusammen einen kleinen Spaziergang machen.«

Den Blick auf die Skyline von Manhattan gerichtet nickte er zerstreut.

Kurz darauf gingen sie zu Bett, und Annabel schlief rasch ein.

Mitten in der Nacht wachte sie auf, als Brady nach Luft ringend hochschreckte.

Annabel rollte sich in ihre Decke, drehte sich auf die andere Seite und versuchte, wieder einzuschlafen. Ihr Mann hatte einen Alptraum gehabt, sonst nichts, auch er würde gleich wieder einschlafen.

Doch Brady blieb im Bett sitzen und stand schließlich auf.

Nach und nach glitt Annabel hinüber in die Traumwelt.

Als sie seinen warmen Körper nicht mehr an ihrer Seite spürte, blickte sie auf und sah, dass er im Dunkeln am großen Wohnzimmerfenster stand und, die Hände hinter dem Kopf verschränkt, hinausschaute, als würde er über etwas nachdenken.

Die Ferien würden ihnen beiden guttun.

Um ihren Stress hinter sich zu lassen und um ihre Ängste zu vergessen.

DRITTER TEIL

Der Verheißung erliegen

»Ihr, die ihr herkommt,
lasset alle Hoffnung fahren.«

Dante, *Die Göttliche Komödie* – Inferno

47

Rubis legte sich hin.

Nackt und fröstelnd. Um sie herum im Halbdunkel schemenhafte Gestalten, die sich langsam näherten. Mit gierigem Blick, die Pupillen weiß. Die Lippen über den spitzen Reißzähnen geschürzt.

Die Schatten kamen auf Rubis zu und traten in den durch Kerzen schwach erleuchteten Bereich.

Lange Mähnen, Ledermäntel, Piercings, Tattoos am Hals, auf den Händen, bei manchen auch auf den Wangen, wo sich die Ornamente bis zu den Augenbrauen hinaufschlängelten.

Mit ihren spitz zugefeilten Zähnen, dem modernen Vampirlook und der bleichen Hautfarbe ähnelten diese Männer Monstern.

Der Schlimmste, ein Kerl mit Dreadlocks, beugte sich über das Mädchen und wisperte ihm etwas ins Ohr.

Die anderen nutzten die Gelegenheit, um ihre Finger mit den langen, gelblichen Nägeln über Rubis' Körper gleiten zu lassen. Ringe mit silbernen Totenkopfemblemen schimmerten im Kerzenschein.

Skalpelle blitzten auf.

Fast gleichzeitig versanken sie in Rubis' Fleisch, die sich aufbäumte. Der Anführer der Meute flüsterte noch immer auf sie ein, und sie ließ es geschehen.

Jede einzelne Klinge bohrte sich in ihren Körper, hinterließ feine, aber tiefe Schnitte.

Rubis wimmerte.

Sie schrie auf, als die spitzen Messer herausgezogen wurden und klirrend zu Boden fielen.

Der Reigen der Hände, die über ihre Schenkel, ihre Hüften und Brüste glitten, setzte wieder ein. Das Mädchen schauderte. Aus den Schnitten perlte Blut.

Dicht drängten sich die Furcht einflößenden Gestalten an Rubis heran.

Innerhalb weniger Sekunden wurde sie von allen Seiten penetriert, ihr Fleisch, eine Brust, ihr Bauch, ein Schenkel geschändet. Sie schrie und wehrte sich, doch im nächsten Moment hielt sie still. Denn je mehr sie sich bewegte, desto größer war der Schmerz und die Gefahr, dass die Schnitte aufrissen.

Mit dem Fingernagel ritzte der Anführer leicht an Rubis' Kehle, dann ein zweites Mal. Er beugte sich grinsend über ihren Hals und begann, gierig zu saugen.

Rubis schien wie gelähmt, durch ihre Qualen in einer Art Trance.

Der Anführer richtete sich mit verschleiertem Blick auf. Von seinem Kinn troff Blut.

Sogleich machten sich einige daran, die Einschnitte zu vernähen. Die Haut mit Narben übersät, war Rubis angefüllt mit der widerlichen Gabe, eine Gefangene dieser üblen Saat, die sich in ihr ausbreitete. Und ein Teil von ihr wurde. Endgültig.

Rubis würde niemals wieder Frieden finden.

Brady rang nach Luft, als hätte man ihm die Kehle zugeschnürt.

Die vom Fiebertraum feuchten Laken klebten an seiner Haut. Er lag allein im Bett. Aus der Küche hörte er Geklapper. Er musste unbedingt diese widerlichen Bilder aus dem Kopf bekommen.

Nun wusste er, warum Rubis tot war.

Rasch schlug er sich zweimal mit der flachen Hand ins Gesicht.

Nicht mehr daran denken. Diesen Horror vergessen. Wenigstens für eine Stunde.

Er stand auf, streifte sich eine Jogginghose und ein T-Shirt über und gesellte sich zu seiner Frau.

Außer Atem und mit schweißnasser Stirn stand sie nach ihren Kampfsportübungen da, die sie allmorgendlich absolvierte, um sich fit und in Form zu halten.

»Soll ich dir einen Kaffee machen?«, fragte sie ihn.

»Nein, danke.«

»Leidest du seit neuestem unter Schlaflosigkeit? Heute Nacht habe ich dich aufstehen sehen.«

»Mir lässt zurzeit so vieles keine Ruhe. Mein Wunsch, die letzte Reportage noch zu verbessern, meine besessene Suche nach einem neuen Thema, dann all die Gefahren, denen du ausgesetzt bist. Da habe ich Mühe, einzuschlafen. Aber es wird besser!«

»Zum Glück! Denn heute rechne ich fest damit, dass du dich von deiner Schokoladenseite zeigst!«

Brady verzog das Gesicht.

»Tut mir leid, aber daraus wird wohl nichts. Ich habe ganz vergessen, dass ich heute gar nicht kann, denn ich muss dringend mit den Leuten von *National Geographic* sprechen, wegen meiner Änderungsvorschläge.«

»Dafür brauchst du doch nicht den ganzen Tag, oder? Ich könnte dich in deinem Atelier abholen, wir gehen essen, bevor wir eine Tour durch …«

»Ich will dir lieber nichts versprechen. Wenn wir erst mal mit den Nachbesserungen anfangen, kann das leicht bis zum Abend dauern. Aber morgen?«

Annabel schmollte.

»Vermutlich ist meine Zwangspause ohnehin morgen noch nicht aufgehoben. Ich will rasch unter die Dusche. Sag Bescheid, bevor du gehst.«

Brady hasste es, sie anzulügen. Doch es war zu wichtig.

Sie haben das Haus in Brand gesetzt! Alle Beweise vernichtet!

Sobald er das Wasser rauschen hörte, öffnete er seinen Laptop und ging ins Internet.

Er musste dringend ein paar Dinge überprüfen. Zunächst: War Gunroe im Haus gewesen, als das Feuer wütete?

Brady ging auf die Homepage der New Yorker Tageszeitung Daily News und öffnete die Seite mit den Lokalnachrichten. Queens.

Brand in einem Einfamilienhaus: ein Toter, las er. Er klickte den Artikel an.

Ja, es war bei Gunroe. Im Untergeschoss, dort, wo allem Anschein nach das Feuer ausgebrochen war, hatte man eine verkohlte Leiche gefunden. Im Bericht wurden sämtliche Möglichkeiten durchgespielt, auch Selbstmord war dabei.

Ist das Klebeband geschmolzen, sodass die Feuerwehrleute es nicht bemerkt haben?

Gunroe war bei lebendigem Leib verbrannt.

Wegen mir ... Ich habe ihn gefesselt!

Kurioserweise fühlte Brady sich nicht schuldig. Weil Gunroe üble Pornos gedreht hatte, sogar welche mit Kindern? Oder weil er, Brady, das Feuer nicht gelegt hatte?

Bevor er das Haus verließ, hatte er noch die Kisten mit den DVDs deutlich sichtbar neben den eingeschnürten Gunroe gestellt und anschließend von einer Telefonzelle aus die Polizei angerufen, wobei er den Namen seiner Frau und ihres Partners nannte, um sicherzustellen, dass die beiden hingeschickt würden.

Wie hatte der »Stamm« von Gunroes Lage erfahren? Wie konnten sie so schnell zur Stelle sein? Noch vor den Polizisten, die doch schon auf dem Weg waren.

Um den Brand legen zu können, mussten sie, gleich nachdem Brady das Haus verlassen hatte, in Aktion getreten sein.

Waren sie ihm von Anfang an gefolgt?

Unwahrscheinlich, denn das hätte ich bemerkt.

Gunroe kann sie nicht gewarnt haben. Vincenzo Triponelli? Während des Polizeieinsatzes? Immerhin hatte er Gunroe angerufen …

Möglicherweise Will. Nachdem Kermit den Club verlassen hat, ist Will sofort ans Telefon gestürzt und hat den »Stamm« darüber informiert, dass er gezwungen worden war, ihren »Arbeitsplatz« zu verraten. Gunroe, der Techniker, vermutlich auch Kameramann und Cutter …

Ohne ihn konnten sie ihre Filme nicht so leicht realisieren.

Wenn diese Hypothese stimmte, bedeutete das, dass Will sie angelogen hatte und wusste, wie er den »Stamm« erreichen konnte. Doch Brady machte sich keine Illusionen: Diesen Mann würde er niemals zum Reden bringen!

Bis zu dem Moment, als er am Vorabend bei Gunroe die DVD in den Rekorder legte, hatte Brady gehofft, diese Episode seines Lebens endgültig abschließen, einen Schlussstrich unter die Geschichte mit Rubis und dem »Stamm« ziehen zu können. Der »Stamm« würde auffliegen, sobald die Polizei die Filme entdeckte.

Das hatte er sich eingeredet, hatte gehofft, endlich das Bild ihres Gesichtsausdruckes vor dem tödlichen Schuss aus seiner Erinnerung tilgen zu können.

Dann hatte er den Film gesehen.

Davon hatte Rubis sich nie mehr erholt.

Sie war nicht einmal gefesselt gewesen. Hatten sie solche Macht über sie? Drogen vielleicht? Über Monate hinweg war sie ihnen zu Diensten, ihre Sexsklavin, die keine Tabus kannte. Sie hatten sie benutzt, ihre Seele zerstört und ihr Leben genommen, bis sie nicht mehr anders konnte, als sich von diesem Körper zu befreien, der ihr widerwärtig geworden war. Ein Sarkophag des Grauens.

Wie war ihr Leben gewesen, bevor sie nach New York gekommen war? War sie von ihrem Vater oder Stiefvater missbraucht, von ihrem Freund betrogen worden? Lenny hatte sie in die Pornoszene eingeführt, sie in die Klauen des »Stamms« getrieben. Welches Menschenbild konnte sie nach all dem noch haben? Welche Hoffnung? Als Brady selbst sie kontaktiert und ihr erzählt hatte, dass er sich nicht sicher sei, ob er tatsächlich einen Artikel über sie schreiben sollte, was hatte sie da gedacht? Pierre hatte ihr versprochen, dass er nicht so sei wie die anderen.

Ihr Freund hatte unrecht. Letzten Endes sind Sie doch wie alle anderen waren ihre letzten Worte gewesen.

Weil er ihre Avancen nicht entschieden zurückgewiesen hatte, weil auch er triebgesteuert war. Wie alle anderen.

In dem Moment war ihre letzte Hoffnung geschwunden. Sie glaubte an nichts mehr.

Brady wusste, warum dieses junge und hübsche Mädchen es vorgezogen hatte, sich mit einer Kugel das Gehirn wegzublasen.

Weil eine Meute von Individuen das Animalischste im Mann heraufbeschworen hatte: seine Sexualität. Ohne jedes Limit. Diese Leute nahmen einem Menschen zur Befriedigung der eigenen Lust alles, saugten sein Leben aus ihm heraus, bis nurmehr eine leere Hülle übrig blieb.

Und sie hatten Annabel bedroht. An jenem Abend in den Bergen. Dann durch Triponelli.

Sie waren zu weit gegangen, um es einfach zu vergessen.

Vor allem nach letzter Nacht.

Als Brady schweißgebadet hochschreckte und – es wusste.

Ihm war ein wichtiges Detail des gestrigen Tages wieder eingefallen.

Und nun wusste er, wer ihn verraten hatte.

48

Seine Anspannung wuchs in dem Maße, wie die Entfernung schrumpfte.

Brady erreichte Kingston am späten Vormittag. Die Autobahn war gut geräumt gewesen, doch in der unmittelbaren Umgebung der Kleinstadt zeigte sich, wie viel Schnee in den vergangenen Tagen gefallen war. Die Räumfahrzeuge hatten die weiße Masse an die Ränder verfrachtet, sodass sich beidseits der Straße riesige Schneeberge türmten. Die Bäume des Waldes rings um Kingston reckten ihre weiß gezeichneten Äste empor; beim kleinsten Windstoß legte sich feiner Pulverschnee auf die Windschutzscheiben.

Brady bog beim ersten Häuserblock ab und fuhr den Hügel hinauf. Statt Ahorn- und Eichenbäumen sah man nun Tannen, deren Nadeln mit einer Schicht Raureif überzogen waren. Da der Weg nur als Zufahrt zu den Chalets diente, war er vom Winterdienst nicht vorrangig geräumt worden, sodass der Geländewagen nur mit Mühe den Hügel hinaufkam. Brady versuchte, sich in den Spurrillen zu halten, doch bis er die Anhöhe erreichte, brach ihm mehrfach der kalte Schweiß aus.

Vor dem Holzhaus stand der Pick-up der Verwalterin. Bei Tag war der Ort noch unberührter und eindrucksvoller als am Abend. Trotz der guten Fernsicht, die man von den Chalets aus hatte, lagen diese abgeschieden am Hang. Brady erblickte drei Hirsche, die zwischen den unbewohnten Häusern umherliefen. Es war der ideale Ort für den »Stamm«. Wie die Verwalterin gesagt hatte, war in der Nebensaison niemand da, sodass die Vampirmeute ungestört ihren Lastern frönen konnte.

Das einzige Problem war die alte Frau.

Und Brady hatte ihr keine größere Beachtung geschenkt, da er sie für ehrlich hielt.

Gunroe aber hatte in seinem Gespräch mit Triponelli die Befürchtung geäußert, der Eindringling in seinem Haus könne der Schnüffler gewesen sein, der sich bei den Chalets herumgetrieben habe.

Woher wusste er, dass Brady diesen Drehort ausfindig gemacht hatte? Er hatte niemandem davon erzählt. Und dieses Mal war er sich hundertprozentig sicher: In jener Nacht war ihm niemand gefolgt, ohne Licht kam man bei den Wetterbedingungen unmöglich den Berg hinauf, und er hatte auch nichts bemerkt.

Da blieb nur eines: Die Verwalterin hatte ihn verraten. Sie kannte den »Stamm«, und diese Bekanntschaft ging über die normale Beziehung zwischen Vermieter und Mieter hinaus. Sie war eingeweiht.

Brady parkte so dicht vor dem Haus, dass zwischen Stoßstange und Tür nur ein knapper Meter Abstand war, und stürmte ins Haus, bevor sie zum Telefonhörer greifen konnte.

Schon auf dem Weg zum Empfang rief Brady:

»Mrs. Lennox?«

Er erinnerte sich noch an den Namen, den sie ihm genannt hatte. Vielleicht war der ja falsch. Und warum hatte sie ihm damals überhaupt Auskunft gegeben?

Weil sie mich loswerden wollte, ohne dass ich Verdacht schöpfe. Weil sie ihre Ruhe haben und keinen Ärger wollte. Und davon abgesehen hat sie mir sowieso nichts gesagt, was ich nicht schon wusste.

Die kleine, zierliche Frau mit den grauen Haaren erschien.

»Guten Tag, was kann ich für Sie …« Sie stockte, weil sie Brady erkannte, und musste sich zusammenreißen, bevor sie ein Lächeln zustande brachte. »Ach, Sie sind es! Kann ich Ihnen helfen?«

»Tun Sie nicht so, ich weiß, dass Sie mich zum Narren gehalten haben. Sie kennen den ›Stamm‹.«

»Wie bitte? Sie irren sich.«

Brady schlug mit der Faust auf den Tresen.

»Die Wahrheit!«, brüllte er.

Lennox machte eine Bewegung Richtung Telefon.

»Ich rufe den Sheriff«, sagte sie.

Brady stürzte sich auf den Apparat, riss das Kabel heraus und schmetterte das Gehäuse auf die Fliesen.

»Hören Sie auf zu lügen! Sie sagen mir jetzt, was ich wissen will, dann lasse ich Sie in Ruhe. Wer sind diese Leute? Und wo sind sie?«

»Ich ... ich weiß es nicht ...«, stammelte die Verwalterin verängstigt.

»Ist einer von denen vielleicht Ihr Sohn? Ist das der Grund?«

»Wo denken Sie hin!«, entrüstete sie sich. »Das sind Tiere!«

»Na, da sind wir uns immerhin einig! In welcher Beziehung stehen Sie zu ihnen? Haben sie Sie etwa auch gezwungen, in ihren Filmen mitzuspielen?«

Wütend bombardierte Brady sie mit seinen Fragen, bedrängte sie mit Worten.

»Nein! Sie ... sie ... ich hatte Angst! Eines Abends kamen sie, und ich war ganz allein mit diesen Mistkerlen. Sie haben für das obere Chalet bezahlt und mir gedroht, sie würden mich mit Rasierklingen vergewaltigen, wenn ich sie stören oder den Sheriff informieren würde! Wie krank muss man sein, um sich so etwas auszudenken? Ich hatte Angst, das ist alles!«, gestand sie, Tränen in den Augen. »So sehr, dass ich nie gewagt habe, dem Sheriff etwas zu sagen. Was hätte er auch tun sollen?«

Brady sprach leiser, um sie zu beruhigen.

»Tischen Sie mir keine weiteren Lügen auf, Mrs. Lennox.«

»Ich schwöre, das ist die Wahrheit!«, empörte sie sich. »Sie haben den doppelten Preis bezahlt, in bar, damit ich auch was davon habe und den Mund halte. Alles andere stimmt, das mit den Mädchen und den älteren Männern.«

»Der Stämmige mit den Tätowierungen und der mit dem Rattengesicht?« Brady erinnerte sich und dachte dabei an Triponelli und Gunroe.

»Ja. Ich habe Mordsängste ausgestanden wegen ihnen. Beim letzten Mal im November kam der mit dem Rattengesicht her und meinte, ich solle ihm Bescheid geben, wenn sich jemand nach ihnen erkundigt. Er hat gedroht, er würde es erfahren, wenn jemand käme, ohne dass ich ihn informiere. Und dass der ›Stamm‹ dann mit mir abrechnen würde. Ich hatte solche Angst, Sie müssen mich verstehen! Nachdem Sie hier gewesen waren, habe ich abends drei Stunden vor dem Telefon geheult, bevor ich seine Nummer gewählt habe!«

»Und die Typen vom ›Stamm‹, wo leben sie?«

»Das weiß ich nicht!«

»Keine weiteren Lügen«, sagte der Journalist leise und blickte ihr in die Augen.

»Ich schwöre es!«

»Diese Perversen haben Frauen vergewaltigt und umgebracht. Wenn Sie mir sagen, wo ich sie finde, verspreche ich Ihnen, dass Sie nie wieder von ihnen hören.«

Die Verwalterin schniefte und wischte sich mit dem Ärmel die Nase ab, während ihr die Tränen über die Wangen liefen.

»Helfen Sie mir«, bat Brady eindringlich, »dann müssen Sie auch nicht mehr an sie denken.«

Sie holte tief Luft, bevor sie hervorstieß:

»Eines Tages habe ich gehört, wie sie zu dem mit dem Rattengesicht gesagt haben, sie würden unter der Erde leben, in Manhattan, in einem Tunnel.«

»Haben sie gesagt, wo genau?«

»Ich weiß noch, dass von dem Geheimgang die Rede war, den Roosevelt benutzt hat. Ich weiß, das klingt merkwürdig, aber das haben sie gesagt!«

»Ein Tunnel für Roosevelt? Den Präsidenten?«

»Das weiß ich nicht, mehr habe ich nicht gehört.«

Brady nickte nachdenklich. Er sah die ältere Frau prüfend an. Sie hatte ihn schon einmal hintergangen, sie konnte es auch wieder tun.

Der Journalist bewegte sich rückwärts zum Ausgang.

»Ich werde mich darum kümmern«, sagte er, »aber wenn Sie ihnen sagen, dass ich hier war, bin ich irgendwann abends wieder da, das schwöre ich, mit einem Baseballschläger, und was dann noch von Ihnen übrig bleibt, das werden nicht mal die Bären im Wald hier noch fressen wollen!«

Brady ging mit zitternden Knien hinaus, schockiert über seine eigenen Worte. Vor allem deshalb, weil er außerstande war zu sagen, ob seine Drohung gelogen oder tatsächlich ernst gemeint war.

Der Geländewagen fuhr durch Kingston. Brady zögerte. Er brauchte einen Internetanschluss, wagte aber nicht anzuhalten. Er hatte gerade eine Frau bedroht.

Ich habe sie nicht angerührt! Sie musste mir einfach die Wahrheit sagen!

Damit bewegte er sich jedoch jenseits dessen, was er selbst akzeptieren konnte. War es der Umgang mit Kermit, der ihn so weit gebracht hatte?

Ich brauche mir gar keine Entschuldigungen auszudenken! Es ist diese verfluchte Geschichte, die mich von Anfang an wahnsinnig gemacht hat! Ich will diese Typen ans Messer liefern!

Als er ein Hinweisschild zur Interstate sah, trat Brady das Gaspedal durch und entschied sich für die Flucht.

Zwei Stunden lang fuhr er Richtung New York, und als er das moderne Babylon erreicht hatte, sah er sich sofort nach einem Internetcafé um. Er fand eines in der Bronx und kaufte sich eine Karte für einen einstündigen Zugang.

Er rief Google auf und gab die Suchbegriffe *Roosevelt, Tunnel* und *New York* ein.

Er blätterte durch die Ergebnisseiten, es waren mehrere hundert.

Er erfuhr, dass zu Zeiten von Präsident Roosevelt ein Geheimgang angelegt worden war, der zwischen seinem Hotel im Big Apple und der Grand Central Station verlief. Da von seiner Krankheit nichts an die Öffentlichkeit dringen sollte, sorgte Roosevelt dafür, dass möglichst keine Bilder von ihm im Rollstuhl gemacht wurden. Der Gang endete in einem Tunnel am Bahnsteig, von wo aus Roosevelt in seinen Wagen gebracht wurde, um sich dann winkend der Menge zu präsentieren.

Auf keiner Seite fand Brady jedoch Hinweise auf die exakte Lage des Tunnels. Mehrere Internauten hatten sich erfolglos an der Expedition versucht. Dass es ihn gab, war durch zahlreiche historische Berichte belegt, und doch blieb seine Entdeckung ein Mythos.

Brady hatte eine Idee. Er hatte Kermits Tricks bei dessen Suche nach Oz beobachtet und war jetzt in der Lage, es allein zu finden. Dort könnte er sich vielleicht den Weg zu besagtem Tunnel zeigen lassen.

Genauso gut kann ich auch gleich nach Hause fahren und mir die Zeit sparen. Sie werden mir niemals helfen. Und kennen sie die Tunnel wirklich? Wenn es geschichtsbegeisterten Menschen nicht gelungen ist, ihn zu finden, wieso sollte es dann einer Bande von Pennern gelingen?

Eine Möglichkeit gab es noch: die Bibliothek von Manhattan. Brady kannte sich gut dort aus, er suchte sie oft auf, um seine Reportagen vorzubereiten. Eine Fundgrube des Wissens, man fand dort fast alles, konnte Pläne einsehen und sich über die Entstehungsgeschichte einzelner Gebäude informieren.

Brady ging zum Auto zurück und fuhr über die Fifth Avenue bis zur Höhe 42nd Street. Unterwegs kaufte er sich ein Sandwich und erklomm mit dem Brot in der Hand die Treppen hinauf zur Jugendstilfassade.

Mit der Sicherheit desjenigen, der sich dort auskennt, schritt er durch die imposanten Gänge des Gebäudes. Nachdem er einiges im Computer recherchiert hatte, trat er mit einer Liste von Dokumenten, die im Archiv im Untergeschoss aufbewahrt wurden, an einen Bibliothekar heran.

Für das althergebrachte Rohrpostsystem waren es zu viele, deswegen brachte der junge Mann sie ihm binnen einer halben Stunde auf einem Rollwagen. Brady setzte sich an einen Tisch, knipste die Leselampe an und vertiefte sich in die Bücher und Pläne, die sich rings um ihn türmten. Die arbeitsame Stille half ihm, sich zu konzentrieren. Das Papierrascheln, das ehrfürchtige Gemurmel, die leisen Schritte und das Geräusch, wenn die Bücher aus den Regalen genommen und wieder einsortiert wurden – all das wirkte in dem großen Saal mit der Trompe-l'œil-Bemalung noch intensiver. Brady ging die Werke nacheinander durch und entrollte die technischen Zeichnungen, bevor er sich dem nächsten Buch zuwandte.

Er erfuhr, dass die Grand Central Station zwei unterirdische Ebenen für Zuggleise und vier tiefer liegende Geschosse für die Wartung und die Betriebsräume besaß. In einem anderen Buch über New Yorks Untergrund stellten Pamela Jones und Jennifer Toth übereinstimmend die Behauptung auf, es existierten sieben Ebenen. Die Autoren von *Grand Central: Gateway to a Million Lives* schrieben, die Stromversorgung würde in einer Halle acht Ebenen unter der Erde sichergestellt. Später las er den Bericht einer ehemaligen Obdachlosen, die vier Jahre in dieser Hölle zugebracht hatte und behauptete, das Labyrinth unter dem riesigen Bahnhof im Herzen der Stadt sei gigantischer und tiefer als alles, was man sich je vorstellen könne.

Ende der achtziger, Anfang der neunziger Jahre zählte man über siebenhundert Obdachlose, die unter dem Bahnhof lebten und tagsüber durch die Hallen zogen, um zu betteln oder den Abfall zu durchsuchen. Als die Beeinträchtigungen durch diesen regelrechten Aufmarsch zu stark wurden, führte man eine große Säuberungskampagne durch und schloss sämtliche Zugänge im Untergrund. Aber selbst damals wagte niemand anzugeben, wie viele Ebenen genau sich unterhalb der Gleise verbargen.

Die betreffenden Behörden hatten eine Stellungnahme stets verweigert. Seit kurzem war immerhin bekannt, dass es tatsächlich eine riesige Halle gab, die unter dem sibyllinischen Namen M42 geführt wurde und weit unter der Oberfläche lag; in ihr waren Konverter, Dynamos und Notaggregate untergebracht. Die genaue Lage des Ortes wurde insbesondere seit dem Zweiten Weltkrieg verschwiegen, denn deutsche Spione hatten gehofft, ihn finden zu können, um ihn zu sprengen und große Teile der Versorgung auf diese Weise lahmzulegen. Bis heute war die genaue Lage von M42 ein gut gehütetes Geheimnis.

Brady hatte noch nie davon gehört.

Schließlich fand er einen Hinweis auf den Tunnel, den Roosevelt benutzt hatte: Quai 61. Nichts Genaueres, es war lediglich die Rede davon, dass er vom Hotel Waldorf-Astoria zum Bahnhof führte.

Brady nahm die Pläne und sah sie sich genau an.

Es gab keinen Quai mit der Nummer 61. Nirgendwo fand er dafür einen Hinweis.

Vielleicht hatte er eine Seite übersehen, auf der ein Detail Aufschluss über dieses Rätsel gab? Er vertiefte sich wieder in seine Lektüre.

Am Nachmittag hörte er frustriert auf.

Was hatte er sich erhofft? Wenn es so einfach wäre, hätte man das Geheimnis um den Roosevelt-Tunnel längst gelüftet.

Ihm blieb nur noch eine Möglichkeit, die er allerdings gleich anfangs verworfen hatte. Dabei ergab sie am ehesten Sinn.

Es ist aber auch die unwahrscheinlichste und gefährlichste Variante!

Brady nahm sein Handy und schickte seiner Frau eine SMS, um ihr Bescheid zu geben, dass er noch lange brauchen und spät nach Hause kommen würde. Im Gegenzug versprach er ihr, am darauffolgenden Tag für sie da zu sein.

Dann stand er auf und streckte sich.

Er hatte eine Verabredung mit einer anderen Welt – mit dem unterirdischen Gedächtnis der Stadt New York.

49

Annabel lag zu Hause auf dem Sofa.

Sie konnte weder aufstehen noch fliehen.

Sie hatte drei Männer vor sich. Bedrohliche Killer. Sie hatten sie fest im Griff.

Aus Angst wurde Spannung, die mit jeder Seite unerträglicher wurde.

Das Licht, das durch die Glaskuppel ins Zimmer fiel, verformte die exotischen Souvenirs, die sie von ihren Reisen mitgebracht hatten. Annabel zog sich das bunt gemusterte Plaid fester um die Schultern wie einen schützenden Kokon. Einen Tag lang ausruhen, lesen.

Ein Knarren auf dem Flur ließ sie aufhorchen.

Sie wartete, dass es an der Tür klopfte.

Zwei kräftige Schläge.

Sie schlug die Decke zurück und legte das aufgeklappte Buch mit der Schrift nach unten auf den kleinen Tisch.

»Wer ist da?«, fragte sie, während sie auf die Tür zuging.

»Jack. Ich wollte nur wissen, ob Penelope noch immer auf Odysseus wartet.«

Sie öffnete ihrem Kollegen die Tür.

»Was redest du?«

»Dein Mann ist nicht da, oder?«

»Wieso, willst du seinen Platz einnehmen?«, fragte sie amüsiert.

»Du solltest wissen, dass es in der Mythologie zwei Versionen von Penelopes Geschichte gibt. Und in der zweiten wird Penelope untreu und bekommt Pan. Sollen wir uns mal daran machen, dieses bocksfüßige Wesen auf den Weg zu bringen?«

Annabel trat zu Seite, um ihn hereinzulassen.

»Eher nicht, als Pygmalion bist du mir lieber.«

»Ah, der freundliche Junggeselle! Das ist das Drama meiner Existenz«, sagte er und hielt ihr einen Becher mit Strohhalm hin. »Da, ein Vanille-Milchshake. Wenn mir schon das Gift der Liebe versagt bleibt, leeren wir diesen Kelch wenigstens bis zur Neige!«

Annabel zog irritiert die Augenbrauen hoch, denn sie konnte ihm nicht ganz folgen.

»Da komme ich nicht mehr mit, Jack.«

»Zucker, Süße! Zucker! So tröstlich und auf so heimtückische Weise zerstörerisch!«

»Wirst du so poetisch, weil du nicht im Dienst bist?«

»Ganz und gar nicht, ich zermartere mir das Hirn. Und du, erholst du dich von der Aufregung?«

»Ich glaube, ich habe ein ganz schön dickes Fell, wenn du das meinst.«

»Hast du nicht einen Mann, der sich jetzt um dich kümmern sollte? Bist du sicher, dass zwischen euch alles in Ordnung ist?«

»Jack, du weißt, was für eine Beziehung ich zu Brady habe, und du kennst mich. Ich brauche niemanden, der mich bemuttert.«

»Ich weiß, wie schwer dieser Beruf mit der Liebe vereinbar ist, und ich möchte nicht, dass du so endest wie ich, das ist alles!«

»Hör schon auf mit dem Quatsch, warum bist du hier?«

Jack überging die Frage, sah sich im Wohnzimmer um und verzog das Gesicht.

»Ihr habt nicht mal einen Weihnachtsbaum? Was ist denn das für eine amerikanische Familie, die unsere Traditionen verhöhnt!«

»Jack ...«

Thayer schwenkte seinen Becher, nahm einen Schluck und fuhr dann fort:

»Ich habe heute Morgen ein bisschen herumtelefoniert. Die schlechte Nachricht zuerst? Vincenzo Triponelli ist heute Nacht im Krankenhaus gestorben, auf dem Operationstisch. Wir haben keine Zeugen mehr.«

»Scheiße ...«

»Tja, das ist auch die Substanz, in der ich stochere, wenn ich diese Akte öffne. Und das ist noch nicht alles! Was das brennende Haus angeht: Ein gewisser Clayton Gunroe hatte es angemietet, ein Typ mit einer netten Karriere, mehrfacher Knastaufenthalt, insgesamt sieben Jahre, Betrug, Sittlichkeitsdelikte, Beteiligung an einem sexuellen Übergriff und Verdacht auf Zuhälterei in der Gegend von Buffalo.«

»Irgendein Zusammenhang mit unseren Ermittlungen?«

Jack nickte und nahm noch einen Schluck von seinem Milchgetränk. Sein Gesicht verhärtete sich.

»Ja«, sagte er und schluckte. »Bei seinem letzten Besuch hinter Gittern war Gunroe Triponellis Zellengenosse!«

Annabel ließ sich auf das Sofa fallen.

»Ich fasse zusammen: Die Triponelli-Brüder machen oft gemeinsame Sache, sie haben Charlotte Brimquick umgebracht, vielleicht mit Gunroes Hilfe. Wer hätte einen Grund, uns den Tipp mit diesem Haus zu geben?«

»Ein wütender Vater«, schlug Thayer vor. »Das FBI hat Gunroe im Verdacht, pädophile Filme übers Internet zu verbreiten. Bis jetzt konnten sie es nicht beweisen, aber sie waren an der Sache dran, und ich kann dir sagen, dass sie auf hundertachtzig sind! Sie wollten ein ganzes Netzwerk zerstören, und jetzt löst sich ihre einzige Spur in Luft auf! Sie wissen, dass Gunroe das nötige Equipment hatte, Kamera, Schneidetisch, und dass er kurz auf der Filmschule war, bevor er von dort direkt in den Knast gewandert ist.«

»Du glaubst, der Vater eines seiner jungen Opfer konnte die Spur bis zu ihm zurückverfolgen?«

»Möglich wär's. Vor allem, weil Gunroe zu Hause war, als das Feuer ausbrach.«

Annabel warf den Kopf zurück.

»Verstehe ...«

»Und allem Anschein nach war er an einen ... Gynäkologenstuhl gefesselt. Der Experte vor Ort ist sich ganz sicher, dass irgendein Kunststoff mit seiner Haut verschmolzen ist, und zwar praktisch am ganzen Körper – oder was davon übrig geblieben ist. Er nimmt an, dass es Klebeband war. Die Presse weiß nichts davon, dieses makabere Detail behalten wir vorerst für uns.«

»Deine Hypothese passt«, bestätigte Annabel. »Aber nur, wenn du mir erklärst, wie dieser Rache übende Familienvater unsere beiden Namen in Erfahrung gebracht hat. Das würde nämlich voraussetzen, dass er über die Verbindung der Tripo-nellis zu Gunroe informiert ist und weiß, dass wir gegen die Tattoo-Brüder ermitteln. Da fehlt mir jeder Zusammenhang.«

»Ja, da muss ich in der Tat passen.«

»Leonard Ketter!«, rief Annabel plötzlich, als hätte ihr der Name schon länger auf der Zunge gelegen. »Er weiß von uns und weiß vermutlich auch, wer Charlotte umgebracht hat. Er geht zu Gunroe, fesselt ihn und legt das Feuer.«

»Ein bisschen an den Haaren herbeigezogen, aber warum nicht? Ich habe schon Schlimmeres erlebt. Allerdings hat er nicht die Courage, einen Typen bei lebendigem Leib zu verbrennen.«

»Eben deshalb! Ketter ist ein kleiner Fisch, er könnte jemandem, auf den er schießt, nicht in die Augen sehen, aber Benzin verschütten und ein Streichholz anreißen, ist eben nicht ganz so … direkt.«

Jack ließ seinen Becher von einer Hand in die andere wandern.

»Überzeugt bin ich nicht. Wenn du mich fragst, steckt dahinter eine Abrechnung, und ich habe das unangenehme Gefühl, dass wir noch so tief buddeln können, ohne je auf einen Namen zu stoßen.«

»Ein ungelöster Fall? Dieser hier nicht!«

»Soll vorkommen, Annabel. Alle Detectives in diesem Land machen irgendwann die Erfahrung, dass es manchmal besser ist, aufzuhören und sich mit etwas anderem zu befassen.«

»Du kommst hierher, um mir das Neueste zu berichten, und sagst dann einfach so, wir sollten besser zum nächsten Fall übergehen? Das begreife ich nicht …«

»Ich bin hergekommen, weil ich wusste, dass du allein bist, und nach den gestrigen Ereignissen wollte ich dir Gesellschaft leisten. Hör zu, ich habe über alles sehr gründlich nachgedacht, ich gebe mich nicht geschlagen, aber irgendetwas ist da faul, so viel Erfahrung habe ich, und Woodbine wird uns nicht mehr lange an diesem Fall arbeiten lassen. Er ist stinksauer, dass wir immer noch keinen Bericht über den Selbstmord von Sondra Weaver vorgelegt haben.«

»Ich bin nicht zur Polizei gegangen, damit am Ende die Statistik stimmt oder eine Diebstahlsanzeige *nicht* bearbeitet wird, weil von vornherein feststeht, dass die Sache sowieso nie aufgeklärt wird. Ich will auch nicht, dass der Mord an einem Junkie als Überdosis abgetan wird, weil die Wahrheit keine Rolle mehr spielt, wenn Junkies einander bekämpfen. Diese Politik der Stadt steht mir bis hier oben, Jack. Wir haben es mit einem zweifachen Mord zu tun, und anscheinend hängen beide Fälle zusammen. Und ich werde der Sache auf den Grund gehen!«

Thayer nahm den letzten Schluck von seinem Milchshake, den Blick auf seine Kollegin gerichtet.

»Du solltest deinen auch trinken«, sagte er, »wird dir guttun.«

50

Die Initialen standen noch da, in die Buchenrinde geritzt.

RJB.

Der Eingang zu Oz änderte sich also nicht von Woche zu Woche, sondern eher im Rhythmus der Polizeirazzien oder anderer Probleme, dachte Brady.

Er hob den Kanaldeckel hoch und tastete mit dem Fuß nach der ersten Sprosse. Niemand zu sehen. Er ließ sich in den Untergrund hinabgleiten und schob die Platte wieder an ihren Platz.

Wie würde man ihn jetzt empfangen, wenn er allein kam?

Brady knipste die Taschenlampe an, die er im Drugstore an der Ecke gekauft hatte, und ging denselben Weg wie beim ersten Mal.

Dunkle Gänge folgten aufeinander, in der Ferne fuhren Züge. Es war viel feuchter, als er es in Erinnerung hatte. Nach zehn Minuten merkte er, dass er weniger teilnahmslos war als bei seinem ersten Besuch hier und viel mehr Details wahrnahm. Er sah sechs Meter hohe Gewölbe, Metallbrücken, an denen alte Lichtsignale hingen und auf denen prekäre Nachtlager aus Zeitungen und Schlafsäcken eingerichtet waren.

Er erblickte ein riesiges Graffito NONE OF THIS MATTERS und wusste, dass er nun bald sein Ziel erreicht hatte. Inmitten von Rohren und fensterlosen Durchgängen gelangte er in den kleinen Arbeitstunnel, das Vorzimmer von Oz.

Das Feuer in den Kohlebecken und die hageren Gestalten, die sich zu ihm umdrehten, waren ihm fast schon vertraut.

Brady hielt sich nicht weiter auf, vergewisserte sich nur, dass niemand auf ihn zukam, und bewegte sich zwischen Menschentrauben hindurch, die sich um die Feuerstellen drängten. Hängematten schwangen knarrend an der Decke. Ein schwerer Gegenstand schlug unmittelbar neben Brady am Boden auf, sodass er einen Satz nach vorn machte. Er hörte ein Kichern aus dem Dunkel über sich und beschleunigte den Schritt.

Er musste kurz vor dem Schlafsaal sein, jener großen Halle beim Kontrollturm. Er hoffte vor allem, dass den drei Junkies der geplante Putsch nicht gelungen war. Kermit nach zu urteilen, war nichts Schlimmeres vorstellbar.

Kermit hat sie gestern ganz schön gereizt.

Gestern. Dabei war ihm, als läge dieses Abenteuer bereits Wochen zurück.

Wenn sie nachtragend sind und mich wiedererkennen, könnte ich Ärger bekommen.

Doch dies war nun mal die einzige Möglichkeit für ihn, nach unten zu gelangen, denn an den Rückweg mit Kermit konnte er sich beim besten Willen nicht erinnern. Zu dem Zeitpunkt hatte ihn vor allem die Tatsache beschäftigt, dass es überhaupt ein Volk der Maulwürfe gab.

In Gedanken versunken achtete er nicht weiter auf seine unmittelbare Umgebung.

Er sah nicht, wie hinter einem Mauervorsprung ein Schatten auftauchte.

Eine Hand packte ihn am Ärmel und zog ihn mit einem Ruck zu sich heran. Brady verlor das Gleichgewicht und prallte gegen die Wand. Die Lampe entglitt seinen Händen und fiel in drei Meter Entfernung auf eine Gleisschwelle. Der Mann drückte sich mit aller Macht auf ihn. Ein bestialischer Gestank stieg dem Journalisten in die Nase.

»Du rückst jetzt alles raus«, röchelte er kaum verständlich.

»Was?«

»Alles! Kohle, Schuhe, Klamotten, alles, sag ich!«

Brady, dem fast das Herz stehengeblieben war, brauchte rund zehn Sekunden, bevor er die Situation begriff und sich beruhigte. Er hatte einen Angriff des »Stammes« befürchtet. Es war ein Junkie.

Er stank nach Urin, Exkrementen, Erbrochenem und etwas Beißendem wie Äther.

»Ich habe nicht viel, aber wir werden uns schon einig«, antwortete Brady.

Der Junkie drückte ihm einen zylindrischen Gegenstand gegen die Wange. In der Dunkelheit mutmaßte Brady, dass es sich um eine Waffe handelte.

Eine Spritze! Eine Scheißspritze!

Schlagartig war die Angst wieder da. Der Typ würde ihn ausrauben und ihm in seinem Wahn womöglich noch die Nadel setzen. Brady musste handeln, und zwar schnell.

»Los, her damit!«, fauchte der Mann gepresst.

»Okay, geh zurück, dann ziehe ich mich aus, los!«

Der Junkie hauchte Brady seinen faulig riechenden Atem ins Gesicht und wich einen Schritt zurück.

Brady nutzte die Gelegenheit, um mit voller Wucht in die Richtung zu schlagen, aus der der faulige Geruch kam. Seine Faust traf auf etwas Hartes, das sofort nachgab. Der Mann war anscheinend nur noch Haut und Knochen.

Stöhnen war zu hören. Brady vergaß jedes Mitgefühl, rannte auf die Lampe zu, riss sie an sich und verschwand, so schnell er konnte.

Er blickte sich kurz um, und der Lichtkegel traf auf den Eingang zu einem Raum. Knotige Finger mit schwarzen, kaputten Nägeln klammerten sich an den Wandvorsprung, ausgezehrte Gesichter mit tiefliegenden Augen, Zombies, die gierig ihre Hände nach irgendeiner Kleinigkeit ausstreckten, richteten ihre Blicke auf ihn. Als das Licht auf sie fiel, glitten sie zurück.

Die Müllhalde!, durchfuhr es Brady.

Der Journalist rannte, was das Zeug hielt, bis das Herz von Oz vor ihm lag. Aufgestellte Holzpaletten, die als Trennwände dienten, Kerzen, Gaslampen, der Geruch von Konserven, die über Becken mit brennender Pappe erhitzt wurden, raues Gemurmel, das eher Winseln ähnelte als einer Unterhaltung, all das war fast beruhigend nach dem Angriff des Junkies.

Er lief weiter und achtete darauf, nirgends genauer hinzusehen, so wie Kermit es ihn gelehrt hatte. Er verhielt sich so unauffällig wie möglich. Er musste quer durch die ganze Halle bis zur Treppe, die zum Weichenschaltzentrum hinaufführte. Eine Frau murrte, als er im Vorbeigehen leicht das Wachstuch berührte, das ihr als Tür diente. Weiter vorn sah er ein graues Flirren am Boden – ein Fernseher. Einer der Obdachlosen hier unten hatte also tatsächlich ein Fernsehgerät. Brady konnte es kaum fassen. Als er daran vorbeikam, gestattete er sich, über einen Haufen gebrauchter Batterien hinweg, einen kurzen Blick darauf. Der winzige Bildschirm flimmerte, dazu war das charakteristische Rauschen zu hören. Kein Empfang. Was sah er sich bloß an? Den leeren Bildschirm?

Ein paar Meter weiter saß ein Mann auf einer umgedrehten Kiste und las bei Kerzenlicht Zeitung. Er musterte Brady und grüßte ihn höflich.

Brady verlangsamte den Schritt.

»Guten Tag«, sagte der Mann und knetete seinen schwarzen Bart. »Sie sind nicht von hier, was?«

Brady ging nicht auf die Frage ein, sondern entgegnete:

»Ich habe mir sagen lassen, dass der Kontrollturm kürzlich neu besetzt worden ist. Stimmt das? Noze, Needle und Pipe, oder?«

»Oder vielmehr das, was von ihnen übrig ist …«, sagte der Mann und lachte.

»Sie … sie leiten Oz?«

»Nein, im Augenblick lecken sie ihre Wunden! Gehen Sie ruhig weiter, wenn es das war, was Ihnen Angst macht.«

»Danke.«

»Sagen Sie, ich hätte auch eine Frage. Glauben Sie, dass der neue Präsident, dieser Bush, die Dinge da oben verändern wird?«

Brady sah den Mann verwundert an.

»Ehrlich gesagt, ich weiß es nicht. Versprochen hat er viel, jetzt muss man sehen.«

»Versprechen tun sie immer viel! Ich hoffe, dass durch ihn was in Bewegung kommt. Wissen Sie, bei jeder Wahl drücken wir hier die Daumen, auch wenn die meisten sagen, dass sie nicht mehr an Politik glauben, aber das stimmt nicht. Dieser Ort hat uns nämlich die Hoffnung zurückgegeben, die wir schon verloren hatten. Als wir herkamen, dachten wir, hier können wir bleiben, bis bessere Zeiten kommen ... Ich zum Beispiel bin Arzt. Im Bellevue Hospital hat man mir gekündigt, und dann kam alles, wie es kam. Aber ich könnte wieder ein ganz normales Leben führen, wenn man mir nur ein klein wenig helfen würde.«

Brady ahnte, dass das Gespräch so lange dauern würde, wie er wohlwollend zuhörte. Wahrheit oder Wahn eines Menschen, der hier unten zum krankhaften Lügner geworden war? Brady würde es niemals erfahren. Er nickte ihm zu und ging.

Der Mann monologisierte weiter.

Der Journalist lief unter mehreren Planen durch, die zwischen Pflöcken gespannt waren, ohne dass er den Zweck erkannt hätte. Er machte einen Bogen um eine Stelle, an der etwa ein Dutzend Gestalten unter ihren Decken lagen, und schlich unterhalb der schmutzigen Fenster am Kontrollturm vorbei. Etwa zwanzig Meter folgte er den Gleisen, dann erkannte er den kleinen Zugang zu den unteren Ebenen. Nun betrat er das Reich der seltsamen Geräusche, der flüchtigen Bewegungen und des Unbekannten. Waschbärengroße Ratten strebten auf die Öffnung eines Lüftungsschachts zu.

Zwei Stockwerke darunter stieß er auf einen anderen Tunnel. Die glänzenden Gleise verrieten ihm, dass er noch in Betrieb war.

Vorsicht an der dritten Schiene! Sie trifft auf eine Weiche, und wenn du dir da den Fuß einklemmst …

Brady beschloss, am Rand weiterzulaufen, selbst wenn er auf dem Schotter ausrutschen könnte, bis er sich um ein Haar eine Spritze in den Schuh getreten hätte. Sofort trat er wieder zwischen die Gleise. Wenn er schon zwischen zwei Gefahren wählen musste, so konnte er bei den Schwellen wenigstens erkennen, wohin er trat.

Nachdem er mehrere Minuten durch den dunklen Gang gelaufen war, fragte sich Brady, ob er sich nicht selbst überschätzt hatte. Wie sollte er die Maulwürfe finden? Wenn die Burschen sich die allertiefste Stelle ausgesucht hatten, fernab vom Rest der Menschheit, war es eher unwahrscheinlich, dass er auf eines ihrer Nester stoßen würde!

Sie sind es, die mich finden werden! Genauso, wie sie Kermit und mich zum Ausgang geführt haben. Sie haben uns beobachtet, sie saßen da im Halbdunkel und hatten uns im Blick.

Wenn es so war, musste er auf sich aufmerksam machen. Seine kleine Lampe reichte da nicht aus.

»Ich heiße Brady, ich brauche eure Hilfe«, sagte er viel zu leise, um überzeugend zu klingen.

Er war lächerlich.

Unmerklich begannen die Schienen zu vibrieren.

Brady vergewisserte sich, dass seitlich der Gleise keine Gefahr lauerte, und trat dann beiseite, um abzuwarten, bis die U-Bahn vorbeigefahren wäre.

Ein Quietschen verriet, dass sie nicht mehr lange auf sich warten lassen würde. Das kreischende Ungetüm kam näher.

Ein langer Wurm, der sich schnell fortbewegte und einen Körper zerfetzen könnte, ohne zu bremsen.

Der blendende Schein seines Auges überflutete die Gleise.

Plötzlich richtete sich die hypnotisierende Pupille auf Brady, und der Journalist fühlte sich auf beklemmende Weise wie ein Hase, der auf der Landstraße von einem Autoscheinwerfer geblendet wird.

Brady drückte sich gegen die feuchte Wand, während die nicht enden wollende, silbrige U-Bahn an ihm vorbeiraste. So schnell, wie sie gekommen war, verschwand sie auch wieder ins Unbekannte, ein zitterndes rotes Licht im Schlepptau.

Brady brauchte eine Weile, bis er sich beruhigt hatte.

»Haaa-looo!«, rief er, dieses Mal lauter. »Mein Name ist Brady! Ich brauche eure Hilfe!«

Nach zwei Kilometern wiederholte er seine Bitte und beugte sich hin und wieder vor, um einen Blick durch ein Gitter zu werfen oder eine Klappe zu öffnen, die in einen winzigen, mit Rohren oder Baumaterial vollgestellten Raum führte. Er ging weitere fünfhundert Meter, bevor er sich erneut vor einer U-Bahn in Sicherheit bringen musste. Fette Ratten huschten dicht an ihm vorbei.

Der grelle Scheinwerfer der U-Bahn leuchtete eine Nische aus, die dem Journalisten entgangen war. Er wartete, bis die Wagen vorbeigefahren waren, und kniete dann an der Stelle nieder. Es handelte sich um einen Schacht. Brady sah, dass ein Gang davon abzweigte.

Die Maulwürfe leben ganz weit unten, so weit wie möglich von uns entfernt.

Er hielt sich an den Sprossen der Leiter fest und stieg hinab.

Von rund einem Dutzend Glühbirnen funktionierte noch eine einzige am Ende des Ganges. Brady lief, bis er zu einer Gabelung kam, an der er stehen blieb.

Ein dumpfer Knall ließ ihn hochfahren. Der Lärm ertönte ein

weiteres Mal, als würde jemand an die Rohre klopfen. *Rechts, es kommt von rechts!*

Brady verließ sich auf seine Sinne und versuchte, dem Geräusch zu folgen. Er kam zu einer schmalen Treppe.

Noch eine Ebene! Hört das denn nie auf?

Unten blieb er am Eingang zu einem alten, feuchten Tunnel stehen, die Schienen waren mit Erde und Schlamm bedeckt, die Wände aus rotem Ziegelstein wurden von Metallstreben gestützt, die durch das herabtropfende Wasser verrostet waren.

Brady fragte sich, wie tief er sich wohl befinden mochte. Er hatte gehört, dass man die ersten U-Bahn-Linien dem Größenwahn von Milliardären verdankte, die ihre Privatvillen mit ihren Bürohäusern verbinden wollten, auch wenn sie nur wenige hundert Meter voneinander entfernt lagen. War dies hier einer dieser mittlerweile hundert Jahre alten Tunnel?

Die fauligen Wasserlachen ließen ihn am eingeschlagenen Weg zweifeln. Niemand ließ sich freiwillig hier nieder, so heruntergekommen, wie der Ort war.

Der Strahl seiner Lampe fing einen Fußabdruck im Schlamm ein. Er war ganz frisch.

Offenbar doch der richtige Weg!

Trotzdem war ihm das Ganze nicht geheuer.

Widerwillig ging er weiter, den Blick auf den Boden gerichtet auf der Suche nach weiteren Spuren. Diese führten zu einem kleinen Ziegelbau. Über dem Eingang stand geschrieben: »*Foyer MacIntosh – Bauleiter Morris, 1912.*«

Es war eine der Unterkünfte für die damaligen Arbeiter, die sich hier aufwärmten, aßen und schliefen.

Brady wollte gerade eintreten, als ihm ein Schmerz in die Wade fuhr, sodass er das Bein hochzog.

Jemand hatte ihn mit einem Stein beworfen.

Bloß keine Auseinandersetzung, mich erst mal vorstellen …

Bevor er sich lynchen ließ, schwenkte Brady die Lampe.

»Ich heiße Brady. Sie haben nichts zu befürchten! Es tut mir leid, wenn ich Ihnen einen Schrecken eingejagt habe! Ich tue Ihnen wirklich nichts! Ich brauche Ihre Hilfe!«

Konnte er sicher sein, dass es die Maulwürfe waren? Und wenn es wieder ein Junkie war? Oder ein Verrückter mit Verfolgungswahn, der ihm das Genick brechen wollte?

Nicht hier unten, nicht in so einem Loch!

Er bemerkte, dass etwas hinter seinem Rücken vorbeihuschte. Er zögerte, drehte sich aber nicht um, um nicht aggressiv zu wirken.

»Bitte!«, flehte er.

Ihm wurde klar, dass er vermutlich eine Dummheit begangen hatte, als er in das Häuschen wollte, und er fügte hinzu:

»Es tut mir leid, dass ich ohne Ihre Erlaubnis eintreten wollte. Ich habe nicht nachgedacht, bitte entschuldigen Sie vielmals. Ich bin hier, weil ich Ihre Hilfe brauche. Weil Sie das unterirdische Gedächtnis sind.«

Erneut bewegte sich etwas, dieses Mal seitlich, dann wieder hinter ihm. Sie waren zu mehreren. Brady verharrte reglos, die Lampe vor sich auf den Boden gerichtet.

»Das Licht«, flüsterte eine Stimme links von ihm. »Mach das Licht aus!«

Der Kontakt war hergestellt.

Brady schaltete die Lampe aus und wagte sich ins Dunkel.

51

Sobald es stockfinster war, kam Bewegung in die Gestalten um Brady.

Sie verließen ihre Löcher und liefen über den Schutt zu ihm.

Er wagte nicht, sich zu rühren. Sie streiften ihn.

Schrilles Zischen.

Sie rochen an ihm.

Hinter ihm gab jemand schnaubend Zuggeräusche von sich. Ein anderer stieß einen lang gezogenen Klagelaut aus, der sich wie das Quietschen der Bremsen auf den Gleisen anhörte. Eine vermutlich weibliche Stimme wiederholte immerzu »plopp«, als würde Wasser in eine Pfütze tropfen.

Kermit hatte die Wahrheit gesagt: Es gab ein unterirdisches Volk. Und ihre Sprache bestand aus den Lauten, die sie hier permanent hörten.

»Auf Englisch«, flüsterte ein Mann in Bradys Nähe. »Auf Englisch, für den Besuch!«

Es war unglaublich. Irreal. Ein anderes Volk, direkt unterhalb der Stadt New York. Brady fasste es nicht. Wahnsinn. Eine Inszenierung, es sei denn, er träumte das alles nur …

Obdachlose, die seit über zwanzig Jahren ohne Kontakt zur Welt oben leben! Wie kommen sie überhaupt an Nahrungsmittel?

Er stellte sich vor, dass sie die Riesenratten jagten und streunende Katzen einfingen und mitten in der Nacht, wenn die Bahnhöfe leer waren, den Abfall durchstöberten. An Wasser fehlte es nicht, weil es in der städtischen Kanalisation an vielen Orten Ventile und Wasserhähne gab. Lebten sie ständig in der Dunkelheit? Ihrem Verhalten nach zu urteilen ja.

Nein, das ist unmöglich. Niemand könnte das aushalten! Kein menschliches Wesen würde sich so unter der Erde vergraben!

Und doch zeugten ihre seltsamen Laute und die Geräusche um ihn herum von ihrer Existenz.

Ganz allmählich, nach und nach haben sie sich aus unserer Welt verabschiedet. Mit der Zeit haben sie alle Normen hinter sich gelassen, zuerst Zuflucht auf den Bänken der Grünanlagen gesucht, bis man sie von dort vertrieben hat, dann in Parkhäusern, um schließlich – gejagt und verängstigt – im Untergrund der New Yorker U-Bahn zu landen. Angelockt von den langen, einsamen Tunnel. Und als weitere Obdachlose dazukamen, sind sie noch tiefer hinabgestiegen. Und nun sind sie hier, unter sich, und haben ihre Ruhe.

Eine Geschichte, wie nur diese Stadt sie schreiben kann.

»Ich … ich bin zu Ihnen gekommen, weil ich Ihre Hilfe brauche«, sagte er erneut.

»Wofür?«, fragte ein Mann hinter ihm.

Brady wandte sich um, und da er nichts erkennen konnte, wusste er auch nicht, ob er dem anderen nun direkt gegenüberstand. Auf dem unebenen Boden war es schwierig für ihn, das Gleichgewicht zu halten.

»Sie kennen sich hier aus«, erklärte er.

»Weil wir *Maulwürfe* sind, oder?«

Brady hörte eine leichte Gereiztheit heraus. Sie verabscheuten sicher die Bezeichnung »Volk der Maulwürfe«. Er musste das schleunigst korrigieren.

»Nein, weil Sie hier leben.«

»Vorhin hast du was vom unterirdischen Gedächtnis gesagt, das klingt nett. Ist mir lieber.«

Brady hörte, wie sie sich bewegten. *Aber in dieser Finsternis können sie unmöglich etwas sehen! Wie machen sie das? Sie kennen alles in- und auswendig … Vielleicht haben sie sich angewöhnt, sich voranzutasten?*

»Es gibt unter der Erde einen Ort, den ich unbedingt finden muss, und ich glaube, dass Sie mich hinführen können.«

»Was hast du da vor?«

»Na ja … Da leben ein paar ungute Leute. Ich will sie vertreiben.«

»Und warum solltet wir dir dabei helfen?«, mischte sich eine weitere Stimme ein.

»Num, sei ruhig!«, befahl derjenige, der Brady bisher geantwortet hatte. »Was soll das für ein Ort sein?«

»Ich glaube, er heißt Quai 61 und liegt unterhalb der Grand Central Station.«

»Kenne ich nicht. Ich bin dort schon sehr lange nicht mehr gewesen. Da kann ich dir nicht weiterhelfen. Geh jetzt wieder. Du gehörst nicht hierher.«

»Tut mir leid, aber ich brauche wirklich Ihre Hilfe. Könnten Sie mir nicht wenigstens einen Hinweis geben, damit ich diesen Quai 61 irgendwie finde?«

»Nein, nichts. Geh.«

Seine Stimme wurde leiser, der Mann entfernte sich auf dem Schotter, der unter seinen Füßen knirschte. Brady ballte die Fäuste, er war maßlos enttäuscht. Alles umsonst. Er wollte erneut nachhaken, spürte aber, dass es sinnlos war. Der Mann ließ nicht mit sich reden.

»Na dann«, murmelte er und knipste seine Lampe an, die er sofort auf seine Füße richtete.

Er gelangte wieder zum Ausgang des zerfallenen Tunnels und wollte sich gerade in der Öffnung über ihm hochziehen, als ihn jemand am Knöchel packte. Er klammerte sich an der Kante fest, um nicht nach hinten zu kippen, und setzte sich auf die Plattform.

»Das Licht!«, rief eine zarte, ängstliche Stimme.

Brady knipste es sofort aus.

»Tut mir leid … Ich habe Sie nicht gesehen …«, murmelte er.

»Ich weiß, wo der Quai 61 ist«, sagte die Frau. »Ich habe früher mal unter der Grand Central Station gelebt. Ich weiß, wo das ist!«

»Könnten Sie mich hinbringen?«

»Nein, das ist zu weit weg. Aber ich kann Ihnen sagen, wie Sie hinkommen.«

»Sie sind meine Rettung, Madam.«

Die Anrede erschien ihm unpassend. Wie sprachen sie sich untereinander an?

»Was geben Sie mir dafür?«

Brady, der darauf nicht gefasst war, geriet ins Stocken.

»Was … was wollen Sie denn?«

Sie kam näher und streifte ihn, als sie zu ihm auf die Plattform stieg.

»Nehmen Sie mich in den Arm«, flüsterte sie.

Brady fühlte sich hilflos. Er war wie gelähmt.

»Bitte«, flehte sie.

Er schluckte und streckte eine Hand nach ihr aus, ohne zu wissen, wo sie sich tatsächlich befand. Er legte seine Hand auf eine zerbrechliche Schulter, über der mehrere Schichten Stoff lagen. Sie kam näher und lehnte sich an ihn. Sie roch nach Staub und ein wenig nach Schweiß. Sie schmiegte sich eng an Brady.

»Drücken Sie mich ganz fest«, sagte sie leise.

Zögernd gehorchte der Journalist. Er legte beide Arme um sie. Sie war vollkommen abgemagert. Das dichte Haar fiel über ihren Nacken. Sie schmiegte den Kopf an seine Halsbeuge und atmete tief ein. Sie rührte sich nicht mehr. Ihr Atem kitzelte Brady, trockene Lippen legten sich auf seinen Kehlkopf.

»Fester«, forderte sie sanft.

Sie ergriff als Erste das Wort, ohne sich von ihm zu lösen.

»Könnten Sie mir Lakritz besorgen? Die Leute werfen alles Mögliche weg, aber kein Lakritz.«

Sie redete wie ein Teenager.

»Das kann ich machen, aber es dauert, bis ich wieder zurück bin.«

»Nein, ich zeige Ihnen ein Gitter, da brauchen Sie es bloß durchzuschieben. Lakritz und Tampons, können Sie mir das besorgen? Ein paar Schachteln Tampons, die fehlen mir.«

»Natürlich.«

»Und gibt es eigentlich noch Kaudragees mit Fruchtsaftgeschmack? Die würde ich gerne mal wieder essen!«

»Werde ich schon finden.«

»Kommen Sie, ich zeige Ihnen den Weg.«

Eine Stunde später verließ Brady den Drugstore mit zwei großen Tüten und lief die Straße zurück. Vor einem Gully, der nicht zugeschneit war, blieb er stehen und kniete sich hin.

»Sind Sie da?«, rief er.

Keine Antwort. Er wiederholte seine Frage, wohl wissend, dass die vereinzelten Passanten ihn für verrückt halten mussten.

»Ja«, antwortete die Frau endlich, ohne dass er sie sah.

»Hier, ich habe alles besorgt, ich lasse es zu Ihnen runter.«

Brady drückte die Packungen zusammen, damit sie zwischen den Gitterstäben hindurchpassten, und warf die Bonbontüten hinterher. Er hatte, was die Mengen anging, nicht gegeizt.

»Okay? Haben Sie's?«

Stille. Es war, wie er befürchtet hatte. Sie hatte geblufft, um zu kriegen, was sie wollte. Sie hatte keine Ahnung, wo sich der Quai 61 befand. Er hatte sich reinlegen lassen. Trotzdem nahm er es ihr nicht übel. Nicht, nachdem er ihre Not kennengelernt hatte. Das konnte er ihr nicht verdenken, er, dem es an nichts mangelte.

Gerade wollte er wieder aufstehen und weitergehen, als sich tief unten im Schacht etwas rührte.

»Danke«, sagte sie, und die Stimme klang sehr weit weg. »Gehen Sie auf der 49th Street, bis Sie zwischen Lexington und Park Avenue sind, und dann am Hotel vorbei. Genau vor der Einfahrt zum Parkhaus ist eine goldbraune Doppeltür. Dort befindet er sich. Der Eingang zum Quai 61. Viel Glück.«

52

Keine Stadt der Welt vereint so viele Gegensätze wie New York.

Mitten in einem der noblen Viertel blickte Brady bewundernd auf die imposante Fassade eines luxuriösen Gebäudes.

In Stein gehauen stand dort in goldgefassten Lettern THE WALDORF-ASTORIA über einer Doppeltür aus Kupfer.

Ein pompöser Eingang zum Innersten der Megacity. Zehnkarätiger Firnis, um das Elend besser zu kaschieren.

Brady blieb stehen, bis ein Mercedes vom benachbarten Parkplatz weggefahren war, bevor er den linken Türflügel aufdrückte. Ihn empfing ein Hinweisschild, auf dem in roten Buchstaben METRO – NOTAUSGANG NORD geschrieben stand. Es stimmte, was die Frau aus dem Untergrund gesagt hatte. Dahinter sah man einen dunklen Vorraum, ein Treppenhaus und einen veralteten großen Lastenaufzug. Obwohl das Gebäude relativ hoch war, gab es keinen Zugang zu den oberen Etagen.

Brady hatte nur noch den »Stamm« im Kopf, doch allmählich dämmerte ihm, dass er eigentlich ein Thema für eine wirklich atemberaubende Reportage gefunden hatte. Das Volk der Maulwürfe, all diese Wege zu einer fernen Welt – wie viele Tore wie dieses hier mochte es wohl allein in Manhattan geben? Eine Öffnung in irgendeiner Häuserwand, die niemandem auffällt, weil sie weder über eine Hausnummer noch über ein Schild verfügt, und hinter der man irgendeinen uninteressanten Wartungsraum vermutet.

Der Durchgang zum Hoheitsgebiet eines anderen Volkes.

Ein Umkehrbild unserer Zivilisation, das Negativ unserer Fehler und Schwächen. Identitätslosigkeit gegen eine zur Tugend erhobene Egozentrik, rudimentäre Verständigung statt ultramoderner Kommunikation, Mangel statt Überfluss. Es kam nicht von ungefähr, dass dieses Universum sich in die Tiefe zurückgezogen hatte, aus Opposition zu der immer extremeren Vertikalität der Wolkenkratzer.

Mit seiner Lampe bewaffnet stieg Brady in die unteren Ebenen hinab.

Er hatte keine Pistole, kein Messer bei sich. Nichts, um sich zu verteidigen. Oder anzugreifen. Wenn seine Suche ein konkretes Ziel hatte, dann war er noch nie so nahe dran gewesen. Der »Stamm« befand sich genau unter ihm. Nur noch wenige Meter trennten ihn von ihrem Lebensraum.

Und dann? Was stellte er sich vor? Wie wollte er sie büßen lassen für ihre Perversität, die ihm schlaflose Nächte bereitete? Wie wollte er sie bestrafen, um der Menschheit wieder ein reines Gewissen zu verschaffen?

Er hatte keine Ahnung. Er lebte von einer Minute zur nächsten.

Eine Gewissheit hatte er jedoch: Er würde diese Irren, die Vampir spielten, demaskieren.

Endlos zog sich das Gewirr aus Metallträgern und Stufen in die Tiefe.

Als in der Ferne ein Zug aufheulte, schreckte er zusammen. Er würde künftig jede U-Bahn mit anderen Augen betrachten.

Irgendwann endete die Treppe schließlich, weit, sehr weit unter der Oberfläche aus Asphalt und Glas. Die langgestreckte Halle, die Brady betrat, war in schmuddelig-gelbes Licht getaucht. Zwischen zwei Betonpfeilern sah er einen zweiten, noch größeren Raum, der von Gleisen durchzogen war: die Einfahrt zur Grand Central Station. Etwas weiter führte dieser Weg zu den Bahnsteigen.

Alle zehn Meter brannten Glühbirnen, die in Wandvertiefungen steckten, als hätte man ihre Wirkung gezielt abschwächen wollen.

Hier endeten mehrere alte Schienenstränge, nichts als Erde und Stein. Brady bemerkte eine Schaufel mit verrottetem Stiel. Der Boden war mit einer dicken Staubschicht bedeckt. Eine abgelegene, vergessene Sackgasse.

In welcher Richtung sollte er weitergehen?

Die Schienen würden ihn früher oder später zu den noch befahrenen Gleisen führen, das war keine gute Idee. Wenn der »Stamm« seinen Komplizen diese »Adresse« genannt hatte, dann deshalb, weil man ihn von hier aus finden würde.

Brady drehte sich einmal im Kreis und inspizierte seine Umgebung.

An der Wand erblickte er in drei Meter Höhe eine Gondel aus Glas und Stahl, die so groß wie ein Eisenbahnwaggon war und an einen Apparat aus den Romanen von Jules Verne erinnerte. Vermutlich ein alter Stellwerksposten. Brady lief zu der Treppe, die nach oben führte, und hob unterwegs eine rostige Eisenstange auf.

Behutsam und ohne ein Geräusch zu machen, stieg er hinauf. Die Tür ließ sich ohne das geringste Quietschen öffnen.

Ein bestialischer Gestank nach Aas, Moder und Feuchtigkeit schlug ihm entgegen. Die Scheiben waren blind vor Dreck. Der Lichtkegel, den seine Taschenlampe in die Dunkelheit schnitt, wurde vom herumwirbelnden Staub getrübt. Brady tastete sich vor, bis er einen großen Gegenstand bemerkte.

Er war aus Holz, länglich und mit Griffen versehen.

Ich glaub, ich träume …

Er trat näher heran, um sich zu vergewissern.

Ein Sarg.

Brady strich mit der Hand darüber. Er war tatsächlich real. Er drehte sich zur Seite und strahlte ein weiteres Rechteck an. Dann ein drittes. Und noch eines.

Brady zählte insgesamt sechs Särge. Sie standen, sauber aufgereiht, einander gegenüber.

Wenn diese Typen wirklich da drin schlafen, schalte ich die Psychiatrie ein …

Ob sie sich von einer Eisenstange beeindrucken ließen? Brady bedauerte, dass er sich nicht mit Pflöcken ausgerüstet hatte.

Wenn ich mich schon auf das Spiel einlasse, dann bis zum bitteren Ende.

Er griff nach einem der Deckel und wollte ihn hochheben.

Die Stunde der Wahrheit.

Er spannte die Muskeln und hob den Deckel hoch.

Eine Hand packte ihn am Nacken und riss ihn nach hinten. Erschrocken ließ Brady die Stange fallen und schlug mit den Armen um sich. Die Pranke quetschte ihm die Halswirbel. Er schrie, während er hinausgedrängt wurde.

Auf den oberen Stufen lockerte sich der Griff, und Brady konnte seinem Angreifer ins Gesicht sehen.

Ein großer Schwarzer mit Bart musterte ihn von oben bis unten. Er trug einen militärischen Tarnanzug und einen dick gepolsterten Anorak mit einem Namensschild an der Brusttasche, das Brady in der Dunkelheit nicht entziffern konnte.

»Was soll das?«, fragte er.

»Das frage ich Sie. Was tun Sie hier?«

»Ich habe ein ernstes Wort mit ein paar Freunden zu reden. Lassen Sie mich vorbei.«

»Sie haben hier nichts verloren, hauen Sie ab!«

»Wer sind Sie?«

»Der Zerberus, der auf diese Herrschaften aufpasst. Haben Sie nie Vampirgeschichten gelesen? Tagsüber werden sie bewacht. Und der Wächter bin ich!«, sagte er und bleckte seine gelben Zähne.

»Dummes Zeug«, murmelte Brady und versuchte, sich an ihm vorbeizuschieben.

Der Schwarze holte eine Pistole hervor und richtete sie auf Brady.

»Sie glauben vielleicht nicht an Vampire, aber das hier respektieren Sie doch wohl, oder? Und jetzt weg hier, bevor sie wach werden.«

Brady starrte auf den Lauf, der auf sein Herz gerichtet war. Er war mit den Nerven am Ende und völlig frustriert von all den Sackgassen und Fragen, auf die er keine Antwort bekam.

»Ich will nicht, dass sie Sie hier finden«, fuhr der Wächter fort. »Das würde nämlich auf mich zurückfallen. Und jetzt machen Sie, dass Sie wegkommen!«

»Nur, wenn Sie ihnen etwas ausrichten.«

»Wenn du dich beeilst, hör ich dir zu, aber halte dich ran, denn die Sonne ist längst untergegangen.«

Brady wog seine Worte wohl ab, bevor er zu sprechen begann.

Was dann kam, war keine Botschaft, auch keine Warnung.

Es war eine Herausforderung.

53

Er hatte sich in seine Lügen verstrickt.

Es entbehrte nicht einer gewissen Ironie, dass Brady festsaß hinter den Gitterstäben der Manipulation, die ihm so verhasst war. Indem er seine Frau von Anfang an belogen hatte, war er langsam in diesen Zustand des Misstrauens abgeglitten, das in ihrem Eheleben keinen Platz hatte. An diesem Donnerstagmorgen nun hatte er ihr den glücklichen Mann vorgespielt.

Gequält von den Erinnerungen an die letzten Tage wäre er eigentlich lieber zu Hause geblieben, stattdessen lief er Hand in Hand mit Annabel durch den Prospect Park und hörte ihr zu, wie sie vom bevorstehenden gemeinsamen Urlaub schwärmte.

In Bradys Nächten wimmelte es von vergewaltigten Frauen und blutrünstigen Vampiren, die seine Stimmung vergifteten, während Annabel bemüht war, ihre Arbeit außen vor zu lassen und die Zweisamkeit zu genießen.

Er konnte sich ihr nicht anvertrauen, sondern er stellte sich gegen sie, was sein Unbehagen noch verstärkte.

Annabel bemerkte von alldem nichts.

Doch das würde nicht lange andauern, Brady kannte seine Frau. Um sechs Uhr aufstehen, Fitnesstraining, Arbeit und mit demselben starken Willen ihr Nest in Ordnung halten. Annabel war eine Rebellin, das System ging ihr gegen den Strich, und um zu überleben, umgab sie sich mit Gewohnheiten, die sie selbst gar nicht mehr wahrnahm. Das Spiel ihres Mannes würde sie jedoch über kurz oder lang durchschauen, sie ließ sich auf Dauer nicht täuschen.

Entweder er gestand ihr alles, oder er regelte das Problem schnellstens.

Das alles dauerte schon viel zu lange.

Sie könnte es verstehen.

Dass ich eine Pornodarstellerin kontaktiert habe, ohne zu wissen, ob ich tatsächlich eine Reportage über sie mache? Dass ich bereit war, mich mit ihr an einem einsamen Ort zu treffen? Dass ich weggelaufen bin, als sie sich eine Kugel mitten ins Gesicht gejagt hat? Dass ich sie wieder und wieder belogen und ihr dabei direkt in die Augen gesehen habe?

Er lief Gefahr, mehr als ihr Vertrauen zu verlieren.

Mittags wollte sie in einem kleinen Restaurant in der Nähe essen, ein nettes Lokal mit origineller Karte.

Während sie auf ihr Essen warteten, fragte Brady:

»Warst du neulich eigentlich bei deiner Großmutter?«

»Ja, der Tipp mit dem Pentagramm stammt von ihr.«

»Ist das eine interessante Spur?«

»Nein. Daraus hat sich nichts ergeben, aber ich habe die Sache, ehrlich gesagt, auch nicht weiter verfolgt.«

Brady merkte, dass er sich nicht von dieser Geschichte lösen konnte.

»Mae hat sich bestimmt gefreut, dich zu sehen!«

»Sie hat sich beschwert, dass ich mich nicht öfter blicken lasse. ›Familie‹ wäre wohl nicht mein Ding. Dabei geht es nicht um meine Gefühle für sie … ich habe einfach zu wenig Zeit.«

Brady nahm die Hand seiner Frau und drückte sie zärtlich.

»Ich freue mich, dass wir über die Feiertage wegfahren«, sagte er, und er meinte es auch so.

Diese Reise würde ihn von seinen Irrungen heilen und sie

beide einander wieder näherbringen. Er würde diese düstere Geschichte vergessen und wäre bei ihrer Rückkehr ein neuer Mensch.

Aber nur, wenn er die Dinge vor ihrer Abreise in Ordnung brachte.

Nachmittags machten sie es sich auf dem Sofa bequem, lasen Zeitschriften, schlummerten bei leiser Musik und wurden rechtzeitig wieder munter, um sich um das Abendessen zu kümmern. Annabel hatte Jack eingeladen.

Er kam allein, wie immer.

Im Laufe des Abends leerten sie mehrere Gläser Wein, aßen ein mit Kräutern gefülltes Huhn, das Brady zubereitet hatte, und lachten viel.

Brady entspannte sich, der festliche Rahmen tat ihm gut.

»Na, Brad, viel unterwegs?«, fragte Thayer zwischen zwei Schlucken kalifornischen Weins.

»Nicht mehr ganz so viel in letzter Zeit. Im November war ich in Spanien, und vor Februar plane ich keine neue Reise.«

»In Spanien?«, sagte Thayer und pfiff anerkennend. »Einen ganzen Monat, da schau her!«

»Vierzehn Tage, nicht zu viel des Guten«, scherzte der Journalist. »Ich glaube, ich bleibe mal ein bisschen in New York, ich bin ausgelaugt.«

»Bei einem so fantastischen Beruf?«

»All die Jahre zu viel Arbeit, nie Ruhe oder Abstand, das schlaucht, ich brauche eine Pause.«

Jack nickte.

»Recht hast du, das wird deiner kleinen Frau auch guttun!«

»Deiner was?«, hakte Annabel nach.

»Oh, Verzeihung! Hau mir deshalb nicht gleich eine runter!«

»Und du, Jack? Wann stellst du uns mal eine Mrs. Thayer vor?«, wollte Brady wissen.

Das Lachen verstummte. Peinlich berührt sah Thayer zu Annabel hinüber. Brady wusste, dass seine Frau eine besondere Beziehung zu ihm hatte. Wie es bei Polizisten eben so ist, die zehn Stunden am Tag zusammen sind, gemeinsam die schlimmsten Dinge durchmachen, sich bei der Aufklärung von Verbrechen zusammen anstrengen und im Laufe der Zeit sämtliche Illusionen verlieren. Zwei im Dienst, die sich irgendwann Dinge erzählen, die sie ihrem Mann oder ihrer Frau niemals anvertrauen würden.

Brady war keine Spur eifersüchtig auf Jack, der Beruf brachte nun mal diese Art von Freundschaft mit sich, und Annabel tat sie gut.

»Irgendwann, vielleicht«, erwiderte Jack, den Blick auf sein Glas gerichtet.

Es klingelte an der Tür.

»Erwartest du Besuch?«, fragte Annabel erstaunt und sah dabei ihren Mann an.

»Nein. Lass, ich geh schon.«

Er stand auf und ging zur Wohnungstür. Er hatte kein gutes Gefühl.

Das ist nicht der »Stamm«, nicht hier, nicht bei mir zu Hause. Das habe ich klipp und klar gesagt.

Er öffnete die Tür, vor der niemand stand, und trat auf den Gang hinaus.

Oben auf dem Treppenabsatz lag ein Umschlag. Er vergewisserte sich, dass Jack und Annabel ihn nicht sahen, und hob ihn auf.

Eine Postkarte, auf der das Foto eines Grabsteins zu sehen war. Auf der Rückseite stand in schön geschwungener Handschrift zu lesen:

»Morgen Abend, Friedhof Green-Wood am Eingang der Kapelle. 23 Uhr.«

Sie waren hier, bei ihm zu Hause, gewesen.

Trotz seiner Drohung. Er hatte sie gewarnt: Er würde spätestens dann mit ihnen abrechnen, wenn sie die Stadt nicht endgültig verließen.

Brady hatte mit dem großen Schwarzen geredet, der die Waffe auf ihn gerichtet hatte, und ihm eingeschärft, seine Botschaft vollständig zu übermitteln. Sie hatte mit folgenden Worten geendet:

»Wenn ihr bei mir aufkreuzt oder noch ein einziges Mal in die Nähe meiner Frau kommt, bringe ich euch um. Alle.«

Jetzt machten sie ihm klar, dass sie durchaus in seinem Zuhause auftauchen konnten.

Ist das ein Wettkampf unter Alphatieren? Wer das letzte Wort hat, oder so ähnlich?

»Liebling?«

Annabel kam auf ihn zu. Schnell ließ er Umschlag und Karte in der Gesäßtasche seiner Jeans verschwinden und drehte sich um.

»Wer war das?«, fragte sie.

»Ach, nur ein paar Kids, die Klingelmännchen gespielt haben. Sie sind schon wieder weg. Komm, wir gehen rein.«

Brady fühlte sich unbehaglich. Er verriegelte die Wohnungstür von innen.

Er war ratlos. Verzweiflung überkam ihn. Er verschwand auf die Toilette und schloss sich ein.

Etwas braute sich in ihm zusammen. Gewalttätigkeit stieg in ihm auf, die Meute hatte seine animalischen Instinkte geweckt.

Und wenn er für die menschliche Spezies und für sich selbst überhaupt noch Achtung empfinden wollte, dann galt es, diese Kreaturen sofort zu vertreiben. Der Mensch war kein Ausbund an Tugend, so viel stand fest, und wie viele Fehler sich bei seiner Entwicklung eingeschlichen hatten, zeigte sich schon an der Pornografie. Doch der »Stamm« brachte nicht nur Gefahr,

Angst und Tod. Seine Mitglieder hatten jede Form von Hoffnung zunichtegemacht. Leben als Horror war das, was blieb.

Mit einem Mal, mitten im Badezimmer, brachen all die konfusen Gefühle über Brady herein, mit denen er seit einer Woche kämpfte.

Von Rubis' Selbstmord über die dreckigen Kabinen auf dem Schiffswrack oder seine nächtlichen Horrorerlebnisse in den Catskill Mountains bis hin zu den Irrwanderungen durch den New Yorker Untergrund. In ihm, in seinem Bewusstsein, tat sich etwas. Als durchlebte er eine Art Initiation.

Jeder Atemzug, jedes Detail seines gegenwärtigen Daseins hatte wieder Bedeutung. Und Kraft.

Er erwachte wieder zum Leben.

Und er begriff, dass er sich in diese gefährliche Situation verrannt hatte, weil Rubis ihn zu einem neuen Leben zwang. Dazu, jenes Licht in sich selbst zu suchen, das er erstickt hatte.

Jahrelang hatte er pünktlich zum Redaktionsschluss Berichte abgeliefert, ohne jedes Risiko, und es sich in seiner Ehe bequem gemacht …

Rubis hatte diesem Leben einen Tritt versetzt.

Auch der »Stamm« hatte ihn mit seinen Grenzen konfrontiert, seine Überzeugungen ins Wanken gebracht und ihn gezwungen, kritisch zu denken wie in früheren Jahren, bevor er sich vom Erfolg hatte einlullen lassen.

Er war aus seiner Lethargie erwacht und kostete im Voraus jede Sekunde der bevorstehenden Aktion.

Jetzt muss ich reagieren. Sie haben nicht auf mich gehört. Sie haben es gewagt, hierherzukommen. Also gut. Die Stunde der Abrechnung hat geschlagen!

Brady wischte sich die Tränen ab.

Er hatte seine Entschlossenheit wiedergefunden.

54

Um acht Uhr morgens klingelte das Telefon.

Captain Woodbines tiefe, wohlklingende Stimme war zu hören:

»O'Donnel, alles in bester Ordnung. Nächste Woche findet eine Anhörung vor dem Untersuchungsausschuss statt, aber das ist reine Formsache. Den Papierkram habe ich so weit erledigt, ich erwarte also, dass Sie noch heute ins Revier kommen und Ihre Dienstmarke polieren.«

Annabel sprang unter die Dusche, gab Brady, der noch verschlafen war, einen Kuss und stürzte sich ins Straßengetümmel, froh darüber, so schnell wieder im Einsatz zu sein.

Als sie eintraf, kamen die Detectives gerade zu einer Sitzung zusammen, um sich über den Stand der laufenden Ermittlungen auszutauschen. Woodbine nahm vor der Pinnwand Platz, auf der sämtliche Fälle erfasst waren.

»Lenhart und Fremont, wie weit seid ihr mit dem Exhibitionisten von der siebten Avenue?«

»Es gibt zwei Verdächtige, die schon mal wegen eines ähnlichen Vergehens einsaßen«, berichtete Gloria Fremont.

»Und die Anzeigen wegen sexueller Belästigung, sind die schon erledigt?«

»Wir haben die Zeugenaussagen aufgenommen, und die Frau will vor Gericht eine Unterlassungsanordnung erwirken.«

Woodbine sah zur Pinnwand.

»Und was ist mit diesem Nötigungsdelikt in den Wohnblocks am Gowanus Canal, geht es da vorwärts?«

»Nein, da macht keiner den Mund auf. Außerdem liegt das nicht in unserem Zuständigkeitsbereich, mit Informanten sieht es also schlecht aus«, erklärte Fabrizio Collins und strich sich dabei über seinen Zopf.

»Vielleicht könnte euch bei diesem Fall das 76. Revier unter die Arme greifen. Wir sind ihnen entgegengekommen und haben auf den Anruf reagiert, da können sie sich ruhig revanchieren, oder ich sorge dafür, dass die Angelegenheit in ihrer Statistik der ungelösten Fälle landet. Wo wir gerade dabei sind: Jack, wie wär's denn heute mit einem Bericht über die Selbstmörderin vom Fulton Terminal?«

Thayer sah seine Kollegin an.

»Captain«, antwortete Annabel, »es handelt sich um *zwei* Frauen, die sich umgebracht haben, ihre beste Freundin wurde ermordet, und zu guter Letzt haben wir den Einsatz der Spezialeinheit in Queens mit zwei Toten und eine Brandstiftung mit einer weiteren Leiche. Ich glaube, wir sollten die Sache ruhiger angehen.«

Woodbine stemmte seine Hände in die Hüften.

»Die beiden Selbstmorde fallen nicht in unseren Zuständigkeitsbereich«, mahnte er, »der Mord ist in New Jersey passiert, und die drei Toten von dieser Woche sind die Angelegenheit von Queens. Wenn Sie der Ansicht sind, dass die Zusammenhänge komplizierter sind, müssen wir die Sache eben an die Sondereinheit der Kripo oder sogar ans FBI weiterleiten, die werden das Kind schon schaukeln!«

»Es ist unser Fall«, konterte Annabel.

Woodbine musterte sie und presste, während er angestrengt nachdachte, die Lippen zusammen.

»Ich weiß«, sagte er endlich, »im Januar wird es auch wieder besser, aber ich kriege Druck von oben, weil wir mit unseren Zahlen zum Jahresende möglichst gut dastehen sollen. Der Bürgermeister hat für das Jahr zweitausend eine sensationelle Sicherheitsbilanz in Aussicht gestellt. Und auch wenn mir dieses Vorgehen ganz und gar nicht passt, bin ich trotzdem gezwungen, möglichst alle Fälle, die wir nicht rasch aufklären können, an die anderen Reviere weiterzugeben.«

»Wenn das alle tun, können wir uns ja auf was gefasst machen!«, warf Lenhart ein, der nervös seinen Schnauzbart zwirbelte.

»Das ist mir klar!«, rief Woodbine, nun schon in schärferem Tonfall, um weiteren Protesten vorzubeugen. »Ihr wisst doch, dass ich auf eurer Seite bin, aber ich muss mich auch an die Vorgaben von oben halten. O'Donnel, Jack, ihr habt bis morgen Zeit, um die Sache abzuschließen, mehr kann ich für euch nicht tun.«

Annabel schlug die mager bestückte Akte auf, die sie für den Fall Weaver angelegt hatte.

»Ich fang noch mal von vorn an«, verkündete sie. »Etwas müssen wir übersehen haben, irgendeine Spur oder einen Hinweis.«

Jack zog sich die Jacke an.

»Du erreichst mich auf dem Handy, wenn du mich brauchst.«

»Gehst du?«

»Ich muss noch was überprüfen.«

»Was denn? Seit wann machst du hier auf einsamen Wolf und Geheimniskrämer?«

»Vertrau mir einfach.«

»Dann sag mir, was du vorhast!«

Jack holte tief Luft.

»Es gibt da einen Detective in Queens, den ich gut kenne. Er wird mir sagen, was er über den Brand und über Clayton Gunroe weiß. Er ist ein bisschen paranoid und ein Chauvi, deswegen halte ich es für besser, wenn ich allein hingehe.«

»Wie du meinst.«

Es kränkte Annabel, dass er vorgehabt hatte, ihr eine mögliche Spur vorzuenthalten.

So ist er eben, er zaubert gern das Kaninchen aus dem Hut, um zu zeigen, was er alles draufhat, und wir dürfen dann raten, wie er das wieder gemacht hat!

Die Enttäuschung war ihr offenbar anzusehen, denn Jack meinte:

»Anna, du weißt doch, dass ich immer für dich da bin, oder?«

Sein Gesichtsausruck war fast zu aufrichtig, als dass man ihn hätte ernst nehmen können. Annabel wusste nichts zu erwidern und war noch verwirrter, als er hinzufügte:

»Was auch immer passiert.«

Dann ging er eilig fort.

Den ganzen Vormittag lang nahm Annabel jede einzelne Notiz und die wenigen Berichte, die zu Sondra Ann Weaver und Melany Ogdens schon vorlagen, genauestens unter die Lupe. Da sie nichts Beweiskräftiges fand, machte sie bei Charlotte Brimquick weiter, ebenfalls ohne Erfolg.

Außer der Freundschaft zu Sondra Weaver konnte sie keinerlei Verbindung zwischen den drei Frauen entdecken.

Doch, die Pornos!, schoss es Annabel durch den Kopf. Sie beschloss, ihre Vorgehensweise zu ändern. Im Internet suchte sie nach einer Liste der Filme, in denen die drei mitgewirkt hatten. Weaver und Ogdens wurden im Vergleich zu Charlotte Brimquick nur selten erwähnt, deren Laufbahn deutlich mehr große Projekte umfasste, hauptsächlich in den 1990er Jahren. Sie hatte unter verschiedenen Künstlernamen gearbeitet. Vor allem auf diesen Aspekt konzentrierte sich Annabel bei ihren weiteren Recherchen, ohne jedoch auf etwas Interessantes zu stoßen.

Mehrfach tauchte allerdings der Name eines Produzenten auf.

Annabel ging gegenüber vom Revier in Tanner's Bar ein Sandwich essen und kehrte eine halbe Stunde später zurück, um Adresse und Telefonnummer des Mannes in Erfahrung zu bringen. Nach drei erfolglosen Versuchen erreichte sie ihn schließlich:

»Detective O'Donnel vom NYPD, ich untersuche den Mord an Charlotte Brimquick. Sie haben sie gekannt, richtig?«

»Ja, das stimmt. Vorgestern habe ich von ihrem Tod aus der Zeitung erfahren, es ist schrecklich.«

»Nach meinen Informationen haben Sie ziemlich oft mit ihr gedreht?«

»Damals, als sie jung war, ich meine, jung genug für diesen Job, habe ich alle möglichen Rollen für sie aufgetrieben. Ich ... ich habe Charlotte immer unterstützt, nach ihren Scheidungen und wenn ihre Beziehungen in die Brüche gingen. Das wurde aber immer schwieriger. Ein-, zweimal im Jahr habe ich noch einen Dreh für sie gehabt, damit sie sich was dazuverdienen konnte.«

»Hat sie dann ganz aufgehört?«

»Ja, weil sie keine Angebote mehr bekam.«

»Wussten Sie, dass sie sich als Prostituierte ihr Geld verdiente?«

Der Mann seufzte.

»Ja.«

»Haben Sie sie in letzter Zeit gesehen oder mit ihr gesprochen?«

»Wir haben alle zwei, drei Monate miteinander telefoniert. Ich habe sie, glaube ich, im Oktober angerufen ... Ach, halt, nein! Sie hat sich Ende November bei mir gemeldet, sie wollte die Telefonnummer einer meiner Darstellerinnen, ein Mädchen, dem sie letzten Sommer am Set begegnet war. Charlotte hatte mich dort besucht und sich mit Janette angefreundet, ein junges Ding, ein bisschen abgehoben, eher mystisch drauf.«

»Mystisch? Hat sie Ihnen gesagt, warum sie sich mit ihr in Verbindung setzen wollte?«

»Nein, sie war schwer zu verstehen ... Charlotte hatte gelegentlich ein Alkoholproblem, dann konnte sie genauso anstrengend wie amüsant sein.«

»Haben Sie ihr die Nummer gegeben?«

»Natürlich. Es gab keinen Grund, es nicht zu tun.«

»Diese Nummer brauche ich auch von Ihnen.«

Nachdem sie sich vergewissert hatte, dass er nicht noch mehr interessante Informationen für sie bereithielt, rief Annabel bei Janette Clea an. Am anderen Ende der Leitung ertönte eine Mädchenstimme.

»Janette, ja bitte?«

»Detective O'Donnel, ich ermittle in einem Mordfall. Hätten Sie Zeit, sich mit mir zu treffen?«

Annabel folgte ihrem Instinkt. Sie spürte, dass ihr das Mädchen unter Umständen weiterhelfen konnte. Die Angelegenheit war so dringend, dass sie nicht warten wollte, bis die junge Frau aufs Revier käme. Stattdessen würde sie zu ihr fahren.

Es war Nachmittag, als Annabel in der südlichen Bronx im Viertel Mott Haven aus der U-Bahn stieg. Mit dem Auto hätte sie doppelt so lange gebraucht. Sie überquerte die Hauptgeschäftsstraße und ging dann die Concourse Park Avenue hinauf. Die mit billigen Weihnachtsartikeln vollgestopften Schaufenster wichen Fassaden von baufälligen Häusern. Annabel lief zwischen einem tiefer gelegenen Zuggleis und einem Häuserkomplex mit roten Türmen entlang. Aus ihrer ledernen Fliegerjacke zog sie ein Gummiband und fasste ihre Zöpfe im Nacken zusammen, damit sie ihr nicht ins Gesicht hingen. Sie war auf der Hut und jederzeit einsatzbereit.

Sie nahm die erste Querstraße rechts und bog in einen Weg ein, der zu einem Gebäudeeingang führte. Eine Gruppe von Halbwüchsigen, gekleidet wie die Helden einer Fernsehserie mit Baseballkappen und übergroßen Klamotten, musterte sie von oben bis unten.

Sie lief hinauf in den fünften Stock und klopfte bei Apartment 511.

Eine Frau öffnete ihr. Sie hatte ein buntes Tuch um den Kopf geschlungen, hatte ein Nasen-Piercing und trug eine Jeans-Latzhose mit einem weißen T-Shirt darunter. Sie war schlank und attraktiv, ihr Teint dunkler als der von Annabel, die ihr durch einen Perlenvorhang folgte und in eine Duftwolke aus Räucherstäbchen eintauchte. Ein knappes Dutzend davon war über den Wohnraum verteilt.

»Danke, dass Sie so schnell Zeit für mich hatten«, sagte die Polizistin und sah sich um.

Vor dem großen Fenster erhob sich eine Wand aus Grünpflanzen, ein Flachbildfernseher und eine Stereoanlage standen neben afrikanischen Figuren und dekorativen Holzstühlen aus dem Senegal sowie einem Regal voller schöner Gläser und kleiner Steine oder polierter Knochen.

»Ich nehme an, die Worte ›Polizei, Mord, ich muss Sie dringend sprechen‹ öffnen Ihnen alle Türen, oder?«

Annabel hatte Mühe, sich an diese Stimme zu gewöhnen, denn ihr war, als spräche sie mit einem pubertierenden Teenager.

Nur, dass dieses Mädchen Pornos dreht! Also, ganz entspannt. Setz ein Lächeln auf, sei freundlich und versuche, ihr Vertrauen zu gewinnen …

»Sie beschäftigen sich mit Wahrsagerei?«, fragte Annabel und zeigte auf ein Tarot-Spiel, das auf einem kleinen Tischchen lag.

»Immer mal wieder. Soll ich Ihnen die Karten legen?«

»Nein, da wende ich mich an die Familie: Meine Großmutter ist eine Mambo.«

»Eine Voodoo-Priesterin? Wow! Und hat sie Sie unterwiesen und in ihre Geheimnisse eingeweiht?«

»Ich bin nie eine gute Schülerin gewesen, und irgendwann habe ich mich dann einem anderen Lehrmeister zugewandt«, sagte sie und deutete auf das Abzeichen an ihrem Gürtel.

»Seinen Wurzeln entkommt man nicht, Sie dienen also einer anderen Form von *iwa* oder, wenn Sie so wollen, von Gottheit.«

»Und Sie, kennen Sie sich aus mit Voodoo?«

»Voodoo, *santería*, weiße Magie, Okkultismus in jeder Form, ich interessiere mich für viele Künste. Wenn Ihre Großmutter eine Mambo ist, gehe ich mal davon aus, dass Sie sich bei mir keinen spirituellen Beistand für Ihre Ermittlungen holen wollen.«

»Ich ermittle im Mordfall Charlotte Brimquick.«

»Charlotte?«, wiederholte die junge Frau mit weit aufgerissenen Augen.

»Es tut mir leid, sie wurde am vergangenen Wochenende ermordet.«

»Sie haben mir nicht gesagt, dass ich das Opfer kenne, das habe ich nicht gewusst! Ist sie schon beerdigt?«

»Soweit ich weiß, soll die Trauerfeier morgen stattfinden. Ich kann mich bei meinen Kollegen in New Jersey erkundigen, wenn Sie wollen.«

Janette nickte und suchte nach einem Platz, um sich zu setzen.

»Charlotte … Ich kann es nicht fassen.«

»Waren Sie eng befreundet?«

»Eng nicht, wir mochten uns, wir haben uns insgesamt dreimal gesehen, aber es ist trotzdem ein Schock … Haben Sie den Mörder gefasst?«

»Wir haben zwei, vielleicht auch drei Männer in Verdacht, sie sind alle tot. Einer wurde ermordet, wir wissen nicht, von wem, die beiden anderen sind beim Polizeieinsatz ums Leben gekommen.«

»Auge um Auge …«, murmelte Janette.

»Miss Clea, ich brauche Ihren Rat. Charlotte soll Sie vor etwa drei Wochen kontaktiert haben.«

»Das stimmt. Wegen einer Sitzung. Das erste Mal habe ich sie am Set gesehen, sie hat eine Freundin besucht, und wir haben zwischen zwei Einstellungen miteinander geplaudert – so sind wir in Kontakt gekommen. Ich habe ihr erzählt, was ich nebenbei so mache, aber dann ging der Dreh weiter, und wir vergaßen, unsere Telefonnummern auszutauschen. Sie hat mich dann ausfindig gemacht.«

»Warum wollte sie Sie sehen?«

»Das … das ist in etwa so wie bei den Ärzten ein Berufsgeheimnis.«

»Ich verstehe, aber dennoch wollen wir die Umstände ihres Todes aufklären. Da wir mehrere Verdächtige haben, möchte ich nicht, dass auch nur einer ungeschoren davonkommt. Auf die Innenseite von Charlottes Wohnwagentür war ein Pentagramm gemalt, stammt das von Ihnen?«

Janette verbarg den Kopf in den Händen und rieb sich die Schläfen, bevor sie bestätigte:

»Ja. Zum Schutz.«

»Gegen Verderben und Dämonen, stimmt das?«

Janette wirkte überrascht, ihre Züge entspannten sich ein wenig.

»In der Tat.«

»Warum? Hatte sie Sie darum gebeten?«

Janette beugte sich vor und griff nach einem Rosenkranz, den sie sich um die Finger wickelte; sie wirkte traurig und verstört.

»Ich glaube, ich weiß, wer sie umgebracht hat«, sagte sie düster.

55

Riesige Fledermäuse umschwirrten die Wohnung.

Brady war sich sicher. Im Schutz der Bäume stiegen diese imposanten, hinterlistigen Tiere senkrecht empor oder gingen im Sturzflug nieder, sobald er sich dem Fenster näherte, um sie zu beobachten. Obwohl er sie nicht sehen konnte, ahnte er ihre

Gegenwart. Er *spürte* sie förmlich. Eine kroch über das Dach in Richtung Wohnzimmer und Glaskuppel, von wo aus sie ihn ausspionieren und dann angreifen konnte.

Brady musste sich verteidigen. Eine Waffe. Ein Pflock. Er musste auf das Herz zielen.

Von draußen, von der Promenade oberhalb der Bucht, ertönte der Schrei eines Kindes herüber. Sie vergriffen sich an Unschuldigen.

Um ihn herauszulocken. Ihm die Haut abzuziehen.

Das Leben aus den Adern zu saugen. Und danach würden sie seine Wunden lecken, damit sie verheilten und er nicht starb. Eine traumatisierte und geschändete Seele, gefangen in einem widerwärtigen Körper, aus dem der Geifer der Monster troff.

Ihm blieb nur noch eines: seinem Leben ein Ende setzen.

Sich befreien.

Wieder schrie das Kind im Spiel. Ein anderes antwortete ihm.

Brady schlug die Augen auf. Er lag auf dem Sofa.

Draußen zog ein riesiger Schatten vorüber, der den Raum verdunkelte. Er fuhr hoch und sah eine dicke Wolke, die sich über die blasse Dezembersonne legte. In der Ferne lachten Kinder.

Nachdem ihn nachts ständig Alpträume plagten, hatte er gehofft, ein kleines Schläfchen würde ihm guttun.

Ich muss endlich zur Ruhe kommen, Abstand gewinnen …

Doch es wollte ihm nicht gelingen. Der »Stamm« ließ ihn nicht los. Nach Rubis waren es nun diese Irren, die ihn beschäftigten.

Heute Abend … das Treffen.

Wenn ich nicht hingehe, werden sie mir nachstellen, bis ich am Ende bin. Was wollen sie bloß?

Und dann plötzlich die Erkenntnis, die ganz offensichtlich war.

Spielen, sie wollen lediglich spielen.

In den Catskill Mountains hatten sie angefangen. Sie hatten die Grenze überschritten und sich in seine Intimsphäre eingeschlichen, um ihm Angst zu machen und ihn zu provozieren.

Und ich bin wie ein Vollidiot darauf eingestiegen.

Konnte er nun einfach alles stoppen?

Das wird mit denen nicht funktionieren. Wenn ich heute Abend nicht dort auftauche, kommen weitere Umschläge, und es werden noch mehr Kiesel an die Scheibe geworfen, bis auch Annabel etwas merkt.

Würden sie ihn angreifen? Riskierte er sein Leben?

Das ist nicht ihre Art. Sie bringen niemanden einfach so um, das glaube ich nicht. Sie kochen ihr Opfer auf kleiner Flamme gar und zermürben es, als würden sie sich an dieser Qual laben …

Ein Wort wollte ihm nicht mehr aus dem Sinn.

Vampire.

Ihre Aufmachung, ihr Außenseiterdasein. Der Schrecken, den sie verbreiteten. *Sie schlafen sogar in Särgen! Und sie haben es geschafft, nachts bei schneebedeckten Straßen innerhalb kürzester Zeit von den Catskills nach New York zu kommen! Als hätten sie Riesenflügel!*

Brady schüttelte den Kopf.

Das ist doch alles Quatsch … nichts als Maskerade!

Was also war die Erklärung dafür? Tagsüber schien sie noch nie jemand gesehen zu haben. Die Handschrift auf der Karte war wunderschön, gestochen scharf … *Eine alte Schrift! Diese Kringel und Häkchen, wie bei unseren Großeltern …*

Er schenkte sich ein großes Glas Wasser ein und leerte es in einem Zug.

Irgendetwas schwirrte ihm im Kopf herum, ohne dass er hätte sagen können, was genau es war. Er war sich sicher, er war auf etwas Entscheidendes gestoßen, ohne dass es ihm bewusst geworden wäre.

Eine Maskerade? In den Catskill Mountains?

Brady schenkte sich Wasser nach und trank jetzt langsamer.

Sie schlafen in Särgen! Das ist es! Wer hält so etwas aus? Kein Mensch würde in einer Kiste eingesperrt schlafen wollen, noch dazu im New Yorker Untergrund! Außer jenen, die daran gewöhnt sind und sich unter der Erde sicherer fühlen als an der Oberfläche.

Kermits Worte kamen ihm wieder in den Sinn: *»Ich kenne genug Penner, die schon so lange obdachlos sind, dass sie klaustrophobisch werden, wenn man sie in ein Zimmer mit einem warmen Bett steckt!«*

Die Mitglieder des »Stammes« lebten schon ewig in den Tunneln, so lange schon, dass sie sich dort wohler fühlten als auf der Straße oder in einer Wohnung. *Sie kennen sich aus in dem Labyrinth da unten! Sie gehören zur Gemeinschaft der Obdachlosen!*

Brady stürzte zu seinem Laptop und ging ins Internet. Mit den Suchbegriffen *Tunnel-Catskill-Untergrund-New Yor*k wurde er auf Anhieb fündig.

1914 wurde, ausgehend von den Catskill Mountains, ein gigantisches Netz aus Aquädukten, natürlichen Höhlen und unterirdischen Leitungen vollendet, um Manhattan mit Wasser zu versorgen und die dortigen Reservoirs zu füllen. Über hundertfünfzig Kilometer unterirdische Gänge, von Menschenhand errichtet und zum Teil über vierhundert Meter tief, vor allem unterhalb des Hudson River. Ein Monumentalbauwerk.

Brady entdeckte einen Bericht von sieben Journalisten und zwei Fotografen, die am 19. Januar 1914 den Versuch unternommen hatten, auf diesem erstaunlichen Weg nach New York zu gelangen. Bei den ersten Zeilen hielt er inne: Der Zugang lag ganz in der Nähe von Kingston.

Von dem Chalet aus mit dem Auto nach Kingston zu fahren war zwar vermutlich schwierig, aber machbar gewesen. Und dann war der »Stamm« durch dieses Versorgungsnetz wieder nach Hause gelangt. Vielleicht besaßen sie ja ein kleines Motorboot und Mopeds, falls die Strecke auf dem Trockenen zurückgelegt werden konnte.

Diesen Weg haben sie benutzt, es gibt kein Geheimnis, es verbirgt sich auch nicht der Mythos von fliegenden Vampiren dahinter, alles Quatsch, sie waren lediglich dort unterwegs, wo sie sich gut auskennen! Bei denen, die im Untergrund leben, sind diese Gänge wahrscheinlich allen gut bekannt!

Es beruhigte ihn, mit der Legende aufräumen zu können, die sie so emsig konstruierten. *Ganz normale Menschen!*

Sein Handy klingelte, er warf einen Blick auf das Display und nahm den Anruf entgegen.

»Pierre? Schön, dass du …«

»Hör zu«, unterbrach ihn sein Freund in schleppendem Tonfall, »ich muss dich sprechen.«

»Geht's dir nicht gut? Bist du zu Hause?«

»Hier waren komische Leute, sie haben mir Angst eingejagt.«

Brady war wie gelähmt.

Bloß das nicht. Nicht er.

Schwer atmend fuhr Pierre fort:

»Letzte Nacht. Mir war nicht gut, ich bin gerade erst aufgewacht.«

»Hast du einen Krankenwagen gerufen?«

»Nein, warte. Du musst mir zuhören. Sie haben von dir geredet. Sie haben gesagt, du müsstest dich öffnen, dein Bewusstsein erweitern, um deinen Status besser leben und den Mann in dir akzeptieren zu können. Sie …«

»Pierre, ruf einen Krankenwagen!«

»Nein, das ist nicht nötig. Komm her.«

Pierre legte auf, und Brady sprang in ein Taxi, das ihn nach Manhattan brachte.

Er hastete die Treppen hinauf und sah zu seinem großen Schreck, dass die Tür zum Loft offen stand.

Pierre lag auf seinem gelben Sofa.

»Ich … ich habe … die Tür für dich offen gelassen«, flüsterte er, als er Brady hereinstürmen sah. »Ich glaube … ich habe … einen Anfall.«

Brady griff nach dem Telefon, das auf den Parkettboden gefallen war, und wählte die Notrufnummer. Pierres fleischige Hand legte sich auf seine.

»Hab ich … schon gemacht … Sie sind unterwegs«, murmelte er. »Bleib bei mir. Bis sie da sind. Bleib …«

Seine Lider fielen langsam zu. Brady schlug ihm mit der flachen Hand ins Gesicht und rief seinen Namen, vergebens. Irgendwo unter seinem Fettpanzer schlug noch sein Herz.

56

Die von den Räucherstäbchen aufsteigenden Schwaden verwoben sich zu kunstvollen Arabesken; sie glichen Gesichtern im Profil, die das kleine Wohnzimmer inspizierten.

Janette knetete nervös ihren Rosenkranz, als wollte sie seine Form verändern.

»Ich weiß, wer die Mörder sind«, wiederholte sie.

Annabel zückte ihr Notizbuch.

»Nennen Sie mir ihre Namen.«

»Nein, ihre Namen kenne ich nicht, doch Charlotte hatte eine Freundin, die von ein paar Individuen terrorisiert wurde. Sie war fest davon überzeugt, dass diese Kerle gefährlich waren, grausame Bestien. Und sie wollte sich vor diesen Dämonen schützen.«

»Hat sie in dem Zusammenhang exakt dieses Wort benutzt: Dämonen?«

»Ja. Sie fühlte sich bedroht, nicht nur körperlich, auch psychisch. Das hört sich vielleicht blöd an, aber Ihnen als Enkelin einer Mambo ist das sicher vertraut, nicht wahr?«

»Natürlich«, erwiderte Annabel ungerührt.

Obgleich mit diesen Überlieferungen groß geworden, hatte sie deren Grenzen einzuschätzen gelernt und ließ auch die häufig damit verbundene Autosuggestion nicht außer Acht.

»Sie sagte, diese Kerle würden sie verderben, sie in die Hölle entführen. Wissen Sie, sie hatte wirklich Angst vor denen. Das ging so weit, dass sie sie nicht für Menschen, sondern für Dämonen hielt. Das war nicht nur so dahingesagt.«

»Erinnern Sie sich an den Namen der Frau?«

»Ja, sie nannte sich Rubis. Wie es scheint, war sie auch Schauspielerin, aber mir persönlich ist sie in der Branche nie aufgefallen, doch diese Welt ist ja groß.«

»Also, Charlotte hat Sie kontaktiert, damit sich ihre Freundin Rubis sicherer fühlt?«

»So ist es. Deshalb bin ich eines Nachmittags zu Rubis gefahren, um ihr ein Schutz-Pentagramm zu malen, das die schlechten Einflüsse dieser Männer fernhalten sollte. Anschließend ist sie komplett durchgedreht, ja, vollkommen ausgerastet. Sie wollte, dass ich das Gleiche bei Charlotte mache.«

»Sie haben eingewilligt?«

»Warum nicht? Außerdem zahlte sie das Ganze, da wollte ich nicht ablehnen. Wir sind zu dritt nach New Jersey in irgendein schäbiges Loch gefahren. Hier ist es zwar auch nicht wie in Beverly Hills, aber bei mir ist es zumindest sauber. Ich habe ein Pentagramm auf die Tür gemalt, und Rubis hat sich wieder beruhigt.«

Mit dem Massaker an Charlotte ist die Wirksamkeit dieses Rituals empfindlich erschüttert worden, dachte Annabel.

»Kannte Charlotte diese Typen?«

»Zweifellos, auch sie schien sie zu verabscheuen, ja, sogar Angst vor ihnen zu haben, aber nicht so sehr wie Rubis. Ich glaube, es war irgendein Kerl, ein gewisser Johnny, der ihnen diese Psychopathen vorgestellt hat. Nein, warten Sie! Sein Name war Lenny.«

»Lenny wie Leonard?«

»Kann sein.«

Leonard Ketter, dieser Dreckskerl! Von Anfang an wusste ich, dass er mir etwas verheimlicht … Er hat seine Freundin einer Bande Perverser ausgeliefert, die sich mit ihr amüsiert und dann noch Charlotte dazugenommen haben. Und diese Perversen sind die Triponelli-Brüder!

Annabel konnte sich schon vorstellen, welches Genre brutaler Filme die beiden bedient hatten.

Clayton Gunroe war ihr Mann im Hintergrund. Er hat diese Produktionen für eine kleine Schar von Anhängern dieser Splatterfilme gedreht und geschnitten.

»Ich denke, es waren diese ›Dämonen‹. Sie haben Charlotte getötet.«

»Immerhin schmoren sie bereits in der Hölle, wenn wir von denselben Männern sprechen.«

»Sie müssen diese Rubis unbedingt finden.«

»Janette, Rubis hat Selbstmord begangen.«

»O Scheiße!«, fluchte die junge Frau.

»Die Schweine, die das zu verantworten haben, sind tot, von denen ist nicht mehr viel zu befürchten.«

»Alle?«

»Bis auf einen, und um den werde ich mich höchstpersönlich kümmern.«

Janette legte den Rosenkranz beiseite.

»Lassen Sie ihn nicht entwischen!«

Vereint in ihrer Wut sahen die beiden Frauen einander an.

»Ich muss jetzt los. Danke für Ihre Hilfe«, sagte Annabel und ging zur Tür.

»Warten Sie! Nehmen Sie das.«

Janette reichte ihr ein kleines weißes Kruzifix.

»Das ist sehr freundlich, aber ich bin nicht sehr …«

»Es wird Sie vor ihnen beschützen.

»Ihnen?«

»Ja, den Dämonen. Ich bin sicher, es sind noch welche da. Sonst wäre die Welt schon ein besserer Ort.«

Ihr Handy am Ohr ging Annabel an den Gleisen entlang.

»Jack, hier die Kurzfassung: Leonard Ketter ist ein echter Hurensohn.«

»Außer seiner Mutter, Friede ihrer Seele, wissen das längst alle.«

»Nein, ich will sagen, er hat uns etwas vorgemacht, denn er ist für den ganzen Schlamassel verantwortlich. Hier noch mal die ganze Geschichte von Anfang an: Ketter heuert zwei Mädchen an, er bringt sie im Pornogewerbe unter, um auf ihre Kosten Kohle zu machen. Er ist zu allem bereit, doch seine Pferdchen sind nicht so leistungsstark wie erhofft und in der Branche schnell abgemeldet. Also ist er gezwungen, kleinere, unabhängige Produktionsfirmen zu suchen und schließlich mit Amateurfilmern zu arbeiten. Doch auch da bekommen sie kein Bein auf die Erde. Weder Melany noch Sondra gelingt es, überzeugend Lust vorzutäuschen; sie mögen das Geschäft nicht, und das sieht man. Ihm bleiben nicht mehr viele Möglichkeiten, bis er von ein paar Perverslingen hört, die Mädchen für ihre Trashmovies suchen: die Triponelli-Brüder. Sie zahlen nicht schlecht. Ketter schafft Melany dorthin, die am Ende ihrer Kräfte ist. Diese Sache ist der Tropfen, der das Fass zum Überlaufen bringt: Sie erträgt das alles nicht mehr und begeht Selbstmord.«

»Bis hierher kann ich dir folgen.«

»Ketter, den das Ganze kalt lässt, versucht es als Nächstes mit Rubis. Und da sie psychisch auch nicht in einer besseren Verfassung ist als Melany, geht es mit ihr langsam bergab. Ihre Freundin Charlotte braucht unbedingt Geld, bekommt aber für traditionelle Pornos keine Angebote mehr, also bringt er sie ebenfalls dort unter. Rubis erschießt sich. Charlotte hat Angst. Erinnerst du dich, wir hatten beide den Eindruck, dass sie uns etwas verheimlichte. Sie hatte Angst vor Ketter, aber vor allem vor seinen ›Freunden‹, den Triponellis.«

»Und welche Rolle spielt Clayton Gunroe bei dem Ganzen?«

»Er ist der Mann hinter der Kamera, derjenige, der sich um die Technik kümmert. Am Freitag hat Ketter uns vor Gunroes Haus gesehen und es mit der Angst zu tun bekommen. Er ruft die Brüder an, weil er von ihnen wissen will, was er tun soll, vor allem, nachdem wir auch schon mit Charlotte gesprochen haben. Die Brüder machen sich zu ihr auf den Weg, um sie für immer zum Schweigen zu bringen. Am Montag bestellen wir Ketter ins Revier. Ihm wird klar, dass es nur eine Frage der Zeit ist, bis wir auf die Filme mit den Triponellis stoßen. Er hetzt sie gegen die Polizei auf. Deshalb erwarten sie uns mit ihrem gesamten Waffenarsenal! Anschließend nimmt Ketter allen Mut zusammen und fackelt Gunroe und sämtliche Filmkopien ab.«

»Das klingt gut und passt, bis auf das Wichtigste!«

»Und das wäre?«

»Wovor hat Ketter Angst? Es ist nicht illegal, Pornos zu drehen.«

»Außer, wenn es darin um Vergewaltigung geht. Die Art von Exzessen, die den Triponellis gefällt. Und ich bin leider ziemlich sicher, dass sich im Internet dafür viele Abnehmer finden.«

»Du meinst, dass er Angst hat, wir könnten auf die Vergewaltigungsvideos stoßen und ihn dann wegen der Selbstmorde von Ogdons und Weaver vor Gericht bringen? Ja, das könnte die Logik eines Kriminellen sein, diesmal kann ich dir folgen.«

»Damit könnte ich doch einen Haussuchungsbeschluss für Ketter erwirken.«

»Warte einen Moment! Wenn er Gunroes Hütte abgefackelt hat, wer hat uns dann in jener Nacht verständigt?«

»Das kann nur er gewesen sein.«

»Schwachsinn! Ohne diesen Anruf hätten wir ihn doch gar nicht mit der Sache in Verbindung gebracht.«

»Wer sagt denn, dass alle Verbrecher superschlau sind? Nehmen wir mal an, dass er aus übertriebenem Stolz und Trotz so gehandelt hat! Er wollte sich an uns rächen und uns zeigen, dass wir nichts mehr gegen ihn in der Hand haben, da alle Beweise in Rauch aufgegangen sind. Wäre doch möglich, oder?«

»Ja, vielleicht. So, wie diese Kerle ticken, wäre das zugegebenermaßen möglich. Was willst du denn bei ihm finden?«

»Die DVDs, man weiß nie, könnte doch sein, dass sie eine übersehen haben. Außerdem will ich sein Handy beschlagnahmen, um zu überprüfen, ob er Kontakt zu den Triponellis hatte, und um eventuell beweisen zu können, dass er in der fraglichen Nacht bei Gunroe war.«

»Bleib ganz sachlich, wenn du mit dem Richter sprichst. Du erreichst nur etwas, wenn du ihn wirklich überzeugst. In diesem Land steht inzwischen der Respekt vor der Privatsphäre über allem anderen. Ich rufe die Cops, und wir treffen uns bei Ketter.«

»Bis bald.«

»Annabel?«

»Was?«

»Gute Arbeit.«

57

Jack Thayer wartete in seinem Wagen. Im Fahrzeug vor ihm saßen zwei uniformierte Kollegen. Die Sonne ging rasch unter, und Manhattan wurde in ein künstliches Feuerwerk aus erleuchteten Fenstern, Straßenlaternen und glitzernder Geschäftsbeleuchtung getaucht. Die blinkende Weihnachtsdekoration spiegelte sich in der Kühlerhaube seines Ford.

Immer mehr Passanten eilten über die verschneiten Bürgersteige, um nach einem langen Arbeitstag möglichst rasch nach Hause zu kommen. Mütter mit ihren Kindern. Paare. Und viele einsame Gestalten.

Wie ich …

Dieses Jahr würde Jack Weihnachten nicht bei seiner Familie verbringen, das hatte er sich fest vorgenommen. Onkel, Tanten, Nichten und Neffen, alle versammelten sich in seinem Elternhaus. Das würde er nicht noch einmal durchstehen. Er brauchte Ruhe, wollte sich nicht wieder ausgegrenzt fühlen. Die mitleidigen Blicke, weil er allein lebte, das dauernde »das kannst du nicht verstehen«, weil er keine Kinder hatte … all das wollte er sich dieses Mal ersparen.

Sollte die Welt doch dieses traditionelle Fest genießen! Er würde es sich mit einem guten Buch oder bei einem Film gemütlich machen. Das wäre die perfekte Gelegenheit, sich noch einmal Joseph L. Mankiewicz' Meisterwerk *Mord mit kleinen Fehlern* anzusehen.

Weil Annabel dieses Jahr an Heiligabend vor der Familie flüchtet, traue ich mich auch? Vielleicht …

Bei dem Gedanken an sie zog sich seine Brust zusammen.

Sie anzulügen war ihm unglaublich schwergefallen. Er machte sich schreckliche Vorwürfe.

Aber ich habe keine Wahl! Es geschieht zu ihrem Besten!

Ihr Bestes …

Jack fragte sich, was in diesem Fall wohl das »Beste« wäre. War das, was er hinter dem Rücken seiner Partnerin trieb, wirklich richtig? Was sollte er tun? Ihr niemals etwas sagen? Mit diesem Geheimnis leben?

Dazu bin ich in der Lage.

Daran hegte er nicht den geringsten Zweifel. Er, der Zurückhaltende, der Verstandesmensch konnte sein kostbares Wissen für immer unter dem Siegel der Rechtschaffenheit in seinem Kopf verschlossen halten.

Aber war das wirklich aufrichtig, was er da tat?

Trieb ihn seine Aufrichtigkeit dazu, so zu handeln? Oder verbargen sich dahinter scheinheilige und viel egoistischere Motive?

Die gesamte Menschheit handelt nur aus Eigennutz, aus persönlichem Interesse!

Und genau das warf er ihr vor …

Bin ich letztendlich genauso schwach wie der gewöhnliche Sterbliche? Nicht besser als die anderen? So … normal.

Annabel erschien am Ende der Straße, und sein Herz zog sich zusammen.

Er stieg aus dem Wagen und ging ihr, von den Polizisten flankiert, entgegen.

Als er näher kam, bemerkte er ihren wütenden Gesichtsausdruck.

»Was ist passiert?«, erkundigte er sich besorgt.

»Kein Durchsuchungsbeschluss. Der Richter hat ihn abgelehnt. Keine ausreichenden Beweise, alles nur ›vage Vermutungen und Interpretationen‹. Fertig.«

Jack wandte sich an die beiden Cops:

»Tut mir leid, meine Herren, falscher Alarm, vielleicht ein andermal. Danke.«

Als er mit Annabel allein war, legte er ihr die Hand auf die Schulter.

»Ich sehe, dass du innerlich kochst, und das ist nicht gut, du weißt das. Man muss gelassen bleiben, nur so findet man eine Lösung. Vielleicht waren wir etwas voreilig, und die Dinge haben sich nicht so zugetragen, wie du vermutest.«

»Ketter, dieser Dreckskerl, zerstört das Leben von drei Frauen! Und damit kommt er ungestraft davon?«

»Und wenn er uns die Wahrheit gesagt hat?«

Annabel entfaltete ein Standardformular für eine Durchsuchungsgenehmigung.

»Das werden wir gleich sehen«, meinte sie und steuerte auf das Gebäude zu.

Sie klopfte an die Tür des Apartments.

»Was?«, brüllte Leonard Ketter von drinnen.

»Polizei, öffnen Sie die Tür!«

Die Verriegelung klickte, und Ketters Kopf erschien im Türrahmen. Sein Schnäuzer mauserte sich zum Vollbart.

»Mann, Sie lassen wohl nie locker!«

»Genau darum sind wir hier. Unterzeichnen Sie dieses Papier, und Sie werden nie mehr von uns hören«, erklärte Annabel und reichte ihm das Formular.

»Was ist das?«, fragte er, während er die ersten Zeilen überflog. »Ich soll Ihnen gestatten, meine Wohnung zu durchwühlen? Sonst noch was?«

Er wirkte niedergeschlagen und erschöpft, seine Augen waren blutunterlaufen.

»Danach haben Sie Ihre Ruhe.«

»Besorgen Sie sich einen Durchsuchungsbeschluss«, meinte er und warf den Vordruck in den Flur.

»Machen Sie sich doch nicht das Leben schwer«, schaltete Jack sich ein. »Bis jetzt haben wir uns Ihnen gegenüber sehr korrekt verhalten, die freundliche Tour, ohne Blaulicht und das ganze Tamtam. Wenn Sie nicht kooperieren, werden wir Ihr ganzes Leben auf den Kopf stellen und durchleuchten, haben Sie verstanden?«

»Ich habe Ihnen schon alles gesagt, was ich weiß, ich habe nichts mit dem Tod der anderen Hure in diesem Kaff da zu schaffen und …«

Jack drängte sich näher an Ketter heran.

»Letzte Gelegenheit vor der harten Tour«, log er überzeugend.

»Haben Sie das Papier nicht gelesen?«, ereiferte sich Ketter.

»Da steht, dass ich freiwillig und ohne Druck unterschreibe! Aber das hier, das sieht mir echt nach Druck aus!«

»Ach, scheren Sie sich doch zum Teufel, Ketter«, meinte Jack seufzend und wandte sich zum Gehen. »Tja, jetzt haben Sie das ganze NYPD am Hals.«

»Wenn Sie wirklich etwas gegen mich in der Hand hätten, würden Sie nicht meine Genehmigung für eine Durchsuchung brauchen! Ihr Idioten!«

Nun war Annabel an der Reihe. Mit ausgestrecktem Zeigefinger deutete sie auf Ketter.

»Ich weiß, was für ein Spiel Sie mit ›Ihren‹ Mädchen gespielt haben. Sie haben sie manipuliert, sie bis zum Anschlag ausgenutzt! Das war fast so, als hätten Sie abgedrückt!«

Ketter schüttelte den Kopf.

»Sie sind verrückt! Verschwinden Sie, oder ich rufe einen Anwalt!«

»Sie können sich nicht ewig verstecken, vergessen Sie das nicht, wenn Sie heute Abend schlafen gehen.«

Ketter wollte die Tür zumachen, doch Annabel warf sich dagegen, um ihn daran zu hindern.

»Annabel!«, knurrte Jack und hielt sie am Arm zurück.

Die junge Frau schlug mit der Faust gegen den Türstock, die Wut stand ihr deutlich ins Gesicht geschrieben.

»Sie werden bezahlen, Ketter, für Melany, Sondra und Charlotte, Sie werden bezahlen!«

Damit wandte sie sich ab und verschwand im schlecht beleuchteten Gang.

58

Der irdische Zugang zum Fegefeuer befand sich seit mehr als anderthalb Jahrhunderten in Brooklyn, 25th Street 500.

Drei rund zwanzig Meter hohe neugotische Türme, durch feingemeißelte Spitzbögen verbunden. Davor zwei gewaltige Tore.

Zu beiden Seiten ein Wall aus Gebäuden mit schmalen Fenstern und spitzen Dächern, die jeden Zugang versperrten.

Dahinter ein grüner Hügel mit Gräbern, zu dem alljährlich tausende Seelen pilgern, auf der Suche nach der letzten Ruhestätte einer verehrten Persönlichkeit oder um die eigene Einsamkeit besser ertragen zu können.

Flüchtig durchbrach der Mond den wolkenverhangenen Himmel.

Der von Bäumen und Büschen umgebene Friedhof von Green-Wood schien vom Rest der Zivilisation abgeschirmt zu sein. Eine Bühne zwischen den Welten.

Brady parkte seinen Wagen gegenüber der beeindruckenden Fassade, die einer Kathedrale würdig war. Wer hatte ein derartiges Portal ersonnen?, fragte er sich. Zwischen zwei Baumstämmen hindurch erspähte er den East River und dahinter, in weiter Ferne, die funkelnden Lichter von New Jersey.

Die Fahrt über den Totenfluss Styx, dachte er, während er in seiner Hosentasche nach Kleingeld kramte. Er legte eine Münze auf die Motorhaube.

»Für meine wohlbehaltene Rückkehr«, sagte er laut zu sich selbst.

Ihm blieb noch eine halbe Stunde bis zu dem Treffen, woraufhin er die Befestigungsmauer umrundete, in der Hoffnung, eine Böschung oder niedrig hängende Äste zu finden und hinüberklettern zu können. Hier schien sonst kein Mensch zu sein, und das beruhigte Brady, der befürchtet hatte, von einem Friedhofswächter aufgehalten zu werden.

Nach zweihundert Metern stellte er fest, dass die Mauer deutlich niedriger wurde, sodass er, dank einiger Risse im Gestein, hinübersteigen konnte.

Bevor er hergekommen war, hatte er sich über die örtlichen Gegebenheiten informiert. Die Kapelle befand sich in unmittelbarer Nähe. Er überquerte eine ausgedehnte Schneefläche, ging zwischen den Grabstelen hindurch und erreichte einen breiteren Weg, der sich zwischen riesigen kahlen Bäumen entlangschlängelte. Ihre kräftigen und zugleich knorrigen Stämme und Kronen irritierten Brady. Waren Leichen etwa ein besonders guter Dünger? Er malte sich aus, wie sich die Wurzeln in das verwesende Fleisch bohrten.

Der Gedanke an den Tod erinnerte ihn an Pierre.

Sein Freund lag im Krankenhaus Saint-Vincent in der Intensivstation. Der Krebs hatte ihn am Ende eingeholt.

Das Eindringen des »Stammes« hatte Pierre derart aufgewühlt, dass seine letzte Widerstandskraft geschwunden war.

Zuerst meine Frau und nun meine Freunde. Es ist ihnen gelungen, Pierre aufzuspüren! Wie haben sie das nur angestellt?

War er nicht von Anfang an gewarnt worden? Kermit hatte ihm geraten, Abstand zu halten, zu seiner eigenen Sicherheit, wenn er nicht so enden wollte wie Rubis.

Zu spät.

Als er aus dem Krankenhaus kam, hatte er sich gleich nach Brooklyn, ins Viertel Bedford-Stuyvesant aufgemacht, um alle Pfandleiher abzuklappern. Er war schnell fündig geworden: eine Smith & Wesson Modell 36. Nicht registriert.

Inmitten einer Gruppe von Nadelbäumen zeichnete sich eine Kuppel ab.

Brady hatte genügend Patronen dabei, um die Welt von allen Übeln zu säubern.

Von allen!, wiederholte er, um sich Mut zu machen.

Sein Handy klingelte. Er nahm das Gespräch an, als er den Namen seiner Frau auf dem Display sah.

»Tut mir leid, aber ich habe gerade erst deine Nachricht abgehört«, entschuldigte sie sich. »Wie geht es Pierre?«

»Er ist nicht bei Bewusstsein. Es geht dem Ende zu.«

Brady sprach ganz leise, damit ihn niemand hören konnte.

»Ich komme zu dir, in welchem Krankenhaus seid ihr?«

»Ich bin rausgegangen, ich musste mal an die frische Luft.« Er seufzte angesichts der nun folgenden Lüge. »Ich möchte lieber allein sein.«

Annabel schwieg eine Weile.

»Gut«, meinte sie schließlich. »Ich verstehe. Ich bin zu Hause.«

»Warte nicht auf mich, ich werde erst sehr spät zurückkommen.«

»Weck mich, wenn du reden möchtest, okay?«

»Ich liebe dich.«

Er klappte das Handy zu und schaltete es aus, um nicht wieder gestört zu werden, denn er war nicht sicher, seine Ruhe und Entschlossenheit bewahren zu können, wenn er noch mal mit ihr sprach. Mehr denn je verspürte er den Wunsch, ihr alles anzuvertrauen.

Im Namen unserer Liebe, nein! Mein Gewissen zu erleichtern würde mir zwar guttun, nicht aber ihr. In ein paar Stunden ist alles vorbei. Dann muss ich vergessen. Mich erholen. Wir werden uns lieben, mein Schatz. Das verspreche ich dir.

Vor ihm, mitten in einem kleinen Park, tauchte ein graues Gebäude auf.

Die Kapelle war wesentlich größer, als er vermutet hatte. Fast nirgendwo eine Öffnung, nur der Eingang und darüber ein großes Kirchenfenster sowie die verglaste Kuppel über dem Gewölbe ließen Licht hinein.

Er ging um die Statue eines Engels mit gefalteten, gen Himmel erhobenen Händen herum und stieg die Stufen empor, um dort – gut sichtbar – zu warten.

Lange Holzsplitter lagen vor der Tür.

Das Schloss war aufgebrochen.

Ein Türflügel war angelehnt.

Brady schluckte und legte die Hand auf die Tasche seiner Lederjacke, um die beruhigende Form des Revolvers zu spüren.

Für ihn stand zweifelsfrei fest, wer die Eindringlinge waren.

Wenn ich meinen Fuß da hineinsetze, mache ich mich zum Komplizen ihrer Verbrechen.

Vorsichtig drückte er gegen die Tür, die sich knarrend öffnete und den Blick auf alte Bodenfliesen freigab. In ihnen spiegelte sich Kerzenschein.

Hunderte von Flammen verbreiteten ihr flackerndes Licht.

Die Schatten der Säulen, die das Gewölbe trugen, tanzten langsam über die Decke.

Der »Stamm« blieb seinem Stil treu.

Sie standen alle weiter hinten vor dem Altar.

Sechs Männer. Lange Ledermäntel, mehrere Schichten dunkler Kleidung, silberne Anhänger und Ringe.

Charismatisch.

Langes oder zerzaustes Haar, bleiche Gesichter, dunkle Schatten um die tiefliegenden Augen. Brady fragte sich, ob sie sich schminkten, um diese Wirkung zu erzielen. Manche trugen ein winziges Ziegenbärtchen, die anderen einen Spitzbart, und zwei waren glatt rasiert.

Rosige oder bläuliche Lippen.

Und weiße Pupillen.

Den Anführer unter ihnen erkannte Brady an seinen Dreadlocks.

»Willkommen, Brady«, sagte er mit Grabesstimme.

59

Der Christus weinte blutige Tränen, als der Mond hinter ihm zum Vorschein kam.

In seinem silbrigen Licht erwachte das Kirchenfenster zum Leben.

Vorsichtig wagte sich Brady bis in die Mitte der Kapelle vor.

Kein Mitglied des »Stammes« rührte sich.

»Ich heiße Hades. Du bist wirklich scharfsinnig«, meinte der Anführer, »denn es ist dir gelungen, unser Allerheiligstes unter dem Hotel zu finden. Und mutig, weil du dich dorthin gewagt hast.«

»Oder leichtfertig«, murmelte Brady.

»Nein, ich denke nicht.«

Brady war überrascht, dass der Mann ihn hatte hören können. Sein Gehör musste außerordentlich geschult sein.

Die unterirdische Welt, sicher entwickeln sich dort bestimmte Sinne weiter als andere, das ist alles …

»Du bist nicht zufällig zu uns gekommen«, fuhr Hades fort. »Wir haben dich bedroht, dir Angst eingejagt, und dennoch bist du hartnäckig geblieben. Etwas an uns hat dich nicht losgelassen.«

»Der Ekel.«

Höhnisch verzog Hades das Gesicht.

»Nein, ich glaube nicht, dass das der Grund ist. Es ist wohl eher Faszination.«

»Ich habe gesehen, wozu Sie imstande sind … schlimmer als Tiere.«

»Bei Clay, oder?«

»Sie haben das Haus in Brand gesteckt, obwohl er sich darin befand.«

»Und wessen Schuld ist das? Wir haben ihn nicht gefesselt!

Nach allem, was er uns gesagt hat, bist du dafür verantwortlich.«

»Sie haben es gewusst? Sie wussten, dass er im Keller lag? Und Sie haben ihn trotzdem nicht losgebunden?«

»Was passiert ist, ist bedauerlich, ich meine, was die Filmsammlung betrifft. Doch es ist besser so. Clay ist nichts weiter als ein Kollateralschaden.«

»Gilt das auch für Rubis?«

»Ein echter Leckerbissen, nicht wahr? Du hast das Video auf ihrer Internetseite gesehen? Das war das Initiationsritual, ihr Freund hat sie uns angeboten. Gegen Geld, kannst du dir das vorstellen?«

»Versucht nicht, euch rauszureden! Ihr seid die Schweine!«

»Und dennoch, es war seine Idee, das Video ins Netz zu stellen, um der Welt zu zeigen, zu was sein *Schützling* fähig ist!«

»Sie haben sie auf dem Gewissen! Rubis' Tod ist Ihr Verschulden!«

»Nicht wir haben die Regeln gemacht, die in diesem Universum gelten«, entgegnete Hades langsam. »Wenn wir Raubtiere sind … umso besser für das Überleben unserer Spezies. Der Mann ist auf Lust gepolt, also lasst uns davon profitieren! Wenn die einen schwächer sind als die anderen, gilt das Gesetz des Dschungels, so ist es immer schon gewesen. Wir rehabilitieren lediglich das, was diese Gesellschaft zu verschleiern und auszulöschen versucht.«

Gelegentlich blitzten seine Reißzähne auf, spitz zugeschliffene Eckzähne.

»Sagen Sie mir nicht, dass es bei alldem nur um Lust geht«, protestierte Brady, nun schon etwas aggressiver.

»Um was sonst? Geld? Nein … Das brauchen wir nicht mehr, es fehlt uns nicht. Wir handeln nach dem Lustprinzip. Die Intensität steht im Mittelpunkt. Lust ohne jedes Tabu. An allem. Mit allem.«

»Sie haben Rubis vergewaltigt! Ihre Seele geschändet!«, ereiferte sich der Journalist, der diese Bilder nicht vergessen konnte.

Hades entblößte seine schimmernden Reißzähne zu einem dämonischen Grinsen. Mit seinen schwarzen Lippen erinnerte er an einen grimmigen Clown.

»Seinen Samen im Innern ihres Fleisches zu verteilen, weißt du, was das für ein Gefühl ist? Weißt du, warum so viele Typen es hassen, einen Gummi zu benutzen? Weil es ihnen den Spaß verdirbt! In einer Frau zu kommen, ohne jede Vorsichtsmaßnahme oder Vorkehrung, heißt, einen Hauch von Ewigkeit zu spüren! Die Möglichkeit der Fortpflanzung! Dann stell dir vor, wie es sich erst anfühlt, deinen Samen direkt in ihr Fleisch zu spritzen! Das ist mehr als Fortpflanzung, du wirst bis zu ihrem letzten Atemzug ein Teil von ihr sein. Du hast nicht ihre Vagina genommen, sondern ihr ganzes Wesen, hast dich in ihrer Seele aufgelöst!«

»Ihr seid krank, ja, wirklich, das seid ihr … krank«, murmelte Brady und schob seine Hand in die Tasche.

Er umklammerte den Kolben seiner Waffe, bereit, sie zu ziehen.

»Spiel dich nicht zum Richter über uns auf!«, sagte Hades sanft.

Er liebt diese Situation, stellte Brady fest. Er will seine kranken Gedanken mit jemandem teilen, die Vampirkomödie weiterspielen …

Nein, er verstellt sich nicht, es ist ihm ernst. Er ist ein Wahnsinniger, ein Psychopath. Das Leben im Untergrund hat aus ihm eine Bestie gemacht, die vor nichts mehr Respekt hat, und noch weniger vor denjenigen, die an der Oberfläche leben, die ihn ausgestoßen oder missachtet haben.

Was war der Auslöser gewesen? Wie wurden aus Obdachlosen diese Kreaturen der Nacht?

»Wenn auch du einmal dieses Glück gekostet hast, wirst du nicht mehr darauf verzichten können«, fügte Hades hinzu.

»Vergleichen Sie mich nicht mit Ihnen, wir haben nichts gemein.«

»Heuchler. Du bist ein Mann. Alle Männer sind ständig auf der Suche nach Lustbefriedigung.«

Brady entsicherte die Waffe.

Ich ziele auf die Schenkel. Ich bin noch weit genug entfernt, ich habe Zeit. Anschließend eine Kugel zwischen die Beine, um ihnen für immer das für sie Wertvollste zu nehmen.

Trotz der Gewissheit, dass ihn nach dieser Tat seine Freiheit und seine Erlösung erwarteten, vermochte er die Waffe nicht zu ziehen.

»Wirf alle Bedenken über Bord, schließ dich uns an«, schlug ihm Hades vor. »Lass zu, dass wir dich beißen, aus deiner äußeren Hülle ein Heiligtum machen und dir den Weg weisen.«

Unter Hades' Fingernagel bemerkte Brady ein schimmerndes Rechteck. Ein kleines Stück Rasierklinge. Sein Trick, um sauber und gefahrlos die Schnitte vorzunehmen, die er aussaugte, um sich eines Lebens zu bemächtigen und kundzutun, dass er diese Person besaß. Rubis. Der kleine total ergebene Lieferant. Wie viele andere noch?

»Sie gehören in eine Irrenanstalt …«

»Du sprichst, ohne vom Geschmack unserer Wahrheit gekostet zu haben.«

Hades wirkte sehr von sich überzeugt, als wäre er im Besitz universellen Wissens.

»Hier mein Vorschlag«, fuhr er fort, »beweise, dass du dich von uns entfernen kannst, und der ›Stamm‹ wird sich dir und denen, die du liebst, nie wieder nähern.«

Seine Stimme hallte im Gewölbe wider, als käme sie von allen Seiten zugleich.

»Und wie?«, wollte Brady wissen, dem die Knie zitterten.

»Wir spielen Orpheus und Eurydike.«

»Ich spiele nicht mit«, entgegnete Brady.

»Du hast unrecht. Wir wissen, wie man jemandem das Leben zur Hölle macht, es wäre doch sehr schade, wenn … wie heißt sie gleich? Ach ja, wenn Annabel gegen ihren Willen zur Protagonistin eines unserer kleinen Filme würde …«

»Haltet meine Frau da raus!«, brüllte Brady und richtete die Smith & Wesson auf Hades.

Die Gesichtszüge des Monsters verzerrten sich zu einer Fratze. Nicht der Angst, sondern der Wut.

»Wir machen dir ein Friedensangebot, und du bedrohst uns mit deiner lächerlichen Waffe?«, schrie Hades mit noch tieferer Stimme.

»Haltet meine Frau da raus«, stieß Brady zwischen den Zähnen hervor.

»Also, spiel mit uns! Nur dieses eine Mal. Und wir werden wissen, wer du bist.«

»Was muss ich tun?«

Die Waffe zitterte.

»Kennst du die Sage von Orpheus und Eurydike? Orpheus kommt über den Tod seiner Braut nicht hinweg und steigt hinab in die Unterwelt, um den Gott Hades zu bewegen, ihm seine Geliebte zurückzugeben. Seine Bitte wurde ihm gewährt, aber unter der Bedingung, dass er sich beim Verlassen der Unterwelt nicht umdrehen dürfe. Das ist es, was du tun musst: Du gehst von hier weg, ohne dich ein einziges Mal umzuschauen. Unter keinen Umständen.«

»Und ich habe euer Wort, dass ihr uns danach aus eurem Gedächtnis streicht?«

»Solange du dich von uns fernhältst, bleiben wir auch auf Distanz.«

Brady dachte nach. Wo war der Haken?

So simpel kann es doch nicht sein, nicht mit ihnen.

Aber es war möglicherweise die letzte Chance, seinen Frieden wiederzufinden.

»Ich bin bereit«, sagte er und ließ den Arm sinken.

»Also, du musst uns lediglich ein für alle Mal den Rücken kehren und weggehen, doch vor allem darfst du dich nicht umdrehen. Egal, was du hörst.«

Brady nickte matt. Musterte jeden Einzelnen von ihnen, ihre höhnisch verzerrten Gesichter.

Er hasste sie.

»Jedem, der sich mir beim Hinausgehen nähert, werde ich eine Kugel ins Gehirn blasen, ist das klar?«

»Niemand wird sich dir nähern«, versicherte Hades. »Ich bin vielleicht in deinen Augen ein Krimineller, aber du sollst wissen, dass ich mich an ein einmal gegebenes Versprechen halte. Los, geh nach Hause, beweise uns, dass du in der Lage bist, weiterzuleben und die Verheißungen unserer Lust zu ignorieren. Und sieh dich keinesfalls um, ehe du nicht diesen Friedhof verlassen hast.«

Brady umklammerte erneut den Kolben der Waffe, seine Hände waren schweißnass. Bevor er sich zu guter Letzt umwandte, sah er jeden Einzelnen von ihnen erneut herausfordernd an.

Plötzlich schien der Ausgang viel weiter entfernt zu sein als vorher.

Am Ende eines unendlich langen, steinernen Korridors, gesäumt von Hunderten von Kerzen.

Er setzte einen Fuß vor den anderen, stets auf der Hut und bereit, im Notfall herumzuschnellen.

Die Kerzen flackerten im Luftzug.

Zwischen den beiden Türflügeln war der bläuliche Schein der Nacht zu erkennen, eine Landschaft zarter Schatten, die Außenwelt so flüchtig wie ein Wunsch.

Ein Geräusch, als würde man ein Stück Stoff zerreißen, ließ Brady aufhorchen.

Was taten sie?

Ein Stöhnen. Ein Wehklagen.

Schrill. Panisch.

Eine Frau.

60

Brady spürte, wie ihm ein eisiger Schauder über den Rücken lief.

Was tun sie?

Sie bewegten sich, gingen umher, näherten sich ihm jedoch nicht.

Der Ausgang war nur noch wenige Meter entfernt.

Wieder ein qualvolles Stöhnen.

Ein Schluchzen.

Eine Frau! Sie hatten eine Frau mitgebracht.

Im Kapellengewölbe hallte das Echo der makabren Feier wider.

Wenn ich es bis zum Ausgang schaffe, ist alles vorbei.

Es war eine Falle. Einer ihrer hinterlistigen Tricks, um ihn zum Narren zu halten. Was er auch hörte, er durfte keinen Blick riskieren.

Die Schmerzensschreie oder Hilferufe der Frau – er vermochte es nicht zu unterscheiden – waren durch einen Knebel gedämpft.

Ihr habt nicht das Recht.

Eine Sekunde lang glaubte er sich in der Lage, sie zu erschießen. Einen nach dem anderen.

Doch diese Gewissheit schwand mit dem nächsten Schritt.

Sie scheint nicht zu simulieren! Das klingt, als wären sie dabei, ihr das Blut aus den Adern zu saugen!

Die Schreie hörten nicht auf, sie schien sich zur Wehr zu setzen. Unflätiges Hohngelächter war die Antwort.

Eine Meute Hyänen, die sich um die verletzte, sterbende Beute stritt.

Die Nacht war ganz nah. Nur noch eine winzige Anstrengung, und er wäre im Wald, der die Geräusche und den Horror verschlucken würde.

Aber die Alpträume werden mir bleiben.

Und die Schuld? Für seinen Seelenfrieden war er bereit, sein Gewissen zu opfern.

Ich habe mich ganz allein in diese Scheiße geritten, es ist Zeit, mich wieder daraus zu befreien, bevor sie alles beschmutzt, was ich liebe.

Pierre hatte er nicht schützen können.

Annabel wäre die Nächste.

Annabel …

Der kalte Angstschweiß stand ihm auf der Stirn.

Und wenn diese Frau hinter ihm nun seine Frau war? Wenn sie Annabel gekidnappt hätten?

Seine Schritte wurden langsamer.

Hinten in der Kapelle hörte er sie immer noch.

Brady biss die Zähne zusammen.

Ob sie es ist oder nicht, ich darf mich nicht …

Der Türflügel schwang leise hin und her, die von draußen eindringende Luft schien seine Wangen zu liebkosen, als wolle sie ihn rufen, ihn zur Flucht auffordern. Um seine Liebe zu retten.

Ich kann nicht! Ich kann nicht!

Man entfernte den Knebel, und die Frau rang nach Luft.

Brady drehte sich um.

Die Mitglieder des »Stammes« schwangen ihre Skalpelle wie Pinsel. Purpurrote Spuren rannen über die hautfarbene Leinwand auf dem Altar.

Eine junge Frau, nackt, die Hände gefesselt, die Augen weit aufgerissen. Hades, im Zentrum dieses makabren Gemäldes, hob den Kopf und sah zu Brady.

»Verloren«, meinte er süffisant.

Brady richtete den Revolver auf ihn.

»Zur Seite!«, befahl er.

Während er zum Altar lief, zielte er abwechselnd auf jeden Einzelnen von ihnen.

»Geht zur Seite!«, wiederholte er und fürchtete, die Nerven zu verlieren.

»Schließ dich uns an«, forderte Hades ihn auf. »Empfinde die Lust wie nie zuvor!«

»Lasst sie in Ruhe!«

»Danach bist du nicht mehr derselbe, komm!«, säuselte Hades. »Beiß in die verbotene Frucht! Mach dich frei von deinen scheinheiligen Skrupeln!«

Brady schüttelte den Kopf.

»Sie ist für dich, nimm sie dir!«

»Ich werde euch alle abknallen, wenn ihr nicht auf der Stelle verschwindet!«

Hades schien enttäuscht. Er hob den Zeigefinger, und der »Stamm« trat zurück ins Dunkel.

Brady packte die Handgelenke des Mädchens, das zusammenzuckte. Er versuchte, die Fesseln zu lösen, doch sie waren zu fest verknotet. Er fasste sie bei den Schultern und half ihr, sich aufzurichten. Dann griff er nach dem Laken auf dem Altar und hüllte sie darin ein.

»Der Erste, der uns folgt, bekommt die volle Ladung«, stieß er warnend hervor. Die Adern pulsierten an seinen Schläfen.

Das Mädchen presste sich an ihn, und er musste sie wegschieben, damit sie zum Ausgang gehen konnten. Mit dem Revolver zielte er in Richtung des »Stammes«, bereit, sich mit einem tödlichen Kuss zu verabschieden.

Doch Brady wollte nur fliehen. So weit weg wie möglich.

So schnell wie möglich.

61

Zwei Schatten huschten zwischen den grauen Grabsteinen hindurch.

Brady stützte die junge Frau beim Laufen und half ihr über die Friedhofsmauer. Als sie sicher in seinem Auto saßen, rangen sie nach Luft.

Nachdem sich Bradys Atem beruhigt hatte, ließ er den Wagen an und fuhr zunächst nach Süden, dann in östliche Richtung, bis sie schließlich auf belebtere Straßen kamen.

Eingehüllt in das blutige Laken zitterte die junge Frau am ganzen Körper.

»Dan… danke«, stammelte sie nach einiger Zeit.

»Wie heißen Sie?«

»Lydia.«

Brady warf einen raschen Blick auf seine Beifahrerin.

Kaum älter als zwanzig Jahre. Langes, braunes Haar, gerade geschnittener Pony bis zu ihren großen Augen, die ins Leere gerichtet waren. Tränen liefen ihr noch immer übers Gesicht, sie weinte lautlos.

»Es ist vorbei, Lydia, Sie sind in Sicherheit.«

»Setzen Sie mich am Ocean Parkway ab, es wird schon gehen.«

»Ich fahre Sie ins Krankenhaus, Sie brauchen dringend ärztliche Hilfe.«

»Nicht nötig«, erwiderte sie und unterdrückte ein Schluchzen.

»Lydia, Ihre Wunden können tief sein und sich infizieren!«

»Ich komme schon zurecht.«

Brady sah mal auf die Straße, dann wieder zu der jungen Frau hinüber.

»Sie hatten Angst, das verstehe ich«, fuhr er fort, »trotzdem wäre es besser, Sie würden sich untersuchen lassen.«

»Die Angst wird immer bleiben«, murmelte sie. »Doch man kann mit ihr leben.«

»Sie müssen Anzeige erstatten. Sie wurden Opfer eines Überfalls, Sie können die Kerle hinter Gitter bringen.«

»Natürlich …«

»Ich mache keine Scherze, Lydia, das ist die Gelegenheit, diesen Typen das Handwerk zu legen! Ich setze Sie am Krankenhaus ab, dort wird man die Polizei rufen, um …«

»Und Sie, Sie machen sich aus dem Staub?«

Brady, der peinlich berührt war, wusste nicht, was er darauf sagen sollte.

»Ich kann nicht bleiben«, gestand er.

»Ach, und ich muss die Bullen benachrichtigen?«, höhnte Lydia. »Vergessen Sie's!«

»Es ist aber wichtig! Diese Schweine sind in der Lage, genau das Gleiche gleich wieder mit anderen Mädchen zu machen, man muss handeln!«

»Sie *werden* es wieder tun, sie tun nichts anderes.«

Brady sah sie an.

»Woher wissen Sie das?«

»Ich kenne diese Typen. Dort, wo ich lebe, hat schon jeder von ihnen gehört.«

Brady unterbrach sie und riet ihr, nicht gleich nach Hause zu fahren.

»Warten Sie, bis die Kerle Sie vergessen haben. Können Sie nicht bei Ihrer Familie unterkommen?«

Bei seinen Worten schniefte Lydia, doch dann konnte sie die Tränen nicht mehr zurückhalten.

»Wohin ich auch gehe, sie werden mich finden …«, sagte sie vollkommen aufgelöst.

Brady verlangsamte das Tempo und bog nicht Richtung Krankenhaus ab, sondern wartete auf die nächste rote Ampel, um das Fahrzeug zum Stehen zu bringen. Auf einmal dämmerte es ihm.

»Lydia, wo genau leben Sie?«, wollte er wissen.

Das Mädchen rang verzweifelt um Fassung, bevor sie ein Wort über die Lippen brachte.

»Schon gut …«, sagte sie. »Lassen Sie mich hier raus.«

»In Ihrem Zustand? Das geht nicht.«

Lydia rüttelte am Türgriff, doch der Wagen ließ sich nicht öffnen. Brady hatte die Zentralverriegelung betätigt.

»Sie leben auf der Straße, nicht wahr?«, mutmaßte er.

»Lassen Sie mich raus!«, schrie Lydia.

»Hat Termite Sie an diese Monster verkauft? Will? Teddy?«

Lydia zitterte unter ihrem dünnen Stoffpanzer. Schließlich versiegten ihre Tränen.

»Sie kennen sie?«, fragte sie leise.

»Ich bin ihnen begegnet. Sie leben also auf der Straße. Manchmal auch im Untergrund, nicht wahr?«

Statt zu antworten, schluckte sie und zog das Laken enger um ihren Körper. Ihre malträtierten Brüste zeichneten sich deutlich darunter ab. Seitlich hatte sich ein besonders großer Blutfleck gebildet. Er deutete darauf und meinte:

»Sie müssen …«

»Nicht ins Krankenhaus«, unterbrach sie ihn mit kaum hörbarer Stimme.

Während er auf die Kreuzung starrte, dachte Brady angestrengt nach.

Die Ampel schaltete auf Grün.

Brady lenkte den Wagen an den Straßenrand. Er stieg aus.

»Warten Sie, ich bin gleich wieder da.«

Als er aus dem Drugstore kam, war er sich fast sicher, dass seine Beifahrerin inzwischen verschwunden war.

Doch sie hatte sich nicht vom Fleck gerührt.

Er stellte eine große Papiertüte zwischen sie beide und fuhr weiter, bis er gefunden hatte, wonach er suchte.

»Wohin wollen Sie?«, fragte Lydia.

Brady wendete, um seinen Wagen vor einem Motel zu parken, ging an die Rezeption und nahm ein Zimmer, das er bar bezahlte.

Er half Lydia die Treppe hinauf und schloss die Tür zweimal hinter sich ab. Die Tüte, deren Inhalt er aufs Bett kippte, enthielt Verbandszeug, ein Antiseptikum, Pflaster sowie Mineralwasser und Kekse.

»Gehen Sie und reinigen Sie Ihre Wunden«, meinte er und deutete auf das Badezimmer. »Anschließend verwenden Sie das ganze Zeug hier, geizen Sie bloß nicht! Früher oder später wird man Ihre Verletzungen aber doch nähen müssen, wenn Sie meine Meinung hören wollen.«

Lydia gehorchte und schloss sich im Bad ein.

Wasser rauschte.

Als sie zurückkam, war sie nackt, die Verbände mit Pflaster festgeklebt. Brady, dem unbehaglich zumute war, wandte seinen Blick ab, bis sie im Bett lag.

»Ich komme morgen früh wieder, um Ihnen was zum Anziehen zu bringen«, sagte er.

Als er gerade gehen wollte, fasste sie ihn beim Handgelenk.

»Bleiben Sie.«

»Ich kann nicht …«

»Bitte, bleiben Sie noch ein bisschen.«

Er dachte an seine Frau. Sie schlief sicher schon. Ahnte sie etwas?

Sein Magen verkrampfte sich.

Er konnte nicht länger mit dieser Angst leben.

Aber was tun? Die Polizei benachrichtigen? Mit welcher Begründung? Weil man mich bedroht? Damit ich mir richtig die Finger verbrenne?

Brady betrachtete Lydia, die ihn flehentlich ansah.

Sie hatte dunkle Schatten unter den Augen.

»Ich bleibe, bis Sie eingeschlafen sind«, entschied er und lehnte sich am Kopfteil des Bettes an.

Sie hielt seine Hand umklammert.

62

Der Geruch von frisch geröstetem Toast weckte Brady.

Er war wie gerädert und kam nur schwer aus dem Bett.

In der Küche frühstückte Annabel im Stehen, einen Becher Tee in der Hand.

»Gehst du zur Arbeit?«, fragte er, trat auf sie zu und gab ihr einen Kuss.

»Das ganze Wochenende. Danach habe ich erst mal frei! Ferien!«, rief sie begeistert. »Bist du spät nach Hause gekommen?«

»Ja.«

»Irgendwas Neues?«

Brady überlegte, was gemeint war.

Es war eine Wahrheit. Traurig und unaufhaltsam.

Pierre!

»Nicht, dass ich wüsste. Die Ärzte haben mir bestätigt, dass es mit ihm zu Ende geht.«

»Wirst du ihn heute besuchen?«

»Vielleicht, um ein paar Stunden seine Hand zu halten.«

Annabel strich ihm zärtlich über die Wange.

»Er ist noch nicht gestorben«, erinnerte sie ihn sanft. »Nutz die Zeit, um dich von ihm zu verabschieden.«

Sie schmiegte sich an ihn, und es kam Brady vor, als sei das eine Ewigkeit nicht mehr geschehen. Auch er umarmte sie.

Als sie sich von ihm löste und aus der Küche gehen wollte, hielt Brady sie zurück.

»Und bei dir? Was hat sich im Fall der Selbstmörderin getan?«

»Oh, der ist abgeschlossen«, gestand sie mit Bedauern. »Heute im Laufe des Tages mache ich die Berichte fertig. Keine weiteren Ermittlungen.«

Sie zuckte enttäuscht mit den Schultern:

»Man kann nicht jedes Mal gewinnen«, fügte sie traurig hinzu.

Brady fuhr am Vormittag zum Motel. Er klopfte sachte an die Tür, bevor er seinen Schlüssel benutzte.

Lydia lag im Bett und sah fern. Das Zimmer war abgedunkelt, nur die Nachttischlampe brannte.

Die junge Frau wirkte gelassener, ihre Gesichtszüge waren entspannt, und für einen kurzen Moment fand Brady sie sogar attraktiv.

»Was zum Anziehen«, sagte er und reichte ihr eine Plastiktüte. »Ich hoffe, die Größe stimmt, und hier ein paar Donuts zum Frühstück.«

»Oh, das ist aber aufmerksam.«

Sie schaltete den Fernseher mit der Fernbedienung aus.

»Wie fühlen Sie sich?«, fragte der Journalist.

»Besser.«

»Und Ihre Verletzungen?«

»Ich werde gleich die Verbände wechseln.«

»Wollen Sie noch immer nicht zum Arzt?«

Sie schüttelte den Kopf.

»Er unterliegt der Schweigepflicht, das wissen Sie doch!«

»Trotzdem.«

Brady wusste nicht, wie er das Folgende erklären sollte. Also setzte er sich erst einmal auf die Bettkante.

»Lydia, früher oder später werden Sie dieses Zimmer verlassen müssen.«

Sie zog den Arm unter der Decke hervor und griff nach seiner Hand.

»Etwas Zeit habe ich doch noch, oder?«, fragte sie mit ihrer melancholischen Stimme.

»Ja, sicher, aber …«

»Dann lassen Sie sie uns genießen«, meinte sie und drehte sich auf die Seite, um ihn besser sehen zu können.

Brady war hin- und hergerissen zwischen dem Wunsch, sie zu warnen, und dem, sie zu beschützen. Sie war jung, und das Leben auf der Straße war sicher nicht einfach. Die Gründe, die sie an den Rand der Gesellschaft getrieben hatten, waren ihm gleichgültig, auf jeden Fall hatte sie es nicht leicht.

»Ich verspreche, dass Sie noch eine Zeit lang hier bleiben können. Aber zuvor möchte ich Ihnen ein paar Fragen stellen. Wären Sie damit einverstanden?«

»In Ordnung.«

»Leben Sie in Oz?«

Ihr Pony wippte, als sie heftig den Kopf schüttelte.

»Das ist eine unterirdische Stadt«, erklärte Brady.

»Ich weiß. Doch für ein Mädchen so ganz allein ist es dort unten zu gefährlich. Ich schlafe an vielen Plätzen, wenn Sie das wissen wollen, in Unterkünften, bei Freunden, manchmal im Hotel, wenn ich genügend Geld habe.«

»Wie sind Sie gestern in die Klauen dieser Bestien geraten?«

Sie senkte die Lider; schon beim bloßen Gedanken daran schnürte es ihr die Kehle zu.

»Es ging das Gerücht um, dass sich ein nicht zimperliches Mädchen an einem Abend mindestens fünfhundert Dollar verdienen könne. Ich bin zu Termite gegangen, dem Typen, den man kontaktieren sollte. Er hat mich in einen Club in Queens mitgenommen.«

»Ins *Pit-hole*?«

»Ja, so hieß der Laden. Er hat mich dem ›Stamm‹ vorgestellt. Ich wusste sofort, wer die waren, es kursiert so manches Gerücht über sie. Ich wollte weg.« Sie presste die Lippen zusammen. »Sie haben mich zurückgehalten. Sie haben gesagt, sie würden alle Menschen, die auf der Straße leben, in- und auswendig kennen und mich überall finden, wenn ich nicht gehorche. Ich hatte Angst, also bin ich mitgegangen. Das war's.«

»Warum haben Sie Angst vor der Polizei? Die könnten Sie doch beschützen und die Mistkerle hinter Gitter bringen!«

»Für wie lange? Drei Wochen? Sechs Monate? Und danach? Nein, außerdem glauben die Bullen uns Vagabunden ohnehin nicht. Sie würden mich gleich wieder rausschmeißen und mir vorwerfen, ihre kostbare Zeit zu stehlen.«

»Ich kenne eine Polizistin, die Ihnen zuhören würde ... solange Sie meinen Namen aus der Geschichte raushalten.«

»Nein.«

»Ich garantiere Ihnen, dass ...«

»Ich will nicht! Wenn es zu einer Klage kommt, wird man meinen Namen wissen wollen, alles wird schriftlich festgehalten, und auf diese Weise könnte mich mein Mann aufstöbern!«

Diese Information traf Brady wie ein Faustschlag. Verheiratet? So jung ...

»Der Idiot hat mich grün und blau geschlagen«, fuhr sie fort. »Und Sie können sicher sein, wenn er mich jetzt findet, bringt er mich um! Also, keine Bullen, kein Krankenhaus, kein gar nichts.«

Brady nickte.

»Ich verstehe ...«, murmelte er.

Lydia sah ihn mit ihren großen haselnussbraunen Augen an.

»Bleiben Sie bei mir? Den ganzen Tag?«

»Ich ...«

»Bitte.«

Ihre Zerbrechlichkeit machte ihn hilflos.

»Okay, ich bleibe noch eine Weile bei Ihnen.«

Lydia lächelte, die Fröhlichkeit stand ihr gut, brachte ihre Schönheit zum Vorschein.

»Werden Sie mir endlich auch von sich erzählen?«, fragte sie. »Seit gestern stellen Sie mir unaufhörlich Fragen, aber ich weiß rein gar nichts über Sie.«

»Da haben Sie recht.«

Lydia rutschte zur Seite, um ihrem Wohltäter Platz zu machen. Er setzte sich zu ihr auf die Bettdecke und gab ein wenig von sich preis. Erzählte von seinem Beruf. Von seinen Reisen. Erst als sie ihn fragte, ob er mit jemandem zusammenlebe, fiel ihm auf, dass er Annabel bisher nicht erwähnt hatte.

»Ist Ihre Frau hübsch?«, wollte Lydia wissen.

»Sehr.«

»Waren Sie wegen ihr gestern in dieser Kirche?«

»Nicht nur. Auch wegen mir.«

»Haben sie Ihnen etwas angetan?«

»Nicht direkt. Aber sie könnten.«

»Warum fliehen Sie dann nicht vor ihnen?«

Brady dachte ernsthaft nach, bevor er ihr antwortete.

»Eine Frau hat sich vor meinen Augen umgebracht. Und so habe ich mich auf die Suche nach der Ursache meiner Ängste begeben. Weil ich sie besiegen wollte. Das dachte ich zumindest.«

»Und, hat es Ihnen geholfen, zu wissen, wofür sie stehen?«

»Nein, sie verkörpern den Rückschritt. Die niederen Instinkte der Menschheit.«

»Und wenn nun der Kern des Menschen der Schaden für die Menschheit wäre?«

»Wie das?«

»Wenn ich Ihr Problem richtig erfasst habe, haben Sie sich dem ›Stamm‹ genähert, um sich selbst besser kennenzulernen, um weniger Angst vor sich selbst zu haben, doch letztlich gibt es diese Sicherheit nicht. Weder bei den Mitgliedern des ›Stammes‹ noch in Ihnen.«

Brady hätte beinah laut aufgelacht. Eine Zwanzigjährige, die auf der Straße lebte, brauchte nicht einmal fünf Minuten, um sich ein Bild von ihm zu machen.

Sie riss ihn aus seinen Gedanken.

»Was werden Sie jetzt tun?«

Brady massierte sich die Schläfen.

»Für die ist das ein Spiel, ein abscheuliches Spiel, in dem es unbedingt einen Sieger geben muss. Ich weiß noch nicht.«

»Ich meine jetzt. Gleich.«

Sie richtete sich auf, und das Laken glitt hinab, entblößte ihre runden, weißen Brüste.

Lydia legte ihre Hand auf seine und beugte sich zu ihm vor.

Etwas Animalisches ging plötzlich von ihr aus.

Verlangen.

Er sah, wie sie unter der Decke die Beine spreizte.

Ihre rosigen Brustwarzen wurden hart. Mit leichtem Druck zog sie seinen Kopf zu sich.

Er spürte ihre heißen Lippen. Ihre fordernde Zunge drang in seinen Mund.

Brady ließ es geschehen.

Der Kuss dauerte sehr lange, ehe sie sich von ihm löste.

»Sie sind sehr nett zu mir«, sagte sie leise.

Brady war verwirrt.

Der Trieb pulsierte in die Windungen seines Gehirns, unruhig wie ein Panther im Käfig, zum Sprung bereit.

Hastig erhob er sich und trank einen großen Schluck Wasser.

»Tut mir leid«, meinte Lydia.

»Vergessen wir's.«

»Nein, wir vergessen es nicht«, sagte sie träge, »aber wir lassen es dabei bewenden.«

Brady setzte sich in den Sessel. Sie machte ihn nervös. Erregte ihn. Besser, er konzentrierte sich jetzt auf den »Stamm« und darauf, was er gegen ihn zu unternehmen gedachte.

Lydia ging duschen und kam in dem Wollkleid und den blickdichten Leggings zurück, die Brady ihr besorgt hatte.

»Also, was meine Größe angeht, haben Sie ein gutes Auge bewiesen!«, meinte sie fröhlich. »Klasse!«

»Ich habe noch Mokassins für Sie, aber bei Schuhen kann schon eher ein Irrtum passieren.«

Sie sahen zusammen fern, bis Brady vorschlug, in einem Restaurant in der Nähe gemeinsam zu Mittag zu essen. Bei Tisch vertraute sie ihm einiges aus ihrem Leben an, erzählte von der Mutter, die ihre Tochter hasste, weil sie hübsch war, verriet ihm ihr Alter, einundzwanzig, und berichtete von ihrer Ehe mit einem Kerl, der sie auf dem Basketballplatz verführt hatte. Ein gewalttätiger Mann. Als sie beim dritten Mal dachte, sie würde unter seinen Schlägen sterben, beschloss sie zu fliehen. Sie lernte rasch, dass es besser war, Heime zu meiden, weil er sie dort leicht aufspüren könnte. Sie fand Freunde auf der Straße, entdeckte die Hausbesetzerszene für sich, schließlich Oz.

Am frühen Nachmittag entschuldigte sich Brady, um im Krankenhaus anzurufen.

»Ich würde gerne wissen, ob es etwas Neues vom Patienten Pierre Lebaron gibt. Ja, ich habe ihn gestern begleitet. Danke.«

Ein Arzt kam ans Telefon.

»Seit gestern Nacht ist er zweimal aus dem Koma erwacht, aber immer nur kurz. Ich kann Ihnen nicht garantieren, dass sich das wiederholt.«

»Wie viel Zeit bleibt ihm noch?«

»Wir geben ihm Morphium, damit er nicht leiden muss. Nun hängt alles von der Widerstandskraft seines Körpers ab. Ich kann es Ihnen nicht sagen.«

Brady beendete das Gespräch und klappte sein Handy zu.

Lydia sah ihn merkwürdig, beinahe misstrauisch an.

»Pierre Lebaron?«, wiederholte sie. »So ein Dicker mit Akzent?«

»Kennen Sie ihn?«

Brady konnte es nicht fassen.

»Ich bin ihm eines Abends bei einem Fest mit ein paar anderen Mädchen begegnet. Ist er krank?«

»Ja. Er … Krebs. Wann war das?«

»Weiß nicht, vor ungefähr zwei Wochen.«

Brady horchte auf.

»Vor zwei Wochen?«, wiederholte er geistesabwesend.

Rubis.

»Ja, es war an einem Samstagabend.«

»Ist Ihnen da vielleicht eine junge Frau aufgefallen, sehr schön, ein außergewöhnliches Gesicht …«

»An dem Abend waren jede Menge Frauen da! Der Organisator hatte wirklich alle hübschen und gut gebauten Frauen, die er auftreiben konnte, eingeladen, um die Party aufzumotzen, wenn Sie verstehen, was ich meine. Ein Mädchen, dem ich in einem Heim begegnet war, hatte mir den Tipp gegeben. Auf diese Weise leistet sie sich mindestens zehnmal im Monat ein Hotelzimmer.«

Brady war erstaunt zu hören, dass man obdachlose Mädchen für eine Abendveranstaltung engagieren konnte. Und sofort war ihm klar, was sich dahinter verbarg. *Sie kosten weniger als professionelle Hostessen, man muss sie nur hübsch anziehen und ihnen eine Stunde im Schönheitssalon spendieren, dann merkt sicher niemand etwas! Sie sind flexibler, und nicht wenige Männer sind spendabler, weil sie hoffen, sie auf der Toilette vögeln zu können!*

Er verabscheute diese Welt immer mehr. Plötzlich fiel ihm das ausgedruckte Foto von Rubis wieder ein, das er vor ein paar Tagen aus Kingston mitgebracht hatte. Er kramte in seiner Tasche und reichte Lydia das verknitterte Stück Papier.

»Sie heißt Rubis, sagt Ihnen der Name etwas?«

»Ah, ja! Jetzt weiß ich wieder. Sie ist eine Pornodarstellerin, so hat man sie mir zumindest vorgestellt. Sie stand sehr lange bei uns, ich glaube, sie langweilte sich zu Tode. Und Ihr Pierre ist ihr nicht mehr von der Seite gewichen.«

Brady runzelte die Stirn.

»Wie? Ich dachte, sie hätte ihn angesprochen?«

»Nein, ich glaube nicht. Ich erinnere mich, dass er irgendetwas von ihr wollte oder ihr einen Job angeboten hat, ich weiß nicht mehr genau.«

»Was?«, fragte Brady perplex.

»Es war was mit einem Journalisten. Er hat nicht locker gelassen, und schließlich haben sich die beiden verdrückt. Danach habe ich sie nicht mehr gesehen. Wieso? Spielt das eine Rolle?«

Brady begann am ganzen Körper zu zittern.

63

Die Tinte besiegelte die Wahrheit.

Die der Justiz.

Mit ihrer Unterschrift beendete Annabel die Ermittlungen zum Tod von Sondra Ann Weaver – jetzt offiziell ein Suizidfall. Es fehlte lediglich der abschließende Laborbericht mit dem DNA-Abgleich. Darauf wollte Annabel noch warten, ehe sie die Familie verständigte. Glaubte man Charlottes Erläuterungen, würden die geheuchelten Tränen rasch trocknen, und man würde sich umgehend nach dem etwaigen Erbe erkundigen. Deshalb hatte Annabel nichts dagegen, den Anruf noch etwas hinauszuzögern.

Sondra Ann Weaver würde ihr Kühlfach gegen ein behagliches Bett im Erdreich eintauschen. Der Jane-Doe-Anhänger an ihrem Fuß würde nicht einmal berichtigt werden, sondern nur abgerissen, bevor es – die zusammengeheftete Akte auf dem Leichensack – ins Beerdigungsinstitut ging.

Die Verbindungen zwischen ihr und dem Selbstmord von Melany Ogdens hatten nichts Schlüssiges ergeben. Der Mord an Charlotte Brimquick war Sache der Kollegen aus New Jersey. Und der Tod der mutmaßlichen Mörder sorgte dafür, dass auch dieser Fall bald zu den Akten gelegt werden würde.

Leonard Ketter war aus dem Schneider.

Alles war abgeschlossen.

Sie verstaute das vom Drucker noch warme Papier in einen Pappordner, notierte auf dem Etikett die Ermittlungsnummer und das Datum, stempelte das Ganze ab und legte es Captain Woodbine ins Fach.

Thayer war gerufen worden, um zwei anderen Detectives bei der Verhaftung mehrerer jugendlicher Schläger zu helfen.

Annabel nutzte die Gelegenheit, um ihre Akten zu sortieren. Jack würde einen Teil der Arbeit in ihrer Abwesenheit allein erledigen. Alles musste seine Ordnung haben.

Lediglich das Diebstahlsdelikt mit Gewalteinwirkung war noch in der Schwebe.

Nein, Woodbine hat die Angelegenheit Attwel übergeben, ich habe sie neulich über den Fall reden hören ...

Annabel stellte fest, dass sie es an der nötigen Sorgfalt hatte fehlen lassen. Jacks Überzeugung, es hier mit einem vorgetäuschten Selbstmord zu tun zu haben, und sein leidenschaftliches Engagement hatten sie mit der Zeit angesteckt. So sehr, dass sie ihre freiwillige Arbeit eingestellt, an keiner Bürgerversammlung, keinem Komitee mehr teilgenommen hatte und dass sich jede Menge Briefe und E-Mails angesammelt hatten.

Höchste Zeit, etwas Ordnung in das Durcheinander zu bringen.

Sie sortierte den Papierstapel in kleine Haufen.

Irgendwann am Nachmittag tauchte Jack im Büro auf.

»Na, wie ist es gelaufen?«, fragte Annabel.

»Der Jugend droht der Untergang!«, rief er und ließ sich auf seinen Stuhl fallen. »Übrigens habe ich gerade Woodbine getroffen, er schickt uns eine alte Dame vorbei, irgendein Versicherungsbetrug. Weißt du was darüber?«

»Absolut nichts.«

Jack schüttelte den Kopf.

»Betrug! Das wird ja immer besser. Ich werde das klären«, meinte er und streckte die Hand nach dem Telefon aus.

In diesem Augenblick klingelte Annabels Apparat.

»Detective O'Donnel, ja bitte?«

Die Antwort war ein tiefer Seufzer und ein Rauschen im Hörer.

»Hallo?«

»Ich ... ich wollte mich für all das Übel, das ich angerichtet habe, entschuldigen.«

»Wer sind Sie?«

»Leonard Ketter. Es tut mir wirklich leid. Wegen der Mädchen. Ernsthaft.«

Dann legte er auf.

Jack, der das Unbehagen seiner Kollegin bemerkte, sah Annabel fragend an.

»Wer war das?«

»Ich fürchte, die alte Dame wird noch etwas länger auf uns warten. Komm, wir müssen zu Ketter. Sofort.«

Hades' behandschuhter Finger ließ die »Off«-Taste des Handys los.

»Das war sehr schön«, sagte er. »Du hast deine Arbeit gut gemacht.«

Ketters Augen waren gerötet und verquollen, Spuren von Tränen trockneten in seinem Bart.

»Ich ... Ich habe getan, was Sie wollten«, stammelte er.

Hades nickte, wobei sich seine Dreadlocks wie Spinnenbeine bewegten. Er hob den Lauf eines verchromten Revolvers zur Decke der Lagerhalle.

»Diese Knarre aus deiner Wohnung, ist die legal?«, erkundigte er sich.

»Ja ... ich habe sie in Pennsylvania gekauft, um die New Yorker Gesetze zu umgehen. Aber ja, Sie können sie ruhig nehmen, wenn Sie wollen!«

Ketter war zu allem bereit, um die Meute zufriedenzustellen.

»Du bist aber wirklich sehr hilfsbereit. Doch leider muss ich dein Angebot ablehnen, du wirst sie sicher dringender benötigen.«

»Nein, nein, nehmen Sie sie ruhig, es ist ein Geschenk, bitte.«

Hades beugte sich hinab, um auf einer Höhe mit dem knienden Mann zu sein. Seine geschürzte Oberlippe gab den Blick auf die gelben Reißzähne frei.

»Das geht nicht«, erklärte er, »du wirst sie selbst brauchen.«

»Ich? Wieso? Nein ... ich nicht ...«

Hades richtete die Waffe auf Ketter.

»Wie willst du denn Selbstmord begehen ohne deine Waffe?«

»Nein, nein, ich werde mich nicht ... Oh, nein! Bitte ... nein!«

»Wenn uns das Glück hold ist, werden die Bullen den Fall danach abschließen. Bye-bye, Lenny.«

»NEIN!«

Die Detonation hallte von den Wänden wider.

Während sich die Pulverwolke sacht auf Ketter herabsenkte, drückte Hades ihm die Waffe in die Hand.

Er überprüfte, ob sich in der Brieftasche der Leiche auch wirklich der Personalausweis befand, und trat anschließend zurück, um die Szenerie zu betrachten. Ketter lag auf den Knien, die Gehirnmasse war hinter ihm verteilt.

Durch das Licht, das durch den Eingang fiel, war eine Hälfte seines Körpers in einen goldenen Schimmer getaucht, die andere Hälfte lag im Dunkeln.

»Ein wahres Meisterwerk«, beglückwünschte sich Hades.

64

Brady ballte die Faust, wollte zuschlagen.

Sie belog ihn.

Sie hatte ihn manipuliert. Von Anfang an.

Hatte sie irgendwo eine Kamera versteckt, um den Kuss zu filmen und ihn damit zu erpressen? Um seine Ehe zu zerstören?

»Habe ich etwas Schlimmes gesagt?«, fragte Lydia erschrocken.

Pierre war ein Freund. Ehrlich und zuverlässig.

Lydia dagegen war erst gestern in sein Leben getreten.

Das war ein weiterer Schachzug des »Stammes«, eines ihrer Spielchen. Ihn als Retter dastehen zu lassen, um sich besser in sein Leben drängen zu können. Lydia versuchte, ihn gegen seine Freunde aufzubringen. Sie log.

Er wurde immer wütender.

Du hast mich echt reingelegt!

Dennoch fielen ihm spontan gleich mehrere Ungereimtheiten auf.

Er hatte sie auf den Abend mit Rubis angesprochen, *er* hatte Pierre erwähnt. Seit sie zusammen waren, hatte Lydia nichts gesagt oder getan, um sein Misstrauen zu rechtfertigen. Wartete sie auf den richtigen Moment? Oder einen idealen Vorwand? Das war riskant, denn er hätte ebenso gut nicht zurückkommen können …

Ihre Panik, ihre Verletzungen waren echt gewesen.

Pierre …

»Sie machen mir Angst«, jammerte sie.

Warum hätte Pierre ihn anlügen, warum Rubis in seine Arme treiben sollen?

Ein Aspekt in Pierres Geschichte wollte einfach nicht zu Rubis' Persönlichkeit passen. Brady hatte sie an jenem Tag am Fulton Terminal nur flüchtig kennengelernt. Als sehr dünnhäutig. Trotzdem sah sie der Realität geradewegs ins Gesicht, ohne Illusionen. Er konnte sich nicht vorstellen, dass sie Drogen nahm, und doch hatte Pierre behauptet, sie seien sich beim Koksen begegnet. *Ich kann es nicht wissen, ich kannte sie ja gar nicht!*

Bei ihr zu Hause hatte rein gar nichts auf Drogen hingedeutet. *Das will nichts heißen.*

Ein Satz, den sie am Fulton Terminal gesagt hatte, fiel ihm wieder ein: »Sie entscheiden, ich gehorche.« Er hatte dieses seltsame Bekenntnis so gedeutet, dass sie sich seiner Entscheidung fügen würde, so wie sie es vom Set her gewöhnt war.

Und wenn sie damit hatte ausdrücken wollen, dass sie jedem Befehl gehorchen würde? Dass sie in jemandes Diensten stand?

Trotzdem konnte Brady einfach nicht verstehen, warum Pierre so etwas getan haben sollte. Ihm zu Gefallen? Nein, das war nicht seine Art …

Eine andere durchaus logische Hypothese keimte langsam in ihm auf.

Brady weigerte sich, weiter über sie nachzudenken. Einfach unfassbar.

Teuflisch.

Pierre steckte doch nicht hinter dieser ganzen Geschichte?

Unmöglich.

Das Geld des »Stammes« kam aus dem Pornogeschäft.

Aber ganz am Anfang. Wie haben sie ihren ersten Film produzieren können? Wer hat ihn finanziert?

Und warum sind sie aus dem Untergrund gekommen? Was war der Auslöser dafür, dass eine Gruppe Außenseiter auf einmal das Verlangen hatte, sich zu schminken, in Kleidung und Schmuck zu investieren und sich wieder an die Oberfläche zu begeben?

Pierre arbeitete mehrere Stunden im Monat in Heimen für Drogenabhängige und Obdachlose. Dort hätte er ihnen begegnen können.

Nein …

Als er versuchte, alle Teile des Puzzles zusammenzubekommen, erinnerte er sich an ein weiteres Detail. Die Verwalterin der Kings' Chalets hatte ihm gesagt, ihren Anführer gesehen zu haben. »Ein recht imposanter Kerl.« Brady hatte das so verstanden, dass sie ihn »beunruhigend« fand, doch sie hätte genauso gut »korpulent« damit meinen können.

Pierre kannte ihre Unterkunft in den Catskill Mountains. Er hätte den »Stamm« dorthin schicken können.

Das würde alles erklären.

Aber das passte überhaupt nicht zu ihm!

Lydia war inzwischen bis zur Schwelle des Badezimmers zurückgewichen.

»Es tut mir leid«, erklärte Brady. »Ich muss gehen. Das Zimmer ist bis morgen bezahlt. Ich … ich freue mich, dich kennengelernt zu haben. Vielleicht laufen wir uns wieder mal über den Weg.«

Er hob zum Abschied unbeholfen die Hand, dann ging er rasch hinaus. Er brauchte dringend frische Luft.

Pierre lag in einem Bett. Diverse Schläuche und Kanülen im Körper. Seine Augenlider flatterten gelegentlich.

Brady schloss die Tür und setzte sich neben den Mann, der fast zehn Jahre lang sein Freund gewesen war.

Die massige Gestalt wirkte auf einmal sehr verletzlich.

Brady beugte sich tief über sein Gesicht, um leise sprechen zu können.

»Ich muss mit dir reden, Pierre«, flüsterte er. »Ich brauche ein paar Antworten von dir. Ich … Ich habe Angst, etwas in dir zu sehen, vor dem ich lieber die Augen verschließen möchte. Ich weiß nicht mehr, woran ich bin, verstehst du? Wir müssen uns unterhalten. Also, komm zu dir, Pierre, ich zähl auf dich. Ich *brauche* dich.«

So flüsterte er ihm eine Stunde lang ins Ohr, bevor er sich schließlich in seinem Sessel zurücklehnte und wartete.

Langsam ging die Sonne unter, die von der funkelnden Weihnachtsdekoration in den Straßen abgelöst wurde.

Geduldig nahm Brady seinen Monolog wieder auf, bis er schließlich erschöpft war.

Er schlief ein, schreckte wieder hoch und fuhr mit seinem Monolog fort.

Als eine Krankenschwester ihn aufforderte, das Zimmer zu verlassen, weigerte er sich. Pierre lag im Sterben, und so ließ sie sich überzeugen, dass sein Freund jemanden an seiner Seite brauchte.

Brady fiel auf, dass er, außer seiner Frau, niemandem von Pierres Einlieferung ins Krankenhaus erzählt hatte. Vierundzwanzig Stunden, ohne von ihm zu hören, sicher waren schon alle seine Bekannten damit beschäftigt, sämtliche Krankenhäuser der Stadt nach ihm abzutelefonieren.

Zum Teufel mit den Aasgeiern …

Als er wieder zu seinem Freund hinübersah, stellte er verblüfft fest, dass er die Augen geöffnet hatte.

»Pierre …«

»Ich habe dich erwartet«, sagte dieser mit schwacher Stimme. »Die Kerle, die am Donnerstagabend zu dir gekommen sind … sag mir, dass du sie nicht kanntest.«

Die schwarzen Pupillen musterten Brady, analysierten seine Gefühle.

»Du bist also dahintergekommen?«, murmelte er.

Brady senkte den Kopf.

»Nein, nicht das. Nicht du.«

»Ihr seid euch begegnet, nicht wahr? Du warst so erfinderisch … sie aufzuspüren. Du warst uns oft … voraus.«

Pierre sprach schleppend, wurde durch den Sauerstoffschlauch in der Nase behindert.

»Du hast mich angelogen! Von Anfang an … belogen. Warum?«

»Um dir die Augen zu öffnen.«

»Für was denn? Damit ich erfahre, dass du heimlich perverse Filme mit einer Bande von Irren produzierst?«

»Für den wahren Grund unseres Seins.«

»Welcher soll das sein? Dass man die Menschen, die man liebt, leiden lässt?«

»Die … Lust«, flüsterte er, während seine Lungen zu pfeifen begannen. »Ich habe mit angesehen, Brad, wie du dich immer mehr verbogen und angepasst hast.«

»Du hast den Verstand verloren!«

»Nein, hör mir zu. Es ist nicht die Midlife-Crisis, die dir dein Eheleben oder das Leben schlechthin schwer macht. Das ist alles Unsinn … Das Unbehagen entsteht völlig überraschend, weil man vergessen hat, wozu unser Körper eigentlich gemacht wurde. Für die Lust. Um seinen Samen überall zu verströmen. Abseits der ehelichen Routine. So ist der Mann nun mal. Er kann sich in der Liebe nur kurzfristig binden, biologisch gesehen ist das die Zeitspanne, in der das begattete Weibchen Schutz braucht. Sobald das Kleine in der Lage ist, allein zu überleben, wendet sich das Männchen anderen Weibchen zu. Folgt dem Ruf der Lust.«

»Du fantasierst, Pierre. Hat dich die Krankheit verrückt werden lassen?«

»Pst. Hör zu, was ich dir sage. Hör zu!« Sein Atem wurde immer schwerer. »Wir sind Lustmaschinen, um den Fortbestand unserer Spezies zu sichern. Man darf sich nicht gegen seine Natur stellen.«

»Wir sind keine Menschen aus der Frühzeit. Was redest du da?«

»Drei Millionen Jahre lang herrschte dieses Verhalten vor! Es ist in unseren Genen verankert! Deine zwei- oder dreitausend

Jahre Zivilisation können doch nicht eine Gewissheit ändern, die Millionen von Jahren ihre Richtigkeit hatte!«

Brady war verstört. Er hatte erneut vor Augen, wie Rubis' Gesicht explodierte.

»Du hast dich ihrer … bedient«, stammelte er fassungslos. »Du hast Rubis manipuliert, damit ich mich auf diese Geschichte stürze. Sie hat sich umgebracht, Pierre! Sie hat sich vor meinen Augen getötet!«

»Glaub mir … das war nicht vorgesehen. Ich wusste, man muss dich langsam hinführen, dich mit deinen … männlichen Regungen konfrontieren, und Rubis war dafür genau die Richtige. Erinnere dich an die Zeit, als du jünger warst, an unsere Gespräche … deine Ablehnung der herrschenden Heuchelei! Rubis besaß diese jugendliche Schönheit, ich weiß, dass sie dir gefallen hat … sie hat dich wieder damit konfrontiert.«

»Sie hat es vorgezogen, sich *vor meinen Augen* umzubringen! Verstehst du, was das heißt?«

»Ihr Opfer diente unserer Sache. Mir bleibt nicht mehr viel Zeit … Ich möchte, dass du dich uns anschließt … Dich so akzeptierst, wie du bist. Dich, mein … Freund.«

»Sag das nicht! Wie … wie konntest du das tun?«

Ein gurgelndes Geräusch, als Pierre einatmete. Dann ein Lächeln, das seine Lippen umspielte.

»Genau. Ich möchte das gemeinsam mit dir genießen … Erinnere dich daran, wer du warst, bevor du von deiner Ehe geformt wurdest.«

»Ich war ein Individualist, kein Extremist!«

»Du bist aus demselben Holz geschnitzt wie wir.«

Bradys Finger krallten sich in die Decke, um die aufsteigende Wut zu zähmen.

»Du hast deine Schergen in einem Heim aufgegabelt, stimmt's? Du hast sie entlaust, gekleidet und so lange manipuliert, bis sie selbst von deinem Gerede überzeugt waren! Du hast dir Menschen ausgesucht, die leicht zu beeinflussen waren!«

»Ich habe lange gesucht. Viele Jahre bin ich in diesen Heimen unterwegs gewesen, ein Junge hier, ein anderer dort, um eine Fantasie auszuleben oder einfach nur um zu vögeln. Und dann habe ich sie gefunden. Ein unvorstellbares Potenzial! Bestien, die man nur anzustacheln brauchte! Sie waren zu allem bereit!«

Ein heftiger Hustenanfall schüttelte ihn, und Brady wollte schon nach der Krankenschwester klingeln. Doch Pierre beruhigte sich wieder und atmete tief durch, bevor er fortfuhr:

»Wenn du sie gesehen hättest! Stolz und rebellisch, umherirrende Seelen, voller Wut gegen das Establishment und stets auf der Hut! Auf so etwas hatten sie nur gewartet! Übers Internet habe ich Leute gefunden, die uns bei der Herstellung der Filme zur Hand gingen, zwei durchtriebene Brüder, die einen anderen Kerl für die Technik organisiert haben. Meine Schützlinge als Protagonisten, die anderen, um unseren Virus zu verbreiten. Für mich sind die Filme der Virus, denn sie stacheln die Fantasie aller Männer des Planeten an, wecken das Tier in ihnen und machen unsere Abartigkeit populär, bis sie zur Norm geworden ist!«

Brady war angewidert. Je weiter der Krebs fortschritt, desto weniger bemerkte Pierre, wie seine geistige Gesundheit in Mitleidenschaft gezogen wurde. Und je näher das Ende rückte, desto energischer war er bemüht, auch seinen Freund mit in den Abgrund zu ziehen.

»Wir sind die Garanten der menschlichen Spezies«, erklärte er.

»Ich erkenne dich nicht wieder …«

»Du musst dich befreien. Schließ dich uns an, die Dinge, mit denen du dich heute herumschlägst, werden ihre Daseinsberechtigung verlieren.«

»Sieht so für dich die perfekte Gesellschaft aus? Eine weltweite blutige Orgie?«

»Die Wiederbesinnung auf den Kern unseres Wesens, ist das nicht eher die Richtung? Auf unsere Körper, unsere Instinkte hören.«

»Du bist verrückt, Pierre, und ich auch, weil ich es nicht früher bemerkt habe. Du hast mich in diese Hölle hineingezogen! Jetzt sag mir auch, wie ich da wieder herauskomme.«

»Du selbst hast dich da hineinmanövriert«, erwiderte Pierre, dem das Sprechen immer schwerer fiel. »Mit Rubis' Video habe ich dir den Weg gewiesen, und du konntest gar nicht schnell genug an die Quelle kommen. Ist das nicht der Beweis, dass es in dir – so wie in jedem Mann – steckt?«

Brady erhob sich, und Pierre fing an zu husten.

»Was muss ich tun, damit der ›Stamm‹ uns in Ruhe lässt?«

Der Franzose vergrub sich in seine Kissen.

»Pierre!«, rief der Journalist. »Was soll ich machen?«

»Eine Etappe fehlt noch«, murmelte er.

»Welche?«

Pierre schloss die Augen.

Brady packte ihn an den Schultern und schüttelte ihn.

»Pierre! Wie werde ich deine Meute wieder los?«

Doch der Millionär war erneut ins Koma gefallen.

65

Leonard Ketter antwortete nicht.

Erfolglos hämmerte Annabel gegen seine Tür.

»Glaubst du wirklich, dass er im Begriff war, eine Dummheit zu begehen?«, fragte Thayer.

»Er klang auf jeden Fall so.«

»Gut, ich werte das als Hilferuf. Somit sind wir autorisiert, bei ihm einzudringen. Ich gehe den Hausmeister suchen. Sicher hat er einen Zweitschlüssel.«

Als die beiden Männer zurückkamen, konnten sie sich im Apartment davon überzeugen, dass niemand da war. Auch kein Abschiedsbrief.

»Er hält uns doch zum Narren!«, sagte Jack.

»Oder er macht es irgendwo anders.«

Auf der Rückfahrt griff Annabel zum Funkgerät und gab eine Personenbeschreibung Ketters mit folgendem Hinweis durch: Der Mann habe gedroht, sich das Leben zu nehmen.

Sie waren fast beim Revier angekommen, als eine Durchsage kam.

»Wir haben auf Staten Island einen 10-84, der euch betrifft, ich wiederhole, einen 10-84 auf Staten Island in der Bay Street.«

10-84, der Code für eine Leiche.

Annabel notierte die genaue Adresse und informierte die Zentrale, dass sie sofort dorthin fahren würden.

Der Wagen raste durch Brooklyn und überquerte dann die imposante Verrazano-Narrows-Brücke nach Staten Island.

»Wann startet ihr?«, wollte Thayer wissen.

»Du meinst unsere Reise auf die Malediven? Mittwoch. Wieso, soll ich dir ein Plätzchen in meinem Koffer anbieten?«

Jack, der sonst immer für solche Späße zu haben war, wirkte verlegen.

»Seid ihr eigentlich glücklich?«

Die Frage überraschte Annabel. Jack war nicht der Typ, der sich in ihr Privatleben einmischte; auch wenn er nicht mit Ratschlägen geizte, so war er doch nie übertrieben neugierig gewesen. War er womöglich … eifersüchtig? Seit sie miteinander arbeiteten, hatte sie sich schon öfter darüber Gedanken gemacht, was er wohl für sie empfand. Er war stets aufmerksam, manchmal väterlich, aber nie aufdringlich. Mit der Zeit hatte sie gelernt, ihn einzuschätzen. Für sie war er wie ein großer Bruder.

»Was soll die Frage?«

»Ich … ich mache mir Sorgen, das ist alles. Du weißt ja, unser Beruf hat die höchste Scheidungsrate, es ist schwierig mit uns Polizisten.«

»Keine Sorge, Jack, ich habe einen guten Fang gemacht. Auch er arbeitet zu den unmöglichsten Zeiten und hat so seine Launen, aber wir respektieren uns gegenseitig und, ja, alles ist gut.«

Ohne den Blick von der Straße abzuwenden, nickte er, doch Annabel argwöhnte, dass er nicht überzeugt war. *Ist mir doch egal! Es ist mein Leben! Das geht nur mich was an*, dachte sie und beschloss, nichts mehr zu sagen.

Doch kaum war eine Minute verstrichen, fügte sie hinzu:

»Um ehrlich zu sein, wenn ich merken würde, dass ich ihn verliere, wäre ich zu allen Opfern bereit. Wenn es sein müsste, würde ich sogar meinen Dienst quittieren.«

»Gott im Himmel …«, murmelte er.

»Wirst du jetzt etwa gläubig?«

»Nein. Nur, wenn ich völlig überfordert bin«, erwiderte er versonnen.

Annabel verschränkte die Arme und grübelte über den Sinn dieser Worte nach. Jack hatte gelegentlich die Angewohnheit, sich wie eine Figur aus den Theaterstücken oder Romanen zu benehmen, die er ständig und überall las. Jede Menge Pathos und ein Hauch Mystery. Ein Verhalten, das nerven konnte.

Sie brauchten fast eine Stunde, um das nördliche Ende der Insel zu erreichen.

Als sie den Lkw des lokalen Fernsehsenders sahen, wussten sie, dass sie richtig waren. Dann entdeckten sie zwei Polizeifahrzeuge, einen Krankenwagen und zwei weitere Autos hinter dem gelben Absperrband.

Im Innern des alten Gebäudes diskutierte rund ein halbes Dutzend Personen, während ein Mann im weißen Kittel Fotos vom Tatort machte.

»Suchen Sie diesen Mann hier?«, erkundigte sich ein übergewichtiger Typ im Anzug.

»Handelt es sich um Leonard Ketter?«, wollte Annabel wissen.

»So steht es zumindest in seinem Ausweis. Können Sie ihn identifizieren?«

Annabel beugte sich über den Leichnam. Das Eintrittsloch der Kugel war nicht sehr groß, das Gesicht unbeschadet.

»Ja, das ist er.« Sie seufzte.

»Unserer Ansicht nach war es Selbstmord. Die Forensik hat Pulverspuren auf seinen Ärmeln und Händen gefunden. Passt die Vorgeschichte zu dieser Hypothese?«

Annabel nickte.

»Wir verdächtigten ihn, in einen Mord verwickelt zu sein, beziehungsweise in mehrere«, fügte Thayer erklärend hinzu. »Das wusste er. Offensichtlich hat er dem Druck nicht standgehalten.«

»Sie nehmen keine Proben?«, fragte Annabel verwundert.

»Wozu? Es ist doch Selbstmord, oder?«

»Damit es zweifelsfrei feststeht.«

»Haben Sie denn Zweifel? Wir haben nicht die Mittel. Ich bin sicher, mein Chef würde das Formular nicht unterschreiben!«

Jack runzelte die Stirn.

»Anderer Zuständigkeitsbereich, doch immer dasselbe Theater«, meinte er ironisch.

Annabel untersuchte Ketter. Gerötete Augenlider. Speichelfäden in den Mundwinkeln. Ein Einschussloch in der Stirn, dunkler Kranz, ein zerschmetterter Knochen.

Damit waren die Ermittlungen definitiv abgeschlossen.

Alle Protagonisten waren tot.

Drei Selbstmorde, zwei Morde und zwei Tote durch die Spezialeinheit.

Wenn die Presse zwischen den Fällen einen Zusammenhang herstellte, wäre das das Gesprächsthema Nummer eins in New York. Die Polizeidienststellen von New Jersey, Staten Island, Brooklyn und Queens würden mit Fragen bestürmt werden. Das

Department müsste einen der Pressereferenten vom Hauptquartier bemühen, um die Arbeit zu bewältigen. Das hieße aber auch, dass Jack und sie von der Sache ferngehalten würden.

Es war nicht der sonderbarste Fall ihrer Laufbahn, doch sie hatte genug von Überraschungen. Andere würden folgen, was sie sowohl hoffte als auch fürchtete. *Wenn es auf der Welt keine Verbrechen mehr gäbe, wäre mein Berufsstand ja überflüssig. Wäre ich dann glücklicher?*

Es war Zeit, einen Schlussstrich zu ziehen.

Bald hätte sie Ferien.

»Komm«, sagte Jack, »wir fahren zurück, es gibt hier nichts mehr für uns zu tun.«

Als sie am Abend in ihre Wohnung kam, war sie in Gedanken noch mit den Ereignissen beschäftigt. Brady stand unter der Dusche. Sie ging ins Bad, das zur Sauna mutiert war, und entdeckte ihn, reglos an die Duschkabinenwand gelehnt.

Sie zog sich aus und stellte sich zu ihm unter den heißen Wasserstrahl.

»Schläfst du etwa?«

Er schüttelte den Kopf.

»Ich träume.«

»Wovon?«

»Wie nur wir zwei bald aufbrechen und die Stadt weit hinter uns lassen werden.«

»Montag fange ich mit Kofferpacken an. Dann wird's ernst.«

Er zog sie an sich und küsste sie sanft, bevor er ging.

Brady aß nichts und redete kaum.

Er ist bestimmt wieder mit seinen Reportagen beschäftigt, kann die letzte nicht wirklich abschließen und sich noch nicht auf die nächste einlassen, wie immer.

Annabel kannte ihn besser als er sich selbst. Zumindest dachte sie das.

Der bevorstehende Verlust seines Freundes ließ ihn nicht kalt. Er hatte sich mit dem Thema zwar auseinandergesetzt und wusste, dass es nun unwiderruflich zu Ende ging, doch sein Schmerz war sicher trotz allem sehr groß.

Plötzlich schoben sich die Bilder des gemeinsamen Urlaubs und die des sterbenden Mannes übereinander.

»Liebling, tut mir leid, dass ich nicht früher daran gedacht habe, vielleicht möchtest du unsere Abreise ja verschieben, um … um bei Pierre sein zu können.«

»Nein. Das Glück meines Ehelebens geht vor. Auf diese Reise haben wir beide uns zu lange gefreut.«

»Ich weiß, aber er ist dein Freund.«

Brady verlor sich in seinen Gedanken.

»Pierre ist schon tot«, erklärte er schließlich, »alles, was von ihm bleibt, ist seine Hülle, die zu Staub zerfallen wird. Doch den wahren Pierre gibt es nicht mehr.«

Brady küsste seine Frau auf die Stirn, spielte zerstreut mit ihrem Haar. Er sah müde aus.

»Ich habe mich schon verabschiedet«, meinte er. »Jetzt werde ich mich auf uns beide konzentrieren. Auf dich und mich und sonst nichts. Dafür würde ich alles tun.«

66

Lügen als Nährboden der Liebe.

Seit Brady seine Frau hinterging, fühlte er sich wieder stärker zu ihr hingezogen. Je tiefer er sich in seine Lügen verstrickte, desto mehr empfand er für Annabel. Ihre Beziehung, die, zumindest seiner Meinung nach, durch das Zusammenleben gelitten hatte, wurde intensiver, je mehr er sich auf den »Stamm« zubewegte.

Lag es an der drohenden Gefahr, die über ihnen schwebte?

Jede Art von Verrat musste aufhören.

Alles Suchen ein Ende haben.

Jeder Gefahr getrotzt werden.

Ängste führen auf Abwege, also musste Brady seine eigenen nun ein für alle Mal besiegen. Pierre hatte gar nicht so unrecht. Er hatte einen Weg aufgezeigt, dem Brady ohne Umschweife gefolgt war, ohne das Ziel je infrage zu stellen, obwohl sich das Drumherum immer alptraumartiger gestaltete. Er hatte sich auf den »Stamm« gestürzt, als sei dieser die Antwort auf die eigenen Zweifel.

Wozu hatte ihn sein Unterbewusstsein auf dieser Reise getrieben?

Hatte Brady, wie er allmählich vermutete, in den Mitgliedern des »Stammes« ein Negativbild seiner selbst entdeckt? Die Kehrseite eines Spiegelbilds, das sich vom eigenen Bild losgelöst hatte, um ihn besser quälen zu können?

Er musste sie besiegen und zu Ausgeglichenheit und Rechtschaffenheit zurückfinden.

Brady stellte sich schlafend, als Annabel aufstand. Er wollte auf keinen Fall, dass sie misstrauisch wurde. Er hatte bis jetzt durchgehalten, stand kurz vor dem Ziel und durfte jetzt nicht entlarvt werden. Heute würde er alles meistern, so oder so. Er würde eine Lösung finden, vor ihrer Abreise, bevor sie einander wieder näherkämen.

Er stand erst auf, als sie fast fertig war und zur Arbeit gehen wollte.

»Ich habe dich nicht geweckt«, sagte sie, »ich wusste nicht, ob du ins Atelier willst, es ist ja Sonntag …«

»Ich gehe kurz hin und hole Filme für unsere Reise, und dann muss ich noch mal Abzüge für den Gaudí-Artikel machen«, log er, »reiner Perfektionismus, aber dann kann ich beruhigt fahren.«

»Ich wünsche dir einen schönen Tag.«

Er nahm ihre Hand, bevor sie hinausging.

»Ich gehe noch beim Feinkostladen vorbei«, sagte er, »und besorge was für ein romantisches Abendessen, einverstanden?«

Lächelnd gab sie ihm einen Kuss und verschwand auf der Treppe.

Pierre war tot.

Dabei zeigten die Monitore rings um sein Bett etwas ganz anderes an.

Er reagierte nicht auf Bradys Worte. Seit vier Stunden bemühte sich dieser nun schon, ihn aus seinem Koma zu reißen, doch nicht die kleinste Regung …

Davon hing Bradys Entscheidung ab.

Er hatte alle Optionen durchgespielt.

Nichts tun und darauf hoffen, dass seine Abreise die Dinge von allein regeln, der »Stamm« sich mit Pierres Tod auflösen oder zumindest ihn vergessen würde, war eine davon.

Die Möglichkeit, die Polizei einzuschalten, hatte er definitiv ausgeschlossen. Er würde Annabel nicht seinen Dämonen opfern.

Mittags verließ Brady den Raum, holte sich ein Sandwich aus dem Automaten und aß es an Pierres Seite.

Eine Etappe fehlt noch, hatte Pierre gesagt. Bevor was geschah? Bevor der »Stamm« ihn in Ruhe ließ?

Nein, der Plan war von Anfang an, mich zu initiieren und mit meinen verwegensten Fantasien und Trieben zu konfrontieren, damit ich mitspiele und mich meiner Lust hingebe!

Was hatte Pierre angezettelt? Ein Komplott, damit der Mann seine ursprüngliche Virilität wiedergewänne? Um die Menschheit vor einer immer stärkeren Intellektualisierung der Sexualität zu bewahren? Befürchtete Pierre, dass das pure Vergnügen bar jeder Pflicht und Bedingung irgendwann verlorengehen könnte. Und mit ihm die Menschheit?

Nein, das alles war ihm völlig egal! Er ist immer schon ein überzeugter Genussmensch gewesen, die Krebserkrankung hat seine Überzeugungen nur verstärkt, er hat den Verstand verloren …

Er erinnerte sich an eine Bemerkung von Pierre vor zwei Wochen, über Gewalt als etwas, was dem Menschen innewohnt. Schon da hatte er eine Neigung zu Übertreibungen gezeigt und die Selbstzerstörung der Spezies Mensch vorausgesagt.

Er will zurück zu einem primitiven, allumfassenden Vergnügen, um die Zeit auszukosten, die noch bleibt … Oder ist das etwa seine Lösung, um uns zu retten?

Der Nachmittag verstrich. Brady hatte keine Entscheidung getroffen. Hin und wieder wandte er sich leise an Pierre.

»Du schuldest mir noch eine Erklärung, und das weißt du auch. Du wolltest mich mit dabeihaben, und jetzt bringen wir die Sache auch zu Ende. Und du erklärst mir, was mit dieser verfluchten letzten Etappe gemeint ist. Wach auf, los, das bist du mir schuldig.«

Nichts geschah.

Bis achtzehn Uhr.

Fatalistisch wartete Brady ab, was geschehen würde. Wenn Pierre ihm keine andere Lösung bot, musste er eben abwarten. Nicht eingreifen. Der »Stamm« würde ihn vergessen.

Und ich? Kann ich das?

Er konnte es nicht sagen und hoffte lediglich eines: dass die Reise mit seiner Frau seine Verzweiflung lindern würde, dass die Wut sich legte und seine Hassgefühle sich auflösten.

Und während er sich immer wieder dieselben Fragen stellte, hörte er plötzlich:

»Die letzte Etappe. Zerstöre, was dich mit der Gesellschaft verbindet …«

Pierre hatte die Augen geschlossen. Brady beugte sich über ihn.

»Was soll das sein?«, fragte er und spürte, wie sein Magen sich verkrampfte.

»Der Stamm … meine Jungs … machen das schon. Du musst ihnen nur … vertrauen.«

Er sprach träge wie jemand, der unter Morphium stand und seinen Verstand nicht mehr unter Kontrolle hatte.

»Welche Verbindung«, wiederholte Brady lauter.

»Deine Frau«, antwortete Pierre erschöpft lächelnd.

Brady warf sich auf ihn und packte ihn am Kragen. Die Lider öffneten sich leicht über den geweiteten Pupillen.

»Was werden sie mit ihr machen?«, schrie der Journalist.

»Sobald ich ihnen … das Signal … gebe.«

Die Droge wirkte enthemmend.

»Nun sag schon! Los!«

»… werden sie sie töten.«

Brady ließ ihn los, und aus Pierres Rachen ertönte ein lang anhaltendes Pfeifen.

»Du wirst gar nichts sagen«, befahl er ihm wütend.

»Wenn ich es nicht tue … warten sie auf die Nachricht von … meinem Tod. Und … handeln dann.«

Brady schlug mit der Faust auf die Matratze.

»Du musst … loslassen …«, fügte Pierre hinzu. »An uns … glauben. Ich sage es dir … damit du dich vorbereitest, damit es … von dir kommt.«

»Wie konntest du das tun?«, schrie Brady, Tränen in den Augen. »Wie konntest du nur?«

»Irgendwann … wirst du mir … dafür dankbar sein.«

Brady schlug mit der flachen Hand gegen die Wand, sodass die Monitore bebten.

Als er die dünnen Schläuche sah, die in Pierres Körper hinein- und aus ihm herausführten, merkte er, wie ihm die Kontrolle entglitt. Er konnte sich nur mit Mühe zurückhalten.

Plötzlich hatte er die Lösung.

»Du sollst leiden bis zum letzten Atemzug«, sagte er inbrünstig und drehte die Morphiumzufuhr ab.

Dann lief er hinaus auf den Gang.

67

Die goldfarbenen Türen.

Der Eingang zum Untergrund.

Als Brady die Straße überquerte, war es noch sonderbar ruhig. Es war dunkel, und zwischen den Straßenlaternen funkelte die Weihnachtsdekoration.

Der Journalist rückte den Gurt der Reisetasche zurecht, die er über der Schulter trug, und betrat das Gebäude.

Er wusste genau, was er zu tun hatte.

Die Anspannung und Erschöpfung nach all den unruhigen und viel zu kurzen Nächten waren wie weggeblasen. Brady spürte wieder seine natürliche Energie, jene Art, mit jedem Schritt den Boden zu erobern.

So leise wie möglich lief er die Metalltreppe von Ebene zu Ebene hinab.

Als er die riesige Halle betrat, hörte er in der Ferne das Quietschen der Züge.

Die Gondel.

Brady schlich sich hinein, auf der Hut vor jeder Bewegung, jederzeit darauf gefasst, einen Schatten auftauchen zu sehen.

Keine Menschenseele.

Die Särge waren leer.

Er schloss die Deckel wieder, sah sich um und überlegte, wie er weiter vorgehen sollte.

Es gibt nur eines. Auf sie warten.

An Verstecken mangelte es nicht.

Er begab sich erneut auf die Ebene der aufgelassenen Gleise

und hockte sich in eine Nische ins Halbdunkel, weit genug entfernt von den gelben Glühbirnen.

Die kostbare Tasche neben sich.

Er wartete.

Eine Stunde.

Und wenn sie schon unterwegs sind und sich an Annabel vergreifen? Nein. Pierre hat bisher nicht das Signal gegeben, er ist noch nicht tot. Im Moment ist sie in Sicherheit.

Vorerst.

Aber nicht mehr lange! Ich werde das Problem aus der Welt schaffen. Das alles geht zu weit, viel zu weit. Die Polizei wird mir nicht glauben, ich habe keinerlei Beweise, wenn ich mir hier die Finger verbrenne, dann war alles umsonst.

Zwei Stunden.

Annabel war schon wieder zu Hause. Sie würde sich Sorgen machen.

Sollte er ihr Bescheid sagen?

Nein. Erst wenn alles vorbei ist. Bald. Sehr bald …

Stimmen aus einem benachbarten Tunnel.

Dann verschwommene Gestalten.

Der »Stamm« kehrte in seinen Unterschlupf zurück.

Über einen anderen Zugang, sie kommen von den Zuggleisen!

»… er wird sich schon melden, gebt ihm Zeit.«

»Und wenn er tot ist?«

»Dann werden wir es bald erfahren.«

Sie redeten über Pierre. Brady erinnerte sich an den Anfall desjenigen, den er für seinen Freund gehalten hatte. Das hatte nichts mit ihrem Besuch zu tun gehabt! Pierre hatte ihn vermutlich nur angerufen, um ihn in ihre Arme zu treiben, um sicher sein zu können, dass er sich nachts auf den Weg zu der Kapelle machte. Er spürte, dass seine Zeit abgelaufen war, und konnte nicht länger warten. Auch wenn der Journalist noch nicht so weit war.

Die sechs Männer tauchten unter einem Bogen auf und liefen die Stufen zur Gondel hinauf.

»Höchstens drei Stunden Schlaf und dann ins *Pit-hole*, heute Abend knöpf ich mir die Rothaarige vor«, rief Hades.

Brady sah die Schatten hinter den verdreckten Scheiben, sie legten sich in ihre Särge.

Die sind echt krank. Aber sie spielen keine Rolle, sie glauben wirklich an das, was sie darstellen. Deshalb hat Pierre sie auch ausgesucht, es sind Extremisten.

Geduld. Nur nichts überstürzen. Drei Stunden hatte Hades gesagt. Brady gab sich eine Stunde, bevor er aus seinem Versteck hervorkommen wollte.

Eine Entscheidung, zu der er sich beglückwünschte, als er zehn Minuten später den Wächter sah, der seine Runde drehte. Er trug eine reflektierende Jacke mit den Initialen der Versorgungsgesellschaft, die für den Bahnhof zuständig war.

Und du? Warum machst du das? Hast du auch deinen Spaß? Oder wirst du von Pierre vielleicht fürstlich entlohnt? Wahrscheinlich. Pierre kennt sie alle. Und nur wenige sind für ihn nicht käuflich. Wenn der Mäzen tot ist und es den »Stamm« nicht mehr gibt, wirst du wieder in die Anonymität zurückkehren und sie vergessen …

Der Wächter sah sich überall um und lief dann erneut in Richtung der befahrenen Tunnel.

Wann kommt er hier wohl wieder vorbei? In zehn Minuten? In einer Stunde? Zwei?

Brady plante noch eine Viertelstunde länger ein, um sicherzugehen. Doch niemand tauchte auf.

Er beschloss einzugreifen. Er hielt es nicht länger aus.

Diese Psychopathen wollten sich an seiner Frau vergreifen …

Dazu wird es nicht kommen. Niemals. Ihr oder sie.

Brady hatte sich entschieden, und er wusste genau, wie er vorgehen würde.

Kein Zögern mehr. Nur noch eiskalte Entschlossenheit. Aus Liebe und Überlebenswillen.

Das Gesetz des Dschungels, ist es nicht so, Pierre?

Töten oder getötet werden.

Er öffnete die Tasche und holte zwei Benzinkanister hervor.

68

Innen knarrte die Gondel wie der Frachtraum eines Schiffes.

Brady hielt die Taschenlampe zwischen den Zähnen.

Der Lichtstrahl schnitt weiße Streifen in den schwebenden Staub.

Die sechs Särge.

Es waren nicht sechs Leben, die er im Begriff war auszulöschen. Er befreite die Welt von sechs Dämonen. Mehr noch als persönliche Rache war dies ein Akt der Erlösung.

Ja, das ist es! Ich muss in anderen Dimensionen denken, an all die Leben, die gerettet werden. An all die Qualen, die sie niemandem mehr zufügen können.

Seine Hände zitterten, er hielt sich nur mit Mühe aufrecht.

Einen Kanister in der Hand, ging er ans Ende des Raumes.

Mach schnell. Wenn sie aufwachen, bist du geliefert.

Bei jedem Schritt quietschte und knarrte es ringsumher, als wären Wände, Decke und Boden eins.

Er bemerkte eine Schale, in der Totenkopfringe, Anhänger und ein Schminketui lagen.

Die Maske der Vampire fiel.

Hatten sie ein Zimmer im Hotel darüber, auf Pierres Kosten? Um sich hin und wieder richtig ausruhen und waschen und danach umso besser wieder loslegen zu können?

Trotz der Umstände umspielte ein grimmiges Grinsen Bradys Lippen. War es nicht auch legitim, dass die Gesellschaft bedroht wurde von denen, die sie verstoßen hatte? Wären die Mitglieder des »Stammes« auch solche Soziopathen, wenn sie nicht unterhalb der Straßen gelandet wären? Dadurch, dass diese Stadt sie bis in ihre Eingeweide verstoßen hatte, um sie zu vergessen, hatte sie ihnen sämtliche Bezugspunkte geraubt. So hatte auch sie Schuld an der Zerstörung der Persönlichkeit dieser Menschen, deren Moralempfinden irgendwann verkümmerte. An die Stelle der Leere waren Wut, Hass und Egoismus getreten. Pierre hatte ihnen lediglich ein Mittel an die Hand gegeben, um sich zu rächen.

Einen Augenblick lang malte sich Brady aus, wie sich das gesamte Volk der Maulwürfe erhob, alle Strom-, Wasser-, Gas- und Telekommunikationsleitungen unter der Erde zerstörte und sich die Welt zurückeroberte. War es Zufall, dass sie sich neben diesem für die Menschen oben so lebenswichtigen Netzwerk eingenistet hatten? Vielleicht käme irgendwann der Tag, an dem einer von ihnen seine Stimme erheben und ihre Führung übernehmen würde. Dann müssten diejenigen, die sie ignoriert hatten, büßen.

Brady erschauderte.

Reglos stand er vor dem letzten Sarg, einer langen Kiste, verziert mit einem umgekehrten Kruzifix.

Da drinnen ist ein Mensch. Und ich werde ihn gleich bei lebendigem Leib verbrennen.

Dasselbe, was sie mit Clay Gunroe gemacht hatten.

Clay war auch ein Dreckskerl, allein schon wegen der Filme mit den Kindern verdiente er den Tod!

Brady wollte dreierlei auf einmal sein: Richter, Geschworener und Henker.

Nein, kein Urteil. Weil ich keine andere Wahl habe, um meine Frau zu schützen!

Er bemerkte zum ersten Mal die Gitter im Deckel und in den Seiten der Särge.

Luftschlitze. Sie werden völlig durchtränkt sein, wenn ich das Benzin da hineinkippe. Es muss alles schnell gehen, ganz schnell, bevor sie rauskönnen.

Er dachte kurz daran, die Deckel mit Gewichten zu beschweren, damit sie in der Falle säßen, aber er hatte keine Zeit, loszulaufen und in der Halle nach etwas Passendem zu suchen. Jetzt oder nie.

Und wenn Pierre nur fantasierte? Wenn diese Männer Annabel gar nicht töten wollten? Waren sie dazu überhaupt in der Lage?

Bilder vom »Stamm«, der sich über Rubis – blutüberströmt, Schnittwunden am ganzen Leib – hermachte, tauchten vor ihm auf.

Dann von Rubis, wie sie von allen Seiten vergewaltigt wurde.

Sie waren zu allem fähig, daran gab es keinen Zweifel.

Brady hob den Kanister an.

Er schwitzte, und sein Schweiß war eiskalt, dann glühend heiß.

Er rang nach Luft, drohte zu ersticken.

Los! Du darfst jetzt nicht schwach werden! Denk an Annabel!

Er kippte den Kanister aus, und das Benzin rann über den Sarkophag. Brady übergoss den nächsten, einen dritten und die folgenden. Er lief zum zweiten Behälter und leerte ihn auf dem Boden aus, bis hin zur Tür.

»Hades, darf ich vorstellen: Hybris«, rief er hysterisch lachend.

Der Benzingestank machte ihn benommen.

Der hinterste Sarg öffnete sich, und ein spitzbärtiger Mann mit weit aufgerissenen Augen und bebenden Nasenflügeln sah heraus.

Brady bewegte sich rückwärts auf den Treppenabsatz zu und nahm ein Streichholz aus der Schachtel.

»Was machst du da?«, knurrte die Kreatur.

Brady riss das Streichholz an und hielt es schräg, damit die kleine gelbe Flamme sich stabilisierte.

»Nein!«, schrie das Monster.

Das Streichholz flog durch die Luft.

Die Benzindämpfe leuchteten, und zischend flackerte eine blaue Wolke auf.

Die Feuersbrunst brach los.

Die Raubtiere kamen aus ihren Kisten und liefen, sich im Todeskampf windend, Richtung Ausgang. Die Flammen leckten an ihren Gesichtern und ließen das Leder auf ihrer Haut schmelzen.

Entsetzt schlug Brady die Tür zu und drückte mit aller Macht die Klinke nach oben. Es war ein Alptraum. Er musste noch eine Minute durchhalten, dann würde er aufwachen.

Die ganze Geschichte war nur eine Wahnvorstellung, aus deren Fängen er sich gerade befreite.

Brüllend drückten die Männer von der anderen Seite gegen die Tür.

Die Schreie waren unerträglich.

Der Türrahmen begann zu bersten.

Brady wurde klar, dass er sie nicht mehr aufhalten konnte. Er setzte zum Sprung ins Leere an, flog regelrecht über die Stufen, fand am Geländer gerade noch Halt. Am Ende landete er auf dem Schotter und rollte weiter. Als er gegen einen Eisenträger prallte, stieß er einen Schmerzensschrei aus.

Feuerkugeln wälzten sich die Treppe herab.

Sie fauchten, als kämen sie geradewegs aus der Hölle.

Brady stützte sich auf einen Ellenbogen.

Die Männer krochen in alle Richtungen, als wollten sie ihren Qualen entrinnen.

Eines dieser brennenden Knäuel schlug bei dem Versuch, die Glut zu löschen, noch heftiger um sich als alle Übrigen und riss sich die Kleider vom Leib.

Es war Hades.

Seinen Sarg hatte Brady kaum besprenkelt, weil ihm das Benzin ausgegangen war.

Hades sah ihn.

Sein Blick war irr.

Brüllend nahm er Anlauf, die halb verkohlten Dreadlocks wippten um seinen Kopf, seine kräftigen Arme holten aus, um zuzuschlagen, die Muskeln seiner Schenkel spannten sich an. Er hatte nur ein Ziel: Brady zu packen.

Der Journalist wollte fliehen.

Doch ein stechender Schmerz durchfuhr seine Wirbelsäule, und er brach zusammen.

Hades warf sich auf ihn, und Fausthiebe prasselten auf Brady nieder.

Sein Wangenknochen splitterte mit einem knirschenden Geräusch.

Der Schlag auf die Nase war so brutal, dass er den Druck bis ins Gehirn spürte.

Eine warme Flüssigkeit rann in seinen Mund.

Seine Zähne schlugen derart heftig aufeinander, dass sich mehrere spalteten und seine Zunge verletzten.

Ein weiterer Hieb traf sein Ohr und renkte seinen Kiefer aus.

Bradys Körper sendete ein einziges Signal: Schmerz. Er war kurz davor, in Ohnmacht zu fallen.

Er konzentrierte sich ganz auf seine Finger.

Der Kolben.

Entsichern.

Der Abzug.

Die Waffe aus der Tasche ziehen.

Die Detonationen erschienen ihm weit entfernt, irreal, gedämpft durch einen vorbeifahrenden Zug irgendwo im Labyrinth der Tunnel.

Wie oft hatte er abgedrückt?

Unter dem Gewicht seines Angreifers blieb ihm fast die Luft weg.

Hades tat einen letzten Atemzug an seinem Ohr.

Als Brady ihn abschütteln wollte, fuhr ihm erneut ein lähmendes Stechen durch den Rücken.

Er bewegte die Füße, die Beine.

Das Rückenmark war nicht durchtrennt.

Doch sein Gesicht war nur noch ein einziger pulsierender Schmerz.

Die Feuersbrunst loderte oben auf der Treppe, die Letzten des »Stammes« gingen in Flammen auf.

Brady konnte nicht aufstehen. Er sah auch fast nichts mehr.

Er tastete nach seinem Handy und zog es aus der Tasche.

Kein Netz.

Er seufzte und spuckte ein Stück Zahn aus.

Er würde es nicht bis nach oben schaffen.

Er brauchte Hilfe.

Ich muss weg hier … fliehen …

Vergebens versuchte er, sich auf die Knie zu stemmen, und stieß einen Schmerzensschrei aus.

Er konnte nicht mehr denken.

Schnell … schnell … bevor ich ohnmächtig werde.

Sein Blick fiel auf ein metallenes Rechteck, das an einer Wand befestigt war.

Eine alte Telefonkabine.

Sie ist nicht mehr in Betrieb!

Er suchte nach einer anderen Lösung, fand aber keine.

Also bewegte er sich kriechend vorwärts, jeder Meter trieb ihm die Tränen in die Augen. Er streckte die Hand nach dem Hörer aus, erreichte ihn aber nicht. Er klammerte sich an das Sims und zog sich hoch.

Das Freizeichen. Ein Wunder.

Er brauchte dringend Hilfe. Seine Frau konnte er nicht anrufen.

Blieb nur einer.

Jemand, dem er vertrauen und der diese Situation meistern konnte.

Er wählte die Nummer.

Und dann tat Brady etwas, was er seit seiner Kindheit nicht mehr getan hatte.

Er betete.

Dass jemand abhob.

69

Die Gondel war nur noch eine Hülle aus knisternder Glut.

Brady vernahm Schritte im Treppenschacht, der nach oben führte.

Ein Lichtstrahl suchte das Dunkel ab.

Jack Thayer erschien, wütend.

Wie versteinert blieb er im Eingang stehen, um sich einen Eindruck vom Ausmaß der Verwüstung zu verschaffen. Dann sah er Brady und kam mit gezückter Waffe auf ihn zu, wobei er in jede Ecke spähte.

»Was war hier los?«, fragte er und kniete sich neben den Journalisten.

»Du hast doch Annabel nichts gesagt, oder?«, stieß Brady mühsam hervor.

Sein Mund fühlte sich an, als hätte er Glas gekaut.

Jack schüttelte den Kopf.

»Du musst mir helfen, hier rauszukommen, Jack.«

»Du brauchst einen Krankenwagen.«

Brady packte ihn am Handgelenk.

»Nein! Bloß das nicht! Ich habe … diese Typen umgebracht. Ich habe sie alle umgebracht.«

Thayer drehte sich um die eigene Achse, um sich einen Überblick zu verschaffen. Er entdeckte sechs menschliche Gestalten, fünf davon waren bis zur Unkenntlichkeit verkohlt. Entsetzt hielt er sich die Hand vor den Mund.

»Was hast du getan?«, murmelte er.

»Für Annabel. Ich habe es … für sie getan.«

Thayer sah Hades, trat näher und bemerkte die Einschusswunden. Er betrachtete fassungslos das Gesicht – ein grausamer Anblick.

Dann wandte er sich wieder zu Brady und deutete auf die Smith & Wesson, die auf dem Schenkel des Journalisten lag.

»Willst du die noch benutzen?«, fragte er mit teilnahmsloser Stimme.

Brady brauchte eine Weile, bis er verstanden hatte. Dann nahm er die Waffe und hielt sie dem Detective hin.

»Es ist außer Kontrolle geraten«, sagte er bedauernd.

Thayer musterte ihn mit eisigem Blick.

»Was ist bloß los in diesem Land?«, fragte er.

»Wie bitte?«

»Alle drehen durch.«

»Ich verstehe nicht. Hilf mir auf die Sprünge?«

»Verdammt noch mal!«, brüllte Jack. »Hat dir Sondra nicht gereicht?«

»Wie? Was? Sondra?«, stammelte Brady, nicht vorbereitet auf diesen Zornausbruch.

»Ich weiß alles, Brady. Alles.«

»Ich … ich kann dir nicht folgen.«

Jacks Worte überschlugen sich.

»Bei meinen Ermittlungen habe ich die ein- und ausgehenden Anrufe an ihrem Todestag überprüft. Die letzte Nummer gehört zu einem Atelier in Dumbo. Zu deinem Atelier. Mittwoch, als du nicht da warst, bin ich bei euch gewesen und habe mit Annabel geplaudert und dann die Gelegenheit genutzt. Als ich auf der Toilette war, habe ich ein paar Haare von dir mitgenommen. Gestern kam die Bestätigung: Das Erbrochene stimmt mit deiner DNA überein. Du hast sie erschossen!«

»Was redest du da?«

»War sie deine Geliebte?«

»Nein, Jack, du irrst dich ...«

»Aber die Wissenschaft irrt nicht! Erzähl mir nicht, du wärst nicht da gewesen!«

»Doch, ich war bei ihr, als es passiert ist, aber ...«

»Als ich neulich abends bei euch war und mich nach deiner Reise erkundigt habe, bin ich deinem Verwirrspiel mit Melany Ogdens auf die Schliche gekommen.«

»Mit wem?«

»Deine Frau dachte, du wärst in Spanien, als du die Sache mit der kleinen Melany geregelt hast, oder etwa nicht?«

»Jack, du spinnst! Ich habe Fotos von der Reise!«

»Erzähl mir doch nicht, dass du dafür zwei Wochen gebraucht hast! Ich habe dich durchschaut. Mein Gott!« Er verzog das Gesicht, als würde ihn der Schmerz über diese Erkenntnis bis ins Mark treffen. »Wie konntest du Anna das bloß antun? Sie ... sie ist so unschuldig!«

»So war das nicht, das schwöre ich dir ... Lass uns reden, dann wirst du alles verstehen.«

Jack warf ihm einen düsteren Blick zu.

»Ich glaube ... Ich glaube, ich habe keine Lust dazu.«

»Verdammt, Jack! Ich blute wie ein Schwein, du musst mich hier rausbringen, wir reden oben über alles, hilf mir!«

Brady streckte die Hand nach ihm aus, doch Jack wich zurück.

»Komm mir bloß nicht zu nahe!«, fauchte er.

»Verflucht! Jack! Bist du schon total abgestumpft? Ich habe nichts getan!«, schrie der Journalist.

Jack lachte bitter auf, sein Gesichtsausdruck war der eines tief verletzten Mannes.

»Der Brand bei Clayton Gunroe, das ist doch deine Handschrift, oder?« Er wies mit dem Daumen auf die rauchende Gondel. »Du wirst rückfällig. Stell dir vor, bei Durchsicht der

Akten bin ich darauf gestoßen, dass ein paar Stunden vor dem Brand eine Polizeistreife vorbeigekommen ist. Eine Nachbarin hatte jemanden gesehen, der dort herumstreunte. Und was soll ich dir sagen? Sie hat sogar ein Foto gemacht! Pech für dich, ich habe es gestern abgeholt.«

Jack zog eine Polaroidaufnahme hervor und hielt sie Brady hin.

»Zugegeben, man erkennt nicht viel«, sagte er wütend, »aber du und ich, wir wissen genau, wer dieser Typ ist, den man da von hinten sieht! Kommt dir die Jacke nicht bekannt vor?«

»Jack, ich kann dir das erklären.«

»Was war ihr Plan? Haben sie dich dabei gefilmt, wie du Sondra Weaver gevögelt hast, und dich dann damit erpresst? Und hast du sie deshalb umgebracht und alles in Brand gesetzt, um die Videos zu vernichten?«

»Nein, das ist doch völliger Blödsinn!«

Beide Männer brüllten jetzt.

»Denkst du auch nur eine Sekunde daran, was mit Annabel wird, wenn sie das erfährt?«

»Nein, nein! Sie wird nichts davon erfahren, Jack!«

Thayer keuchte, hielt kurz den Atem an und sagte dann kalt:

»Du hast recht. Sie wird es nicht erfahren.«

70

An die Stelle der körperlichen Schmerzen traten jetzt die stummen Schreie seiner Seele.

Brady saß in einer Falle fest. Er hatte sie sorgfältig vorbereitet, ehe er hineingesprungen war.

Und Jack war verblendet von seiner Liebe zu Annabel.

Er schützte sie vor einer Demütigung, die sie nicht verkraften würde.

Und während Jack Thayer seine Waffe auf ihn richtete, fragte Brady ganz ruhig:

»Du liebst sie, oder?«

Jack leckte sich über die Lippen, der Schweiß stand ihm auf der Stirn.

»Nicht so, wie du denkst.«

»Wie auch immer, du liebst sie.«

»Ich werde stets für sie da sein. *Ich* werde sie niemals hintergehen.«

»Das tust du aber gerade!«

Thayer verneinte heftig. Sein Kinn zuckte, er schien sich nicht mehr unter Kontrolle zu haben.

»Annabel wird es nie erfahren. Weder was du für ein Dreckskerl bist, noch was aus dir geworden ist. Und das ist auch besser so. Viel besser. Sie wird natürlich Zeit brauchen, um das zu vergessen und um ihr Leben neu zu ordnen. Aber ich werde da sein.«

»Was immer du jetzt tust, es wird dich ihr nicht näherbringen, Jack, glaube mir.«

»Das ist es nicht, was ich will, du bist auf dem Holzweg. Ich könnte den Rest meiner Tage an ihrer Seite verbringen, ohne ihr zu gestehen, was ich für sie empfinde, darum geht es nicht! Sondern darum, dass du ihr etwas Unverzeihliches angetan hast. Daran wird sie zerbrechen. Mit einem Kriminellen wie dir zusammenzubleiben wird sie früher oder später *zerstören*!«

Er hatte das letzte Wort mit besonderem Nachdruck ausgesprochen.

»Tu es nicht«, flehte Brady.

Thayer wirkte abwesend, wie weggetreten. Plötzlich entgleisten seine Gesichtszüge, und einen Moment lang glaubte Brady, er würde anfangen zu weinen.

Dann war die Maske wieder da, und Jacks kühl berechnender Verstand gewann erneut die Oberhand.

»Ich könnte mit der Tat leben«, gestand Jack. »Und ich glaube sogar, dass ich irgendwann, nach vielen Jahren zu der Überzeugung käme, es wäre gar nicht geschehen. Ich werde sie beschützen, verstehst du? Sie so beschützen, wie du es hättest tun sollen. Und du bist ganz einfach … verschwunden.«

»Tu es nicht, Jack. Bitte!«

Thayer fuhr im selben gleichgültigen Ton fort, die Augen vor der Wirklichkeit verschlossen.

»Ich habe ein Haus in Connecticut, freistehend, friedlich. Mit einem großen Garten. Du wirst es dort gut haben. Vielleicht komme ich auch mal vorbei und rede mit dir, wenn mich Schuldgefühle quälen. Ich bin sicher, das wird mein Gewissen beruhigen. Bis ich es irgendwann vergessen habe. Annabel sage ich dann, dass ich dort mit einer Frau zusammen bin, damit sie sich keine Sorgen macht. Das wird unser kleines Geheimnis sein, deines und meines.«

»Nein, bitte«, sagte Brady langsam.

Mit einem Mal war die Panik aus seiner Stimme gewichen, da war nur noch Resignation und Hoffnungslosigkeit.

Denn er wusste, wohin die Reise gehen würde.

Er hatte Rubis als sein Gespenst betrachtet und geglaubt, Phantome existierten nur durch diejenigen, die sie überlebten.

Nun wusste er, dass sie lediglich Manifestationen unserer heimlichen Wünsche und unbefriedigten Triebe sind.

Er hatte geglaubt, Rubis' Geist gefolgt zu sein, um sie besser kennenzulernen. Dabei war er nur seinen eigenen Phantasmen nachgejagt, um sie zu erforschen.

Er hatte den Schacht geöffnet. Jene dunkle Seite in jedem Mann, der Abgrund, in dem sich uneingestandene Geheimnisse und obszöne Fantasien verbergen.

Rubis' Vergewaltigung auf ihrer Website hatte diesen Schacht geöffnet. Und nachdem es ihm nicht gelungen war, die Erinnerung dort zu vergraben, hatte Brady den Deckel nicht wieder fest verschlossen und damit alles nur noch schlimmer gemacht. Und so war das dort Verborgene nach und nach an die Oberfläche gekommen.

Bilder, ein Raunen. Um ihn weiter voranzutreiben. Um sich dem »Stamm« zu nähern. Um sich auf die übelsten Laster einzulassen. Ein Raunen, aus dem Obsessionen erwuchsen. Mit der Verheißung größtmöglichen Trostes und lustvoller Linderung.

Eine Hoffnung, die ihn wieder lebendig werden ließ und seine Leidenschaft neu erweckt hatte, die durch sein geordnetes und angepasstes Leben langsam erloschen war.

Brady hätte zigmal alles stoppen können und hatte doch jeden Tag weitergemacht, sich bei Rubis eingeschlichen, war bis zu Kermit vorgedrungen, hatte sich im Untergrund der Stadt verloren und von der Verheißung auf ein unbekümmertes, besseres Dasein verlocken lassen.

Nun wurde ihm klar, dass er in der Dunkelheit nicht zu seinem Gleichgewicht finden konnte.

Er hatte sich vom Schatten verschlucken lassen.

Er hatte der Verheißung der Finsternis Gehör geschenkt.

Derselben, von der sich Jack Thayer in diesem Moment leiten ließ.

Diese brodelnde Quelle in jedem Menschen.

Die kalte Waffe wurde ihm auf die Stirn gedrückt.

»Möge Gott uns verzeihen«, sagte Jack mit erstickter Stimme.

Danksagung

Die meisten der in diesem Roman beschriebenen Örtlichkeiten existieren tatsächlich. Das gilt auch für das unterirdische Labyrinth. Da es mir um Authentizität ging, wollte ich mich möglichst nah an der Realität orientieren und habe zum Teil existierende Adressen angegeben, so etwa den Zugang zum Quai 61 auf der 49th Street oder die alte Endhaltestelle der Straßenbahnlinie zwischen Essex und Delancey Street. So magisch diese Orte auch sein mögen, sie eignen sich nicht für Besichtigungen. Sie sind gefährlich, und die genauen Angaben sollen lediglich die Glaubwürdigkeit der Geschichte untermauern, um daran zu erinnern, dass diese Welten real sind: die der Obdachlosen im New Yorker Untergrund ebenso wie die des Underground-Pornos. Die Fiktion liegt anderswo. Verirren Sie sich jedoch nicht dort unten, schon an der Oberfläche passiert das allzu leicht.

In Kapitel 37 erwähnt Termite eine Studentin, ohne deren Namen zu nennen. Erlauben Sie mir, dies an dieser Stelle für ihn nachzuholen: Sie heißt Jennifer Toth, und ihre ersten Recherchen zum Volk der Maulwürfe mündeten in dem Buch *Tunnel-Menschen, Das Leben unter New York City*, das ich Ihnen empfehlen möchte, wenn Sie an diesem Thema interessiert sind. Es gab den Anstoß zu zahlreichen Sachbüchern und soziologischen Studien. Die Existenz dieses Volkes ist ganz einfach unfassbar und erschütternd.

Was aus Thayer und Annabel wird, ist im Roman *In Blut geschrieben* nachzulesen.

Mein Dank geht an Françoise und das gesamte Team von Albin Michel für die Unterstützung und die wertvollen Ratschläge. Für gewöhnlich hören Menschen, die etwas von einer Sache verstehen, nicht zu, sondern teilen sich mit. Bei euch finde ich nicht nur Gehör, sondern habe das Glück, von eurem Können zu profitieren, um meinen Weg gehen und mit jedem Buch fortsetzen zu können.

Dank an Seb, mit dem ich erstmals durch diese Straßen gelaufen bin, an Steve, der mich in die Unterwelt eingeführt hat, und an die French Relous für die inspirierenden Spaziergänge auf Coney Island.

Zu guter Letzt möchte ich Jessica danken, die dafür sorgt, dass ich nicht die Orientierung verliere und stets wieder an die Oberfläche zurückkehre, wenn mich die Worte allzu lange in den Tunneln festhalten.

www.maximechattam.com

Bibliografische Hinweise:

Seite 9: Nelly Arcan, *Hure*, München, 2002
Seite 125: Oscar Wilde, *Lady Windermeres Fächer*, Stuttgart, 2006
Seite 317: Dante, *Die Göttliche Komödie*, Zürich, 1963